BRENNENDE WELTEN

VOM NARRATOR

Text Copyright © 2021 Der Narrator

Alle Rechte vorbehalten

Der Narrator

c/o skriptspektor e. U.

Robert-Preußler-Straße 13 / TOP 1

5020 Salzburg

AT – Österreich

der.narrator@gmail.com

https://www.facebook.com/profile.php?id=100070296520374

Coverdsign: Giusy Ame / Magicalcover

Bildquelle: Depositphoto

ISBN 978-3-9823617-1-0

Liebe Angelsammy,

Träume sind älter als das brütende Tyrus oder die nachdenkliche Sphinx oder das von Gärten umrankte Babylon.

Das Verfassen dieses Buches war für mich ein lange gehegter Traum und der Zuspruch, den ich dafür von dir und so vielen anderen erhalten habe, ist der Grund, dass es nun auch gedruckt auf festem Papier existiert.

Es wird dich kaum wundern zu hören, dass ich noch viele Träume dieser Art habe, deren Erfüllung mir nun, wo es mir bereits ein Mal gelungen ist, in greifbare Nähe gerückt zu sein scheint.

Vielleicht werden einige dieser Träume, sobald sie erst einmal Gestalt angenommen haben, nicht deinen Gefallen finden oder zu düster für dich sein.

Nichtsdestotrotz wäre es mir eine Ehre, dich bei der einen oder anderen Gelegenheit noch einmal in meiner Bibliothek begrüßen zu dürfen.

Eine Einladung für die nächste Runde vor meinem Kamin ist dir jetzt schon gewiss.

In diesem Sinne wünsche ich dir alles Gute!

Der Narrator

Für all jene, die für mich stark waren,
als meine Stärke brach.
Für all jene, die an mich glaubten,
als ich es am wenigsten konnte.
Für all jene, die mir guten Rat gaben,
als ich mir nicht zu helfen wusste.
Für all jene, die verhinderten,
dass die Dunkelheit dieses Buches zu meiner Realität wurde.

Der Narrator begrüßt den Zuhörer

Die Gänge des Anwesens stehen leer und jenseits des kargen Scheins der Kerze in deiner Hand wabert nichts als tiefe und schwarze Dunkelheit.
Die Bilder an der Wand, sie sagen dir nichts. Wie sollten sie auch? Ein Gast, nicht mehr und nicht weniger bist du in diesen Gemäuern. Jeder Schritt ist ein weiteres Stöhnen der Dielen unter deinen Füßen. Ein altes Haus, fürwahr. Weder die verlassene Eingangshalle, in der gesichtslose Statuen von hohen Galerien auf dich herabblicken, noch die Gänge, durch die du nun streifst, erwecken den Anschein, als wäre dieser Bau etwas anderes als genau das Geisterhaus, für das er gehalten werden will.
Doch du weißt, dass du nicht allein bist. Es hat einen Grund, dass du hier bist, und du kennst ihn gut. Die klammen Finger um den Henkel des Kerzenhalters in deiner Hand beginnen im Takt des Dröhnens deines Herzens und der Schritte deiner Füße zu zittern, als du inmitten all dieser Schwärze ein kleines Licht erblickst, das durch den Spalt einer geöffneten Tür fällt. Es ist kaum mehr als ein Abbild des ohnehin schon spärlichen Leuchtens, das du von dir gibst. Doch für dich ist es das Zeichen, dass du dein Ziel erreicht hast.
Vor der Tür angekommen zögerst du noch ein letztes Mal, bevor dein Entschluss fällt. Einen tiefen Atemzug später streckst du deine Hand aus und stößt die Tür mit einem leisen Knirschen der Scharniere vollends auf.
Auch der Raum, den du nun betrittst, ist finster. Jedoch ist es

eine andere Art von Finsternis als jene, die du soeben verlassen hast. Ein kleines Flackern im Kamin spendet ärmliches Licht und lässt Schatten über die Regale tanzen, welche die Wände zieren.

Erneut hältst du zaudernd inne. Du warst dir doch so sicher, dass er hier sei. Dann wirst du ihrer gewahr. Dunkle Augen, in denen sich das Feuer des Kamins spiegelt, blicken dich aus der Ecke des Kamins an, und du erstarrst. Sekunden verstreichen. Dann, endlich eine Regung.

Ein langer Arm schält sich gemächlich in den Lichtkreis des Feuers und knochige Finger legen sich an den Drehschalter einer Gaslampe. Die Helligkeit, die den Raum nun wie ein Scheinwerfer flutet, blendet dich, sodass du blinzeln musst und vor Schreck fast die Kerze fallen lässt. Nicht nur die Lampe auf dem Tisch ist zum Leben erwacht. Auch die Leuchter an der Wand spenden nun warmes, gelbes Licht und enthüllen Reihe um Reihe von Regalen, die die Wand wie eine Täfelung verkleiden und sich über zahllos erscheinende Galerien ihren Weg hoch zur Decke bahnen, von wo ein Kronleuchter auf dich herabblickt. Doch weder die Legionen aus Büchern jeder Größe und Form noch der Leuchter, der an der kathedralenartigen Decke zu schweben scheint, halten deinen Blick gefangen.

Nun kannst du das kantige Gesicht erkennen, das zu den dunklen, ausdruckslosen Augen gehört, die dich aus tiefliegenden Höhlen mustern. Ein tiefes Unbehagen ergreift dich, während du seinen Blick erwiderst. Den Blick deines Gastgebers.

Doch dann verziehen sich seine Lippen zu einem Lächeln.
»Willkommen.«

Die Stimme des Narrators ist rau und ebenso ausdruckslos wie sein Blick, fast schon monoton. Und doch ist ihm die Freude anzumerken, die er bei deinem Anblick empfindet, als er seine langen Glieder streckt und sich von dem roten Sessel erhebt, in dem sich der Abdruck seines Besitzers tief eingegraben hat. In langen Schritten ist er bei dir und drückt deine Hand. Sein Griff ist fest, und so geleitet er dich zu dem zweiten Sessel, der dem Seinen direkt gegenübersteht, ehe er sich selbst wieder niedersinken lässt. Umsichtig stellst du den Kerzenständer auf dem kleinen Beistelltisch neben dir ab.

Wieder erfüllt Schweigen den Raum, als der Narrator dich erneut mustert. Doch es ist kein unangenehmes Schweigen, allenfalls ein nachdenkliches. Dann erhebt er sein Wort.

»Du bist nicht der Erste, der diesen Raum betritt, und musst es auch gar nicht sein. Die Bücher hier«, er weist mit einer ausladenden Handbewegung auf die schwindelerregende Höhe der Regale, »sie erzählen viele Geschichten.«

Langsam beugt er sich nach vorn und faltet die Hände in seinem Schoß.

»Und es sind diese Geschichten, derentwegen du hierhergekommen bist, oder?«

Du schluckst den harten Kloß herunter, der deinen Hals blockiert, als du nickst und versuchst, den Dampfhammer zu beruhigen, der deine Brust erbeben lässt.

»Gut.«

Der Narrator lässt sich erneut gegen die Lehne seines Sessels sinken.

»Viele dieser Geschichten, manche würden sie als Märchen betrachten, sind lange vergangen. Andere sind niemals geschehen. Wieder andere hätten geschehen können, geschehen gerade oder werden noch geschehen. Und einige …«

Der Narrator macht eine kurze Pause und langt nach einer gebogenen Pfeife, die er zu stopfen beginnt.

»Nun, einige von ihnen mögen sich noch zutragen und dabei der Hoffnung unterliegen, dass es niemals so weit kommen darf. Nur liegt es nicht in meiner Macht, dies zu bestimmen.«

Langsam, fast schon bedächtig führt er die Pfeife an die schmalen Lippen und raucht sie mit schnellem Paffen unter dem Brand eines Streichholzes an. Als sich der angenehme Duft der gräulichen Rauchschwaden um seine Gestalt ausbreitet, treffen sich eure Blicke.

»Die Geschichte, die ich nun zu erzählen habe, gehört zu den zuletzt erwähnten. Es ist mir gleich, ob du sie als Märchen oder sogar als Geschwätz abtust. Ich erzähle sie dir um des Erzählens willen und zwinge dich nicht zum Zuhören. Bist du gewillt sie zu hören, so nimm dir alle Zeit dafür, die du brauchst. Du kannst jederzeit aufstehen und gehen. Die Tür steht dir jederzeit offen, um zu kommen und zu gehen, wie es dir beliebt. Genau wie dieser Raum. Wie könnte ich es dir verübeln, wenn dir der Sinn in der Mitte oder sogar schon am Anfang nach anderer Kost steht? Und kommst du wieder, um dich in diesen Sessel zu setzen, werde ich immer noch hier sein und wissen, wo ich fortzufahren habe.«

Spielerisch bläst er einen fast vollkommenen Rauchring in Richtung des Kamins, der bald von dem warmen Luftzug erfasst und in den Schlot gerissen wird.

»Wissen musst du nur, dass ich die Menschen aus der Erzählung, die nun folgt, niemals getroffen habe und auch nicht gedenke es zu tun. Was du mit dem Wissen, das du um sie erwirbst, anstellst, liegt ganz bei dir.«

Und so beginnt der Narrator zu erzählen.

Prolog

Wie alle Dinge, die je geschehen sind und je geschehen werden, gab es auch für das Ereignis, mit dem diese Geschichte beginnt, Gründe, die zu ihm geführt haben, und unzählige Vorboten, die ihm vorausgegangen sind. Und wie so oft vorher und noch öfter danach, hatten nur wenige im Voraus die Gründe verstanden und nur die Allerwenigsten die Vorboten richtig zu lesen vermocht.

Und so kam es, dass auf etlichen Welten des von Menschen besiedelten Universums fast niemand wusste, wer die Aggressoren waren oder woher sie kamen.

Doch sie kamen wie die gepanzerte Faust eines zornigen Gottes und brachten in ihrem Kielwasser die Zerstörung mit sich – und unbeschreibliches Leid.

Es begann zuerst nur schleichend.

Schiffe, die die betreffenden Planeten verließen, vergaßen reihenweise Meldung darüber zu machen, wann, wo und ob sie überhaupt in den Hyperraum eingetreten waren.

So lange, bis nicht einmal der gutgläubigste unter den zuständigen Beamten es noch als Zufall oder Schlamperei der Besatzungen hätte abtun können.

Dann ging alles sehr schnell.

Binnen Stunden brach zuerst jegliche Kommunikation mit anderen Planeten und schließlich auch der planetare Interkom vollständig zusammen.

In dem heillosen Durcheinander, das folgte, war es auf den meisten Welten für die Einsatzkräfte vollkommen unmöglich, der Lage Herr zu werden.

Und so dachte oft niemand daran, die freilich vorhandenen Verteidigungsprotokolle in Kraft zu setzen, als die ersten Bomben einschlugen.

Doch da war es bereits zu spät.

Binnen Minuten lösten sich über das ganze Universum verteilt gewaltige Städte und Industriegebiete in alles verzehrenden Feuerbällen zu dem Nichts auf, aus dem sie geschaffen waren.

Währenddessen gingen in den ländlichen Gegenden tausende und abertausende von Landekapseln nieder.

Die Soldaten, die diesen entstiegen, fielen wie Heuschrecken über alles und jeden her und gaben dem unbekannten Feind endlich ein Gesicht. Die Fratze des Todes.

Wie der Seelenschnitter selbst fegten die gelandeten Truppen über das Antlitz des Planeten und verübten jenes Massaker, das der Geschichte nur als »die Schlachtung« in Erinnerung blieb.

Knöchelhoch stand in den Straßen das Blut der Gefallenen, unterschiedslos welcher Rasse oder welchem Geschlecht sie angehörten, während entsetzliche Schreie die Luft erfüllten.

Nein, dies war kein Krieg zwischen zwei Rassen oder Völkern.

Dies war ein Krieg zwischen jenen, die allem Lebendigen den Tod wünschten, und denen, die leben wollten und bald tot sein würden.

Vor diesem Hintergrund glich es fast schon einem Akt der Gnade, als schlussendlich auf allen belagerten Planeten ein Regen niederging, der die Feuer löschte, das Blut verdünnte und mit seinem enthaltenen Gift auch die letzten Reste des sich aufbäumenden Lebens brach.

Und ewige Stille brachte.

1

Der Narrator beginnt seine Erzählung

Mit denen, die noch nichts vom Krieg wissen

Der Phasengleiter ›Impius‹ war gewiss nicht das schnellste oder das imposanteste Schiff seiner Klasse. Es verfügte auch nicht, so wie die Kampfschiffe der Föderation oder des Konzils, über Verteidigungs- oder Angriffsvorrichtungen, welche an dieser Stelle überhaupt der Erwähnung wert gewesen wären. Nein, dieser schnittige Gleiter der Baureihe 'Meteorit', aus den Fertigungswerken der Nova Hyperspace Foundation, war es in keiner Weise auch nur wert, dass man ihm von Seiten anderer Schiffe oder gar Raumstationen Beachtung hätte zukommen lassen müssen.

Und hätte man einem Fremden angeboten, sich einen beliebigen Gleiter der Baureihe als Geschenk auszuwählen, so hätte besagter Fremder, wenn er auch nur über wenige Unzen normalen Menschenverstandes verfügt hätte, mit Sicherheit ein späteres und damit ausgereifteres Modell der Reihe gewählt, um den zahlreichen Macken und Fehlfunktionen dieses Exemplars zu entgehen.

Doch jene, die mit der ›Impius‹ reisten, hatten zu keiner Zeit die Wahl gehabt, ob sie nicht doch lieber sicherer oder komfortabler hätten reisen wollen. Man hatte sie ihnen genommen.

Ein folgenschwerer Fehler, wie sich nun herausstellte.

Jochen hasste solche Situationen.

Langsam ließ er seinen Blick noch einmal über das Gesamtbild gleiten, um vielleicht doch noch einen Ausweg zu finden.

Er kam zu dem Schluss, dass es eher schlecht für ihn aussah.

Sechs Mann der Besatzung lagen tot oder tödlich verwundet im Gang und ihr Blut bildete bereits Minuten nach dem Scharmützel kleine Rinnsale, welche durch die Vibration des Schiffes mal hierhin, mal dorthin flossen und den Boden zu einer glitschigen Stolperfalle machten. Zwischen ihnen lagen die anderen Meuterer, die mit Jochen versucht hatten, das Cockpit zu stürmen.

Er selbst stand als letzter Überlebender mit dem Rücken gegen die massive Metalltür gelehnt, die das Cockpit vom restlichen Schiff trennte. Seine MP nutzlos zu Boden gerichtet, während der Mann vor ihm über die Leichen seiner Kameraden stieg und sich ihm langsam näherte.

»Fast«, dachte Jochen verbissen, »aber eben nur fast geschafft.«

Der Mann war noch jung, kaum dem Jugendalter entwachsen, was bei seinem Gewerbe relativ untypisch war.

Sein blauer Overall und die Werkzeuge um seine Hüften wiesen ihn als Reaktorarbeiter aus, aber darüber hinaus, sah er nicht gerade gut aus.

Schweißperlen standen ihm auf der Stirn und seine Hände, welche verkrampft und zitternd den großkalibrigen Revolver in seiner Hand umklammerten, waren von frischen Verbrennungen gezeichnet. Es war mehr als nur offensichtlich, dass er niemals zuvor eine Waffe in der Hand gehabt hatte. Zumindest nicht in einem echten Gefecht.

Er sah unverkennbar verängstigt aus und würde ihn wahrscheinlich schon aus blinder Panik niederschießen, so wie er es gerade mit dem letzten von Jochens verbliebenen Kameraden getan hatte. Der einzige Grund, dass er überhaupt noch lebte, war, dass der Junge ins Straucheln geraten war, als Jochen das Feuer erwidert hatte, bevor der Verschluss seiner Waffe sich krachend verhakt und seine Gegenwehr zum Ersterben gebracht hatte. Nun zögerte dieser Anfänger offensichtlich erneut zu schießen.

Jochens einzige Möglichkeit war, die Sache hinauszuzögern und auf Zeit zu spielen.

»Seit wann werben Sklavenhändler ihren Nachwuchs in der Grundschule an?«

Glücklicherweise klang seine Stimme wesentlich selbstsicherer, als er sich fühlte. Andererseits hätte es auch keinen Unterschied gemacht, angesichts der Kakophonie aus kreischendem Stahl, Schüssen sowie schreienden und sterbenden Menschen, die aus allen Winkeln des Schiffes auf sie eindrang. Es war ein Wunder, dass man ihn überhaupt verstand.

»Halt die Fresse, verdammt«, schrie der Junge mit von Hysterie überschnappender Stimme, »ich bring dich dafür um, was ihr meinem Vater angetan habt.«

Jochen musste sich fast auf die Zunge beißen, um dieser Frechheit nicht mit der Antwort zu begegnen, die ihm eigentlich einfiel.

»Wer war denn dein Vater?«

Wutentbrannt kniff der Junge die Augen zusammen.

»Was geht dich das an, du kleiner Pisser?«, brüllte er Jochen an und dabei begann der Zeigefinger um den Abzug zu zucken.

Rasch ließ Jochen seine Waffe fallen und hob beschwichtigend seine Hände auf Brusthöhe.

»Bleib ruhig, ja. Ich hätte nur gerne gewusst, für wen ich jetzt sterben soll.«

Der Junge sah ihn einen Moment lang mit zitternden Schultern an, bevor er zwischen seinen zusammengepressten Zähnen die Worte »der Zellenschließer« hindurchpresste. Kurz flammte in Jochens Gedächtnis das Bild eines untersetzten Mannes auf, der ihm einen mit Stahlkappen bewehrten Stiefel in die Seite gerammt hatte.

»Er hätte uns eben nicht unterschätzen sollen«, sagte er mit mühsam beherrschter Stimme, »sein erster Fehler war uns zu sagen, was ihr mit uns vorhabt.«

Im Stillen dachte er: »Und nachdem Blake mit ihm fertig war, war es auch sein letzter.«

»Ich habe gesagt, du sollst die Fresse halten.« Eine einzelne Träne rann ihm aus den Augenwinkeln in Richtung seines Kinns. »So war das nicht geplant, so sollte das nicht laufen.«

Erleichtert registrierte Jochen, wie sich die Unterarme des Jünglings langsam zu heben begannen, während dieser ihn mit hassverzerrtem Gesicht aus zusammengekniffenen Augen anstarrte.

»Ich mach dich kalt, du verdammtes Arschloch, ich schwöre dir, ich knall dich ab.«

»Das möchte ich stark bezweifeln«, zog ihn Jochen, nun mit einem leichten Grinsen im Gesicht, weiter auf.

»Stirb«, kreischte der Junge und zog den Abzug der Waffe durch, nur um im nächsten Moment verblüfft festzustellen, dass sich deren Lauf nicht mehr in Richtung von Jochens Brust, sondern unter seinem eigenen Kinn befand.

Solche Situationen wiederum liebte Jochen.

Noch während der Junge in sich zusammenbrach, trat Steffen hinter der Biegung des Ganges hervor, wo er sich versteckt hatte, und betrachtete Jochen aus seinen rot geränderten Augen. Dieser hob hektisch seine Waffe wieder auf und versuchte nun mit Gewalt, sie durchzuladen.

»Ladehemmungen?«, fragte der Manipulator mit hochgezogenen Augenbraue und sicherte den Gang nach hinten. Eine Maßnahme, die Jochens Kamerad einige Minuten zuvor vermutlich das Leben gerettet hätte.

»Wie immer im falschen Augenblick«, erwiderte Jochen sarkastisch, als die Mechanik mit einem beruhigenden Klacken endlich die nächste Kugel in den Lauf lud.

Rasch zog er das Magazin aus der Waffe und überprüfte, wie viel Schuss ihm noch geblieben waren – und quittierte das Fehlen weiterer Munition mit einem derben Fluch.

»Heutzutage wird einfach keine Qualität mehr produziert«, sagte Steffen, während er sich langsam rückwärts, hin zu Jochen bewegte und seinen Lauf zwischen den einbiegenden Gängen hin- und herwandern ließ.

»Könnte natürlich auch daran liegen, dass ich dem Typen, dem ich die Knarre eben aus den Händen gerissen habe, damit eine übergebraten habe.«

Steffen schüttelte missbilligend den Kopf, während Jochen die nächstbeste Leiche nach brauchbarer Munition abtastete.

»Oder das«, sagte Steffen, mit hörbarer Anspannung in der Stimme. »Sag Bescheid, wenn wir wechseln.«

Kurz überprüfte Jochen, ob das Kaliber stimmte, knurrte ungehalten und entledigte den Toten schlicht der ganzen Waffe. Die vorerst nutzlose MP warf er sich kurzerhand mit deren Tragegurt über die Schulter, bevor er das Signal zum Wechsel gab.

Nun war er in Schussposition, während sich Steffen der Cockpittür zuwandte.

»Wie konntet ihr euch von dem Flachwichser überhaupt so überraschen lassen?«, fragte Steffen, während er den Verschlussmechanismus inspizierte und schließlich mit der geübten Hebelbewegung eines Messers, das er vermutlich selbst einer der Leichen abgenommen hatte, eine Klappe öffnete und die Elektronik freilegte.

Der Geräuschpegel im Schiff begann deutlich abzuflauen. Die Kämpfe gingen zu Ende, ohne dass die beiden es vermocht hätten zu sagen, welche Seite den Sieg davongetragen hatte. Es war gut möglich, dass ihnen die Zeit davonlief.

»Wilhelm, der Trottel, hat wohl lieber mir dabei zugeschaut, wie ich versucht habe, die Tür zu knacken, als den Gang zu sichern, wie ich es ihm gesagt habe«, bellte Jochen, während die altbekannte Übelkeit in ihm hochstieg, die ihn im Gefecht so gerne überfiel. Waren da nicht gerade Schritte aus dem zweiten Gang von rechts gekommen? Über seine Schulter hörte er Steffen stöhnen.

»Halt jetzt mal kurz die Fresse. Das wird weh tun.«

Abgesehen davon, dass es erwiesenermaßen Selbstmord war, musste Jochen nicht nach hinten schauen, um zu wissen, dass sein Kamerad gerade seine Augen geschlossen hatte, während er seine stählernen Fingerkuppen an irgendwelche Verbindungen hielt.

Der Manipulator begann leise, in höchster Konzentration und Spannung, vor sich hin zu murmeln, während er die Tür unter den verschlossenen Augenlidern mit Blicken taxierte, die nun in der Lage waren, jene Dinge zu sehen, die jedem anderen verborgen bleiben mussten. Jene elektrischen Ströme, die die Tür verschlossen hielten, waren viel stärker als die, die er an die robotische Armprothese des jungen Reaktorarbeiters geschickt hatte, um die Position seiner Waffe ohne dessen Kenntnisnahme in Richtung seines eigenen Schädels zu bewegen. Entsprechend mehr Zeit würde es brauchen sie zu manipulieren. Mehr Zeit und mehr Anstrengung.

Eine Ewigkeit schien zu vergehen.

Dabei waren es nur wenige Minuten. Minuten, in denen Steffen der Schweiß in Strömen das Gesicht herunterrann und seine Augenlider zu flattern begannen, während sich aus seinen Nasenlöchern fadendünne Ströme von Blut ihren Weg über seine Lippen zu seinem Kinn bahnten. Als die beiden kurz darauf ein metallisches Krachen vernahmen, mit dem die Verriegelungsbolzen der Tür zurückschnellten, fiel Jochen ein Stein vom Herzen.

Auf dem Schiff war es nun fast ruhig geworden. Nur vereinzelt hörte man noch das Trampeln von Stiefeln und einsame Schüsse. Die Schreie waren verstummt. Das waren keine Kämpfe mehr, das waren Exekutionen. Ihre Zeit war abgelaufen.

Steffen atmete einmal tief durch und wischte sich mit dem Handrücken den Schweiß von der Stirn.

»Fertig?«, fragte Jochen gehetzt.

»Fertig«, antwortete Steffen und trat die Tür auf.

Mit einem Hechtsprung jagten die beiden in das Cockpit, bereit auf alles und jeden zu schießen, der sich ihnen noch in den Weg stellte. Zu ihrer Erleichterung befanden sich dort keine weiteren Besatzungsmitglieder mehr.

Selbstverständlich keine außer dem Piloten.

Wie es für eine so leichte Schiffsklasse wie die »Impius« üblich war, war das Cockpit sehr eng und gerade groß genug, dass die zahlreichen Instrumente und Anzeigen, die für die Navigation durch den Hyperraum nötig waren, in ihm Platz fanden.

Und inmitten all dieses Durcheinanders eingekeilt, stand ein Gebilde, einem Operationstisch nicht unähnlich, auf dem der Pilot ausgebreitet lag.

Schnell verriegelten die beiden Männer die Tür hinter sich und überprüften die Geräte, welche durch einige Clips und einen Datenhelm mit dem Piloten verbunden waren und es ihm ermöglichten, aus seinem tranceähnlichen Zustand den Phasengleiter durch den Hyperraum zu steuern.

Eine Anzeigetafel verriet ihnen, dass sie selbigen in weniger als einer Viertelstunde verlassen würden.

Mit etwas Glück mehr Zeit, als sie brauchten.

»Steffen, sieh zu, dass du irgendwie rausfindest, wohin uns diese Menschenschinder gebracht haben«, sagte Jochen und setzte sich an die Interkom-Anlage des Schiffes. »Ich sehe, womit wir es zu tun haben.«

Womit sie es zu tun hatten? Jochen biss sich auf die Unterlippe und holte einige Male tief Luft. Wieder so eine Situation, die er hasste. Im Grunde gab es ja nur zwei Möglichkeiten. Entweder waren die Kämpfe an Bord zu ihren Gunsten ausgegangen oder eben nicht. Wenn das nicht der Fall war, dann hatten sie immerhin den Piloten als Geisel. Zu was immer das dann nutze sein mochte. Er schaltete den Interkom an.

»Hier spricht einer der Gefangenen. Wir haben den Piloten. Ich wiederhole, wir haben den Piloten.« Sekunden verstrichen. Dann ein Knacken, als von den unteren Mannschaftsdecks eine Antwort gesendet wurde.

»Blake hier«, klang es durch die Sprechanlage und Jochen spürte, wie sein Herz mehrere Schläge aussetzte und ihm Tränen der Erleichterung in die Augen stiegen. »Das Schiff gehört uns. Bestellt dem Piloten bitte meine herzlichen Grüße, sobald er aufwacht und gebt ihm zu verstehen, dass wir seine Dienste nicht mehr brauchen. Ich schicke euch den Zigeuner hoch. Blake Ende.«

Kaum hatte er aufgelegt, fielen sich die beiden Ex-Strafgefangenen jubelnd in die Arme und stießen in ihrer Euphorie fast einige der losen Geräte um.

Als der Pilot knapp zehn Minuten später die Augen öffnete, war das Letzte, das ihm durch den Kopf ging, eine kleinkalibrige Pistolenkugel.

2

Der Narrator beginnt seine Erzählung

Mit denen, die den Krieg bringen

Etwa zur gleichen Zeit huschten etliche Lichtjahre von der ›Impius‹ entfernt die Finger des leitenden Nachrichtenverbindungsoffiziers Brannigan über die endlosen Tastaturen eines der Informationsbords der ›Faust der Richter‹, einem der Linienschlachtschiffe des Konzils.

An dieser Stelle soll nun kein Vergleich zwischen dem vorhin erwähnten Schiff und diesem hier stattfinden, da dieser im Grunde vollkommen lächerlich wäre.

Es wäre, als würde man den Tag mit der Nacht, den Mond mit der Sonne oder den altehrwürdigen Planeten Erde mit den räuberischen Monden von Loki III vergleichen.

Allein 10 000 Seelen waren nötig, um ein Schiff von der Größe der ›Faust der Richter‹ angemessen zu bemannen und fielen nur wenige Hundert von ihnen aus, so wäre dieser fünf Kilometer lange Koloss des Alls vollkommen manövrierunfähig. Und in diesem Fall wäre sein Verlust einer vernichtenden Niederlage gleichgekommen, da er im Grunde nicht zu ersetzen war.

Die ›Faust der Richter‹ war binnen dreier Jahre unter ungeheurem Kostenaufwand und höchster Geheimhaltung unter den Augen der besten Ingenieure des Fertigungswerkes Alpha P3 konstruiert worden, welches von seinen Arbeitern nur als ›die schwebende Grube‹ bezeichnet wurde, da es sich bei dem Werk im Grunde um nichts weiter als einen gewaltigen Konstruktionsschacht handelte, der tief in die Eingeweide eines Meteoriten geschlagen worden war. Allein der Gedanke, ein Schiff dieser Größenordnung hätte an einem anderen Ort konstruiert werden können als in der Schwerelosigkeit des Weltraums, grenzt an völligen Irrsinn. Genau wie die Idee, es jemals der Schwerkraft eines Planeten auszusetzen, unter der seine Konstruktion sofort durch ihr Eigengewicht zusammengebrochen wäre. Die ›Faust der Richter‹ war ein Trägerschiff, in dessen Bauch eine Unzahl von kleineren Kampfschiffen sowie Abschussvorrichtungen für Raketen Platz fand, deren Sprengkraft reichte, um ganze Kontinente zu entvölkern. Sie stellte von Gnaden des hohen Rats der Separatisten aktuell die schrecklichste Geißel im Kampf um die äußeren Ränder der von Menschen besiedelten Galaxis dar.

Und genau diese Maschinerie der Vernichtung schwebte nun über den schwelenden Überresten Boltous, eines der Monde des Planeten Montreal, dem ehemaligen Heimathafen der ›Impius‹.

»Eine Manifestation dessen, wofür wir kämpfen«, dachte der Offizier grimmig, während er in nüchterner Zufriedenheit die Daten des Angriffs auswertete.

Wie zur Bestätigung seiner Gedanken, begann erneut der Bordlautsprecher zu knacken, welcher in halbstündigen Intervallen den Gefechtsstatus aktualisierte.

»An sämtliche Abteilungen der Nachrichtenverbindung: Rühren! Gefechtsstatus: Gefecht vorüber. Der Einsatz war erfolgreich. Gefahrenstufe: Grün. Ich wiederhole, das Gefecht ist vorüber, wir haben gesiegt.«

Kurz musste Brannigan die Hände von der Tastatur nehmen, da

er fürchtete mit seinen vor Erregung zitternden Fingern einen Fehler zu begehen, während um ihn herum der Jubel seiner Kameraden anhob. Einer der Unteroffiziere brach sogar in Tränen aus, als die Anspannung nach fast elf Stunden der Gefechtsbereitschaft von den Männern und Frauen der Nachrichtenverbindungszentrale abfiel.

Wie lange hatten sie alle auf diesen Tag gewartet?

»Erstatten Sie Bericht, Soldat!«

Brannigan fiel vor Schreck fast vom Stuhl. Er hatte nicht einmal bemerkt, dass Pamaroy die Nachrichtenzentrale betreten hatte.

Der Kapitän des Schiffes war ein harter Mann. Vierzig Jahre inbrünstiger Dienst für die Separatisten, zahllose Gefechte und Schlachten hatten sein Gesicht für alle Zeit gezeichnet.

Trotz oder vielleicht gerade wegen all dieser Entbehrungen, strahlte Salvador Pamaroy eine Ruhe und Autorität aus, die sich durch jede Pore seiner Haut im Raum zu verbreiten schien.

Am auffälligsten jedoch waren seine Augen, mit deren stechendem Blick er in der Lage schien, einem Menschen Nägel durch den Schädel zu treiben.

»Vermutlich keine ganz unbegründete Sorge«, überlegte Brannigan, während er sich erhob und zackig vor seinem Kapitän salutierte.

Sofort bereute er seinen Gedanken, bedachte man doch, dass es erheblicher Fähigkeiten bedurfte, das Oberkommando über ein Schiff wie dieses zu bekommen, und es durchaus sein konnte, dass seine Gedanken nicht ganz unbemerkt geblieben waren.

Pamaroy erwiderte den Gruß und bedeutete Brannigan, sich wieder hinzusetzen.

»Erstatten Sie Bericht!«, wiederholte er seinen Befehl mit deutlich spürbarer Ungeduld. Die Verachtung Pamaroys für selbst die kleinste Art von zeitraubender Militäretikette war mittlerweile legendär, was aber niemanden in der Besatzung davon abhielt, ihm jede Form von Respekt entgegenzubringen, die das Protokoll erlaubte.

Brannigan nickte und machte sich sofort an die Auswertung der ihm vorliegenden Daten.

Er empfand es als große Ehre, dass Pamaroy in all dem zielstrebigen Durcheinander, welches gerade auf der Brücke herrschen musste, gerade die Nachrichtenabteilung für den Beginn seiner Inspektionen herausgesucht hatte. Diese führte er nach jedem größeren Einsatz des Schiffes persönlich durch, um sich einen Überblick über die Situation zu verschaffen.

Er wusste stets, welche Teile des Schiffes wie stark Schaden genommen hatten. Er wusste, wie sehr welche Teile der Mannschaft in Mitleidenschaft gezogen waren und wie viel man ihnen noch unmittelbar zumuten konnte. Er wusste, welche Teile der Munitionsbatterien ersetzt werden mussten. Er wusste, welche Materialien wann, wie und wo auf dem Schiff sein mussten, um seine maximale Kampfbereitschaft wiederherzustellen, und überließ nichts davon allein einem der niederen Offiziere. Er sorgte dafür, dass das Material in bester Ordnung und die Mannschaft optimal verpflegt war, um vollen Einsatz leisten zu können. Und dafür liebten ihn seine Männer. Wobei Liebe das völlig falsche Wort war. Sie verehrten ihn. Und lebten in ständiger Furcht. Denn genauso wenig, wie Pamaroy es zuließ, dass es ihnen einen Deut schlechter ging als notwendig, genauso erbarmungslos ahndete er Einbußen an Effizienz, die durch seine eigene Mannschaft verschuldet wurden. Was auch der Grund war, warum Brannigan bereits alle Daten für seinen Bericht auf Abruf bereit hatte.

»Insgesamt«, hob Brannigan seinen Bericht an, »haben wir bisher eine geschätzte Erfolgsquote von 97,3 Prozent erreichen können. Circa 68 Prozent der Bevölkerung sind durch Antimaterie- oder Nuklearsprengköpfe ums Leben gekommen und der Rest geht auf das Konto unserer Bodentruppen, die sich derzeit noch inmitten der Säuberung befinden.«

Pamaroy nickte langsam angesichts dieser Zahlen, während er sich auf verschiedenen Bildschirmen Aufnahmen des Angriffs und strategische Karten ansah.

»Überlebende?«

»Zumindest nicht in den großen Städten, die Landschaften werden in den nächsten Tagen noch untersucht.«

»Gefangene?«

»Wurden, soweit vorhanden, bereits vernommen und in die Zellen gebracht.«

Der General schwieg nun einige Sekunden, bevor er zu dem kam, was Brannigan fürchtete, ihm zu sagen.

»Flüchtlinge?«

Brannigan murmelte die Antwort leise und unverständlich vor sich hin.

»Wie bitte?«, fragte Pamaroy scharf, indem er Brannigan nun direkt mit Blicken taxierte und dabei eine Augenbraue hochzog. »Wiederholen Sie das bitte noch mal, ich fürchte, ich habe nicht richtig verstanden.«

»Einige Tausend, Herr Kapitän«, mühte Brannigan sich zu sagen und fühlte förmlich, wie er unter dem Blick des Mannes vor ihm zusammenschrumpfte, »genaue Zahlen sind momentan nicht zu ermitteln.«

Einem unbeteiligten Betrachter wäre an dieser Stelle nicht einmal aufgefallen, dass diese Nachricht den Kommandierenden sonderlich bewegte, außer vielleicht, dass sich seine Augenbrauen leicht zusammenzogen.

Brannigan jedoch hatte plötzlich das Gefühl, bei lebendigem Leibe gekocht zu werden, während er die Fragen seines Vorgesetzten weiter beantwortete.

»Wer?«, fragte er unnachgiebig, während sein Untergebener damit begann, sich leicht auf seinem Stuhl zu winden, »wer konnte in diesem Inferno noch entkommen? Und vor allem, wie?«

Brannigan musste schlucken, ehe er darauf eine Antwort geben konnte.

»Es müssen wohl hauptsächlich Leute gewesen sein, die körperlich dazu in der Lage gewesen sind und die Fähigkeiten besessen haben, durch unsere Linien zu brechen oder den Angriff vielleicht sogar vorherzusehen. Cyborgs, Symbionten, Mutanten, Manipulatoren, solche Leute eben.«

Kurz überlegte er, ob er es wagen durfte, vor einem derart hohen Kapitän so frei zu sprechen, erinnerte sich dann aber, mit wem er es zu tun hatte. Pamaroy würde ihm für eine Respektlosigkeit nicht den Kopf abreißen. Für das Zurückhalten dieser Information wahrscheinlich schon.

»Meiner Meinung nach kann das aber nicht alles gewesen sein.«

»Wie darf ich das verstehen?«, fragte Pamaroy nun sichtlich interessiert.

»Nun, sehen Sie«, fing Brannigan an und versuchte seine Botschaft möglichst diplomatisch zu verpacken, »der Großteil der Flüchtlinge stammt aus ein und demselben Distrikt und auch die Art und Weise, wie sie entkamen, zeigt erstaunliche Ähnlichkeiten zueinander.«

Pamaroy beugte sich leicht nach vorne, um die Datenfelder vor Brannigan besser lesen zu können.

»Nämlich?«

»Viele haben sich Schiffe genommen, die zu klein für größere Geschossgruppen sind und nicht einmal über Bordgeschütze verfügen, dafür aber schnell in den Hyperraum gelangen können. Natürlich konnten wir trotzdem das Gros davon abschießen, bevor sie entkommen konnten, aber da der Großteil der Geschützmannschaften an den Raketensilos beschäftigt war, konnte kein groß angelegter Schlag mit der normalen Artillerie erfolgen und ich denke, dass sie das wussten.«

Kurz las Brannigan nochmals den Bericht eines Abfangjägers, der die ganze Szenerie verfolgt hatte. Er musste sich bei seiner nächsten Aussage ganz sicher sein. Leider ließ das vorliegende Material kaum einen anderen Schluss zu.

»Sir, bei allem Respekt, ich denke, dass sie einen Informanten aus unseren eigenen Reihen hatten«, sagte er schließlich, während er den Kopf erneut zu seinem Vorgesetzten drehte.

Pamaroys Gesicht war wie versteinert. Seinen tiefen, blaugrünen Augen, in deren Pupillen eine Dunkelheit nistete, wie Brannigan sie sonst nur von der Finsternis zwischen den Sternen her kannte, huschten über die Stellen, die Brannigan in den Daten markiert hatte. Schließlich nickte er.

»Ich gebe Ihnen recht.«

Brannigan versuchte etwas zu sagen, jedoch blieb ihm zunächst das Wort im Hals stecken.

Schließlich räusperte er sich.

»Wir ... wir müssen das an den Nachrichtendienst weitergeben. Oder sehen Sie da noch einen anderen Weg?«, fragte er, das kleine bisschen Hoffnung, das in seiner Stimme mitschwang, bereits im Sterben begriffen.

Wie er befürchtet hatte, schüttelte Pamaroy den Kopf.

»Nein, nein ich fürchte nicht. Irgendjemand wusste, dass wir kommen.« Seine Stimme war hart wie Stahl und brannte vor unterdrücktem Hass.

Was Kapitän Salvador Pamaroy am allerwenigsten bei einer Mannschaft duldete, auf deren Wohlbefinden er so viel Zeit verwandte, war Verrat. Und irgendjemand würde das zu spüren bekommen.

3

Der Narrator beginnt seine Erzählung

Mit denen, die der Krieg trifft

Scarlett wusste, dass sie verrückt geworden war.

Niemand konnte ihr weismachen, dass es sich bei diesem Wahnsinn um die Realität und nicht nur um den Auswuchs ihres kranken Geistes handelte.

Mit einer fahrigen Handbewegung versuchte sie, sich das Blut aus dem Gesicht zu wischen, womit sie es aber nur noch weiter verschmierte.

Wankend kam sie an einem Gebilde zum Stehen, das früher vielleicht einmal eine Hauswand gewesen sein mochte, als sie erneut von einem Hustenanfall übermannt wurde.

Röchelnd krümmte sie sich vornüber und würgte im Takt ihres sich krümmenden Körpers roten Lebenssaft hervor, wobei sie ihren Bauch umschlungen hielt.

»Hellrot mit Bläschen. Eindeutig Lungenblut«, schoss es ihr bei diesem Anblick durch den Kopf, ehe sich ihr geschundener Leib erneut aufbäumte und sie mit dem Gesicht voran in die Lache unter ihr fiel.

Rasch versuchte sie, sich selbst in die stabile Seitenlage zu bringen.

Verschluckte sie sich jetzt an ihrem eigenen Blut, würde sie qualvoll ersticken.

»Wobei das wohl auch keinen großen Unterschied mehr macht.«

Kaum hatte sie den Gedanken vollendet, schrie sie sich schon innerlich an, sich gefälligst zusammenzureißen.

Wenn schon nicht um ihretwillen, dann wenigstens für die anderen Überlebenden.

Sobald sich ihr Körper einigermaßen beruhigt hatte, versuchte sie aufzustehen, wobei sie bei jeder Bewegung zusammenzuckte.

Was immer das für ein Zeug in den Nebelbomben war, es war genauso effizient wie tödlich.

Scarlett hatte das Gefühl ihre Innereien müssten verbrennen, während gleichzeitig Wellen von Schüttelfrost über sie hereinbrachen. Ihre Gelenke fühlten sich an, als hätte jemand Sand zwischen sie gestreut, und sie war sich ziemlich sicher, dass ihr Knochengerüst jeden Moment unter ihrem Gewicht splittern würde.

»Und wenn es mir schon so geht«, dachte sie fiebrig, während das Krankenhaus nun verschwommen in Sichtweite kam, »wie muss es dann erst denen gehen, die dem Nebel direkt ausgesetzt waren?«

Sie musste sich beeilen, um noch zur Klinik zu kommen. Als Chefärztin war es ihre Pflicht, die Notfallmaßnahmen zu koordinieren. Und nach einer solchen Katastrophe zählte jede Sekunde. Lebhaft und von Grauen gepackt, konnte sie sich vorstellen, wie bereits jetzt die Notaufnahme überquoll und ihre Kollegen mit ihrem kopflosen und unkoordinierten Handeln Zeit und damit Menschenleben vergeudeten.

Dies alles und noch viel mehr ging Dr. Scarlett Blackhill durch den Kopf, während sie, mehr tot als lebendig, beinahe schon im Delirium, die von Leichen übersäten Straßen ihrer ehemaligen Heimatstadt entlang wankte, die unter den sich überlagernden Einschlägen von erbarmungslos aus dem Orbit abgeschossenen Granaten erzitterten. Granaten, die die ganze

Stadt mit einem gräulichen, in jeden Winkel eindringenden Qualm füllten.

Zumindest in einem Punkt hatte sie sich nicht geirrt.
Die Notaufnahme quoll tatsächlich über. Allerdings nicht vor Verletzten.
Wie im Traum zog ihr bisheriger Arbeitsplatz an ihr vorbei.
Vom Eingangsbereich, in dem sich die Leichen vor den Türen geradezu auftürmten, sodass sie über sie hinüberklettern musste, bis hin zu den Operationssälen, in denen sie noch bis vor wenigen Tagen gearbeitet hatte, überall roch es nach Tod und Verzweiflung.

Während sie auf unsicheren Beinen versuchte, ein fahrbares Krankenbett zu umrunden, das mitten im Gang stand, rutschte sie aus.

Hier in den engen Gängen hatten sich die Blutrinnsale zu großen Lachen vereint und so spritzte es nach allen Seiten, als sie der Länge nach hinfiel.

Benommen beobachtete sie, wie einzelne Spritzer nun die Wand zierten und langsam an ihr hinabglitten.

»Wieso«, dachte sie, während sie spürte, wie sich ihr Verstand zunehmend verschleierte. »Wieso ist hier niemand in ABC-Schutzkleidung?«

Das Protokoll für biologische und chemische Katastrophensituationen sah klar vor, was in einer solchen Situation zu tun war, und irgendjemand würde dafür büßen, dass es offensichtlich nicht eingehalten wurde.

Ihr Schädel begann entsetzlich zu pochen. Sie hatte keine Zeit für solche Überlegungen.

Auf allen Vieren kriechend, setzte sie nun ihren Weg fort. Wenn sie sonst niemandem mehr helfen konnte, dann blieb ihr nur noch, sich selbst zu retten.

Auch wenn Scarlett sehr weit davon entfernt war, die Situation auch nur im Mindesten zu erfassen, so gab es dennoch einen kleinen Teil ihres Verstandes, der ihr trotz der Folgen von Nervengift und Schock erhalten geblieben war. Und so lenkten sie die tieferen Windungen ihres Hirns zielsicher in die richtige Richtung.

Mit pfeifendem Atem zog sie sich an dem Waschbecken hoch, um sich im Spiegel selbst zu betrachten. Sie musste entsetzt blinzeln.
»Wer ist das?«
Es dauerte einige Zeit, bis Scarlett fähig war, sich in dem, was sie sah, wiederzufinden.
Mit bebenden Fingern streckte sie ihre Hand aus und berührte ihr Spiegelbild an der Wange.
Ihre Haut war wächsern und schälte sich vom darunterliegenden Fleisch, das ungesund grau zum Vorschein kam. Ihr einstmals üppiges, blondes Haar war ihr bereits büschelweise ausgefallen.
Und das helle Blau ihrer Augen war unter all dem Blut kaum noch auszumachen.
Als sie erneut spürte, dass ein Anfall nahte, begann sie, sich mit unsicheren Griffen zu entkleiden. Ihre Anziehsachen Stück für Stück zurücklassend, taumelte sie nun zu einer Apparatur, die beinahe ein Drittel des gesamten Operationsraums einnahm.
Schnell steckte sie die Konzessionskarte, welche sie immer an einer Halskette trug, in den dafür vorgesehenen Schlitz, und die Apparatur erwachte zum Leben. Mit ihrem zunehmend verschwimmenden Sichtfeld und den schwarzen Rändern, die ihren Blick immer mehr einschränkten, wäre es für jeden anderen unmöglich gewesen, das Gerät zu bedienen. Aber schließlich

war sie nicht umsonst an ihre Position als Chefärztin gelangt.

Mit einem finalen Stöhnen hievte sie sich auf die Metallplatte und streckte sich aus, bevor ihr Kreislauf endgültig kapitulierte. Sie bekam gerade noch mit, wie die Platte in die dafür vorgesehene Glasröhre fuhr, bevor die Finsternis sie übermannte.

Der Narrator verweist auf die Zeit

Die erste Woche nach Kriegsbeginn

Der Narrator liest vor

Von der Theorie der Verantwortung

Nach der Erstveröffentlichung am 04.07.2098 in der Zeitschrift ›Space Shuttle Express‹.
Auszug aus dem Pressebericht der New Moon Scientistic Foundation in seiner nicht editierten Version vor der Veröffentlichung.

Die Legalisierung des Systems der Extraterritorialität und die damit verbundene Privatisierung der Raumfahrt bedeutet einen weiteren wesentlichen Schritt in Richtung der ungeheuerlichen Aushöhlung der Handlungsfähigkeit der Politik und ist in ihrem Gefährdungspotential für die Zukunft der Menschheit gar nicht hoch genug einzuschätzen.

Die neuen Antriebssysteme, welche dem Menschen die Reise durch den Hyperraum ermöglicht haben, schaffen für die Menschen eben nicht nur neue und unbegrenzte Möglichkeiten, sondern auch Verpflichtungen.

Die Menschheit muss sich klar sein, dass eine ›Eroberung‹ oder ›Erschließung‹ des Weltraums nicht der einzige Weg für uns ist, als Spezies zu überleben. Wir müssen nur endlich begreifen, dass der Markt und das ewige Streben nach Wachstum und Profit nicht für immer die treibenden Räder der Menschheit sein dürften. Unzählige Beispiele aus der Geschichte zeigen, dass sie es auch gar nicht sein müssen.

Jetzt, am Anfang der Reise müssen wir von den Staaten einfordern, nicht einzig und allein das Wohl der Firmen im Auge zu behalten, denen sie die Zukunft der Menschheit in den Sternen anvertrauen, sondern auch die Wahrung der unveräußerlichen Rechte, die sich die Menschheit erkämpft hat. Schließlich ist nicht davon auszugehen, dass wenn die Firmen rein nach jenen wirtschaftlichen Grundsätzen agieren, die die Erde an den Rand der Vernichtung geführt haben, sie zu irgendeiner Zeit von sich aus für das Heil der Menschen in ihrer Obhut ausreichend Sorge tragen werden.

Das ist es, was wir uns hier und jetzt, am Anfang dieser Reise klarmachen müssen und was uns bis zu ihrem Ende immer präsent bleiben muss!

Auszug aus dem Pressebericht der New Moon Scientistic Foundation in der Version ihrer Veröffentlichung.
Vor der Publikation fanden einige unwesentliche Korrekturen durch das Ministerium für Reputationswahrung der UN, basierend auf dem Gesetz »zur Schaffung alternativer Fakten zum Schutz von Unternehmensreputationen vor geschäftsschädigenden wissenschaftlichen Meinungen« statt.

Die Legalisierung des Systems der Extraterritorialität und die damit verbundene Privatisierung der Raumfahrt [...] ist in ihrem [...] Potential für die Zukunft der Menschheit gar nicht hoch genug einzuschätzen.

Die neuen Antriebssysteme, welche dem Menschen die Reise durch den Hyperraum ermöglicht haben, schaffen für die Menschen [...] neue und unbegrenzte Möglichkeiten [...].

Die Menschheit muss sich klar sein, dass eine »Eroberung« oder »Erschließung« des Weltraums [...] der einzige Weg für uns ist, als Spezies zu überleben. Wir müssen [...] endlich begreifen, dass der Markt und das ewige Streben nach Wachstum und Profit [...] für immer die treibenden Räder der Menschheit sein […] müssen.

Jetzt, am Anfang der Reise müssen wir von den Staaten einfordern, […] einzig und allein das Wohl der Firmen im Auge zu behalten, denen sie die Zukunft der Menschheit in den Sternen anvertrauen […]. Schließlich ist […] davon auszugehen, dass […] die Firmen […] von sich aus für das Heil der Menschen in ihrer Obhut ausreichend Sorge tragen werden.

Das ist es, was wir uns hier und jetzt, am Anfang dieser Reise klarmachen müssen und das uns bis zu ihrem Ende immer präsent bleiben muss!

4

Der Narrator erzählt

Vom Mahl der Geächteten

Kaum eine halbe Stunde später saßen sie alle in der winzigen Bordküche des Schiffes um einen maroden Holztisch gedrängt. Selbstverständlich alle außer Phil, welcher sich an den Geräten hinter dem Kopfende des Tisches zu schaffen machte und damit beschäftigt war, ihnen verschiedene Fertiggerichte zu kredenzen. Rob, den alle nur den Zigeuner riefen, war im Cockpit. Er war der Einzige, der auch nur halbwegs etwas von den Arbeiten verstand, die nötig waren, um ein Schiff dieser Größe zu steuern.

»Alles in allem hätte es wirklich schlimmer kommen können«, dachte Jochen, während er sich über eine Portion lascher Tortellini hermachte, die ihm von Phil gereicht wurde.

Zwar sah das Essen nicht sonderlich verlockend aus, aber nach drei Tagen hinter Schloss und Riegel, bei fauligem Wasser und steinharten Brotrinden, schien das niemanden mehr so recht zu interessieren.

Allein bei dem Gedanken daran konnte Jochen nur innerlich den Kopf schütteln. Sollte es wirklich erst drei Tage her sein, seit sie von Boltou weggeschafft worden waren? Ihm kam es so vor, als wäre stattdessen ein halbes Jahr vergangen.

»Wobei man allerdings sagen muss, dass keiner von uns jetzt hier wäre, wäre Blake nicht gewesen.«

Unauffällig versuchte Jochen ihrem Retter, der sich an der der Tür zugewandten Kopfseite des rechteckigen Tisches niedergelassen hatte, einen Blick zuzuwerfen.

Doch dieser schien momentan lediglich damit beschäftigt, sich drei Steaks auf einmal zu Gemüte zu führen und sie mit einer scharf riechenden Flüssigkeit aus einem Flachmann herunterzuspülen.

Jochen hatte früher schon öfter mit Blake zu tun gehabt, sich allerdings nie die Mühe gemacht, nähere Bekanntschaft mit ihm zu schließen.

Was ja auch irgendwie verständlich war, bedachte man, dass sie sich daher kannten, dass sie öfter zusammen mit anderen Söldnern Konvois der Föderation überfallen hatten.

Jedoch kam er jetzt im Nachhinein nicht umhin zuzugeben, dass Blake eine durchaus eindrucksvolle Gestalt war.

Zwar war er etwas kleiner als der Durchschnitt und besaß kaum einprägsame Gesichtszüge oder sonstige markante Merkmale. Nein, wäre es allein nach solchen Kriterien gegangen und hätte man ihn in einer Reihe mit zehn anderen Personen betrachtet, an ihn hätte man sich gewiss nicht erinnert.

Das, was seine Gestalt so respekteinflößend machte, waren die schier unglaublichen Kräfte, die dieser Mann besaß.

Straff wie eine Trommel schien sich seine Haut über massive Muskelwülste zu spannen, die sich nach außen wie Stahlseile abzeichneten und seinen ganzen Körper bedeckten.

»Bei einem direkten Vergleich«, so überlegte Jochen, »würde er mich vermutlich einfach in zwei Teile reißen.«

Insgeheim bezweifelte er jetzt schon, dass es bei der Bullenstärke dieses Tiers mit rechten Dingen zuging.

»Dann sind wir die Einzigen, die übrig sind?«, nahm Steffen den Gesprächsfaden wieder auf, der durch die Fertigstellung des Essens unterbrochen worden war.

Blake nickte und antwortete zwischen zwei Bissen.

»Die Kämpfe auf den unteren Decks waren mörderisch, im wahrsten Sinne des Wortes«, er lachte kurz und freudlos auf. »Deine Nahkampf-Skills hätten wir da unten ganz gut gebrauchen können, Jochen.«

Jochen seufzte. »Die nützen einem nur dann was, wenn man auch bis in den Nahkampf kommt«, und erzählte die kurze Episode mit dem Sohn des Zellenschließers. Blake verdrehte die Augen.

»Nicht wirklich, oder? So einen Fehler hätte ich von Wilhelm nicht erwartet. Dass er nicht auf den Gang geachtet hat, meine ich. Und dann auch noch von so einem Amateur erschossen zu werden.« Er schüttelte den Kopf, während Jochen einfach mit den Schultern zuckte.

»War eben die berühmte eine Sekunde, nicht wahr.«

Er wusste selbst nur zu gut, was Stress bewirken konnte. Und dieser Ausbruch war selbst für ihren Standard weit über den normalen Stresspegel hinausgegangen. Im Grunde hatten sie von vornherein nur die Devise »Freiheit oder Tod« gehabt.

Und diese Freiheit war teuer bezahlt worden.

Als die letzten Bissen von den Tellern verschwunden waren, verteilte Phil ein paar Dosen Bier und machte sich auf den Weg ins Cockpit, um dem Zigeuner seine Ration zu bringen. Das Letzte, was sie gebrauchen konnten, war eine Kollision mit einem Meteoriten oder einem anderen Schiff, weil der Pilot einen Schwächeanfall erlitt.

Einige von ihnen, so auch Steffen, holten nun rasch einige Medikamente hervor, die sie zusammen mit dem Bier einnahmen.

»Bei den riesigen Nebenwirkungen vergessen Sie die Packungsbeilage und besorgen Sie einen verdammten Leichenwagen«, dachte Jochen milde belustigt, während er zusah, wie sich Steffen eine Vielzahl kleiner, bunter Pillen einwarf und dabei die halbe Dose Bier leerte.

Er hatte noch relativ lebhaft in Erinnerung, wie er sich einmal mit Steffen auf Boltou in einer Kneipe in den Außenvierteln von Saltberry, einer der Kleinstädte des Planeten, übel hatte volllaufen lassen.

Damals hatte Steffen statt Bier Schnaps zu seinen Medikamenten genommen und das Ergebnis war verheerend gewesen. Im Laufe des Abends hatte Steffen um die fünf elektropsychische Ausbrüche gehabt, was bis zu den frühen Morgenstunden bei allen Gästen mit Hirnimplantaten kollektive Brechanfälle und massenhaftes Nasenbluten zur Folge hatte. Auch einen Schwerverletzten hatte es gegeben. Dieser hatte dem Wirt in den gewaltigen Kochtopf voller Gulasch gekotzt, um anschließend von Selbigem verprügelt und fast in dem Gemisch ertränkt zu werden.

Glücklicherweise war Jochen da längst mit der Tochter des Wirts auf deren Zimmer verschwunden.

Es blieb nur zu hoffen, dass das Bier auf diesem Schiff nicht auch mit Glykol gepanscht war.

Jäh wurde Jochen aus seinen Gedanken gerissen, als Phil vom Cockpit zurückkam und gegenüber Blake verkündete: »Ich habe kurz mit Rob gesprochen. Es sieht gut aus. Laut dem Zigeuner sind wir nur auf einer Zwischenstation, um die Energiekerne wieder aufzuladen. Wo auch immer uns die Schweine hinbringen wollten, hier ist es nicht. Wir sind nicht einmal in der Nähe von einem besiedelten Planeten.«

Blake nickte und wandte sich zur Decke.

»Rob, kannst du uns hören?«

Von weiter oben erklang ein akustisches Knacken, gefolgt von herzhaften Schmatzgeräuschen.

»Ich nehme jetzt einfach mal an, das heißt ‚Ja'«, sagte Blake leicht entnervt und ließ sich in eine bequemere Position sinken, bevor er sich seinen Tischgenossen zuwandte.

»Also Leute, ich glaube sagen zu können, dass das nicht unser bester Tag war.«

Vom anderen Tischende aus hörte man ein mechanisches Schnauben, als Finley mit seinen tubatorverstärkten Lungen geräuschvoll ausatmete.

»Wenn du das hier als ‚nicht unseren besten Tag' betrachtest«, sagte der Cyborg sarkastisch, »möchte ich den Tag, den du als Katastrophe bezeichnest, erst gar nicht sehen.«

Blake sah alles andere als glücklich aus und rieb mit dem Daumen an seiner Gabel, die sich unter dem Druck merklich zu biegen begann.

»Also gut, dann konstatiere ich hiermit offiziell, dass er eine Katastrophe war. Zufrieden?«

»Naja, immerhin haben wir unsere Freiheit wieder, oder nicht?«, warf Steffen ein und schob sich eine weitere Pille in den Mund. Es war ihm deutlich anzusehen, dass sein Kopf immer noch höllisch schmerzen musste.

»Steffen hat recht, es könnte schlimmer sein«, bekräftigte Jochen.

Zustimmendes Gemurmel war die Antwort.

»Hat jetzt irgendjemand einen produktiven Vorschlag, wie wir aus der ganzen Scheiße wieder rauskommen?«

»Könnte relativ schwierig werden«, meldete sich Steffen wieder zu Wort und begann an den Fingern abzuzählen. »Raub von Föderationsbesitz, mehrfacher Mord von Beamten der Föderation, versuchter Ausbruch aus einem Koloniegefängnis unter Protektorat der Föderation ...«

»Wieso nur versucht? Ausgebrochen sind wir schon«, gab Phil zu bedenken, »wir hätten uns halt nicht wieder einfangen lassen sollen.«

»Was dann dazu geführt hat, dass man unsere Strafe geoutsourced und uns auf ein Föderationsschiff geschafft hat, um uns anschließend an ein privatisiertes Zwangsarbeitslager zu verkaufen«, brummte Jochen missgelaunt.

»Womit ich beim letzten Punkt unserer kleinen Blacklist angekommen wäre«, setzte Steffen fort, »Meuterei und Entführung eines Handelsschiffs der Föderation.«

Steffen lehnte sich vor, stützte seine Arme auf den Tisch auf und machte ein Gesicht, das an Ernst kaum zu überbieten war, ehe er sagte: »Tja, Jungs, damit sind wir wohl offiziell Geächtete.«

Was folgte waren einige Sekunden des Schweigens, bis sich die angestaute Spannung schlagartig entlud, und zwar in schallendem Gelächter.

Der Narrator liest vor

Von der Theorie des Reisens

Herbert Liebgott: Pfade ins Nichts. Eine wissenschaftliche Abhandlung über den Weg der Menschen zu den Sternen (Buchreihe Physik verstehen, Band 7), München 2106, [S.] 12.

[...] Im Grunde aber ist es falsch, den sogenannten »Phasen-Antrieb« überhaupt als Antrieb zu bezeichnen. Denn genau genommen wird durch ihn gar keine Strecke mehr zurückgelegt, sondern genau das Gegenteil ist der Fall.

Durch die gewaltigen Mengen Energie, welche durch Antimaterie- und Atomkraft freigesetzt und durch den »Phasen-Antrieb« kanalisiert werden, ist es lediglich möglich geworden, den Raum vor einer beliebigen Materie, in diesem Fall der Schiffe, tatsächlich innerhalb kürzester Zeit so zu krümmen, dass augenscheinlich eine Teleportation über eine der Inputenergie des ›Phasen-Antriebs‹ entsprechende Entfernung möglich ist, wobei Hindernisse erst dann eine Rolle spielen, wenn die Teleportation vollendet ist.

Und der als ›Reiseumgebung‹ wahrgenommene Hyperraum, nebenbei gesagt ebenfalls ein Begriff, der so nicht stimmen kann, ist nichts weiter als die Masse des durch die Energie gekrümmten vorbeiziehenden Raumes, der zwischen dem Ziel und dem aktuellen Standpunkt liegt, welche man erst im Zustand der Teleportation wahrnehmen kann.

Für spitzfindige Geister diente die Tatsache, dass auf diese Weise die Piloten der Schiffe durch visuelle und neuronale Verstärkung durchaus in der Lage sind, grob durch den Raum zu navigieren und sowohl Teleportationsdauer als auch -umgebung für die Insassen bewusst wahrnehmbar sind, immer wieder als Anlass zu argumentieren, dass es sich um eine wahrgenommene Reise handelt und somit die Bezeichnung »Antrieb« doch gerechtfertigt ist.

Doch ich möchte im folgenden Werk endgültig klären, dass eine Person, die zwar nicht wirklich verschwindet und im Rahmen der Teleportationsumgebung weiterhin denken und handeln kann, während der Teleportation trotzdem auch nicht mehr als existent betrachtet werden kann, da sie während dieser Reise als außerhalb unserer eigenen Dimension stehend betrachtet werden muss. [...]

5

Der Narrator erzählt

Von Aufräumarbeiten

»Also, ich fasse zusammen«, hob Blake an, »da wir dank Robs herausragenden Künsten der Navigation immer noch keine Ahnung haben, wohin diese Schweinepriester uns gephased haben, sind Diskussionen, wohin es als Nächstes gehen soll, erst mal Zukunftsmusik.«

Die Tischrunde nickte zustimmend.

»Des Weiteren sind sich alle Beteiligten darin einig, dass es uns ziemlich egal sein kann, wer, wo und aus welchen Gründen nach uns fahndet, da sich die große Mehrheit der hier Anwesenden, meiner untadeligen Person natürlich ausgeschlossen …«

Plötzlich durchschnitt ein vernehmliches Räuspern Blakes Redefluss. Zu Jochens Überraschung stammte dies von den Zwillingen, die bisher nicht viel anderes getan hatten, als sich am Anblick des jeweils anderen zu ergötzen. Bei den Gesprächen jedenfalls hatten sie bisher durch Schweigen geglänzt.

Dies und ihre vorwurfsvollen Blicke veranlassten Blake nun zurückzurudern.

»Also gut, wenn ihr darauf besteht. Dann erfreuen sich eben alle der hier Anwesenden, meiner nicht ganz so untadeligen Person eingeschlossen, bereits erklecklicher Kopfgelder. Beim Betreten verschiedenster föderativer Planeten würde dies jedenfalls jetzt schon den Verlust diverser Körperteile wie Finger, Hände, Köpfe oder was Gott verhüten möge, primärer Geschlechtsteile nach sich ziehen. Daher kann es uns vollkommen Wumpe sein, dass hierzu nun auch der Planet Boltou zählt.«

Es war immer wieder interessant zuzusehen, wie sich Symbionten bewegten. Besonders wenn es sich dabei um Menschen handelte, die die Symbiose mit anderen Menschen eingegangen waren. Und ganz besonders, wenn es sich dabei um Zwillinge handelte. Dass einer der beiden (Jochen hätte ums Verrecken nicht sagen können, welcher von beiden) rein biologisch gesehen weiblich war, schmälerte das Phänomen nur geringfügig.

Aber zu sehen, wie beide Köpfe vollkommen synchron und mit einer ruckartigen Mechanik, die Finley zu Ehren gereicht hätte, nickten, hatte etwas Verstörendes. Vor allem, da sie danach wieder in den Augen ihres Gegenübers versanken und sich aus dem Geschehen komplett ausklinkten.

Aber es war beruhigend zu sehen, dass Blake scheinbar eine gewisse Erfahrung darin hatte, mit solchen Personen umzugehen. Zumal es Jochen nicht entgangen war, dass es sich zumindest bei der Hälfte der Medikamente des Paares um Antipsychotika handelte.

»Also, wie soll es jetzt weitergehen?«, schaltete sich nun Finley ein.

Diese Frage veranlasste Blake dazu, sich in seinem Stuhl zurückzulehnen und die Stirn in Falten zu legen.

»Gute Frage, nächste Frage.«

Es dauerte einige Momente, bis er scheinbar zu einem Entschluss gelangte.

Er seufzte vernehmlich und schlug mit der flachen Hand so heftig auf den Tisch, dass einige der Bierdosen ihren Sprung über die Tischkante nahmen.

»Wisst ihr was, wir machen´s folgendermaßen. Ich schnappe mir den Dicken hier«, wobei er in Richtung des Cyborgs nickte,

»und wir schauen mal, ob wir in den Laderäumen oder im Magazin irgendwas Interessantes für uns finden.«

»Hey, wen nennst du hier dick?«, erwiderte Finley daraufhin, knallte seinen Ellenbogen auf den Tisch und ballte seine Hand mit einem vernehmlichen Zischen der Hydraulik zur Faust. Allerdings nahm sein verschmitztes Grinsen dem Ganzen etwas den Ernst.

»Siehst du hier sonst noch jemanden mit 40 Kilo Altmetall zusätzlich zu seinen 90 Kilo Lebendgewicht?«

»Touché«, sagte Phil schmatzend, während er gerade dabei war, sich einen Riegel zwischen die Zähne zu schieben.

Finley verdrehte in gespielter Entnervung die Augen.

»Gut, dann geh ich eben mit, aber wenn ich mit meinen 40 Kilo Altmetall irgendwo steckenbleibe, weiß ich, wer mich da wieder rausholen darf.«

»Zur Kenntnis genommen«, sagte Blake mit einem feinen Lächeln auf den Lippen.

Es war ihm deutlich anzusehen, dass er nichts lieber getan hätte, als seine Kraft mit der Finleys zu messen.

»Der ewige Kampf Mensch gegen Maschine«, dachte sich Jochen im Stillen, hatte aber keine Zeit, diese Gedankengänge weiter auszuformulieren, da sich Blake nun an ihn und Steffen wandte.

»Ihr beide macht euch mal dran, die Leichen dieser Hurensöhne zu durchsuchen. Ich glaube zwar nicht, dass dabei was rumkommt, aber man kann nie wissen. Ach, und werft sie danach in die Leere, bevor sie anfangen zu stinken.«

Die beiden warfen sich kurz einen Blick zu und nickten dann zustimmend.

»Gut und ihr anderen«, kurz warf er unschlüssige Blicke zu den Zwillingen und Phil, »tut, was auch immer euch glücklich macht, aber geht im Zweifelsfall in eine stille Ecke, wenn ihr nicht sicher seid, ob andere euch dabei zusehen wollen.«

Damit war alles gesagt. Während Finley und Blake sich bald laut vernehmlich an der Schiffsfracht zu schaffen machten, begannen Jochen und Steffen damit, die Leichen zu untersuchen. Eine Arbeit, die sie beide nicht zum ersten und (da waren sie sich ziemlich sicher) auch nicht zum letzten Mal machten.

Immerhin bot es die Möglichkeit, sich gepflegt zu unterhalten.

»Und? Was meinst du?«, hob Jochen an, während er die Taschen eines Mannes mit fettigem Overall durchsuchte und dabei ein altes Taschenmesser zutage förderte, dass er kurzerhand einsteckte.

»Wozu?«

Es war Jochen immer wieder ein Rätsel, wie der Manipulator solchen Arbeiten stets so schnell und gründlich nachgehen konnte. Er war bereits mit seiner ersten Leiche fertig und holte nun ein Mehrzweckmesser hervor, um mit der Zange der zweiten Leiche die Goldfüllungen aus den Zähnen zu brechen.

»Na, wozu schon? Zu der Truppe.«

Steffen runzelte konzentriert die Stirn und brach geschickt bereits die dritte Vergoldung aus dem Mund des Toten, ehe er antwortete.

»Schwer zu sagen. Phil und Finley kenne ich noch aus dem zweiten Erzkrieg auf Triton VI.«

Erneut machte er sich an den Zähnen des Mannes vor ihm zu schaffen und förderte auch diesmal eine Krone hervor. Es war eine Schande, wie schlecht manche Menschen auf ihre Zähne achteten.

Innerlich machte sich Jochen eine Randnotiz, wieder öfter Zahnseide zu verwenden.

Aber schließlich fuhr Steffen fort.

»Sind eigentlich beide ganz in Ordnung. Finley hat angeblich eine Art Fetisch für Maschinenbauteile und bionische Körperimplantate entwickelt, nachdem ihm eine Explosion die Unterarme weggerissen hat. Tatsache ist, dass er sich jetzt jedes Jahr was Neues ranschafft.«

Erneut verfielen beide in kurzes Schweigen.

Auch Jochen war endlich auf etwas leidlich Wertvolles gestoßen und klaubte nun einige Injektionsphiolen und den dazugehörigen Autoinjektor aus den sterblichen Überresten einer früher vielleicht mal schönen Frau. Es war schwer zu sagen, da ihr in Folge eines Kopftreffers mit einer Kampfflinte zumindest die Hälfte ihres Gesichts fehlte.

Auf Steffens fragenden Blick hin, schraubte Jochen eine der Phiolen auf und ließ sich einen Tropfen der Substanz auf den Finger gleiten. Anschließend leckte er diesen mit sachkundiger Mine ab und spuckt auf den Boden.

»Schlechtes Saevitia. Vermutlich nicht mal stark genug, um den Puls über zweihundert zu bringen. Aber du wolltest noch etwas über Phil sagen.«

»Eigentlich nicht, aber an dem ist auch nicht viel dran. Er bezeichnet sich selbst gern als ‚flammenden Künstler', ist aber eigentlich nur ein kranker Pyromane mit einer beängstigenden Affinität zu Sprengstoffen.«

Plötzlich hellhörig geworden, blickte Jochen von dem Körper auf, den er gerade zu dem Haufen zerrte, den sie bereits in der Schleuse angehäuft hatten.

»Und den Kerl lassen wir ernsthaft mit einem Gasherd und den Zwillingen als einzige Gesellschaft in der Küche zurück?«

Kurz blickten sich die beiden besorgt an, ehe sie mit den Schultern zuckten und mit ihrer Arbeit fortfuhren. Sie würden es schon merken, wenn etwas nicht stimmte.

Da sie die Gänge unmittelbar um die Schleuse nun so weit aufgeräumt hatten, machten sie sich jetzt auf den Weg zu den

Zellen. Dorthin, wo ihr kleiner Aufstand begonnen hatte.

Unterwegs machten sie noch kurz in dem Gang vor dem Cockpit halt, untersuchten die Leichen, die sie selbst fabriziert hatten, und mussten feststellen, dass Steffen bei der provisorischen Untersuchung nach dem Gefecht schon alles gefunden hatte. Die Gefallenen schafften sie kurzerhand auf den Handkarren, den sie zu diesem Zweck mitgenommen hatten.

Kurz überlegten die beiden, ob es sich lohnte Rob einen Besuch abzustatten, sahen dann aber davon ab.

Keiner von ihnen hatte Lust, den sowieso schon leicht überforderten Techniker noch weiter von seiner Arbeit abzubringen.

Schließlich waren sie bei ihren Zellen angelangt und mussten sich zum Glück nur eines Toten annehmen.

Steffen pfiff anerkennend, als sie den Kadaver untersuchten.

»Mein lieber Mann, das nenne ich mal saubere Arbeit.«

»Kannst du laut sagen, Alter.«

Tatsächlich musste der Schließer, dessen Sohn Steffen in seiner Funktion als Manipulator getötet hatte, in seinen letzten Momenten grausame Schmerzen erlitten haben.

Schon auf den ersten Blick war zu erkennen, dass sein Brustkorb eingedrückt und einige seiner Gliedmaßen gebrochen waren. Bedachte man die Schreie, die sie durch ihre Zellentüren gehört hatten, war sich Jochen nicht sicher, ob er den genauen Kampfverlauf zwischen Blake und der Gestalt, die nun vor ihnen lag, erfahren wollte.

Fest stand nur, dass es kaum eine schmerzhaftere Todesursache geben konnte, als von einem Monstrum wie Blake den eigenen Schädel zwischen den Pranken zerdrückt zu bekommen.

»Hm, daran habe ich ja noch gar nicht gedacht«, grübelte Jochen, während Steffen den Mann abtastete.

Vielleicht war Blake schlicht und ergreifend ein Mutant und

hatte daher so viel Kraft.

»Nichts?«

»Nichts. Ach, bevor ich's vergesse, weißt du eigentlich noch etwas über unsere anderen Gefährten?«

Kurz legte Jochen den Kopf schief und ging geistig durch, was wichtig wäre zu sagen.

»Ich hatte früher schon häufiger mit Blake zu tun, habe ihm aber nie wirklich Beachtung geschenkt. Wir hatten ... anderes zu tun.«

»Überfall auf Föderationskonvois?«, fragte Steffen mit einem wissenden Lächeln.

»Nennen wir es lieber halbfreiwillige Eigentumsübertragung der Regierung«, antwortete Jochen lachend, »alles andere würde sich ja so anhören, als wäre das was Unanständiges.«

»Halbfreiwillig?«, feixte Steffen.

»Naja, wir wollten. Sie nicht«, erwiderte Jochen lachend.

Gemeinsam machten sie sich nun daran, den wohlbeleibten Mann für seine letzte Reise auf den Handkarren zu stapeln, der unter dem Gewicht von mittlerweile fünf Leichen beträchtlich zu ächzen begann.

»Unglaublich, dabei ist das Ding eigentlich zum Transport von Maschinenbauteilen gedacht«, sagte Jochen staunend.

»Tja, einige Leute wissen beim Essen offenbar nicht, wann Schluss ist. Aber sag mal, weißt du über einen der anderen was? Nicht, dass du mich für paranoid hältst, aber ich kenne gerne die Menschen, mit denen ich irgendwo im Nirgendwo auf begrenztem Raum eingepfercht bin.«

»Durchaus verständliche Reaktion«, brachte Jochen unter Stöhnen hervor, während er begann am Griffstück des Wagens zu ziehen. »Über die Zwillinge weiß ich, genau wie du glaube ich, gar nichts, aber Rob muss wohl früher mal ein relativ talentierter Techniker gewesen sein, bis er dann vor ein paar

Jahren...«

Jochen hielt auf einmal inne, als er bemerkte, dass er sich nur so abmühen musste, weil sein Freund wie angewurzelt vor einer der Zellen stehen geblieben war, anstatt ihm zu helfen.

»Hey, wäre es zu viel verlangt, wenn du mir hier zur Hand gehen würdest?«, rief Jochen ihm entnervt zu. Schließlich wollte er heute noch mit der Arbeit fertig werden.

»Sag mal, das hier war doch Blakes Zelle, wenn ich mich recht erinnere, oder?«

Kurz ging Jochen die Zellenaufteilung im Kopf durch. Er war sich nicht ganz sicher, brummte aber zustimmend.

Auf einmal schritt Steffen langsam in die Zelle, was Jochen nun doch veranlasste, ihm zu folgen.

In der kaum zwei auf zwei Meter großen Zelle angekommen, musste er feststellen, dass der Manipulator in die Hocke gegangen war und die Reste der Ketten in Augenschein nahm, welche lose von der Wand hingen. Ihr Anblick ließ Jochen erstarren.

Sie wirkten, als wären sie einmal überaus stabil gewesen. Genau wie die dick gepanzerte Tür, von der Jochen erst jetzt bemerkte, dass sie nur noch sehr lose in den Angeln hing.

Steffen hatte die Augen zusammengekniffen, als würde er angestrengt versuchen, das zu verstehen, was nur allzu offensichtlich war.

»Alter ..., der hat doch nicht etwa ..., der kann doch nicht ...«

»Der hat!«, erwiderte Jochen ungläubig.

Er hatte die Mutanten-Theorie gerade verworfen. Nicht einmal ein Mutant wäre stark genug gewesen, Ketten wie diese zu zerreißen und anschließend eine verdammte Panzertür aus den Angeln zu reißen.

Der Narrator liest vor

Von der Theorie des Reisens II

Herbert Liebgott: Pfade ins Nichts. Eine wissenschaftliche Abhandlung über den Weg der Menschen zu den Sternen (Buchreihe Physik verstehen, Band 7), München (2106), [S.] 26.

[...] Womit bewiesen wäre, dass sowohl die Annahmen des Herrn Heisenberg als auch die Theorien des Herrn Einstein für diese Art des Reisens eine zentrale Rolle spielen.

Aber um zurück zu den zentralen Problemen zu kommen, möchte ich noch einmal das Thema der Reiseenergie ansprechen.

Solange es uns nicht möglich ist, Antriebe zu konstruieren, deren Energieverbrauch nicht schon beim Start in den Hyperraum Terawatt an Energie verschlingen, wird es auch nicht möglich sein, um das Phasengleiten herumzukommen.

Die Generatoren der Schiffe können, wie allgemein bekannt ist, je nach Beschaffenheit und Größe, nur Energie für einen Phasensprung über begrenzte Strecken bereitstellen, bevor die eingelagerte Energie durch den Energieverbrauch verzehrt wird.

Gerade hierbei sehe ich nach wie vor das größte Risiko.

Frühere Generationen glaubten, dass die Gefahr beim Phasengleiten darin bestünde, bei einem zu frühen oder zu späten Austreten aus dem Hyperraum in den Realraum im Inneren eines Planeten zu stecken oder zu nah an einen Stern heranzukommen. Die Praxis hat gezeigt, dass die Leere zwischen den Festkörpern des Alls so gewaltig ist, dass man allein in der

Milchstraße mehrere tausend Male von einem Ende zum anderen gleiten müsste, um die Chance für eine solche Kollision auf eins zu einigen Millionen zu erhöhen.

Aber wie oft schätzten Piloten dieses Gleichgewicht der Energie schon falsch ein und traten für das Wiederaufladen der Energiekerne zu früh wieder in den Realraum ein und zogen eine Reise so unnötig in die Länge?

Und wie oft (was ungleich schlimmer ist) entschieden sie sich zu spät zu diesem Schritt? Nämlich dann, wenn die eingelagerte Energie aufgebraucht war und der Phasenantrieb anfing, Strom von den laufenden Systemen abzuziehen.

Viele wertvolle Menschenleben mussten dadurch ihr Ende finden, dass der Permanentstrom des Schiffes nicht mehr reichte, um lebenserhaltende Systeme des Schiffes weiter zu betreiben. Und wie oft fielen die Energiesysteme der Schiffe durch diese Überlastung oder durch völlig andere technische Defekte aus, ohne dass danach die Möglichkeit bestand, sie rechtzeitig wieder instand zu setzen, sodass die Schiffe rettungslos in der endlosen Weite verloren waren. Wartend auf den Tod durch Verhungern oder Verdursten.

Es ist nicht zu ermessen, wie viele Menschenleben die Einrichtung der HUBS gerettet hat, auf die wir im folgenden Kapitel eingehen wollen.

6

Der Narrator erzählt

Von Gesprächen in der Pause

Mit einem satten Klatschen flog die letzte Leiche auf den Haufen, den sie bereits in der Schleuse gestapelt hatten.

Angesichts des bereits zunehmenden Verwesungsgestanks entschieden sich Steffen und Jochen schließlich dagegen, die Restluft aus der Schleuse zu holen, nachdem sie das Tor zum Schiff hin verschlossen hatten. Stattdessen öffneten sie einfach direkt das Tor zum Weltraum.

Fast schon andächtig sahen sie dabei zu, wie die Leichen in das Vakuum gesogen wurden.

»Pause?«, fragte Jochen und zückte zwinkernd zwei gekrümmte Zigarillos.

»Pause!«, stimmte Steffen zu und griff nach einem der Glimmstängel, als Jochen ruckartig seine Hand zurückzog.

»Na, na, na. Du kennst doch den Wechselkurs.«

Ungehalten murmelte der Manipulator etwas, das verdächtig wie »Halsabschneider« klang, ehe er eine kleine lila Tablette herauskramte und Jochen zuwarf. Dieser fing sie geschickt mit dem Mund auf und reichte Steffen das Geforderte.

»Ich verstehe immer noch nicht, warum du unbedingt diese Dinger dafür haben willst«, sagte Steffen, während er genussvoll den ersten Zug nahm.

»Eventuell weil mir jedes der Dinger acht Stunden Schlaf erspart?«

Steffen entwich ein genervter Laut, während er seinen Freund mit Blicken taxierte, die Milch hätten gerinnen lassen.

»Ach wirklich? Du erpresst Antidormiens, weil du vermeiden willst einzuschlafen? Da wäre ich jetzt im Leben nicht draufgekommen.«

»Tja, und genau deshalb bin ich nicht nur der Hübschere, sondern auch der Klügere von uns beiden.«

Steffen nahm erneut einen tiefen Zug und schüttelte missbilligend den Kopf.

»Mal ganz ehrlich, Mann, wenn ich du wäre, würde ich jeden Tag mehr als zehn Stunden pennen.«

»Ich muss ja auch nicht fürchten, dass ich nicht mehr aufwache, wenn ich mal meine Augen schließe.«

»Wow, das war jetzt aber echt unter der Gürtellinie.«

»Frag dich mal, warum.«

Die Wahrheit war, dass Jochen nicht besonders viel und gerne schlief. Schlaf brachte Träume und Träume erinnerten ihn nur allzu oft an vergangene Tage.

Wie aus dem Nichts sah er für einen kurzen Moment das flammende Rot und hörte die martialischen Schreie, die einst mit ihm einhergegangen waren.

Mit einem schmerzerfüllten Stöhnen griff er sich an die Schläfen und begann sie zu massieren.

»Alter, geht's dir gut?«

»Das wird es wohl nie mehr«, brummte Jochen, während er versuchte, die Bilder vor seinen Augen wegzureiben. »Wie kommst du nur damit zurecht?«

Steffen zuckte nur mit den Schultern.

Während Jochen nun seinen Kameraden anstarrte, kam ihm auf einmal ein Gedanke, der ihn schon längere Zeit beschäftigte.

»Sag mal, habe ich dich eigentlich jemals gefragt, wie es ist

Manipulator zu sein.«

Steffen starrte ihn leicht irritiert an.

»Nein, hast du nicht. Aber warum solltest du auch?«

Jochen zuckte mit den Schultern.

»Weil wir Freunde sind?«, bot er an, merkte jedoch, dass das nicht reichen würde. »Abgesehen davon kennst du von mir ja auch die Geschichte mit der Mutanten-Kuh und der Waschmaschine.«

»Ich glaube, das kann man nicht ganz vergleichen und abgesehen davon«, und dabei verzog er angewidert das Gesicht, »werde ich die Geschichte so oder so mit ins Grab nehmen. Das glaubt mir eh keiner. Und jetzt im Ernst, warum willst du das plötzlich wissen?«

Jochen wählte seine Worte mit Bedacht.

»Du redest nie darüber. Mit keinem. Was beeindruckend ist, weil jeder andere Manipulator normalerweise keine zwei Minuten durchhält, ohne jedem auf die Nase zu binden, was er schon alles gerissen hat.«

»Ich bin nicht jeder andere«, reagierte Steffen überraschend heftig.

»Und ich will jetzt mal wissen, warum. Wir sind seit mehr als drei Jahren zusammen unterwegs. Scheiße, wir sind die letzten Tage fast draufgegangen. Fakt ist, dass ich ohne dich wahrscheinlich schon lange tot wäre und du ohne mich ganz sicher!« Das Argument betonte er ganz besonders, auch wenn er wusste, dass Steffen nur ungern daran erinnert wurde. »Trotz allem hab ich das Gefühl, das Grundsätzlichste von dir nicht zu wissen und das geht mir langsam gegen den Strich.«

»Na, da haben wir ja mal wieder was gemeinsam«, meinte Steffen lakonisch und schnaubte vernehmlich. Rauch stieß ihm durch die Nase.

»Wie meinst du das jetzt?«

Steffen schien etwas sagen zu wollen, dachte dann aber kurz nach.

»Weißt du was, wir machen es so«, sagte er schließlich langsam und schien dabei jedes Wort abzuwägen. »Ich sage dir, wie ich zum Manipulator geworden bin und du erzählst mir, wie du zu deinem Knacks gekommen bist.«

Schweigen.

Jochen tippte mit den zwei Fingern, zwischen denen er den qualmenden Zigarillo hielt, ein paar Mal gegen die Wand.

»Warum willst du das wissen?«, fragte er vorsichtig, ohne zu merken, dass er Steffen damit die perfekte Steilvorlage bot.

»Weil wir Freunde sind?«, fragte er feixend, nur um sofort wieder ernst zu werden. »Und weil ich mir langsam echt Sorgen mache.«

»Sorgen«, wiederholte Jochen und klang dabei leicht skeptisch.

»Ja, Sorgen«, bekräftigte Steffen. »Das, was man sich eben macht, wenn dein bester Freund sich Drogen einwirft wie andere Atemfrischmacher.«

Wieder Schweigen. Jochen begann nun mit allen Fingern seiner Raucherhand zu tippeln, sodass die Rauchlinie des Zigarillos Wellen schlug. Schließlich antwortete er.

»Wie wäre es damit: Du erzählst mir deinen Teil und ich lasse mir meinen durch den Kopf gehen.« Steffen schien daraufhin etwas erwidern zu wollen, aber Jochen hob die Hand und ließ ihn verstummen. »Mehr kann ich dir gerade nicht anbieten.«

Nachdenklich schaute der Manipulator auf das glimmende Stück Tabak, das er nun zwischen seinen Fingern drehte.

Jochen überlegte, ob er den Bogen wohl überspannt hatte.

Doch schließlich nickte Steffen.

Was dann folgte, war ein kurzes Räuspern, gefolgt von einem Drucksen und einem kurzen Murmeln. Schließlich führte der

Manipulator lediglich den Zigarillo wieder an die Lippen und begann in schnellen Zügen zu paffen.

Jochen starrte ihn verwirrt an.

»Du, hör mal, wenn du jetzt doch nicht drüber reden willst, hab ich natürlich ...«

»Nein, nein, es ist schon in Ordnung. Es ist nur nicht so leicht darüber zu reden. Weniger, weil es wirklich schmerzhaft ist, als deshalb, weil es einfach schwierig zu beschreiben ist.«

Erneut führte er den Zigarillo zu seinem Mund und atmete den stark nach Lakritz riechenden Qualm aus.

»Also, ich hab keine Ahnung, wie es für die anderen Manipulatoren ist, aber für mich bedeutet es, einer der Letzten unter den Ersten zu sein.«

Jochen starrte den Manipulator fragend an. Er hatte eigentlich weniger auf die Emotionslage seines Gegenübers angespielt als vielmehr auf das Gefühl, das man dadurch bekam, dass man scheinbar nach Belieben Schindluder mit den Gehirnimplantaten anderer Leute treiben konnte. Aber irgendwie schien es unpassend, ihn jetzt zu unterbrechen.

Nach einigen weiteren Sekunden nachdenklichen Schweigens, setzte Steffen seine Erklärung schließlich fort.

»Was weißt du alles über die Beryll Mind Creating Corporation?«

Jochen, der sich gerade einen neuen Zigarillo anstecken wollte, hielt inne und fragte sich, ob er sich da gerade verhört habe. Er spürte, wie sein Herz einen Schlag aussetzte, war aber geistesgegenwärtig genug, es sich nicht anmerken zu lassen.

»Meinst du jetzt abgesehen von der Tatsache, dass das der Laden ist, bei dem sich so gut wie jeder in diesem Quadranten die Elektronik ins Hirn zimmern lässt und sich danach damit abfinden muss, dass alle seine Gedanken aufgezeichnet werden?«

»Vergiss nicht, dass sie die dann meistbietend zu Werbezwecken und Produktoptimierungen verticken.«

Jochen riss in gespielter Überraschung die Augen auf.

»Wahaaas?«, rief er in theatralischer Übertreibung. »Jetzt werd mal nicht lächerlich. Das wäre eines Unternehmens von solcher Integrität doch nicht würdig.«

Steffen lächelte milde.

»Also, pass auf, du weißt ja wahrscheinlich, dass die ersten, die mit der Gehirnmodifikation angefangen haben, die Japaner waren, oder?«

Jochen nickte langsam und zündete sich nun endlich den frischen Glimmstängel an.

»Was nur wenige wissen ist, dass die BMCC so etwas wie die britische Tochtergesellschaft des japanischen Mutterkonzerns ist. Nur, wie das eben manchmal so ist, entfernten sich ihre Forschungsbereiche mit der Zeit und dem Raum, die sie vom Mutterkonzern getrennt waren, von den ursprünglichen Forschungsbereichen.«

»Heißt im Klartext?«, fragte Jochen zaghaft, während er den Zigarillo mit schnellen Zügen genüsslich paffte.

»Naja, der Mutterkonzern hatte wohl ursprünglich rein gar nichts mit militärischen Produktlinien am Hut. Die Erschaffung von Manipulatoren war der erste Ansatz des Konzerns in diese Richtung. Ich weiß nicht genau, wer auf die Idee gekommen ist, aber alle meine Mitprobanden waren sich einig, dass es ein ziemlich kranker Irrer gewesen sein musste. Jedenfalls meinte irgendwer plötzlich, er müsse Gehirnfunktionen und Datenverarbeitung nicht einfach nur effektiver, sondern auch real bemerkbar machen.«

Jochen beobachtete mit einigem Interesse, wie sich der Manipulator nun zunehmend in Rage redete und dabei völlig den Zigarillo zwischen seinen Fingern vernachlässigte. Aber er würde einen Teufel tun, um den Redefluss seines Freundes zu unterbrechen, wo er ihn erst einmal so weit hatte.

»Ich gehörte damals, also vor etwa sieben Jahren, zu den Probanden der ersten Generation, die man für klinische Studien anwarb. Du hast wahrscheinlich schon mal die Metallkomponenten gesehen, die an meinem Rückgrat entlanglaufen. Jedes dieser Dinger, von meinem Steiß bis zum Atlas, endet in einer chirurgischen Nadel in meinem Rückenmark und ist im Grunde dazu da, um die elektromagnetischen Signale meines Hirns zu verstärken.«

Ein säuerliches Lächeln breitete sich auf Steffens Gesicht aus und er schluckte mehrfach, als versuche er einen üblen Geschmack im Mund loszuwerden.

»Bei der Operation, um diese Dinger zu verlegen, ist das erste Drittel der Probanden draufgegangen.«

Er holte mehrfach Luft und steckte sich seinen Zigarillo, der mittendrin ausgegangen war, neu an. Nachdem er einige tiefe Züge getan hatte, fuhr er fort.

»Danach haben sie angefangen, an unseren Gehirnen rumzupfuschen. Uns sagte man, es ginge in erster Linie darum, die Leistung aller Bereiche zu steigern, die irgendetwas mit räumlichem und analytischem Denken zu tun haben.«

»Und was war daran jetzt neu oder besonders?«, fragte Jochen nun sichtlich an den Ausführungen von Steffen interessiert. »Ich meine, das klingt jetzt mehr oder weniger nach dem Quatsch, den die davor auch schon betrieben haben. Ich glaube, jedes Mitglied einer Schiffsmannschaft hat doch so was, um sich mit den Bordcomputern zu verbinden, oder?«

»Ja und nein«, antwortete Steffen und legte eine kurze Pause ein, um Jochen den fertig gerauchten Zigarillo unter die Nase zu halten, der ihm schnell einen neuen reichte. »Ich weiß auch nicht, wo der Unterschied war, und rückblickend bezweifle ich, dass man uns die Wahrheit gesagt hat. Binnen einer Woche entwickelte ein weiteres Drittel der Probanden allerhand Arten von Psychosen. Paranoia, Wahnvorstellungen, aggressive Ausbrüche, Depressionen, Persönlichkeitsveränderungen und so weiter und so fort. Es war einfach furchtbar. Sie haben oft nächtelang geschrien und eine Woche später waren die meisten von ihnen tot. Uns sagte man wegen Gehirnblutungen. Keinen Schimmer, was sie mit den Überlebenden gemacht haben.«

»Weiß man, woher die Psychosen kamen und warum der Rest von euch keine hatte?«

Darüber schien Steffen kurz nachdenken zu müssen.

»Also, wenn du mich fragst, waren diese Leute einfach zu schlau.«

»Bitte was?«

»Die ständigen Behandlungen haben dazu geführt, dass sich der IQ der Testpersonen sprunghaft erhöhte. Als sie bei mir mit den Behandlungen anfingen, war ich kaum mehr als ein sabbernder Idiot mit vielleicht 80 IQ-Punkten und jetzt bin ich in etwa bei 125, also über dem Durchschnitt.«

»Naja«, wiegelte Jochen ab, »davon merkt man jetzt nicht so viel.«

»Halt's Maul«, antwortete der Manipulator grinsend, nur um sofort wieder ernst zu werden.

»Meiner Meinung nach sind vor allem diejenigen draufgegangen, die von Anfang an normal oder überdurchschnittlich intelligent waren. Aber damit sind wir ja noch lange nicht beim Ende. Nach etwa einem Jahr ließen sich die Testergebnisse im Labor nicht weiter verbessern und so haben sie uns massenhaft auf irgendwelche Trainingsgelände geschickt. Ihr eigentliches Ziel war es ja gewesen, so etwas wie telekinetische Kräfte zu erzeugen, aber was sie bekamen, war dann sogar noch besser.«

Kurz machte er Pause und zog seinen Glimmstängel fast bis

zum Filter durch.

»Irgendwann fange ich an, zwei Pillen pro Zigarillo zu nehmen«, dachte Jochen ärgerlich, während er ihm seinen vorletzten Stängel gab. Aber vorerst hatte das hier mehr Priorität. Mehr, als Steffen sich in diesem Moment denken konnte.

»Die ›Testobjekte‹, zu denen auch zufällig dein werter Freund und Erzähler gehört, waren stattdessen mithilfe der elektromagnetischen Abstrahlungen ihres Gehirns in der Lage, Schaltkreise zu stören und in gewisser Weise zu beeinflussen. Jedenfalls war es das, was wir diese Vollidioten wissen ließen.«

Ein wölfisches Grinsen füllte nun Steffens Gesicht von einem Ohr zum anderen und verlieh seinen Zügen ein fast schon dämonisches Aussehen.

»Spätestens, als ein paar der ›Schlafraumverwalter‹, wie sie die Kerkermeister der Probanden gerne nannten ...«

»Moment mal, ich dachte ihr hättet euch alle freiwillig gemeldet«, unterbrach Jochen die Erklärungen seines Freundes.

Steffen schnaubte.

»Glaubst du, nachdem zwei Drittel der Probanden tot waren, wollten wir anderen noch weitermachen? Jeder andere Konzern hätte die Versuche längst abgebrochen. Aber natürlich konnten sie uns in einem so weiten Stadium nicht mehr einfach so laufen lassen.«

Jochen brummte verstehend und führte seinen letzten Zigarillo zu seinem Mund und entzündete ihn mit einer knappen Geste, dass Steffen fortfahren sollte.

»Also, wie gesagt, spätestens als ein paar von diesen Pennern, die uns in den Schlaf geprügelt haben, auf einmal mit blutenden Ohren zusammenbrachen, wussten wir, dass da mehr dahinterstecken musste. Und tatsächlich fanden ich und einige andere ziemlich schnell heraus, dass es uns auch möglich war, in gewisser Weise auf andere Gehirne Einfluss zu nehmen. Genauer gesagt auf Gehirne, in denen Implantate verbaut waren. Die BMCC hatte es möglich gemacht, Menschen ohne den Einsatz von Hochleistungsrechnern zu hacken.«

»Womit du mir schon ein paar Mal den Arsch gerettet hast, Mann.«

»Und wofür du mir noch ein paar Kippen schuldest«, gab Steffen mit einem Zwinkern zurück, woraufhin sein Gegenüber ihm mit einem Seufzen auch jenen letzten Zigarillo reichte, den er sich gerade erst angesteckt hatte.

»Aber danach saßen wir erst mal ziemlich in der Klemme. Denn es stellte sich heraus, dass das Experimentieren auf eigene Faust auf einmal zum Massensterben unter den restlichen Probanden führte. Die Professoren wussten natürlich nicht, was los war, und begannen, uns vollkommen willkürlich mit Medikamenten zuzudröhnen. Von ehemals mehr als 1200 Teilnehmern waren in den letzten Wochen noch 120 übrig und uns war absolut klar, dass wir da zwar niemals lebend rauskommen würden, solange sie uns so unter Medikamenten hielten, aber erst recht nicht, wenn sie hinter unser Geheimnis kommen würden.«

»Anscheinend lebst du ja noch. Was ist schiefgegangen?«

»Die Forschungsprojekte der Tochtergesellschaft hatten den Mutterkonzern inzwischen ziemlich in die Scheiße geritten. Die BMCC hatte riesige Schulden aufgenommen, um ihre Forschungen zu finanzieren, und so wollten die Japsen endlich Ergebnisse sehen. Als sie rausfanden, was genau ihre Leute da geschaffen hatten, sind sie erst mal ausgerastet, weil die Ergebnisse der Forschung bisher völlig vor den Bossen des Konzerns geheim gehalten wurden. Als sie daraufhin drohten, sowohl Mittel als auch Ergebnisse zu beschlagnahmen, sind die führenden Köpfe des Projekts durchgedreht.«

»Die waren doch schon vollkommen irre, wie willst du das

noch weiter steigern?«

»Zum Beispiel, indem du dir eine Bombe mit 120 Tonnen TNT-Äquivalent-Sprengkraft schnappst und dich mit der Drohung, alle Ergebnisse zusammen mit dir selbst zu vernichten, in den Laboren einschließt.«

Jochen hob eine Braue.

»Gut ... Punkt für dich. Das ist noch weiter gesteigert.«

»Sag ich ja! Die restlichen Überlebenden, unter anderem meine Wenigkeit, sahen ihre Chance gekommen. Wir schlossen einen Deal mit der Führungsebene. Unsere Freiheit gegen die Forschungsergebnisse.«

Daraufhin verfiel Steffen in ein nachdenkliches Schweigen.

»Und?«

»Die Japaner gingen darauf ein und keine zehn Minuten später«, sagte Steffen nun plötzlich mit belegter Stimme und schnippte den ausgerauchten Stummel seines Zigarillos weg, »waren alle 37 Professoren tot und ihre Bombe nur noch ein Haufen Metallschrott.«

Nun saßen beide im Rauch ihrer verbrauchten Glimmstängel und hingen ihren Gedanken nach.

Plötzlich begann Steffen wieder zu reden.

»Ich wünschte inzwischen, wir hätten es nicht getan.«

Überrascht schreckte Jochen auf.

»Alter, spinnst du? Du wärst jetzt mit ziemlicher Sicherheit tot, hättet ihr es nicht getan.«

»Ist mir schon klar«, erwiderte er verbittert, »aber das wäre es wert gewesen. So ehrenhaft es von den Japsen auch war zu ihrem Wort zu stehen, so geschäftstüchtig haben sie sich erwiesen. Ich habe das Ganze immer mal wieder im Auge behalten und jetzt, nur fünf Jahre später, verlassen jedes Jahr tausende Manipulatoren die Labore der Japaner und keiner weiß, wem sie die Ergebnisse noch zugänglich gemacht haben. Und erst recht nicht mit welchem Zweck. Scheiße, ich will gar nicht wissen, wie viel Unheil wir über die Galaxie gebracht haben. Hätten wir damals einfach zugelassen, dass diese Bekloppten alles sprengen ...«

»Hättet ihr nur zugelassen, dass die Forschung wieder bei null startet und es noch mehr psychische Wracks wie euch und vollkommen sinnlose Tote gegeben hätte.« Jochen starrte seinen Freund böse an, der den Blick erstaunt erwiderte.

»Ganz unwissend bin ich auch nicht. Ich weiß genau, dass inzwischen weniger als ein Fünftel der Personen, die sich übrigens für viel Geld zu Manipulatoren machen lassen, über die Klinge geht. Glaubst du, eine solche Optimierung wäre ohne eure Testergebnisse möglich gewesen? Und glaubst du echt, dass die nicht wieder angefangen hätten, daran zu forschen, bei dem Potential, das hinter den Manipulatoren steckt?«

Steffen schüttelte immer noch erstaunt den Kopf.

»Siehst du. Also stell dein Opfer nicht unter den Scheffel. Mal abgesehen von ein paar kleineren zerebralen Dysfunktionen, wie deiner Unfähigkeit zu schlafen ohne zu sterben, geht es dir doch gut und du führst ein einigermaßen lebenswertes Leben. Ihr Manipulatoren seid jetzt schon aus der modernen Kriegsführung nicht mehr wegzudenken und auch nicht schlimmer als der ganze restliche Scheiß, mit dem wir uns gegenseitig umbringen. Und verdammt noch mal, du hast mir schon so oft den Allerwertesten gerettet, dass es sich schon allein deswegen lohnt, dass du am Leben bist. Also tu mir einen Gefallen und halt die Fresse.«

Steffen öffnete einige Male seinen Mund und schloss ihn wieder. Offenbar unfähig seinen überragenden IQ zu einer passenden Erwiderung zu bemühen.

Schließlich rang er sich doch zu etwas durch.

»Danke, Mann.«

»Wofür? Dafür, dass ich dir deine Pause mit ›Kriegstraumata‹ vermiest habe?«, sagte Jochen lachend und schlug seinem Freund auf die Schulter. »Na komm, lass uns zurückgehen und dem Anabolikamonster sagen, dass wir das Schiff gereinigt haben.«

Diese Bemerkung erwies sich als vollkommen überflüssig, weil im nächsten Moment die Bordsprechanlage zum Leben erwachte und die schrille Stimme von Rob in alarmierend panischem Ton verkündete: »Alle Mann auf die Brücke. Hier ist etwas, dass ihr euch besser ansehen solltet.«

Der Narrator liest vor

Von der Theorie des Reisens III

Herbert Liebgott: Pfade ins Nichts. Eine wissenschaftliche Abhandlung über den Weg der Menschen zu den Sternen (Buchreihe Physik verstehen, Band 7), München (2106), [S.] 35.

Nachdem mit dieser einfachen Ausführung nun die dringlichsten Fragen zu den Entstehungsumständen des Universums wohl endgültig geklärt sein dürften, wenden wir uns also nun der weitaus bedeutenderen Angelegenheit der sogenannten HUB-Welten zu.

Es steht wohl völlig außer Zweifel, dass ohne diese Eckpfeiler der Besiedlungsstrategie die derzeitigen Erfolge bei der Erschließung und Besiedlung neuer Planeten völlig undenkbar wären. Und das in gleich mehrerlei Hinsicht.

Wie bereits erwähnt, muss man sich, um ihrer Bedeutung völlig gewahr zu werden, zweierlei Dinge bewusst werden. Diese bestehen namentlich, wie an früherer Stelle behandelt, auf der einen Seite in der schieren Größe des bekannten Universums und auf der anderen Seite in seiner Mobilität.

Fangen wir zum Zweck dieser Erläuterung gleich mit den Problemen an, die sich aus der Größe des Universums ergeben. Wir reden hier von Entfernungen, die selbst zwischen einzelnen Himmelskörpern derart gewaltig sind, dass auch bei Standardabweichungen von mehreren hundert oder, wie bei älteren Schiffsmodellen nicht unüblich, auch mehreren tausend Kilometern zum ursprünglich errechneten Austrittspunkt aus dem Hyperraum die Chance einer Kollision mit einem Objekt, egal welcher Art, derart gering ist, dass sie nicht einmal in eine realistische Risikokalkulation einbezogen werden muss. Was aber einbezogen werden muss, ist das Problem, dass die meisten dieser Entfernungen selbst für Phasengleiter mittlerer Bauklasse kaum oder gar nicht zu bewältigen sind. Bis zum heutigen Tag ist es kostentechnisch völlig illusorisch, dass Schiffe unterhalb der oberen Mittelklasse, also Behemoth-Klasse oder höher, über eigene Generatoren verfügen, um die internen Energiespeicher der Phasen-Antriebe aufzuladen. Dies stellte vor allem in der Anfangsphase der Erschließung des Alls einen eindeutigen Wettbewerbsnachteil für kleinere Firmen dar.

Das andere Problem ergibt sich, wie schon erwähnt, aus der Mobilität des Universums und ist das ungleich größere oder eher gesagt ungleich beängstigendere Problem von beiden. Das Risiko, beim Bereisen des Alls verloren zu gehen.

Wie Sie sicher wissen, befindet sich das Universum oder das, was wir davon erschlossen haben, in ständiger Bewegung. Planeten kreisen um sich selbst, während sie mit unvorstellbarer Geschwindigkeit auf ihren mehr oder weniger elliptischen Umlaufbahnen dahinrasen. Und das innerhalb des Kontinuums ihrer jeweiligen, ebenfalls von Fall zu Fall anderen Bedingungen unterworfenen und sich dementsprechend bewegenden Sonnensysteme. Von der Bewegung von Monden, Asteroidenfeldern, Planetenringen, schwarzen Löchern etc. pp. will ich hier nicht beginnen. Die Liste ist endlos, in keiner Weise vollständig von der Menschheit erfasst, und ohnehin glaube ich, dass Sie bereits jetzt einen Einblick in den Umfang des Komplexes gewonnen haben. Selbst ohne die Erwähnung der Tatsache, dass auch unsere Galaxie als Ganzes stetiger Ausdehnung unterworfen ist, was alle zuvor benannten Phänomene nochmals unberechenbarer werden lässt. Und Berechnung ist exakt der Dreh- und Angelpunkt des Problems. Auch wenn die Menschheit inzwischen zweifelsohne über Computer mit solch gigantomanischer Rechenleistung verfügt, dass eine zuverlässige Simulation der Gesamtheit des uns bekannten Universums möglich ist, so hat sich deren Verwendung für die Raumfahrt im besten Fall doch als eines erwiesen: als unzuverlässig. Ganz davon abgesehen, dass der Einsatz und die Wartung dieser Maschinen auf handelsüblichen Schiffen ein weiterer, vielfach kaum zu schulternder, Mehrkostenaufwand ist, sind diese auch viel zu fehleranfällig. Und hier sind wir wieder bei der Größe des Alls.

Ich glaube, ich muss Ihnen nicht erklären, was für ein Unheil selbst kleinste Rechenfehler bei Reiseentfernungen von tausenden und abertausenden Lichtjahren, den allgemeinen Gesetzen der Chaostheorie folgend, auslösen können. Ich will mir die schiere Hilflosigkeit, ja das nackte Entsetzen jener Schiffsmannschaften gar nicht vorstellen, die ohne Möglichkeit ihre Energiereserven aufzufrischen weit außerhalb ihrer geplanten Routen den Hyperraum verlassen haben. Diese Menschen waren meist außerhalb jeder Entfernung, in der Hilfesignale noch realistisch hätten gehört werden können. Ja, sie hatten oft nicht einmal einen funktionierenden Orientierungsrahmen, um ihn zielgerichtet abzusetzen. Die letzten Stunden dieser Menschen, in denen sie versuchen mussten, auch wenn die Erfolgschancen noch so gering waren, einen habitablen Planeten anzufliegen oder aber den Lebenserhaltungsanlagen des Schiffes langsam beim Versagen zuzusehen, müssen furchtbar gewesen sein.

Und führt man sich das alles vor Augen, wird einem erst vollständig bewusst, welcher Segen die HUB-Welten sind. Diese sind mehr als nur planetengroße Kraftwerke, abschätzig auch »Tankstellen des Alls« genannt, nur weil sie in regelmäßigen Abständen positioniert Handelsrouten erschließen und Schiffen den Wechsel ihrer Energiekerne ermöglichen. Die HUB-Welten sind, bildlich gesprochen, der rote Faden der Menschheit. Während die Simulationen einer ganzen Galaxie mit gewaltiger Rechenleistung und den erwähnten Risiken verbunden sind, ist die Berechnung einer einzelnen stabilen Planetenbewegung im Verhältnis zu anderen, speziell dafür ausgewählten Planeten der Heilige Gral der Raumnavigation. Längst gehören jene ungeheuerlichen Verlustzahlen der frühen Tage der Raumerschließung der Vergangenheit an. Ein großer Teil dieser Ersparnis ist den HUBs zu verdanken.

Auch kann ihre Bedeutung als Konzentrationspunkt für Handel und Industrieleistung sämtlicher anliegender Planeten kaum zu hoch eingeschätzt werden. Vor allem, da sich auf ihnen, als Umschlagplätze für Waren in alle Winkel der von Menschen besiedelten Galaxie, oft riesige Städte mit eigenen Börsenplätzen bilden. Und es ist nicht zu ermessen, wie viele Leben die großen Satellitenstationen auf diesen Welten bereits gerettet haben, wenn sie deren Hilferufe empfangen haben. Oder wenigstens dazu fähig waren, die Schiffe zu bergen, falls es für die Mannschaften schon zu spät war, und dadurch Kosten zu sparen.

Der einzig wirkliche Nachteil, den dieses System mit sich bringt – und an dieser Stelle muss ich wohl oder übel meinen Kollegen aus dem Fachbereich der Taktikentwicklung recht geben –, ist die strategische Verwundbarkeit, die die HUB-Welten im Falle einer militärischen Auseinandersetzung darstellen. Prof. Dr. Paquet hat in seiner Betrachtung anschaulich demonstriert, dass manche Systeme derart mangelhaft erschlossen sind, dass mögliche Aggressoren nur einige wenige oder gar nur eine einzelne HUB-Welt erobern müssten, um alle verfügbaren Handels- und Versorgungsrouten dieser Abschnitte zu kontrollieren und im schlimmsten Fall ganze Systeme in Geiselhaft zu nehmen.

Eine Entsatz-Macht hätte nur zwei realistische Optionen. Entweder den Versuch, die betreffenden HUB-Welten zurückzuerobern und dabei eine Zerstörung der darauf befindlichen Anlagen und Vermögenswerte zu riskieren oder die aggressive Seite andernorts militärisch oder politisch genug unter Druck zu setzen, damit sie von ihrem Handeln absieht. Haben die Aggressoren jedoch ihren Hauptstützpunkt innerhalb des besetzten Abschnittes, gestaltet sich die Lage ungleich schwieriger.

Für eine militärische Lösung käme nur der Einsatz größter Kriegsschiffe mit eigenen Generatoren in Frage, die völlig autark agieren können. Abgesehen davon, dass dies finanziell nur von den irdischen Regierungen, einigen Mega-Konzernen und der Föderation zu stemmen wäre, erscheint diese Option vom reinen Kosten-Nutzen-Verhältnis mindestens genauso unsinnig wie der Kapitaleinsatz zur Schaffung eines neuen, weniger günstig gelegenen HUBs zur Belagerung des Abschnitts. Diese würden nach Ende des Konflikts sofort wieder an Bedeutung verlieren und der Nutzen während des Konflikts wäre nur äußerst begrenzt, da er während der gesamten Aufbauphase gegen einen tendenziell mobileren Feind verteidigt werden müsste. Ohnehin wäre der Nutzen einer solchen Einrichtung vielfach nur die Eröffnung von Fluchtwegen für Zivilisten, die während ihrer Flucht nur weitere militärische Aktionen behindern und die Wirtschaft der umliegenden Systeme destabilisieren würden. Beides würde weitere Kostenaufwände verursachen und im schlimmsten Fall den Krieg in die Länge ziehen. Ein aus humanistischer Sicht untragbares Risiko.

In den folgenden Kapiteln soll nun auf die Rahmenbedingungen eingegangen werden, auf die Prospektoren bei der Auswahl von HUB-Welten achten müssen, sowie die wichtigsten Infrastruktureinrichtungen erläutert werden, die auf diesen zu errichten sind.

7

Der Narrator erzählt

Von einer guten Nachricht

Metallisches Trampeln erfüllte das ganze Schiff, als sich nach Robs Durchsage sieben Paar Kampfstiefel polternd auf den Weg in Richtung Cockpit machten. Als Jochen und Steffen schlitternd in den Gang einbogen, wurden sie gerade noch Zeuge davon, wie Finley auf der inzwischen halb geronnenen Blutlache ausrutschte und Blake, der direkt hinter ihm herlief, unter geschätzten 130 Kilo Cyborgmasse begrub. Zwar stemmte sich der bullige Mann gegen das auf ihn zufallende Gewicht, was ihm aber herzlich wenig nutzte, da er in derselben Lache stand. Einige Sekunden lauschten der Söldner und der Manipulator dem Stöhnen Finleys und den gebrüllten, schmerzerfüllten Beleidigungen Blakes, bevor sie dazu übergingen sich vor Lachen krümmend ebenfalls zu Boden zu begeben.

»Jetzt hört auf zu lachen, ihr Schweine, und helft mir lieber hier raus!«, schrie Blake die gerade Eingetroffenen an. Die reagierten aber nur mit noch lauteren Humorbekundungen.

»Immer mit der Ruhe«, brummte Finley, indem er versuchte sich wieder aufzurichten, »ich kann auch alleine aufste…« Der Ausdruck auf Blakes Gesicht, als der Cyborg beim Aufstehen erneut ausglitt und ungebremst auf seinen Brustkorb krachte, bewirkte genau zwei Dinge. Erstens, dass nun auch Finley zu lachen begann, und zweitens, dass das Lachen von Steffen und

Jochen zu einem Grölen anschwoll, das erst endete, als die beiden sich nach Luft schnappend auf dem Boden wanden. In diesem Moment kamen auch Phil und die Zwillinge hinzu, die aber nur noch mitbekamen, wie sich Finley von Blake herunterrollte und sich an einem Rohr an der Wand hochzog.

»Was geht denn hier vor sich?«, fragte Phil verwundert und mit zuckenden Mundwinkeln, die vom Anblick Blakes rührten. Dieser versuchte, vollkommen blutbespritzt, ebenfalls auf die Beine zu kommen, wobei er allerdings aussah, als müsse er erst einmal seine Knochen neu sortieren.

»Live-Entertaining pur!«, stieß Jochen japsend hervor und wischte sich eine Träne aus dem Gesicht. »Leute, tut das gut. Lange nicht mehr so gelacht.«

»Schön für dich«, knurrte Blake, der es nun immerhin geschafft hatte auf die Knie zu kommen, »aber wenn du bei drei nicht damit aufhörst, nehme ich dir deine Spielzeugwumme ab und schieb sie dir quer in den ...«

»Sagt mal, was treibt ihr Idioten hier eigentlich?« Dieser Ausruf kam nun von Rob, der schweißüberströmt im Türrahmen zum Cockpit stand und die Anwesenden mit wütenden Blicken taxierte.

»Wir haben gerade echt größere Probleme als den Scheiß, den ihr hier abzieht.«

»Immer mit der Ruhe, Zigeuner«, sagte Steffen beschwichtigend und stand mit einem Ruck wieder auf, »sag uns doch erst mal, was Sache ist.«

»Würde ich ja gerne, wenn ihr eure Hackfressen endlich mal zu mir rein schaffen könntet!«

Während sie sich daran machten, sich irgendwie zu acht in das Cockpit zu zwängen, das offensichtlich maximal für einen Piloten und vielleicht noch dessen Navigationsassistenten konzipiert war, fiel Jochens Blick auf die Zwillinge. Schnell klopfte er Phil auf die Schulter, der sich ihm zuwandte.

»Apropos, Dinge im Arsch. Das Rob verschwitzt ist, kann ich ja gerade noch verstehen, aber will ich wissen, warum die Zwillinge aussehen, als wären sie gerade Marathon gelaufen?«

Phils Gesicht verdüsterte sich, ehe er antwortete.

»Glaub mir, das willst du nicht. Ich hab es zwar auch nur durch die Toilettentür gehört, während ich an den Gasflaschen gearbeitet habe, aber selbst das war echt verstörend. Weiß der Teufel, was die da drin getrieben haben, und der soll es auch bitte für sich behalten!«

Jochen versuchte sich ein Grinsen zu verkneifen und beteiligte sich wieder an den Versuchen, alle in den viel zu kleinen Raum zu quetschen, als auf einmal ein wichtiges Detail in sein Bewusstsein sickerte.

»Halt, Moment mal, warum zum Geier hast du bitte an den Gasflaschen gearbeitet?«

Ehe Phil antworten konnte, erscholl jedoch Blakes Stimme.

»Das reicht jetzt, so wird das nichts! Finley du bleibst vor der Tür stehen und schielst drunter durch. Steffen und Jochen, ihr stellt euch rechts vor die Konsolen. Phil du kommst zu mir und ihr beide«, kommandierte er auf die Zwillinge deutend, »kuschelt euch da hinten in die Ecke und nehmt das bitte nicht allzu wörtlich.«

Nach einigem Murren waren alle so verteilt, dass sie einen halbwegs bequemen Blick auf die Bildschirme und Rob hatten, der nun wieder auf der Konsole ausgebreitet lag und den Datenhelm auf dem Kopf trug.

»Also, Zigeuner, dann lass hören, warum du uns hierher beordert hast«, sagte Blake nun an Rob gewandt, ehe er seinen Kopf in Richtung Tür drehte, »meine Rippen raten dir, dass es wichtig ist.« Der deutlich über zwei Meter große Cyborg beantwortete diesen Kommentar, indem er sich unter die Tür bückte, grinste und mit seiner Hand eine unzweideutige Geste formte.

»Wenn jemals eine Nachricht wichtig war, dann wohl diese hier«, hob Rob zu seiner Erklärung an. »Nachdem ich damit fertig war, die Konsole vom Blut ihres Vorbesitzers sauber zu putzen«, Steffen und Jochen zwinkerten sich im Hintergrund vielsagend zu, »habe ich erst mal versucht, durch den zurückgelegten Hyperraum eine Nachricht nach Boltou abzuschicken, um unsere Position zu bestimmen. Als da aber nichts zurückkam, habe ich einfach mal versucht, ob ich durch den Äther einen Stream reinbekomme, der mir einen Tipp geben könnte.«

»Und? Hast du einen aufgeschnappt?«, fragte Blake neugierig.

Rob schnaubte.

»Einer ist gut. Leute, der Äther kollabiert fast vor Meldungen!«

»Welcher Kanal denn?«, fragte Phil, nun sichtlich interessiert.

»Alle Kanäle«, sagte Rob schlicht und betätigte ein paar Vorrichtungen in Reichweite seiner Hände.

Die drei Großbildschirme, die bis eben noch Bilder des umliegenden Weltalls und Navigationsdaten eingespielt hatten, zeigten nun ganz andere Dinge.

Auf dem mittleren Bildschirm war zuerst das Bild einer brennenden Stadt zu sehen, das sich bald zweiteilte, sodass die eine Hälfte noch die alte Aufnahme zeigte, während auf der anderen ein orbitales Bombardement auf einen Planeten zu sehen war. Dieser Anblick teilte sich bald in vier Anzeigen, wobei die zwei neuen wiederum neue Aufnahmen von Tod und Verwüstung gewaltigen Ausmaßes zeigten. Dies wiederholte sich so lange, bis die Quadrate auf dem Bildschirm nur noch so klein waren, dass man das Gefühl hatte, in einen Ameisenhaufen zu blicken.

Währenddessen füllten sich die beiden anderen Bildschirme binnen Sekunden mit Rekrutierungsannoncen verschiedenster Art und allesamt zu horrenden Tarifen.

Für einige Sekunden herrschte tiefes Schweigen und vor der Tür verriet ein mechanisches Klicken, dass Finley die Kinnlade heruntergeklappt war.

Schließlich war es Jochen, der seine Stimme als Erster wiederfand.

»Heilige Scheiße, was ist denn da kaputt?«, brachte er entgeistert hervor. »Zigeuner, wo spielt sich das ab?«

»So gut wie überall, Mann. Auf fast 60 bisher relativ friedlichen Welten an den Besiedlungsrändern des Taurus-Systems sind praktisch über Nacht Kriege ausgebrochen.«

»Was heißt hier ‚über Nacht'?«, fragte Blake nun und zog dabei, offensichtlich zur Beruhigung, eine Phiole mit bräunlichem Pulver hervor, von dem er sich etwas in den Rachen kippte. »Wann hat das Ganze angefangen?«

Während Rob antwortete, beobachtete Jochen, wie sich Blake auch noch einige Pillen mit der Hand in den Mund stopfte und mit dem Inhalt seines Flachmanns den Rachen hinabspülte. Langsam wunderte es Jochen, wie viel Stoff sich der Kerl eigentlich verabreichte. Es war ein Unterschied, ob man sich mit Medikamenten leistungsfähig halten oder eine Kuh töten wollte.

»Vor etwa zweieinhalb Tagen.«

»Also kurz nachdem wir von Boltou weggeschafft worden sind«, murmelte Steffen nachdenklich.

»Und was Boltou angeht«, fuhr Rob fort, »ich hoffe, dass von euch da keiner mehr was zu erledigen hatte. Der Laden ist Geschichte.«

»Was soll das denn jetzt heißen?«, hakte Blake nach, der nach den Tabletten deutlich ruhiger wirkte als noch im Moment zuvor.

»Das soll heißen«, sagte Rob getragen, während seine Finger auf den Eingabefeldern hin und her glitten und er vor seinen Augen Daten auswertete, »dass es dort niemanden gibt, mit dem ihr irgendetwas erledigen könntet. Laut offiziellen Berichten liegt die Überlebensquote bei unter zwei Prozent und die befinden sich alle auf der Flucht. Auf allen anderen betroffenen Planeten sieht es nicht viel anders aus.«

Erneut machte sich betretenes Schweigen in der Gruppe breit.

»Wer?«, fragte nun Finley, »wer in Dreiteufelsnamen hat die Möglichkeit, auf verdammten 60 Welten gleichzeitig einen Krieg vom Zaun zu brechen? Wollte irgendeiner der föderativen Unternehmen mal wieder mit der Konkurrenz aufräumen?«

»Also erstens«, begann Rob ärgerlich zu erläutern, »haben selbst deren Buchhalter keinen so großen Sprung in der Schüssel, dass sie irgendwie auf das Ergebnis kommen würden, dass sich das lohnen könnte. Zweitens sind fast alle wichtigen Firmen, die meisten davon auf föderativen Planeten, selbst von den Angriffen betroffen. Und drittens ist der Angreifer keine Firma, sondern ein Staat.«

»Was?« Der Aufschrei der Zwillinge kam so jäh und unerwartet, dass sogar Finley, der immerhin vor der Tür stand, angesichts zweier sich überlagernder Stimmen, die jede für sich so lieblich wie das Kreischen einer Metallsäge klang, zusammenzuckte.

Rob tippte erneut etwas auf seiner Schaltkonsole ein und im nächsten Moment füllte sich der mittlere Bildschirm wieder mit einem einzigen Bild. Das Bild eines absurd großen Linienschlachtschiffes, auf dessen Seite ein gewaltiges stilisiertes Bild einer Galaxie prangte.

Die Verblüffung, die nun folgte, kann in etwa mit der Verblüffung verglichen werden, die der junge Mechaniker in dem

Moment empfunden haben musste, als er sich unter Steffens Einfluss mit seiner eigenen Knarre den Schädel perforiert hatte.

»Noch mal zum Mitschreiben«, begann Jochen langsam in die Stille zu sprechen, »nur damit ich das auch alles verstanden habe. Die Separatisten ...«

»... eine der reichsten, mächtigsten und geisteskrankesten Gruppierungen der bekannten von Menschen besiedelten Galaxis ...«, fiel Steffen ein.

»... haben einen Krieg gegen die Randwelten begonnen ...«, machte Jochen weiter.

»... was praktisch einen Krieg gegen die Föderation plus aller von der Föderation versicherten Firmen bedeutet ...«, unterbrach Finley.

»... der sich wahrscheinlich über Jahre hinziehen, dutzende Welten betreffen und Millionen von Toten fordern wird.«

Blake war der Erste, auf dessen Gesicht sich ein dickes Grinsen ausbreitete, als er die Rekrutierungsannoncen auf den Bildschirmen erneut betrachtete.

»Und wie, um uns einen Gefallen zu tun, haben sie ihn damit begonnen, mit Boltou den größten Söldnerhafen im ganzen System auszuschalten und uns die Konkurrenz vom Hals zu schaffen.«

Der Berg aus Muskeln drehte sich andächtig von den Bildschirmen weg, breitete die Arme aus und sprach mit salbungsvoller Stimme:

»Jungs und Mädels. Wenn wir den Scheiß überleben, sind wir gemachte Leute.«

Der Narrator liest vor

Von der Theorie der Besiedlung

Mitschrieb eines Studenten der Politikwissenschaft und Soziologie der Universität Neu-Heidelberg auf Symphonie II.

[...] Und im Grunde sind »Nachtwächterstaaten« so ein böses Wort. Es ist ein Geschäft. Ein Geschäft zwischen den ehemaligen Staaten des Planeten Erde und den Konzernen, welche die Planeten für sie erschließen. Es wäre tolldreist zu glauben, dass ein anderes System überhaupt funktionsfähig wäre.

Würden wir zulassen, dass jeder Planet ein von der Erde unabhängiger Herrschaftsbereich, mit eigenen Institutionen, Staaten und Regierungen wäre, würden wir über kurz oder lang eine Entfremdung der menschlichen Rasse von sich selbst und im schlimmsten Fall einen ›Krieg der Welten‹ heraufbeschwören.

Und würden wir es gestatten, dass die Konzerne ihre erschlossenen Planeten für immer selbst verwalten, hätten wir bald Sammelstellen von Kapital und politischem Einfluss, die durch nichts und niemanden mehr zu kontrollieren wären. Also kaum mehr als eine Ansammlung moderner Warlords mit Heeren von Söldnern auf ihrer Seite.

Nein. Unsere Ahnen haben wohlüberlegt gehandelt und den Geist ihrer Zeit erkannt.

Es ist das Streben nach dem größtmöglichen Profit, das den Menschen ins All treibt. Nicht die Entdeckerlust und auch nicht das Verlangen nach Erkenntnisgewinn, sondern eben Adam Smiths ›unsichtbare Hand‹, die ihn anleitet, seinen größtmöglichen Vorteil zu suchen.

Und hier treten die Konzerne auf den Plan.

Ihnen obliegt es, einen Planeten in ihrem Sinne zu erschließen, und zwar mit den Methoden, die sie für geboten halten.

Rechenschaft sind sie den Regierungen ihrer Heimatländer nur über den Bevölkerungsstand dieser Planeten schuldig.

Überschreitet dieser eine gewisse Grenze (dies ist ein Richtwert, der von Land zu Land variiert), gilt der Planet als ›befriedet‹ und fällt so unter die Verwaltungshoheit des jeweiligen Landes und wird als diesem zugehörig betrachtet.

Zwar wird der Planet so tributpflichtig, erwirbt aber alle Ansprüche auf Unterstützung in rechtlichen Belangen, der Errichtung von Verwaltungsstrukturen und (das vielleicht Wichtigste) Schutz durch die Armeen des Landes.

Bis zu diesem Punkt unterliegen Schutz und Verwaltung der Verantwortung der betreffenden Konzerne.

Kurz und gut: die Konzerne erobern die Welten und die Staaten stellen die Rahmenbedingungen dafür, dass sie (die Konzerne) sich im vollen Umfang entfalten können. Das ist ein Punkt, den Sie sich für Ihre Abschlussprüfungen unbedingt notieren sollten.

Soviel für dieses Mal. Nächste Woche behandeln wir, warum die Müllentsorgung von Luna VIII beispielhaft für die Welten im Leo-Nebel ist. Lesen Sie bis dahin […]

8

Der Narrator erzählt

Von den Folgen der Erinnerungen

Jochen spürte, wie sich das Schiff unruhig durch den Hyperraum bewegte und zitterte im Takt seiner vibrierenden Pritsche. Kalter Schweiß rann ihm in Strömen über die Stirn und unter der Decke war er bereits klatschnass geschwitzt.

»Verdammte Scheiße«, knurrte er, während er die Decke zurückschlug und das Gesicht in seinen Händen vergrub. Er fand einfach keine Ruhe. Jeder kurze Moment des Schlafes ließ ihn in einem Wirbel aus lohenden Feuerstürmen und dem Schreien sterbender Männer versinken, die sich vor seinen Augen zu Asche verwandelten. Angewidert spuckte Jochen aus. Er konnte die Asche sogar schmecken.

Die Wirkung des Antidormiens war inzwischen erschöpft und sein Körper schrie mit jeder Faser nach Schlaf, den ihm sein von Traumata geplagtes Hirn aber nicht geben wollte.

»Da gibt es mal wieder nur eins«, dachte Jochen verbittert und machte sich auf die Suche nach Steffen.

Zum Glück fand er den Manipulator auch sofort vor der Tür seines Schlafraums, wo er im Schneidersitz gegen die Wand gelehnt saß und gelangweilt einen Flummi immer wieder gegen die Decke schleuderte.

»Alter, ich brauch deine Hilfe«, sagte Jochen in flehendem Tonfall.

Steffen schaute auf und betrachtete seinen Freund, der nur in

Unterhose vor ihm stand.

»Wir haben doch darüber geredet. Wenn du es mal wieder nötig hast, leihe ich dir gern Geld für eine Nutte, aber darüber hinaus ...«, begann er mit einem leichten Grinsen, wurde aber sofort unterbrochen.

»Lass den Scheiß! Bei dem Gespräch waren wir beide besoffen«, fauchte Jochen den Manipulator an, »gib mir bitte noch eine Tablette, Mann.«

Sofort wurden Steffens Gesichtszüge wieder ernst.

»Schon wieder Probleme beim Einschlafen?«

Jochen nickte und begann erneut zu zittern, als ihm ein kalter Schauer über den nassen Rücken fuhr.

»Wie schlimm ist es?«

»Schlimm genug«, stöhnte Jochen. Er fühlte sich fiebrig und direkt hinter seinen Augen brannte es.

Steffen stand auf und lotste ihn zurück zu seiner Pritsche.

»Antidormiens kriegst du von mir keins mehr. Das fehlt noch, dass du auch noch an dem Zeug hängen bleibst und außerdem hast du sowieso keine Zigarillos mehr, gegen die du sie tauschen könntest. Ich geb dir stattdessen was zum Einschlafen.«

»Hör auf drüber zu reden und mach es einfach«, wimmerte Jochen. Er spürte die Hitze, die seine Oberarme versengte und hörte das Schreien. Es war alles so nah.

Rasch zog Steffen ein Etui aus seiner Tasche und bereitete schnell einige Substanzenkapseln vor, die er in die Trommel eines Autoinjektors schob. Die letzte hielt er noch für einige Sekunden über die Flamme seines Sturmfeuerzeugs, bevor sie in die letzte freie Kammer wanderte.

»Na dann«, sagte Steffen trocken, während er sich Jochen zuwandte, der sich inzwischen beide Ohren zuhielt und sein Gesicht schmerzvoll verzog, »schöne oder am besten gar keine Träume.«

Mit diesen Worten rammte er ihm den Injektor in den Oberschenkel und binnen Sekunden jagte dieser ihm den Inhalt aller sechs Kammern in die Blutbahn.

Fast augenblicklich entspannten sich zuerst Jochens Gesichtszüge und danach erschlaffte sein bisher verkrampfter Körper. Steffen machte sich noch die Mühe ihn zuzudecken, bevor er zurück in den Gang ging und sich wieder seinem Flummi widmete. Manchmal war er mehr als nur froh darüber, nicht schlafen zu können.

Während sich Steffen anderweitig verlustierte, glitt Jochen in eine Welt, die er nur allzu gut kannte und die er in all den Jahren wirklich zu schätzen gelernt hatte. Während einige der Präparate damit beschäftigt waren, seine Großhirnrinde regenerieren zu lassen, war der weitaus größte Teil der Wirkstoffe damit beschäftigt, sein Hirn mit Glückshormonen zu überfluten, auf deren Welle Jochen dahinschwamm und die ihn wie ein Kokon gegen die Grausamkeit des Seins abschirmten. In der Welt, in die er nun eintrat, gab es keine Galaxie, in der man hätte Krieg führen können. Es gab keine Planeten, um die sich kleine, machtgierige Firmenbosse stritten wie Hunde um einen Knochen. Und es gab keine Menschen, die ihn töten wollten oder die er aus irgendwelchen Gründen hätte töten müssen. Es gab nur diesen endlosen Strudel aus Farben und Formen, in dem er versank und in dem er nur die Dinge sah, die er auch sehen wollte. Vor allem sah er Melissa, deren Lächeln ihm durch all diese Erinnerungen folgte.

In dieser Welt war er niemals dem Rekrutierungsaufruf gefolgt. War niemals desertiert. Und hatte sich niemals neue Arbeitgeber suchen müssen.

Doch allzu bald schon verloren die Bilder wieder an Farbe und der Strudel begann zu versiegen. Und viel zu schnell waren es wieder andere Bilder und Szenarien, die er sah, wenn auch lange nicht mit der Intensität, mit der sie ihn sonst verfolgten. Er sah das Grinsen seines Feldwebels auf dem Planeten Emerald, als ihre Artillerie die Start- und Landebahnen des Feindes in eine Kraterlandschaft verwandelte. Er sah die nicht enden wollenden Massen an Menschen, die in Deportierungsschiffe getrieben wurden. Und er sah den Leviathan. Eine einzelne Silbermünze rotierte durch den Nebel seines Unterbewusstseins und kam mit einem Krachen zum Liegen. Kopf!

Mit einem dumpfen Schrei fuhr Jochen aus dem Rest, der ihm noch von seinem Schlaf geblieben war. Kurz blieb er aufrecht in seinem Bett sitzen und schlug die Hand vor den Mund, um die Übelkeit niederzuringen, die ihn zu übermannen drohte. Er begann, schwer durch die Nase zu atmen.

Währenddessen steckte Steffen seinen Kopf durch die Tür und betrachtete ihn eingehend.

»Alles in Ordnung, Mann? Du hast geschrien.«

Kurz betrachtete Jochen seinen Drogenbeauftragten, wie er Steffen in solchen Situationen gerne nannte, bevor er den Kampf für verloren erklärte. Mit einem Ruck lehnte er sich über den Rand seiner Pritsche und erbrach sich in den Eimer, den Steffen in weiser Voraussicht dort deponiert hatte. Immer wieder bäumte sich sein Körper auf und würgte unter Krämpfen stoßweise den Inhalt seines Magens in den Eimer. Nach einiger Zeit schien es, als hätten seine Gedärme beschlossen, sich selbst durch seinen Mund auszukotzen. Schon kurz darauf verkrampfte er sich zwar noch, hatte aber nicht mehr die Kraft etwas anderes zu tun, als bäuchlings liegen zu bleiben. Ihm war zwar einerseits durchaus bewusst, was für einen erbärmlichen Anblick er bieten musste, wie er so zerschunden und verschwitzt auf seinem Schlafzeug hing, während ihm Reste von Galle aus dem Mundwinkel tropften, war aber andererseits auch nicht fähig aktiv etwas dagegen zu unternehmen.

Immerhin hatte er sich nicht eingeschissen. Diesmal nicht.

»Geht's wieder?«, fragte Steffen zaghaft.

Jochen schnaubte, was er angesichts der Magensäure in seinen Atemwegen sofort bereute.

»Eher nicht. Ich glaube, das Zeug war nicht wirklich hochwertig. Du solltest den Verkäufer wechseln.«

»Ja, genau daran wird's liegen«, sagte der Manipulator mit vor Sarkasmus triefender Stimme. »Jetzt mal im Ernst, so kann das doch nicht weitergehen. Das ist schon das dritte Mal diesen Monat und augenscheinlich wird es immer schlimmer.«

»Wenn du 'nen besseren Vorschlag als die Drogendröhnung hast, dann lass knacken. Ich bin für alle Vorschläge offen«, antwortete Jochen nicht minder sarkastisch. Seine letzten Kräfte zusammennehmend, wuchtete er sich aus dem Bett und begann sich anzuziehen.

»Dann rede endlich mit jemandem über das, was dir so zu schaffen macht!«

Der Söldner, der gerade dabei war, seinen Gefechtsanzug anzuziehen, hielt kurz inne.

»Ich glaube, ich hätte mich genauer ausdrücken müssen. Ich bin für alle Vorschläge offen, die keine Gesprächstherapie erfordern.«

Anschließend schlüpfte er vollständig in den Einteiler. Er würde sich bald einen neuen zulegen müssen, da das Material arg unter den Schießereien auf dem Schiff gelitten hatte.

»Das kann doch nicht dein Ernst sein«, entrüstete sich Steffen. »Du bist auf einem Schiff mit Schmugglern, Piraten, Vergewaltigern, Massenmördern, Kriegsverbrechern und den Zwillingen und schämst dich zu sehr, um jemandem etwas darüber zu erzählen, was dir schlaflose Nächte bereitet?«

»Das ist es nicht«, murmelte Jochen leise, während er sich den Rest seiner Uniform anlegte. Kurz erzitterte das Schiff heftiger als die Male zuvor, was seine zittrigen Beine fast dazu veranlasste einzuknicken. Vorsichtshalber ließ er sich wieder auf seiner Schlafstätte nieder.

»Was ist es dann?«, forderte sein Gegenüber zu wissen.

»Es ist kompliziert«, lamentierte er, während er sich seine Kampfstiefel zuband. »Und vor allem ist es nicht dein Problem, mit welchen Schreckgespenstern ich hinter meiner Stirn zu kämpfen habe.« Mit diesen Worten stand er auf und versuchte den Raum zu verlassen, doch Steffen trat ihm in den Weg und legte ihm eine Hand auf die Schulter.

Jochen spürte, wie sich seine Muskeln anspannten. Freundschaft hin oder her, aber wenn der immerhin einen Kopf kleinere und deutlich schwächere Mann versuchen würde, ihn in dieser nach Schweiß und Erbrochenem riechenden Zelle festzuhalten, würde er ihn trotz seiner mentalen Fähigkeiten einfach niederschlagen. Vermutlich wollte Steffen ihm sowieso nur sagen, dass er die ganzen Drogen allmählich mal bezahlen sollte.

»Jetzt hör mir mal zu, Alter. Abgesehen davon, dass mir langsam, aber sicher der Stoff ausgeht, egal ob jetzt hochwertig oder nicht, mache ich mir allmählich echt Sorgen um dich.«

Jochen zog die Augenbrauen hoch.

»Geht das schon wieder los?«, fragte er halb belustigt, halb verwundert.

»Ja, verdammt, das geht jetzt schon wieder los. Und es hört auch nicht mehr auf. Hör zu, so Fälle wie dich habe ich schon dutzendfach gesehen und glaub mir, ich bin kein bisschen scharf drauf, es noch mal zu erleben. Wenn du nicht darüber redest, wird es dich so lange innerlich auffressen, bis du irgendwann einfach wahnsinnig wirst und den Lauf deiner Knarre frisst.« Kurz sah er seinen Freund an und fuhr dann sehr viel leiser fort. »Glaub mir, ich weiß, wovon ich da spreche.«

Jochen war sprachlos. Er fragte sich ernsthaft, ob das ganze Rumgepfusche am Gehirn des Manipulators diesen langsam weich in der Birne machte. Zumindest konnte er von seinem Standpunkt aus sonst nicht erklären, warum er in letzter Zeit so gefühlsduselig war.

Andererseits ließ sich der Wahrheitsgehalt seiner Worte aber kaum abstreiten. So, wie jetzt konnte es wirklich nicht weitergehen.

Nachdenklich schaute er Steffen ins Gesicht, der seine Blicke unnachgiebig erwiderte.

»Naja und immerhin war er gestern ja auch ehrlich zu mir«, dachte der Söldner, ehe er einen Entschluss fasste.

»Alles klar, du hast gewonnen. Lass uns reden.«

Ein triumphierendes Lächeln umspielte die Lippen des Manipulators, als er antwortete.

»Siehst du, es geht doch. Aber«, kurz warf er einen Blick über Jochens Schulter und rümpfte die Nase, »lass uns dafür bitte woanders hingehen.«

»Wollte ich auch gerade vorschlagen«, bekräftigte Jochen. »Wenn ich noch eine Minute hierbleibe, muss ich gleich noch mal kotzen. Küche?«

»Küche!«

Und so machten sie sich schweigend auf den Weg. Unterwegs kamen sie an einer der Borduhren vorbei und Jochen musste erstaunt feststellen, dass es erst vier Uhr in der Früh nach terrestrischer Standardzeit war.

»Sag mal, Steffen, wie lange war ich eigentlich weggetreten?«

»So in etwa sechs Stunden. Plus, minus.«

Kurz dachte Jochen über diese Aussage nach.

»Dann war das aber wirklich billigster Fusel, den du mir da in die Venen gejagt hast. Wenn ich nicht sehr irre LSD 12 mit entsprechenden Trägerstoffen?«

Kurz wartete er das Nicken seines Nebenmannes ab, ehe er fortfuhr.

»Du solltest wirklich den Verkäufer wechseln. Der Scheiß sollte einen schon mal acht Stunden und aufwärts ausknocken!«

»Jetzt hör auf, dich zu beschweren«, begehrte Steffen entnervt auf. »Ich hab dir nur die halbe Dosis gegeben und die auch noch aufgekocht. Wenn ich dir bei dem Verbrauch, den wir an den Tag legen, immer die volle Dosis geben würde, säßen wir in einer Woche auf dem Trockenen.«

Jochen gab ein zustimmendes Brummen von sich, ehe er wieder in Gedanken versank. Mit einer gewissen Ironie dachte er sich, dass das folgende Gespräch wirklich lustig werden konnte. Ehe er sich jedoch über eine Ausrede Gedanken machen konnte, um ihm zu entgehen, riss ihn Steffen aus seiner Grübelei.

»Übrigens bist du nicht der Einzige, der Probleme mit dem Einschlafen hat.«

»Echt? Wer denn sonst noch?«, fragte Jochen mit echtem Interesse. Es war gut zu wissen, dass man nicht als Einziger reif für die Anstalt war.

»Naja, Phil war noch relativ harmlos, der hat sich genau wie du den goldenen Schuss gesetzt und liegt immer noch flach.«

»War also im Gegensatz zu dir kein Geizkragen«, murmelte Jochen verhalten vor sich hin.

»Wie war das?«, fuhr Steffen auf.

»Unwichtig. Was ist mit den anderen?«, lenkte der Söldner schnell ein.

Kurz unterbrachen sie das Gespräch, um nacheinander die Leiter herabzusteigen, die die Mannschaftsräume mit dem Hauptdeck verband. Hier am Ende des Ganges konnte man aus zwei Kabinen deutliche Geräusche hören.

Unten angekommen, setzte Steffen das Gespräch unbeirrt fort.

»Wie du gerade so schön gehört hast, war die Nacht bei Blake und Finley weniger ruhig. Blake hat, so weit ich das beurteilen kann, sagenhafte drei Stunden geschlafen und ist dann wie aus heiterem Himmel aus dem Bett gesprungen. Seitdem ist er am Trainieren.«

»Das war wann genau?«, fragte Jochen. Er würde der Kraft dieses Tieres schon noch auf den Grund kommen.

»So in etwa gegen ein Uhr. Also ist er schon seit drei Stunden gut dabei und ein Ende ist nicht in Sicht.«

»Hat er sich irgendwas eingeworfen?«

Steffen schnaufte belustigt.

»Irgendwas ist gut. Dieser Junkie schmeißt sich nach jedem zweiten Satz was hinter die Binde. Wobei das auch nicht richtig ist. Er schluckt es, er spritzt es und er führt es sich rektal ein.«

Jochen biss sich auf die Unterlippe und ordnete die Tatsachen gedanklich neu. Damit war die Mutantentheorie wohl wirklich hinfällig, auch wenn ihm immer noch nichts einfiel, womit man Muskeln zu so unnatürlicher Stärke verhelfen konnte.

»Und was treibt Finley, das so viel Lärm macht?«

»Der?«, Steffen machte eine wegwerfende Handbewegung. »Der kam so gegen Mitternacht ohne linken Arm auf den Gang und hat mich gefragt, ob ich ihm Waffenöl aus dem Magazin besorgen könnte. Der hat die ganze Nacht damit verbracht, seine Körperteile zu zerlegen, zu putzen und wieder zusammenzubauen. Dabei hat er Säcke unter den Augen, gegen die sein Sturmgepäck ein Witz ist. Als ich ihn gefragt habe, ob er was zum Einschlafen braucht, hat er nur gefragt, ob ich schon mal einen Gefechtspanzer schlafen gesehen habe.«

»Und? Was denkst du?«

»Ich denke, dass Finley das, was immer er sonst nimmt, ausgegangen ist. Als Cyborg kann normale Medizin für ihn tödlich sein, weil sein Blutkreislauf erheblich verkürzt ist. Du weißt schon ... keine Extremitäten und so. Außerdem weiß nur Gott allein, was er sich sonst noch hat einbauen oder austauschen lassen. Jedenfalls schien er Angst davor zu haben, einfach so zu schlafen.«

»Langsam wird mein Club größer«, meinte Jochen zynisch. »Geistig auf der Höhe scheint hier ja keiner zu sein.«

»Wundert dich das?«

»Eigentlich nicht. Es ist wie überall sonst auch.«

»Na, dann warte mal ab, was die Zwillinge getrieben haben.« Jochen verzog das Gesicht.

»Alter, ich will gleich noch was essen. Wenn du mit irgendeinem perversen Symbiontenporno aufwartest, nimmst du den gleichen Weg wie die Leichen gestern.«

Mit diesen Worten betraten sie endlich die Küche und fingen an, sich etwas zu Essen zuzubereiten. Wenn man die Fertignahrung in den Schränken denn so nennen wollte.

»Wenn's nur das wäre, wär ich nicht so beunruhigt«, beschwichtigte Steffen, während er sich eine Fertiglasagne in den Präparator schob. »Die beiden haben die ganze Nacht händchenhaltend im Schneidersitz voreinander gehockt und sich mit leerem Blick gegenseitig in die Augen gestarrt. Ich sag dir, ich habe mindestens ein dutzend Mal bei denen vorbeigeschaut und es war unheimlich. Vor allem weil sich ihre Körper dabei zu erholen schienen.«

»Aha«, sagte Jochen schmatzend, der bereits begonnen hatte, einen Erbseneintopf aus der Dose zu essen. Eingedenk des Hungers, infolge seiner mehrfachen Magenentleerung, hatte er sich noch nicht mal die Zeit genommen, das Gericht zu erhitzen. »Aber immerhin haben die im ‚Schlaf' oder was immer das sein soll, was die da betreiben, nicht das ganze Schiff zusammengeschrien.«

Schnell schluckte er runter und fuhr fort, ehe sein Gegenüber darauf antworten konnte.

»Ich hoffe nur, dass Rob später nicht so lange braucht, um wieder auf die Beine zu kommen. Bis wann hat der eigentlich die Nacht navigiert?«

»Du, der ist immer noch dabei.«

Jochen vergaß vor Überraschung kurz das Essen, was Steffen nutzte, um die Aluminiumform aus dem röhrenförmigen Präparator zu holen.

»Sag mal, der sollte uns doch nur zum Virtutis-Nebel bringen. Laut seiner Aussage waren das doch kaum mehr als drei Phasensprünge.«

»Keine Ahnung, warum das so lange dauert«, meinte der Manipulator schulterzuckend und schob sich den ersten Bissen der Lasagne in den Mund, was ihn dazu veranlasste, genussvoll das Gesicht zu verziehen.

»Und? Schmeckt's?«, erkundigte sich Jochen nach dem Offensichtlichen.

»Es gibt doch nichts Besseres als echte Pferdelasagne am Morgen! Ich hatte schon befürchtet, dass wäre eins dieser komischen Fleischimitate, die sie in Feldküchen benutzen.«

»Sei froh, dass du in aufgeklärten Zeiten lebst«, meinte Jochen, der seinen Eintopf inzwischen aufgegessen hatte. »Ich habe mal gelesen, dass es noch vor ein paar Jahrhunderten Menschen gegeben haben soll, die fest davon überzeugt waren, dass der Konsum von Fleisch moralisch verwerflich oder schädlich sei und die sich deshalb quasi nur von falschem Fleisch ernährt haben.«

Steffen hielt inne und schaute seinen Freund fassungslos an. »Alter, gib's zu! Das hast du dir doch gerade ausgedacht.

Niemand ist so dämlich zu glauben, dass pflanzliche Fette besser für den Körper sind als tierische Fette, und was meinst du überhaupt mit moralisch verwerflich?«

Jochen zuckte die Schultern und warf die leere Dose in den Müllschlucker.

»Weiß ich nicht. Den Teil habe ich auch nicht verstanden und den Artikel habe ich auch nicht zu Ende gelesen. Ich hatte Besseres zu tun, als meine Zeit mit unrealistischen Spekulationen über die Vergangenheit zu vergeuden.«

Steffen gab einen Laut der Zustimmung von sich, ehe er mit dem Essen fortfuhr.

Gute zehn Minuten später saßen sie schließlich bei einer Dose Bier voreinander und nahmen ihre Tagesdosen Medikamente ein.

Was bei Jochen aus kaum mehr als der üblichen Mischung aus Stressblockern, Muskelaufbaupräparaten und verschiedenen konzentrationsfördernden Präparaten bestand, war bei Steffen eine wilde Mischung aus Pillen, die das vorhandene Farbspektrum einmal rauf und runter abdeckten.

Darüber leerte Steffen mal wieder fast seine ganze Bierdose.

Während Jochen den ganzen Cocktail noch mit einem seiner Fladen aus Kokablättern gebührend krönte und dem Manipulator dabei zusah, wie er drei Pillen auf einmal schluckte (lila, türkisblau und ein ungesund aussehender Ockerton), kamen Rob und Finley in die Küche.

Die Tatsache, dass der Cyborg den Techniker durch einen gezielten Griff an den Schultern praktisch aufrecht hielt, sprach Bände.

»Und? Wie sieht's aus, Zigeuner?«, fragte Jochen schmatzend. »Kommen wir noch mal irgendwo an?«

»Tu mir einen Gefallen«, murmelte Rob, als er sich auf einem der Stühle niederließ und sich stöhnend mit den Händen über die Augen gefahren war, »und halt einfach deine blöde Fresse.«

Jochen und Finley wechselten einen schnellen Blick, ließen Rob aber die Zeit fortzufahren.

»Da draußen«, sagte Rob nun und starrte sie dabei aus Augen an, die so rot unterlaufen waren, dass er Steffen Konkurrenz machte, »herrscht das nackte Chaos. Ich habe mir die Hälfte der Nacht damit um die Ohren geschlagen, uns auf sicheren Routen zu den Randwelten zu befördern.«

Er unterbrach seine Ausführungen, als Finley ihm eine große Tasse Instantkaffee vor die Nase setzte, an der er dankbar nippte.

»Die normalen Plätze, um den Hyperraum zu verlassen, sind völlig überlaufen. Scheinbar befinden sich ganze verdammte Heere auf dem Weg zur Front. Ich bin zwei Mal beim Verlassen des Hyperraums von den Raumlotsen förmlich angeschrien worden, dass keine Dockstationen mehr frei seien, und einmal musste ich deshalb früher als geplant phasen. Ich bin durch!«

Betroffen ließ Steffen die Hand sinken, die er sich, voll beladen mit Pillen in allen Farben des Regenbogens, gerade zum Mund hatte führen wollen.

»Also sind noch keine klaren Fronten zu erkennen?«

»Sollte mich zumindest wundern«, knurrte Rob zwischen zwei Schlucken. »Momentan scheint keiner so richtig zu wissen, wo man jetzt eigentlich Truppen braucht.«

»Und wo sind wir jetzt?«, fragte Finley. Es war überaus belustigend, ein solches Ungetüm wie den Cyborg so sanft mit jemandem reden zu sehen.

»Wo wohl? Im Hyperraum, dahin, wo wir hinwollen. Ich hab eben durch den Funk reinbekommen, dass Iron Rasp jetzt eine eigene Rekrutierungsbörse bekommen hat und da geht es jetzt hin. Das Schiff läuft auf Autopilot«, Rob stöhnte erneut.

»Leute, ich hau mich hin. Wenn mich jemand weckt, ohne dass das Schiff in Flammen steht, geb ich ihm keine Zeit mehr, um es zu bereuen.«

Mit diesen Worten stand der Techniker auf und verließ auf Finley gestützt den Raum. Das Letzte, was sie hörten, war: »Und wie kriege ich dich gleich die Leiter hoch, Zigeuner?«

Kopfschüttelnd wandte sich Jochen wieder seinem Gegenüber zu, der es endlich geschafft hatte mit seiner täglichen Dosis zu Rande zu kommen.

»Können wir dann endlich mit meiner Therapiestunde anfangen?«, erkundigte sich der Söldner. »Oder machst du nur gerade Pause für das zweite Schaufelblatt?«

Falls Steffen dafür eine schlagfertige Antwort parat hatte, ging sie in dem siebensekündigen Rülpser unter, den er Jochen ins Gesicht schleuderte und dessen Geruch diesen spontan dazu veranlasste, sich zum zweiten Mal an diesem Morgen würgend die Hand vor den Mund zu schlagen.

Als sich Jochen wieder einigermaßen gefangen hatte, gab der Manipulator, nicht ohne ein niederträchtiges Grinsen, schließlich die gewünschte Auskunft.

»Nö, also von mir aus kannst du anfangen.«

Für einen Moment starrte Jochen ihn finster an. Eigentlich war die Idee, ihn jetzt zu erschießen und sich mit den verbliebenen Medikamenten eine Überdosis zu setzen, gar nicht so übel. Sich allerdings selbst daran erinnernd, dass er das Mischverhältnis niemals so genial dosieren konnte wie sein Freund, sah er doch noch einmal großzügig von dieser Maßnahme ab.

»Also gut. Wie lange kennen wir uns jetzt in etwa?«

Steffen legte nachdenklich die Stirn in Falten.

»Vier, vielleicht viereinhalb Jahre? Ich weiß noch, dass wir zuallererst bei den Dezimierungseinsätzen auf Julenka zusammen in einer Einheit waren. Warum?«

»Wie viele Jahre Kampferfahrung hattest du da schon?«

»Sag mal, dir ist aber schon klar, dass du mir eigentlich was von deinem Leben erzählen sollst, oder?«

»Beantworte einfach die verdammte Frage, ok? Das Wichtige kommt noch.«

»Na gut. Wenn ich meine Zeit bei der BMCC rausrechne, so summa summarum sechs Jahre.«

Jochen schloss die Augen und nickte.

»Bei mir waren es da bereits fünfzehn.«

Der Manipulator riss die Augen auf und starrte ihn entsetzt an.

»Du verarschst mich, oder?«

Noch immer mit geschlossenen Augen schüttelte er nun den Kopf. Er wollte das Gesicht seines Freundes nicht sehen. Dieser setzte sein Entsetzen übergangslos fort.

»Das hieße ja, dass du, als du angefangen hast, erst ...«

»... acht Jahre alt warst«, vollendete Jochen die wenig rühmliche Wahrheit.

Steffen glotze ihn schweigend an und öffnete ein paar Mal den Mund, ohne jedoch auch nur eine Silbe herauszubringen. Indes holte Jochen tief Luft und begann zu erzählen.

»Ich wurde auf der deutschen Kolonie Kerninger 19 geboren, gar nicht weit entfernt von der interstellaren Raumstation Gamma E3. An sich eine gute Gegend, um Kinder in die Welt zu setzen. Wenn man nicht gerade, wie meine geehrten Erzeuger, auf die Idee kommt, in der Vulkanwüste Landwirtschaft betreiben zu wollen.«

»In einer Wüste Landwirtschaft?«, fragte Steffen, obwohl er die Aussage hinsichtlich Jochens Gefechtserfahrung noch nicht ganz verdaut zu haben schien. »Nichts gegen dich, aber jetzt wird mir klar, von wem du deine überbordende Intelligenz geerbt hast.«

Jochen bedachte ihn mit einem vernichtenden Blick, der den Manipulator zum Schweigen brachte. Er fand den Kommentar mehr als nur unangebracht, bedachte man die Überwindung, derer es bedurfte, überhaupt mit der Geschichte zu beginnen. Er spürte förmlich, wie die Bilder wiederkehrten.

»Die Gegend hieß nur so, weil sie auf aberhunderte Quadratkilometer mit schwarzer vulkanischer Asche bedeckt war. Glaub mir, geregnet hat es da wirklich genug und der Anbau von den meisten irdischen Kulturpflanzen ging nirgendwo einfacher, zumal der dafür verantwortliche Vulkan schon seit knapp hundert Jahren keinen Mucks mehr von sich gegeben hatte und dies auch laut Aussage der Experten noch einmal genauso lang nicht tun würde.«

»Dann verstehe ich nicht, warum das so eine schlechte Idee war«, gab Steffen zu bedenken und fischte eine seiner billigen Zigaretten aus seiner Brusttasche. Jochen wunderte sich wie immer, warum er sich diese Scheußlichkeit, diesen Pickel im Angesicht der Tabakindustrie immer wieder zu Gemüte führte. Aber wenigstens trieb ihn das Zeug in die Situation, immer wieder Medikamente gegen Jochens gute Zigarillos zu tauschen, also sollte es ihm recht sein.

»Einmal war da die Sache mit der Strahlung«, erwiderte Jochen auf den Einwand, während er mit einer gewissen Befriedigung betrachtete, wie Steffen angesichts seines ersten tiefen Zuges angeekelt das Gesicht verzog. »Während der Kolonisierung war einer dieser billigen portablen Reaktoren den ersten Siedlern um die Ohren geflogen, als sie ihn mit Polonium gefüttert hatten. Leider war das ausgerechnet an dem Tag, als der Wind den Fallout genau über das fruchtbarste Anbaugebiet das Planeten wehte.«

»Und da wolltet ihr ernsthaft leben?«, fragte Steffen entgeistert.

»Da haben wir gelebt«, korrigierte ihn der Söldner grimmig. »Meine Mutter hat uns alle drei Tage dieses miese Medikament zur Strahlungsbindung eingeflößt. Wie hieß es noch gleich?«

»Preußisch Blau? Ray X? Linea Concordiat?«, machte Steffen ein paar Vorschläge.

»Irgendwas in die Richtung«, brummte Jochen und stellte merkwürdigerweise fest, dass das Reden gar nicht mal so schlimm war. Im Gegenteil. Die Bilder, die er jetzt vor seinem inneren Auge sah, waren andere als die, die ihn in seinen Träumen heimsuchten. »Jedenfalls war das gar nicht mal das Problem. Das waren eher die Saurier, vor allem aber diese dreckigen Banditen.«

Steffen blies einen Rauchring in die Luft.

»Ich ahne, worauf das hinausläuft.«

»Dann ahnst du vermutlich richtig. Am Anfang lief noch alles gut und meine Eltern konnten sich wirklich etwas aufbauen. Die Banditen beachteten uns entweder gar nicht oder kamen sogar vorbei, um bei meinem Vater Waren zu tauschen. Woher sie die hatten, haben wir natürlich nie gefragt. Als mein Vater dann noch entdeckte, dass einzelne, speziell auf diesem Planeten vorkommende, Insekten scheinbar schneller und mit weniger Futtereinsatz wachsen als die von der Erde, begann es richtig zu laufen. Bis zu der großen Getreidekrise.«

»Was war da?«, hakte der Manipulator nach.

»Einige Versorgungsschiffe der Föderation, die den Planeten mit lebenswichtigen Gütern versorgten, fielen aus und weil der Planet damals noch nicht über der Immigrationsgrenze war, konnten wir auch keine Hilfe von Berlin erwarten. Bauernhöfe, die essbare Pflanzen anbauten, waren auf einmal so wertvoll wie Energieparks für Antimaterie. Und damit begann dann der Schrecken.«

Jochens Stimme erstarb. Steffen gab ihm einige Minuten,

bevor er wieder bohrte.

»Was ist passiert?«

»Sie kamen meist bei Nacht«, erzählte Jochen mit Grabesstimme. »Erst stahlen sie nur wenig, dann immer mehr. Mein Vater ließ sich das nicht gefallen. Er war Choleriker und sah hier die Chance, endlich mal zu richtig viel Geld zu kommen. Zuerst bewaffnete er meine älteren Brüder und meine Mutter und«, Jochen konnte spüren, wie sich ein Knoten in seiner Brust zuzog, »später dann Melissa und mich.«

»Wer ist Melissa?«, fragte Steffen leise.

Jochen holte tief Luft.

»Melissa Rotenfeld. Ihren Eltern gehörte der Bauernhof direkt neben uns. Nachdem sie bei einem Raumschiffunfall gestorben waren, als sie ihre Ernte zur Messe bringen wollten, übernahm mein Vater den Bauernhof und nahm Melissa bei uns auf.«

»War sie so jung wie du?«, erkundigte sich der Manipulator und beugte sich dabei etwas vor.

Sein Gegenüber nickte.

»Am Anfang waren wir noch begeistert. Ich meine, gib kleinen Kindern eine Waffe in die Hand und beobachte, was passiert. Wir hielten alles für ein gewaltiges Spiel und fühlten uns, nun ja …«, kurz rang Jochen nach Worten, »groß, erwachsen, wichtig. Ach, ich weiß es doch auch nicht. Jedenfalls war das ganz schnell vorbei, als …, als …«

Jochen begann zu zittern, ohne dass er etwas dagegen tun konnte, und diesmal war Steffen nicht so dumm, auch nur den Mund zu öffnen.

»Ich, … ich sehe ihre Augen bis heute, weißt du«, fuhr Jochen fort. »Melissa und ich haben sie umgebracht. Sie gehörte zu einer Gruppe, die uns in der Nacht davor Getreide gestohlen hatte. Mein Vater lockte die anderen weg von dem Lager in einen Hinterhalt, den meine Brüder und Mama gelegt hatten.«

Jetzt gab es kein Halten mehr. Jochen fühlte sich wie ein taumelnder Betrunkener, dem man nun endlich den Stoß gegeben hatte, der ihn zu Fall brachte. Die Worte kamen von ganz allein und mit ihnen die Bilder.

»Sie war zurückgeblieben, um auf das Getreide aufzupassen und wir sollten es uns holen, sobald alle meinen Vater verfolgten. Es war gar nicht geplant, dass sie dort bleiben sollte. Als sie die Schüsse hörte, verstand sie wohl, was los war, und rannte los. Selbst wir als Kinder sahen, dass sie nicht ihren Kameraden nachlief, sondern einen Bogen schlagen wollte, um meiner Familie in die Seite zu fallen. Also ... schossen wir.«

Mit einem Ruck riss Jochen seine 1-Liter-Dose Bier an den Mund und ließ den inzwischen warmen Gerstensaft seine Kehle hinabgleiten. Steffen hinderte ihn nicht daran. Warum hätte er das auch tun sollen? Als er sie wieder senkte, verkündete sie mit einem hohlen Klappern, dass sie leer war.

Als Jochen wieder zu sprechen begann, waren seine Stimme und sein Blick genauso leer wie die Dose.

»Wir waren nicht besonders gut im Schießen. Als wir aus dem Beobachtungsposten heraus, in den mein Vater uns gesteckt hatte, unsere Magazine verschossen hatten, lebte sie noch. Ich weiß noch, dass sie fluchte und schrie und wir zu ihr rannten, weil wir Angst hatten, dass sie die anderen wieder anlocken würde. Wir stachen mit unseren Bajonetten auf sie ein. Immer und immer wieder, auch als sie schon lange tot war. Irgendwann ließen wir die Waffen fallen und als mein Vater uns fand, hatten wir uns wieder in dem Versteck zusammengerollt und weinten. Es klingt verrückt, aber wir hatten Angst davor, bei der Leiche zu stehen.«

Jochen unterbrach sich und blickte die Dellen an, die seine Finger in die leere Dose drückten. Jetzt nahm auch Steffen einen Schluck. Mehr als Ausrede, um selbst nichts sagen zu müssen, als weil ihm wirklich danach war. Nicht, dass Jochen das jetzt erwartet hätte. Oder zu irgendeinem anderen Zeitpunkt.

»Sie war die erste von vielen, weißt du?«

»Aber gab es denn niemanden, der etwas gesagt hat?«, fragte Steffen mit leiser Verzweiflung. »Deine Mutter? Deine Brüder?«

Jochen lachte bellend und dabei verzerrten sich seine Gesichtszüge in einer Weise, dass Steffen sich mit einem Mal wünschte, dass sein Gefechtsanzug weniger abgenutzt wäre und spürte, wie ihm kalter Schweiß den Rücken hinablief.

»Weißt du, mein Freund«, hob Jochen verbittert an, »ich habe lange Jahre gebraucht, um zu verstehen, dass ich der einzig normale Mensch aus einer Familie bin, deren Vater einen Dachschaden hat und deren Mutter sich gegen den Mann, den sie übrigens nicht ganz freiwillig geheiratet hatte, in etwa so gut durchsetzen konnte, wie die Wand gegen die Abrissbirne.«

»Alter ...«

Steffen rang nach Worten und fand keine. Bis sich die einzige Frage, die ihm nun auf der Zunge brannte, Bahn brach.

»Wie und vor allem warum bist du nach der Kindheit bei den Söldnern gelandet.«

Jochen starrte seinen Freund an. Sein Kiefer mahlte und er konnte das Blut in seinen Ohren rauschen hören. In ihm tobte der Kampf zwischen jenen Teilen seiner Selbst, die seine Geheimnisse mit ins Grab nehmen wollten, und denen, denen mittlerweile einfach alles egal war.

Langsam hob er seine Hand und fischte in seinem Kragen nach einem der drei Anhänger, die er stets um den Hals trug. Steffen hatte sie schon öfter gesehen und sich immer gefragt, warum sein Freund neben seiner Identifizierungsmarke noch eine Patronenhülse und eine Münze mit sich herumschleppte.

Was nun zum Vorschein kam, war die Identifizierungsmarke, die Jochen mit der glatten, unbedruckten Seite nach oben auf den Tisch zwischen ihnen legte.

Steffen schaute das kleine Stück Metall verständnislos an.

»Und jetzt?«, fragte er, unsicher, was sein Freund damit bezweckte, und verspannte sich leicht, als er ein Messer zog.

»Schlimmer«, begann er, während er sich einen Finger seiner linken Hand ritzte und einen Tropfen Blut auf die Marke tropfen ließ, »geht immer.«

Steffen riss die Augen auf, als sich der Tropfen in alle Richtungen ausbreitete und spinnennetzähnliche Muster bildete, bis sich über die ganze Fläche der ovalen Marke ein stilisierter Adler mit ausgebreiteten Schwingen erstreckte. Die Schwingen des Adlers schienen nur aus dünnen sich wiegenden Linien zu bestehen.

»Nein«, hauchte Steffen wie vom Donner gerührt. »Unmöglich.«

»Doch«, knurrte Jochen und blickte voll Ekel auf die bildhafte Ausgeburt seiner Körperflüssigkeit, die sich vor ihm erstreckte, bis er den Anblick nicht mehr zu ertragen schien und die Augen schloss.

»Du ..., du ...«, begann Steffen stockend.

Doch bevor er die traurige Wahrheit aussprechen konnte, wurde er jäh unterbrochen.

»Na, ihr Hobbyschwuchteln, ihr seid ja auch schon wach.«

Schmeichelhaft wie immer betrat Blake die Küche, woraufhin Jochen seine Augen wieder aufschlug und die Marke mit einem Handstrich in seinem Ärmel verschwinden ließ. Was er sah, verschlug ihm schier die Sprache. Direkt nach dem Training waren Blakes Muskeln dermaßen aufgepumpt, dass er sogar mit eingezogenen Schultern Probleme hatte, durch die Tür zu kommen. Bei Finley konnte man das ja noch einigermaßen verstehen, aber bei einem lebenden Menschen, der durchweg aus Fleisch und Blut bestand, war das einfach nur noch abartig. Mit einem Mal stand für ihn die Mutationstheorie wieder im Raum.

Allerdings war Jochen nach der ersten von vielen weiteren Offenbarungen gegenüber Steffen eine Unterbrechung nur recht, wofür er Blake eigentlich dankbar sein müsste. Auch wenn ihm bitter klar war, dass er das Gespräch irgendwann fortsetzen musste.

Schwungvoll setzte sich der mindestens drei Zentner schwere Fleischklops auf Steffens Bank, was dieser ein gequältes Quietschen entlockte.

»Auf dem Weg hierher sind mir der Zigeuner und unser wandelnder Haufen Altmetall entgegengekommen. Wie schaut es denn nun aus?«

Während die beiden Blake einen groben Überblick über die Lage gaben, machte dieser sich ein Frühstück, das, wie hätte es auch anders sein können, faktisch nur aus Fleisch bestand.

Dass Steffen sichtlich Mühe hatte, den Schrecken der letzten Minuten zu verarbeiten, schien er kaum zu merken.

Als sie geendet hatten, dachte Blake kurz über das Gehörte nach, ehe er einen Entschluss zu fassen schien.

»Alles klar. Wenn das so ist, dann warten wir, bis der Zigeuner wieder halbwegs laufen kann, machen ein Meeting und starten so früh wie möglich den Landeanflug. Ich will noch vor Ende der Woche auf einer Gehaltsliste stehen.« Mit diesen Worten schob er sich ein weiteres Stück Rind in den Mund und fuhr kauend fort: »Sagt den anderen Bescheid, dass sie sich bereithalten sollen.«

Als sich die beiden anschickten, die Küche zu verlassen, hielt sie die wandelnde Ansammlung von Bullenhormonen noch kurz auf.

»Ach, wartet mal, das hätte ich ja fast vergessen.« Und warf ihnen aus seinem Hüftbeutel zwei Rubrizierer zu, die sie sich prompt an ihre Unterarme schnallten und hochfuhren. »Die haben Finley und ich, zusammen mit ein paar anderen nützlichen Sachen, im Laderaum gefunden. Seid so gut und geht gleich da runter, um das Zeug irgendwie halbwegs gerecht aufzuteilen.«

»Erst mal wollen wir doch sehen, ob deine kleine Diktatur bisher überhaupt gerechtfertigt war«, sagte Steffen mit verschmitztem Lächeln, um seinen Punktestand mit dem des Giganten vor ihm zu vergleichen.

»Kannst ja mal versuchen, dagegen zu protestieren«, gab Blake, nicht minder grinsend, zurück und sprengte beim Anspannen seiner Armmuskeln sein T-Shirt.

Der Narrator liest vor

Von schlechten Lösungen

Auszug aus dem Buch ›The Industry of Death‹ von Harold Charles Duke (späterer Autor für die New Kiew Actual Post) aus dem Jahre 2165. Das betreffende Kapitel gibt inhaltlich eine Presseerklärung des föderativen Sicherheitsrates wieder.

[…] Wir behaupten ja nicht einmal, dass dieses System eine wirklich zufriedenstellende Lösung darstellt. Es ist nur schlicht und ergreifend so, dass es sich aus einer Reihe von inakzeptablen Verfahren als das einzige herausgestellt hat, dass auch nur halbwegs modellfähig ist. Um Ihnen die Sache begreiflicher zu machen, müssen Sie sich erst einmal in die Lage der Betroffenen versetzen. Stellen Sie sich doch einfach mal vor, Sie müssten Söldner anstellen und … Ja, da hinten, eine Frage?
[…]
Warum man das überhaupt sollte? Nun kommen Sie aber, das steht hier doch gar nicht zur Debatte. Wenn Sie unbedingt Anstoß an dem Sinn oder Unsinn von privaten Sicherheitsunternehmen nehmen wollen, empfehle ich Ihnen, sich vor Ort selbst ein Bild von der Lage zu machen. Aber zurück zum Thema.
Also angenommen, Sie müssen nun eines dieser Sicherheitsunternehmen in Anspruch nehmen, so stehen Sie in der Regel vor dem Problem, dass, wenn Sie nicht gerade eines der großen und offiziellen Unternehmen angesprochen haben, sich eine Vielzahl Privatpersonen auf Ihre Annonce melden wird. Wie stellen Sie jetzt fest, ob ein Interessent überhaupt ein seriöser Dienstleister ist und vor allem, wie viel seine Dienste wert

sind? Wie können Sie sicher sein, dass seine Referenzen nicht gefälscht sind oder er Ihnen bei der ersten Gelegenheit in den Rücken fällt? Und genau an dieser Stelle tritt das Mercenary Achievement System oder kurz MAS auf den Plan. Das System besteht im Wesentlichen aus einer flexiblen Bildschirmkonsole, dem Rubrizierer, den der Söldner oder Kopfgeldjäger an seinem Unterarm tragen kann. Dort synchronisiert er sich mit Körperimplantaten, die in einer einfachen Operation vor der Benutzung im Körper anzubringen sind. Diese Eingriffe sind übrigens, wie ich ausdrücklich hinzufügen möchte, mittlerweile voll von der Steuer absetzbar und werden auch von sämtlichen Krankenversicherungen getragen. Das wichtigste Implantat ist unzweifelhaft eine kleine Kamera im Auge des Kunden, welche mit der hochwertigen künstlichen Intelligenz des Rubrizierers verbunden ist. Diese wertet anhand aller Daten, die sie von den Bildern der Kamera empfängt, die Leistungen aus, die der Soldat im Gefecht vollbringt, wobei die Aktivierung über die Ausstoßrate von Adrenalin und den Anstieg der Herzfrequenz erfolgt. Sämtliche anderen Implantate dienen mehr oder weniger nur der Überwachung von Körperfunktionen, um den allgemeinen Gesundheitszustand des Kämpfenden zu ermitteln. Schließlich wäre es ärgerlich, einen Söldner zu engagieren, der eine halbe Stunde nach Auszahlung seines Gehalts einem einfachen Herzinfarkt erliegt. Zudem ist es den Arbeitgebern möglich, auf den Rubrizierern besondere Verdienste des Soldaten durch virtuelle Marken zu würdigen sowie seinen Einsatz an dem Konflikt, den es mit seiner Hilfe zu lösen gilt, allgemein zu verifizieren. Hierzu kann jeder Arbeitgeber von unserem Unternehmen Datenschlüssel erwerben, mit denen entsprechende Programmänderungen vorgenommen werden können. Ausgehend von der Zahl der von dem Soldaten ausgeschalteten Ziele, die von dem Rubrizierer in Form von

Eliminierungspunkten entsprechend der Stärke des Ziels honoriert werden, sowie seinen Erfolgen und Einsatzerfahrungen, errechnet das Gerät nun einen Punktewert, den wir FW, die Abkürzung von Fightworth, nennen. Zusätzlich kann der Soldat aber auch sogenannte CPs, die Kurzform von Command Points, erwerben. Diese Punkte sind ausschließlich durch Offiziere offizieller Armeen zu vergeben und geben die Qualität an, mit der der Soldat befähigt ist, eigene Kommandos über Soldaten zu führen. Entsprechende Anmerkungen hierzu finden Sie in unserer Broschüre.

Ausgehend von dem Gesamtwert beider Punkte ist es für einen Arbeitgeber nun viel einfacher, den Wert eines Söldners einzuschätzen und sein Gehalt dementsprechend anzupassen. Gibt es hierzu Fra..., ach, Sie schon wieder.

[...]

Natürlich ist das im höchsten Maße unethisch und erinnert irgendwie an das Bewertungssystem antiquierter Videospiele. Wir haben das System bewusst so aufgebaut, dass es einen regen Konkurrenzkampf zwischen den Söldnern entbrennen lässt, damit sie auf ihrer Jagd nach höheren Gehältern zu Höchstleistungen angespornt werden.

[...]

Hackordnung? Das ist ein erstaunlich passendes Wort, auch wenn Sie es wahrscheinlich sehr viel negativer gemeint haben. Es ist tatsächlich bereits Usus geworden, dass ganze Gruppen von Söldnern, egal ob diese schon lange eingespielte Verbände oder erst spontan zusammengetretene Gruppen sind, sich sofort und ohne Widerspruch dem Kommando desjenigen unter ihnen unterworfen haben, der die meisten CP und FW Points hat. An Feldeffizienz ist das bei kämpfenden Truppen, die sonst keine andere Art von Diensträngen oder Hierarchie haben, kaum zu überbieten.

[...]
Was heißt hier fehleranfällig? Ich kann Ihnen versichern, dass es zwar möglich ist, die Rubrizierer vom Körper zu lösen, aber sollte jemand auf die glorreiche Idee kommen, diese zu hacken oder manipulieren zu wollen, garantiere ich Ihnen, dass er oder sie nicht genug Zeit haben wird, um es zu bereuen.
[...]
Wie genau das funktioniert, kann ich Ihnen selbstverständlich nicht sagen, aber glauben Sie mir, wenn ich Ihnen sage, dass wir alle Maßnahmen ergriffen haben, um im Interesse unserer Kunden für die kontinuierliche Richtigkeit der Daten zu sorgen.
[...]
Natürlich sind auch die von den Söldnern erhobenen Daten geschützt, was denken Sie denn? Ich versichere Ihnen, dass wir es rundheraus ablehnen, mit diesen Daten Handel zu treiben oder irregulär kämpfende Truppen, will sagen, freie Bürger wie Sie und ich auch welche sind, auszuspionieren!

Wenn Sie weiter keine Fragen oder haltlose Anschuldigungen gegen uns vorzubringen haben, so erkläre ich die Presseerklärung hiermit offiziell für beendet. Für weitere Informationen steht Ihnen unser Kundenservice gerne zur Verfügung.

9

Der Narrator erzählt

Vom Urteil des Verräters

Es war das erste Mal für den Verbindungsoffizier, dass er sich in die Räumlichkeiten des militärischen Nachrichtendienstes begeben musste. Und wäre es nach ihm gegangen, wäre es auch das letzte Mal gewesen. Doch genauso schnell, wie ihm dieser Gedanke gekommen war, so schnell musste er sich auch schon selbst korrigieren. Ein einziger Besuch war schon viel zu viel. Brannigans Hände zitterten und er musste schlucken. Hart.

Im Grunde gab es nur zwei Gründe in die Büroräume des Nachrichtendienstes beordert zu werden. Beide hatten gemeinsam, dass sie das genaue Gegenteil von etwas Gutem waren und unterschieden sich lediglich in einem kleinen, aber nicht unwesentlichen Detail. Nämlich ob man diese Räume danach auch wieder wohlbehalten verließ.

Der erste mögliche Grund war und Brannigan betete vom Grund seiner Seele, dass dem nicht so sein möge, dass man auf Hinweise gestoßen war, die ihn selbst in Zusammenhang mit der laufenden Untersuchung brachten. Dies hielt er zwar für relativ unwahrscheinlich, was aber keinesfalls reichte, um den kalten Klumpen der Angst aufzulösen, der sich in seinem Brustkorb zusammenballte.

Die andere Möglichkeit bestand darin, dass er für die Aufklärung eines Sachverhaltes benötigt wurde. Brannigan ertappte sich fast schon dabei, dass er fast ebenso inbrünstig darum betete, dass auch dies nicht der Fall sein möge, wohlwissend, was es für Folgen für denjenigen haben würde, um den sich dieser spezielle Sachverhalt drehte.

Kaum hatte er die Sicherheitschecks durchlaufen, welche in Form einer separaten Schleuse einen der am meisten gefürchteten Bereiche des Schiffes vom Rest der »Faust der Richter« trennte, passte ihn ein Nachrichtendienstmitarbeiter direkt am Ausgang des von Selbstschussanlagen überwachten Ganges ab und gebot Brannigan ihm zu folgen.

Der Mann trug die gleiche achtungsheischende schwarze Uniform, die jeder in dieser Abteilung sein Eigen nannte. Auch sonst unterschied sich die Gestalt vor ihm in nichts von seinen Kollegen, denen der Rest der Mannschaft in den Gängen so geflissentlich aus dem Weg ging. Er hatte die gleiche Gangart, besaß den gleichen, wie aus Basalt gemeißelten Gesichtsausdruck und sprach in der gleichen befehlsgewohnten Stimme wie jeder andere, der in diesem Kabinett des Grauens arbeitete. Eine Stimme, die keinen Widerstand duldete und der sich im Zweifelsfall sogar Kapitän Pamaroy unterzuordnen hatte.

Brannigan fragte sich insgeheim, ob es irgendwie möglich war, sich in Gegenwart einer dieser Gestalten nicht auf eine merkwürdige Art schuldig zu fühlen. Die Tatsache, dass sie dank fortlaufender Totalüberwachung der Privaträume des Schiffes und aller seiner Besatzungsmitglieder wahrscheinlich sogar noch mehr über ihn wussten als er selbst, machte es nicht unbedingt besser.

Kaum waren sie in den eigentlichen Arbeitsräumen des Nachrichtendienstes angelangt, entsetzte es Brannigan, wie normal alles in dieser Abteilung aussah. Der Nachrichtendienstoffizier, mit dessen straffem Marschtempo Brannigan deutliche Mühe hatte Schritt zu halten, führte ihn an Reihen von Computerpanels vorbei, an denen dutzende Agenten mit eingesteckten

Kopfverbindungen saßen und mit verkniffenen Gesichtern wie es schien unter Hochdruck Daten auswerteten.

»Alles in allem«, so dachte Brannigan, »ganz so wie bei uns Nachrichtenverbindungsoffizieren.«

Dann jedoch bog der Mitarbeiter, der ihn führte, abrupt durch eine gepanzerte Tür, die sich wie durch Geisterhand vor ihnen auftat, und es war vorbei mit der Normalität. Brannigan konnte spüren, wie sich das flaue Gefühl in seiner Magengegend verstärkte, als er mit Brachialgewalt daran erinnert wurde, wie sehr sich die Informationen, die er und seine Kameraden bearbeiteten, von denen unterschieden, die durch die Hände jener dunkeln Gestalten an den Rechnern in den Räumen hinter ihnen gingen. Die gepanzerte Tür schloss sich mit scheinbar schrecklicher Endgültigkeit und Brannigan konnte fühlen, wie sich sein Herzschlag weiter beschleunigte.

Es gab Orte, die mit dem Kalkül geschaffen wurden, dass wer auch immer sich in ihnen bewegte, sich so unbehaglich wie möglich fühlen sollte. Jener Gang, den er nun im Gefolge des schweigsamen Nachrichtendienstmitarbeiters entlangging, war ein solcher Ort.

Es war nicht die völlige und unnatürliche Stille, die diesen Ort mit Schrecken erfüllte, auch wenn sie Brannigan zweifelsohne Schauer über den Rücken jagte. Schließlich befanden sie sich doch auf einem Schiff, auf dem Lärm oder doch zumindest irgendeine Art von Geräuschen allgegenwärtig war. Das Summen elektrischer Schaltkreise, die Arbeit des Metalls, das sich zu jeder Zeit unter den auf es ausgeübten Belastungen dehnte und wieder zusammenzog, der ferne oder nahe Klang von Schritten, das Gewirr von Stimmen und das Dröhnen von Maschinen. All das gab es hier nicht.

Es war auch nicht das Licht. Jenes kalte, sterile Licht, das aus keiner sichtbaren Quelle, sondern von überall und nirgends zu kommen schien und selbst in seiner geringen Intensität das Auge reizte. Es waren die Türen. Auf beiden Seiten des Ganges reihte sich Tür an Tür, denen man samt und sonders ansah, dass sie nicht mit dem Zweck konstruiert waren, Schutz vor einem plötzlich einbrechenden Vakuum zu bieten oder jene, die in diesem Gang wandelten, am Betreten des Raumes zu hindern. Sie dienten augenscheinlich nicht einmal dem Zweck jene festzuhalten, die sich hinter ihnen befanden. Brannigan zweifelte keinen Augenblick daran, dass sich die erbarmungswürdigen Schweine, die in diesen Räumen steckten, ohne fremde Hilfe nirgendwohin mehr bewegen konnten. Nein, diese Türen waren dazu gemacht, um einen Mantel des Schweigens und der Ungewissheit zu legen. Über jene, die hinter ihnen steckten, und jenes, was man ihnen im Namen der separatistischen Weltengemeinde antat.

Es war jener Moment, unmittelbar bevor er und sein mit jedem Augenblick größere Furcht erregender Führer ihr Ziel erreicht hatten, als er bemerkte, dass weder seine noch die Schritte seines Führers beim Gehen ein Geräusch verursachten. Aus unerfindlichen Gründen ließ dies sein ohnehin schon erdrückendes Unwohlsein nun endgültig der Angst vor dem weichen, was ihm nun bevorstand. Der Mann blieb vor einer der Türen stehen, die sich durch nichts, aber auch wirklich gar nichts von den anderen ihrer Art unterschied, drehte sich um und blickte Brannigan aus tiefliegenden Augen und mit einer steinernen Miene an.

»Machen Sie sich bereit!«

Trotz ihrer geringen Lautstärke dröhnte die Stimme des Mannes in der Stille des Ganges wie Donnergrollen und Brannigan begann am ganzen Leib zu zittern, als er durch die Tür schritt, die ohne jedes Geräusch auf den Wink des Mannes hin aufglitt. Als sich die Tür dann hinter ihm schloss, wurde dem Nachrichtenverbindungsoffizier mit einem Mal klar, dass man ihm nicht gesagt hatte, worauf er sich eigentlich vorbereiten sollte. Er spürte seinen Gemütszustand erneut umschlagen. Und dieses Mal war es nackte Panik, die ihn erfüllte. Vor allem, da ihn mit dem Zufallen der Tür plötzlich tiefste Finsternis umhüllte und er nur mühsam einen Aufschrei unterdrücken konnte.

Als sich dann unerwartet vor ihm eine weitere Tür öffnete und offenbarte, dass er sich in einer den eigentlichen Raum abschirmenden Schleuse befand, die jede Chance ausschließen sollte, dass das, was sich in diesem Raum abspielte, nach außen drang, wurde ihm eines klar, und zwar, dass etwas, das ihn auf den Anblick, der sich ihm nun bot, hätte vorbereiten können, schlichtweg nicht existierte. Diesmal konnte auch die rasch vor den Mund geschlagene Hand nicht den Schrei unterdrücken, der sich seiner Kehle entrang und erstickt durch seine Finger drang.

Es waren drei. Drei auf thronartigen Stühlen festgezurrte und an allerlei Elektronik angeschlossene Personen. Zwei Frauen und ein Mann, von denen Brannigan klar war, dass es sich um Inquisitoren handeln musste. Das war nicht ihre wirkliche Rangbezeichnung, aber jetzt in diesem Moment konnte sich der Verbindungsoffizier ob der Trefflichkeit dieser Bezeichnung ihres wirklichen Namens nicht einmal mehr vage erinnern. Aus allen Ecken und Enden ihrer kahlen Häupter ergossen sich Unmengen von Kabeln in langen Kaskaden, von denen die meisten mit fest an den Wänden montierten Hochleistungsrechnern verbunden waren. Sie sahen aus wie Vipern, die sich im Takt der zuckenden Kopfbewegungen der Inquisitoren bewegten.

Was vor allem deshalb schrecklich mit anzusehen war, weil die wenigen Kabel, die nicht an den Computern hingen, sich in jener Person verbissen, die auf einem Operationstisch zwischen ihnen fixiert lag. Genauer gesagt in den frisch angebrachten, unaufhörlich Blut und Sekret absondernden Bohrlöchern in seinem Schädel.

Brannigan hatte, was die Türen anging, zu seinem größten Entsetzen recht behalten. Dieser Mann, wenn man ihn denn noch so nennen wollte, war ganz sicher nicht mehr in der Lage, diesen Raum auf eigenen Beinen zu verlassen. So wie er da ausgebreitet lag, sich windend, sabbernd und lallend, dabei in einem fort aus den Ohren und geplatzten Adern aus seinen rotglühenden Augen blutend, glaubte Brannigan nicht daran, dass es überhaupt noch Hoffnung für ihn gab. Sein Anblick reichte, dass ihm endgültig der Kreislauf versagte. Gerade als sich alles zu drehen begann und ihm der Boden unter den Füßen wegzusacken drohte, hakte sich ein starker Arm unter seine Schulter und als sich seine Wahrnehmung daraufhin schlagartig wieder klärte, blickte er in das Gesicht von Pamaroy. Er hatte den Kapitän noch nie so angewidert gesehen wie jetzt, während er voller Abscheu auf die Inquisitoren und das Objekt ihrer Befragung blickte.

»Kommen Sie«, sagte er schlicht und trat, Brannigan weiterhin abstützend, einige Schritte vor. Einen schrecklichen Augenblick befürchtete der Nachrichtenverbindungsoffizier, ihre Schritte würden sie direkt an den Operationstisch führen, und er verspürte so etwas wie perverse Dankbarkeit, als dem nicht so war. Stattdessen brachte der Kapitän ihn zu einem von zwei gegenüberliegenden, schräg in den Raum gewandten Rednerpulten, die an der rechten Wand aufgestellt waren. Behutsam und in jeder Sekunde darauf bedacht, dass der Verbindungsoffizier nicht wieder das Gleichgewicht verlieren würde, löste Pamaroy seinen Griff und stellte sich hinter das andere Pult. Beide waren nun so platziert, dass sie sowohl ihr jeweiliges Gegenüber als auch die Inquisitoren direkt im Auge behalten konnten.

»Oberleutnant Richard Elias Brannigan«, hob Pamaroy mit fester Stimme und mit einer Miene an, die nun durch nichts mehr auf die Gefühle hindeutete, die noch eben fest in sein Gesicht geschrieben waren. Nur aus seinen schwarzen Augen glühte es vor unbändigem Hass, wann immer sein Blick auf den Mann auf dem OP-Tisch fiel. »Schwören Sie bei Ihrer Ehre als Offizier und dem Eid, den Sie dem Konzil der Separatistischen Weltengemeinde geleistet haben, dass Sie in der vorliegenden Sache die Wahrheit«, hierbei richtete sich sein erbarmungsloser Blick nun eindringlich auf Brannigan, der sich mit kalkweißen Fingern an sein Rednerpult klammern musste, um nicht doch noch umzukippen, »und nichts als die Wahrheit zu berichten?« Brannigan brauchte drei oder vier Anläufe, bis er eine artikulierte Bestätigung dieses Sachverhaltes zustande brachte. »In diesem Fall«, fuhr Pamaroy fort und beugte sich leicht nach vorne, »wiederholen Sie dem hier versammelten Gericht die Expertise, die Sie vor sieben Tagen, nach dem von uns geführten Angriff auf den Planeten Boltou, hinsichtlich der Flüchtigen aus dem Planquadranten 7-C gestellt haben.«

»Sie machen ihm den Prozess«, wurde Brannigan schlagartig klar und nun begann die Übelkeit in ihm zu rumoren. »Und sie brauchen meine Aussage, um ihr Urteil zu legitimieren.« Er begann herumzudrucksen. Es war zu viel. Es war alles zu viel. Das schwache Licht in diesem Raum, das gleiche wie im Gang, blendete ihn. Die nervenzerfetzenden Geräusche, gebildet vom Summen der Rechner, dem Aneinanderreiben der Kabel und dem Gurgeln dieser, dieser … dieser Kreatur, als sich nun wahre Sturzbäche von blutigem Speichel aus ihrem Mund ergossen, ließen seinen Magen rebellieren. Der Anblick dieser ganzen Szenerie, wie sie das Gehirn eines Wahnsinnigen nicht schrecklicher hätte ersinnen können, brachte ihn an den Rand des vollständigen Zusammenbruchs. Er konnte bereits spüren, wie sich die gnädige Schwärze ihren Weg an die Ränder seines Bewusstseins bahnte, als sich seine Blicke und die von Salvador Pamaroy trafen.

Und da war es wieder.

Dieses Gefühl, als würde ihm ein glühender Nagel durch die Stirn getrieben. Doch dieses Mal war dieser Nagel jener Rettungsanker, der seinen Geist davor bewahrte, in einen endlosen Strudel aus infernalischem Wahnsinn abzugleiten. Brannigan heftete seinen Blick zwischen die Augen des Kapitäns, blendete nach und nach alles um sich herum aus und begann zu sprechen. Er redete von den hohen Flüchtlingszahlen des genannten Sektors im Verhältnis zu den anderen Bereichen des Bombardements. Er sprach von dem organisierten, ja fast schon koordinierten Vorgehen der Flüchtigen, das es einer Minderheit von ihnen überhaupt erlaubt hatte, durch die Reihen der Separatisten zu brechen. Und er berichtete, dass dies alles unmöglich ohne fundiertes, internes Wissen aus den eigenen Reihen der Invasionsarmee möglich gewesen wäre, was wiederum auf einen Verräter hindeutete.

Als er geendet hatte, erhob Pamaroy erneut die Stimme, um ihn danach zu fragen, wie umfassend die Informationen des Verräters hatten sein müssen, um eine solche Fluchtaktion zu ermöglichen. Brannigan dachte kurz nach und hörte sich dann eine Einschätzung von sich geben, dass es sich aller Wahrscheinlichkeit um einen Verräter handelte, der einen umfassenden Überblick über die gesamte Operation besessen haben musste. Mittlerweile fühlte er sich mehr oder minder körperlos. Ein Geist, der neben seinem sich noch bewegenden Leib stand.

»Gehen Sie davon aus, dass diese Person an der Koordination des Angriffs unmittelbar beteiligt gewesen sein muss?«, drang die scharf gestellte Frage Pamaroys zu ihm durch.

»Ja.« Brannigans Stimme klang hölzern. Er fragte sich, wie lange er das alles noch ertragen konnte, wohlwissend, dass das nicht mehr allzu lange der Fall war. Nur um von der nächsten Frage des Kapitäns kalt erwischt zu werden.

»Halten Sie es aus Ihrer Position heraus überhaupt für möglich, dass jemand anderes als ein Verbindungsoffizier der Täter sein kann?« Jäh riss sich Brannigans Blick von Pamaroy los und fiel gegen seinen Willen zurück auf den OP-Tisch.

Es war, als würde er die Kreatur darauf zum ersten Mal klar und deutlich sehen, so als hätte man ihm einen Filter vom Gesicht gerissen. Er kannte diesen Mann oder das was von ihm übrig war! Er hatte nie mit ihm gesprochen, aber ihn seit drei Jahren fast jeden Tag gesehen. An der einzigen Stelle des Schiffes, an der alle Informationsströme der Geschützmannschaften, der befehlshabenden Offiziere, der Stationen und der Generalität zusammenliefen. Die einzige Stelle, die während der Schlacht genau gewusst hatte, auf welche Quadranten sich das Feuer massierte und wie lange es brauchte, es auf einen anderen Bereich zu verlegen. Die einzige Stelle, die diesen Prozess effektiv verlangsamen oder fehlleiten konnte, ohne dass es Verdacht erregte. Jene Stelle, die gleichzeitig die Möglichkeit hatte, diese Informationen in alle Teile des Schiffes weiterzuleiten und eine geschützte Kommunikation nach außen herzustellen. Nach außen zu anderen Schiffen … oder anderen Planeten. Vor ihm lag jener seiner Kameraden, der nach der Schlacht in Tränen ausgebrochen war.

»Herr Oberleutnant!« Pamaroys Stimme hatte nichts Aggressives, nichts Forderndes, nichts Befehlendes und doch traf sie Brannigan bis ins Mark. Und dann war da immer noch dieses furchtbare, furchtbare Glimmen in seinen Augen. Das und die Tatsache, dass es keine andere Erklärung gab, die die Schuld nicht direkt in den Reihen der Generalität suchte. Und dieser

Gedanke war schlichtweg absurd.

»Nein«, sagte Brannigan mit brechender Stimme. »Sehe ich nicht.«

Im gleichen Moment, als Pamaroy ihn daraufhin aus seinem Blickfeld entließ, gaben Brannigans Beine unter ihm nach, sodass er das Pult mit beiden Händen umschließen musste, um nicht zu fallen. Er hörte das Weitere wie aus weiter Ferne.

»Was sagt er?« Das war Pamaroys Stimme.

»Er gesteht«, es war die Stimme einer der Frauen, nur klang es nicht nach einem Menschen, der da sprach, sondern nach einer Maschine.

»Er weiß, dass wenn er es nicht tut, wir die Verdächtigen nach ihm auf der Liste befragen werden.« Es war die Stimme des Mannes. Auch diese war kalt, mechanisch und bar des Menschlichen. »Angefangen mit jenem, der dort in sich zusammensinkt.«

Als Brannigan die andere Frau das sagen hörte, hatte er nicht einmal mehr die Kraft aufzubegehren und spürte, wie seine Arme erschlafften und er auf seinen Knien aufschlug.

»Lügt er, um ihn zu schützen?«, fragte Pamaroy, dessen Stimme leiser zu werden schien.

»Nein«, sagte die andere Frau erneut. »Er sagt die Wahrheit und hat offenbart, dass er seinen Bruder retten wollte, der auf Boltou als Kopfgeldjäger gearbeitet hat.« Kein Mitleid. Kein Verständnis. Selbst als sich nun alles um Brannigan eintrübte, drang der Fakt zu ihm durch, dass seine Aussage das Letzte war, das es gebraucht hatte, um den Widerstand des Mannes und vermutlich auch seinen Verstand zu brechen, nachdem er schon wer weiß wie lange die Befragung erduldet hatte.

Brannigan schluchzte.

»Sein Bruder hat den Fluchtversuch nicht überlebt«, informierte der Mann Pamaroy. »Ihr Verdacht hinsichtlich seines

Gefühlsausbruches nach dem Ende der Operation war berechtigt. Sprechen Sie Ihr Urteil.«

Und dieses Urteil war das Letzte, was Brannigan hörte, bevor ihn die Ohnmacht übermannte.

»Die Separatisten haben keine Verwendung für Versager und Verräter! Darum lautet mein Urteil, dass dieses Subjekt einen letzten Dienst erfüllen soll, der unseren Zwecken dient. Ich befehle die militärische Transmutation!«

Der Narrator verweist auf die Zeit

Zwei Wochen nach Kriegsbeginn

10

Der Narrator erzählt

Vom Sternen-HUB Redsun

Der Star HUB ›Redsun‹ bot einen beeindruckenden Anblick. Zwar war er erst vor zehn Jahren im Rahmen der fortschreitenden wirtschaftlichen Erschließung des Taurus-Systems gegründet worden, aber schon damals war man sich über seine Bedeutung im Klaren gewesen.

Gerüchten zufolge soll der Prospektor, der den Mond, auf dem er errichtet war, gefunden hatte, eine Summe bekommen haben, die mehr als einem Zehntel des Jahreseinkommens eines Geschäftsleiters der Föderation entsprach. Seinen Namen hatte der Mond durch den völlig irrelevanten Planeten erhalten, in dessen Umlaufbahn er sich bewegte. Dieser zeichnete sich vor allem durch eine Oberfläche aus, die so reich an Eisenoxyd war, dass die ständigen Atmosphärenbewegungen des Planeten, die den rostigen Sand mit urgewaltigen Kräften in die Luft schleuderten, ihn von der Mondoberfläche aus wie eine von ständigen Eruptionen geplagte Sonne aussehen ließen. Da bisher jeder halbherzige Prospektionsversuch auf diesen Planeten damit geendet hatte, dass die herumfliegenden Partikel die landenden Schiffe entweder binnen kürzester Zeit stark beschädigten oder den verrückten Irren, der die Prospektion unternahm, zuerst den Anzug und dann die Haut vom Körper schmirgelte, hatte man ihn Iron Rasp getauft – und bald darauf jedes Interesse an ihm verloren.

Redsun dagegen war eine Goldgrube. Hätten die fehlende Atmosphäre und die lächerlich geringe Schwerkraft ihn nicht alleine schon für Bauprojekte im größeren Maßstab prädestiniert, gesellte sich hierzu noch eine interessante Laune der Natur. Diese hatte den Mond mit riesigen Flächen ausgestattet, deren granitharte Oberfläche so glatt war, dass selbst modernste Lasermessgeräte nur unwesentliche Unregelmäßigkeiten im Gelände hatten ausmachen können. Experten, für deren Meinung sich allerdings kaum jemand interessierte, hielten es nicht für unmöglich, dass sich der Mond irgendwann von Iron Rasp abgespalten hatte und dabei im Zuge des Prozesses selbst von den Stürmen des Planeten glattgeschliffen worden war. Als die ersten Gebäude errichtet wurden, hatte man noch Zeit auf die Setzung von Fundamenten verschwendet. Nun aber jagte man die mächtigen Pfosten, die Grundstöcke für die Metallgerüste, aus denen die Gebäude entstanden, direkt in gebohrte Löcher und verfüllte sie mit Beton. Auch hier gab es Stimmen, die dies hinterfragten, aber auch diesen wurde kein Gehör geschenkt. Der HUB musste wachsen. Und das tat er. Denn das, was ihn wirklich unbezahlbar machte, war seine Position. Redsun besaß von jedem gegebenen Punkt seiner Umlaufbahn eine Entfernung von mindestens 400 Millionen Kilometern bis zum nächsten Planeten und seine Entfernung zu der kleinen Sonne, die das Zentrum des Systems bildete, betrug 600 Millionen Kilometer. Selbst der untalentierteste Pilot wäre auch bei der ungünstigsten Standardabweichung nicht in der Lage gewesen, sein Schiff in einen der umliegenden Planeten zu manövrieren, es sei denn er wäre dumm genug, den Mond selbst als Koordinate anzugeben (neben dem immerhin Iron Rasp lag). Als hierzu noch ein moderater Tag-Nachtzyklus kam, hatte sich der Sachverständige, den die Föderation zur Ausspähung des potentiellen neuen Zentral-HUBs für die Erschließung des Sektors geschickt hatte, ungläubig vor Glück die Augen gerieben und ohne Umschweife die Bewilligung von nicht weniger als 100 Milliarden Mark empfohlen. Weniger als die Hälfte der Summe, die der HUB bereits nach fünf Jahren eingebracht hatte. Sein Zentrum bildete die HUB-Stadt. Zehntausende waren es, deren Leben und Arbeiten sich hier einzig und allein um den HUB drehten. Neben den Wohnungen und Baracken der Arbeiter und Angestellten befanden sich hier öffentliche Einrichtungen wie Schulen, Krankenstationen, Verwaltungstrakte und Botschaften der verschiedensten Nationen. Hinzu kamen Geschäfte für alles, was mit Geld zu kaufen war, sowie Bars, Hotels, Bordelle und jegliche Vergnügungseinrichtung, die man brauchte, um den durchreisenden Schiffsmannschaften und den Menschen, die hier geboren wurden, lebten und starben, die Zeit so angenehm wie möglich zu gestalten. Untergebracht war dies alles in einem Konvolut von Hochhäusern, die auf jedem dritten Stockwerk durch lange überdachte Brücken mit den anliegenden Hochhäusern verbunden waren. Die kleinsten Hochhäuser bildeten den Randbereich der Stadt, die von außen aussah wie eine annähernd runde Stufenleiter. Und das würde auch so bleiben. Neubau fand an diesem Ort nur dadurch statt, dass man vom Stadtkern beginnend jedes Gebäude mit zusätzlichen Stockwerken ergänzte, sodass die Gebäude im Stadtkern immer höher bleiben würden als jene in den Außenbezirken. Den innersten Kern dieses von A bis Z durchgeplanten Rasters bildete ein Hochhaus, dass von Grundfläche und Höhe alles andere überragte und es auch immer tun würde, denn es war das schlagende Herz der Stadt. Hier war die Sektor-Verwaltung der Föderation untergebracht. Von diesem Gebäude aus koordinierte die Föderation die Bewegung sämtlicher Schiffe und alle Wirtschaftsbewegungen innerhalb des Taurus-Systems, weshalb hier auch die Börsen untergebracht waren. Stieg die Nachfrage nach einem Produkt, dauerte es nicht lange, bis sich eines oder zehn oder auch hundert Transportschiffe auf den Weg zu einem der kleineren HUBs oder auch direkt zu den Planeten im Sektor machten, um die Ware zu besorgen. Entweder das oder sie lagerte bereits hier. Natürlich nicht in der Stadt, wo es selbstredend auch keine Lande- oder Startbahnen für Schiffe gab. Schließlich war die Stadt nur das Zentrum eines Organismus, der seine Arme bereits weit über den Mond gestreckt hatte. Und das in Form von langen Strecken für Hochgeschwindigkeitsbahnen, die zu den oktogonal geformten Raumschiffhangars führten, die sich so weit das Auge reichte und noch lange darüber hinaus erstreckten. Hier landeten sie. Schiffe aller Bauklassen aus aller Herren Länder. Hier wurden im Akkord Waren be- und entladen, um zu den unterschiedlichsten Zielen aufzubrechen. Dies konnten kleine Frachtlader sein, die nichts weiter taten, als die nicht landefähigen, überdimensional großen Transportschiffe der Goliath-Klasse zu beladen, die hunderte Kilometer über dem Mond schwebten und sich nach abgeschlossenem Ladevorgang auf den Weg zu den Kernwelten machten. Aber es konnten auch freie Händler sein, die sich mit ihren kleinen, schnittigen Phasengleitern auf den Weg zu regionalen planetaren Märkten machten. Und auch wenn es, wie bereits erwähnt, einen festen Tag-Nacht-Zyklus gab, schlief der HUB nie. In einem fort fanden Starts und Landungen statt, Arbeiter und Schiffsbesatzungen rasten zwischen den Hangars und der Stadt mittels der Hochgeschwindigkeitszüge hin und her und gingen in der Stadt den unterschiedlichsten Notwendigkeiten oder Vergnügungen nach.

Daran hatte auch der Krieg wenig geändert. Wenig und doch alles. Nun waren es keine Handelsschiffe der Goliath-Klasse mehr, die über dem Planeten schwebten, sondern Fregatten,

Linienschiffe und jede andere Art von Kolossen, deren einziger Zweck die Zerstörung und Verheerung von Mann und Material in planetarem Ausmaß war. Die Hangars und Wartungsdocks füllten Jagdschiffe, Bomber und Aufklärungsdrohnen. In den Lagern wurden immer weniger Konsumgüter verschoben. Stattdessen füllten und leerten sie sich mit allem, was der menschliche Verstand in Jahrhunderten des Mordens ersonnen hatte, um sich gegenseitig das Leben zu nehmen. Panzer, Infanteriewaffen, Kampfrüstungen, Kampfmaschinen aller Größen, bis hin zu den schweren Mechs. Alles war vertreten und konnte nicht schnell genug bereitgestellt werden. In der Tat waren die Besatzungen der Lieferschiffe, die dies alles brachten, nun die Hauptkunden der HUB-Stadt. Oder wären es gewesen, hätte es nicht die Söldner gegeben. Die Zerstörung von Boltous allein hätte gereicht, um den Mond über Nacht zum gelobten Land für Kopfgeldjäger, Söldner und Glücksritter aller Art werden zu lassen. Er wäre es ohnehin längst geworden, hätte die Föderation sich nicht bis vor dem Krieg geweigert, eine Rekrutierungsbörse auf Redsun zu unterhalten, um genau dies zu verhindern. Doch nun hatte man sich notgedrungen für diesen Schritt entschieden. Sehr zum Leidwesen der HUB-Bevölkerung. Die Männer und Frauen, die dieser Tage eintrafen, waren von jenem Schlag Mensch, denen ein Leben nicht viel bedeutete. Viele hatten sich in den unterschiedlichsten Konstellationen bereits in verschiedensten Konflikten für den einen oder anderen Arbeitgeber gegenübergestanden. Während die meisten dies als professionelles Berufsrisiko betrachteten und ihre Kollegen mit dem gehörigen Respekt bedachten, gab es jedoch auch die, die diese Konflikte zu ihren eigenen gemacht hatten und sie nun auch lange nach ihrem Ende weiter austrugen. Der Sicherheitsdienst des HUBs war schon binnen einer Woche nicht mehr Herr der Lage. Waren Prügeleien der Schiffsmannschaften früher ihr größtes Problem gewesen, unterbrochen von dem ein oder anderen Verbrechen, schwammen sie nun in einer Welle der Gewalt, und der Tatortreiniger des Unternehmens musste binnen kürzester Zeit wegen massiver Überarbeitung durch normale Reinigungskräfte unterstützt werden. Aber selbst wenn der Sicherheitsdienst rechtzeitig zur Stelle war, ließ sich das Schlimmste nur selten verhindern. Sie standen Menschen gegenüber, für die Gewalt nicht das letzte, sondern das erste Mittel der Wahl war und mit dem sie besser vertraut waren als jeder, der sein Leben in der Sicherheit des HUBs zugebracht hatte. Bald schon sperrten Eltern ihre Kinder Tag und Nacht in ihren Zimmern ein, um zu verhindern, dass sie zu lange dem Kontakt mit Söldnern ausgesetzt waren. Ja, der Krieg hatte den HUB zwar wirtschaftlich nicht geschädigt, aber bis ins Mark erschüttert, indem er den Abschaum des von Menschen besiedelten Universums auf den Plan gerufen hatte. Und kaum eine Woche, nachdem sie von der Existenz dieses Krieges überhaupt Kenntnis bekommen hatten, saßen zwei Individuen besagten Abschaums im Star HUB in einer Dachkneipe und beobachteten, was ihresgleichen aus ihm machten.

»Hast du mitbekommen, was die jetzt eigentlich für ein Problem hatten?«, fragte Jochen, während sie sich an einem der Tische niederließen.

»Keinen Schimmer, Mann«, antwortete Steffen, während er hinter sich griff und vom Nachbartisch einen Teller von etwas herüberholte, das sowohl als Gulasch als auch Eintopf durchgehen konnte. Zumindest das Brot sah gut aus.

»Ich meine, dass ich den einen irgendwas von Kambyses IV habe brüllen hören«, überlegte Jochen, während er es Steffen gleichtat und sich erst einmal von dem fast vollen Bier bediente, dass vor ihm stand. Das Gute an plötzlich auftretenden

Schießereien im Geschäftsviertel des HUBs war, dass man auf einmal nicht mehr groß nach Sitzplätzen suchen musste. Das und die Tatsache, dass es auf einmal Essen für umsonst gab.

»Hm«, brummte Steffen. »Schon möglich, da ging es die letzten Jahre schwer rund«, und nahm einen Schluck aus der Kaffeetasse vor sich, verzog aber sofort angeekelt das Gesicht.

»Löwenzahnkaffee?«

»Entweder das oder ausgekochte Leichenteile«, erwiderte der Manipulator angeekelt und schob Tasse samt Kännchen vom Tisch, sodass sie neben diesem in Scherben gingen. »Da ist wohl leider was während der Schießerei zu Bruch gegangen. Mal im Ernst, glauben die wirklich, dass man den Unterschied nicht schmeckt?«

Jochen zuckte die Schulter. »Hey, es gibt auch wirklich gute Substitute.«

»Aber nicht Löwenzahn«, seufzte Steffen und begann zu essen.

Auch Jochen bediente sich und blickte dabei entspannt zur anderen Seite der Dachterrasse. Vorbei an den in Panik umgeworfenen Stühlen und Tischen und den Essensresten, die zusammen mit diversen anderen in blinder Flucht zurückgelassenen Gegenständen auf dem Boden herumlagen. Jetzt, wo niemand mehr schrie, ließ es sich wirklich gut hier aushalten. Einzig die Absperrungen bei dem gegenüberliegenden Café, wo sich gerade zwei Jungspunde gegenseitig massakriert hatten, störte ein wenig das Idyll. Wobei das so auch nicht stimmte. Was störte, waren die Sicherheitsleute, die hektisch auf und niederliefen und dabei schon mindestens drei Mal in den Blutlachen ausgerutscht waren. Insgesamt wirkten sie heillos überfordert.

»Andererseits haben sie das aber schon vor fünfzehn Minuten«, überlegte Jochen nüchtern und kaute auf etwas, das wie er vermutete Synthetikfleisch auf Insektenbasis war, »als sie hier angekommen sind und diesen Passanten, der so hohl war, die Waffe eines der Schützen aufzuheben, mit rund 27 Warnschüssen über den Haufen geballert haben.« Was ziemlich beeindruckend war, bedachte man, dass der Kerl die Waffe sofort weggeworfen und die Hände erhoben hatte. Man konnte meinen, dass die Nerven des HUB-Sicherheitspersonals dieser Tage etwas flach lagen. Jochen schüttelte den Kopf.

»Woran denkst du?«, fragte Steffen zwischen den Bissen seines Gulaschs/Eintopfes heraus.

»Sind wir einfach nur völlig abgestumpft oder sind diese HUB-Bewohner wirklich alles Weichflöten?«

Steffen überlegte kurz. »Erstaunlich philosophische Frage. Ich denke ein wenig von beidem.«

Jochen seufzte und wandte sich zur anderen Richtung. Für irgendwas musste ein Platz direkt an der Kuppel, die sie vom luftleeren Raum des Mondes abschottete, ja gut sein. In der Ferne konnte er die Schiffe sehen, die in einem fort zu den Hangars hinabglitten und an jenen sechs Seiten der achteckigen Konstruktionen landeten, welche nicht durch Schienenverbindungen in Anspruch genommen wurden, um auf Laufbändern in ihr Inneres gefahren zu werden. Es beeindruckte ihn immer noch, wie absolut ebenmäßig die Oberfläche verlief. Er schätzte, dass die Horizontlinie in etwa 100 Kilometern verlaufen musste. Die rechte Hälfte darüber nahm der Anblick des Iron Rasp ein, der mit seiner ständig wabernden Oberfläche wie eine rote Sonne aufzugehen schien. Ein wahrlich ehrfurchtgebietender Anblick. Von hinten hörte man jetzt hysterische Schreie einer Frau. Vermutlich die Frau, Freundin oder Mutter des irrtümlich Erschossenen. Jochen blendete sie aus und gönnte sich noch einen Schluck aus dem Glas.

»Wie lange, meinst du, wird es dauern, bis Blake fertig ist?«, riss ihn Steffen nun aus seinen Gedanken.

»Gute Frage«, antwortete der Söldner und drehte erneut den Kopf. Diesmal blickte er allerdings schräg nach oben, in Richtung des Stadtzentrums, mit seinem Moloch von einem Hochhaus, das alles überragte und von jedem anderen Dach der Stadt zu sehen war. »Wenn man den Gerüchten glauben darf, dann haben etwas mehr als hundert Sicherheitsunternehmen allein in der letzten Woche hier Kontore eröffnet. Wahrscheinlich ist es nicht ganz einfach da den besten Arbeitgeber für uns zu finden.«

»Hundert?«, merkte Steffen skeptisch an. »Dir ist klar, dass Büroraum teuer ist, oder? Wo sollen da denn noch hundert Unternehmen reinpassen, wenn schon vorher die Föderationsverwaltung und die Börse da drin war.«

»Was fragst du mich das?«, seufzte Jochen. »Lass einfach hoffen, dass Blake was Gutes findet, ja.«

Auf der einen Seite waren die beiden ja ganz froh, dass ihre kleine Gruppe vorerst beschlossen hatte zusammenzubleiben. Nach der Scheiße, die sie auf der »Impius« durchgemacht hatten, die jetzt sicher im Wartungsdock 3591 parkte und vom Zigeuner gepflegt wurde, hielten sie es alle für angemessen, auch für den nächsten Kampfeinsatz zusammen anzuheuern. Allein schon deshalb, weil die Anwesenheit eines Manipulators und zweier Symbionten das Standardgehalt eines jeden in ihrer Gruppe erheblich steigerte. Dazu kam dann noch Finley als menschlicher Kugelfang. Die andere Seite war, dass sie Blake nun mehr oder weniger offiziell zum Anführer ernannt hatten und das stieß zumindest Jochen sauer auf. Nicht, dass er etwas gegen das Abziehbild aus einer Steroidwerbung hatte, aber er mochte es einfach nicht, wenn er gewisse Kompetenzen an andere abgeben musste. Vor allem nicht, wenn es sich dabei um die Auswahl von Jobs handelte.

»Macht das eigentlich nur mir Sorgen, dass der Kerl uns auch für alles von ‚völliger Scheiße' bis zum ‚totalen Selbstmordkommando' eintragen könnte?«, fragte Steffen in diesem Moment und sprach damit mehr oder weniger genau aus, was Jochen dachte.

»Nö. Aber wenn er das macht, können wir auch einfach aussteigen. Ich meine 'ne Vollmacht für uns zu unterschreiben hat er von keinem von uns bekommen, oder?«

Steffen schüttelte den Kopf und damit war diese Angelegenheit erst mal erledigt.

Es dauerte noch etwas mehr als eine halbe Stunde, bis das Personal des Restaurants zurückkehrte und eine weitere halbe Stunde, bis die ersten Gäste sich wieder hier hoch wagten. Die beiden Söldner hatten in der Zwischenzeit das Essen von fast allen stehengebliebenen Tischen verschlungen. Nur eine einzige Kellnerin erwies sich als mutig genug von ihnen zu verlangen, dass sie all das Zeug auch bezahlen mussten.

»Wir haben nichts davon bestellt«, erwiderte Jochen daraufhin und streckte sich auf seinem Stuhl.

»Ja, aber Sie haben es konsumiert«, rief die junge Frau aus. Sie konnte nicht älter als 19 sein. Ein sehr lebensmüdes Alter, bedachte man, wie sie mit den beiden redete.

»Seien Sie doch froh«, gab Steffen zurück. »Jetzt würden Sie das ganze Zeug sowieso wegschmeißen und auf die Weise kommt es Leuten zugute, die es wenigstens zu schätzen wissen, weil sie wissen, was echter Hunger ist.«

Das Mädchen starrte sie mit verständnisloser Wut an.

»Er meint die Sorte Hunger, bei der man irgendwann nicht länger die Geduld aufbringt, Leute, die etwas zu Essen zu haben, darum zu bitten, es einem zu geben«, erklärte Jochen ruhig. »Wobei sie erstaunlich wenige Argumente vorbringen können, nachdem man es sich genommen hat.«

»Aber ...«, wollte die Kellnerin protestieren, bevor ihr Steffen genervt das Wort abschnitt.

»Schätzchen, kennst du den Spruch ‚es wurden schon Menschen für weniger umgebracht'? Wir bewegen uns langsam in die Richtung.«

Nachdem die Bedienung erbleicht war und das Weite gesucht hatte, gelang es den beiden immerhin noch zwanzig Sekunden ruhig zu bleiben, bevor sie losprusteten. Daraufhin prosteten sie sich zu, überwiesen dem Restaurant mit einigen Wischern über ihre Rubrizierer eine Summe, die weit unter ihrer Verbrauchsmenge lag und machten sich auf den Rückweg zur »Impius«. Normale Quartiere waren bei ihrer Ankunft schon lange keine mehr übrig gewesen.

Unterwegs passierten sie diverse Läden, deren Angebot für die beiden völlig befremdlich schien. Kein Wunder, denn sie befanden sich in jenen Geschäftsvierteln, in denen sich normalerweise nur die normalen HUB-Bewohner herumtrieben. Es sprach schon für sich, dass sie so viel Zeit in Feldlagern oder Söldnerhochburgen verbracht hatten, dass Möbelgeschäfte, Spielwarenläden, Stände für Süßigkeiten oder Shakes, normale Kleidergeschäfte und alles andere, was zur sogenannten zivilisierten Welt gehörte, ihnen wie mit Mysterien beladene Tempel von irgendwelchen Alienvölkern vorkamen. Einzig die Apotheke, wo Steffen noch vor wenigen Stunden seinen erklecklichen Medikamentenvorrat wieder aufgestockt hatte, strahlte etwas Vertrautes aus. Mit dem kleinen, aber feinen Unterschied, dass sie wesentlich sauberer war als die Läden, die sie sonst besuchten, und man sich tatsächlich für die Verschreibungspapiere des Manipulators interessierte. Einen Soft- und Hardwareanbieter für Computertechnik, bei dem man keine Militärtechnologie kaufen konnte, hielten die beiden dagegen für reine Blasphemie.

Zum Glück eine, der sich leicht abhelfen ließ. Je weiter sie sich vom Stadtkern entfernten, desto ansprechender wurde auch das Angebot. Ein Muster, das die beiden von den meisten HUB-Städten der Föderation kannten. Je näher am Stadtkern und je höher gen Himmel man sich befand, desto mehr näherte man sich dem Leben, das auf den Kernwelten um das alte Sonnensystem der Erde herum angeblich Normalität war. Welten, von denen das Taurus-System weit entfernt war. Und in den unteren Stockwerken der niedrigen Randhochhäuser, von denen das kleinste immerhin 47 Stockwerke hatte, zerriss der Schleier dieser bequemen Illusion, die die regulären HUB-Bewohner gerne ihr Eigen nannten. Hier unten waren sie alle vertreten. Manninger Balistics, Explosion Enterprises, Inpenetrateable Armors & Co. und natürlich jener allseits bekannte Allzweckkriegsausstatter mit dem niemals aus der Mode kommenden Evergreen: »Kämpfst du noch oder siegst du schon?« Während ihnen das gelb-blaue Logo entgegenleuchtete, überlegte Jochen, obwohl er immer noch pappsatt war, dass so ein Hotdog nach einem völlig übertreuerten Einkaufsrundgang, bei dem er mal wieder weit mehr kaufen würde, als ursprünglich auf seinem Einkaufszettel stand, wohl nicht das schlechteste sei. Angeblich verwendeten sie dort sogar noch echtes Fleisch für die Würste.

»Entweder das oder extrem gute Substitute«, überlegte Jochen, nachdem er sich von Steffen verabschiedet hatte, der schon mal den nächsten Zug zu ihrem Wartungsdock nehmen wollte. Im Prinzip war ihm beides recht. Er machte sich in der Regel keine Sorgen darum, dass ihn chemische Lebensmittelzusätze umbringen konnten. Nicht bei seinem Beruf. Zielsicher machte er sich auf den Weg zu einem der kleineren Waffenläden. Schon beim Betreten des Ladens überkam ihn ein wohliges Gefühl, als ihm der Geruch von frischem Waffenöl und heißem Metall in die Nase stieg.

»Hach ja«, dachte er, während er auf den Tresen zuging. »Es gibt Dinge, die werden mit den Jahren einfach nicht schlechter.«

Und er war auch fest davon überzeugt, dass diese kleinen, familiären Waffenläden auch nie aussterben würden. Das war ein Service, den die großen Konzernfilialen einfach nicht imitieren konnten. Und das war auch ganz gut so. Der Junge hinter dem Verkaufstisch war etwas mehr als halb so alt wie er. In etwa das Alter wie der Knabe, den Steffen auf der »Impius« mit seiner eigenen Waffe umgelegt hatte. Er hatte eine Augmented-Reality-Brille auf und schien Jochen nicht zu bemerken. Wahrscheinlich war er in ein Comic versunken. Oder einen Film. Oder einen Porno. Vielleicht auch in alles drei gleichzeitig. Jochen klopfte mit dem Mittelfinger zwei Mal laut auf den Tisch, woraufhin der Teenager aufschreckte und sich seine Wangen rot verfärbten.

»Jep, definitiv ein Porno«, grinste er leise in sich hinein.

»Entschuldigen Sie bitte. Wie kann ich Ihnen helfen?«, fragte der Junge mit schuldbewusster Stimme.

»Ich war gestern schon mal hier«, erwiderte Jochen und zog seine Nummernkarte hervor. »Einmal abholen bitte.«

Der Junge nahm den Zettel und verschwand durch eine Tür, auf der das Schild »Werkstatt« prangte, aus seinem Gesichtsfeld. Jochen ließ seinen Blick wandern. Eigentlich hatte Steffen recht, er brauchte eine neue Waffe. Er biss sich auf die Unterlippe. Wenn er doch nur nicht so verdammt abgebrannt wäre. Er hatte eigentlich gehofft, durch den Job auf Boltou wieder zu etwas Geld zu kommen. Aber die Sache hätte gründlicher nicht schiefgehen können. Nun trat er an eines der Regale heran. Die meisten Ausstellungsstücke waren ältere Projektilwaffen wie seine eigene. »Some nice, some little, some handy, aber ganz besonders cheap beyond any borders«, überlegte Jochen, während er die schlanken und auf Hochglanz polierten Modelle unterschiedlicher Hersteller bewunderte. Aber leider nicht billig genug für ihn. Wenn er sich einfach eins von diesen Teilen kaufen würde, wäre er auch nicht besser dran als jetzt. »Wer auch immer sich den Mist mit den Modifikationen ausgedacht hat«, dachte Jochen versonnen, als er eine Reihe weiter ging und jetzt vor einem wesentlich größeren Regal stand, »ist jetzt ein reicher Mann.« Es war eine feststehende Tatsache, dass Projektilwaffen, trotz ihres rückständigen Wirkungsprinzips, durch die richtigen Anbauten zu wahren Biestern wurden. Optikvisiere mit Zielmarkierung, zusätzliche Läufe und Magazinschächte für verschiedene Munitionstypen, anbaubare Granat- oder Raketenwerfer mit kleinen Laserleitsystemen, hydraulische Schulterstücke, die den Rückstoß quasi aufhoben, und war das da etwa die neue Gaskartuschenmunition, die die Waffe in einen Flammenwerfer verwandelte? Keine Frage, wenn man klug zusammenstellte, war Besser das neue Normal. Jochen seufzte schwer. Das Geschäftsmodell leuchtete ein, auch wenn es seiner Meinung nach an Abzocke grenzte, dass die Waffe bei all dem noch das Billigste war. Ehe er die anderen Regale in Augenschein nehmen konnte, kam der Junge aus der Werkstatt mit seiner Waffe zurück.

»Macht dann drei Dublonen«, sagte der Junge, während er die Bauteile der Waffe vor Jochen ausbreitete, damit er sie in Augenschein nehmen konnte. »Aber mal ganz ehrlich, ich will nicht respektlos wirken, doch Sie verschwenden Ihr Geld.« Jochen brummte, während er die Teile untersuchte und zusammensteckte. Der Junge schien das als Aufforderung zu verstehen. »Der Lauf ist völlig abgenutzt. Wir haben die Züge nachgeschliffen, aber das wurde schon so oft gemacht, das hält nicht mehr lang. Beim Griffstück konnten wir die Hälfte der kleinen

Teile ausbauen, aber die ganze Mechanik ist so verschlissen, dass das auch eigentlich keinen Wert hat.« Jochen wandte sich um, hob die Waffe mehrfach in den Anschlag, nahm sie runter, riss den Verschluss einige Male nach hinten und wiederholte die Übung. Kurz überlegte er sich, ob es angemessen wäre dem Jungen zu sagen, dass das Schießeisen in seiner Hand zwar unbestreitbar Schrott, aber mit Abstand immer noch das beste war, was er auf der »Impius« hatte finden können. Und das sogar in Anbetracht dessen, dass er seinem vorherigen Besitzer damit den Schädel eingeschlagen hatte. »Es ist wirklich schade drum, aber ich verstehe schon, warum Sie die behalten wollen«, sagte der Junge, woraufhin ihn Jochen fragend anstarrte. »Ich meine, die Modifikationen sind wirklich gut, damit schießen Sie auch auf nen Kilometer ner Mücke noch das linke Bein ab, aber woanders verbaut bekommen Sie die nirgends mehr. Aber da sag ich Ihnen ja nichts Neues mit. Verdammte Kompatibilität!«

Jochen lächelte und wandte sich mit angelegter Waffe zu dem Jungen, der schlagartig verstummte. So verharrten sie einige Sekunden. Dann nahm er die Waffe runter, zückte seinen Rubrizierer, scannte den Rechnungscode an der Kasse und bestätigte die Zahlung. Der Junge entspannte sich sichtlich.

»Sieht alles gut aus«, meinte Jochen, während er die Maschinenpistole in seinem Holster verschwinden ließ, »aber da fehlt noch was bei der Bestellung.«

Der Junge sah in verständnislos an.

»Das Harz«, erinnerte ihn Jochen. »Davon wollte ich eine Dose zum Mitnehmen.«

Das Gesicht des Jungen hellte sich erinnernd auf und verzog sich dann zu einem Ausdruck größter Verwunderung. »Ich dachte, das sollte nur ein Scherz sein. Warten Sie kurz.« Diesmal schlenderte Jochen nicht durch den Laden. Das deprimierte ihn nur, zumal sich sein Konto gerade dem absoluten Nullpunkt gefährlich angenähert hatte. Als der Junge zurückkehrte, trug er eine Metalldose vor sich her, die er vor Jochen abstellte.

»Ich hab das jetzt einfach schnell in eine der Dosen für das Kolbenfett getan. Die war nicht ausgespült oder so was. Ich hoffe das ist in Ordnung.« Jochen nickte nur und öffnete die Dose und roch einmal daran. Schwer, süßlich und leicht ölig. Die kleinen, gelb-orangenen Krümel waren genau, wie er sie haben wollte.

»Was schulde ich euch dafür noch?«, fragte er, indem er die Dose in seiner Tasche verschwinden ließ.

»Dafür?«, sagte der Junge schnaubend mit einer wegwerfenden Handbewegung. »Gar nichts. Aber mal aus Interesse, was wollen Sie mit diesem Rotz? Ich meine, Sie wissen, dass das das Abfallprodukt von dem Schmiermittel ist, das wir in unsere Maschinen geben, oder? Ich hab das gerade vom Boden aufgekratzt.«

»Ich mach das Zeug heiß«, antwortete Jochen nüchtern, »und wenn es flüssig ist, schmiere ich damit meine Zigarillos ein.«

Der Junge blinzelte einige Male. »Jetzt ernsthaft?«

Jochen nickte und schickte sich zum Gehen ist.

»Ist das nicht saumäßig giftig?«, rief ihm der Junge nach, als er sich dem Ausgang näherte.

»Mit an Sicherheit grenzender Wahrscheinlichkeit, ja«, erwiderte Jochen über seine Schultern und verließ den Laden.

Ja, er liebte diese kleinen familiären Geschäfte. Von den großen Konzernen griff in diesem Sektor einfach niemand mehr auf billige Schmierfette auf Pflanzenbasis zurück.

Jochen hasste solche Situationen. Auf dem Weg mit der Hochgeschwindigkeitsbahn zum Hangar hatte er noch eine ziemlich positive Bilanz gezogen. Er hatte sich sogar zu einer seiner seltenen Phantasien hinreißen lassen, in denen er sein Leben endlich mal auf die Reihe bekam. Diesmal hatte sie davon gehandelt, dass er sich eine Big-Game Hunting Ranch auf irgendeinem abgelegenen Planeten zulegte und für Geld reiche Idioten hausgroße, minderintelligente Alienwesen umlegen ließ. Von dem Geld, das dabei abfiel, konnte er sich zumindest in seiner Vorstellung problemlos genug edle Spirituosen leisten – die er im Leben nicht von schlechten hätte unterscheiden können –, um sich mindestens einmal alle zwei oder drei Tage ins Koma zu saufen. Eine wunderbare Vorstellung in der Tat. Und jetzt das.

Als jemand beim Verlassen des Hangar-Bahnhofes seinen Namen gerufen hatte, hatte er sich dabei noch nichts Schlimmes gedacht. »Wobei ich tatsächlich nicht viele Menschen kenne, die mich mit vor Wut überschnappender Stimme mit meinem Nachnamen rufen«, dachte er nun, als er den drei Gestalten gegenüberstand. Und um der Wahrheit die Ehre zu geben: Er hatte auch jetzt keine Ahnung, wer das sein sollte.

»Hier hast du dich also versteckt«, knurrte der Mittlere von ihnen, der ganz offensichtlich der Anführer zu sein schien. Er fixierte ihn mit rattenähnlichen Augen, die hinter dem zu langen Pony seines strohblonden, enorm dünnen Haares hervorschauten.

»Nein, hab ich nicht«, antwortete Jochen ruhig, was sein Gegenüber aus dem Konzept brachte.

»Hä, was?«, brauste Rattengesicht auf. »Aber du bist doch hier! Alter, verarsch mich nicht!«

Jochen besah ihn sich. Warum beggenete er in letzter Zeit so vielen jungen Menschen? Falls das ein morbider Streich des Schicksals sein sollte, dann wusste er jetzt schon, dass er ihn nicht witzig fand.

»Ich will damit sagen, dass ich mich nicht vor dir versteckt habe. Nebenbei, wer bist du überhaupt?«

Seinem Gegenüber quollen die milchig blauen Augen bald aus dem Gesicht.

»Du ..., du ...«, suchte er nach Worten, fand sie in seinem Zorn offensichtlich aber nicht. Einer seiner Begleiter, der kleinere von beiden mit der dicken Kampfweste, beugte sich vor und zischte ihm etwas ins Ohr.

»Ich will mich aber nicht beruhigen«, brüllte Rattengesicht plötzlich los. »Der verfickte Hurensohn hat meinen Bruder auf dem Gewissen.«

Jochens Herz setzte einen Moment lang aus. Daher wehte also der Wind. Er musste handeln, und zwar sofort. Um sie herum hatte sich eine große Lücke im Gedränge gebildet. Wer schlau war, hatte sich bereits vom Acker gemacht. Jochen hätte sich gerne unter diese Schlauen gezählt. Sein Gesichtsfeld, seine Wahrnehmung, ja seine ganze Welt schrumpfte auf diese Lücke und die vier Personen in ihr zusammen.

Rattengesicht wandte sich wieder ihm zu, strich mit der Rechten seine Kunstlederjacke zurück und legte sie auf die Waffe darunter.

»Grünfeld, du scheiß Bastard, ich fordere dich ...« Weiter kam er nicht.

In einer einzigen flüssigen Bewegung schoss Jochens Hand an seiner Seite nach oben, löste das Kampfmesser aus seiner Halterung und trieb es, durch den Schwung eines schnellen Ausfallschrittes unterstützt, seinem Kontrahenten senkrecht, durch Unterkiefer, Mund und Gaumen ins Gehirn.

Rattengesicht sah ihn mit diesem eigenartigen Ausdruck völligen Erstaunens an, der vielen ins Gesicht geschrieben stand, die noch nicht verstanden hatten, dass sie tot waren. Aber damit befasste sich Jochen nicht weiter. Er riss die Klinge, deren drei Schneiden spiralförmig gedreht waren, unter einem Schwall von Blut aus der Wunde, schubste den leblosen Körper gegen den kleineren Kameraden des Toten, der ihn auffing und zurückstolperte. Schreie erklangen, auf die der Söldner ebenfalls nicht achtete, während er mit dem Waffenarm ausholte und dem Größeren von beiden seinen Ellenbogen ins Gesicht krachen ließ. Der Mann taumelte unter Jaulen zurück, was Jochen die Zeit gab, sich wieder dem Kleinen zuzuwenden. Der hielt dankbarerweise immer noch völlig perplex seinen toten Kameraden im Arm. Jochen sprang an ihn heran, blockierte seine Arme mit seinem Körper und rammte ihm das Messer in den Übergang zwischen Hals und Schulter, wo seine Weste ihm keinen Schutz bot. Der Mann schrie. Aber nicht für lange, denn schon hatte Jochen den Knopf an der Knaufspitze seiner Waffe betätigt. In weniger als einer zehntel Sekunde strömte das Gasvolumen eines Medizinballs in den Körper seines Gegners. Als die Wundränder des Mannes in einem Sprühnebel aus Blut förmlich explodierten, stürzte er ungebremst zu Boden, wo er regungslos liegenblieb. Jochen wischte sich panisch die blutverschmierten Augen, nur um zu seinem Entsetzen festzustellen, dass es dem Letzten der drei gelungen war, und das trotz gebrochener Nase, mit unsicherem Griff eine Pistole zu zücken, die er mit zittrigen Händen und mit nach unten gerichtetem Blick durchlud. Gerade als er sie heben wollte, war Jochen an ihm dran, packte sein Handgelenk mit der einen Hand, ergriff mit der anderen Hand den Schlitten der Waffe und entwand sie mit einer raschen Drehung seinem Griff. Jochen warf sich nach vorne gegen den größeren Mann, woraufhin sein Gegenüber wieder strauchelte. Er riss die durchgeladene Waffe hoch und schoss ihm einmal, zweimal, dreimal, viermal, fünfmal aus nächster Nähe in die Brust, bis er zu Boden ging. Dann trat er seitlich an ihn ran und verpasste ihm noch einen Schuss in den Schädel.

Jochen atmete schwer. Ihm war übel. Wie immer. Sein Herz raste. Er spürte, wie seine Stirn abwechselnd glühend heiß und dann wieder ganz kalt wurde, während sich seine Gedärme unterhalb seines Magens in Ströme glühend heißer Magma verwandelten. Die Welt kehrte zu ihm zurück. Schreie, überall Schreie. Und das Geräusch von laufenden Menschen. Eine Sirene heulte. Er musste hier weg. Schnell steckte er die Waffe ein und suchte das Weite. Verdammt noch mal, er hasste solche Situationen wirklich.

»Und du hast wirklich keine Ahnung, wer die waren?«, hakte Steffen noch mal nach, während sich Jochen die Haare trocken rubbelte.

»Überhaupt keine«, antwortete Jochen entnervt. »Ich hab's euch doch gesagt. Er meinte, ich hätte seinen Bruder umgebracht.«

»Na, das schränkt den Verdächtigenkreis ja gerade einmal auf die Hälfte der Einwohner des Taurus-Systems ein«, sagte Finley mit vor Ironie triefender Stimme.

Jochen war vor etwa zehn Minuten zurück in die »Impius« gestolpert und seine erste Amtshandlung war es gewesen, sich unter die Dusche zu stellen. Er wusste nur zu gut, dass wenn Blut erst einmal eintrocknete, es nur schwer wieder zu entfernen war.

»Das sagt gerade der Richtige«, kam Phil Jochen zu Hilfe, der bis eben damit beschäftigt gewesen war, aus diversen Fläschchen, Kolben und metallenen Behältnissen alle Arten von Flüssigkeiten, Pulvern, Granulaten und Flöckchen in den Tank eines Flammenwerfers zu füllen, in dem er nun mit einem Stab herumrührte. »Mister, ich eröffne in ner Wellblechsiedlung mit der Minigun an meinem Arm das Feuer.«

Finley schnaubte. »Bin ja schon ruhig. Aber apropos Feuer.

Würde es dir was ausmachen, das ganze Zeug hier so schnell wie es geht wieder verschwinden zu lassen? Ich mag meine Haut mit ihrer Naturschwärze und steh nicht so darauf, wenn sie auch noch verkohlt.«

Die Zwillinge, auch wenn das bei ihnen schwer zu sagen war, wirkten von der Diskussion einigermaßen belustigt. Während sie wie immer wie zwei Porzellanpuppen in der Ecke saßen. Schweigend und wesentlich enger beieinander, als es für Geschwister eigentlich natürlich war. Entweder bildete Jochen es sich nur ein oder sie wurden ihm wirklich von Tag zu Tag, den er mit ihnen verbringen musste, unheimlicher.

Phil sah Finley tödlich beleidigt an. »Da mach dir mal keine Sorgen«, sagte er hochnäsig und reckte sein Kinn vor. »Aber deine Sorge sei dir verziehen. Ich gehe nicht davon aus, dass ein kulturloser Banause wie du die hohe Kunst, die ich hier praktiziere, auch nur ansatzweise verstehen kann.«

Bevor der Cyborg darauf etwas erwidern konnte, glitt die Eingangstür auf und Blake kam herein. Sein Gesichtsausdruck sprach das aus, was auch Sekunden später seinen Mund verließ.

»Bier! Jetzt!«

Phil, der am nächsten am Kühlschrank stand, tat wie geheißen und mehrere lange Züge später, seufzte der Söldner erleichtert.

»Ah, das tat gut! Ich sag euch, wenn ich noch eine billige Broschüre für Soldanwerbung zu Gesicht bekomme, krieg ich nen Schlaganfall, aber mit der rechten Hand.« Er stutzte.

»Jochen, du siehst scheiße aus.«

Jochen brummte entnervt. »Schön, dass alle so bemüht sind das hervorzuheben. Alleine hätte ich bestimmt Probleme das zu merken.«

Steffen gluckste. »Wir helfen doch gerne unseren geistig minderbegabten Mitmenschen. Weißt du doch.«

Blake grinste, wurde dann aber ernst. »Nein, aber mal im

Ernst. Was ist passiert?«

Nachdem Jochen zum wiederholten Male seine Geschichte erzählt hatte, nahm Blake einen weiteren nachdenklichen Schluck.

»Denkst du, dass die Sicherheitsleute an dir dran sind?«

Jochen dachte nach. »Durchaus möglich«, räumte er schließlich ein. »Es war mitten am HUB-Bahnhof. Es gab bestimmt Kameras. Und von der Menge Zeugen fange ich jetzt gar nicht an zu reden.«

Blake schüttelte entnervt den Kopf. Er wirkte müde. »Dass diese verdammten Punks Geschäft und Privatsache heute nicht mehr auseinanderhalten können, aber echt mal.« Er seufzte wieder und machte die Dose leer. Phil stellte ihm unauffällig eine weitere vor die Nase, aber stattdessen fing Blake an, sich einen Fladen Kokablätter mit ein paar Substanzen vorzubereiten, die er gekonnt darin einwickelte. »Naja, hilft ja doch nichts. Wie weit ist der Zigeuner mit den Wartungsarbeiten?«

»Fast fertig«, erklang es als Antwort aus dem Bordcom. »Auf los, geht's los.«

Blake brummte als Zeichen seiner Kenntnisnahme und schob sich den Fladen zwischen die Zähne.

»Die gute Nachricht ist«, bekundete er schmatzend, »dass wir vermutlich unseren nächsten Arbeitgeber schon gefunden haben. Natürlich nur, sofern ihr alle zustimmt.«

Steffen und Jochen blickten sich an.

»Haben wir denn eine Wahl?«, fragte der Manipulator.

»Das will ich meinen«, gab Blake zurück und bleckte die verschmierten Zähne. »Ich hab schließlich nicht umsonst neun Stunden damit verbracht, mich durch die Kontore von fast zwanzig Sicherheitsfirmen zu wühlen.«

»War es so schwer, jemanden zu finden, der uns haben will?«, fragte Finley verwundert.

Blake schnaubte. »Allein für die Frage solltest du mal dein Hirn entrosten, alte Blechbüchse. Natürlich nicht. Einfach alle Unternehmen suchen. Und die Gehälter kommen direkt von der Föderation. Die Kurse sind so gut wie seit Jahren nicht mehr. Scheinbar haben Lobbyisten auf der Erde ganze Arbeit dabei geleistet, sich Rettungspakete von den Regierungen zu sichern.«

»Warum nehmen wir dann nicht einfach den Meistbietenden?«, fragte Phil, während er, zur sichtlichen Erleichterung aller Beteiligten, den Tank seines Flammenwerfers zuschraubte.

»Tja, Jungs und Mädels«, sagte Blake bedeutungsschwer, wobei er bei dem 'Mädels' einem der Zwillinge zunickte. Wusste der Teufel, ob es wirklich der/die/das Richtige von beiden war. »Das ist genau der Punkt, wo ich dachte, dass es besser ist eure Meinung einzuholen.«

»Jetzt mach's nicht so spannend«, drängte Jochen, dem es lieber war, schnell von dem HUB wegzukommen. Noch ein Kopfgeld von der Föderation war das Letzte, was er gerade gebrauchen konnte.

»Also, im Grunde ist es einfach. Die Gehälter richten sich wie immer nach Risiko und militärischer Wichtigkeit des bevorstehenden Einsatzes, aber bei der meistbietenden Firma lautet in diesem Fall die Frage wirklich: ‚Haltet ihr euch für so harte Ficker, dass ihr das Geld, das ihr verdient, auch lebendig wegtragen könnt?'«

Jochen horchte bei dieser Formulierung alarmiert auf.

»Was soll das denn jetzt heißen«, fragte Finley misstrauisch, der scheinbar seine Fähigkeiten hinterfragt sah.

Blake grinste. »Wenn ihr zustimmt, sind wir bei fast fünffachem Gehalt Teil der Speerspitze des Gegenangriffs.«

Jochen spürte, wie sich ihm der Magen umdrehte. Er hasste solche Situationen.

Der Narrator liest vor

Von der üblichen Krisenpolitik

Protokollmitschrieb der außerordentlichen Notfallsitzung des Sicherheitsrates der Vereinten Nationen, anlässlich des Überfalls des Konzils der Separatistischen Weltengemeinde auf die Randgebiete des zum vereinten Bündnissystem gehörenden Taurus-Systems.

[...]
Generalsekretär Schulte:
So können wir abschließend festhalten, dass die 13-stündige Thesendebatte mit anschließender Abstimmung zweifelsfrei erwiesen hat, dass es sich bei der Ermordu... (*ungehaltenes Murmeln von einigen Vertretern der hohen Bündnispartner*), Verzeihung, ich meine natürlich, dass es sich bei der widerrechtlichen Tötung von nahezu 13 Millionen Menschen verschiedenster Nationen um keinen kriegerischen Akt handelt und keine Rahmenbedingungen für ein Eingreifen der Bündnispartner erfüllt sind. Bei keiner der überfallenen ... (*erneutes ungehaltenes Murmeln*), ich meine natürlich, bei keiner der in Kampfhandlung geratenen Welten handelt es sich um Standorte, die über genügend Bevölkerung verfügten, um unter die Hoheit einer der Nationen der hohen Bündnispartner gestellt zu werden. Dieses zweite Kolloquium soll nun klären, ob dennoch in irgendwelchem Umfang Hilfsleistungen an die geschädigten Unternehmen oder vielleicht sogar an die unter den Angriffen leidende Bevölkerung erfolgen sollen. Gibt es hierzu

Vorschläge?

mehrere Meldungen
Ich erteile hiermit das Wort an den hohen Bündnispartner und ständiges Mitglied dieses Gremiums, die russische Föderation, vertreten durch ihren Abgesandten Alexey Viktorowitsch Stepanow.

Abgesandter Stepanow:
Im Namen und in Vertretung der russischen Föderation möchte ich hiermit zunächst das Verhängen von verschiedenen Handelsembargos gegen das verbrecherische Unrechtsregime der sogenannten Separatistischen Weltengemeinde vorschlagen. Ein System, das in solcher Weise wider die friedliche Koexistenz der Völker handelt und ein ideologisches Konstrukt für solch kriegerische Zwecke missbraucht, hat es nach Ansicht des russischen Volkes nicht verdient, Teil eines interplanetaren Wirtschaftssystems zu sein.

Generalsekretär Schulte:
Der Vorschlag des Abgesandten wurde, auch wenn er für die ursprüngliche Fragestellung nichts zur Sache beiträgt, gehört und zur Kenntnis genommen. Es soll nun darüber abgestimmt werden. Wer für den Vorschlag des hohen Bündnispartners ist, der möge nun den entsprechenden Knopf auf der Konsole betätigen.
der Generalsekretär wartet das Abstimmungsergebnis ab
In Pflichterfüllung für dieses edle Gremium stelle ich fest, dass der Vorschlag des Abgesandten mit überwältigender Mehrheit angenommen wurde. (*vereinzelter Applaus*)

In der nachfolgenden, mit 6 Stunden knapp bemessenen,

Diskussion befassten sich die Bündnispartner damit, die Art und das Ausmaß der beschlossenen Embargos festzustellen und zu verabschieden.

II

Der Narrator erzählt

Vom Weg zum Versagen

Als Brannigan wieder zu sich kam, hielten sich die Ärzte nicht mit der Frage auf, wie es ihm denn gehe. Stattdessen fragten sie ihn unumwunden, ob er es vorzöge in Zukunft nicht mehr schlafen oder nicht mehr träumen zu müssen. Wie er da so auf der Krankenstation der ›Faust der Richter‹ lag, verstört, mit dröhnendem Schädel und dem unverkennbaren Geschmack von Kupfer auf der Zunge, hatte er sich völlig übereilt dazu entschlossen, nie wieder schlafen zu wollen. Er hatte nicht einmal in die Nähe der Gefahr kommen wollen, dem Erlebten im Traum noch einmal zu begegnen. Eine Entscheidung, die er noch in der darauffolgenden Nachtphase des Schiffes bereuen sollte.

Zwar verhinderte das Antidormiens, das ihm der unendlich mitleidige Oberstabsarzt ohne zu zögern verschrieb, dass er aus Müdigkeit einschlief, aber es hinderte ihn nicht am Denken. So hatte Brannigan gelernt, dass acht Stunden, die ihm laut seinem Dienstvertrag für Schlaf zugesichert wurden und die er nun wach verbringen musste, eine furchtbar lange Zeit zum Denken waren.

Nach gerade einmal zwei Stunden hatte er wieder in der Krankenstation gestanden und lautstark nach einem Antisomnium und dem stärksten Schlafmittel verlangt, das die Raumflotte der Separatisten zu bieten hatte. Seitdem versuchte er, jede seiner wachen Minuten mit Dingen zu füllen, die seine Gedanken von jenem unermesslich dunklen Ort abhielten. Denn immer, wenn sie sich dorthin verirrten, spürte er, wie sein Herz, von Grauen gepackt, aus dem Takt geriet, während der Raum um ihn herum sich zu verdichten schien, um ihn zu ersticken.

Brannigan schob Doppelschichten. Dreifachschichten. Wann immer er aus dem Dunkel seines Unterbewusstseins die gurgelnden Laute des Verräters oder die Stimmen der Inquisitoren heraufkriechen spürte, steckte er sich in die nächste Datenbuchse ein und begann wie im Fieber mit der Bearbeitung von Datenpaketen, die spätestens nach dem zwölften Mal, das er sich ihnen gewidmet hatte, keiner Bearbeitung mehr bedurften. Durch eine grausame Fügung des Schicksals waren die Stunden seiner Arbeit auch gleichzeitig jene, die ihn auf eine perfide Weise näher als alles andere an das Geschehene führten.

Die Nachrichtenverbindungsdivision der »Faust der Richter« war in einem hochmodernen Raum untergebracht, der so eingerichtet war, dass sich die Arbeitspanels Stufe für Stufe in sich erweiternden Halbkreisen von unten nach oben erhoben und so die Form eines antiken Amphitheaters bildeten. Je höher der Rang des Verbindungsoffiziers, desto höher saß er oder sie. Und Brannigan als Oberleutnant saß weit oben. All jene unter sich im Auge behaltend, die mit eingesteckten Kopfverbindungen an ihren Rechnern saßen, eingehende Daten bearbeiteten und dafür sorgten, dass sie zuerst dechiffriert, dann in die richtige Bedeutung gerückt wurden und anschließend schnellstmöglich ihren Weg an die strategisch richtigen Stellen des Schiffes oder der anderen Teile der Flotte fanden. Oder zumindest hätte er das tun sollen.

De facto ertappte er sich dabei, dass er, wann immer er Leerlauf hatte, wie ein Schwachsinniger auf ein einziges Panel starrte: das nun verwaiste Rechnerpanel von Shinishi Yamato, dem Mann, den er mit seiner Aussage zu einem Schicksal verurteilt hatte, das dem Tod in all seinen Schrecken spottete. Natürlich blieb all das nicht unbemerkt. Wie auch? Mittlerweile hatte der Zerfall auch körperlich von ihm Besitz ergriffen.

Sein Besuch in den Vernehmungsräumen des militärischen Nachrichtendienstes war fast zwei Wochen her. Seine Wangen waren schlaff und eingefallen, seine Lippen hatten sich bläulich verfärbt. Sie ergänzten sich gut mit seinem stumpf gewordenen Blick und den dunklen Schatten, die unter seinen Augen lagen. Trotz seiner Traumlosigkeit vermochte der Schlaf ihm keine Erholung mehr zu schenken. Er aß auch nicht mehr. Seine ganze Ernährung bestand aus den Nährgels und Tabletten, die ihm die Schiffsärzte verschrieben. Anfangs hatte er noch gedacht, dass ihm auch bald die Haare ausfallen müssten, aber zumindest damit hatte er falsch gelegen. Stattdessen hatten sich graue Strähnen im Bereich um seine Schläfen gebildet, um sich unaufhaltsam ihren Weg nach oben zu arbeiten. Selbst seine Haut hatte sich verändert. Dünn wie Pergament ließ sie die Adern unter sich bläulich hervortreten. Für die ganze Division sichtbar wandelte nun einer ihrer Kameraden unter ihnen, der mit jedem Tag mehr tot als lebendig war, während ein anderer Kamerad fehlte.

Obwohl die Angelegenheit offiziell unter Geheimhaltung stand, wusste selbstverständlich jeder von Brannigans Leuten, was vorgefallen war. Eigentlich hatte er erwartet, dass man ihn mit Verachtung dafür strafen würde, dass er gegen einen seiner Kameraden ausgesagt hatte. Vielleicht wäre dies sogar geschehen, hätte sich sein Zustand nicht so schnell und so rapide verschlechtert. Das Mitleid, das ihm daraufhin entgegengebracht wurde, wandelte sich jedoch sehr schnell zu hilfloser Wut. Eines Morgens traf Brannigan an seinem Posten ein, um festzustellen, dass sowohl seine Gleichgestellten als auch seine

Untergebenen begonnen hatten, wann immer sie am ehemaligen Platz Yamatos vorbeiliefen, diesen mit hochgezogener Nase anzuspucken. An diesem Punkt hatte Brannigan nicht mehr die Energie, um auch nur den Versuch zu unternehmen, sie daran zu hindern. Dass seine Vorgesetzen nichts taten, um dieses Verhalten zu unterbinden, sagte Brannigan deutlich, wie schlimm es wirklich um ihn stand. Und gerade als er mit dem Gedanken zu spielen begann, allem einfach in der Stille seines Quartiers ein Ende zu setzen, stand mitten im Dienst auf einmal einer der Adjutanten Pamaroys vor ihm und befahl ihm auf Geheiß des Kapitäns mit ihm zu kommen.

Brannigan stand auf, salutierte vor seinen Kameraden und folgte der Frau mit gebeugtem Rücken durch die Tür. Vermutlich hatten seine Vorgesetzten den längst überfälligen Schritt unternommen und Meldung über seinen Zustand gemacht. Oder, so dachte er bitter, eines der suchenden Augen hinter den Panels in der Abteilung des militärischen Nachrichtendienstes hatte nach seinem Besuch dort nur darauf gewartet, dass sein Bruchpunkt erreicht war. Das Einzige, was er sich noch fragte, war, warum man den Adjutanten des Kapitäns geschickt hatte, um ihn in psychologische Sicherheitsverwahrung zu bringen. Doch es stellte sich heraus, dass es erneut anders kam, als er vermutet hatte.

Nur wenig später fand er sich nämlich nicht im Zellentrakt des militärisch-psychologischen Dienstes wieder, sondern im Bordarchiv des Schiffes, wo er niemand geringerem begegnete, als Kapitän Pamaroy persönlich. Bei einer anderen Gelegenheit hätte sich Brannigan vielleicht die Frage gestellt, wie dieser Mann die Zeit dafür fand, um sich bei all seinen sonstigen Pflichten mit ihm hier zu treffen. Allerdings war der Nachrichtenverbindungsoffizier schon lange über den Punkt hinaus, sich um solche oder irgendwelche anderen Dinge Gedanken zu machen.

Pamaroy wartete scheinbar gespannt vor einem der Archivrechner und beorderte Brannigan, sich vor diesem niederzulassen. Kaum hatte er dies getan, schickte der Kapitän seinen Adjutanten fort und forderte Brannigan auf, ein bestimmtes Wort zu suchen. Während dieser dem Befehl nachkam, kam er nicht umhin zu bemerken, dass sie nun ganz allein im Archiv waren.

Das eingegebene Suchwort führte ihn zu einem Eintrag über ein Kriegsdenkmal, welches in den Ruhmeshallen des Konzils auf Eden Prime aufgestellt war. Es handelte sich um ein gewaltiges Fresko, geformt aus den Knochen einer längst ausgerotteten Alien-Rasse, das nun als ewiges Mahnmal ein schauerliches Szenario aus der geheimnisumwitterten Anfangszeit des Konzils der Separatisten abbildete. Schon nach den ersten Bildern und Textpassagen war Brannigan klar, dass dies eine Geschichte war, die niemals in Vergessenheit geraten sollte, egal wie viel Zeit verging. Es war ein Ereignis, dass sich vor mehr als dreißig Jahren zugetragen hatte. Eine Geschichte, die von Macht und Kommando handelte. Genauer gesagt, von Missbrauch der Macht und von Versagen auf höchster Kommandoebene.

Mit Beunruhigung wanderte Brannigans Blick über das Fresko. Das Bild war so ausgearbeitet worden, dass es sich in jedem Detail unauslöschlich in den Geist des Betrachters eingraben musste. Es war das Bild einer Schlacht. Anrückende Scharen von insektoiden Aliens, Monstrositäten so groß wie Pferde mit zahlreichen Augen, Manipeln wie Rasiermessern und tentakelartigen Beinen, von denen jede in einer Unzahl von Widerhaken ähnlichen Krallen endete. Das Erschreckende war, dass der Künstler sich gerade bei den langen Schädeln mit den mörderischen Mäulern und den irren Blicken der Augen lediglich an den Fotografien dieser Abartigkeiten der Evolution orientiert und nicht etwa von künstlerischer Freiheit Gebrauch gemacht hatte. Auch die Anzahl der abgebildeten Toten entsprach wohl Tatsachenberichten. Wohin man auch schaute, erstreckten sich im Bild die Darstellungen von in sich verdrehten Leichen, die Gliedmaßen unnatürlich abgewinkelt, zerfleischt, zerrissen oder mit brutaler Gewalt abgetrennt. Angst und Entsetzen noch in die Gesichter der Opfer geschrieben. Doch diese waren weniger schrecklich anzuschauen als die Gesichter der Lebenden, die im Angesicht der totalen und unausweichlichen Vernichtung jede Hoffnung aufgegeben zu haben schienen, während sie die letzte Schanze hielten, die sich zwischen zwei aufsteigenden Berghängen duckte, zwischen denen symbolisch die Sonne stand. Auf den ersten Blick hätte man denken können, dass es die aufgehende Sonne als Symbol der Hoffnung und des Sieges war, doch ein Kommentar des Künstlers verriet etwas anderes. Es war die untergehende Sonne. Denn auch dieser Teil des Freskos beruhte auf Tatsachenberichten. Dann war da noch der Titel. »Der Untergang des Planeten Medusa«. Ein Mahnmal an eine Tragödie, an ein Massaker das von der jüngsten Geschichtsschreibung nicht allzu genau behandelt wurde.

Geistesabwesend schaute sich Brannigan die historischen Einträge an und fand eine Videoaufnahme, die mit der Helmkamera eines der Soldaten aufgenommen worden war. Er erschauderte, als zu sehen war, wie der Mann mit ansehen musste, wie direkt neben ihm einer seiner Kameradinnen eine ellenlange Klaue ins Fleisch fuhr. Anschließend wurde die Frau im Video wie eine Feder in die Luft gehoben und fast acht Meter durch die Luft geschleudert. Die Soldaten hatten niemals eine Chance gehabt. Keiner von ihnen. Ihnen war nur gesagt worden, dass sie das Hauptquartier gegen ein Rudel von einheimischen Aliens verteidigen sollten, die von irgendeinem Instinkt getrieben ihre ursprünglichen Jagdgründe verlassen hatten, um auf Wanderung zu gehen. Eine Wanderung, die sie unmittelbar durch die Siedlungsgebiete des Konzils auf Medusa führte. Zu dieser Zeit waren diese von unschätzbarer Wichtigkeit, weil dort tiefreichende Vorkommen von Thorium entdeckt worden waren.

Ein Rudel. Das war alles, was die Männer und Frauen gewusst hatten. Es waren Millionen und Abermillionen von Aliens gewesen. An diesem Tag hatte das Konzil lernen müssen, dass das Gefühl von Stärke, ja sogar von Unbesiegbarkeit, das sich nach der Erklärung ihrer Unabhängigkeit von den Vereinten Nationen in ihren Reihen ausgebreitet hatte, nichts weiter als eine schiere Illusion war. Und dass jeder Feind sie besiegen konnte und wenn es nur daran lag, dass ihnen irgendwann die Munition ausging, um sich zur Wehr zu setzen. So wie es auf Medusa geschehen war.

Brannigan verfolgte wie hypnotisiert das Geschehen im Film. Das trockene Klicken der Waffe des Soldaten mit der Helmkamera, nachdem das letzte Magazin leergeschossen war. Der kurze Ausruf des Unglaubens, gefolgt von einem Schrei schieren Entsetzens. Dann schlang sich einer der Tentakel um den Leib des Mannes und die Aufnahme endete. Laut Eintrag hatte das Konzil an diesem Tag eine ganze Armee verloren.

Brannigan blickte den Kapitän verwirrt an. Er verstand gar nichts mehr und sein Verstand war deutlich zu gelähmt, um sich einen Reim auf das Gesehene zu machen. Was bitte hatte dieser 30 Jahre alte Bericht mit irgendetwas zu tun, das für Brannigan von Interesse sein konnte? Pamaroy hob die Hand, entnahm seinem Rubrizierer einen Zertifizierungs-Chip und fügte ihn an den Rechner an. Nach einer kurzen Verifizierung von Pamaroys Identität tauchten im Bericht einige Stellen auf, die zuvor im Rahmen der Zensur ausgegraut gewesen waren. Wie etwa die Liste der überlebenden Soldaten. Sie war sehr kurz und enthielt nur wenige Namen. Brannigans Augen begannen sich zu weiten.

»Als die Bergungstruppen des Konzils mich drei Tage nach den Aufnahmen, die Sie gerade gesehen haben, fanden«, begann Pamaroy zu erzählen, »war kaum noch Leben in mir, und es dauerte volle zwei Wochen, bis ich Bericht erstatten konnte.« Er seufzte.

»Ich erinnere mich heute noch genauso klar daran, als wäre es erst gestern gewesen. Vor allem deshalb, weil es ein Flottenadmiral war, der neben meinem Bett saß und die Fragen stellte.« Ein grimmiges Lächeln legte sich auf sein Gesicht, dass Brannigan in der Düsternis des schlecht beleuchteten Archivs gar nicht gefallen wollte.

»Ich dachte, circa die Hälfte des Gesprächs träumen zu müssen. Ich war damals nur ein Oberstabsfeldwebel. Was in aller Welt konnte einen Flottenadmiral dazu bewegen, sich dazu herabzulassen mir zuzuhören? Doch Admiral Hardt hörte zu und das sehr genau. Als ich geendet hatte, sah die Frau mich nur grimmig an und fragte mich, ob ich bereit sei, meine Aussage noch einmal vor einem Kriegsgericht zu wiederholen.« Der Kapitän schüttelte den Kopf. »Ich war damals kaum bei mir und habe stammelnd wie ein Idiot versucht zu erklären, dass ich doch nur Befehle befolgt hätte und dass es nicht in meiner Verantwortung gelegen hätte, dass keine ausreichenden Informationen über Anzahl und Bewegungen des Feindes vorgelegen hätten. Wissen Sie, was Hardt zu mir gesagt hat?«

Brannigan hatte dem Kapitän bis dahin gebannt gelauscht und schüttelte nun den Kopf.

»Reißen Sie sich zusammen, Oberstabsfeldwebel! Natürlich trifft Sie keine Schuld. Aber ich will verdammt sein, wenn derjenige, den sie trifft, den Gerichtssaal lebend verlässt!«

Pamaroy lachte freudlos.

»Wissen Sie, selbst mit meiner Zertifizierung werde ich die tiefliegende Zensur, die auf diesem Artikel liegt, niemals aufheben können, denn die Wahrheit, die sich im darauffolgenden Prozess entfaltete, war im Grunde Stoff für einen Kriminalroman. Und es Ihnen jetzt zu erzählen grenzt im Grunde an Unterwanderung des Wehrwillens. Es ist etwas, dass das Propagandaministerium auf Eden Prime gerne in die Phantasie eines ambitionierten Schriftstellers verordnen will. Etwas, dass es in der Realität niemals hätte geben sollen. Wie sich herausstellte, hatte der örtliche Befehlshaber, ein gewisser Generalleutnant Ansingen genau über die Anzahl des Feindes Bescheid gewusst. Doch anstatt, so wie es jeder vernünftige Mensch getan hätte, die sofortige Evakuierung zu befehlen, hatte er fast 7000 Soldaten in den sicheren Tod geschickt, um die Förderziele an Thorium des Quartals noch zu erreichen und abtransportieren zu lassen. Was ihm auch gelang. Doch nachdem er mit seinem Stab und dem Thorium abgereist war, wurden die Siedlungen des Konzils in Folge der vollständigen Vernichtung der Schutztruppen in den nahe gelegenen Bergen vollständig überrannt und fast sämtliche Zivilisten getötet.«

Pamaroy machte, der Wirkung halber, eine kurze Pause und Brannigan klappte die Kinnlade herunter. Allein der Gedanke, dass es solche Subjekte wie dieser Ansingen, bei all den moralischen Background-Checks im Karriereweg von Offizieren des Konzils, in den Rang eines Generalleutnants schaffen konnten, war ihm bis gerade eben absurd erschienen. Pamaroy betrachtete die Berichterstattung unter den Bildern des Freskos mit einer eigenartigen Mischung aus Verbitterung und Resignation.

»Dass die ganze Geschichte am Ende überhaupt herauskam, war völliger Zufall. Bis zum Prozessbeginn war die einzige Version der Geschichte jene gewesen, die Ansingen berichtet hatte. Eine Version, die ihn natürlich als heldenhaften Vertreter der Interessen des Konzils darstellte. Glücklicherweise hatte ein blind in den Äther abgegebener Notruf einer der Siedlungen Flottenadmiral Hardt erreicht, die sich zu diesem Zeitpunkt mit dem Linienschiff »Hammer« auf einer Routinepatrouille befand. Der Prozess dauerte vier Tage, in denen Ansingens Verteidiger nach und nach angesichts der erdrückenden Beweislage und der Zeugenaussagen von mir, meinen Kameraden und den anderen Überlebenden verstummten. Das Urteil des hohen Richters am letzten Prozesstag klang für uns alle wie ein Glockenschlag poetischer Gerechtigkeit, als es endlich durch den Saal hallte.«

Nun blickte Pamaroy dem Nachrichtenverbindungsoffizier wie schon so oft vorher direkt in die Augen. Doch zum ersten Mal war da kein Schrecken, der sich in Wellen vom Kapitän auszubreiten schien, und kein Brennen zwischen Brannigans Augen. Aus dem Blick des Kapitäns sprach nur eine Müdigkeit, die er noch nie zuvor bei ihm gesehen hatte.

»Wissen Sie«, fuhr Pamaroy fort, »was der Richter damals vor seiner Urteilsverkündung gesagt hat?«

Brannigan schluckte. Dann nickte er.

»Das Konzil der Separatisten, so donnerte seine Stimme damals durch den Gerichtssaal, hat weder Mitleid noch Verwendung für Versager und Verräter.«

Es folgte ein Moment der Stille, in dem der Kapitän den Offizier genau musterte. Als er wieder zu sprechen begann, hatte Pamaroys Stimme etwas Lauerndes an sich.

»Sie sollten wissen, dass nach dem Urteil des Richters meine Kameraden und ich diejenigen waren, die die Mitglieder des Erschießungskommandos stellten. Das tränenverlaufene und von Verzweiflung gezeichnete Gesicht Ansingens, bevor wir den Abzug unserer Waffen betätigten, ist bis heute häufig das, was ich sehe, bevor ich mich schlafen lege. Ein Anblick, der mir Mal um Mal das Gefühl tiefsten Friedens und Seelenruhe verschafft.«

Brannigan wandte den Blick vom Kapitän ab und blickte mit leeren Augen auf den Bildschirm vor sich. Er wusste nicht, was er darauf erwidern konnte.

»Versager und Verräter«, sinnierte der Kapitän, während er den Zertifizierungschip wieder in seinen Rubrizierer steckte und sich weite Teile des Bildschirms wieder grau verfärbten. »Von dem einen weiß ich, dass Sie es nicht sind ...« Bei diesen Worten fuhr Brannigan erschrocken auf.

»Lassen Sie es nicht zu, dass Sie durch das, was Ihnen wiederfahren ist, zum anderen werden.«

Trotz seiner völligen Erschöpfung fiel Brannigan auf, dass der Kapitän nicht erwähnte, ob er ihn für einen treuen Mann hielt, der zum Versager verkam, oder für einen kompetenten Mann, der das Konzil zu verraten drohte. Das Verstörende daran war, dass Brannigan es in diesem Augenblick selbst nicht mehr wusste. Doch noch bevor er etwas dazu sagen konnte, wurde ihm schon das Wort abgeschnitten.

»Seien Sie gewiss«, sagte Pamaroy und blickte den in sich zusammengesunkenen Haufen Elend vor sich mit so etwas wie Mitleid an. Seine Stimme hatte einen warnenden Unterton angenommen, wie Brannigan zu vernehmen meinte. »Das Schicksal, das beide erwartet, ist unter meinem Kommando ein und dasselbe.«

Brannigan fühlte, wie ihm das wenige an Farbe, das er noch übrig hatte, aus dem Gesicht wich, und er nickte. Zu mehr war er nicht mehr im Stande. Und zum ersten Mal seit Wochen ließ er seine Gedanken zu dem Mann auf dem OP-Tisch in den Befragungsräumen des Geheimdienstes wandern. Denn diesmal drehten sie sich nicht um das, was Brannigan dort gesehen hatte, sondern um die Frage, was wohl danach aus dem Mann geworden war. Mit einem Mal entschied er sich, dass er alles daran setzen musste, weder das eine noch das andere zu werden.

Sie hatte den Schmerz bereits als Teil ihres Seins akzeptiert.
Mit diesem Gedanken wand sich die Kreatur, umgeben von einer warmen, rötlichen Flüssigkeit in ihrem Gefängnis aus Glas.
Es war kein tröstlicher Gedanke, denn der Schmerz war allgegenwärtig. Lähmte sie. Flutete ihre Gedanken und hinderte sie daran klar zu denken. Gern hätte sie um Gnade geschrien. Gern wäre sie vor dem Schmerz geflohen. Doch es gab keine Gnade und erst recht kein Entkommen.
Erst hatte es nur den Schmerz in ihrem Kopf gegeben. Marternder Schmerz, ja. Und noch dazu so nahe an ihren Gedanken. Aber wenigstens war es nur eine Art von Schmerz gewesen.
Doch das war, bevor sie anfingen, die Veränderungen an ihr vorzunehmen.
Die Kreatur krümmte sich erneut. Nun waren es auch noch die Erinnerungen, die sich wie ein einziger Fluss der Pein durch ihr Sein wanden.
Sie erinnerte sich an die Geräte. An die Kälte des Metalls, das in ihre Glieder schnitt und an die grenzenlose Agonie, die sie mit sich brachten.
Sie erinnerte sich an die Stimmen. Kalte Stimmen. Bar jeder Menschlichkeit.
Doch vor allem erinnerte sie sich an die Augen.
Wieder zuckte die Kreatur, als sie spürte, wie die Ohnmacht sie zu überwältigen drohte. Doch sie hatte schon gelernt, dass die Finsternis, die sie dann umgeben würde, keinen Frieden mit

sich brachte.

Nein. Es gab kein Entkommen.

In ihrem endlosen Alptraum sah die Kreatur Bilder vor ihrem inneren Auge aufflammen. Waren es ihre Erinnerungen oder nicht doch vielmehr Bilder, von denen jemand wollte, dass die Kreatur sie sah?

Letztendlich war es gleichgültig. Egal ob es nun Bilder brennender Städte oder gesichtsloser Gestalten waren, die durch die Trümmer eines flammenden Infernos und durch Ströme von Blut wateten, eines blieb doch immer gleich.

Die Augen, die sie, von einem inneren Glühen erfüllt und doch schwärzer als der Äther zwischen den Sternen, anblickten.

Stechend. Ihren Geist versengend. Und fordernd.

Die Kreatur wurde unruhig. Irgendwie schien es ihr klar, dass sie ihren Schmerzen nur dann ein Ende setzen konnte, wenn sie der Forderung nachkommen würde.

Die Erkenntnis verschlimmerte den Schmerz nur noch weiter und die Kreatur wusste, dass ihr nicht mehr viel Zeit blieb, ohne zu wissen, wozu überhaupt.

Wie sollte sie einem Befehl gehorchen, den sie nicht verstand?

Stimmen begannen nun ihren Geist zu füllen und der stetige Strom der Pein brannte sich in einer stetig wachsenden Spirale quälender Marter durch sie hindurch.

Die Stimmen in ihrem Kopf wurden nun zunehmend lauter und fordernder. Die Stimmen? Nein, es war doch nur eine einzige.

»Die Separatisten«, flüsterte die Stimme voll von triefendem Hass, »haben keine Verwendung für Versager und Verräter.«

Mit keimendem Entsetzen erkannte die Kreatur, dass ihr die Stimme vertraut war.

»Die Separatisten ...«, die Stimme wurde nun lauter, fordernder, eindringlicher.

Sie rief Erinnerungen an etwas wach, an eine Zeit vor dem Schmerz und vor ihrem Sein.

»Haben keine Verwendung ...«

Nein, das war nicht richtig. Es war die Erinnerung an den Beginn des Schmerzes, der ihr ganzes Sein war. Und nun erschien vor ihren Augen das erste Bild, das sie bei ihrer Geburt erblickte.

»Für Versager ...«

Das Bild des Mannes, in dessen Gesicht die stechenden schwarzen Augen saßen und dessen Mund sich nun zu einem dämonischen Grinsen verzog.

»Und Verräter!«

Die Erkenntnis und das damit verbundene Grauen waren schlimmer als jeder Schmerz und weit über jeder Qual, die sich ein Mensch vorzustellen vermag. Vom Entsetzen gepackt, riss die Kreatur zum ersten Mal ihre Augen auf und schrie. Der Schrei, den sie ausstieß, sprengte die ehernen Fesseln, die ihren Geist umgaben und zerrissen die Mauern ihres gläsernen Gefängnisses. Er besiegelte das Ende der Kreatur, deren Geist unter einer eisernen Faust des Wahnsinns zersprang und etwas Neues gebar.

Und in einer Flutwelle aus schleimiger, pinker Nährflüssigkeit und Scherben von Panzerglas brach das Scheusal direkt vor den Füßen der wartenden Transmutationshelfer zusammen.

Der Narrator liest vor

Von weiterführender Krisenpolitik

Protokollmitschrieb der außerordentlichen Notfallsitzung des Sicherheitsrates der Vereinten Nationen, anlässlich des Überfalls des Konzils der Separatistischen Weltengemeinde auf die Randgebiete des vereinten Bündnissystems.

[...]
Generalsekretär Schulte:
Hiermit möchte ich nach der Verlesung des Protokolls von letzter Woche nun nach dem durch den Feiertag verlängerten Wochenende die dritte Runde der außerordentlichen Notfallsitzung des Sicherheitsrates der Vereinten Nationen eröffnen. Nachdem wir letzte Woche die wirtschaftlichen Maßnahmen erörtert haben, müssen wir uns nun gemäß dem Protokoll etwaigen Hilfsmaßnahmen zuwenden, die den betroffenen Konzernen, der Föderation und eventuell auch der Zivilbevölkerung zukommen sollen.
Gibt es hierzu Vorschläge oder Bemerkungen?
mehrere Meldungen
Hiermit erteile ich dem hohen Bündnispartner und ständigen Mitglied dieses Gremiums, dem Vereinigten Königreich, vertreten durch seine Abgesandte Franzine Burningwood, das Wort.

Abgesandte Burningwood:
Das Vereinigte Königreich bittet um eine Prüfung, ob die Bedrohung durch das sogenannte Konzil eklatant genug ist, um

einen solchen, mit erheblichen Finanzmitteln verbundenen Aufwand zu rechtfertigen. Ich denke, jeder der hier anwesenden Vertreter der hohen Bündnispartner dürfte mit mir darin übereinstimmen, dass derartige Mehrkosten für die Bündniskasse kaum wünschenswert sein können, zumal einige der Mitglieder immer noch im Prozess der 1.712ten Brexitnachverhandlungen aus der inzwischen aufgelösten EU gebunden sind. Wir möchten die versammelten Bündnispartner erinnern, dass Erschließung und Schutz der Randwelten, notfalls mit Hilfe privater Sicherheitsunternehmen, einzig und allein den Firmen unterliegen. Unseres Wissens ist noch immer keine der Welten von den Angriffen betroffen, welche zum Zeitpunkt des Geschehens die erforderliche Bevölkerungszahl für eine Nationalisierung erreicht hätte. Dies alleine, zusammen mit der sowieso schon instabilen Lage des interplanetaren Börsenmarktes, führt aus unserer Sicht jede Beteiligung des Bündnissystems, egal in welcher Form, ad absurdum.

vereinzelte Zustimmungsbekundungen

Generalsekretär Schulte:
Der Vorschlag der Abgesandten wurde gehört und zur Kenntnis genommen. Nun soll darüber abgestimmt werden, ob ...

Der Generalsekretär liest eine Anzeige auf seinem Datenpult

Der hohe Bündnispartner und ständiges Mitglied dieses Gremiums, der Vatikanstaat, vertreten durch die dritte Ehefrau des Pontifex Maximus Inprobus V., Katharina von Rotterdam, möchte einen Einwand erheben. Hiermit erteile ich der Abgesandten das Wort.

Abgesandte von Rotterdam:
Sehr geehrter Herr Generalsekretär, sehr geehrte Abgeord-

nete, in Vertretung meines hohen Ehegatten und der vereinten vatikanischen Planeten kann ich nur meine schärfste Empörung über den Vorschlag des hohen Bündnispartners zum Ausdruck bringen. Es war niemals die Art dieses Gremiums, Unrecht und Tyrannei tatenlos gewähren zu lassen, und so ist es umso schändlicher, dass im Angesicht von Millionen von Toten und Verletzten hier auch nur darüber diskutiert wird, ob wir die heiligste Pflicht zur Bewahrung des Friedens in der von Menschen besiedelten Galaxie aus unseren Händen geben wollen.

nachdenkliches Raunen

Hiermit bringe ich den Antrag über die sofortige Generalmobilmachung sämtlicher nationaler Heere sowie der Armee der Vereinten Nationen ein, auf dass sie mit aller gebotenen Härte auf diesen unprovozierten Angriffskrieg antworten und ihn so schnell es nur geht beenden mögen, ehe ihm noch mehr Unschuldige zum Opfer fallen und ehe noch mehr kostbare Zeit mit einer Verhandlung darüber verschwendet werden kann. Zudem ...

eine mehrere Minuten andauernde Unruhe sorgt dafür, dass die Abgesandte unterbrochen wird, ehe sie das Wort wieder aufnehmen kann

Zudem möchte ich verkünden, dass mein Gatte, der Pontifex, unabhängig davon, wie diese Verhandlungen ausgehen, durch die Bulle »fluctus adamantinus in nomine pacis« verkünden lässt, dass zur schnellen Beilegung des Prozesses Wertpapiere im Wert von 1,5 Milliarden Mark als Spenden unter den drei am schwersten betroffenen Unternehmen zur Kompensation der Schäden aufgeteilt wurden. Unsere Hoffnung ist, dass diese Gelder verwendet werden, um die von der Föderation angeworbenen Sicherheitsunternehmen bei der Rückeroberung der verlorenen Produktionsstandorte zu unterstützen.

verhaltener Applaus

Generalsekretär Schulte:
Der Antrag der Abgeordneten wurde gehört und zur Kenntnis genommen. Ich bitte nun die hier anwesenden Vertreter der hohen Bündnispartner, mittels der entsprechenden Knöpfe auf ihren Konsolen über den Antrag abzustimmen.
es folgt die kürzeste Abstimmzeit in der Geschichte der Vereinten Nationen
Hiermit verkünde ich in Pflichterfüllung für dieses Gremium den einstimmigen Beschluss, den Antrag der Abgeordneten abzulehnen. Dementsprechend wird für die Zeit nach der Mittagspause eine sechsstündige Beratungs- und Diskussionsphase veranschlagt, um über die notwendigen administrativen Schritte zur Ratifizierung der Ablehnung des Antrages zu beraten. Hiernach soll der Vorschlag des Vereinigten Königreichs erneut Gehör finden.
[...]

Anmerkung:
Im Nachgang der Verhandlungen wurde dem Vatikanstaat inklusive aller seiner zugehörigen Welten die vollständige steuerliche Absetzbarkeit ihrer großzügigen Spenden an die betreffenden Firmen zugesichert. Ein Rechtsstreit darüber, dass es sich dabei ausschließlich um Rüstkonzerne handelte, an denen der Vatikan mehrheitlich Anteile hielt, konnte angesichts der Länge der darauffolgenden Diskussionen vermieden werden.

12

Der Narrator erzählt

Von der Qual der Wahl

»Es ist ziemlich lange her oder nicht?«, meinte Steffen, während er versonnen die Iron Rasp betrachtete, auf deren rosterfüllten Atmosphäre sich, von gnadenlosen Sturmwinden getrieben, rötliche Wirbel bildeten. Es hatte fast etwas Malerisches, wie sie mal hierhin, mal dorthin wanderten, mit der Zeit zerstoben oder mit anderen Wirbeln verschmolzen.

Jochen schnaubte.

»Etwa zwei Jahre, aber was das angeht, wäre mir selbst die Ewigkeit nicht lang genug.«

»Ich dachte, ihr zwei habt noch nie an einem Einsatz der Gefahrenstufe Omega teilgenommen?«, mischte sich nun Finley ein, der mit den beiden zusammen durch das große Panoramafenster des Laderaums blickte.

Trotz der offensichtlichen Platzprobleme war der Cyborg nicht davon abzubringen gewesen, sich mit Jochen und Steffen in den mit Kisten vollgestopften Bereich des Hangars vor dem Fenster zurückzuziehen. Natürlich war das zufälligerweise erst der Fall gewesen, nachdem die beiden verkündet hatten, für ihre Beratung ihre jeweiligen Muntermacher hervorzukramen.

»Haben wir auch noch nie«, sagte Jochen, während er in seinem Beutel nach ein paar Kokablättern kramte. »Es geht auch weniger um die Gefahrenstufe als vielmehr um unseren neuen Brotherrn.«

»Wer war das noch mal?«

»Schau doch selbst nach. Blake hat alles auf die Rubrizierer hochgeladen«, antwortete Steffen, der nun mit aufmerksamem Blick die umliegenden Planetenkonstellationen in Augenschein nahm.

»Hm«, brummte der Hüne, während er kurz etwas in das Gerät an seinem linken Unterarm eingab und anschließend etwas ablas. »Oberstleutnant Schlechtnacht. Nie gehört. Muss man den Namen kennen?«

Steffen stieß ein leises Lachen hervor.

»Sei froh, wenn du ihn nicht kennst. Der Kerl gehört zur übelsten Sorte Mensch, die man als Befehlshaber haben kann.«

Finley warf einen erneuten Blick auf den Rubrizierer.

»Schlechtnacht. Das klingt irgendwie deutsch.«

»Fast«, sagte Jochen, der das Gesuchte inzwischen gefunden hatte und, sich lässig gegen eine der vertäuten Kisten lehnend, begann, einen Fladen zu wickeln in den er aus einer Tube einen Streifen gräulicher Amphetaminpaste drückte. »Er ist Österreicher und kommt, so weit ich weiß, von dem Planeten Neuböhmen.«

»Aha.«

Erneut folgten einige Augenblicke der Stille, die nur von dem unverständlichen Murmeln Finleys und einem klatschenden Geräusch unterbrochen wurde, das entstand, als sich Steffen auf einem der Ladungsstücke niederließ, nachdem er das Fenster wieder sichtverriegelt hatte.

Schließlich ergriff Finley wieder das Wort.

»Ich kann hier jetzt beim besten Willen nichts entdecken, was irgendwie eure Abneigung gegen den Mann erklärt. Ist er so unfähig?«

»Kann man nicht sagen«, brummte Steffen, während er es sich auf den Säcken noch weiter bequem machte und die Hände hinter dem Kopf faltete. »Wir haben damals unter seinem Kommando gegen fast doppelt so viele Männer gekämpft und gewonnen. Und wir sprechen hier nicht von irgendwelchen Feld-, Wald- und Wiesensöldnern, sondern von den Jungs von der Silberschanze.«

»Beste Ausrüstung, bei bester Ausbildung«, stimmte Jochen zu, während er seine Taschen erneut suchend abklopfte und seinen Fladen kurz darauf um eine weitere fragwürdige Zutat bereicherte.

»Was ist es dann? Behandelt er seine Leute schlecht?«, fragte Finley weiter, während er den Artikel aufs Neue überflog. »Das wäre bei einem Offizier, der für die Untamed Blades Agentur arbeitet, aber verdammt ungewöhnlich.«

Jochen und Steffen prusteten synchron los und Jochen fielen die Kokablätter, die er sich gerade in den Mund hatte schieben wollen, auf den Boden, sodass er sich bücken musste, um sie aufzuheben.

Was ihn allerdings nicht daran hinderte unter ständigem Glucksen zu antworten.

»Machst du Witze? Ich glaube, es gibt nicht wenige Leute, die in ihrem Elternhaus schlechter behandelt wurden. Top Verpflegung, sowohl geschmacklich als auch von der Portionierung. Saubere Unterbringung mit maximal sechs Mann pro Baracke. Feldärzte, Büchsenmacher et cetera pp., alles vorhanden und wenn man unter Vertrag ist sogar meistenteils gratis.«

Finleys Blick wanderte nun ratlos zwischen dem Söldner und dem Manipulator hin und her, die sich den aufgehobenen Fladen teilten.

»Dann verstehe ich's wirklich nicht. Die Bezahlung, die in der Ausschreibung angeboten wird, ist bombastisch. Kein Wunder bei der Gefahrenzulage. Also, was ist euer Problem?«

»Sagen wir es mal so«, sagte Jochen, nun ausgiebig schmatzend. »Wenn du den Auftrag erhalten würdest einen Hund zu töten, wie würdest du vorgehen.«

Der Cyborg runzelte die Stirn.

»Keine Ahnung. Ich würde ihn vermutlich kurzerhand erschießen.«

»Eben das«, sprang nun Steffen ein, »könntest du nicht machen, wenn Schlechtnacht in der Nähe wäre. Natürlich kann man nie genau beurteilen, was genau in solchen Momenten im Kopf dieses Psychopathen vorgeht, aber er würde dir mit ziemlicher Sicherheit eher befehlen, dem Köter den Kopf abzubeißen, anstatt eine Kugel hineinzujagen.«

Der Cyborg blinzelte verdutzt.

»Ja, was zum …?«

»Jep, das haben wir auch gedacht, als wir das erste Mal an Schlechtnacht geraten sind«, begann Jochen zu erzählen, während er sich ein weiteres Blatt in den Mund schob. Er hatte das Gefühl, dass es für die kommende Diskussion besser war wach zu sein. »Damals waren Steffen und ich mal wieder für kurze Zeit freischaffend und wie so oft vollkommen abgebrannt, also haben wir bei den Untamed Blades angeheuert. Da sich jede Form von Ausbildung bei uns beiden vollkommen erübrigte, wurden wir kurzerhand der erstbesten kämpfenden Einheit zugeteilt und das war eben die von Oberstleutnant Schlechtnacht.«

Ein kurzes Rumpeln, das durch den Hangar lief, als sich in der benachbarten Halle ein schwerer Transportkran in Bewegung setzte, ließ die Söldner kurz innehalten und misstrauisch die umliegende Ladung beäugen, welche wenig vertrauenerweckend hin und her zu rutschten begann.

»Wie ging es weiter?«, fragte Finley, der inzwischen bemerkt hatte, dass Jochen und Steffen nicht die leiseste Intention hatten, ihren Stoff zu teilen, aber nun seinerseits beschloss, dass es unhöflich wäre, sich mit leerem Mund zu unterhalten, und deshalb aus seiner Koppeltasche eine Packung Zigaretten hervorkramte.

»Naja, bis zu einem gewissen Punkt lief es eigentlich gut«, setzte Steffen die Geschichte fort, während er schon eifrig dabei war, sich mit der Zunge die Reste des zerkauten Fladens von den Zähnen zu wischen, um sich baldmöglichst eine seiner Billigkippen anzünden zu können. »Wir stellten fest, dass es sich bei den Untamed Blades eigentlich sehr gut leben ließ und überlegten sogar, einfach bei den Jungs unter Vertrag zu bleiben, weil wir von den Eskapaden unseres Oberkommandos nicht sonderlich viel mitbekamen, bis wir dann unter Schlechtnacht auf Amber 8 kämpften.«

Hier setzte wieder Jochen ein.

»Der Planet ist ziemlich reich an den Metallen der seltenen Erden, weshalb sich die österreichische Firma Bork Unlimited und die amerikanische Firma Pear um den Laden stritten. Während die Österreicher die Untamed Blades anheuerten, ließen die Amerikaner die Jungs von der Silberschanze von der Leine und damit nahm ein Schlachten von kolossalem Ausmaß seinen Lauf.«

Ehe die Geschichte fortgesetzt werden konnte, hörte man plötzlich ein vernehmliches Knacken aus der Außensprechanlage des Schiffes, gefolgt von dem verzerrten Quäken, das eigentlich Blakes Stimme sein sollte.

»An alle Hobbyweichflöten. Macht mal hinne. Die anderen haben ihre Entscheidung schon vor ner halben Stunde getroffen – und denkt dran, da, wo es nicht rutschig ist, könnt ihr rennen. Der Hangar ist jetzt nicht so groß, dass ihr mit Ausreden von langen Laufwegen oder sich Verlaufens durchkommen würdet.«

Finley seufzte und drückte sich die bereits aufgerauchte und für Jochens Empfinden überraschend wohlriechende Zigarette an seinem robotisierten linken Arm aus. Nur um gleich ein weitere hervorzuholen. Er schien nicht im Mindesten vorzuhaben, sich von Blake hetzen zu lassen. Ein Ansinnen, dass die beiden Söldner durchaus teilten.

»Warum genau haben wir den Kerl noch mal zu unserem Anführer gemacht?«

»Vielleicht weil er mehr Kommandopunkte hatte als wir alle zusammen?«, gab Jochen lakonisch zurück.

Finley brummte.

»Stimmt, da war was. Wie ist die Sache denn jetzt ausgegangen, dass Schlechtnacht so einen miesen Ruf bei euch hat?«

Jochen und Steffen wechselten einen schnellen Blick und nickten sich verstohlen zu. Was konnte die Wahrheit an dieser Stelle schon schaden?

»Wie schon gesagt, haben wir den Kerlen, die die Silberschanze geschickt hat, böse eingeschenkt. Wir haben sie in einen Hinterhalt gelockt, eingekesselt und Schlechtnacht hat mit Hilfe eines Stabs aus Manipulatoren, wozu auch gewisse hier anwesende Personen zählen«, mit diesen Worten deutete er auf Steffen, der daraufhin müde die Hand hob und abwinkte, »die Artillerie der Silberschanze mit leicht abgewandelten Codierungsinformationen gefüttert. Das Ende vom Lied war, dass die Silberschanze ihre eigenen Leute bis zum letzten Mann mit 20 cm Granaten in Fetzen gesprengt hat.«

Finley drehte daraufhin seinen Kopf und schaute Jochen verständnislos an.

»War´s das schon? Hätte nicht gedacht, dass ihr so dünnhäutig seid. Für mich klingt das nach ganz normalem Gefechtsalltag.«

Steffen lachte freudlos.

»Warte es einfach mal ab. Das war nämlich nicht ‚das Ende vom Lied‘, wie mein Freund hier gerade so schön gesagt hat, es ging nämlich noch auf relativ unrühmliche Art weiter. Es stellte sich noch während der Gefechte heraus, dass die Amerikaner eigentlich wesentlich mehr Anrecht auf den Planeten hatten und nur noch 30 oder 40 Geburten unter der Integrationsgrenze lagen. Als das die Österreicher erfuhren, gab Bork Unlimited sofort den Befehl, die Bevölkerung zu dezimieren.«

Nun verstummte der Cyborg betroffen und sein Blick wanderte kurz in die Leere des Raumes vor ihm. Dort, wo die süßen Erinnerungen hausten, mit denen sie das Schicksal alle so reichlich beschenkt hatte.

»Ich verstehe. Das wird einfach nie leichter, egal wie oft man es macht.«

»Nein, das verstehst du nicht«, sagte Jochen leise.

Finley blickte ihn mit einem Mal argwöhnisch an.

»Wie meinst du das?«, fragte er. Jochen bildete sich ein, ein leichtes Beben seiner Stimme zu hören und war da nicht ein Zittern in der massigen Gestalt des Cyborgs zu erkennen? Scheinbar waren sie dabei, bei dem Mann einen Nerv zu treffen.

»Für Schlechtnacht war das keine schlechte Nachricht«, hob Jochen zum entscheidenden Teil der Geschichte an. »Ganz im Gegenteil. Er hätte fast getanzt vor Freude und hat vor versammelt angetretener Mannschaft die Spielregeln erklärt, nach denen der Generalangriff auf die Hauptstadt der amerikanischen Siedler verlaufen sollte.«

»Spielregeln«, wiederholte Finley das Wort und sprach es aus, als hätte er einen unangenehmen Geschmack auf der Zunge.

»20 Mark für jedes Haustier ...«, begann Steffen und dann wechselten er und Jochen sich ab.

»25 für jedes Nutztier ...«

»50 für jeden Zivilisten.«

»100 für jede bewaffnete Einsatzkraft ...«

»Und 200 für jeden der noch verbliebenen Offiziere, egal ob von der Silberschanze oder der planetaren Miliz«, schloss Steffen die traurige Liste. »Die besten fünf sollten jeweils eine Prämie von 1500 Mark erhalten.«

Daraufhin herrschte erst einmal eine betroffene Stille.

»Und?«, fragte Finley schließlich. Seine Stimme hatte etwas Kaltes angenommen. Es war klar, was er zu wissen verlangte.

Kurz zögerten die beiden, ehe sie antworteten.

»Platz 14«, sagte Jochen schließlich, »mit 7130 Mark.«

»Platz 6«, sagte Steffen, »mit 10 050 Mark.«

Das Schweigen, das nun folgte, war so tief und umfassend, aber dabei so vielsagend, dass Steffen und Jochen förmlich fühlten, wie der Ekel, den Finley empfand, auf sie überschwappte. Offensichtlich hatte die Wahrheit in diesem Fall doch geschadet.

Als der Cyborg wieder zu sprechen begann, war seine Stimme nicht mehr als ein Knurren.

»Das Arschloch ist trotzdem fähig, sagt ihr? Fähig genug, um uns aus einem Omega-Einsatz lebend herauszubringen?«

Beide nickten.

»Gut«, sagte er, ließ seine noch nicht ausgerauchte Zigarette fallen und zertrat sie mit einer Wucht, die die Söldner zusammenzucken ließ. »Bei der Scheiße, die auf uns zukommt, sollte er das auch besser sein.« Damit wandte er sich ab und ging zum Schiff.

»Das heißt, du bist dabei?«, rief ihm Jochen nach, worauf sich Finley im Gehen halb zu ihnen umdrehte.

»Was denn sonst?«, rief er ihnen entnervt zu, während er es scheinbar eilig hatte von ihnen wegzukommen. »Als würde einem bei der Bezahlung noch irgendeine Wahl bleiben.«

Damit verschwand er über die Laderampe im Schiff und ließ

die beiden alleine. Es vergingen noch einige Minuten, in denen sie, rauchend und sich mit Aufputschmitteln fütternd, schweigend beieinandersaßen.

»Ein Iron Wings Kommando also«, fragte Steffen schließlich, was Jochen zu einem entnervten Stöhnen verleitete.

»Alter, muss das jetzt sein«, fragte der Söldner in der Hoffnung, das Gespräch vielleicht eher auf den selbstmörderischen Einsatz zu lenken, über dessen Teilnahme sie noch entscheiden mussten.

»Ja«, sagte Steffen kurz angebunden und das in einem Tonfall, der deutlich machte, dass er es auch so meinte. Jochen seufzte. Er wusste inzwischen, wann es besser war, nicht mit dem Manipulator zu diskutieren.

»Alles klar. Was willst du noch wissen?« Das schien Steffen kurz selbst zum Nachdenken zu bringen.

»Für den Anfang reicht es, wenn du mir sagst, wie du in das Programm gekommen bist. Ich meine, ich dachte, ich wäre was Besonderes, weil ich zur ersten Generation der Manipulatoren gehöre, aber Scheiße, du kannst doch gerade maximal 11 oder 12 gewesen sein, als die BMCC mit dem Mist mit den Iron Wings anfing.«

»Nicht schlecht gerechnet«, antwortete Jochen mit bitterer Stimme. »Ich war tatsächlich erst 10, als es für uns losging.«

»Uns?«, hakte Steffen nach und benutzte seinen ausgehenden Glimmstängel, um sich einen weiteren anzuzünden.

»Uns!«, bestätigte Jochen und wünschte sich, dass er schon die Zeit gehabt hätte, die frischen Zigarillos unter seinem Kopfkissen mit dem heute besorgten Harz zu beschmieren. Ohne schmeckten die Dinger einfach nur räudig. »Für Melissa und mich. Ich weiß, es ist schon ne Woche her, aber erinnerst du dich noch, was ich über die Getreidekrise erzählt habe?« Steffen nickte, was den Söldner dazu veranlasste tief Luft zu holen. Verdammt, er wünschte sich gerade so sehr einen Zigarillo. Inzwischen spürte er wenigstens die Wirkung des Amphetamins.

»Der Scheiß hörte ja nicht einfach auf«, fuhr er mit seiner Erzählung fort. »Es sollte noch zwei Jahre weitergehen. Zwei verdammt lange Jahre, in denen mein alter Herr immer mehr am Rad drehte.« Er seufzte tief. »Weißt du, richtig schlimm wurde es aber erst nach dem Tod meiner Mutter.«

Jochen saugte zischend Luft zwischen seinen Zähnen hindurch und spuckte einen Strahl gräulich brauner Flüssigkeit aus. Er hasste Situationen wie diese und hoffte inständig, dass Steffen ihn für eine Zwischenfrage unterbrechen würde. Doch das geschah nicht. Gott, wie er solche Situationen hasste.

»Meine Mutter war die Erste, die sich dagegen auflehnte. Und leider«, fügte er bitter hinzu, »auch die Letzte.«

»Hat er sie umgebracht?«, fragte Steffen zaghaft.

»Ich weiß es nicht«, antwortete Jochen sachlich. »Wir haben sie eines morgens im Mahlwerk der Fertigungsanlage gefunden. Wie du dir denken kannst, war es unmöglich festzustellen, ob sie alleine dort hineingesprungen war. Mein Vater schien darüber ernsthaft entsetzt. Was man an sich schon schwer glauben konnte, weil er sie die ganzen letzten Wochen geprügelt hatte wie einen Hund.«

Die Zigarette in seiner Hand brach. Er hatte nicht einmal bemerkt, wie seine Hand zu krampfen angefangen hatte. Einige tiefe Atemzüge später, hatte er sich aber wieder gefangen.

»Danach ist der alte Mann völlig durchgeknallt. Während meine Brüder entweder mit ihm auf einer Linie waren oder vor ihm kuschten, war mir und Melissa, keine zwei Monate nachdem wir die Überreste meiner Mutter beziehungsweise ihrer Ziehmutter in einen Karton gepackt und beerdigt hatten, klar, dass wir da wegmussten.

Nach einem Jahr der Blockade hatten sich viele der ausgehungerten Städter den Banditen angeschlossen. Alle hatten Hunger und fast keiner konnte die Preise meines Vaters und die der anderen Bauern bezahlen. Und weil mein Vater zumindest am Anfang zu geizig war, selbst ein paar der Banditen zur Bewachung der Felder anzuheuern, waren wir einfach völlig unterlegen und mussten überall gleichzeitig sein, um die Plünderer abzuwehren.« Er dachte kurz nach und schüttelte den Kopf. »Selbst wenn er sie nicht in einem seiner Tobsuchtanfälle umgelegt hat, weil sie mal wieder aus Mitleid den ausgemergelten Gestalten, die zu unserer Farm kamen, was zu essen gab, kann man so oder so sagen, dass er für ihren Tod verantwortlich war. Wie gesagt, wurde es danach richtig schlimm. Vor allem für Melissa und mich.«

»Warum ausgerechnet für euch?«, fragte Steffen vorsichtig nach. »Klar, ihr wart Kinder, aber deine Brüder doch auch. Außerdem wird man doch gerade in dem Alter noch schnell gefechtshart.«

Jochen starte ihn so lange entgeistert an, bis der Manipulator offensichtlich bemerkte, was er da von sich gegeben hatte. »Scheiße, Alter ... Es tut mir ... Ich wollte dich echt nicht ...«

»Lass es gut sein«, unterbrach ihn Jochen resigniert. »Wir sind einfach schon zu lange im Geschäft. Und du hast ja recht.« Er hielt es nicht mehr aus und griff ungefragt nach Steffens Zigarettenschachtel. Dieser rührte nicht einen Finger, um ihn daran zu hindern. Ein paar wirklich grauenhaft schmeckende Züge später, setzte er seine Erzählung fort. Er wollte es einfach hinter sich bringen. »Melissa und ich sind damals vor allem im ersten Jahr der Krise völlig abgestumpft. Das zweite Mal, als wir auf Banditen feuerten, war schon nicht mehr so schwer.

Schwierig wurde es erst später noch mal, als wir auf bettelnde Zivilisten schossen, aber auch das legte sich.« Er dreht die widerwärtig stinkende Zigarette zwischen seinen Fingern. »Nach einer gewissen Zeit begann mein Vater, jetzt da meine Mutter ihn nicht mehr davon abhalten konnte, auszunutzen, dass wir rund sechs Jahre jünger waren als meine Brüder. Wir hatten noch unschuldige Gesichter, wenn du verstehst was ich meine.«

»Ich habe eine Ahnung«, erwiderte Steffen mit belegter Stimme. Natürlich hatte er die. So wie jeder, der sich schon einmal in den Krisengebieten der Randwelten verdingt hatte.

»Die Hinterhalte waren kein Problem«, erzählte Jochen und tat einen weiteren Zug. Seine Mundhöhle fühlte sich dabei eigenartig taub an. Er hoffte, dass das an den Kokablättern von eben lag. »Meist spielte Melissa die Kranke oder Angeschossene. Wenn Mädchen das machen, wirkt es einfach gleich noch mal besser. So musste wenigstens nur einer nah dran sein, wenn die Leute, während sie abgelenkt waren, plötzlich von Maschinengewehrfeuer niedergemäht wurden. Manchmal aber«, und Jochens Stimme wurde plötzlich sehr rau, »schickte er uns, um den Leuten Essen zu bringen.«

Steffen runzelte zuerst leicht die Stirn, bis ihn die Erkenntnis traf. »Nein«, hauchte er, »das hat er nicht gemacht.«

»Und wie er das hat«, sagte Jochen und ein saurer Geschmack begann sich in seinem Mund breitzumachen. »Und das erste Mal hat er uns nicht mal gesagt, was wir da treiben. Er wollte wohl sichergehen, dass Melissa und ich so unschuldig und arglos wie möglich wirken.« Er spuckte erneut aus. Obwohl sein Speichel wieder klar war, fühlte es sich um Welten schmutziger an als noch vor ein paar Minuten. Es gab einfach Formen der Unreinheit, derer man sich nicht so einfach entledigen konnte.

»Die armen Teufel waren so ausgehungert, dass es eh keinen

Unterschied gemacht hätte. Die haben das Zeug mit den Händen zerrissen und in sich hineingeschaufelt. Melissa und ich dachten da noch, dass wir ihnen was Gutes tun.« Er hätte gern noch mal ausgespuckt, aber sein Mund war trocken geworden. Was vielleicht auch gut so war. Er tat einen so tiefen und langen Zug, dass er den verbrannten Filter schmeckte. schnippte den Rest des Stummels weg und nahm sich gleich die nächste. »Als sich der Erste von ihnen bei uns bedanken wollte, erwischte ihn die Wirkung des Gifts so abrupt, dass er uns das Blut direkt vor die Füße kotzte.«

Schweigen. Warum Schweigen? Warum jetzt? Warum konnte dieses unsagbare Plappermaul von Manipulator nicht einmal die Fresse aufreißen, wenn es Jochen passte. Oder wusste der Mistkerl, dass Jochen nun allein schon deshalb weitererzählen würde, weil er in der Stille seine Gedanken sonst nicht ertrug? »Zu sagen, dass uns das an die Nieren ging, wäre eine grobe Untertreibung«, setzte er schließlich fort. »Aber nachdem sich auch das gelegt hatte, waren wir so ziemlich durch mit allem, was noch kam.«

»Das heißt, da kam noch mehr?«, fragte Steffen und verlagerte sein Gewicht unbehaglich von einer Seite zur anderen. »Nichts für ungut Mann, aber Blake will seine Antwort demnächst haben. Ich sehe immer noch nicht, wie dich dieser Höllenritt zu den Iron Wings gebracht hat.«

»Uns«, berichtigte ihn Jochen.

»Häh?«

»Uns«, bekräftigte der Söldner. »Melissa war auch mit von der Partie, schon vergessen?« Wieder kurzes Schweigen.

»Ich bekomme langsam den Eindruck, dass dir dieses Mädel eine Menge bedeutet hat.«

Jochen nickte und dachte nach. »Die Kurzform wäre, dass mein Vater, bei all seinem Jähzorn und trotz gewaltigen Dachschadens, nicht dumm war. An irgendeinem Punkt verstand er, dass eine Hand voll schwachsinniger Söhne, die grinsend und nickend seinen Befehlen folgten, und zwei Kinder, die das Konzept von freiem Willen noch nicht durchschaut hatten, für den Schutz seines Grund und Bodens nicht ausreichten. Also begann er Banditen anzuheuern. Kurz danach schnallte er, dass es im Nachgang für Außenstehende ziemlich schwierig werden könnte herauszufinden, wer eigentlich genau für das Ableben anderer Hofbesitzer in der Nähe verantwortlich war. Bandit war schließlich Bandit.« Jochens Lunge fühlte sich an, als hätte er Abflussreiniger inhaliert, und er drückte die Zigarette an seiner Schuhsohle aus. Wie schaffte es Steffen diese Teile in Kette zu rauchen? »Bis zum Ende der Blockade hatte mein Vater seinen Besitz verfünffacht. Damit aber nicht genug, schließlich hatte er hochfliegende Pläne. Mein alter Herr hat nämlich das Geld, welches er während der Krise gemacht hatte, dazu genutzt, um zu expandieren. Inzwischen war der gesamte Nutzpflanzenanbau nur noch da, um die Insekten zu füttern, die wir für die Herstellung von Synthetiknahrung vertickten.«

»Habt ihr denn wenigstens an die Guten vertickt?«, fragte Steffen interessiert.

»Meist an Syntha-Meat glaube ich«, antwortete Jochen, während Steffen theatralisch würgte.

»Ach, jetzt komm, immerhin besser als dieser 'Like the Original' Mist vom Discounter.«

»Was ein Maßstab«, brummte Steffen. »Mein Darminhalt schmeckt besser als das.«

Jochen verdrehte die Augen.

»Das ganze Unterfangen war jedenfalls absolut wahnwitzig. Der Krieg zog sich immer mehr in die Länge und die Nachfrage wurde immer größer. Wir mussten auf einmal im Alleingang einen Markt bedienen, der vorher von was weiß ich wie vielen

Farmern und außerplanetaren Lieferketten versorgt worden war. Hast du eine Ahnung, wie schwer es ist, eine solche Landmasse mit viel zu wenigen und unzureichend geschulten Arbeitern zu bestellen? Mein Vater war trotzdem wild entschlossen, die Bestellungen zu erfüllen, weil er wohl hoffte, nach dem Krieg für das gesamte Planetenkonvolut der Hauptlieferant zu werden. Er behandelte uns Kinder und die Städter, die dumm genug waren, bei ihm anzuheuern, wie Sklaven. Als schließlich keiner mehr für ihn arbeiten wollte, hat er die Banditen dazu eingesetzt, um, nun ja, sagen wir Motivationsarbeit zu leisten. Gegen Ende waren vierzehn Stunden Arbeit am Tag für uns alle zur Normalität geworden.

Naja, jedenfalls war mein alter Herr auf einmal richtig dick im Geschäft. Und dank des Anhaltens der Versorgungsschwierigkeiten bekam er von der Kolonialverwaltung einen Kredit quasi zum Nulltarif, mit dem er eine Anlage baute, um das Zeug direkt auf dem Hof zu verarbeiten. Und als wäre das noch nicht der Gipfel der Lächerlichkeit gewesen, erhielt er im Nachgang sogar eine behördliche Belobigung dafür, dass er das plötzlich herrenlos gewordene Land »trotz schwieriger Rahmenbedingungen«, hierbei wurde Jochens Stimme sehr bitter, »nicht einfach hatte brachliegen lassen.« Er lachte leise. »Die Kolonialverwaltung war vor allem davon beeindruckt, wie er es plötzlich geschafft hatte, so viele Banditen dazu zu bewegen, friedlich auf Farmen zu leben und voller Mut die ganz sicher völlig freiwillig dort arbeitenden Flüchtlinge aus den Städten zu bewach…, ich meine natürlich zu verteidigen.«

Steffen räusperte sich. »Alter, dein Vater war ein gottverdammter, hirnfickengrenzdebiler dreifach von einer Ziege gefisteter Hurensohn. Nur, falls du das noch nicht wusstest.«

»Hey, nichts gegen meine Oma!«, sagte Jochen, nun wieder mit einem leichten Lächeln. »Ist aber zu Protokoll genommen.

Und nachdem du das nun verstanden hast, scheint es dir vielleicht nicht mehr so verrückt, dass Melissa und ich nach der Krise an die BMCC geraten sind.«

Die beiden begannen zunehmend nervöse Blicke in Richtung des Schiffes zu werfen. Blake hatte schon mehr Geduld bewiesen, als sie ihm zugetraut hätten. »Die BMCC gehörte damals zu den üblichen Aasgeiern, die sich nach dem Ende der Krise über den verrottenden Kadaver unserer Welt hermachten. Zusammen mit den Pfandleihern und den Bankiers versteht sich. Melissa war es, die den Aushang der BMCC gesehen hatte, während wir zum ersten Mal seit zwei Jahren in der Stadt waren, um unsere Insekten zu verkaufen. Von ihr stammte auch die Idee, sich auf die Anzeige der Firma zu melden. Für uns war die vor allem deshalb interessant, weil sie speziell nach vorpubertären Kindern für irgendwelche Studien suchten und 'freie Passage ohne Gewährleistung einer Rücküberführung' anboten. Auch wenn wir zuerst einen Passanten fragen mussten, was das überhaupt bedeutete. Danach waren wir ganz scharf drauf und gingen zu der Rekrutierungsstelle.« Jochen checkte kurz seinen Rubrizierer. Es waren noch ein paar Minuten bis zur vollen Stunde. Er schätzte, dass sich Blake dann melden würde. »Der Rekrutierungsangestellte erklärte uns, sehr sachlich, wenn man bedenkt, dass er mit Zehnjährigen sprach, dass für sie nur Kinder in Frage kämen, die die Krise verwaist und ohne lebende Verwandte bis hin zum dritten Grad der Verwandtschaft zurückgelassen hatte.«

»Also habt ihr gelogen, um da reinzukommen«, stellte Steffen fest.

»Nein ... nein, das haben wir nicht. Wir sagten nur, dass wir noch mal wiederkommen würden.«

Unvermittelt griff er sich an den Hals und zog an einem der Kettchen, bis der Anhänger mit der Patronenhülse zum Vorschein kam. Er strich kurz und eigenartig liebevoll über die scharfe Kante, in der einst das Projektil gesteckt hatte. Dann räusperte er sich.

»Weißt du, unser Esszimmer hatte damals nur zwei Eingänge. Einen nach Süden und einen nach Osten.«

Steffen schluckte. »Was du nicht sagst.«

»Als Melissa mit dem Sturmgewehr durch den Südeingang kam, während die ganze Bagage gerade beim Abendessen war, werden die sich, glaube ich, noch nichts dabei gedacht haben. Ich meine, auch nach dem Konflikt waren wir ständig bewaffnet, um die immer noch völlig freiwillig arbeitenden Flüchtlinge, die nach der Krise ganz wild darauf waren, auf den Feldern zu bleiben, zu«, er hob die rechte Hand und gestikulierte Anführungszeichen, »'beschützen'. Als ich dann aber von Osten in den Raum kam, glaube ich, dass zumindest mein Bruder Bernd den Braten gerochen hat. Er war schon immer der am wenigsten hirnlose dieser Drecksäcke gewesen. Nicht, dass ihm das am Ende was genutzt hätte.« Jochen steckte die Kette zurück und begann sich zu strecken. Er wurde langsam zu alt für diesen ganzen Mist. »Von allen Dingen, die ich getan habe, hätte ich eigentlich gedacht, dass mir das am allerschwersten hätte fallen und am schlimmsten auf der Seele hätte liegen müssen«, resümierte er mit einem Mal sehr nüchtern. »Aber ich glaube auch für Melissa sprechen zu können, wenn ich sage, dass es uns dafür einfach viel zu sehr an unser erstes Mal erinnerte.«

Steffen drückte nun seine letzte Zigarette aus und stieg behutsam von seiner Kiste.

»Ihr habt geschossen, bis eure Magazine leer waren, stimmt's?«

»Worauf du dich verlassen kannst.«

»Und dann habt ihr mit den Bajonetten auf sie eingestochen,

auch als sie schon lange tot waren.«

»Exakt.«

»Danach habt ihr euch dann direkt für die Versuche der BMCC gemeldet?«

»Gleich am nächsten Morgen.«

Die Außensprechanlage des Schiffes knackte.

»Meine Fresse, hört auf rumzumachen und schwingt eure Ärsche endlich wieder hier rein«, erklang die Stimme eines sehr genervten Blake. »Wenn ihr in drei Minuten nicht da seid, schreiben wir uns ohne euch ein.«

Die beiden blickten sich an.

»Was machen wir?«, fragte Steffen. Es war noch nicht zu spät, das Angebot abzulehnen.

»Es ist ein Einsatz der Gefahrenstufe Omega«, antwortete Jochen.

»Du hast die Bezahlung gesehen, oder?«, hakte Steffen nach.

»Das bedeutet, es ist eine Sterberate von mehr als 60% zu erwarten.« Es war Jochen wichtig, seinen Freund und Kameraden noch mal darauf hinzuweisen.

»Zusammen mit der Gefahrenzulage reicht das für Jahre, selbst wenn wir sie in einem Edelpuff nach dem nächsten verbringen.« Sie machten sich gemütlichen Schrittes auf den Weg zum Schiff.

»Wir werden bis kurz vorher nicht wissen, wohin es geht«, warf Jochen ein. »Außerdem machen bei solchen Einsätzen nur Idioten, Lebensmüde, Wahnsinnige und Leute mit, die nichts mehr zu verlieren haben.«

»Komisch, das wollte ich gerade auch sagen.« Sie stiegen die Laderampe empor.

»Wir sind uns also einig, dass wir dabei sind«, stellte Steffen, wie um noch einmal sicherzugehen, klar. Jochen seufzte.

»Machst du Witze? Als hätte bei der Bezahlung daran über-

haupt je ein Zweifel bestanden.«
Natürlich hatte es das nicht.

Der Narrator liest vor

Von den üblichen Krisenlösungen

Protokollmitschrieb der außerordentlichen Notfallsitzung des Sicherheitsrates der Vereinten Nationen, anlässlich des Überfalls des Konzils auf die Randgebiete des vereinten Bündnissystems.

Generalsekretär Schulte:
Angesichts der beschlossenen Hilfsmaßnahmen für die betroffenen Firmen und den Militärfonds der Föderation gegen das verbrecherische Staatssystem des Konzils steht nun zur Debatte, in welcher Weise von Seiten der Föderation die diplomatischen Wege genutzt werden können, um der gegenwärtigen Lage möglichst schnell Herr zu werden und wie die Vereinten Nationen diese darin unterstützen können. Gibt es hierzu Vorschläge oder Anregungen?
mehrere Meldungen, wobei keine auf ein ständiges Mitglied entfällt
Hiermit erteile ich das Wort an das mit dem Vatikanstaat assoziierte, nicht ständige Mitglied, die Vereinigten Arabischen Matriarchate, unter der Vertretung ihrer absolutistischen Herrscherin Ajdina Barzin.

Abgeordnete Barzin:
Bevor es zur Abstimmung kommt, möchte ich in schwesterlicher Unterstützung unseres langjährigen Verbündeten, dem Vatikanstaat, betonen und wiederholen, dass der Erhalt des

Friedens der einzige Weg zum Erhalt des Wohlstandes der Galaxie ist. Doch um Frieden und Wohlstand zu sichern, ist es nötig, diese nicht mit dem gesprochenen Wort, sondern mit Feuer und Stahl zu verteidigen. Und es ist einzig und alleine der langen und friedliebenden Tradition des Matriarchats meiner Regierung und des meiner Vorgängerinnen geschuldet, wenn ich hier und heute noch in Anknüpfung an die Worte meiner Vorrednerinnen und Vorredner sage, dass die Föderation eben nicht nur die militärische Vernichtung dieses Gegners anstreben muss. Nein, um zu verhindern, dass die Rechtschaffenheit unserer Absichten untergraben wird, möchte ich dazu aufrufen, die Föderation zu bevollmächtigen, alle diplomatischen Beziehungen mit dem Konzil und all seinen alliierten und assoziierten Kräften radikal abzubrechen. Nur so kann verhindert werden, dass unangebrachte Milde dazu führt, dass der Feind unsere Gnade ausnutzt und sich die Möglichkeit offen hält, die gleichen Gräueltaten fortzusetzen oder sie nach einem durch Verhandlungen verfrühten Ende des Krieges erneut zu begehen. Meine Regierung und die des Vatikanstaates haben dies bereits vollzogen, da es nicht in unserer Gewohnheit liegt, mit Terroristen zu verhandeln.

Generalsekretär Schulte:
Der Antrag der Abgeordneten wurde gehört und zur Kenntnis genommen. Nun soll darüber abgestimmt werden, ob dieser radikale Schritt zu gehen ist, der, wie ich hier ausdrücklich ins allgemeine Bewusstsein rücken muss, nichts anderes bedeutet als den Abbruch sämtlicher diplomatischer Beziehungen. Dies schließt selbstredend dann auch jede andere Möglichkeit zur Friedensschließung als den Weg der bedingungslosen Kapitulation aus und räumt der Föderation nach einer siegreichen Be-

endigung des Prozesses weitreichende Vollmachten hinsichtlich des Umgangs mit dem Besiegten wie auch mit dessen Vermögenwerten ein.

Ich bitte nun darum, dass die hier anwesenden Vertreter der hohen Bündnispartner über diesen schwerwiegenden Schritt abstimmen mögen. Betätigen Sie dazu nach reiflicher Überlegung bitte den entsprechenden Knopf vor Ihnen.

der Generalsekretär wartet das Ergebnis der überraschend kurzweiligen Abstimmung ab, bevor er mit leichter Bestürzung fortfährt

In ..., in Pflichterfüllung für dieses Gremium verkünde ich hiermit, dass der Vorschlag der Abgesandten Barzin mit eindeutiger Mehrheit angenommen wurde.

kurzer Applaus

Da sich hierbei jegliche weitere Diskussion erübrigt und keine weiteren Punkte auf der Tagesordnung stehen, beschließe ich hiermit die außerordentliche Generalversammlung des Sicherheitsrates der Vereinten Nationen mit der Hymne der Völkerfreundschaft und dem Motto der Vereinten Nationen: Frieden, Sicherheit, Gerechtigkeit.

Die Abgeordneten erheben sich zur Hymne der Völkerfreundschaft und wiederholen am Ende das Motto

13

Der Narrator erzählt

Vom Kapitänverbund Salvador Pamaroys

Alles im Leben hat seine Gründe. Nun ist es aber eine eigenartige Fügung, dass diese nur in wenigen Fällen von der Allgemeinheit verstanden werden. Ja, in den meisten Fällen können sie nicht einmal von dieser ominösen »Allgemeinheit« verstanden werden. Sofern sie überhaupt von ihnen weiß. Und in vielen Fällen, so dachte die Gestalt von Salvador Pamaroy, als sie ihre Schritte zu der privaten Taktikzentrale des Kapitäns lenkte, durfte die Allgemeinheit diese Gründe weder kennen noch verstehen.

Ein gutes Beispiel dafür war, warum dieser rundherum abgeschirmte Raum, den sich die Gestalt Pamaroys nun anschickte zu betreten, fünf Eingänge hatte, die in fünf verschiedenen Richtungen von dem kreisrunden Raum abgingen. Oder warum weder der Raum selbst noch die letzten 50 Meter vor jedem seiner Eingänge in irgendeiner Weise elektronisch überwacht wurden. Oder warum in jedem dieser Gänge, die aus verschiedenen Abschnitten des Schiffes kommend keine direkte Verbindung zueinander besaßen, bewaffnete Wachen standen, denen es strikt verboten war, mit den Wachen an den anderen Zugängen Kontakt aufzunehmen. Die Gründe für all dies waren gut. Und sollten sie jemals einer Person außerhalb des Raumes, den die Gestalt des Kapitäns nun vorbei an den salutierenden Wächtern und den vollautomatischen Sicherheitsschleusen betrat, erfahren, hätte dies ein Blutbad sondergleichen zur Folge gehabt. Natürlich nur, sofern diese Person nicht dem militärischen Nachrichtendienst angehörte, der selbstverständlich eingeweiht war. Als die Gestalt den Raum betrat, wartete der Kapitän bereits auf sie. Er und vier andere Seinesgleichen.

»Sie kommen spät, P7«, begrüßte ihn der Kapitän tadelnd, der gerade offensichtlich ein Gespräch mit einer der anderen Gestalten unterbrochen hatte.

P7 nickte. »Ich war nochmals gezwungen, mich mit der Angelegenheit des jungen Oberleutnant Brannigan auseinanderzusetzen. Die Dinge haben sich schneller entwickelt als gedacht.«

»Zu unseren Gunsten?«, fragte der Kapitän scharf.

»Sehen Sie selbst«, erwiderte der Klon, als er an den runden Tisch trat und sich anschickte, seine Kopfverbindung an den Mind-HUB anzuschließen, an dem der Kapitän und die anderen von P7s Art bereits steckten. Die Synchronisation dauerte keine Minute. Dann nickte der echte Kapitän.

»Wie planen Sie in dieser Sache weiter vorzugehen?«

P7 holte Luft.

»Ich werde die Verabreichung der Toxine und Psychotika an den Oberleutnant schrittweise einstellen lassen«, begann der Klon zu erklären, was sein genetisches Original mit einem zustimmenden Brummen quittierte. »Meiner Einschätzung nach können wir es uns nicht leisten, einen qualifizierten Nachrichtenverbindungsoffizier wie den Oberleutnant zu verlieren. Außerdem berichtet der Nachrichtendienst, dass seine Division auf allen Diensträngen mit ihm sympathisiert und die Stimmung gegen Yamato steht. Das wird sich auch nach Brannigans Genesung nicht ändern. Außerdem ist die Furcht vor dem Nachrichtendienst in Brannigans Divison durch die Operation stärker denn je. Ein Erfolg auf ganzer Linie.«

Der Kapitän wirkte zufrieden. Das höchste Lob, zu dem dieser Mann fähig war. »Dann können wir diese Angelegenheit wohl als beendet betrachten. Es war wirklich ein Glück, dass wir mit Yamato einen hoffnungslos unfähigen Versager von Funker an der Hand hatten, dem wir die Schuld zuschieben konnten und damit General-Admiral Muhammad einen verabscheuungswürdigen Verräter, der seine verkommene Familie über das Wohl des Konzils gestellt hat, unbemerkt losgeworden sind. Im Übrigen hat mich vor kurzem die erfreuliche Nachricht erreicht, dass der General-Admiral seine eigene Transmutation wohl nicht überlebt hat.«

Man musste Pamaroy sehr lange kennen, um trotz seiner beherrschten Stimme zu bemerken, wie sehr er sich bei Dingen wie diesen in Rage redete. Oder eben Teil eines Netzwerks von Klonen sein, das sich hinsichtlich ihrer Erinnerungen laufend mit ihm kurzschloss.

»Vergessen wir aber nicht«, warf ein anderer Klon, P9, ein, »dass das nur so gut gelingen konnte, weil Yamato als Eigenbrötler keine Kontakte zur restlichen Mannschaft hatte. Ansonsten wäre bestimmt schon jemandem aufgefallen, dass er im Gegensatz zum General-Admiral keinen Bruder auf Boltou hatte. Wir müssen aufpassen, dass das nicht noch passiert.«

»Ich habe bereits veranlasst, dass sein persönlicher Besitz vernichtet und seine Daten von den einsehbaren Festplatten gelöscht wurden«, informierte P7, da sein Klonbruder die Erinnerung, die er gerade hochgeladen hatte, wohl noch nicht völlig überblickt hatte. »Das Einzige, was von Shinishi Yamato bleibt, ist die kollektive Erinnerung an seinen Verrat.«

»Das und ein weiteres nützliches Werkzeug für das Symbionten-Corps«, warf P3 ein, der P7 direkt gegenübersaß.

»Ich werde mich später noch mit P12 aus den Laboren und Manufakturen synchronisieren«, informierte der Kapitän. »Für Sie wird dies erst relevant, wenn mir das weitere Vorgehen der

Admiralität hinsichtlich von Lost Heaven bekannt wird.« P7 hob eine Augenbraue und durchforstete die Erinnerungen, die er soeben erhalten hatte. »Liegen Ihnen hierzu noch keine Informationen vor?«, fragte er überrascht.

»Keine, die der Synchronisierung wert wären«, antwortete der Kapitän und strich sich durch den Backenbart. »Das Einzige, was Sie vorerst wissen müssen, ist, dass sich die Streitkräfte nun weit verteilen werden. Alle für die Föderation wichtigen HUBs, außer den offensichtlichen, sind zu schonen. Bisher ist die Operation wohl weitestgehend nach Plan verlaufen.«

Was nun folgte war eine kurze Besprechung der aktuellen Gegebenheiten des Schiffes, während P7s Blick nachdenklich über die Wände der Taktikzentrale wanderte, die von einer Kopie des Freskos geziert wurden, das er vor wenigen Stunden noch dem jungen Brannigan gezeigt hatte. Genau wie das Original auf Eden Prime war dieses einzigartig und auf eine schauerliche Art wertvoller als jenes. Denn anders als bei seinem Vorbild war die vernichtende Szenerie des Untergangs von Medusa hier auf einem Kalkputz festgehalten, der aus den zermahlenen Knochen der damals gefallenen Kameraden Pamaroys bestand. Genau wie seine Klone, begleitete ihn dieses Fresko auf jedes Schiff, auf dem er das Kommando übernahm. Und auf besonderen Wunsch Pamaroys hatte der Künstler unter dem Bild einen fortlaufenden, sich immer wiederholenden Schriftzug angebracht. »Versagen und Verrat – Niemals vergessen, niemals vergeben, niemals unter mir.« Im Grunde ging es genau darum in jeder ihrer Besprechungen. Um Fragen des Verrats und des Versagens. Um das Finden und Ausmerzen von jener Ineffizienz, für die diese beiden Faktoren der Grund waren. Als P7 die private Taktikzentrale des Kapitäns verließ, fühlte er sich wie so oft mit grimmiger Zufriedenheit in seiner Existenz bestätigt.

Die Unmöglichkeit der Existenz eines perfekten Anführers, dessen Blick alles erfasste, dessen Wissen alles durchdrang und dessen eiserne Faust jedes Fragment an Ineffizienz, geboren aus Verrat oder Versagen, zermalmte, war der Grund, dass es ihn gab. Und die Existenz dieser Ineffizienz war der Grund, dass alles, was sie verursachte, zur Effizienz gebogen oder gebrochen werden musste. Alles ... und jeder.

Das Scheusal wusste, was von ihm erwartet wurde, und setzte es sofort um.

Es nicht zu tun, bedeutete Schmerz, und den galt es um jeden Preis zu vermeiden.

Sobald es den Impuls verspürte, sprang es über die Absperrung und stürzte sich mit aller Gewalt auf die rechte der beiden Puppen.

»Halten und beißen«, flüsterte die Stimme in seinem Kopf und sofort vergrub das Scheusal Zähne und Klauen tief in dem unbelebten Körper.

Es hatte hart dafür kämpfen müssen, sich von dem Schmerz zu befreien und würde es für nichts in der Welt riskieren, dass er zurückkehrte.

Ein Wispern in seinem Hinterkopf schien ihm sagen zu wollen, dass diese Welt sowieso nur noch aus Stunden der Angst, gefolgt von Minuten der Schmerzen bestand.

»Nein, nein, nein nicht ... bitte«, schrie das Scheusal innerlich, als es seiner eigenen Gedanken gewahr wurde. Doch zu spät.

Glutheiß explodierte die Pein hinter den Augen des Scheusals und es riss mit einem Schrei, der geeignet war Glas zu schneiden, den Kopf in den Nacken.

Ein fataler Fehler. Mit dem peitschenartigen Knallen von sich entladender Hochspannung erwachten die kleinen schwarzen

Kästen, die an jedem Körperteil des Scheusals befestigt waren zum Leben und sendeten mit tausenden Volt Agonie durch seinen Körper. Der marternde Schrei endete in einem Crescendo der Qualen, als es zuckend zusammenbrach und mit einer Ohnmacht rang. Schwärze drang von allen Seiten auf es ein, doch es durfte sich ihr nicht ergeben. Die Schwärze bot keine Sicherheit. Zu keiner Zeit.

»Halten und beißen«, donnerte die Stimme erneut durch die Ränder seines Bewusstseins.

Zitternd versuchte es erneut auf die Beine zu kommen. Vergeblich.

Doch das Scheusal musste es schaffen! Es nicht zu schaffen bedeutete nur weiteren Schmerz, den Preis des Versagens. Ihm blieben nur Sekunden.

»Halten und beißen.«

Das Scheusal konnte das nahende Unheil spüren. Es spürte, wie sich das Innerste seines Schädels darauf vorbereitete, zu einem flammenden Inferno zu werden, spürte, dass dies nicht noch einmal geschehen durfte, wenn es leben wollte.

»Halten und ...«

»BEISSEN!«, dachte es, als es seine Zähne erneut in die Puppe versenkte und sich seine Kiefer, ob der Wucht des Bisses, trafen.

Beißen, das war der Sinn seines Seins. Beißen war sein Mantra. Das Einzige, das ihm Erlösung verschaffen konnte.

Wie selbstverständlich spürte es nun, wie sich seine Kehle mit Blut füllte. Köstliches, köstliches Blut, nach dem es lechzte. Das Scheusal spürte, wie sich Zufriedenheit und Wohlgefühl in seinem Körper ausbreiteten und übersah darüber völlig, dass es nicht mehr eine unbelebte Puppe, sondern einen gefesselten Gefangenen zerfleischte.

Die Blicke, welche das Scheusal nun durchbohrten, zeugten

vor allem von der tiefen Befriedigung seines Besitzers.

Alles, was Recht war, aber die Gentechniker des Konzils hatten gute Arbeit geleistet.

Das Wesen, das in dem kreisrunden Trainingsraum gerade damit beschäftigt war, einen gefesselten Gefangenen nach dem anderen zu massakrieren, erinnerte wahrlich nur noch entfernt an einen Menschen.

Tatsächlich sah es einfach nur aus wie eine Eidechse, die sich auf ihren Hinterläufen bewegte.

»Bis auf ein paar kleine, aber feine Unterschiede«, dachte P12 amüsiert.

Zufrieden wanderten seine Blicke an der sich überlappenden Schuppenhaut entlang, die die geradezu abartig wirkende Muskelmasse seines Körpers bedeckte und gelangte schließlich zur Spitze seines Reptilienschwanzes, der in einer rasiermesserscharfen Klinge endete. Dem Stachel eines Skorpions nicht unähnlich.

Gebannt beobachtete er, wie das Ungetüm immer wieder seine Krallen in die wehrlosen Leiber rammte und mit seinen spitzen Raubtierzähnen in Drehbewegungen seines Kopfes große Brocken Fleisch aus den sich windenden Körpern riss. Jeder Klumpen, den es nahezu unzerkaut verschlang, ließ P12 mit einer Befriedigung erzittern, die er telepathisch sofort an sein Geschöpf übertrug.

Die Gentechniker betrachteten es lediglich als weitere Waffe, deren Entwicklung nun abgeschlossen war. Aber der zwölfte Klon Salvador Pamaroys wusste es besser. Viel besser.

Denn während sie diese Waffe geschmiedet hatten, oblag es seinem genetischen Vorbild und seinem Kader von Ebenbildern, diese Waffe zu laden und auszurichten.

Sie würde ihnen nützlich sein.

Auf die eine oder andere Weise.

Der Narrator liest vor

Vom Verfahren der Dezimierung

Mitschnitt der BBC-News vom 23.9.2205.

Nachrichtensprecher: »[...] wir schalten nun live zu unserem Außenreporter David Praylove auf Pluralis IX, wo sich die Ereignisse nun doch drastisch zugespitzt haben.«
Nachrichtensprecher wendet sich dem Bildschirm zu

Nachrichtensprecher: »David, wie ist bei dir die Lage.«

Reporter: »Hallo Logan. Ja, wie du selbst sehen kannst ...«
Reporter weist mit einer ausladenden Bewegung auf eine brennende Stadt

Reporter: »... es ist 3 Uhr in der Frühe terrestrischer Standardzeit und die gesamte Umgebung der Stadt ist taghell erleuchtet. Noch bis vor einer Stunde war das Donnern der Artillerie von den nahen Bergen zu hören und die Brände breiten sich inzwischen quasi ungehindert aus.«

Nachrichtensprecher: »Hat die Feuerwehr denn gar keine Möglichkeit, der Lage Herr zu werden?«

Reporter: »Die Feuerwehr ist faktisch nicht mehr vorhanden. Sowieso ist jede Ordnungsmacht zusammengebrochen, nachdem die örtlichen Söldnerverbände durch die Truppen der ...«

die Explosion einer nahen Lagerhalle übertönt den Reporter
Reporter: »... vernichtend geschlagen wurden.«

Nachrichtensprecher (sichtlich beunruhigt): »Aber was ist mit der Bevölkerung?«

Reporter (gegen das Brüllen des Flammenmeeres anschreiend): »Die ist den anhaltenden Angriffen schutzlos ausgeliefert. Nach offiziellen Schätzungen sind bereits etliche zehntausend tot oder verwundet.«

Nachrichtensprecher: »Aber Pressesprecher der beteiligten Firmen haben doch schon längst verkünden lassen, dass die Kampfhandlungen abgeschlossen sind. Weshalb diese weitere Eskalation, die sich offenbar nur noch gegen die Zivilbevölkerung richtet?«

Reporter: »Genau zu diesem Thema steht hier der ansässige Politologe Dr. Gunnar Ulf Jorgenson. Guten Abend, Herr Dr. Jorgenson.«
Kamera schwenkt etwas weiter nach rechts, sodass Herr Jorgenson ins Bild rückt

Dr. Jorgenson: »Guten Tag.«

Reporter: »Herr Jorgenson, wie erklären Sie sich die anhaltende Gewalt gegen die Zivilbevölkerung?«

Dr. Jorgenson: »Nun, Herr Praylove, das, was wir hier gerade erleben, ist der schändlichste Beweis von Systemversagen, den man sich überhaupt vorstellen kann.«

Reporter: »Wie dürfen wir das verstehen?«

Dr. Jorgenson: »So, wie ich es gesagt habe. Die Randwelten versinken praktisch im Chaos. Kleine Firmen liegen, gestützt auf regionale Söldnerheere, im offenen Kriegszustand um geologisch und wirtschaftlich interessante planetare Standorte und das mit vollem Rückhalt ihrer Regierungen.«

Reporter: »Aber warum diese Gewalt gegen die Bevölkerung, wenn es um die Wirtschaftsstandorte geht? Das macht doch keinen Sinn.«

Dr. Jorgenson: »Eben doch. Man versucht zu verhindern, dass die Bevölkerungszahl über die Integrationsgrenze steigt. Würde das geschehen, würden sie einem Staat angehören, hätten Anrecht auf militärischen Schutz und jeder weitere Angriff wäre auf einmal eine politische Provokation.«

Reporter: »Wollen Sie damit sagen, dass dieses ... diese ...«

Dr. Jorgenson: »Nennen Sie es, wie es ist! Das, was die ...«
　Explosionen im Hintergrund lassen den Kameramann wieder auf die Stadt schwenken, wo erneut Geschosse aus den Bergen einschlagen. Einzelne Gebäude brechen zusammen
　Rückschwenk auf Dr. Jorgenson

Dr. Jorgenson: »... hier begeht, ist nichts anderes als Völkermord. Genozid.«

Nachrichtensprecher: »David, wir sehen, dass die Bombardierung erneut begonnen hat. Solltet ihr nicht lieber sofort verschwinden?«

Reporter (erneut gegen den Lärm anschreiend): »Keine Sorge, Logan, das Risiko hier getroffen zu werden ist verschwindend gering.«

Dr. Jorgenson (sichtlich entsetzt): »Moment mal, ist das etwa eine live-Übertragung?«

Reporter: »Ja, natürlich. Warum?«

Dr. Jorgenson (panisch schreiend): »Weil die Firmen diese wenig schmeichelhafte Übertragung dann mitverfolgen und entsprechend reagieren können, Sie Depp.«
Dr. Jorgenson dreht sich um und rennt aus dem Bild. Kamera schwenkt mit. Reporter läuft ein paar Schritte hinterher

Reporter: »Warten Sie, die Firmen würden doch niemals auf Reporter feu...«
Die Übertragung endet mit einem rauschenden Zischen, einem verschwommenen Objekt, das ins Bild fliegt, einem blendenden Lichtblitz und plötzlicher Bildschwärze

14

Der Narrator erzählt

Von den Werkzeugen für große Pläne

Man hatte es in einen dunklen Raum gesperrt und ihm die Hände gebunden.

Das Scheusal verstand nicht, warum. Aber es wagte auch nicht danach zu fragen.

»Fragen bedeuten Schmerz«, durchzuckte es das Scheusal wie ein Peitschenschlag und kurz krümmte es sich zusammen.

Dann vernahm es wieder das Flüstern. Drängend, unerbittlich, fordernd. Das Scheusal hatte inzwischen verstanden, was es zu bedeuten hatte, und spürte, wie ihm bereits der Gedanke an das Kommende den Geifer ins Maul trieb.

Es war nicht allein in dem Raum.

Behände setzte es sich in Bewegung. Das Scheusal verstand die Dunkelheit nicht, konnte es die Objekte, denen es auswich, doch hören, wenn das Klacken seiner Stimme von ihnen zurückprallte. Es verstand auch nicht, warum man ihm die Hände gebunden hatte, konnte es die Objekte doch ohne Schwierigkeiten überspringen.

Der erste von beiden sah es nicht einmal kommen. Es wunderte das Scheusal, dass er sich bewegte, als könne der Mensch nicht den Geruch schmecken, nicht die Wärme des Blutes durch seine Nase sehen.

Und im nächsten Moment erfüllte bereits sein schriller, angsterfüllter Schrei die Luft und ließ das Scheusal vor Erregung erbeben. Viel zu schnell ging das süße Schreien in Gurgeln über, als sich seine Kehle mit süßem, süßem Blut füllte. Wellen von Euphorie brandeten über das Scheusal hinweg, während es große Fetzen Fleisch aus dem Hals des Mannes riss.

Doch auf einmal war da noch ein anderes Geräusch. Wie das Donnern eines Sturmes hallte es von den Wänden des Raumes wider, bis es von überall zu kommen schien und dann trafen es die Schläge. Die erste Reihe traf es von der Hüfte bis zur Schulter, doch es spürte sie kaum. Dafür explodierte der Schmerz in seinem Schädel. Das Scheusal riss seinen Kopf in den Nacken und schrie seine Agonie heraus. Binnen Sekunden schwoll sein Schrei zu einem martialischen Kreischen an, dass das Donnern verstummen ließ. Das Scheusal fiel auf die Knie und wand sich in seiner Pein.

Und dann spürte es wieder das Flüstern.

Mit einem Ruck hob es seinen Kopf. Auch der Mann vor ihm kniete. Er hatte seine warmen Hände an seinen heißen Kopf gelegt, aus denen kochendes Blut zwischen seinen Fingern hindurchrann.

Das Scheusal fühlte, wie sich ein unaussprechlicher Hass in ihm ausbreitete. Irgendwoher wusste es, dass der Mann das Geräusch mit dem glühenden Rohr zu seinen Füßen verursacht haben musste. Und dafür hasste es ihn. Und es hasste sich, weil es es zu dem Geräusch hatte kommen lassen und dafür bestraft worden war. Es wusste, dass es kein zweites Mal so weit kommen durfte, wollte das Scheusal nicht noch mehr Strafe ertragen.

Gerade als der Mann wieder nach dem Rohr griff, stürzte sich das Scheusal brüllend auf ihn. Die Spitze seines Schwanzes durchbohrte den Mann in seiner Mitte und dennoch schaffte er es mit einem schmerzerfüllten Schrei das Rohr auf es zu richten. Gleichzeitig mit dem Donnern kam die Pein. In einem Anfall von Raserei sprengte das Scheusal seine Fesseln. Der erste Schlag seiner klauenbewehrten Hand zerlegte das Rohr in Einzelteile, der zweite ließ die Schreie des Aufgespießten verstummen. Aber auch nach dem dritten, vierten, fünften fanden seine Schmerzen kein Ende. Immer und immer wieder fuhren seine Krallen herab, immer und immer wieder gruben sich seine Kiefer gierig in den unförmigen Leib vor ihm. Als es sich schließlich im Blut des Mannes suhlte, kam endlich die erlösende Ekstase, die allen Schmerz hinfortspülte.

P12 lächelte. Es kam nicht oft vor, dass der Klon des Kapitäns lächelte, und nur wenige hatten lange genug überlebt, um davon zu berichten. Ohnehin ähnelte sein Lächeln mehr einer Maske, aus der kaum echte Emotion sprach. Außenstehenden, sofern sie es überhaupt gemerkt hätten, wäre es kaum verständlich gewesen, warum die Augen des Mannes vor Wärme leuchteten, während er zusah, wie sich das degenerierte Wesen im Testraum vor ihm, vor Glück zuckend, im Blut der dahingeschlachteten Gefangenen wand. Allerdings hätte er auch keine Außenstehenden in diesem Teil des Schiffes geduldet, der allein den Genetikern und Mutationshelfern vorbehalten war. Ein kurzes hartes Schnauben entwand sich seinen Nasenflügeln. Seit Jahren schon gediehen in Laboren wie diesem die Pläne des Konzils und der, vor dem P12 nun stand, war kurz vor seiner Ausführung. Es war eine Schande, dass die Transmutation vieler weiterer Objekte weit weniger gut voranschritt, woran ihn ein penetrantes Piepen an der Konsole hinter ihm erinnerte, als ein weiteres Testobjekt, das offensichtlich gescheitert war, von zwei Mutationshelfern mit Schmerzreizen bombardiert wurde. Plötzlich begann P12s Rubrizierer zu vibrieren. Der Kapitänsklon wandte sich von den Schöpfungen ab und verschloss mit einem raschen Wischen über den Touchscreen die Fenster des Raumes. Sollte sich das Vieh ruhig noch ein wenig vergnügen. Die nächsten Tests würden weit weniger angenehm sein.

Ein kurzer Druck auf den in penetrant roter Farbe blinkenden Knopf, der zugleich auch der Ursprung des Piepens war, ließ das Gesicht eines der Kommunikationsoffiziere des Schiffes auf dem Bildschirm des Rubrizierers erscheinen.

»Herr Kapitän, Leutnant Deepshaw von der 3. Kommunikationsbrücke. Wir haben soeben eine Meldung von der 243. Raumschlagdivision und der 507. planetaren Expeditionsdivision erhalten. Das Oberkommando verlangt die sofortige Anwesenheit aller Schiffsoffziere in der Taktikzentrale.«

»Geben Sie dem Oberkommando durch, dass ich mich sofort auf den Weg machen werde und voraussichtlich in einer halben Stunde anwesend bin.« Das war die Stimme des echten Pamaroys, der auch der einzige war, den der junge Kommunikationsoffizier sehen konnte.

»Zu Befehl, Herr Kapitän«, verabschiedete sich der Leutnant zackig salutierend und der Bildschirm färbte sich schwarz.

Mit raschen Schritten ging P12 nun zu den Aufzügen. Das knallende Auftreffen seiner Stiefel auf dem Metallboden ließ ihn nachdenken, während er an den stehenden und liegenden Glasröhren vorbeischritt, in denen in verschiedenfarbigsten Nährflüssigkeiten die Symbionten reiften. Da die einzige Beleuchtung aus diesen Röhren selbst zu kommen schien, waberte ein einziges Spiel von Licht und Schatten durch den gewaltigen Raum und verlieh allem eine fast schon gespenstische Stimmung. Ganz am Ende der Reihen stand kurz vor den Aufzügen eine einzige Röhre. Sie war momentan leer.

Während P12 auf den Aufzug wartete, beschlich ihn plötzlich das Gefühl, dass ihnen nicht mehr die Zeit bleiben würde, diese Röhre noch zu füllen. Selbstredend machte sich P12 nicht auf den Weg in die normale Taktikzentrale. Das Privileg der Besprechung mit den Admirälen der Flotte und den anderen Offizieren der »Faust der Richter« war etwas, das einzig und allein dem genetischen Original der Klone vorbehalten blieb. Dennoch mussten in einem solchen Fall sämtliche Klone ihren Posten umgehend verlassen. Die Gefahr, dass in der Mannschaft jemand etwas von einer Verhandlung mitbekam und Fragen aufkamen, warum der Kapitän sich dieser entzog, war ein unkalkulierbares Risiko. Schlimmer konnte es nur dann kommen, wenn Teile der Mannschaft darauf schworen, dass Kapitän Pamaroy zur Zeit der Verhandlungen in ihrem Teil des Schiffes zugegen war, während andere sagten, dass das genaue Gegenteil der Fall war, wo er doch bei ihnen gewesen sei. Ein Risiko, das sonst durch die schiere Größe der »Faust der Richter« und die relative Isolation ihrer einzelnen Bordabschnitte gemildert wurde. Im Grunde mussten zwei Klone schon vor Zeugen ineinander stolpern, damit sich unmittelbare Hinweise auf ihre Existenz ergaben. Die Isolation der einzelnen Schiffsteile war in der Tat so umfassend, dass es ohne die Nachrichtenverbindungszentrale, in der sich der junge Brannigan gerade von Wochen der Nervengiftdröhnung erholte, völlig undenkbar war, dieses Schiff vernünftig zu betreiben. Gegenüber der Mannschaft wurde dies mit dem strategischen Imperativ des Schutzes vor einströmendem Vakuum, der Möglichkeit von Bordgefechten und der Absicherung der Kommandokette gegen Lauschangriffe des Feindes begründet. Allesamt Gründe, die nicht falsch, in sich durchaus stimmig und doch völlig an den Haaren herbeigezogen waren.

Heute war P12 der letzte der Klone, der in der privaten Taktikzentrale eintraf. Nicht, dass das einen Unterschied gemacht hätte, denn ohne die Anwesenheit des echten Kapitäns Pamaroy blieb seinen Klonen nichts anderes übrig, als einen Imbiss zu sich zu nehmen und zu warten. P12 mochte diese kurzen

Momente, in denen die Klone unter sich waren. Jedes Mal, wenn dies der Fall war, entspannen sich interessante Unterhaltungen, von denen P12 vermutete, dass sie im von Menschen besiedelten Universum einzigartig waren. Zumindest konnte er es sich nicht vorstellen, dass es einen anderen Ort gab, an dem sich fünfzehn Mal dieselbe Person mit sich selbst unterhielt. Jedenfalls nicht ohne an Schizophrenie zu leiden. Bei dieser Gelegenheit drehte sich das Thema, wie schon so häufig, um Effizienz. Genauer gesagt um einen Quell ständiger Ineffizienz, dessen Pamaroy zu seiner größten Verärgerung nicht Herr wurde. Eine Verärgerung, die all seine Ebenbilder in grimmiger Einheit teilten. Das Oberkommando. Genauer gesagt, dessen Umgang mit auf der Kommandoebene eingesetzten Klonen, so wie sie es waren. Im Grunde bestand das Oberkommando des Konzils aus einem Haufen alter Männer und Frauen, die von der Zeit und deren technischen Errungenschaften langsam überholt und schließlich abgehängt worden waren. Viele hatten noch die frühen Tage des Konzils miterlebt. Waren gezwungen gewesen, in Zeiten bitterster Rohstoffknappheit von Eden Prime aus mit primitivsten Mitteln genug Welten zu erschließen, um eine Nation zu schaffen, die zu reich war, um von den Vereinten Nationen ignoriert zu werden.

Im selben Prozess hatten sie diese selbst proklamierte Nation, der sich nach und nach andere Welten an den Rändern des Taurus-Systems anschlossen, die von den Regierungen der Erde im Stich gelassen wurden, militärisch so mächtig machen müssen, dass weder die UN noch die Föderation sie ohne Risiko herausfordern konnten. Manche Träumer nannten dies die »guten Zeiten«. Zeiten des Aufbruchs, als jeder Erfolg noch hart errungen und daher doppelt so kostbar war. Andere, weit realistischere Geister, nannten es die »dunklen Zeiten«. Zeiten, in denen es nur weniger gut gezielter Schläge bedurft hätte, um das Konzil auf alle Ewigkeit in die Vergessenheit zu schicken. Doch egal wie man diese Zeiten auch nannte, sie waren vorbei. Natürlich hatte sich das Konzil, nach Jahren faktischer Isolation von der planetaren Weltengemeinde, den größten Teil der inzwischen geschaffenen Technologie im Eiltempo angeeignet. Hatte es sogar tun müssen, da sonst keines ihrer Vorhaben langfristig von Erfolg gekrönt sein konnte. Doch während die klügsten Köpfe des Konzils in einigen dieser Zweige der Wissenschaft brilliert hatten, waren sie in anderen Bereichen sträflich zurückgefallen.

Der Ton der Diskussion der Klone wurde hitziger.

Sie alle waren sich einig, dass die Angst der »alten Feiglinge«, wie die Männer und Frauen des Oberkommandos mit vollem Rückhalt durch Pamaroy von ihnen genannt wurden, nicht die Krankheit selbst war, sondern nur ein Symptom. Allerdings eines, das zu einem schwerwiegenden Problem gehörte. Natürlich wussten ab einer bestimmten Ebene der Kommandokette alle Offiziere von den Kapitänsklonen. Genau wie die Mitglieder der Admiralität und des Oberkommandos selbst. Das Problem war, dass diese in Zeiten aufgewachsen waren, als Hirnimplantate nicht die Regel waren. Zeiten, in denen die gewaltige Rechenleistung des menschlichen Gehirns quasi ungenutzt verkam. Zeiten, in denen man einen Menschen, seine Erinnerungen, seine Persönlichkeit, ja sein ganzes Sein nicht beliebig vervielfältigen konnte. Und das ohne Aufwand. Von der Möglichkeit, die die Bildung von Gedankenkollektiven durch die zerebrale Synchronisation barg, wollten Pamaroy 1 bis 15 erst gar nicht anfangen.

Dann taten sie es doch.

Ein in Kasten organisierter Staat von Klonen, in denen nur ausgewählte Individuen, für ihren jeweiligen Lebenszweck genetisch perfektioniert, in Massen produziert und regelmäßig synchronisiert wurden! Ein solcher Staat wäre in seiner absoluten Überlegenheit durch seine Einigkeit, seine lückenlose Organisation und seine unbedingte Effizienz nicht mehr aufzuhalten! Man stelle sich ein Heer vor, in dem alle Einheiten von den Erfahrungen des Einzelnen kollektiv profitierten und der sein Wissen ohne Lücken in Form von Erinnerungen an die nächste Generation weitergeben konnte. Und das erst auf Handwerk, Ingenieurskunst und Wissenschaft bezogen! Es war die ultimative Lösung! Eine Lösung, die jedoch in weiter Ferne war, wie die Klone, so wie schon einige Male vorher, verbittert feststellen mussten. Es war bezeichnend, dass das Konzil vermutlich um all diese Möglichkeiten wusste, nein sogar ganz sicher von ihnen wissen musste und es stattdessen vorzog, ein solches Mittel, geeignet die technische Unterlegenheit ihrer Truppen auszugleichen, in den Wind zu schlagen.

Gerade als sich echter Unmut breitmachen wollte, betrat Pamaroy, der ECHTE Kapitän Salvador Pamaroy, den Raum. Was nun folgte, war ein Ritual, dass die Klone als Ausdruck ihres tiefen Respekts vor der einzigen Person entwickelt hatten, die darauf pfiff, dass das Konzil offiziell die gleichen Gesetze für die Regelung der Menschenrechte von Klonen angenommen hatte wie die UN. Ein Recht, dass sie zu Bürgern siebenunddreißigster Klasse machte. Die einzige Person, die sie mit Achtung und als ihr ebenbürtig behandelte. Die Klone erhoben sich wie ein Mann zu einem zackigen Salut, gefolgt von einer strammen Habachtstellung, die erst endete, als der Kapitän an seinem Platz an dem runden Tisch platznahm und seine Kopien dazu aufforderte, sich zu rühren und sich ebenfalls zu setzen. Die taktische Synchronisation sollte beginnen.

Der Narrator liest vor

Von Mitteln der Meinungsartikulation

Aus dem Autopsiebericht des amtshabenden Gerichtsmediziners Dr. Harold C. Percy der Kleinstadt Hopefall auf dem Planeten Vegas im Taurus-System aus dem Jahr 2174.

[…]
Das muss Ihnen auch gar nicht gefallen, Sie müssen es nur als gegeben akzeptieren! Ohne private Sicherheitsunternehmen wie Black Space oder die Silberschanze wäre weder eine Erschließung der Planeten möglich noch ihre Sicherung in irgendeiner Form, Weise oder Art denkbar. Diese Unternehmen übernehmen alle Polizeifunktionen und den militärischen Schutz der von den Konzernen erschlossenen Gebiete, bis die Staaten diese übernehmen. Mal ganz abgesehen davon, dass es Planeten gibt, auf denen die örtliche Flora und Fauna nur dazu geschaffen scheinen, den Menschen eine Besiedlung ohne ausreichend Feuerkraft unmöglich zu machen. Von den verfluchten Aliens mal ganz zu schweigen.
[…]
Pazifistische Lösung der Probleme? Bei allem Respekt, waren Sie eigentlich schon mal da draußen? Nein? Habe ich mir fast gedacht. Wissen Sie was? Sobald Sie mal mit neun anderen in einer viel zu kleinen Landekapsel aus 70 Meilen Höhe auf einen Planeten zugerast sind. Sobald Sie innerhalb von Tagen unter extrem ungewohnten klimatischen und gravitativen Bedingungen mitten im Dschungel oder in der Wüste Baracken gebaut haben. Sobald Sie versucht haben, mit dem Viech, der

Pflanze oder der Alienkanone, die gerade Ihren Bekannten, Kameraden oder Freund gefressen, vergiftet oder vaporisiert haben, zu reden, DANN und NUR DANN können wir anfangen, über eine pazifistische Lösung der Probleme da draußen zu diskutieren.
[...]
Hören Sie, das ist mir so was von scheißegal. Von mir aus können die so viel Piraterie und Schmuggel betreiben, wie sie wollen, und so lange und so oft Siedlungen überfallen, wie sie lustig sind, solange ich nur das Geräusch von synchron abgefeuerten Läufen höre, wenn die Kacke am Dampfen ist. Sagen Sie mal, was soll diese Fragerei eigentlich?
[...]
New Kiew Actual Post? Nie davon gehört.
[...]
Ein Bericht GEGEN die Legalität von Söldnern und Kopfgeldjägern? Sind Sie behindert?
[...]
Aha, und wie viel Einfluss könnte Ihr Bericht haben, wenn er veröffentlicht würde?
[...]
Aha. Hm, naja, wenn das so ist. Wissen Sie was, vielleicht haben Sie recht. Was halten Sie davon, mich in die Baracken zu begleiten, dann können Sie mal die Mannschaften befragen.
[...]
Aber selbstverständlich ist das möglich. Die Jungs werden ganz heiß darauf sein, Ihnen ihre Meinung einzubläu..., zu erklären.

Anmerkung:
Der vorliegende Text stammt aus einem Notizbuch, welches Percy einem männlichen Toten mittleren Alters aus dem Rek-

tum entfernen musste. Außer dem Notizbuch trug der Tote nur eine Kamera, ein Diktiergerät und ein Portmonee bei sich, in dem sich neben der Monetärkarte des Toten nur noch ein Presseausweis befand. Todesursache waren schwerste Schädelfrakturen und innere Verletzungen, die laut Zeugenaussagen daher rührten, dass der Tote 47 Mal gegen den gleichen Metallpfeiler stolperte. (An dieser Stelle gehen die Zeugenaussagen stark auseinander, da einige der Zeugen von einem Metallpfeiler, andere jedoch von Schraubenziehern, Hämmern, Rohren, der Wand einer Baracke und einer sogar von einem Baseballschläger sprachen.) Der Prozess wurde aus mangelnder Beweislage eingestellt und als tragischer Baustellenunfall deklariert.

15

Der Narrator erzählt

Von einem bösen Erwachen

Die Schatten entfernten sich vom Rand ihres Bewusstseins und mit einem Mal wusste Scarlett, dass es bald so weit sein würde. Es war interessant, einmal am eigenen Leib zu erfahren, wie es war, aus dem Revita-Schlaf zu erwachen. Jahre des Studiums und der Praxis hatten sie gelehrt, in welcher Reihenfolge die Maschine die Prozesse des Erwachens des Patienten initialisierte, doch nun konnte sie diese wirklich spüren, anstatt ihre Fortschritte nur von einem Bildschirm abzulesen.

Nachdem ihr Bewusstsein wiedergekehrt war, waren ihre Atembewegungen das Erste, was sie spürte. Langsam und mit einer unnatürlichen Gleichmäßigkeit pumpten Schläuche Sauerstoff in ihre Lungen und transportierten genauso gleichmäßig Kohlenstoffdioxyd aus diesen ab.

Hiernach hielt langsam Gefühl in ihre Glieder Einzug. Es begann mit einem unangenehmen Kribbeln in ihren Fingerspitzen und Zehen, das sich seinen Weg unaufhaltsam, jedoch nur mit geradezu quälender Langsamkeit, ihre Arme und Beine emporbahnte.

Innerlich schrie Scarlett ihren aufkommenden Frust laut hinaus. Sie hatte es schon immer gehasst, wenn sie untätig etwas hinnehmen musste, und ihre jetzige Unfähigkeit, sich auch nur im Mindesten zu bewegen, trieb sie schier in den Wahnsinn.

Doch schließlich war es so weit. Unter Aufbietung all ihrer Willensstärke gelang es ihr schließlich, ihren Zeigefinger gegen ihren Daumen zu tippen. Schon wenige Minuten später konnte sie sich bereits rudimentär recken und strecken. Jedoch veranlasste sie ein schmerzhaftes Spannen ihrer Haut dazu, dies sofort wieder einzustellen. Und endlich konnte sie auch spüren, wie sich die Schläuche in ihrer Luftröhre regten und sich langsam aus ihr heraus, zurück in die Maske zogen. Zum Glück war sie noch so weit betäubt, dass ihr Würgereflex nicht einsetzte.

Gierig nahm sie nach Wochen der Ohnmacht ihren ersten eigenen Atemzug. Wenn auch nur durch die Sauerstoffmaske. Einige tiefe Züge später dämmerte ihr, dass sie nun die Augen aufmachen musste. Doch sie fürchtete sich vor diesem Schritt, denn es graute ihr vor dem, was sie vorfinden würde.

Besser das Pflaster mit einem Ruck abziehen, als sich lange davor zu fürchten.

Die Worte ihrer Mutter hallten ihr auch nach all den Jahren noch in den Ohren und als Ärztin wusste sie, dass es stimmte. Noch ein letztes, übertrieben langsames, auch die letzte Kapazität ihrer Lungen auslastendes Einatmen und Scarlett Blackhill riss mit einem Ruck ihre Augen auf.

Zuerst konnte sie nichts weiter sehen als die grünliche Flüssigkeit, in der sie schwebte, und die Kabel, die überall an ihr befestigt waren. Oktopusartige Nanobots schwammen durch die Lösung, verrichteten kleine Arbeiten, wie das Aufsammeln abgestorbener Hautschuppen oder das Ziehen von Fäden. Diese zogen sich, wie Scarlett mit einem Blick auf ihren Arm bestürzt feststellen musste, wohl über ihren gesamten Körper. Doch dann erreichte ihr Augenmerk die Wand aus schalldichtem Panzerglas, die den Zylinder formte, in dem sie sich befand und sie nahm den Raum wahr, der dahinter lag.

Nur langsam fügten sich die einzelnen Segmente zu einem

Gesamtbild zusammen, das ihr Hirn überhaupt erfassen konnte. Und sie wusste nicht, was sie am meisten schockierte. Die blutverschmierten Fußabdrücke, die Scarlett anhand der schleimigen Kleidungsstücke auf ihrem Weg als ihre eigenen erkannte? Die Leiche einer Person mit Kittel, die sich in einer Ecke zusammengekrümmt hatte und bereits so stark verwest war, dass Scarlett sie nicht mehr erkannte? Oder aber die Daten, die ihr auf einem Bildschirm auf der anderen Seite des Raumes angezeigt wurden? Scarlett wusste, dass sie sich vermutlich wegen der Person in der Ecke hätte Gedanken machen müssen, allerdings nahm ihre Bestürzung mit jedem Augenblick zu, in dem ihre Augen über die eingeblendeten Daten huschten.

»Chemische Verbrennungen dritten Grades. Nekrotisches Lungengewebe: 45%. Intoxigierungen, chemische Verätzungen und bakterielle Kontaminierungen der Klassen C, F und Q an allen relevanten Organpartien. Irreparable zerebrale Schädigungen in den Bereichen des ... Himmel hilf ...!«, dachte Scarlett und spätestens, als sie bei den Maßnahmen angelangt war, die der Computer getroffen hatte, um sie am Leben zu erhalten, verwandelte sich ihre Bestürzung in blankes Entsetzen.

Laut Datentafel hatte sie volle drei Wochen im künstlichen Koma gelegen und zumindest zwei dieser Wochen war ihr Zustand derart kritisch gewesen, dass der Computer mindestens sechs Mal erwogen hatte, ihre Lebenserhaltung abzuschalten.

»Vielleicht wäre das angesichts der Alternative sogar besser gewesen«, dachte Scarlett grimmig und diesmal gab es keine innere Stimme mehr, die an ihr Gewissen appellieren wollte. Alles andere hätte sie angesichts der Schädigungen ihres Großhirns auch ernsthaft gewundert.

Die lieblichen kleinen Nanobots, die nun damit beschäftigt waren, Scarlett für ihre Entlassung aus dem Tank vorzubereiten, hatten anscheinend Tage damit verbracht, sich durch ihren

Körper zu wühlen und aus nahezu jedem Winkel ihres Leibes Teile herauszuschneiden, die mit keinem Mittel der Medizin mehr zu retten gewesen waren. Scarlett verzog vor Ekel das Gesicht. Allein bei dem Gedanken, dass sich einige der Dinger auch an ihrem Hirn zu schaffen gemacht hatten, krümmte sich ihr Leib in aufwallender Übelkeit. Böse starrte sie eine der seelenlosen Maschinen an, die ihr gerade einen Faden aus dem Handrücken zog. Sie konnte nur froh sein, in einer Zeit zu leben, in der man die meisten Organschäden durch Maschinen wettmachen konnte, aber zumindest die zerstörten Hirnregionen betreffend war dies nur ein schwacher Trost. Erneut drohte die Verzweiflung sie zu übermannen. Sie konnte nur hoffen, dass die KI des Consanesco-Rechners auf einem einigermaßen neuen Stand war, was sie aber wohl erst herausfinden würde, wenn sie aus dem verdammten Tank rauskam. Missmutig starrte sie den Countdown an, der ihr signalisierte, dass dies erst in zwei Stunden der Fall sein würde. Diesmal tat sie sich keinen Zwang an, ihren Frust durch einen lauten Schrei zu artikulieren, der die Wände des Tanks niemals verließ.

Zwei Stunden später betrachtete Scarlett die knochendürre, haarlose, schleimige, nackte Gestalt, der sie im Spiegel gegenüberstand. Wie aus weiter Ferne nahm sie das Heulen der Sirene und den stechend süßen Gestank nach Verwesung wahr. Wie in Trance hob sie die eine Hand, um den Spiegel zu berühren, und die andere, um die Ruine zu erkunden, die einstmals ihr Körper gewesen war. Es war ein schwerer Fehler gewesen, erst zu dem Spiegel statt zu den Schaltpulten zu gehen.

Ihr ganzer Leib war übersät mit einem Flickenteppich aus madenweißer Kunsthaut, die in rötlichen Nahtnarben mit nicht minder krankhaft aussehender Eigenhaut wechselte. Da die Wirkung der Schmerzmittel nun allmählich abebbte, schmerzten diese Narben derart höllisch, dass sie sich nur geduckt fortbewegen und stehen konnte. Aus tief in den Höhlen versunkenen Augäpfeln konnte sie sehen, dass die Narben auch vor ihrem Schädel keinen Halt machten, und ihr wurde klar, dass auf weiten Teilen ihres Kopfes nie wieder Haare wachsen würden. Außerdem war sie derart abgemagert, dass sich ihre Rippen deutlich gegen ihre Haut abzeichneten und ihre Brust geradezu knabenhaft flach war. Alles in allem wirkte sie, so wie sie noch mit der grünen Flüssigkeit überzogen im flackernden Schein der Bildschirme und Monitore vor dem Spiegel stand, wie eine scheußliche Ausgeburt abscheulichster Alpträume. Benommen zuckte sie zurück und blinzelte.

»Das Protokoll«, rief ihr aus weiter Ferne eine Stimme aus ihrem Inneren zu, »muss eingehalten werden.«

Sich auf dünnen Streichholzbeinen unsicher wankend ihren Weg durch die Maschinen bahnend, bewegte sich Scarlett langsam auf die gefliese Dusche zu. Tausende, wenn nicht Millionen Gedanken durchzuckten das, was von ihrem Gehirn übriggeblieben war, und sie wusste nicht, welchen sie zu Wort kommen lassen sollte. Dann traf sie der erste Schwall heißen Wassers und das alles wurde bedeutungslos. Wie eine Marionette, der man die Fäden gekappt hatte, brach Scarlett von einem Augenblick auf den nächsten einfach zusammen.

Ein einzelner verzweifelter Schrei entrang sich ihrer Kehle, bevor sie haltlos schluchzend in Tränen ausbrach. Die Oberschenkel an die Brust ziehend, wiegte sie sich im Strahl des herabfallenden Wassers und erbebte immer wieder, als sich all ihre Trauer, ihr Schmerz, ihre Verzweiflung und ihre Angst unter immer neuen Fluten von Tränen und Krämpfen Bahn brachen.

Am Ende konnte sie nicht einmal sagen, wie lange sie dort gelegen hatte. Irgendwann gab es in ihr nichts mehr, was noch die Kraft hatte, um zu weinen. Sie lag einfach da. Von Trauer und Erschöpfung zu Boden gedrückt, ließ sie das Wasser auf sich herabfließen, ohne es zu spüren. Sie spürte auch den Schmerz nicht mehr, der aus jedem Winkel ihres Körpers brüllte. Ihr Blick wanderte über all das Blut und den Schleim, die den Fußboden bedeckten, ohne sie zu sehen. Und ihre Sinne wanderten durch tiefe Täler, in denen es nur einen Gedanken gab.

Sterben.

Nach allem, was geschehen war, nach all den Menschen, die nun tot waren, erschien es ihr nur rechtens, dass auch sie sterben musste. Und dann waren da die Bilder. Dinge, die sie im Wahn ihres Todeskampfes gesehen hatte und deren Bedeutung ihr erst jetzt bewusst wurde. Sie würgte, aber es gab nichts, was sie hätte erbrechen können. Sie war leer und das in jeder Beziehung. Sie spürte förmlich das klaffende schwarze Loch in ihrem Innersten, wo einst etwas gewesen war, von dem sie wusste, es nun für immer verloren zu haben. Erneut begann sie zu zittern, doch keine Träne kam mehr über ihre Lider. Wie erlösend wäre doch der Tod gewesen, um all dem ein Ende zu bereiten. Sie hätte einfach nur die Augen schließen und darauf warten müssen, dass der Tod sie holte. Doch leider liegt es nicht in der Natur des Menschen sich seinem Schicksal kampflos zu ergeben.

Auch Jahrzehnte danach konnte sie nicht sagen, woher sie die Kraft zum Aufstehen genommen hatte. Vielleicht hatte es in ihr etwas gegeben, das nach all den Strapazen noch nicht zerbrochen war und sich gegen ihren Willen zu sterben auflehnte. Vielleicht war es auch einfach ihre angeborene Neugierde gewesen, die an diesem Punkt wahrlich perverse Züge angenommen hatte. Jedenfalls zog sie sich, nach einer schier endlosen Zeit, an den Armaturen der Dusche wieder auf die Beine und kam wankend zum Stehen. Schwer atmend machte sie sich zusammengekrümmt humpelnd auf den Weg zu den Schaltpulten der Rechner, welche immer noch damit beschäftigt waren, ihre Daten auszuwerten. Als sie wieder an dem Spiegel vorbeikam, hielt sie erneut kurz inne, um sich diesmal etwas nüchterner zu betrachten.

»Nackt, aber ganz sicher nicht wie Gott mich schuf«, grollte sie vor allem in Hinblick auf die Einbuchtungen in ihrem Gesicht, wo die Nanobots ganze Knochenpartien entfernt hatten, die ansonsten offensichtlich der Fäulnis anheimgefallen wären.

Als sie schließlich an den Schaltpulten angelangt war und ihre Daten ausgewertet hatte, waren die Ergebnisse niederschmetternd. Scarlett schloss die Augen, merkte jedoch schnell, dass ihr der Lärm der Sirenen und der Gestank keinen Raum zum Nachdenken ließen. Aber zumindest gegen eines von beiden konnte sie etwas tun. Einige Tastenkombinationen später wurde das schrille Heulen durch eine geradezu unheimliche Stille abgelöst, welche Scarlett nutzte, um ihre Gedanken etwas zu ordnen.

Die KI des Rechners war offensichtlich gut genug gewesen, um dafür zu sorgen, dass die noch funktionstüchtigen Teile ihres Hirns die Funktion der abgestorbenen weitestgehend ersetzten. Ansonsten wäre wohl nicht viel mehr von ihr übrig geblieben als von einem dieser unterversicherten Pechvögel, die bisher sabbernd und lallend jeden Tag die Hirnchirurgie des Krankenhauses verlassen hatten. Jene, die hatten feststellen müssen, wie weit man den Gesetzesparagrafen, der das Krankenhaus zu lebenserhaltenden Maßnahmen verpflichtete, kostengünstig biegen konnte, ohne ihn zu brechen.

»Das ist immerhin schon etwas«, murmelte Scarlett leise vor sich hin, während ihre Finger über die Tastatur flogen und die entsprechenden 3-D-Projektionen auf der Scannerfläche neben ihr aufriefen.

Zwar wäre es ihr lieber gewesen, wenn der Computer sich dafür entschieden hätte, einfach das Backup, das er im Voraus von ihrem Gehirn angefertigt hatte, in ein bionisches Hirn zu übertragen und ihr dieses dann einzupflanzen, allerdings hatte die Sache durchaus seine Vorteile. Das einsetzende Servant-Syndrom würde vermutlich für den Rest ihres Lebens, auch wenn das aller Wahrscheinlichkeit nach nicht mehr so lange sein würde, dafür sorgen, dass die immer noch funktionierenden Teile ihres Gehirns ungeahnte Kapazitäten freisetzen würden, dadurch, dass sie nun allgemein aktiver sein mussten, um den Verlust der andern auszugleichen. Vor allem der Teil, in den der Computer nun ihre Erinnerungen überspielt hatte. Was das im Zusammenspiel mit den Implantaten, die die endgültig verlorenen Teile ersetzten, für ihren Denkapparat bedeuten mochte, war noch herauszufinden.

»Und schon wieder vierzigtausend Mark für eine Hirnmodifikation bei der BMCC gespart«, dachte Scarlett mit beißendem Zynismus.

Dafür waren die Schäden an ihren restlichen Organen verheerend. Die Maschine hatte sich einzig darauf beschränkt, die betreffenden Organe vor dem endgültigen Absterben zu bewahren, wobei einige derart nekrotisch waren, dass sie zu drei Viertel hatten entfernt werden müssen. Zusätzlich hatte der Computer ihren Kontostand und Versicherungsdaten gecheckt und den Kauf und Einbau von »Ersatzteilen« so berechnet, dass sie als Mensch noch rudimentär funktionsfähig blieb. Was allerdings nicht viel zu heißen hatte.

»Kommen wir jetzt zum schlimmsten Teil.«

Sie versuchte einigermaßen ruhig zu bleiben, während sie die kleine Anzeige ins Auge fasste, die ihre voraussichtliche Lebenserwartung anzeigte. Diese hatte bei ihrem bisherigen Lebensstil bei etwa 135 Jahren gelegen. Zwar nicht das Maximum, das man hätte erreichen können, aber doch zu viel, um sich wirklich zu beklagen. Nun allerdings drückte sie zögerlich auf die Anzeige und wählte die Option »Anpassen«.

Zuerst spürte sie unbändige Freude, als sich die Anzeige nicht sichtlich veränderte. Dann bemerkte sie, dass die eins auf einmal fehlte. Scarlett sackte mit einem Stöhnen in ihren Stuhl, als sie merkte, wie ihre Eingeweide in einen Abgrund stürzten.

»35«, flüsterte sie ungläubig und wieder drohte die Verzweiflung sie zu übermannen.

Glaubte man der Maschine, hatte sie nicht einmal mehr sechs Jahre zu leben.

Der Narrator verweist auf die Zeit

Woche drei und vier nach Kriegsbeginn

16

Der Narrator erzählt

Von wohltuenden Maßnahmen

Drei Wochen. Zum ersten Mal in ihrem Leben wusste Scarlett wirklich, was Zeit bedeutete. Drei Wochen waren ihr niemals wie eine lange Zeit vorgekommen und doch hatte es nicht länger gebraucht, um ihr ganzes Leben auf den Kopf zu stellen. Davor war sie eine junge und aufstrebende Chefärztin auf Lost Heaven im Taurus-System gewesen, deren Aufstieg faktisch keine Grenzen gesetzt waren. Und nun …, nun war sie zwar immer noch eine junge Frau, aber der Unterschied zu vorher hätte nicht größer sein können. Was auch immer die Nebelbomben, die überall in der Stadt niedergegangen waren, enthalten hatten, hatte sowohl ihren Körper als auch ihren Geist gebrochen. Scarlett zweifelte nicht im Mindesten daran, dass kein Krankenhaus der Galaxie, außer vielleicht auf irgendeinem Dritte-Welt-Planeten der USA, sie mehr als Ärztin einstellen würde. Zwar hatte sie noch nicht festgestellt, dass ihr Gedächtnis oder ihre Motorik irgendwelchen Schaden erlitten hatten, aber das Risiko, dies bei Patienten unter Beweis zu stellen, war einfach zu groß. Unter dem Strich war ihr nichts mehr von ihrem vorherigen Leben geblieben als ihr Aufenthaltsort. Doch auch hier traf sie ihr neues Zeitempfinden wie ein Faustschlag ins Gesicht. Es ist immer wieder erstaunlich, wie sich Wahrnehmungen ändern können. Hätte sie doch eigentlich über die Veränderungen, die die letzten drei Wochen an ihr angerichtet hatten, in jedem freien Moment hadern sollen, fand sie die Veränderungen, die die letzten drei Wochen an ihrem Umfeld angerichtet hatten, ungleich schlimmer, sobald sie die Tür des Operationssaals entsperrte.

War der Gestank jener einzelnen verwesenden Leiche im Operationssaal (die sie inzwischen als die Leiche Dr. Norwoods, eines der Chefärzte, identifiziert hatte) noch einigermaßen beherrschbar gewesen, hatten sie, sobald sich die schweren Schiebetüren geöffnet hatten, die fauligen Ausdünstungen von ungezählten toten Leibern getroffen.

In den nächsten Minuten ging Scarlett erneut durch die Hölle. Da es so tief in der Anlage keine Fenster gab und das Notstromaggregat es neben ihrer Lebenserhaltung wohl nicht für nötig befunden hatte, die Lüftung in den Gängen außerhalb der Operationssäle zu betreiben, gab es nichts mehr, das ein normaler Mensch hätte atmen können. Nachdem sie würgend Galle über eine Leiche erbrochen hatte, die vor ihrem Tod offensichtlich an der Tür des von Dr. Norwood von innen verbarrikadierten Operationssaals gekratzt hatte, rannte Scarlett, von Wand zu Wand taumelnd und verkrümmten Leichen ausweichend, durch die Gänge. Für sie glich dies alles der Fortführung eines einzigen Alptraums. Einem Fieberwahn, aus dem es kein Entkommen gab.

Wie Schemen glitten die matschigen Körper an ihr vorbei. Im Schein der wenigen Lampen, die noch brannten, konnte Scarlett sehen, wie die wachsweiße Haut von den Knochen hing und die Augen als gallertartige Masse gleich Tränen über die toten Wangen krochen. Sie konnte den Gestank und die Gase der Verwesung nicht einfach nur riechen, nein sie konnte fühlen, wie sie sich schleimig und eklig über ihre Haut legten und sie wundrieben, wie sie in ihre Lungen eindrangen und auch versuchten, das Leben aus ihr herauszudrücken. Und dann waren da noch die Maden. Es waren so viele, dass sie sie nicht zu sehen brauchte. Sie konnte hören, wie sie sich schmatzend durch die aufgedunsenen Körper wühlten und wie sie durch jede sich bietende Öffnung aus diesen herausbrachen. Sich windend. Kriechend. Und sich ewig an ihnen labend.

Viele, die sich in dieser Situation befunden hätten, wären an ihr wohl zerbrochen. Nicht so Scarlett Blackhill. Denn was bereits zerstört ist, kann nicht mehr brechen, es kann nur in noch weitere Teile zerfallen. So kam es, dass die Frau, die ihr ganzes Leben damit verbracht hatte, den Tod zu bekämpfen, nun mit dessen überwältigendem Sieg konfrontiert nicht an das Leid, die Not und die Ängste der Menschen dachte, die diese in ihren letzten Momenten gefühlt hatten. Sie dachte nur daran, wie ihre bis zur Unkenntlichkeit geschädigten Lungen kaum noch fähig waren, sie aus diesem verpesteten Odem mit Sauerstoff zu versorgen.

Mit letzter verbliebener Kraft zog Scarlett die Tür des Lagerraums hinter sich zu und sank schwer atmend mit dem Rücken an ihr herab. Gierig sog sie die abgestandene, aber immer noch ungleich bessere Luft der Kammer ein. Allerdings nur in sehr kurzen Stößen.

»Ja, man merkt definitiv, dass mir rund die Hälfte der Lunge fehlt«, dachte sie lakonisch, während sie japsend versuchte, wieder auf die Beine zu kommen, wobei ihr bei der Betrachtung selbiger der Gedanke kam, dass diese Bezeichnung für diese klapperdürren Gebilde noch äußerst schmeichelhaft war.

»Aber genau deshalb bin ich ja hier«, murmelte sie, während sie mit den Händen langsam die kaum vorhandenen und zitternden Muskeln ihrer Oberschenkel massierte.

Zwar bebte noch immer ihr ganzer Leib und sie war sich ziemlich sicher, dass sie wegen dem Anblick vor der Tür, an der sie gerade lehnte, heute Nacht (und auch vermutlich in vielen nachfolgenden Nächten) keinen Schlaf finden würde, aber wenigstens hatte sie nun einen groben Plan, was zu tun war. Rasch wischte sie sich den kalten Schweiß von der Stirn und machte sich daran, mit kraftlosen Fingern die Regale zu durchsuchen. Zum Glück gab es in diesem Raum ein schmales Deckenfenster, durch das trüber Lichtschein hereinfiel.

Das erste Objekt ihrer Begierde war schnell gefunden. Sauber aneinandergereiht lagen Sauerstoffflaschen verschiedener Größe in den vorderen Regalen. Angesichts ihres Zustandes entschied sie sich für eine der kleinsten Volumenflaschen und zog sie aus dem Regal, wobei die Flasche im nächsten Moment fast ungebremst vor ihren Zehen auf dem Boden aufschlug.

Scarlett blinzelte.

»Das ist jetzt nicht euer Ernst.«

Die Worte waren an niemand bestimmten gerichtet und hörten sich in dem ansonsten stillen Raum geradezu unnatürlich laut an. Dennoch brachten sie ihren Unglauben recht gut zum Ausdruck und ließen sie zusammenzucken. Auf der einen Seite war sie natürlich entsetzt darüber, dass sie inzwischen so schwach war, dass sie keine zehn Kilo schwere Sauerstoffflasche mehr anheben konnte, aber das war es nicht, weshalb sie zusammengezuckt war. Es waren die ersten Worte, die sie laut ausgesprochen hatte, seit sie aus dem Zylinder gestiegen war, und sie war auf eine perverse Weise froh, dass niemand sonst da gewesen war, um sie zu hören. Von ihrer einstmals weichen und sehr femininen Stimme, mit der sie als Kind sogar gelegentlich Gesangsstücke auf Familienfeiern vorgetragen hatte, war nichts geblieben. Gleich Schmirgelpapier, welches unangenehm über Rost fährt, entwand sich mit jedem Wort ein kaum verständliches Röcheln ihrer Kehle. Jedes Wort, das sie lauter als ein Flüstern aussprach, würde wohl kein Mensch mehr als vernünftige Artikulation ausmachen können. Sie versuchte, einige Male tief durchzuatmen und ihre Tränen wieder zurückzudrängen.

»Alles gut, alles gut. Nur ein weiterer Punkt auf meiner Liste«, dachte sie fieberhaft und kniff die Augen zusammen. Alle ihre Kraft zusammennehmend hievte sie die Flasche auf Hüfthöhe und schleppte sie stöhnend zu dem Regal direkt gegenüber, an dem das entsprechende Zubehör lagerte. Schlauch und Atemmaske waren schnell zusammengesucht und angeschlossen, wobei sich Scarlett angesichts des Giftgehalts in der Luft für eine Maske entschied, die ihr ganzes Gesicht bedeckte. Bereits zwei zittrige Handgriffe später strömte atemtauglicher Sauerstoff in ihre Lunge.

»Tja, was quantitativ nicht zu bewerkstelligen ist, muss die Qualität eben rausreißen«, dachte sie, während sie befriedigt beobachtete, wie ihre schlotternden Extremitäten sich allmählich etwas beruhigten. Doch sie hatte gerade erst begonnen. Die kleine Flasche immer noch vor sich hertragend, steuerte sie nun die Panzerregale mit den Medikamenten an. Glücklicherweise hatten sich die magnetverriegelten Türen automatisch geöffnet, sobald der Strom nicht mehr ausgereicht hatte, um den Verschluss aufrechtzuerhalten. Der Erbauer hatte wohl die Mentalität vertreten, dass es im Falle eines Stromausfalls besser war, die Medikamente verfügbar zu halten, als vor endgültig verschlossenen Toren zu stehen. Ein Umstand, den sich Scarlett nun zu Nutze machte.

Stoßgebete zum Himmel schickend, dass ihr Gedächtnis keinen allzu großen Schaden genommen haben möge, ließ Scarlett die Flasche erneut auf den Boden krachen und durchwühlte die Schränke nach verschiedenen Präparaten. Und ausnahmsweise schien die höhere Macht, die sie anrief, ein Einsehen zu haben. Zwar bereitete es ihr einige Mühe, die Beschriftungen mancher

Phiolen, Tablettenverpackungen und Spritzen im Halbdunkel überhaupt zu entziffern, aber sobald das geschafft war, sprang in ihrem lädierten Hirn alles an seinen Platz und sie wusste, was zu tun war. Ihre erste Maßnahme war, dass sie ein kleines Röhrchen an der Außenseite ihrer Maske in Position zog und dessen Gegenstück auf der Innenseite der Maske mit dem Mund umklammerte. Im Anschluss daran führte sie die entsprechende Spritze an das äußere Röhrchen und drückte mit dem Kolben die plasmaförmige, braune Substanz in ihre Kehle.

In einem früheren Leben, das nun Äonen zurückzuliegen schien, hatte sie häufiger Kalorienzählen betrieben, um sicherzustellen, dass sie über den Tag verteilt nicht zu viel aß und entsprechend fett wurde. Auch hatte sie immer sehr bewusst auf die Art ihrer Ernährung geachtet. Irgendeine schwache Stimme in ihrem Hinterkopf, die von diesem Leben zurückgeblieben sein mochte, versuchte sie noch zu warnen, dass mehr als 5000 Kilokalorien an Nährstoffpaste nach mehreren Wochen des Fastens ihrer Gesundheit kaum zuträglich wären. Mal ganz abgesehen davon, dass es auch keine Alternative zu einer gesunden und ausgewogenen Ernährung darstellte, wie Scarlett sie eigentlich dringend nach langer Zeit chemischer Volldröhnung brauchte. Dieser Teil wurde aber schnell von einem inzwischen viel stärkeren und eiskalt kalkulierenden Teil ihres Hirns in seine Schranken verwiesen. Das Gute an dieser Paste war, dass es quasi unmöglich war, sie zu erbrechen und sie alle wichtigen Nährstoffe enthielt. Normalerweise rechnete man eine Spritze entweder für drei verschiedene Patienten für eine Mahlzeit oder für einen einzelnen Patienten für einen Tag. Jedoch war auch dies dem besagten Teil ihres Gehirns demonstrativ egal, als sie die erste Spritze wegwarf und gleich die zweite ansetzte.

»Was soll's, man gönnt sich ja sonst nichts«, dachte sie, während sie freudlos versuchte, den widerwärtigen Geschmack von der Zunge zu saugen. »Aber zehntausend Kalorien müssten es für das Mittagessen dann doch erst mal gewesen sein.«

Erleichtert stellte sie fest, dass mit schwindendem Hungergefühl ein weiterer Teil ihres Zitterns schwand. Außerdem fühlte sie sich schon weit weniger elend.

»Fehlt ja nur noch eins, um wieder auf ein Niveau zu kommen, dass der Durchschnittsmensch als lebenswert bezeichnet.«

Schnell suchte sie sich einen automatischen Selbstdosierer für Medikamente, der über vier Kammern verfügte und füllte diese mit den entsprechenden Präparaten. Während es sich bei den ersten beiden um ein Steroid und ein Aufputschmittel handelte, die sie erst mal auf den Beinen halten würden, war das dritte ein Medikament, das ihren Muskelaufbau wesentlich beschleunigen sollte, und das letzte war ganz einfach das stärkste Antidepressivum, dass sie in der kurzen Zeit gefunden hatte. Mit nun wesentlich sichereren Handgriffen stellte sie ein, wie die Medikamente im Einzelnen zu dosieren waren, wobei sie das Antidepressivum dezent überdosierte, und rammte sich anschließend die Nadel an ihrer Hüfte unter die Haut. Mehrere Minuten geschah nichts. Dann allerdings entwand sich ein wohliges Seufzen ihrer Kehle, das im Klang eine leichte Ähnlichkeit mit einer geschlagenen Katze hatte, als sich eine einzige Welle von Wohlgefühl in ihrem Körper ausbreitete. Mit wabbeligen Beinen ging sie zwei Schritte zurück und setzte sich auf einen Metalltisch, der vor den Schränken stand. Glücklicherweise war sie geistesgegenwärtig genug, dort sitzend die Dosierung für den Endorphinfreisetzer etwas herunterzuschrauben. Aber nicht viel.

Nachdem ihr Kopf wieder etwas klarer geworden und die Wirkung des Stimulanz eingesetzt hatte, erinnerte sie das kalte

Metall an ihrem Hintern, dass sie die ganze Zeit bis jetzt nackt gewesen war. Als ihr dies bewusst wurde, erstarrte sie kurz und lief am ganzen Körper rot an. Doch nur, um im nächsten Moment loszuprusten. Die ganze Lage kam ihr mit einem Mal einfach nur absurd vor. Vermutlich war die ganze Stadt tot, sie schlenderte durch ein Krankenhaus voller Leichen und machte sich ernsthaft Gedanken darum, ob sie jemand nackt sehen könnte. Ganz abgesehen davon, dass das bei ihrem jetzigen Aussehen sowieso keine große Rolle gespielt hätte, war sie sowieso wahrscheinlich die einzige Überlebende und das auch nur, weil ... weil ...

Jäh erstarb Scarletts Heiterkeitsausbruch und sie zog die Stirn kraus.

»Moment mal. Wieso lebe ich eigentlich noch?«

Sie hatte die Werte auf dem Bildschirm noch deutlich vor Augen, auf ewig eingebrannt auf ihre Netzhaut. Die Werte, die ihr Schicksal besiegelt hatten. Aber langsam beschlich sie eine Erkenntnis. Dies waren nur ihre momentanen, also von den Maschinen durch die Therapie erreichten Werte.

»Aber das ist doch unmöglich«, grübelte Scarlett, während sie sich daran machte einen passenden ABC-Schutzanzug für sich herauszusuchen. »Meine Werte bewegen sich jetzt schon an der Kollapsgrenze. Kein Mensch hätte viel schlechtere Zahlen länger als nur wenige Minuten überlebt, wie die Personen vor der Tür einstimmig bezeugen werden.«

Und doch war sie anscheinend von ihrer Wohnung aus, die immerhin sechs Blöcke von dem Krankenhaus entfernt lag, den ganzen Weg durch eine ausgebombte und mit giftigem, ätzendem Nebel gefüllte Stadt gelaufen.

»Aber wie? Wie soll das möglich gewesen sein?«, überlegte sie, während sie sterile Unterwäsche anlegte. Auf den BH verzichtete sie wegen mangelnden Brustumfangs. »Natürlich bin ich wahrscheinlich sofort losgelaufen, nachdem ...« Und erneut hakte sie. Irgendetwas stimmte hier ganz definitiv nicht. Wie sich gezeigt hatte, war ihr Gehirn immer noch fähig, sich an ihr Medizinstudium zu erinnern, das inzwischen Jahre zurück lag, aber je mehr sie sich anstrengte, sich die Geschehnisse vor dem Bombardement zusammenzureimen, desto mehr begann alles vor ihrem inneren Auge zu schwimmen. Es machte einfach keinen Sinn. Vor allem deshalb nicht, weil der Operationsrechner doch ein komplettes Backup ihres Hirns erstellt und nach den Operationen in ihren Kopf überspielt hatte. Tatsache war aber, dass sie gerade feststellte, dass nicht einfach nur die Zeit unmittelbar vor dem Bombardement fehlte. Nein, wenn sie sich nicht sehr verzählte, waren es Tage und Wochen vor dem Angriff, die sie sich nicht mehr vor Augen rufen konnte. Danach setzten ihre Erinnerungen bei ihrem Weg durch die brennende und mit Gas gefüllte Stadt ein. Sie nahm an, dass das, was immer sie gerettet hatte, sich in dem Zeitraum davor abgespielt haben musste.

Nach weiteren Sekunden intensiven Nachdenkens hatte sie eine Entscheidung getroffen. Sie würde nun in den Operationssaal zurückgehen und sich ihr Behandlungsprotokoll holen. Samt Backup. Und danach würden ihre ersten Schritte, wenn sie aus dem Krankenhaus herauskam, zu ihrer Wohnung führen. Dort bewahrte sie ihre gesamten medizinischen Daten in drei dicken Ordnern in ihrem Haustresor auf. Sie musste einen kompletten Abgleich machen, um herauszufinden, was der Operationscomputer mit ihr getrieben hatte. Entschlossen zog sie sich den Rest des Schutzanzugs an. Sie verlangte nach Antworten auf ihre Fragen. Und sie würde alles tun, was nötig war, um diese zu bekommen.

Der Narrator liest vor

Von wichtigen Lageberichten

Auszug aus dem Bericht des unabhängigen föderativen Beobachters Sergey Sokolow über die politische Situation in den föderativen Grenzwelten des Sektors Gamma P9 im Taurus-System.

[...] Tatsächlich ist die Lage noch weitaus gravierender, als bisher angenommen. Nicht nur sind die Söldnerarmeen besser bewaffnet und organisiert, als vermutet, nein sie unterwerfen sich sogar einer eigentümlichen Form von selbstgewählter Herrschaft. Zu diesem Zweck ist es schon vorgekommen, dass ganze Planeten ihre Herrschaftskompetenzen an die sogenannten ›Koordinatoren‹ abgegeben haben. Inwieweit dies freiwillig geschehen ist oder mit bewaffneten Konflikten einherging ist noch nicht erweislich. Fakt ist jedoch, dass die Folgen mehr als nur bedenklich sind. Jeder Koordinator unterhält weitreichende Netzwerke von Lobbyisten in Firmenkreisen und in der Politik und ist somit bestens über die Lage von Konfliktherden überall in der Galaxis informiert. Einzelne Söldnerverbände und sogar ganze Söldnerarmeen treten Teile ihres Soldes an die Koordinatoren dafür ab, dass diese ihnen Aufträge verschaffen. Wo auch immer sich ein Koordinator niederlässt, folgen bald gewaltige Mengen an Mensch und Material. Das spektakulärste mir bekannte Beispiel ist wohl der Planet Boltou, der sich auf diese Weise von einem zurückgebliebenen Provinzplaneten zu einem florierenden Kaufhandelsplaneten wandelte. Die Frage, ob dies trotz oder gerade wegen der Unmengen menschlichen

Abschaums geschah, den der dortige Koordinator Emile Monniere anzog, wird allein dadurch ad absurdum geführt, wenn man sich besieht, in welchem Maß Schmuggel und Geldwäsche mit wachsender Bevölkerungszahl zunahmen. Dass der Planet ursprünglich dem romanischen Bündnisführer Frankreich angehörte, scheint angesichts der gewaltigen »Steuersummen«, die jedes Jahr von dem Planeten abfließen, völlig vergessen, zumindest lässt sich keine Form der französischen Verwaltungsstruktur ausmachen. Praktisch liegt er also, nach der Verfassung der Vereinten Nationen völlig undenkbar, in privater Hand. Auch werden zunehmend Gerüchte laut, dass Monniere die Dienste seiner unterstellten Söldner nicht nur Firmen und Staaten, sondern auch privaten Investoren anbietet. Insgesamt komme ich zu dem Schluss, dass eine weiterführende Überwachung der Staatsstrukturen auf den Randwelten nicht notwendig, sondern vollkommen unabdingbar ist, wenn man verhindern will, dass sich neue Staatsformen mit völlig rechtlosen Verfassungsstrukturen entwickeln. Auch muss ich dringend davon abraten, die Stellung von Söldnern als selbstständige und eigenverantwortliche Unternehmer weiter zu stärken. Folgendes schlage ich vor [...]

Anmerkung:
Dieser Bericht fand niemals eine Veröffentlichung, da der Vorgesetzte des Beobachters eine Woche später fristlos kündigte, um in seinen vorzeitigen Ruhestand mit 35 zu treten und in eine Nobelwohnung auf den Kanaren zu ziehen. Während des nachfolgenden Chaos in der Verwaltung ging der Bericht verloren.
Die dann doch überraschend positive Berichterstattung übernahm stattdessen der französische Kolonialbeauftragte Charles Monniere.

17

Der Narrator erzählt

Vom Fortschreiten von Plänen

Das Scheusal wusste nicht, was mit ihm geschah, bis es zu spät war. Wieder hatte man es auf die widerliche Platte gekettet, deren Kälte schlimmer brannte als die Schlingen, die sich in sein Fleisch gruben. Kaltes Licht, das seine Augen versengte, beleuchtete die ehernen Greifarme, die sich erbarmungslos auf seinen Leib herabsenkten und sich Wege durch seine Eingeweide gruben.

In schier nicht enden wollender Agonie gepeinigt schrie es seine Verzweiflung in einem Kreischen bar allem Erträglichen hinaus. Was hatte es nur falsch gemacht, dass es dies verdient hatte? Hatte es etwa der Stimme nicht zur Genüge gehorcht? Hatte es wieder Fragen gestellt?

Doch es war zu spät. Der Schmerz, den es fast vergessen hatte, war zurück. Doch diesmal begnügte er sich nicht damit, seinen Körper zu verwüsten. Wie flüssiges Feuer rannen die Worte der Stimme durch seinen Geist.

»Ertrage den Schmerz! Sei stärker als die Pein! Sei mehr!«

Längst hatten sich seine Augen zur Innenseite seines Schädels verdreht, längst konnte es nichts mehr als den Geruch seines eigenen Blutes riechen und längst dröhnten seine Ohren vom Klang seiner eigenen Schreie. Gegen Wesen, die mit warmem Blut gefüllt waren, konnte es sich verteidigen, doch nie hatte es die Wärme des Lebens an den dutzenden Armen sehen können, die sich leb- und seelenlos an ihm vergingen. Es gab keine Gegenwehr. Es gab kein Entkommen.

Das Scheusal konnte nur noch spüren, was mit ihm geschah.

»Wachse an der Qual! Lass sie Teil von dir werden! Lerne von ihr!«

Stück für Stück senkte sich Kälte auf den Körper des Scheusals herab. Und der Kälte folgte stets noch größerer Schmerz, der sich überall, wo die Kälte endete, in es hineinbohrte. Es wusste, dass es keinen Sinn machte, auf ein Ende zu hoffen, denn, wenn eines gewiss war, dann dass der Schmerz nicht die Gnade kannte, um es sterben zu lassen. Oder doch?

In all seiner Qual erinnerte sich das Scheusal an den Moment seiner Geburt und an den unendlichen Schmerz, der ihr vorangegangen war. Wurde es jetzt noch einmal geboren?

»Unvollkommenheit bedeutet Strafe! Strafe bedeutet Schmerz! Schmerz tilgt die Unvollkommenheit!«

Mit einem Mal erkannte das Scheusal, was seine Bestimmung war, erkannte, dass der einzige Grund seines Seins der Schmerz war und dass er erst enden würde, wenn es selbst enden würde und etwas Neues geboren wurde, das den Schmerz nicht mehr brauchte. Seine einzige Aufgabe bestand darin, dieses Neue zu gebären.

Ein letztes Mal schloss das Scheusal seine Augen und schrie. Die Worte der Stimme waren das Letzte, das es hörte.

»Lass die Unvollkommenheit hinter dir! Werde zu mehr! Werde perfekt!«

Als die Bestie zum ersten Mal ihre Augen öffnete, spürte sie keinen Schmerz. Wieso sollte sie auch?

Schließlich brauchte sie ihn nicht.

P12 lachte leise, als sich die robotischen Operationsarme zurückzogen. Es war vollbracht.

Vom Kopf bis zur Schwanzspitze in Metall gehüllt, die Gliedmaßen unnatürlich verstärkt und mit Klingenaufsätzen erweitert, erhob sich das neueste Werkzeug des Konzils und machte sich, angetrieben von unsichtbaren Befehlen, auf den Weg in seinen Glaszylinder. Der ehemalige Funker Yamato hatte sich wahrlich in ein Monster verwandelt.

Yamatos Geist hatte sich als weitaus stärker erwiesen, als die Metamorphoseärzte gedacht hatten, und war einer der wenigen gewesen, die die Prozedur bis zu diesem Stadium überstanden hatten.

Mühsam erhob sich P12 aus seinem Sessel und hörte seine Gelenke knacken. Mehr als fünf Stunden hatte die Operation gedauert. Zeit, in der er vor allem das Verladen dieser und aller weiteren Monstrositäten, die in dieser Abteilung des Schiffes herangezüchtet worden waren, vorbereitet hatte.

Er bedauerte es zutiefst, dass keine Zeit mehr war, um weitere Verstärkung für das Bestiarium heranzuzüchten. Aber er wusste auch, dass das ein Jammern auf sehr hohem Niveau war. Schließlich war Yamato der fünfzehnte Symbiont, der auf der ›Faust der Richter‹ mittels der neuesten Metamorphosetechniken des Konzils fertig gestellt worden war. Und die Befehle waren eindeutig.

Mit bedächtigen Schritten ging der Klon des Kapitäns an den Glasröhren vorbei und fuhr mit den Fingern über deren Oberflächen, während sie verladen und in die großen Lastenaufzüge zu den Hangars gebracht wurden. Wie um sich noch einmal zu vergewissern, dass sie ihrem Bestimmungszweck auch wirklich gewachsen waren. Im Inneren regten sich die Geschöpfe, eines bestialischer als das andere. Er hatte alles getan, was in seiner Macht stand. Es war nun nicht seine Aufgabe diese Spezialtruppen des Konzils in die Kriegsgebiete zu bringen. Die »Faust der Richter« war vorerst zu anderer Stelle abkommandiert worden, während sich die Föderation auf ihren Befreiungsschlag gegen das Taurus-System vorbereitete. P12 spürte, wie nicht oft zuvor in seinem bisher verhältnismäßig kurzen Leben, eine ihm kaum bekannte Nervosität in sich aufsteigen. In diesen Röhren ruhte das Truppenkapital, das, zusammen mit den neuen Schiffen, die ihres Einsatzes harrten, darüber entscheiden würde, ob die Operation ›Ausblutung‹ von Erfolg gekrönt sein würde.

Langsam und fast schon andächtig hob P12 seinen Rubrizierer und rief einige Daten ab. Die Söldnerverbände der Föderation waren auf dem Vormarsch und das, laut militärischem Nachrichtendienst, schneller als gedacht. Das zwang das Konzil zu einer überstürzten Ausführung seiner Pläne. P12 hoffte inständig, dass die Zylinder New Heaven noch vor den Söldnern erreichen würden.

Der Narrator liest vor

Von warnenden Stimmen

Auszug aus den Geheimdienstberichten des Secret Service, Stand vom 04.06.2205.

[...] Doch nun kommen wir endlich zu einer der vielleicht größten Gefahren für die öffentliche Ordnung der äußeren Randwelten, wenn nicht sogar für das Machtgefüge der bekannten Galaxie. Ich rede natürlich von der Gruppierung des sogenannten Konzils der Separatistischen Weltengemeinde an den Rändern des Taurus-Systems. An dieser Stelle bitte ich den geneigten Leser, die Formulierung als ›Gruppierung‹ zu entschuldigen, aber Sie werden sicher einsehen, dass eine andere Klassifizierung zu diesem Zeitpunkt schlicht und ergreifend kaum möglich erscheint. Denn weder handelt es sich bei diesem Gebilde um einen Staat, obgleich es über eine Verfassung und entsprechende Vollzugsorgane verfügt, noch um eine Firma, welche erkennbare Wirtschaftsinteressen verfolgt. Tatsächlich ist auch die Formulierung als ›Gruppierung‹ dann doch unangebracht, bedenkt man, dass es sich im Grunde bei dem Konzil um ein Netzwerk von Steuerhinterziehern handelt, deren von Bürgern ihrer königlichen Majestät abstammenden Einwohner sich weigern, dem Königreich seine rechtmäßigen Tributzahlungen zukommen zu lassen. Obgleich zu den geschädigten Parteien inzwischen auch andere Nationen gehören, die das Konzil dazu bringen konnte, sich ihnen anzuschließen.

Die Heimatwelt dieser kriminellen Vereinigung ist Eden Prime. Nach gegenwärtigem Kenntnisstand wird der Planet von etwa 75 Millionen Menschen bewohnt, deren durchschnittliches Alter 22,5 Jahre beträgt. Er gilt damit als eine der größten Kolonien, der die Immigrationsgrenze für das Britische Weltenreich schon um ein Vielfaches überschritten hat. Die meisten dieser Menschen sind in verschiedenen Produktionsstätten des Planeten beschäftigt, der im Übrigen dank seines Rohstoffreichtums vollkommen autark zu anderen Planeten agieren kann. Die gewaltigen Produktionsanlagen nehmen einen Großteil der bebauten Planetenoberfläche ein und lediglich ein Fünftel dieser Fläche dient der planetaren Oberschicht als Wohnraum und ist von den Industriegebieten abgetrennt. Es ist bezeichnend, dass sowohl der Entwicklungsstand der Technik als auch das Produktionsniveau des Planeten 90% der anderen besiedelten Welten des Taurus-Systems um Jahrzehnte, wenn nicht sogar mehr, voraneilt. Dies kann nur durch eine stark zentralisiert gelenkte Wirtschaftsordnung erklärt werden, die sich gegen den Handel mit anderen Mächten sperrt und jede verfügbare Arbeitskraft erbarmungslos nutzt. Wobei es zu vermuten steht, dass der Planet sogar noch fähig wäre, sein Produktionsniveau um ein Vielfaches zu steigern. Alarmierend ist jedoch, dass sich der bei weitem größte Teil der Produktion unmittelbar oder indirekt mit der Herstellung von Rüstgütern beschäftigt und ein großer Teil der in den letzten Jahren fertig gestellten Produktionsstätten nicht eindeutig identifiziert und klassifiziert werden konnte, was für die Herstellung von uns unbekannten Technologien spricht. Wie es trotz der starken Abschottung von Wirtschaft und Entwicklung der übrigen Galaxie dazu kommen konnte, ist vollkommen unbekannt und bedarf dringlichster Aufklärung.

Insgesamt komme ich zu dem Schluss, dass obwohl das Konzil bisher jeden Konflikt mit föderativen Truppen oder den Armeen der UN zu vermeiden sucht, es durch seine Weigerung in den Schoß des Britischen Weltenreiches zurückzukehren eine unmittelbare Bedrohung darstellt. Dies wird noch dadurch unterstrichen, dass es seit Jahrzehnten bemüht ist, bisher friedliche Kolonien gegen das gerechte und effiziente Besiedlungssystem der von den terrestrischen Regierungen lizensierten Firmen aufzuhetzen und unter ihr Banner zu zwingen. Noch ist nicht abzusehen, zu welchem Zweck die Rüstbestrebungen dieser »Gruppierung« vonstattengehen. Allerdings ist nicht abzustreiten, dass sie damit sogar in ihrer selbstgewählten Isolation eine Destabilisierung des Mächtegleichgewichts in der von Menschen besiedelten Galaxie bedeuten. Das Konzil hat sich als fähig erwiesen, auf bereits erfolgten militärischen Druck, der sie zurück unter britische Herrschaft bringen sollte, auf infame Weise mit Waffengewalt zu antworten. Eine Aufnahme in die UN zu verhindern, und damit die legale Anerkennung als Staat, ist weiterhin mit allen Mitteln des Britannien zur Verfügung stehenden Vetorechts durchzuhalten. Anträge in diese Richtung werden derzeit monatlich von verschiedener Seite an das Gremium herangetragen, sind aber erst verhandelbar, wenn das Konzil eine Steuernachzahlung an das Britische Weltenreich tätigt, welche den Wirtschaftserzeugnissen des Planeten der letzten Jahrzehnte entspricht. Es muss als unumstritten gelten, dass es sich beim Konzil um eine steuerhinterziehende Kolonie des Commonwealth handelt, die ohne das ruhmreiche Handeln der britischen Regierung nie entstanden wäre.

Insgesamt kommen wir zu folgendem Ergebnis.

Bezeichnung der betreffenden Struktur: Das Konzil der Separatistischen Weltengemeinde

Bedrohungspotential: Hoch

Aufklärungsstatus: Minimal

Empfohlene Maßnahmen: Verhinderung der staatlichen Anerkennung aus Steuergründen.

18

Der Narrator erzählt

Von einer Flucht ins Ungewisse

Es hatte sie Überwindung, Anstrengung und eine halbe Ewigkeit gekostet, aber schließlich hatte es Scarlett bis in die gewaltige Eingangshalle des Krankenhauses geschafft. Als wäre es nicht schon schwer genug gewesen, nicht alle drei Meter auf einer Mischung aus schleimigem Blut, sich zersetzenden Innereien und sich unter ihren Füßen windenden Maden auszurutschen. Hinzu kam, dass ihr das Gewicht der Sauerstoffflasche, die sie sich auf Hüfthöhe hinter dem Rücken festgezurrt hatte und des bis unter den Rand mit Medikamenten und Operationsbesteck vollgestopften Rucksacks, trotz aller Aufputschmittel, derart zu schaffen machte, dass ihre übrigen Muskeln im Kollektiv rebellierten.

Mit einem schmerzerfüllten Stöhnen ließ sie den Rucksack zu Boden gleiten und bemühte sich, zumindest ein paar ihrer krampfenden Muskeln zu entspannen, wobei sie versuchte, sich ein Bild von der Lage zu machen.

Insgesamt war es unglaublich, wie wenig sie die Szenerie des Schreckens, die sich hier abgespielt haben musste, inzwischen noch berührte.

Vor den gläsernen Eingangstüren des Krankenhauses stapelten sich die ineinander verdrehten und gewundenen Leiber unzähliger verwesender Menschen zu einem Berg, dessen schiere Höhe ein einfaches Betreten oder Verlassen des Gebäudes unmöglich machte. Es war unschwer zu erkennen, dass die eine

Hälfte dieser Unglückseeligen versucht hatte, von den Straßen in die vermeintliche Sicherheit medizinischer Versorgung zu fliehen, und die andere Hälfte, aus den sich über die Lüftung schnell mit Gas füllenden engen Gängen des Krankenhauses zu entkommen. Genutzt hatte es keinem von ihnen.

Kurz fragte sich Scarlett, wie sie bei ihrem Weg hinein überhaupt an diesem gewaltigen Mahnmal der Auswirkungen von Massenpaniken vorbeigekommen war, bevor verschwommene Bilder von unsicheren Kletterbewegungen ihren Geist fluteten. Beruhigt setzte sie die Massagebewegung ihres linken Beines fort. Wenn sie es einmal geschafft hatte, konnte sie es auch wieder schaffen.

Und das sollte sie besser sehr bald tun. Denn auch innerhalb der Halle bot sich ein kaum besseres Bild. Hier lagen die Leichen jener, die entweder eingesehen hatten, dass der Weg nach draußen keine Rettung mehr bot, oder die versucht hatten, auf der Suche nach ein klein wenig Atemluft weiter ins Innere des Komplexes zu gelangen. Die Familien waren am leichtesten zu erkennen. Kleine Häufchen von Leichen, die sich ganz zum Schluss offenbar mit ihrem Schicksal abgefunden hatten und sich noch im letzten Todeskampf krampfhaft an den Händen umfasst hielten.

Scarlett versuchte in sich hineinzuhorchen.

Mitleid? Nein, sie war nur froh, dass sie nicht zu diesen bedauernswerten Gestalten zählte.

Trauer? Genauso wenig, immerhin kannte sie kaum einen von ihnen.

Alles, was sie spürte, war ein leises Gefühl der Wehmut und des Selbstmitleides darüber, was alles in ihrem Schädel zerstört sein musste, dass sie nicht einmal dazu fähig war, die Emotionen zu empfinden, die sie überhaupt erst dazu gebracht hatten Ärztin zu werden. Da war nur noch diese kühle Stimme, die ihr dazu riet, so bald wie möglich von hier zu verschwinden, da die Ausdünstungen einer solchen Menge toten Fleisches auf keinen Fall gesund sein konnten, sobald ihr der Sauerstoff in der Flasche ausging.

Gerade wollte sie genau dieser Aufforderung nachgehen und sich den Rucksack wieder überwerfen, als sie innehielt. Etwas stimmte nicht. Passte einfach nicht ins Gesamtbild.

Mit langsamen Schritten, den sich zersetzenden Körpern im Zickzack ausweichend, ging sie vorsichtig auf einen der Getränkeautomaten zu, an dem der Grund ihrer Verwirrung lehnte.

Was auch immer der Mann im Leben einmal gewesen sein mochte, im Tode war er vor allem eines. Merkwürdig.

Ruhig saß er dort, im Schneidersitz gegen den Getränkeautomaten gelehnt und den Kopf in den Nacken geschoben, sodass ihm sein langes, schwarzes Haar wie eine Kaskade über Schulter und Rücken fiel. Ein feines Lächeln umspielte sein von der Verwesung erstaunlich wenig betroffenes Gesicht, so als würde er sich noch nach all den Wochen über die Panik und das Sterben seiner Mitmenschen amüsieren. Insgesamt wirkte er so, wie man sich einen Menschen in Meditation vorstellen würde, wobei seine Arme, die er auf seinen Beinen abgelegt hatte und die in gefalteten Händen in seinem Schoß mündeten, diesen Eindruck noch weiter verstärkten. Inmitten all des Chaos und des Elends bildete er einen Fels der Ruhe und des Friedens.

»Aber tot bist du trotzdem«, dachte Scarlett, während sie langsam neben dem Mann auf die Knie ging. Jetzt, wo sie so nahe an ihm dran war, konnte sie die Leiche deutlicher sehen, und es bestand kein Zweifel daran, dass er genauso elendig verendet war wie alle anderen auch. Aber dennoch ging für Scarlett eine merkwürdige Faszination von ihm aus. Wer war er zu seinen Lebzeiten gewesen? Und an was hatte er wohl in dem

Moment seines Todes gedacht, das ihm einen solchen Frieden hatte geben können?

Mit einem leichten Beben in den Fingern streckte sie die Hand aus und öffnete seine Lederjacke.

Reflexartig zog sie scharf den Atem ein, was dank der Maske vollkommen unsinnig war.

Unter der Jacke ragten ihr aus zwei Schulterholstern jeweils rechts und links die Griffe zweier Revolver entgegen. Schnell blickte sich Scarlett um, nur um sich im nächsten Moment selbst zu schelten. Wer sollte sie denn schon beobachten?

Kaum hatte sie dies gedacht, glaubte sie aus weiter Ferne ein Geräusch zu hören, einer Stimme nicht unähnlich.

»Beruhige dich, altes Mädchen«, flüsterte sie sich selbst zu. »Das sind nur die Nerven.«

Dennoch beugte sie sich vor, um die Verschlüsse der Holster zu öffnen. Nerven hin oder her, die Menschen, die die Stadt bombardiert hatten, waren auf jeden Fall real und würden vielleicht zurückkommen, jetzt wo das Gas wahrscheinlich verflogen war.

Gerade als sie dabei war, ihm die Holster auszuziehen, fiel Scarlett auf einmal eine Ausbuchtung in der Brusttasche seines Hemdes auf. Ohne weiter nachzudenken griff sie danach und förderte ein kleines schwarzes Buch zutage, welches jemand hastig mit einem Amulett an einer Schnur umwickelt hatte.

Ehe sie es jedoch einer weiteren Untersuchung unterziehen konnte, schreckte sie erneut hoch. Diesmal war sie sich relativ sicher, etwas gehört zu haben, und spähte angestrengt einen der schwarzen Gänge, in denen das Aggregat die Versorgung mangels Relevanz eingestellt hatte, hinab. Konnte es möglich sein, dass sich noch Überlebende im Krankenhaus befanden? Scarlett hielt das für mehr als nur unwahrscheinlich. Als sie nichts feststellen konnte, wandte sie sich wieder zögernd ihrem Fund zu.

Stirnrunzelnd ließ sie ihre Finger über das Amulett gleiten und hatte das eigenartige Gefühl, die Kälte des Metalls durch die Handschuhe hindurch bis zu den Knochen ihrer abgemagerten Hände spüren zu können.

Das Amulett zeigte die Form eines Skeletts im Schneidersitz, das vor sich zwei Sensen gekreuzt hielt. Die übergroßen Sensenklingen standen dabei je so von den Schultern der Knochenfigur ab, dass es aussah, als seien sie kleine Flügel. Auffällig war, dass nur die linke von beiden eine kleine Anzahl von Kerben besaß, die zu regelmäßig und akkurat gezogen waren, um durch Zufall dorthin gelangt zu sein.

Während Scarlett noch überlegte, was sie mit diesem Fund anfangen sollte, horchte sie zum dritten Mal auf.

Diesmal konnte allerdings im Gegensatz zu den vorangegangenen Malen kein Zweifel darüber bestehen, was es war, dass sie da hörte.

Mit einem Mal von Panik erfüllt, warf sie sich zuerst hastig die Schulterholster über, steckte ohne darüber nachzudenken Buch und Amulett in ihren Rucksack und hechtete hinter eine der nahe gelegenen Sitzbankreihen, auf denen einige zusammengesunkene Leichen einen einigermaßen guten Sichtschutz boten.

Als sie jedoch mit zunehmend schnellerem Atem nach den Revolvern greifen wollte, musste sie feststellen, dass sie die Holster falsch herum angezogen hatte und die Griffe unter ihrer Achsel lagen, wo sie nicht ohne weiteres zu greifen waren.

»Scheiße, scheiße, scheiße«, dachte Scarlett wütend, während sie umständlich die beiden Revolver aus ihren Hüllen befreite und lauschte, wie sich nun unverkennbar Schritte und Stimmen näherten. Nur handelte es sich definitiv nicht um die unsicheren, schleppenden Schritte, die ein Kranker oder Sterbender an den Tag gelegt hätte. Dies war der Klang von marschierenden Stiefeln, zu dem sich schon bald Stimmen gesellten.

»Und du bist dir da vollkommen sicher?«

»Wenn ich es dir doch sage. Der Raum war letzte Woche noch von innen verriegelt und hat Strom gezogen. Wenn er jetzt offensteht, muss das heißen, dass da jemand drin war.«

Kurz war ein bestätigender Brummlaut zu hören, der von Scarlett mit einem halblauten Fluchen quittiert wurde. Die beiden trieben sich offenbar schon länger hier herum und hatten sofort bemerkt, dass sich etwas verändert hatte. Namentlich die Tatsache, dass Scarlett nicht mehr unter Quarantäne den Behandlungsraum blockierte.

»Das ist nicht gut. Wir müssen sofort Sergeant Tiberius Bescheid geben, dass es einen weiteren Überlebenden gibt, den wir liquidieren müssen. Das wird ihm gar nicht gefallen.«

Ein schnaubendes Ausatmen war zu hören, und Scarletts Griff um die Waffen verkrampfte sich, als sie hörte, wie nah es bereits war. Vorsichtig versuchte sie zwischen den Sitzreihen hindurchzuspähen und erblickte tatsächlich zwei Gestalten.

»Natürlich wird ihm das nicht gefallen, aber wenn wir es ihm nicht sagen und der verdammte Penner uns Ärger macht, sind wir erst recht gefickt. Ich traue es Tiberius zu, dass er uns den Arsch in vier Teile spaltet.«

Beide waren in robuste, graugrüne Kampfanzüge gekleidet, die je ein stilisiertes schwarzes Kreuz, an dessen Schnittstelle und Enden sich kleine Planeten befanden, auf Brust, Armen und Kampfhelm zierte. Die Gesichter der Männer wurden von, ebenfalls mit besagtem Kreuz versehenen, Gasmasken verdeckt, die sie offensichtlich zum Schutz gegen die Ausdünstungen trugen. Als Bewaffnung konnte Scarlett von hier aus je ein Sturmgewehr erkennen. Nicht, dass sie sich damit auskannte und gewusst hätte, dass es sich bei den Waffen, die sie trugen, um Sturmgewehre handelte. Ihr Anblick genügte aber auch, dass sich ihr Puls nochmals um ein Vielfaches beschleunigte, sodass sie fest überzeugt war, dass ihn die Männer hören mussten. Und was sie dann mit ihr tun würden, hatten sie gerade überdeutlich gesagt. Allerdings war es gar nicht mal unwahrscheinlich, dass sie an Herzversagen sterben würde, bevor die Männer sie erwischten, also versuchte sie sich zu beruhigen und tief durchzuatmen.

»Also, ich denke, wir sollten ... Halt, Moment mal, was war das?«

Scarlett blinzelte, bevor ihr bewusst wurde, was für einen Mist sie da gerade verbrochen hatte. War ihr flaches Atmen, trotz der Sauerstoffflasche, noch unbemerkt geblieben, hatte das tiefe Durchatmen zu einem hohlen Zischen geführt, als eine verstärkte Menge Luft durch das Ventil der Flasche gezogen wurde. Und damit hatte sie wohl gerade ihr Todesurteil unterschrieben.

Sofort gingen die beiden Männer in die Knie und rissen ihre Waffen in den Anschlag. Während der erste von ihnen begann, sich langsam an der Wand entlang um die Sitzbänke herum zu bewegen, kam der andere frontal auf diese zu. Er war es auch, der zu ihr sprach.

»Stehen Sie mit erhobenen Händen auf und ergeben Sie sich. Sollten Sie versuchen, Gewalt gegen mich oder meinen Kameraden anzuwenden, werden wir nicht zögern, das Feuer zu eröffnen.«

Kurz wägte Scarlett ihre Chancen ab und verzweifelte. Zwei Männer, von zwei unterschiedlichen Seiten, beide bewaffnet, fähig diese Waffen einzusetzen und im festen Willen, sie zu töten. Auf der anderen Seite sie. Unterernährt, geschwächt und im Besitz zweier Revolver, wobei es das erste

Mal überhaupt in ihrem Leben war, dass sie Waffen in der Hand hatte.

Konnte das Schicksal wirklich so grausam sein? Sie dem Tod erst so knapp entrinnen zu lassen, nur um dann hier in der Eingangshalle ihres ehemaligen Arbeitsplatzes hingerichtet zu werden? Es war einfach nicht fair.

Dann musste sie auf einmal an den Mann im Schneidersitz denken. Er hatte bestimmt nicht mit seinem Schicksal gehadert. Er hatte erkannt, dass für ihn das Spiel aus war und sich, mit sich selbst und der Welt im Reinen, in das Unvermeidliche ergeben. Zum zweiten Mal an diesem Tag wollte Scarlett das Gleiche tun. Die Augen schließen und warten, bis das Unabwendbare eintrat. Der Mann, der sie umrundete, würde bald in ihrem Sichtfeld erscheinen und es zu Ende bringen. Doch erneut regte sich Widerstand in ihr.

Es war die kalte und kalkulierende Stimme, die sie daran erinnerte, dass es eben noch nicht vorbei war. Die ihr klar machte, dass das Ende erst dann akzeptabel wäre, wenn die letzte Möglichkeit gescheitert war. Die Möglichkeit auf Gegenwehr. Und erst da spürte Scarlett, wie sie ganz ruhig wurde.

»Ich wiederhole ein letztes Mal. Stehen Sie auf und ...«

All ihre Kraft zusammennehmend sprang Scarlett förmlich auf ihre Beine und riss beide Revolver zugleich nach oben. Und etwas äußerst Merkwürdiges nahm seinen Lauf.

Noch während sie die Arme hob, schien sich das Geschehen plötzlich zu verlangsamen. Gemächlich, wie durch Gelatine oder unter Wasser glitten die Mordinstrumente in Position. Ihr Blick war auf den Angreifer vor ihr fixiert, der sich den Sitzreihen frontal genähert hatte, und sie konnte sehen, dass auch er seine Waffe in ihre Richtung schwenkte. Den Angreifer zu ihrer Linken konnte sie nicht sehen. Sie konnte nur das Geräusch seiner Schritte und das Klacken seiner Waffe hören, mit der er sie anvisierte, und doch bildete sich auf unheimliche Weise ein vages Bild des Mannes auf der Innenseite ihres Schädels dort, wo sie ihn vermutete.

Dann riss Scarlett die Abzüge ihrer Revolver durch und das Donnern zweier trommelfellzerreißender Schüsse, verbunden mit dem Rucken und Rückstoßen der Waffen in ihren Händen, ließen sie zusammenfahren. So blieb sie stehen. Mit geschlossenen Augen darauf wartend, dass nun die Schüsse ihrer Kontrahenten erklingen und sich Projektile überall in ihren Körper bohren würden, die ihr endlich den nun verdienten Frieden bringen würden.

Doch nichts dergleichen geschah.

Stattdessen verging keine Sekunde, ehe zuerst von ihrer Linken und dann direkt von vorn ein sattes Klatschen zu hören war.

Scarlett blinzelte und die Zeit nahm ihren normalen Gang wieder auf.

»Was zum …?« Nicht einmal der unverständliche Klang ihrer unangenehmen Stimme konnte sie in diesem Moment aus ihrer Paralyse reißen.

Vor ihr ausgebreitet, Arme und Beine weit von sich gestreckt, lag einer ihrer vermeintlichen Mörder, um deren Kopf sich nun eine deutliche Blutlache ausbreitete und sich mit den geronnenen Überresten der Säfte der übrigen Leichen vermischte.

Ein kurzer Blick zu ihrer Seite verriet ihr, dass es dort nicht viel anders aussah, nur dass der andere Mann vornüber auf die Leiche der vorderen Sitzbank gefallen war, was auch erklärte, wieso er früher auf etwas aufgeschlagen war.

Mit wabbligen Beinen ging Scarlett zu ihm und zog ihn sachte von dem Frauenkörper herunter, auf dem er sich befand, sodass er vor deren Füßen auf dem Boden zu liegen kam. Auch hier ließ das kleine Einschussloch in der Gasmaske auf Höhe seiner Stirn keine Spekulationen über die Todesursache zu.

»Aber das ist doch vollkommen unmöglich«, dachte Scarlett fieberhaft. »Wie ...? Wie ...?«

Mit einem Mal hörte sie Tumult. Rufe ... und das Bellen von Hunden. Die Erkenntnis, dass die Männer nicht allein gewesen waren, traf sie mit der Wucht eines fahrenden Zuges. Rasch warf sie sich den Rucksack wieder über die Schultern. Darüber, was hier geschehen war, konnte sie sich auch später Gedanken machen. Jetzt musste sie schleunigst sehen, dass sie hier herauskam.

Sie rannte, so schnell es das Gewicht des Rucksacks und ihre geschwächten Beine eben zuließen, einige Schritte in Richtung der Türen, wobei sie fast das Gleichgewicht verlor, nur um abrupt stehen zu bleiben als sie feststellen musste, dass sich die Personen genau von dort näherten. Prompt machte sie auf dem Absatz kehrt, rannte zurück und floh in einen der Gänge, aus denen sie keine Stimmen hörte. Ihre gesamte Umgebung flog förmlich an ihr vorbei, auch wenn das gemessen an ihrem Zustand nicht viel heißen konnte, während ihr Verstand fieberhaft nach einem Ausweg suchte und das Bellen der Hunde immer näher kam.

Sie musste um jeden Preis entkommen, ohne gesehen zu werden, sonst war alles umsonst gewesen. Scarlett machte sich keine Hoffnungen das zu schaffen, wenn sie offen durch die Straßen vor ihren Verfolgern floh.

Auf einmal kam sie schlitternd vor einer Tür zum Stehen und konnte wirklich nur staunen.

Sie hatte keine Sekunde darauf geachtet, wo sie abgebogen war oder welchen Weg sie genommen hatte.

Entweder meinte es eine höhere Macht heute wirklich verdammt gut mit ihr oder das, was von ihrem Unterbewusstsein noch übrig war, war ein Genie.

»Das Erste! Definitiv das Erste«, dachte Scarlett bereits fünf

Minuten später missmutig, während sie in völliger Dunkelheit hüfthoch durch eine dünnflüssige Substanz watete, deren genaue Bestandteile sie um keinen Preis zu erfahren suchte. Zumindest sprachen die gelblich grünen Dämpfe, die ihr beim Öffnen der Luke entgegengeschlagen waren, nicht gerade dafür, dass sie gesundheitsfördernd waren.

Der Zugang zu den Abwasserkanälen hatte den Vorteil, dass sie sich vorerst keine Gedanken um Verfolger machen musste, da kein Spürhund der Galaxis in der Lage sein würde, hier unten ihre Fährte aufzunehmen. Mal ganz abgesehen davon, dass jeder Verfolger, egal ob tierisch oder menschlich, ohne Sauerstoffmaske innerhalb kürzester Zeit verendet wäre. Auf der anderen Seite würde genau dieser Geruch dafür sorgen, dass man mit an Sicherheit grenzender Wahrscheinlichkeit auf sie aufmerksam werden würde, wenn sie die Kanalisation wieder verließ.

»Wenn ich es überhaupt nach draußen schaffe«, ging es ihr mit einem Mal durch den Kopf. »So, wie das Zeug selbst durch die Sauerstoffmaske riecht, frisst es sich vermutlich gerade seinen Weg durch den Schutzanzug.«

Scarlett bezweifelte stark, dass sie in ihrem jetzigen Zustand noch weitere Verätzungen vertragen konnte. Es war ein offenes Geheimnis, dass alle Betriebe der Stadt ihre Abwässer, egal wie giftig, ätzend oder organisch, in die Kanalisation leiteten und die Behörden dabei wegsahen. Sie hatte schon immer geahnt, dass das Bestechungsgeld, das auch das Krankenhaus zu genau diesem Zweck entrichtet hatte, mal für irgendwas gut sein musste. Ihr Entkommen hatte ihr dabei zugegebenermaßen nicht vorgeschwebt.

Zwar war vermutlich seit dem Angriff auf die Stadt nichts mehr in die Kanalisation geflossen, aber das, was hier noch vohanden war, würde bei Berührung oder Einnahme allemal rei chen, um sie dreimal umzubringen, bevor sie überhaupt dazu kommen konnte, ihren Rucksack abzustreifen.

Entnervt seufzte sie auf, was sich außerhalb der Maske lediglich mit einem weiteren Zischen des Ventils äußerte. Es half ja doch nichts, sie musste so schnell wie möglich wieder hier raus.

Gerade als sie zu diesem Schluss kam, glaubte sie hinter sich ein leises Wummern zu hören, das sie herumfahren ließ. Die Erfahrungen von eben hatten ihr deutlich vor Augen geführt, dass sie ihren Instinkten von nun an besser vertrauen sollte. Ein erneutes Wummern, diesmal deutlich lauter und verbunden mit deutlicher Umgebungsvibration, ließ sie ihre Augen zu Schlitzen verengen und langsam rückwärts gehen. Ein halblautes Fluchen entrang sich ihrer Kehle und wurde zu dem üblichen misstönenden Knirschen. In dieser verdammten Finsternis konnte sie absolut rein gar nichts sehen.

Was zur Hölle ging da nur vor sich?

Als auf ein weiteres Wummern plötzlich ein martialisches Fauchen folgte, das sich mit zwei schnell ersterbenden Schreien überlagerte, packte sie das nackte Grauen. Diese Idioten konnten doch unmöglich so dumm gewesen sein und …

Noch während sie dies dachte, ließ sich Scarlett fallen und tauchte in den stinkenden Sud unter ihr ein. Schon im nächsten Moment jagte ein glühendes Inferno aus Flammen über die Stelle hinweg, an der sie eben noch gestanden hatte.

In der Schwerelosigkeit schwebend betrachtete sie das leuchtende Farbenspiel des Feuers, entfacht vermutlich durch eine Militärfackel, mit dem nun auch die Oberfläche der Flüssigkeit lichterloh verbrannte und da wusste sie, dass es aus war. All ihre Mühe und Qual waren umsonst gewesen.

Wenn die Kanalisation nicht über ihr einstürzte, würde sie mit Sicherheit früher oder später verbrennen oder schlicht und ergreifend ersticken, sobald ihre Sauerstoffflasche zur Neige ging. Und dann war da noch die Sache mit der Ätzwirkung der Flüssigkeit, die sie nun vollkommen umhüllte.

Sie verspürte keine Wut, ja nicht einmal Trauer. Nur Müdigkeit.

In vollkommener Resignation schloss sie die Augen und wartete auf den sengenden Schmerz. Den Vorboten der süßen und ewigen Finsternis.

Der Narrator liest vor

Verschiedene Seiten der Geschichtsschreibung

Auszug aus einem britischen High-School-Lehrbuch für das Fach Ancient History.

[...] Mit der Unterschrift des internationalen Erschließungsabkommens des galaktischen Raums am 7. März im Jahr 2109 waren alle rechtlichen Voraussetzungen für die vollständige Privatisierung der Raumfahrt geebnet. Vorreiter der ersten Kolonialisierungsmissionen außerhalb des Sonnensystems war die US-amerikanische NASA in Zusammenarbeit mit Wirtschaftsunternehmen ihrer verbündeten Staaten Russland, China und des vereinigten koreanischen Bundes. Nur ein Jahr später am 30. April 2110 startete die Pionierrakete ›Unity‹ des europäischen Raumfahrtprogramms ESA. Hauptgeldgeber waren Deutschland, der romanische Völkerbund unter Frankreich und die Schweiz. Eine direkte Beteiligung Britanniens war zu diesem Zeitpunkt wegen des 784sten Durchgangs seiner Austrittsnachverhandlungen aus der Europäischen Union nicht möglich. [...] Die große Mehrheit der insgesamt entsandten Schiffe konnte schon bald erste Kolonialisierungserfolge melden, dennoch ließen sich auch große Verluste nicht vermeiden. Überschattet wurden die großen Leistungen der privatisierten Raumfahrt nämlich durch das tragische Verschwinden des Milliardenprojekts ›Explorer 666‹, einem Besiedlungsschiff mit freiwilligen Pionierastronauten, das, trotz für jene Zeit ausgezeichneter Navigationsgeräte, auf dem Planeten Eden Prime notlanden musste und für Generationen isoliert blieb. Trotz heroischer Anstrengungen der Regierung gelang es während dieser Zeit nicht, das verunglückte Schiff zu finden oder den Abgestürzten Hilfe zukommen zu lassen. Hier radikalisierten sich die Schiffsbesatzung und ihre Nachkommen und bildeten später die Keimzelle für die faschistoide Terrororganisation, welche später maßgeblich an der Gründung des Konzils der Separatisten Teil haben sollte.

Auszug aus einem Universitätslehrbuch für Neuere und Neuste Geschichte der planetaren Universität zu Eden Prime.

[...] 2110 post Christum natum gewährte die terrestrische Regierung, auf direkten NATO-Antrag von England, das nach der endgültigen Abspaltung von Wales, Schottland und Nordirland noch immer von Finanzproblemen geplagt wurde, den einzelnen Staaten mehr finanzielle Gestaltungsmöglichkeiten bei der Organisation ihrer Pflichtanteile für die Erschließung des Alls. In der Folge dieser Ereignisse gestalteten sich der Bau und die Ausrüstung des völlig unterfinanzierten Besiedlungsschiffes ›Explorer 666‹, auf Grund von Einsparungen an adäquater Navigationstechnik, als Desaster, welches für die 4000 schlecht ausgebildeten, fast ausschließlich aus Gefängnissen zwangsrekrutierten Astronauten nur durch schieren Zufall nicht tödlich endete. Zwar wurden die ursprünglich angestrebten Koordinaten um ein Vielfaches verfehlt und die versagenden Energiereaktoren des Schiffes machten einen weiteren Phasensprung unmöglich, aber es gelang trotzdem, binnen eines Monats den habitablen Planeten Eden Prime anzufliegen. Einem Zeitraum, in dem durch die unzureichende Verpflegung und medizinische Versorgung auf dem Schiff hunderte der Insassen verstarben.

Nachdem die ehemaligen Gefangenen unter schweren Verlusten und ohne die Hilfe der britischen Regierung, welche während Funkkommunikationen immer wieder die finanzielle Unmöglichkeit von Hilfsmaßnahmen unterstrich, eine Kolonie etablieren konnten, kam es zur ersten Regierungsbildung. Diese erste Regierung verfasste die bis heute gültige Verfassung des Konzils der Separatistischen Weltengemeinde, welche allen Welten Schutz, Unterstützung und eine Gemeinschaft zusichert, die nicht unter dem Joch der ehemaligen terrestrischen Staaten zu leben gewillt sind. Eine Gemeinschaft, die bis zum heutigen Tag 53 Welten umfasst und von keiner terrestrischen Regierung hinsichtlich ihrer Souveränität anerkannt wird. […]

19

Der Narrator erzählt

Von einem wirren Geist in einem schwachen Körper

Die Stadt Chesterfield war nicht mehr. Nichts, was diese einst aufstrebende Industriemetropole in bester Lage auf einer HUB-Welt ausgemacht hatte, hatte den erbarmungslosen Angriffen des Konzils standhalten können. Wo sich vormals stolze Gebäude hoch in den Himmel erhoben und die wirtschaftliche Kraft und den Reichtum der Stadt verkündet hatten, standen nun menschenleere Ruinen. Diejenigen, die nicht ausgebombt worden waren oder in Folge der uneingedämmten Brände, die tagelang in der Stadt wüteten, völlig ausgebrannt waren, waren durch die todbringenden Nebelbomben gezeichnet. Gleich einem schwarzen Mantel hatte sich die undefinierte Substanz über alles und jeden gelegt und sie entweder über die Zeit zum Schmelzen gebracht oder aufgelöst. Die Blasen und Löcher, die die Bauwerke dabei geworfen hatten, verliehen ihnen den Eindruck von Pockenkranken, die dem Tode näher waren als dem Leben. Betrachtete man die Hochhäuser aus der Ferne, so wirkten sie wie die Finger der Stadt, die sich vor Verzweiflung dem Himmel entgegenreckten, von wo aus der Tod unaufhörlich auf sie hinabgestiegen kam. Und wo einst der lebendige Klang der Stadt durch die Straßen gehallt war, herrschte nun eine tödliche Stille. Ihre Bewohner, die die Stadt einst mit Leben erfüllt und niemals zur Ruhe hatten kommen lassen, erfüllten sie nun durch den Odem, den ihre sich verflüssigten Körper ausstießen mit einem Brodem des Todes. Und als einige Wochen nach der Katastrophe urplötzlich entlang den großen Hauptstraßen streckenweise die Erde einzubrechen begann und sich flammende Schlünde in der Erde auftaten, die ganze Gebäudekomplexe von innen heraus verschluckten, schien dies nichts weiter als die Bestätigung dafür zu sein, dass Gott selbst diese Stadt dem Untergang preisgegeben hatte. Zumindest für all jene, für die es nicht einfach nur ein weiterer Beweis menschlicher Dummheit war.

»Scheiße«, zischte Scarlett, während sie zwischen den Trümmern des verheerten Untergrundes der Straße hervorkroch. So langsam hatte sie das eindeutige Gefühl, dass irgendeine höhere Macht sie ernsthaft verarschen wollte.

»Entweder das«, dachte sie missgelaunt, »oder der Trick der Unsterblichkeit besteht darin, sich mit der Gewissheit des Todes abgefunden zu haben.«

Als sie festgestellt hatte, dass die Flüssigkeit, in der sie untergetaucht war, es auch nach einer halben Stunde noch nicht geschafft hatte, sich durch ihren Anzug zu ätzen, hatte sie aus Frust über das Warten auf den Tod beschlossen, einfach aufzustehen und die Sache hinter sich zu bringen. Zugegebenermaßen hätte es sie stutzig machen müssen, dass beim Öffnen ihrer Augen vollkommene Dunkelheit herrschte. Deshalb hatte sie sich auch umso dämlicher gefühlt, als sie sich mit einem Ruck aus der Flüssigkeit erhoben und hysterisch schreiend darauf gewartet hatte, dass die Flammen sie endlich verzehrten. Sicher konnte sie es natürlich nicht sagen, aber insgesamt glaubte sie, dass sie wohl geschlagene drei Minuten am Stück in völliger Finsternis gestanden und wie am Spieß geschrien haben musste.

»Und das mit 45% Lungengewebe weniger als die meisten anderen Menschen«, konstatierte sie grimmig, während sie nach einer Stelle suchte, um aus dem trümmerübersäten Graben, der einmal eine Hauptverkehrsader gewesen sein mochte, herauszuklettern. »Das soll mir erst mal einer nachmachen!«

Zum Glück hatte sich ihre Befürchtung, dass das Zeug, in dem sie schließlich weitergewatet war, stundenlang brennen und die gesamte Kanalisation zum Einsturz bringen würde, als reichlich übertrieben herausgestellt. Als sie schließlich die ersten zerstörten Abschnitte erreicht hatte, musste sie sich nur noch, auf allen vieren kriechend und schnaufend wie ein asthmatisches Walross, durch die Trümmer in Richtung Freiheit zwängen.

Und jetzt galt es, den Weg zu ihrer Wohnung zu finden. Im Zickzack durch die Trümmer der eingebrochenen Straße laufend und den brennenden Pfützen, die sich zwischen ihnen gesammelt hatten, ausweichend, nahm sie ihre Umgebung genauer in Augenschein.

»Und da behaupte noch mal jemand, dass das Licht am Ende des Tunnels tröstlich sei«, murmelte sie bestürzt, als die Eindrücke der Verwüstung langsam in sie einsickerten. Sie wusste nicht, was sie mehr entsetzte. Die Trauer darüber, die Stadt, in der sie aufgewachsen war, in Trümmern zu sehen, oder der Fakt, dass sie für die Menschen oder das, was von ihnen übrig war, nicht mal ansatzweise das Gleiche empfand.

Die einzige Gefühlsregung, zu der sie noch fähig war, war ein Ausdruck des Ekels, als sie ein paar halb verflüssigte Leichen umrundete, die sich zwischen ihr und einer halbwegs erträglichen Stelle für den Aufstieg befanden.

Kritisch begutachtete sie den steilen Schutthang aus Erdreich und Betonbrocken, der sich vor ihr auftürmte und in dem Eingang zu einer Seitenstraße gipfelte, und befand ihn für ausreichend.

»Aber vorher«, murmelte sie und ging mit schmerzverzerrtem Gesicht in die Knie, »erst mal Katzenwäsche.«

Beherzt tauchte sie ihre behandschuhte Rechte in den Schutt vor ihr und begann, sich damit die Flüssigkeit von ihrem Anzug zu wischen. Sicher war sicher.

Jetzt wo die größte Gefahr erst einmal vorbei war, musste sie sich schleunigst orientieren und ein sicheres Versteck finden. Sie wusste, was sie ihrem Körper alles zugemutet hatte und dass sie sich dringend ausruhen musste. Vor allem jedoch bemerkte sie zunehmend, wie die Wirkung der Drogendröhnung, die ihr der Selbstdosierer an ihrer Hüfte stetig injizierte, zunehmend abflachte. Sie vermutete, dass zumindest eine der Phiolen inzwischen leer war.

Nachdem sie mit dem Kontaminationszustand ihres Anzuges halbwegs zufrieden war, machte sie sich schwer atmend an den Aufstieg. Nur um kolossale drei Schritte später festzustellen, dass dies für sie wohl ein Generationenprojekt werden würde. Nicht nur, dass jeder Muskel ihres Körpers noch eine Spur lauter als zuvor schon protestierte. Hinzu kam, dass sich auch das lose Erdreich unter ihr gegen sie verschworen hatte und unter jedem ihrer Schritte wegrutschte, sodass sie für den Aufstieg zum Beginn der Gasse eine geschlagene Viertelstunde und zwei Verschnaufpausen benötigte.

»Mit kleinen Schritten!«, redete sie sich verbissen ein, während sie schnaufend ihren schmerzenden Brustkorb umklammerte und versuchte die schwarzen Flecken vor ihrem Sichtfeld wegzublinzeln. »Mit kleinen Schritten geht es ab jetzt aufwärts.«

Die Doppeldeutigkeit dieser Aussage wurde ihr erst ein paar Sekunden später bewusst, als sie schon mit leichtem Schwindel in die Gasse getaumelt war. Ein leises Lachen entwand sich ihrer Kehle, dass sich jedoch wieder nur in einem pfeifenden Keuchen artikulierte. Ärgerlich nahm sie sich vor, bionische Stimmbänder ganz oben auf ihre Einkaufsliste zu setzen, sollte sie es lebend aus dieser Stadt schaffen.

Sobald sie sicher war, dass sie die Schatten ausreichend verbargen, lehnte sie sich schwer atmend gegen das, was einmal eine Hauswand gewesen sein mochte. Ironischerweise gehörte sie zur straßenabgewandten Seite desselben Gebäudes, an dem sie auch schon drei Wochen zuvor gelehnt hatte. Allerdings wäre ihr das, selbst wenn sie es gewusst hätte, in diesem Moment herzlich egal gewesen. Ungelenk tastete sie über ihrem Steiß nach dem Ventilregler ihrer Sauerstoffflasche und erhöhte die Zufuhr. Ein kurzer Blick auf die darüber gelegene Anzeige verriet ihr, dass sie bereits etwas weniger als die Hälfte des Flaschenvolumens aufgebraucht hatte. Sie stieß einen kehligen Pfeiflaut aus, der früher mal als derber Fluch verstanden worden wäre. Ihr war zwar bewusst, dass alles andere als das kleinste Flaschengewicht sie heillos überfordert hätte, aber die Tatsache, dass ihr Vorrat nur noch für knapp vier Stunden reichen würde, stellte sie vor ernsthafte Probleme. Zwar hatte sie daran gedacht, einen Kohlefilteraufsatz für ihre ABC-Maske mitzunehmen, den sie aufschrauben würde, sobald der Luftschlauch sinnlos geworden wäre, allerdings bezweifelte sie ernsthaft, dass sie aus ihrer Umgebungsluft genug Sauerstoff gewinnen konnte, um wirklich aktionsfähig zu bleiben.

»Nicht, dass ich das wirklich gewesen wäre, seit ich aufgewacht bin«, sinnierte sie, während sie ihren Schwindel niederkämpfte und sich mit einer Hand an die Wand gestützt wieder auf den Weg machte. Dabei lenkte sie ihren Blick fieberhaft suchend nach oben. Sie musste dringend ein Gebäude finden, das hoch genug lag, damit sie den Auswirkungen von Gift und Verwesungsgasen entkommen konnte. Sie wusste zwar nicht, ob ihr Wohnblock noch stand, aber sie bezweifelte, dass ihr Apartment im zweiten Stock auch nur ansatzweise ausreichen würde. Die höheren Stockwerke waren dagegen schon erfolgversprechender, und sie wagte es zu bezweifeln, dass die Bewohner etwas dagegen einzuwenden hatten, wenn sie dort unterkroch.

Am Ende der Gasse angekommen, spähte sie vorsichtig auf die Hauptstraße. Besser gesagt auf das, was von ihr übriggeblieben war.

»Das wird noch ein massiv langer Tag«, konstatierte sie resigniert, während sie sich fragte, wie sie an den Trümmern des Großmarktes vorbeikommen sollte, den die Straße beim Einbrechen mit sich gerissen hatte.

Tatsächlich war die Nacht längst hereingebrochen, als Scarlett geduckt über den glücklicherweise intakten Straßenabschnitt huschte, der sie noch von ihrem Wohnblock trennte. Zwar bildete sie sich ein, dass sich die Straße unter ihr unheilverkündend nach unten bog, das konnte aber genauso an der Unterversorgung ihres Hirns mit Sauerstoff liegen. Nachdem die Flasche vor etwa drei Blocks aufgebracht gewesen war und sie sich, wie sie fürchtete, die Muskeln ihres Arms gezerrt hatte, als sie diese wütend von sich geschleudert hatte, ging es mit ihrem Geisteszustand rapide bergab. Nicht unbedingt günstig, bedachte man, dass sie mit einsetzender Dunkelheit mehreren Patrouillen jener unbekannten Streitmacht ausweichen musste, die ihre Stadt so zugerichtet hatte.

Schlangenlinien laufend hechtete sie in den Hauseingang und begann damit, das Treppenhaus zu erklimmen. Das erste Stockwerk schaffte sie noch, sich am Geländer hochziehend. Nach dem zweiten dröhnte ihr bereits der Schädel und die Ränder ihres Sichtfelds wurden schwarz. Nach dem vierten hatte sie jedes Gefühl in ihren Gliedmaßen verloren, der Schmerz in ihrem Kopf blendete sie wie ein Blitzlicht und ihre Atmung ging nur noch schnappend. Und als sie im fünften Stockwerk nach dem Geländer zum sechsten Stockwerk griff, kippte ihre Welt zur Seite.

Scarlett fiel. Immer und immer tiefer fiel sie, durch immerwährende Schwärze. Gelegentlich bildete sie sich ein, Lichter oder Objekte wahrzunehmen und einmal glaubte sie, aus der Ferne ein dumpfes Dröhnen zu hören, das die Luft um sie vibrieren ließ. Aber das kümmerte sie nicht. Im Grunde kümmerte sie gar nichts mehr. Ihr war weder besonders kalt noch besonders warm. Sie fühlte sich weder besonders wohl noch sonderlich unwohl. Sie glitt nur dahin, eingewickelt in einen Mantel aus Schwärze und genoss jeden Moment davon. Die Zeit verging und irgendwann, sie hätte nicht sagen können, ob nach einer Stunde oder nach einem Jahr, wurde aus ihrer Ohnmacht Schlaf und aus dem Schlaf irgendwann Erwachen.

Tatsächlich war es ein dumpfes Grollen in ihrer Magengegend, das ihr irgendwann mitteilte, dass es an der Zeit war aufzustehen. Träge öffnete sie ihre verklebten Augen, nur um sie sofort wieder zu schließen. Das trübe Licht eines sehr bewölkten Tages fiel durch das fensterlose Loch direkt in ihr Gesicht und blendete sie. Geistesabwesend versuchte sie sich den Schlaf aus den Augen zu reiben, stieß mit den behandschuhten Fingern aber nur gegen die Gläser ihrer Maske.

»Ach, richtig«, dachte sie mit Gedanken so zäh wie Honig. »Da war ja was.«

Kurz fragte sie sich, wie lange sie wohl weg gewesen war, verwarf den Gedanken aber sofort wieder. Es spielte keine Rolle. Sie war weder im Schlaf erstickt, noch hatte sie jemand mit Blei vollgepumpt und so entschied sie, dass das bei ihren momentanen Ansprüchen den Kriterien eines guten Morgens genügen musste. Stöhnend richtete sie sich in eine sitzende Position auf und schob sich mit den Beinen an die Wand. Mit schmerzhaft krampfenden Muskeln streifte sie ihren Rucksack von den Schultern und bereitete sich ihr »Frühstück« vor. Jetzt, wo sie wach war, konnte sie es kaum fassen, dass sie bei den Geräuschen, die ihr Magen veranstaltete, nicht entdeckt worden war. Schnell zog sie eine ordentliche Menge brauner Nährpaste in die dafür vorgesehene Spritze, fummelte umständlich das dafür vorgesehene Schläuchchen an ihrer Maske zurecht und verabreichte sich weitere 5000 wohltuende Kilokalorien Energiemenge.

»Ich werde mich nie wieder über Kantinenessen beschweren«, schwor sie sich das Gesicht verziehend, während sie sich den üblen Geschmack der Paste mit einem ordentlichen Schluck Wasser, das sie ebenfalls mit einer Spritze durch den Schlauch drücken musste, von der Zunge spülte. Nachdem das erledigt war, machte sie sich daran, die Präparate des Selbstdosierers zu erneuern und stellte erfreut fest, dass nahezu all ihre Vorräte den Trip durch die Kanalisation heil überstanden hatten.

»So lernt man wenigstens die kleinen Dinge des Lebens zu schätzen«, dachte sie, während sie versonnen aus dem leeren Fensterrahmen starrte, dem leichten Nieselregen zusah und spürte, wie sich ihre schmerzenden Glieder langsam entspannten und sie auf einer Wolke aus Endorphinen schwebte. Der Regen war gut. Er würde zumindest ein wenig von dem verbliebenen Gift aus der Luft waschen. Plötzlich runzelte sie die Stirn, als sie ein Dröhnen hörte, das ihr vage bekannt vorkam. Als einige Augenblicke später Boden und Wände zu vibrieren begannen, kroch sie vorsichtig an den leeren Fensterrahmen und warf einen Blick hinaus. Fünf Stockwerke unter ihr bog ein sieben Meter langer Panzer in ihre Straße ein. Scarlett spürte, wie sich ihr Puls schlagartig verdreifachte und wollte schon aufspringen, als der Panzer erneut abbog und sie bemerkte, dass er nur versucht hatte, einen eingestürzten Häuserkomplex zu umfahren. Erleichtert ließ sie sich an die Wand zurücksinken und lauschte dem sich langsam entfernenden Klang der Kriegsmaschine, während sie so tief durchatmete, wie sie konnte. Als es wieder völlig still um sie war, richtete sie sich schließlich auf und schulterte ihren Rucksack. Auf dem Weg hinab in ihre Wohnung blieb sie immer wieder stehen, um auszutesten, ab wann die Luft zu schlecht zum Atmen wurde. Dabei dachte sie über den Panzer nach. Beim Abbiegen hatte sie auch auf ihm jenes merkwürdige Kreuz gesehen, dass auch die Männer, die sie hatten töten wollen, getragen hatten. Ärgerlich runzelte sie die Stirn. Sie hatte das Gefühl, dieses Symbol zu kennen, konnte sich aber beim besten Willen nicht erinnern. Nun rächten sich all die Jahre, in denen sie lieber gearbeitet als ferngesehen hatte.

Schließlich war sie an der Tür ihrer Wohnung angelangt, die sich ihr einen großzügigen Spalt geöffnet präsentierte. Sie atmete, so tief sie es eben vermochte, durch. Sie wusste nicht genau, was sie erwarten würde, aber Fakt war nun einmal, dass ihre letzten bewussten Erinnerungen, bevor alles zu einem unzusammenhängenden Brei verschmolz, Wochen vor dem Angriff lagen. Was immer auch der Grund dafür war, konnte durchaus hier drin seinen Anfang genommen haben.

Zögernd drückte sie die Tür ganz auf und ging hinein. Eigentlich sah alles noch so aus, wie sie es in Erinnerung hatte, wenn man außer Acht ließ, dass auch hier drin so gut wie alles Säureschäden aufwies. Vor allem der nackte Beton des Balkons hatte reichlich Blasen geworfen und sah mittlerweile so porös auf, dass es Scarlett nicht wagte, durch das große Fenster der Küche auf ihn zu treten. Langsam fragte sie sich wirklich, was das eigentlich für ein Zeug gewesen sein konnte, mit dem diese Stadt bombardiert worden war.

»Mal überlegen«, dachte sie angestrengt nach, nachdem sie das Wohnzimmer durchquert und vor dem Fenster in der Küche Aufstellung genommen hatte. »Massive Schäden, an allem, was aus anorganischem Material besteht, chemische Verbrennungen zweiten Grades auf den obersten Hautschichten verbunden mit Nekrose, Verätzungen der Atemwege und Schleimhäute, schwerste Vergiftungserscheinungen. Und zu allem Überfluss beschleunigte Verflüssigung des Kadavers durch Auflösung der Knochen, wie der Typ in meinem Wohnzimmer bezeugen ...«

Scarlett hielt stockend inne, bis ihr klar wurde, was sie da gerade gedacht hatte.

»Der Typ in meinem Wohnzimmer?«, dachte sie entgeistert.

Rasch drehte sie sich um und rauschte in den Raum nebenan. Tatsache! Dort lag, alle viere von sich gestreckt, mit dem Gesicht nach unten der sich bereits in fortgeschrittener Auflösung befindliche Körper eines Mannes. Scarlett kniete sich zögernd neben die Person. Was ging hier vor? Jetzt im Nachhinein war sie sich ziemlich sicher, die Leiche auch schon gesehen zu haben, als sie ihre Wohnung betreten hatte. Die einzig logische Erklärung bestand darin, dass ihr Gehirn sie einfach ausgeblendet haben musste. Nachdenklich kratzte sie sich durch den Anzug hindurch an ihrem kahlen Kopf.

»Das macht doch überhaupt keinen Sinn«, überlegte sie, während sie den Mann auf den Rücken drehte und das, was von seinem Gesicht geblieben war, eingehend musterte. »Nein, macht es immer noch nicht. Ich kenne den Kerl gar nicht.«

Und doch kam sie nicht gegen den Gedanken an, dass sie ihn eigentlich kennen sollte. Scarlett schüttelte energisch den Kopf und starrte mit vor Konzentration angespannten Gesichtszügen auf den Kadaver. Nur um verblüfft zurückzuprallen. Langsam wandte sie sich von dem Mann ab, zählte langsam bis zehn und blickte ihn erneut an. Diesen Vorgang wiederholte sie noch drei weitere Male, bis sie sich sicher war. Es war nicht einfach so, dass sie den Mann nicht kannte. Hinzu kam, dass sie ihn sogar immer wieder vergaß. Schon nach den paar Sekunden, in denen sie ihn nicht angeschaut hatte, war sie nicht einmal mehr fähig zu beschreiben, welche Kleidung er trug, und immer wenn sie ihn dann wieder ins Visier nahm, hatte sie das Gefühl, diesen Anblick, der ihr eigentlich vertraut hätte sein sollen, zum ersten Mal zu erblicken. Verwirrt blickte sie sich im Zimmer um und versuchte sich vorzustellen, wie es vor dem Bombardement ausgesehen hatte. Es bereitete ihr nicht die geringsten Schwierigkeiten. Sie versuchte sich daran zu erinnern, welche Immatrikulationsnummer sie als Studentin gehabt hatte und musste feststellen, dass auch dies kein Problem war und ihr Gehirn ihr auf Anhieb noch fünfzig andere Dinge nachreichte, von denen sie nicht einmal mehr wusste, dass sie in ihrem Hirn waren. Doch als sie daraufhin nach unten blickte, zuckte sie vor Überraschung zusammen und fragte sich kurz, woher in aller Welt die Leiche vor ihr auf einmal kam, bis sie den Zusammenhang wieder herstellen konnte.

Scarlett atmete schwer.

»Was geht hier vor«, sagte sie laut in der inzwischen gewohnt unangenehmen Stimmlage. All ihre bisherigen Beobachtungen, unter anderem ihre Erinnerung betreffend, gingen eher dahin, dass das Servant-Syndrom in Folge der geschädigten Hirnteile und in Kombination mit den Hirnimplantaten ihre geistige Leistungsfähigkeit steigerte. Und je länger sie darüber nachdachte, desto mehr war sie sich sicher, dass das hier nicht das Geringste mit den normalen Funktionen eines Gehirns zu tun hatte. Sie hatte schon öfter von Fällen gehört, in denen Menschen für sie unangenehme Erinnerungen verdrängten, aber das hier war offensichtlich ein ganz anderes Kaliber. Schnell kramte sie eine kleine Kamera hervor, die normalerweise benutzt wurde, um den Verlauf von Operationen zu dokumentieren, und mit der sie eigentlich vorgehabt hatte ihr Testament abzulegen, für den Fall, dass sie es nicht lebend aus der Stadt schaffen sollte. Schnell nahm sie ein paar Minuten lang ein Video, wobei sie die Leiche aus unterschiedlichen Positionen filmte und dabei sprach.

»Ich befinde mich hier in meiner ehemaligen Wohnung auf dem Planeten Lost Heaven, in der ... ehemaligen Stadt Chesterfield. Tag unbekannt. Uhrzeit unbekannt. Ich mache diese Aufnahmen, um mich selbst an eine Anomalie meines Erinnerungsvermögens, betreffend des vor mir liegenden Leichnams, zu erinnern. Die betreffende Anomalie besteht in einer anomalen Vergesslichkeit aller Bereiche, die mit dieser Person zu tun haben.«

Sie war sich bewusst, wie absurd dies für einen Außenstehenden wirken musste, und ihr war ebenfalls klar, dass sie dringend ein Tonprogramm über die Aufnahme laufen lassen musste, bevor sie sie wieder anschauen konnte, ohne bei ihrer Stimme selbst zusammenzuzucken, aber dennoch ging sie langsamen Schrittes wieder auf den Mann zu und begann seine Taschen zu durchwühlen, bevor sie weitersprach.

»Der Mann trägt keine Papiere oder sonstige Gegenstände bei sich, die eine schnelle Identifizierung erlauben und aufgrund des fortgeschrittenen Verwesungsvorgangs ist auch eine Schätzung des Alters nicht ohne weiteres möglich. Die Todesursache ist vermutlich die Einwirkung des Giftgases, das woah ...« Erschrocken zog sie ihre Hand zurück, als sie sich bei der Durchsuchung fast an dem Messer geschnitten hatte, welches für jedermann offensichtlich aus der Brust des Mannes ragte.

Scarlett begann am ganzen Leib zu zittern, als sich ihre Hand um den Griff des Messers schloss und sie es mit einem satten Klatschen aus dem klebrigen Fleisch des Mannes herauszog. Langsam begann sie ernsthaft an ihrem Verstand zu zweifeln. Sachte klappte sie die Kamera wieder zusammen, steckte sie in den Rucksack zurück und nahm das Messer näher in Augenschein. Jetzt, wo es nicht mehr in dem Mann steckte, erkannte sie es sofort als eines ihrer eigenen Küchenmesser.

»Habe am Ende ich selbst ...?«, fragte sie sich beklommen. Nicht dass es sie gekümmert hätte, wenn sie den Mann getötet hätte, aber wenn dem so war, so hätte sie sich gerne daran erinnert. Die Tatsache, dass dem nicht so war, machte ihr größere Angst, als sie sich eingestehen wollte, da dies auf eindeutig neurodegenerative Vorgänge in ihrem Kopf hindeutete. Langsam und immer noch das Messer betrachtend stand sie auf. Scharf zog sie die Luft ein, als sie bemerkte, dass ihr dabei wieder kurzzeitig schwarz vor Augen wurde und sie schwankte. Sie musste ganz definitiv wieder in die höheren Stockwerke. Offensichtlich war die Luft hier unten noch nicht gehaltvoll genug für sie. Rasch wickelte sie das Messer in eine sterile Plastikhülle ein und ließ diese in den Rucksack gleiten, den sie sofort wieder schulterte. Mit schnellen Schritten machte sie sich wieder auf den Weg zur Wohnungstür, blieb jedoch ruckartig vor den Bücherregalen stehen. Fast hätte sie vergessen, wofür sie eigentlich hergekommen war. Rasch öffnete sie den versteckten Tresor und entnahm ihm den Datenträger mit den Informationen ihrer medizinischen Komplettersfassung. Beim Verlassen der Wohnung kniff sie ein letztes Mal die Augen zusammen und taxierte die Leiche mit Blicken, die einem Basilisken vom Planeten Vengal zu Ehren gereicht hätten, aber ohne Erfolg. Sie fragte sich lediglich die ersten paar Sekunden, was der tote Körper auf ihrem neuen Teppich zu suchen hatte.

Als sie schließlich merkte, wie ihr Atem wieder flacher und die Ränder ihres Gesichtsfeldes zunehmend dunkler wurden, stieß sie ein krächzendes Fauchen aus und stürzte aus der Wohnung.

Der Narrator liest vor

Von Alltagserfahrungen

Interview mit Lars ›Lasse‹ Larsson (61 Jahre alt), leitender Kriminalbeamter im Range eines General-Inspektors der amerikanischen Kolonie Liberty V.

»Wollen Sie mich verarschen? Natürlich halte ich nichts von den Söldnern oder ihren Methoden. Und ich muss es wissen, schließlich war ich hier von Anfang an dabei. Allerdings würde ich denen auch um nichts in der Welt die Schuld an dem Zustand geben, in dem sich der Laden hier befindet.«
[...]
»Natürlich schon, seit die ersten Schiffe gelandet sind, oder was glauben Sie sonst, soll ,von Anfang an' bedeuten?«
[...]
»Scheiße, nein! Bevor die Söldner kamen, war es hier sogar noch schlimmer. Ich will Ihnen mal was verraten. Wir hatten und haben es hier mit Scheiße zu tun, von der Sie in ihrem kleinen Büro auf irgendeiner Kernwelt nicht mal zu träumen wagen.«
[...]
»Was ich damit meine ist, dass das Leben in völlig rechtsfreiem Raum, nur unter dem Protegé irgendeiner Firma, die Menschen verändert. In unserem Fall ist eine ganze Generation ins Land gegangen, bis wir genug Leute hatten, um als Kolonie anerkannt zu werden. Bis heute haben viele Probleme, sich in so etwas wie ›Gesetz‹ einzufügen.«

[...]

»Na schön, ich komme wohl nicht umhin, Ihnen ein Beispiel zu geben. Das hier ist eine Geschichte, die sich acht oder neun Jahre nachdem wir hier angekommen sind ereignete. Ich arbeitete damals für den hiesigen Konzern Interplanet Unicated als örtlicher Protektor in deren Arbeitersiedlungen, als es passierte. Ein Prospektor mit seiner Frau wurde draußen in den Wastelands von einer Gruppe Biker überfallen. Wenn Sie mich fragen, war das eine Gruppe dieser Bürokraten, die damals den Papierkram für den Konzern erledigt haben, um dann am Wochenende rauszufahren und mit Knarren und Drogen richtig die Sau rauszulassen. Zumindest rede ich mir, wenn ich nicht schlafen kann, ein, dass da Drogen im Spiel waren. Ich rede mir ein, dass die so richtig drauf waren, denn sonst könnte ich nicht damit leben, was als Nächstes passiert ist. Diese verdammten Scheißkerle haben das Ehepaar überfallen, verprügelt, ihnen die Kleider vom Leib gerissen und dann vor laufender Kamera zum Sex gezwungen.«

[...]

»Natürlich war das schrecklich, Sie Dorsch, aber warten Sie ab, es kommt noch schlimmer. Als jemand, der es sich von Berufswegen ansehen musste, kann ich Ihnen versichern, dass das Video schon bis zur Minute 14 die reinste Qual ist. Beide von Wunden übersät, sie weinend und dem Zusammenbruch nahe und alles überlagert von dem Grölen dieser Mistkerle im Hintergrund. Bei Minute 14 dann plötzlich ein Knattern, der mit Blutergüssen bedeckte Rücken der Frau, die ihren Mann reitet, füllt sich plötzlich mit roten Punkten und ihr Brustkorb explodiert in einem wahren Sprühnebel aus Blut auf die arme Sau unter ihr. Der arme Kerl beginnt zu schreien. Oh Gott, ich höre seine Schreie bis heute, dabei habe ich sie doch nur auf Band gehört. Niemals wieder habe ich so etwas vernommen. Doch dann ..., dann wurde es noch viel schlimmer. Drei maskierte Männer kamen ins Bild, haben die Frau von ihm heruntergerissen, ihm ins Gesicht geschossen und sie in die gottverdammten Löcher gefickt!«

[...]

»Wie, welche Löcher? Die Einschusslöcher natürlich! Ja da kucken Sie. So muss ich damals auch geschaut haben, nur dass ich mich noch dazu übergeben habe und das nicht nur einmal.«

[...]

»Natürlich gab es ein Nachspiel, nur nicht für diese Hurensöhne. Erfahren hat Liberty V nur etwas von all dem, weil die Trottel ihr Filmmaterial unter der Überschrift ‚17-Loch-Stute hart aus 360° genommen' in das planetare Intranet gestellt haben, und es kam daraufhin wohl auch zu Verhaftungen. Der Prozess wurde aber sofort fallengelassen, als die Typen Interplanet Unicated die gestohlenen Daten des Prospektors anboten, in denen die Fundorte für genau die Uranvorkommen eingezeichnet waren, die der Konzern bis heute abbaut.«

[...]

»Was das Nachspiel war, will ich Ihnen gerne erzählen. Etwa zwanzig Jahre, nachdem der Fall zu den Akten gelegt wurde, nahmen wir ein Geschwisterpaar fest. Es stellte sich ziemlich schnell heraus, dass es sich dabei um die Kinder der getöteten Prospektoren handelte. Ich führte damals das Verhör, und die Tochter berichtete mir, dass sie wie durch einen kranken Witz des Schicksals damals eine der ersten war, die das Vergewaltigungsvideo ihrer Eltern gesehen hat. Eine ihrer Freundinnen hatte sie auf den Social-Media-Kanälen darauf weitergeleitet. Bei dem Anblick des Videos wäre sie beinahe an ihrem Abendessen erstickt und während ihr Bruder sie mit dem Heimlich-Griff rettete, sahen sie sich dabei mehr oder minder freiwillig das gesamte Video an. Da waren die beiden gerade erst 14. Mit

18 mussten die Kinder bereits anfangen, irgendwelche kranken Hardcore-Inzest-Fetisch-Videos zu drehen, da sie nach dem Tod ihrer Eltern, aus dem Grund, dass diese nur freie Angestellte des Konzerns waren, keinen Anspruch auf finanzielle Unterstützung oder Schulbildung von Seiten Interplanets Unicated hatten. Verhaften mussten wir sie, nachdem die amerikanische Regierung Liberty V als Kolonie anerkannt hatte und sie nach der neuen Gesetzgebung Steuerbetrug begangen hatten. Zwar konnten sie relativ leicht nachweisen, dass sie bei all ihren Videos verhütet hatten, ihre Ehe ordentlich eingetragen war und das gemeinsame Kind, mit dem das Mädchen schwanger war, mit Hilfe eines Genetikers gezeugt wurde und somit Erbkrankheiten ausgeschlossen waren. Von der Seite her konnte ihnen der Gesetzgeber also nichts anhaben. Nebenbei gesagt bin ich mir aber ziemlich sicher, dass sie sich nur hat schwängern lassen, um die Fetische von ein paar weiteren Perversen, die ihre Videos schauten, zu befriedigen. Was ihnen aber das Genick brach war, dass sie sich seit Regierungsübernahme standhaft geweigert hatten, die Medienvertriebssteuer auf ihre Videos zu bezahlen. Als ich sie damals fragte, wie sie überhaupt in dieses Gewerbe rutschen konnten, gerade bei dem, was ihren Eltern passiert war, erzählte der Bruder uns, dass gerade die Klickzahlen, die das Video damals bekommen hatte, den Ausschlag für ihre Entscheidung gegeben hatten. Die beiden wurden wegen Verbrechen gegen das Staatsvermögen zu jeweils acht Jahren Haft ohne Bewährung verurteilt.

Na, auf einmal so still? Ich nehme nicht an, dass Sie das hören wollten. Ihr Journalisten seid doch alle gleich. Wählerische Aasgeier, die sich nur auf den Kadaver stürzen, der ihnen gerade als schmackhaft erscheint, während ihr die Leichenfelder drum herum ignoriert. Fakt ist, dass diese Geschichte nur ein Haufen Scheiße von einer ganzen Güllehalde ist, die mir, seit ich hier arbeite, untergekommen ist. Das ist das, womit wir uns hier täglich beschäftigen müssen und es wird erst allmählich besser, seit es eine Regierung gibt, die Ordnung schafft. Die Söldner haben in vielen dieser Geschichten eine Rolle gespielt, aber jetzt sind die Söldner seit fast zehn Jahren weg und die Geschichten wiederholen sich immer noch. Und da glauben Sie noch, dass sie die Ursache des Problems sind?

20

Der Narrator erzählt

Von Philosophien

Insgeheim stellte sich Scarlett vor, wie sie ihre Geschichte später jemandem erzählen würde. Sie musste feststellen, dass sie sich selbst dabei ertappte, wie sie lächelte. Es mochte eine Art von Galgenhumor sein, eine Anwandlung morbider Witzigkeit, aber wenigstens war es etwas, das sie zum Lächeln brachte.

Die kleinen Dinge des Lebens, altes Mädchen. Viel mehr hast du eh nicht mehr.

Müde betrachtete sie das Messer in ihrer einen Hand und fühlte das kalte Gewicht eines der Revolver mit der anderen. Es war zum aus der Haut fahren. Nur hatte sie dafür bei Leibe nicht die Kraft. Noch nicht.

Drei Tage, seitdem sie ihre alte Wohnung betreten hatte. Drei Tage, von denen sie nicht ganz wusste, ob sie ihr wie eine Ewigkeit oder wie ein Augenblick vorkommen sollten. Einerseits hatte sie nicht viel getan, außer in ihrer Ecke zu liegen, sich dreimal am Tag Nährpaste zu verabreichen und ihren Körper in Chemikalien schwimmen zu lassen, aber das war nur der körperliche Aspekt. Ihr Geist hatte sich mit ein paar Fragen beschäftigt. Das war zwar nicht minder unbefriedigend, aber hier trat zumindest der Teil auf den Plan, der ihr die Zeit bedeutend verkürzt hatte. Zumindest auf ein paar der Fragen, so glaubte sie, hatte sie eine Antwort gefunden.

Mühsam hob sie sich den Revolver vors Gesicht. Sie hatte noch nie in ihrem Leben eine Waffe in der Hand gehabt, geschweige denn zwei auf einmal. Und doch hatte sie die beiden Männer im Krankenhaus mit einer derartigen Präzision getötet, als hätte sie ihr Lebtag nichts anderes getan. Viele Menschen hätten darauf mit Sicherheit keine Antwort gehabt, aber schließlich war sie nicht wie die meisten Menschen. Für irgendwas musste ein Medizinstudium dann ja doch gut sein.

Sich an die Bilder ihres Gehirns im Krankenhaus zurückerinnernd, hatte sie noch keine halbe Stunde benötigt, um sich der Situation bewusst zu werden. Die Nanobots hatten viele Areale ihres Hirns nicht retten können. Stattdessen hatten sie sich auf diejenigen konzentriert, die noch zu retten waren, und sie mit Stammzellen so lange gepuscht und kalibriert, bis sie in der Lage waren, die Aufgaben der zerstörten Teile weitestgehend zu übernehmen. Wo das nicht möglich gewesen war, hatten die Dinger ihr Neuroimplantate eingesetzt. Dass die betreffenden Teile des Gehirns bei dieser Vorgehensweise ihre eigenen Fähigkeiten überproportional erweiterten, war eine Tatsache, die der Wissenschaft schon seit hunderten von Jahren unter dem Namen Servant-Syndrom bekannt war. So weit, so gut. Wobei sich Scarlett jedoch noch nicht sicher war, was das für sie jetzt im Konkreten bedeutete.

Offensichtlich verbesserte Augen-Hand-Koordination, das ließ sich nicht bestreiten. Aber was sollte das, das sie jetzt manchmal das Gefühl hatte, alles nur mit halber Geschwindigkeit oder noch langsamer wahrzunehmen? Am Anfang ihres kleinen »Selbstfindungstrips«, wie sie die ersten zwei Tage ihrer Stasis inzwischen spöttisch nannte, hatte sie versucht diesen Zustand willentlich herbeizuführen, bis ihr nach Kurzem aufgegangen war, was ihr fehlte. Stress.

Nicht, dass sie der Meinung gewesen wäre, dass ihr Leben in

letzter Zeit entspannt verlaufen wäre. Scarlett verzog allein schon bei diesem Gedanken gequält den Mund. Allerdings hing dieser komische Zustand maßgeblich damit zusammen, wie viel Adrenalin sie gerade durchströmte. Als ihr dazu nichts weiter einfiel, hakte sie es als ›gesteigerte Wahrnehmung und Reflexe‹ ab. Womit sie allerdings bei dem Punkt angelangt war, der ihr am Unheimlichsten war.

Probehalber schloss sie die Augen. Es machte absolut keinen Unterschied. Vor ihrer Netzhaut konnte sie exakt sehen, wie das Treppenhaus vor ihr aussah und das Stockwerk darunter und ihre Wohnung. Im Detail. Und sie war überzeugt, würde jetzt jemand in besagter Wohnung irgendetwas fallen lassen, sie wäre sofort in der Lage auf den Zentimeter genau zu sagen, wo das gewesen wäre, sofern es nur innerhalb ihres Hörbereichs gelegen hätte. Sie hatte das Experiment gemacht. Das einzige Mal überhaupt, als sie in diesen Tagen aufgestanden war. Sie hatte eine leere Dose mit geschlossenen Augen das Treppenhaus hinabgeschleudert, sich so lange gedreht, bis ihr schwindelig war und war dann losgetaumelt. Noch ehe sich der Schwindel legte, hatte sie die Dose bereits in der Hand.

Das hier ließ sich nicht einfach als ›verbesserte räumliche Wahrnehmung‹ abtun. Der passende Begriff war ›räumliches Fühlen‹ und ihres Wissens war das ein medizinisches Novum. Ähnliche Phänomene kannte sie sonst nur von Fledermäusen, aber selbst das war nicht im Mindesten vergleichbar. So hatte sie den zweiten Soldaten getötet. Sie hatte nicht einmal hingesehen, als sie abgedrückt hatte und das musste sie auch nicht. Sie hatte den Raum hinter sich schon einmal gesehen. Nein nicht einmal. Hunderte Male. Seine Schritte hatten ihr verraten, wo er sich befand. Ihre Hände hatten den Rest erledigt.

Langsam ließ sie den Revolver wieder sinken und atmete schwer aus. So viel zu dem Teil, den sie halbwegs verstand.

Nun war der andere dran.

Sich das Messer zum hundertsten Mal vors Gesicht haltend, musste sie sich auch zum hundertsten Mal fragen, warum sie es überhaupt in der Hand hielt, nur damit ihr zum hundertsten Mal mühsam einfiel, ... dass das Ding in einer verdammten Leiche in ihrer Wohnung gesteckt hatte!

Und hier wurden die Dinge für sie unerträglich kompliziert. Verbissen starrte sie das Stück Metall in ihrer Hand an, so, als hoffte sie, ihm durch die pure Intensität, mit der sie das Küchenwerkzeug traktierte, sein Geheimnis entlocken zu können. Doch es blieb hartnäckig stumm.

Fasste man alles zusammen, so gab es einfach keine schlüssige Erklärung für eine Leiche, die man sofort vergaß, sobald man sich nur kurz von ihr abwandte, und an die man sich nur erinnerte, solange man etwas mit sich führte, das einen unmittelbar daran erinnerte.

Sie wusste nicht genau, welche Kapriolen ihr Hirn da schlug, aber es gefiel ihr ganz und gar nicht. Und vor allem hoffte sie, dass sich so etwas nicht häufte. Kurz nach einer solchen Genesung noch schwachsinnig oder wahnsinnig zu werden, da war sie sich sicher, wäre extrem bitter für sie. Sofern sie es dann überhaupt noch mitbekäme. Der beste Fall war, dass ihr Unterbewusstsein sie vor irgendetwas schützen wollte. Und der schlechteste Fall ..., nun ja.

Langsam drehte sie das Messer in ihrer Hand, sodass sich die untergehende Sonne darin spiegelte und sie durch die Gläser ihrer Maske hindurch blendete. Und doch sah sie nicht weg. Sie war fest überzeugt, dass an diesem Ding auch ihre fehlende Erinnerung an die Zeit unmittelbar vor dem Bombenangriff hing. Zu der sie ganz nebenbei gesagt ebenfalls kein Stück weiter vorgedrungen war. Schließlich schnaubte sie, wie schon so viele Male zuvor, frustriert auf, ließ ihre Hand sinken und das

Messer aus ihr herausgleiten. Dafür umfasste sie den Revolver umso heftiger.

Halte an den Dingen fest, die dir sicher sind.

Diese Weisheit ihrer Mutter hatte ihr vom ersten Mal, da sie das Messer aus der Hand gelegt hatte, in den Ohren geklungen. Nur, wie sicher konnte sie überhaupt irgendetwas haben?

Sie konnte sich einfach nichts vormachen. Ihr Leben hing an einem seidenen Faden. Starb sie nicht hier in dieser zerbombten Stadt, so doch sicher in einer nicht allzu weit entfernten Zukunft an den Folgen des Giftgases. Es sei denn, sie konnte sich die nötigen Operationen leisten, womit sie bei der zweiten Sache angelangt war, die ihr nicht sicher war. Ihre Karriere. Aber darüber nachzudenken war müßig, schließlich hing die, genau wie fast alle ihre aktuellen Probleme mit dem zusammen, was ihr am wenigsten sicher war. Ihrem Verstand. Letztendlich würde sie einen weiteren Komplettkernscan benötigen, um herauszufinden, vor welchen Tatsachen sie stand. Und sie würde einen Rechner finden müssen, auf dem sie die Daten aus dem Krankenhaus, mit denen aus ihrer Wohnung vergleichen konnte. Nun starrte sie zwischen ihre Beine, wo die zwei kleinen Datensticks lagen, auf denen möglicherweise die Antworten zu all ihren Fragen lagen. Doch wollte sie die überhaupt wissen? Im Krankenhaus war keine Zeit für eine genauere Analyse ihres Zustandes gewesen. Was war, wenn diese Sticks nichts weiter bargen als neuerliche Schrecken? Wenn sich aus ihnen die Informationen ergaben, dass ihr Gehirn trotz aller Maßnahmen weiter degenerieren würde? Oder eines ihrer anderen Organe kürzer vor dem Versagen stand, als sie es auf den ersten Blick hatte feststellen können. Wollte sie es wirklich wissen, wenn für sie eine Uhr tickte? Und wollte sie es wissen, wenn diese schon weiter fortgeschritten war, als es ihr lieb sein konnte? Waren die Auswirkungen davon am Ende schon be-

merkbar, ohne dass sie noch fähig war, es mitzubekommen?
Langsam, aber sicher fiel ihr Blick erneut auf den Revolver. Zwar waren ihre neu erworbenen Schießkünste auch nur ein Auswuchs ihres angeschlagenen Hirns, aber so traurig es klang, womöglich die einzige Sicherheit, auf die sie noch bauen konnte. Und Scarlett würde sie wahrscheinlich eher wieder auf die Probe stellen müssen, als ihr lieb war. In zwei Tagen spätestens. Länger würden ihre Vorräte an Wasser und Nährpaste nicht mehr ausreichen. Langsam schloss sie ihre Augen, um einen weiteren Tag zu beschließen, in dem Wissen, dass ihr Gehirn sie vermutlich wecken würde, wenn es dazu einen Grund gab.

Eine kleine Sicherheit bringt einen kleinen Trost und damit eine kleine Freude.

Und auf die musste es ihr jetzt ankommen.

»Immerhin«, so sagte sie sich, bevor sie in den Schlaf glitt, »ist der Fakt, dass ich im Zweifelsfall nur eine Kugel für mich selbst brauche, auch eine Art von Sicherheit.«

Zwei Tage später ließ Scarlett langsam die Spritze sinken und wälzte die letzten Reste des Nährbreis in ihrem Mund hin und her. Der Geschmack konnte noch so widerwärtig sein, aber bei dem Gedanken, dass das alles war, was ihr noch geblieben war, erschien er ihr mit einem Mal gar nicht mehr so übel. Seufzend zog sie ihren Rucksack an sich heran und begann ihn aufs Sorgfältigste zu durchsuchen. Ohne den geringsten Erfolg.

»Wäre auch zu schön gewesen«, murmelte sie resignierend vor sich hin, als sie alles, was ihr an Vorräten noch geblieben war, vor sich aufreihte. Nicht ohne Grund hatte sie eher darauf Wert gelegt, dass sie alle Arten von Medikamenten in rauen Mengen mit sich herumtrug, die nötig waren, um sie so schnell es ging wiederherzustellen und einsatzfähig zu halten. Dass ihr dabei am Ende jedoch nicht genug Platz übriggeblieben war, um sich vor dem Verhungern zu retten, war ihr irgendwie entgangen.

Wider besseres Wissen durchwühlte sie erneut ihren Rucksack und stieß zu ihrer eigenen unermesslichen Überraschung auf etwas Hartes.

»Ja, was zum ...?«, dachte sie verwundert und förderte, eine Falte des Rucksacks zur Seite streifend, das kleine Buch zu Tage, das sie zusammen mit den beiden Revolvern dem Toten im Krankenhaus abgenommen hatte. Neugierig starrte sie den reich verzierten schwarzen Einband an, der noch immer mit dem Amulett an der Schnur umwickelt war. Bei allem was passiert war, hatte sie vollkommen vergessen, dass sie es sich damals eingesteckt hatte. Damals? Scarlett legte die Stirn in Falten, während sie ihre Fingerspitzen über die Ziselierungen an den Rändern des Buchrückens entlangfahren ließ. Fünf Tage waren seitdem vergangen und doch kam es ihr vor, als wären es Jahre gewesen.

Kurz überlegte Scarlett und zuckte dann mit den Schultern. Es war nicht so, als hätte sie es sonderlich eilig aus ihrer Ecke herauszukommen und sich auf den Straßen der Stadt über den Haufen schießen zu lassen. Also konnte sie genauso gut auch das Buch eines Toten lesen. Kurzerhand wickelte sie die Kette vom Buch ab, legte das Amulett vorsichtig neben sich und schlug das Buch auf. »Die heiligen Schriften Santa Muertes, des sakralen Todes«, las Scarlett erstaunt die fettgedruckten Lettern, die die ersten Seiten bedeckten. Fast hätte sie das Buch wieder zugeschlagen. Wenn sie eines nie gewesen war, dann besonders gläubig, und ein Buch, das quasi aus dem Schoß des Vatikanstaates selbst kam, zu lesen, widerstrebte ihr eigentlich zutiefst. Als sie es allerdings gegen die Alternativen abwog (die eigentlich nur daraus bestanden, langsam und gelangweilt zu verhungern oder auf Nahrungssuche zu gehen), blätterte sie hastig zu Seite zwei.

Etwa dreieinhalb Stunden später ließ sie die Bibel wieder sinken. Zu sagen, dass sie von dem Inhalt des Gelesenen nicht fasziniert war, wäre eine mehr als nur dicke Lüge gewesen. Sie hatte ja schon gewusst, dass die moderne Kirche in diesen Tagen versuchte, für jeden einen Platz in ihrer Mitte zu finden, aber sie hätte niemals gedacht, dass sie dabei auch auf diejenigen zuging, die sie eigentlich hätte verdammen sollen.

Du sollst nicht töten. Scarlett konnte sich vage aus ihrer Schulzeit erinnern, dass es barbarische Zeiten gegeben hatte, in denen für jene, die gegen dieses Gebot verstießen, nichts weiter blieb als die Gewissheit, in der christlichen Hölle zu schmoren, oder die Hoffnung, doch noch durch göttliche Gnade erlöst zu werden. Doch mit der Neuübersetzung der Heiligen Schrift waren durch Päpstin Doxa IV. die Regeln neu geschrieben worden. Laut dem Büchlein auf ihrem Schoß, das Scarlett nun nachdenklich beäugte, wurde mit dem Konzil von Bartholomäus Duo aus ›du sollst nicht töten‹, das jetzt gebräuchliche ›du sollst nicht morden‹ und die vorherige Ordnung kippte.

›Töten und morden‹, dachte Scarlett und musste verwundert feststellen, wie zwei Wörter, die ein und denselben Vorgang beschrieben, doch so unterschiedlich sein konnten. Und wie viel Macht diesem Unterschied innewohnte.

Mit der Änderung eines einzigen kleinen Wortes hatte die Päpstin damals ihre Arme für diejenigen geöffnet, die ihre Vorgänger noch mit Verachtung gestraft hatten. Jene, die andere Menschen zu Tode brachten, nicht weil sie es wollten oder sich daran ergötzten, sondern weil sie es taten, um selbst zu überleben. Sei es nun aus Notwehr oder, um damit Geld zu verdienen. Und dafür wurde sie nach ihrem Tod heiliggesprochen. Zu Santa Muerte, der Schutzheiligen der Kopfgeldjäger, Söldner und Gesetzlosen. Weiterhin nachdenklich nahm Scarlett das Amulett, das neben ihr lag, in die Hand und legte es auf die Seite, die sie gerade aufgeschlagen hatte.

Santa Muerte hatte zu ihren Lebzeiten festgesetzt, dass keine Handlung, die dem Erhalt des eigenen Lebens diente, jemals eine Sünde sein konnte. Scarlett hatte sich, seit sie die beiden Männer im Krankenhaus erschossen hatte, einige Gedanken gemacht und versucht ihren Gefühlen auf den Grund zu gehen. Nur um festzustellen, dass sie keine hatte. Die beiden toten Soldaten hatten sie genauso wenig berührt wie die Leichen auf den Straßen oder in den Gängen des Krankenhauses. Wie sie es zustande gebracht hatte sie zu erschießen, war für sie das einzig Interessante an dem ganzen Vorgang gewesen. Doch gerade diese Gefühlskälte jagte ihr mit der Zeit Angst ein. Ihre Erinnerung verriet ihr, dass sie in einem früheren Leben einmal anders auf so etwas reagiert hätte, flüsterte ihr ein, dass sie doch ihr Leben lang alles getan hatte, um Leid und Tod von den Menschen fernzuhalten. Nicht, dass sie darum trauerte nicht mehr zu empfinden, aber jeder Verlust einer Hirnfunktion ließ Scarlett in Sorge um ihr eigenes Wohl zusammenzucken. Und mit Verlusten der Emotionen war es da nicht anders.

Von dieser Warte aus betrachtet, war es tröstlich zu wissen, dass es Millionen Menschen gab, die an den Schwachsinn in diesem Buch glauben mussten, um den Tod von Menschen, den sie verschuldet hatten, zu bewältigen. Oder nur um eine Ausrede zu haben, sich einen feuchten Kehricht um die Gefühle oder das Wohlergehen anderer sorgen zu müssen. Sie konnte das einfach so.

»Und so kann denn kein Werk, dass dem Erhalt des eigenen Lebens dient, eine Sünde sein«, rezitierte Scarlett aus dem Kopf die betreffende Stelle. »Denn wie soll der Mensch das ihm vom Herrn verliehene Leben zum größeren Werk nutzen, wenn er sich nicht derer erwehren kann, die es ihm aus Bosheit zu nehmen trachten.«

Plötzlich prustete sie los. Es war das erste Mal seit Tagen, dass ein ehrlich gemeinter Laut der Freude über ihre Lippen kam.

Vollkommener Blödsinn. Es war ja nicht allein die Tatsache, dass das Geschriebene an sich Raum für reichlich Interpretation bot. Es barg auch noch mehr als genug Platz für Paradoxien und Präzedenzfälle. Was der Sache allerdings die Krone aufsetzte, war der nicht enden wollende Reliquienwahn der Katholiken.

Langsam ließ Scarlett ihren Zeigefinger über die Einkerbungen in den Flügeln des kleinen Anhängers gleiten. Sie wusste nun, dass immer, wenn sein Träger auch den letzten Interpretationsraum von ›töten‹ überschritten und zu ›morden‹ übergegangen war, er eine Kerbe hinzufügen musste. Und wenn einer der Flügel brach, musste er eine Pilgerfahrt in den Vatikanstaat der Erde unternehmen, um sich von seiner Sünde reinzuwaschen. Sie fragte sich einige Sekunden ernsthaft, ob es wohl Idioten gab, die so phantasielos waren, diese Reise auf sich zu nehmen, statt ihren Mord nicht doch irgendwie mit ihrem Glauben in Einklang zu bringen. Sie dachte an den armen Trottel, dem sie Buch und Amulett abgenommen hatte. Ihm schien sein Glaube am Ende Frieden gebracht zu haben, was ihr mal wieder vor Augen führte, dass Fanatismus wirklich die einzige Form der Willensstärke war, zu der auch die geistig Schwachen in der Lage waren.

Scarlett seufzte und mühte sich in eine stehende Position. Zumindest zu einem war die Lektüre gut gewesen. Sie hatte ihr in aller Deutlichkeit vor Augen geführt, dass es unumstritten Sinnvolleres gab, womit man in ihrer Situation die Zeit verplempern konnte. Kurz wog sie Buch und Amulett in der Hand.

Schließlich trat sie, alle Gefahr ignorierend, an den Fensterrahmen und schleuderte sie so weit weg, wie sie es in ihrem immer noch geschwächten Zustand vermochte. Dann zog sie beide Revolver und wog sie einige Sekunden in ihren Handflächen. Es fühlte sich richtig an, wie sie sich dort anschmiegten. Sie blickte über die Ruinen der Stadt. Wenn es einen Gott gab, so sagte sie sich, so interessierte es ihn nicht im Mindesten, ob man es töten oder morden nannte. Er musste den Akt an sich so sehr lieben, dass er es zugelassen hatte, dass er an einer ganzen Stadt verübt wurde.

Rasch ihre Habseligkeiten zusammenräumend, dachte sie darüber nach, wie genau sie nun vorgehen wollte. Es verstand sich von selbst, dass sie Nahrung finden musste. Weiterhin sah sie es als ziemlich unwahrscheinlich an, dass irgendjemand von den Besatzern der Stadt sich die Mühe gemacht hatte, in den Wohnungen Plünderungen anzustellen, die weit von ihrem Quartier entfernt lagen. Demzufolge war es nur logisch, erst einmal die Wohnungen dieses Hauses zu durchsuchen. Scarlett fasste binnen Sekunden den Entschluss, genau das nicht zu tun. Sie musste hier heraus, bevor die Nähe zu der Leiche in ihrer Wohnung ihr noch vollkommen den Verstand raubte. Abgesehen davon hatte sie seit Tagen nichts mehr von den feindlichen Truppen gehört oder gesehen. Und selbst wenn, dann sollte es ihr auch recht sein. Alles in allem hing sie zwar, aus für sie kaum nachvollziehbaren Gründen, immer noch an ihrem Leben, aber im Zweifelsfall, da war sie sich sicher, würde sie zu der erlösenden Kugel in ihrer Stirn auch nicht nein sagen.

Nachdem sie alles verpackt und den Rucksack verschlossen hatte, zog sie die Beine an ihren Körper heran und atmete einmal tief durch.

»Jetzt kommt die Feuerprobe«, murmelte sie unverständlich, packte das Geländer und tat ihre ersten echten Schritte seit drei oder vier Tagen.

Ihre Gelenke knackten vernehmlich, sie konnte spüren, wie sich ihre Sehnen spannten, fühlte, wie ihre Wadenmuskeln verkrampften und sie spürte, wie ihr Kreislauf nach ihrer langen Stasis zu kollabieren drohte. Einen schrecklich langen Moment lang erfüllte sie die Furcht, dass es hier und jetzt zu Ende gehen würde, aber schließlich zog dieser vorbei.

Zwar wacklig, aber keinesfalls unsicher, setzte sie einen Schritt vor den anderen. Prüfend hob sie ihre Hand vor die Gläser ihrer Maske. Kaum mehr erkennbares Zittern. Einige Schritte zur nächsten Treppenflucht und sie stieß triumphierend die Luft aus. Alles was Recht war, aber die Medikamente hatten wesentlich besser angeschlagen, als sie sich erhofft hatte. Der Rucksack drückte immer noch schwer auf ihre Schultern, aber sie stellte erfreut fest, dass auch dies sie nur noch einen Bruchteil der Anstrengung kostete, wie zu dem Zeitpunkt, als sie das Krankenhaus verlassen hatte. Dass das vor allem daran lag, dass sie ihre Nahrungsvorräte aufgebraucht hatte, blendete sie zum Zweck der Selbstmotivation gekonnt aus. Auf dem Weg die Treppe hinunter blieb sie noch kurz an ihrer Wohnung stehen, um einen Blick hineinzuwerfen. Kurz erschrak sie über die mittlerweile stark verweste Leiche auf ihrem Wohnzimmerboden, bevor sie heiser röchelte: »Das ist noch nicht vorbei.«

Der Narrator verweist auf die Zeit

Woche fünf nach Kriegsbeginn

21

Der Narrator erzählt

Vom Sturm auf New Heaven

Das eigentliche Problem von Raumschlachten war eines, das sich einem erst erschloss, wenn man einmal von all den offensichtlichen Problemen absah. Gleichzeitig erschien es dem aufmerksamen Betrachter dann nicht mehr unbedingt verwunderlich. Nicht bei einer Kriegsführung, bei der die Kontrahenten so weit voneinander entfernt waren (in den meisten Fällen mehrere Tausend Kilometer), dass sie mit bloßem Auge nicht einmal ihre jeweils gegnerischen Schiffe ausmachen konnten. Noch weniger verwunderlich war es, sobald man sich einmal vor Augen führte, dass die einzige Aktionsmöglichkeit beider Seiten darin bestand, hunderte und tausende Raketen aufeinander abzuschießen. Jede einzelne gesteuert von einem Raketenpiloten mit eingesteckter Kopfverbindung. Jochen hatte einmal gelesen, dass im Schnitt nur jede siebentausendste Rakete ihr Ziel traf. Es hatte ihn nicht im Mindesten gewundert. Wurden die Dinger nicht von den gegnerischen Raketen irgendwo in der Mitte erwischt, erledigten die mit Laserzielerfassung ausgestatteten Abwehrgeschütze an den Schiffen die Arbeit. Er meinte auch mal gelesen zu haben, dass man sich in früheren Jahrhunderten vorgestellt hatte, dass es in Raumschlachten genau wie in atmosphärischen Luftschlachten zugehen würde. Furchtlose Piloten, die mit kleinen Jagdgeschwadern feindliche Großkampfschiffe Stück für Stück in Fetzen schossen. Schwachsinn! Völliger Schwachsinn! Jochen hatte nicht einmal die Grundschule beendet und wusste, dass es kein Entkommen vor den Petawatt starken Abwehrlasern eines Großkampfschiffes gab. Da konnte man noch so sehr die Rechenleistung von menschlichen Gehirnen und Computern koppeln, wie man wollte. Es gab trotzdem immer etwas, das schneller war. Und düsengetriebene Vehikel waren es im Vergleich zu Lasern nicht.

Jetzt war es nicht abzustreiten, dass routinierte Lademannschaften, die die klugen Einschätzungen der Taktikzentrale darüber, welche Raketenart wann und wo den größten Nutzen versprach, schnell ausführten und gewiefte Raketenpiloten, am besten im Rang von Fliegerassen, für den Ausgang einer Schlacht entscheidend sein konnten. Schaffte diese Kombination es zeitig, den Feind um ein paar vitale Schiffe zu erleichtern, siegte bald die materielle Überlegenheit, weil sich der Gegner die Raketen nicht mehr vom Leib halten konnte und die restlichen Schiffe die Flucht ergreifen mussten. Waren die kampfunfähig geschossenen Schiffe dann auch noch manövrierunfähig und mussten zurückbleiben, wurde es für die besiegte Seite unschön. Munition für ein paar Milliarden futsch und Schiffe im Wert von bald einer Billiarde futsch. Ein wirtschaftlicher Totalverlust, der schon so manchen Konflikt beendet hatte. Die meisten Schlachten, die im offenen Raum ausgetragen wurden, endeten jedoch zumeist damit, dass einer der beiden Seiten schlicht und ergreifend die Munition auszugehen drohte und sie sich im Schutz einer letzten Salve durch den Hyperraum verkrümelte. Man hatte schon von Schlachten gehört, die auf die letzte Rakete gewonnen wurden, einfach weil der Oberbefehlshaber der siegreichen Seite darauf gepokert hatte, dass sein Gegner im Angesicht schwindender Munitionskapazitäten schneller die Nerven verlieren würde. Auf der anderen

Seite gab es aber auch genug bekannte Beispiele von Fällen, in denen die Rechnung nicht aufgegangen war. Mit katastrophalen Folgen. Schaffte es eine der kämpfenden Parteien während der Schlacht dann auch noch irgendwie neue Munition herbeizuschaffen oder gar voll munitionierte Schiffe mit ausgeruhten Mannschaften, änderte das die Situation in aller Regel grundlegend.

Alle taktischen Aspekte ignorierend, konnte man über Raumschlachten also vor allem eines sagen. Sie waren generell gesprochen unfassbar teuer. Und die Situation, die sich speziell um Lost Heaven entsponnen hatte, musste für die Buchhalter beider Seiten ein finanzieller Alptraum sein. Ein Alptraum, auf dem, wie Jochen, sämtliche Söldner, alle Befehlshaber und erstaunlicherweise auch die völlig gehirnamputierten Politikbeobachter der Medien vermuteten, die gesamte Taktik des Konzils beruhte. Das Konzil musste doch genau wissen, dass es die besetzten Welten nur so lange gegen die Rückeroberungsversuche der Föderation halten musste, bis deren Finanzverwaltung beschloss, den verwaltenden Unternehmen der jeweiligen Planeten einfach ihre Versicherungssumme auszuzahlen, statt deren Rückeroberung zu finanzieren.

Nun gab es aber durchaus billigere Wege der Kriegsführung. Wege, die die Föderation für ihre versicherten Unternehmen aus der Portokasse begleichen konnte. Die Anlandung von Menschen und Maschinen zum Beispiel, mit dem Ziel, das Patt zwischen den Kriegsschiffen zu brechen. Das war besonders attraktiv, da Söldner nur in voller Höhe bezahlt werden mussten, wenn sie den Einsatz überlebten. Natürlich hätte man auch, so wie die nationalen Armeen, Legionen von Kampfdrohnen und Robotern organisieren können. Aber dann musste man auch das Schiff oder die Raumstation wieder dauerhaft verteidigen, von der aus sie gesteuert wurden, oder Unsummen für hochwertige KI ausgeben, die den Einsatz eigenständig durchführen konnte, ohne sie völlig in den Sand zu setzen. Nein, Menschen waren gerade in einem Fall wie Lost Heaven, in dem allein schon beim Versuch der Landung massive Verluste zu erwarten waren, schon deshalb attraktiver, weil sie nur einen Bruchteil so viel kosteten. Weshalb nach ihnen auch kein Hahn krähen würde. Starben sie, so waren sie nur weiterer, leicht zu ersetzender Abschaum, den niemand vermisste. Überlebten sie, würden sie sich so lange mit den Besatzungskräften beharken, bis auf die eine oder andere Weise Schluss war. Egal ob durch Eroberung, Kapitulation oder Massenmord an der Zivilbevölkerung.

Und abgesehen von dem finanziellen Aspekt, bot die landgestützte Kriegsführung auch mehr Perspektiven. Genauer gesagt gab es tausende Varianten, je nach taktischer Ausgangssituation, Lage vor Ort, Nachschubregelung, technischer Asymmetrie und der taktischen Verquickung von Land-, See-, Luft-, Orbital- und Raum-gestützter Kriegsführung. Hinzu kamen weitere tausend, ja abertausend, wenn nicht Millionen anderer Faktoren, die eine Rolle spielen konnten. Kein Konflikt glich dem anderen. Und alle diese Arten hatten wiederum eine Kleinigkeit gemeinsam mit den Raumschlachten. Jochen hasste sie allesamt. Abgrundtief. Aber am allermeisten hasste er gerade das, was die Untamed Blades mit ihm und seinen Kameraden vorhatten.

Die Vorbereitungen für den Angriff liefen bereits auf Hochtouren. Sauber aufgereiht und im Takt der Vibrationen des Schiffes unheilverkündend schwankend, standen die Exoskelette in langen Reihen vor den Landekapseln der jeweiligen Mannschaften bereit. Beladen mit allerlei Ausrüstungsgegenständen, die ein normaler Mensch unter gewöhnlichen Umständen keine zehn Meter weit tragen konnte. Die Konstrukte, die im spärlich flackernden Licht der Deckenbeleuchtung auf unheimliche Weise fast aussahen wie echte Skelette, würden die Last später in den Boden ableiten, sodass der Träger selbst kaum etwas von dem Gewicht spürte.

Neben den Skeletten wiederum stand ein gewaltiger Tragetornister, den Finley tragen würde und der keinen anderen Bestimmungszweck hatte, als die riesigen Massen an Munition aufzunehmen, die der Cyborg für das Rotationsgeschütz benötigte, gegen das er seinen Arm ausgetauscht hatte. Der Cyborg ließ dann und wann, wie um sich zu vergewissern, dass sie noch funktionierte, den Motor der Minigun für einige Sekunden laufen, was das Geschütz in schrill surrende Drehung versetzte. Jochen schüttelte den Kopf. Es war ein Jammer, dass Finley der einzige Cyborg war, der für die Landeoperation seinem Trupp zugeteilt worden war. Vor etwa einer halben Stunde hatten sie erfahren, dass es nur noch ein Phasensprung bis ins Einsatzgebiet war und die Einheiten sich gefechtsbereit machen sollten. Nun warteten sie darauf, dass man ihnen endlich einen Lagebericht und Instruktionen zukommen lassen würde.

Bei ihm standen die Zwillinge und Phil. Und glücklicherweise auch Steffen. Der Söldner atmete jedes Mal auf, wenn er mit diesem Dreckskerl in einen Trupp eingeteilt wurde.

Jochen schwankte schon seit er den Manipulator kennen gelernt hatte zwischen Neid und Respekt für seinen langjährigen Freund und Kameraden. Statistisch gesehen kam auf 15 000 reguläre Soldaten ein Manipulator und das, obwohl sie inzwischen in Massen produziert wurden. Ihr strategischer Wert war im Grunde kaum zu hoch einzuschätzen. Alleine ihn in der Gruppe zu haben, hatte die Chance der Söldner rekrutiert zu werden, die aufgrund der sowieso schon vorhandenen Qualifikationen nicht schlecht stand, zu einer unumstößlichen Gewissheit gemacht. Dummerweise bekam dieser Schweinehund genau deshalb aber auch den mit Abstand höchsten Sold, woran er seine Mitmenschen gerne und oft zu erinnern pflegte, wenn er die 1,5-Promille-Grenze erst einmal hinter sich gelassen hatte. Kein Wunder, dass ihm Jochen meistens später am Abend Geld aus den Rippen leierte, sobald er sich sicher war, dass Steffen sich am nächsten Morgen nicht mehr daran erinnern würde.

Ehe er mit seinen Grübeleien und der Planung der nächsten ausgedehnten Kneipennacht, die er mit Steffen bald zu unternehmen gedachte, fortfahren konnte, hörte er die unverkennbaren Schritte zweier Paar Kampfstiefel nahen. Stiefel, in denen befehlsgewohnte Füße steckten.

Bereits ein Blick auf diesen Mann hatte Jochen vor zwei Wochen, als der Truppentransporter der Untamed Blades sie auf Redsun aufgelesen hatte, alles verraten, was er wissen musste.

Von dem vernarbten, wie aus zerkratztem Leder geformten Gesicht, über die aufmerksamen, rasch mal hierhin, mal dorthin wandernden Augen, bis hin zu seinem robotischen rechten Arm, dessen Hand sich nie weit von der massiv aussehenden Hoch-Energie-Kanone an seiner Hüfte entfernte. Einfach alles an diesem Mann ließ Jochens innere Alarmglocke läuten und er erschauderte. Er hatte schon bei seinem letzten Einsatz für die Blades einige Male miterleben müssen, auf welche Weise die Offiziere des Sicherheitsunternehmens berechtigt waren, Disziplin in der Truppe durchzusetzen. Er hegte nicht den geringsten Zweifel daran, dass dieses Ding an Sergeant Coldbloods Hüfte sogar Finley in voller Kampfpanzerung im Handumdrehen zur Räson bringen konnte. Hoch-Energie-Waffen waren selten, ihre Munition astronomisch teuer und Jochen hatte kein Interesse, diese hier vor sich im Einsatz zu sehen. Dumm war nur, dass Coldblood mit jeder Faser seines Körpers die Aura eines Mannes ausströmte, dessen Führungsstil auf dem einfachen Gedanken der Flucht beruhte. Seine Truppen sollten idealerweise vor ihm weg und auf den Feind zu rennen. Das Einzige, was Jochen ein wenig beruhigte, war die Tatsache, dass Befehlshaber wie diese im Normalfall nicht lange lebten. Dass Coldblood, den Falten unter den Narben in seinem Gesicht nach, seinen Job schon eine ganze Weile machte, musste entweder bedeuten, dass er doch seltener von seinem Recht auf Feldjustiz Gebrauch machte, als es den Anschein hatte, oder, dass er verdammt gut in der Truppenführung im Feld war.

»Entweder das«, dachte Jochen, während er sich mit den anderen um ihren Befehlshaber scharrte, »oder er ist mit der Wumme so gut, dass er auch ganze Meutereien niederschießen kann.«

»Meine Damen und Herren«, begann der Truppführer mit seiner Ausführung in zweckmäßiger Höflichkeit, »wie Ihnen sicher allen nicht entgangen sein dürfte, steht der Beginn des Einsatzes der Gefahrenstufe Omega, für den Sie sich gemeldet haben, unmittelbar bevor.« Einige der Söldner machten gespielt überraschte Ausrufe. Einer schickte sich sogar an, den alten »Ich bin auf dem falschen Schiff«-Witz zu machen. Ein Ritual, so alt wie Landemanöver zu Angriffszwecken selbst, um die Anspannung ein wenig zu lockern. Doch nicht bei Coldblood. Ein Blick, leiser als eine Drohung und so deutlich wie kalter Stahl an der Kehle, ließ die Witze ersterben. Der Sergeant legte eine Projektionsdisk vor sich auf den Boden und binnen einer Sekunde entfaltete sich das Hologramm eines Planeten, der Jochen vage bekannt vorkam. »Um Sie nicht länger im Unklaren zu lassen, darf ich Ihnen das Ziel Ihres Einsatzes vorstellen. Die HUB-Welt Lost Heaven.«

Jochen erinnerte sich und nickte. Er hatte in der Hauptstadt des Planeten, Chesterfield, wie er meinte, einmal ein paar Tage auf einen Anschlussflug weiter an die Ränder des Systems gewartet. Er glaubte sich zu erinnern, dass er damals noch ein paar seiner Iron-Wings-Extremitäten gehabt hatte, also musste es wirklich schon länger her sein.

Um das Hologramm des Planeten erschienen nun die Simulationen von Schiffen, während sich auf der Planetenoberfläche Markierungen und Linien wie Spinnweben ausbreiteten.

»Der Feind hat sich, entsprechend der Wichtigkeit des Planeten, gut eingegraben. Komplette Orbital- und partielle Luftraumabriegelung. Selbst fortlaufendes Bombardement hat keine Ergebnisse gebracht. Der Feind verfügt über zumindest eine Luftbrücke von einem planetaren Munitionsdepot«, hierbei deutete Coldblood auf eine Markierung in der nördlichen Hemisphäre des Planeten, »sowie fünf planetare Raketenabschusssysteme«, hierbei ließ er den Planeten mit einem Wink sich um sich selbst drehen und zeigte fünf Totenkopfmarkierungen, die sich rundherum auf der südlichen Hälfte des Planeten befanden. Sie alle waren von großen gelben Feldern umgeben, in denen Blitzsymbole prangten. Coldblood ließ seine Worte ein paar Minuten wirken und die Eindrücke einsinken, ehe er fortfuhr.

»Das Konzil hatte fünf Wochen Zeit. Zeit, diese Abschusssysteme in die Mitte zwischen die verdammten Solarkraftparks zu bauen, wo wir, bei Todesdrohung unserer ‚Kunden'«, er betonte das Wort so, als würde allein der Gedanke an die Buchhalter der Föderation ihn mit Ekel erfüllen, was ihm sofort Sympathien unter den Söldnern brachte, »keine direkten Bombardements erfolgen lassen dürfen. Fünf Wochen, in denen die Schweine Zeit hatten, um ihre Depots mit Munition zu füllen. Fünf Wochen, um eine Verteidigungsstrategie auszuarbeiten, die so gut klappt, dass sie schon zwei Mal im laufenden Gefecht in der Lage waren, komplette Bomberschiffe aus der Schlachtreihe zu entfernen und gegen neue auszutauschen, ohne dass ihr Gegenfeuer irgendwie erlahmt ist oder wir es verhindern konnten. Kurz und gut«, und dabei ließ er seinen Blick einmal von Gesicht zu Gesicht wandern, wie als müsste er prüfen, ob die Männer und Frauen vor ihm überhaupt bereit waren für das, was jetzt kam, »die Marine hat mal wieder versagt und die Infanterie muss es herausreißen.«

Diese Ausführung zog ausgiebigstes Stöhnen nach sich. Auch das war ein Ritual bei solchen Landeoperationen. Eines, das diesmal, auch wenn nicht für lange, von Coldblood geduldet wurde. Natürlich nur, bis er fortfuhr.

»Dieser verdammte Drecksplane..., ich meine natürlich, Lost Heaven liegt im Einzugsgebiet von drei Sonnen, die sich bei der Bestrahlung quasi die Klinke in die Hand drücken. Die Durchschnittstage auf der Planetenoberfläche liegen zwischen 36 und 45 Stunden und eine Nacht hat höchstens fünf.« Er warf einen Blick zu den aufgereihten Exoskeletten. »Wie einigen von Ihnen aufgefallen sein dürfte, hat Ihre bereitgestellte Ausrüstung keine besondere Schutzvorrichtung gegen die Sonneneinstrahlung. Ich freue mich, Ihnen mitzuteilen, dass Sie in der Tat keine der Einsatztruppen sind, denen die Eroberung oder Zerstörung der Raketenbasen obliegt. Ihr Ziel wird die Luftbrücke und das planetare Munitionsdepot sein.«

Mit diesen Worten zoomte er auf die nördliche Hemisphäre des Planeten, auf die Umgebung um die Luftbrückenmarkierung.

»Wie Sie sehen, gibt es in der nördlichen Hemisphäre des Planeten vor dem Pol eine breite und fruchtbare Steppe. Dort oben ist es kühler als auf der südlichen Halbkugel und Wasserbeschaffung dürfte eigentlich kein Problem sein. Ebenfalls auf der Nordhalbkugel befindet sich Chesterfield, die Hauptstadt des Planeten, die uns aber vorerst nicht weiter kümmert.«

Coldblood zoomte nun noch näher heran und fokussierte das Hologramm auf die unmittelbare Umgebung der Markierung, sodass nun Geländedetails sichtbar wurden. Offensichtlich hatte das Konzil sein Depot und die Anlagen für die Luftbrücke, die über einen Space-Hook die Schiffe im Orbit mit Nachschub versorgte, auf einem breiten Gebirgs-Plateau am nördlichen Ende der Steppe errichtet.

»Ich möchte ehrlich mit Ihnen allen sein«, die Stimme des Sergeants klang mit einem Mal müde. Er schien diese Rede schon oft gehalten zu haben. »Wir haben keinerlei verlässliche Aufklärung für die Verhältnisse vor Ort. Planmäßig sollen wir, eskortiert von schwerem Begleitfeuer mit Hilfe der Landekapseln auf einen 5 km Radius an die Basis herangeführt werden. Allein bei der Landung auf dem Planeten ist eine Verlustrate von einem Drittel bis zur Hälfte zu erwarten. Hiernach sollen wir uns sammeln und versuchen, die Basis zu erobern. Schwere Feldartillerie, Drohnen oder Luftwaffe werden uns nicht zur Verfügung stehen, und orbitales Bombardement hat es bisher nicht geschafft, an der Luftabwehr der Basis vorbeizukommen. Das einzig Gute ist, dass es sehr unwahrscheinlich ist, dass das Konzil so nah an seinem Munitionsdepot aus dem Orbit heraus einen Beschuss auf uns riskieren wird, aber da hört es auch schon auf.« Er ließ seine Worte einige schwere Sekunden sacken. »Sie alle wussten natürlich, auf was Sie sich eingelassen haben.«

Jochen blickte zu seiner Rechten und dann zu seiner Linken. Er sah das Entsetzen in den obligatorischen drei, vier, fünf Gesichtern, die genau dies nicht gewusst hatten. Er machte sich nicht einmal die Mühe, sich diese Gesichter zu merken. Er würde sie vermutlich schon nach der Landung nie wiedersehen. »Oder sie werden das Letzte sein, was ich sehe, bevor ich bei der Landung abgeschossen werde.« Er war wirklich beeindruckt, wie nüchtern ihm sein Gehirn in letzter Zeit Prospekte seines baldigen Ablebens präsentierte und wie sehr ihn das kaltließ.

»Das Einzige, was ich von meinen Leuten verlange«, riss ihn Coldblood aus seinen Gedanken, »ist, dass sie zusammenhalten. Falls wir den Anflug überleben, erwarte ich, dass jeder hier sein Äußerstes gibt, um den Mann oder die Frau an seiner Seite am Leben zu halten. Und wer das nicht tut …«, hierbei legte er die Hand bedeutungsschwanger auf den Griff der Waffe und ließ den Satz im Stillen verklingen. »Machen Sie sich nun alle bereit. Einsatzfähigkeit ist in fünf Minuten herzustellen, danach werden die Landekapseln bezogen. Männer! Frauen! Kameraden! Zeigt diesen Schweinen, dass ihr euer Geld wert seid!«

Was folgte, war ein kurzes geschmettertes »Jawohl«, ehe sich die Söldner, in manchen Fällen routinierter als andere, daran machten, in die Exoskelette zu steigen. Für Jochen und Steffen war es ein Ritual, so selbstverständlich wie die Einnahme ihrer Medikamente.

Zwei deutlich jüngere Söldner neben ihnen hatten da schon mehr Probleme. Schlimmer war jedoch das, was sie sagten.

»… einen Scheiß wurden wir aufgeklärt! Alter, das können die nicht mit uns machen!« Der Junge war sichtlich aufgebracht, als er das zu seiner nicht minder empört aussehenden Begleiterin sagte.

»Du hast ja recht. Ey, die Blades echt sind die größten Sackgesichter des Universums, aber wenn wir jetzt aussteigen, sind wir am Arsch. Verdammt, die dürfen uns laut Vertrag abknallen, wenn wir jetzt kneifen!«

Jochen und Steffen blickten sich alarmiert an. Jetzt galt es schnell zu handeln.

»Das kann man ja so nicht sagen«, sagte Steffen rasch zu den beiden, während er sich die Ummantelung für seine Beine anlegte.

»Hä? Was? Wieso?«, fragte die Söldnerin ihn.

»Weil man das so nicht sagen sollte«, antwortete Jochen an Steffens Stelle und befestigte seine Brust- und Rückenkoppel.

»Aber warum nicht?«, fragte jetzt der Söldner, während er sich immer noch mit der Skelettführung eines seiner Beine abmühte.

»Weil man das so nicht sagen darf«, gab Steffen nun zurück und beendete die Ausrichtung der Gelenkführung der Armstücke.

Die beiden starrten Jochen und Steffen fragend an.

»Euch ist schon klar, dass die Blades so ziemlich alles auswerten dürfen, was eure Implantate während eines Einsatzes aufzeichnen, oder?«, sagte Jochen, während er das Kopfstück anbrachte und nach seiner Waffe griff. Hoffentlich hielt das Ding noch lang genug, bis er eine bessere erbeuten konnte.

»Ja, aber was …?«, begann die Söldnerin verwirrt.

»Und jetzt ratet mal, wer gerade als Vertragsstrafe wegen ‚Unterminierung der Kampfmoral' und ‚Preisgabe von Vertragsdetails an Dritte' je mindestens ein Drittel seines Soldanspruchs verloren hat?«, sagte Steffen während er zu Jochen aufschloss, der sich schon auf den Weg zur Kapsel machte.

Jochen drehte sich nicht einmal mehr zu den beiden entsetzt blickenden Söldnern um, die ernsthaft Gefahr liefen, einen Anschiss zu riskieren, weil sie es nicht rechtzeitig in die Kapsel schafften. Er wusste, dass ihre »Demonstration von Kampfmoral« und »Unterbindung moralischer Unterminierung« ihnen ihren Sold gerettet oder sogar ein paar Mäuse extra eingebracht hatte. Es war schon echt bitter, wenn man sein Leben von einem Moment zum nächsten plötzlich weit unter Wert riskieren musste.

Jochen sprang behände in eine der mannshohen schmalen Behältnisse und platzierte Arme und Beine in den dafür vorgesehenen Halterungen. Nachdem dies geschehen war, fuhr von oben der Deckel des, einem Sarkophag nicht unähnlichen, Gebildes herab und Jochen konnte gerade noch sehen, wie seine Kameraden es ihm nachtaten, wobei Finley es sich wegen seiner Körpergröße in einem speziellen Fach gemütlich machte.

So verharrte er und wartete auf das Unvermeidliche. Er begann tief Luft zu holen, um die Übelkeit zurückzudrängen. Er konnte kaum beschreiben, wie sehr er diese spezielle Situation hasste. Und das immer und immer wieder aufs Neue.

Kurz darauf fragte sich Jochen, was schlimmer war. Das, was um ihn herum vorging, zu sehen oder nicht. Oder er hätte es sich vielleicht gefragt, wenn er sich nicht vor Angst gelähmt in seinem Gestell festgekrallt hätte. Zähne aufeinandergepresst und Arschbacken mit aller Gewalt zusammengekniffen. Er war sich, wie schon so viele Male vorher, relativ sicher, dass es taktisch unklug war, sich in diesem Moment einzuscheißen oder vollzukotzen. Aber wäre er nicht damit beschäftig gewesen, hätte er sich, wie schon gesagt, vielleicht die Frage gestellt, ob es schlimmer war zu sehen, was um sie herum vorging, oder nicht. Im Grunde eine müßige Überlegung, denn er wusste es ja sowieso. Sie alle taten dies. Die Landekapseln waren zusammen mit einer einzigen gewaltigen Salve von Raketen des Landebombers sowie der drei Begleitschiffe abgeschossen worden. Diese umkreisten sie nun mit dem Ziel, so viele Kapseln wie möglich vor dem feindlichen Abwehrfeuer abzuschirmen. Jochen wusste, dass das nicht allzu gut laufen konnte. Er wusste, dass überall um sie herum Raketen und Landekapseln aufeinandertrafen und einander in Explosionen aus sengend heißem Licht zerrissen. Hören konnte er davon genauso wenig, wie er es aus der Kapsel heraus sah. Die luftlose Leere des Raumes behielt ihre Geheimnisse für sich und wenn der Tod eine der Kapseln traf, geschah dies plötzlich und ohne jede Vorwarnung. Jede Sekunde konnte die letzte sein. Ein Rumpeln hier, eine Erschütterung da, wenn Trümmerstücke der explodierten Objekte oder vielleicht auch Überreste ihrer ehemaligen Insassen gegen die Außenhülle ihrer Kapsel schlugen. Das war alles, was die Söldner mitbekamen und jedes Mal zusammenzucken ließ. Vielleicht schrie und trommelte einer der Söldner, dessen Sarkophag gerade wie durch ein Wunder die Explosion der Kapsel überstanden hatte, gegen die Wände seines Gefängnisses. Es machte im Grunde keinen Unterschied. Hören würde ihn niemand. Sich die Mühe zu machen ihn zu retten schon gar nicht. Der einzige Weg, wie ihn noch jemand wahrnahm, war, wenn er, dann selbst ein Trümmerstück, mit einer der anderen Raketen oder Kapseln kollidierte. Im ersten Fall würde ein Raketenpilot ungehalten knurren und sich in die nächste verfügbare Rakete einloggen und im zweiten Fall hätte er mit einiger Wahrscheinlichkeit noch einige seiner Kameraden ins Verderben gerissen. Ja, wäre Jochen weniger mit der zwanghaften Kontrolle seiner Gedärme beschäftigt gewesen, hätte er sich fragen können, ob es besser war, dies alles zu sehen oder nicht. Dagegen wusste er bereits genau, wie es war, all dies zu hören. Es bedeutete nämlich, dass man vorerst überlebt hatte und dabei keinerlei Erleichterung verspürte. Hörte man es nicht, bedeutete das, dass man tot war. Ein Genuss, in den Jochen auch diesmal nicht kommen sollte.

Das donnernde Vibrieren der Wände, zusammen mit dem fauchenden, fast alles überlagernden Rauschen verriet Jochen, dass die Kapsel gerade einen weiteren Blitzstart der Triebwerke eingelegt hatte und mit einem Affenzahn in die Atmosphäre eintrat. Ebenfalls bemerkte er, wie die Landekapsel weiter zum Leben erwachte und ihren Innenraum langsam an die Verhältnisse der Oberfläche des Planeten anpasste. Jochen nahm wahr, wie die Luft um ihn herum merklich dünner, die Temperatur heißer und die Schwerkraft um mindestens drei Richteinheiten stärker wurde. Ihm wurde flau im Magen. Noch flauer als noch ein paar Sekunden zuvor. Nur hatte das nichts mit jenen Veränderungen zu tun, sondern mit der Tatsache, dass er es nun hören konnte. Nun sorgte die Atmosphäre, ein auf allen bewohnbaren Welten dankbares Medium des Schalls, dafür, dass Jochen die Explosionen, selbst durch das Geräusch des Atmosphäreneintritts hindurch, um sie herum in aller Deutlichkeit wahrnahm. Sie waren nah. Viel zu nah und überlagerten einander zu einem stetigen Dröhnen der Verdammnis. Dann geschah es. Ein kurzes Brausen in den Ohren, ein Ziehen im Magen, das Gefühl, den Boden unter den Füßen zu verlieren, und dann das akute Gefühl, aus vollem Lauf gegen eine Backsteinmauer zu prallen.

Jochen keuchte erschrocken, als unmittelbar danach die Luft um ihn herum um einen ganzen Schub dünner wurde, die Hitze auf seiner Haut brannte und ihn sein eigenes Körpergewicht fast in die Knie zwang, was die Halterungen, in denen er hing, aber Gott sei Dank verhinderten. Ein Schwall Erbrochenes entkam durch seine kurz entspannte Kehle. Etwas in ihrer unmittelbaren Nähe war getroffen worden und die Druckwelle hatte sie erfasst.

Als die Kapsel dann begann abzubremsen, wusste er, dass sie tief in der Scheiße steckten. Zwar kannte er das Gefühl, wenn eine Landekapsel in die tieferen Lagen vor dem Erdboden eintrat und abbremsen musste, aber er hatte es nur ein einziges Mal so heftig verspürt. Es bedeutete, dass die Steuerungs-KI sie von einer viel stärkeren Beschleunigung als üblich runterbremsen musste. Eine Geschwindigkeit, die sie nur in einem Fall riskieren würde. Dem Fall, wenn feindliches Feuer sie erfasst hatte und die Landung dem Einschlag zuvorkommen musste. Als die

Erkenntnis ihn traf, hatte er nicht sonderlich viel Zeit, sich darüber Gedanken zu machen. Schon im nächsten Moment wurde er mit einer solchen Gewalt durchgeschüttelt und von abartigen Andruckskräften gepackt, dass es ihn erneut fast umgerissen hätte. Unnötig zu sagen, dass ihm dabei weiterer Mageninhalt abhandenkam.

Noch ehe sich Jochen aber weitere Sorgen um sein Leben machen konnte, spürte er auch schon einen letzten großen Ruck, und die Kapsel kam zur Ruhe.

Auf den vorherigen Lärm folgte nun eine schon fast unheimliche Stille, die nur von den leisen Arbeitsgeräuschen der Landekapseln unterbrochen wurde. Diese öffnete nur wenige Augenblicke später die Sarkophage und die mehr oder minder gebeutelten Gestalten entstiegen ihren Halterungen, wobei dies bei einigen einen deutlich eleganteren Eindruck machte als bei anderen.

Phil beispielsweise schlug ansatzlos der Länge nach auf den Boden, sobald ihn die Maschine losließ.

»Heilige Scheiße, was war das?«, stöhnte er, während er von Blake gepackt, hochgerissen und einfach mitgeschleift wurde.

»Sofort raus!«, brüllte Coldblood und rannte auf die Ausstiegsluke des Laderaums zu, die sich bereits öffnete und gleißendes Sonnenlicht in den Laderaum ließ. Offensichtlich wusste auch er was Sache war. »Draußen sofort Deckung beziehen!«

Beim Verlassen der Kapsel traf Jochen die Atmosphäre des Planeten wie ein Schlag ins Gesicht. Und dennoch rannte der ganze Trupp, als wäre der Leibhaftige hinter ihnen her. Hitze, Schwerkraft und Sauerstoffmangel zum Trotz rannten sie durch das über ihre Köpfe ragende Grasgewächs, welches um die Kapsel herum kreisförmig versengt war und sich vermutlich bis über den Horizont erstreckte. Wie im Rausch nahm Jochen wahr, wie Gras und auch kleineres Gestrüpp an ihm vorbeizogen. Für ihn gab es nur Finleys Rücken und den Abstand zu diesem, der sein Lauftempo bestimmte. Er nahm nur ganz am Rande wahr, dass sie mit einem Mal einen steilen Hügel erklommen, und es war fast schon Zufall, dass er Coldbloods Stimme hörte, als sie dessen Kamm überschritten hatten.

»In Deckung, ihr Hunde! Nehmt die verdammten Köpfe runter!«

Sobald Finley diesem Befehl nachkam, ließ sich auch Jochen fallen, rutschte den Hang noch etwas herunter und positionierte sich hinter einer kleinen Geröllansammlung. Nach einigen Augenblicken des Orientierens, in denen nun, in einem Strudel tobenden Adrenalins, Schnappatmung und Kreislaufkoller einsetzten, wurde Jochen sofort klar, warum der Sergeant diese Stelle ausgesucht hatte. Das Geräusch des Überschallknalls, als sich die glühende Lanze auf jene Kapsel herabsenkte, in der sie noch vor weniger als einer halben Minute alle gesteckt hatten, war laut. Aber nicht so laut wie die Explosion.

Ein ohrenbetäubendes Krachen, ein dumpfes Wummern und schon wurde das Gras auf dem Hügelkamm von der Wucht der Druckwelle schlagartig niedergedrückt, die gleich einem wütenden, nicht enden wollenden Orkan aus sengend heißer Luft brausend über das Land jagte. Gefolgt von fast schon unheimlicher Stille. Doch die Stille war trügerisch und wurde schnell durch ein Pfeifen abgelöst, das die kleineren und größeren Wrackteile ankündigte, die als martialischer und glühender Geschosshagel auf die Kameraden herniedergingen. Während Jochen und Blake sich noch in den Windschatten eines größeren Felsens rollen konnten, ging die Sache für die Zwillinge, die unter unmenschlichem Brüllen von gleich mehreren kleinen Teilen getroffen wurden, weniger gut aus. Steffen überlebte wohl nur, weil sich Finley in einem Anfall von Heldenmut auf ihn warf und ihn mit seiner stählernen Kehrseite gegen einige größere Stücke abschirmte, deren glühende Ränder sich danach zischend in den Erdboden gruben. Am schlimmsten traf es aber zweifellos Rob und Phil, die bei der Explosion zu weit oben gelegen hatten. Während Rob durch sein spätes Eintreffen sogar so weit oben war, dass ihn die Druckwelle erfassen und unter Schreien den Berg hinabschleudern konnte, fehlte es Phil schlicht und ergreifend an jeder Art von Schutz, da ihn Blake auf einer der wenigen freien Flächen hatte fallen lassen, die der Hang zu bieten hatte. Er wurde unter einem wahren Hagel von Trümmerteilen förmlich begraben und blieb schließlich, halb von diesen bedeckt, wimmernd liegen. Schwer verletzt, aber zumindest noch am Leben.

Erst als die letzten Trümmer gefallen waren, kehrten Momente der Stille ein, die nur durch die üblichen Geräusche schmerzgepeinigter Menschen unterbrochen wurden.

Oh, wie sehr Jochen solche Momente hasste.

Der Narrator liest vor

Zur Taktik

Auszug aus dem praktischen Ratgeber für Offiziere im Feld. Kapitel: ›Gezücht taktisch einsetzen leicht gemacht‹.

[...] Zusammenfassend kann gesagt sein, dass ein Cyborg ab einer Insgesamtlast von 54,68 Kilogramm verbauten Teilen oder einem Prozentsatz von 61,23% maschinell ersetzter Körpermasse definitiv zur Artillerie zu rechnen ist. Dementsprechend ist er im Feldlazarett nicht in der gleichen Pflegeklasse wie die normale Infanterie zu behandeln. Für den vernünftigen Einsatz im Gefecht schlagen Sie im Kapitel ›Feldartillerie – Kugelfang und Feindbrecher zugleich‹ nach.

Doch kommen wir nun zu den sogenannten Symbionten.

Als Symbiont wird gemeinhin ein Mensch, Tier, Pflanze, Bakterium oder Alien bezeichnet, welcher, aus welchen Gründen auch immer, mit einer dazu geeigneten Lebensform (sei sie jetzt ein Mensch, Tier, Pflanze, Bakterium oder ein Alien) eine Symbiose eingegangen ist. Die Symbiose ist eine genetische Verbindung beider Lebewesen zum beidseitigen Vorteil, die mit massiven und sich schnell vollziehenden Veränderungen des Genotyps und/oder Phenotyps des Betreffenden einhergehen. Hierbei ist die Sterblichkeitsrate der Individuen exorbitant hoch, auch wenn von Fall zu Fall Schwankungen vorkommen können. Dies unterscheidet sie grundsätzlich von den Mutanten, die die Veränderungen ihrer DNS schon von Geburt an erworben haben. Näheres wird in dem Kapitel ›Mutanten – Ihr großer Nutzen von allgemeiner Truppenbelustigung bis hin zum Schlachtfeld‹ erläutert. Hier nun werden die klassischen Unterarten und prädestinierten Verwendungszwecke der Symbionten zusammengefasst.

Symbiont Mensch-Mensch:
 Entscheiden sich zwei Menschen mittels entsprechender Technik (empfohlener Konzern hierfür ist die Beryll Mind Creating Corporation) eine Symbiose einzugehen, so zieht dies mehrere Vor- und Nachteile nach sich. Zu den Vorteilen zählt sicherlich die Eigenart der vollkommenen Verschmelzung aller beteiligten Persönlichkeiten zu einer einzigen. Der Anzahl der Menschen, die miteinander eine Symbiose eingehen können, sind prinzipiell keine Grenzen gesetzt. Den Rekord hält bislang eine achtköpfige Gruppe von Männern und Frauen auf Tiberius XII. Dies geht mit einer wissenschaftlich noch nicht einwandfrei geklärten telepathischen Begabung einher, die einen Informationsaustausch ermöglicht, der (was Geschwindigkeit anbelangt) seinesgleichen sucht. Zudem ist es bisher nicht gelungen, Geräte und Techniken zu entwickeln, um diese Art des Informationsaustausches zu stören, zu blockieren oder zu manipulieren. Die beste taktische Anwendung liegt somit klar auf der Hand. Wann immer es nötig ist, dass eine Person praktisch an mehreren Orten gleichzeitig aktiv sein müsste, wie beispielsweise bei Attentaten oder Sabotage, wird dringend zur Anwendung von Symbionten geraten. Auch sind sie, durch die Bündelung von Informationen und Eindrücken verschiedener Blickwinkel, prädestiniert für Überwachung, Beschattung und Erkundung von Terrain. Doch bei jedwedem Einsatz von Symbionten ist auf die Nachteile zu achten, die mit ihnen einhergehen. Bedingt durch die technische Prozedur und die neuronalen Eingriffe, welche zur Erzeugung von Symbionten nötig sind,

ist das Auftreten von Psychosen, Labilität, Zwangsneurosen, Geisteskrankheiten aller Art und fortgeschrittenem Wahnsinn bei den betreffenden Personen keine Seltenheit. Es empfiehlt sich als Kommandeur dringend, sich über die bekannten Erkrankungen der Individuen zu informieren und stets für einen ausreichenden Vorrat an entsprechenden Medikamenten im Feldlazarett zu sorgen. [...]

22

Der Narrator erzählt

Von militärischem Disponieren

Einige Stunden später saßen sie gemeinsam in einem Erdloch, das die Zwillinge zufällig bei ihrer Spähmission entdeckt hatten. Die vorherigen Bewohner, eine Familie von einheimischen Riesennagetieren, lagen, von Finleys und Blakes schlagenden Argumenten überwältigt und definitiv tot, vor seinem Ausgang. Auch einer der Zwillinge war anwesend und hatte ihnen gerade Bericht erstattet. Ob es der gleiche Zwilling war, der sie noch vor ein paar Stunden aufgesucht hatte, vermochte Jochen beim besten Willen nicht zu sagen.

Blake stöhnte vernehmlich, während einer der Feldsanitäter sich das zerfranste Loch ansah, dass ein Granatsplitter in seine Hüfte gerissen hatte.

Coldbloods Gesicht war eine verkniffene Maske der Anspannung.

»Also, ich will ehrlich mit Ihnen allen sein. Es sieht wirklich zappenduster aus.«

»Können Sie laut sagen, Serge«, murmelte Finley halblaut und wandte sich dann erneut an den Zwilling. »Insgesamt zweiunddreißig, hast du gesagt?«

Der Symbiont nickte nur stumm. Auch wenn der Zwilling augenscheinlich nur leichte Verletzungen davongetragen hatte, war sein Gesicht schmerzverzerrt. Offensichtlich litt sein Gegenstück irgendwo da draußen Schmerzen.

»Toll, echt toll«, stöhnte Blake und rieb sich die geschlossenen Augen. »Die Schweinepriester haben ganze Arbeit geleistet. Zusammen mit dem Delta Squad sind wir dann wie viele? 150? 160.«

»174«, knurrte Coldblood. »Aber ändern tut das nichts. Wir sind einfach zu wenige.«

»Und was jetzt«, fragte Jochen grimmig. »Sollen wir hier einfach warten, bis die Penner uns eingekreist und überwältigt haben.«

»Es wundert mich sowieso, warum sie das nicht schon längst gemacht haben«, lamentierte Finley müde, während er sich schwer gegen die Höhlenwand lehnte. Auch ihm war anzusehen, wie schwer der Feind ihnen mitgespielt hatte. Es war kaum mehr ein Stück seines metallenen Körpers übrig, das nicht von Strömen aus Hitze matt geworden, von Schrapnellen zerkratzt oder von abgeprallten Geschossen eingedellt war, sofern sie nicht gleich darin stecken geblieben waren. Weite Teile dessen, was von seiner obsidianschwarzen Haut übriggeblieben war, hatte verbunden werden müssen.

»Ich glaub, ich weiß wieso«, meldete sich mit einem Mal Steffen zu Wort und wankte mit vorsichtigen Schritten auf den befehlshabenden Unteroffizier zu. Aller Augen wandten sich zu dem Manipulator. Jochen wunderte sich wirklich, wie sich sein Freund überhaupt noch auf den Beinen halten konnte und warf ihm einen besorgten Blick zu. Mittlerweile war der Manipulator mit nässenden, rot leuchtenden Wunden übersät und er hatte, seit sie zur Ruhe gekommen waren, fast seinen gesamten Wasservorrat aufgebraucht, um sich abzukühlen. Er hatte das Pech gehabt, indirekt von einem dieser verdammten Mikrowellen-Scheinwerfer angestrahlt zu werden. Der Schweiß auf seiner obersten Hautschicht hatte von einer Sekunde auf die nächste zu kochen begonnen. Womit es ihm immer noch besser ergangen war als dem Söldner vor ihm, der die volle Dosis geschluckt hatte und in den Genuss der Erfahrung gekommen war, wie es sich anfühlt, wenn das Hirn in der Hirnschale von der darin befindlichen Flüssigkeit gegart wird.

»Wir hören«, sagte Coldblood, während er sich an seinem Rubrizierer zu schaffen machte. Jochen hoffte ernstlich, dass der Sergeant einen Plan hatte und nicht einfach gerade sein Testament aktualisierte. Was angesichts ihrer Lage kein unkluger Schritt war, zumal sich der Söldner erinnerte, dass er das selbst so lange nicht mehr gemacht hatte, dass sein Universalerbe, seine ehemalige Katze, schon vor Jahren gestorben war. Aber immer, wenn er sich darum kümmern wollte, fiel ihm ein, dass er eh nichts zu vererben hatte und verwarf den Gedanken wieder.

»Ich schätze, dass sie daran selbst schuld sind.«

Kurz blickte der Untamed Blades Unteroffizier von seiner Arbeit auf.

»Wie ist das zu verstehen?«

Steffen räusperte sich.

»Naja, ich glaube, wir können uns einig sein, dass das Konzil mit einem Manöver wie dem hier gerechnet hat und es kein Idiot war, der die Vorbereitungen dafür getroffen hat. Wie wir ja am eigenen Leib zu spüren gekriegt haben.« Bei diesem Wort spuckte Finley verächtlich aus. Nicht wenige der Überlebenden, die kreuz und quer in der Höhle verteilt waren, blickten den Manipulator ob dieser Untertreibung zornig an. Jochen seufzte nur.

Die ganze Operation war ein Desaster gewesen. Von vorne bis hinten. Diejenigen, die die Landung und den Raketenbeschuss überlebt hatten, hatten sich unter ständigem Gegenfeuer durch die Steppe kämpfen müssen. Ohne jedes Erbarmen hatten sich vom Plateau abgeschossene Marschfluggeschosse auf sie herabgesenkt, während sie Welle um Welle heranströmender Kampfroboter ausgeschaltet hatten. Und das alles, während Flugdrohnen sie mit einem nicht enden wollenden Bombardement eindeckten. Zum Glück hörte zumindest der Raketenbeschuss irgendwann auf. Aber ohne Steffen und Finley, die es als Einzige in ihrem Trupp mit der Luftunterstützung des Konzils aufnehmen konnten, wären sie, genau wie der Beta und Zeta Squad, aufgerieben worden. Wie durch ein Wunder hatte einer der Mechs, der in einem eigenen Pott mit dem Delta Squad abgeschickt wurde, die Landung überlebt und wohl quasi im Alleingang dessen Vormarsch gesichert. Auch Alpha, Kappa und Epsilon hatten es irgendwie zum Rendezvous-Point im Gebiet vor dem Plateau geschafft. Der Weg dahin war die Hölle gewesen. Jochen hatte die Hälfte der Zeit blind zwischen den undurchdringlichen Grasmassen hindurchgeschossen, die so hoch wuchsen, dass selbst Finley sie nicht überschauen konnte. Rechts, links, vorne, hinten. Überall waren Männer und Frauen wie die Scheißhausfliegen niedergemäht worden. Schreie, überall. Und das alles, während sich überall Brände ausgebreitet hatten. Fruchtbar oder nicht, die Steppe, die sie hatten durchqueren müssen, war trocken gewesen. Und Explosionen waren eine verdammt gute Hitzequelle, um ein Feuer zu entzünden. Oder zwei. Oder Zwanzigtausend. Er wusste nicht, wie viele es waren, aber die Massen an dickem, öligem Rauch, die die Brände produzierten, nahmen ihnen noch zusätzlich die Sicht. Die Verluste waren furchtbar gewesen. Jochen selbst hatte einen Durchschuss am Arm erlitten und seine Rückenplatte verloren, als einer dieser Roboter, nachdem sie ihn mit Kugeln durchsiebt hatten, ihnen in einem letzten Aufbäumen noch einen Gruß hinterhergeschickt hatte. Der war so herzlich ausgefallen, dass sich die Platte nach innen verbogen und dem Söldner das Rückgrat gestaucht hatte. Nichts, was etwas Silikon und eine Dosis Amphetamin nicht behoben hätten. Als sie das Plateau erreicht hatten, waren von 2500 Söldnern, die das Schiff in ihren Landekapseln verlassen hatten, vielleicht noch 400 am Leben gewesen. Und damit wesentlich mehr, als sie ursprünglich gehofft hatten. Doch im Plateau hatten sie ihren Meister gefunden. Es gab nur zwei Stellen, an denen sie einen direkten Angriff hatten wagen können. Der Mech hatte zu diesem Zeitpunkt schon erheblichen Schaden genommen, war aber definitiv noch einsatzbereit und gut munitioniert. Und der Pilot der drinsaß, hatte sein Handwerk mehr als nur gut verstanden. Im Windschatten seiner Panzerung hatten sich die Söldner Meter für Meter ihren Weg nach oben gebahnt. Vorbei an eingegrabenen Schützenstellungen, Sprengfallen und gelegentlich aus dem Hinterhalt angreifenden Konzil-Soldaten, die sie irgendwie flankiert hatten. Jochen sog beim Gedanken daran scharf die Luft ein, während er versuchte, seine Beine in eine Position zu bringen, in der ihn der brennende Schmerz darin nicht wahnsinnig machte. Es war zwecklos. Eines der Lasergeschütze, mit einem mehr als nur motiviert wirkenden Schützen dahinter, hatte den Laserstrahl quer über seine Oberschenkel fahren lassen und das Fleisch in einer schnurgeraden Linie mindestens einen Zentimeter tief eingebrannt. Die Schmerzen waren entsetzlich gewesen, aber Jochen wollte sich nicht beklagen. Immerhin hatte er dem Hurensohn noch aus dem Liegen heraus eine Salve direkt in den Brustkorb verpassen können. Fünfzig Meter weiter rechts hatten es die armen Schweine, die dort den Aufstieg wagten, mit einem Impulslaser zu tun bekommen. Der Schütze daran musste angesichts der durchbrechenden Söldner wohl die Nerven verloren und den Laser auf volle Energie gestellt haben. Er hatte nur noch drei Schüsse abgeben können, bevor ihm die Energie ausgegangen war und er massakriert wurde. Zwei hatten verfehlt. Der letzte hatte Phil erwischt. Jochen hatte es Phil hoch angerechnet, dass dieser es trotz seiner zahlreichen Wunden noch irgendwie geschafft hatte weiterzukämpfen. Vor allem wenn man bedachte, dass sie Phil nach der Landung erst aus den sengend heißen Trümmerstücken hatten herausgraben müssen, von denen sich einige tief in seine Haut gebrannt hatten. Dann hatte Jochen aus der Ferne zusehen müssen, wie ihn der Laser im Unterbauch traf und ein faustgroßes Stück seines Körpers vaporisierte. Das fiese an vaporisierenden Lasern war, dass sich die explosionsartig ausdehnende Flüssigkeit der betreffenden Körperstelle de facto in eine im Körper implementierte Bombe verwandelte. Jochen hatte schon gesehen, wie Leuten Arme und Beine weggerissen wurden und sie es überlebt hatten. Aber als sich Phils Körper in einem Sprühnebel aus siedend heißem Blut und herumfliegenden Gedärmen in zwei Hälften teilte, wusste er, dass da nichts mehr zu wollen war. Kurz darauf hatte die Artillerie abgeriegelt. Jochen hatte diese Momente der Hilflosigkeit schon immer gehasst. Sie hatten die Sperrzäune des Depots schon in Sichtweite gehabt, als unmittelbar vor ihnen in einer langen Reihe die Raketen niedergingen. Das bitterste war wohl, dass der Mech, der ihnen allen voran den Vormarsch deckte, ihnen plötzlich in Einzelteilen entgegengeflogen kam. Nein. Jochen strich diese Überlegung. Das bitterste war gewesen, wie wenige nach dem Bombardement noch aufrecht standen. Und wie wenige es dann noch waren, als sie der Gegenangriff, der ausgeführt von offensichtlich frischen Fußsoldaten des Konzils, bis zurück in die Steppe gezwungen hatte.

Laute Stimmen holten Jochen in die Realität zurück. Er wusste nicht, wie lange er ins Nichts gestarrt hatte.

»Aber was wollen Sie uns nun damit sagen?«, sagte Coldblood mit entnervter Stimme. Es war offensichtlich, dass Steffen mit seinen Ausführungen mal wieder weiter ausgeholt haben musste als notwendig.

»Ich will damit sagen, dass ich glaube, dass wir trotz allem immer noch mehr sind als sie«, sagte der Manipulator und gestikulierte ungeduldig mit den durch seine Verbrennungen geschwollenen Händen. »Wir haben während des ganzen Wegs zum Plateau keinen einzigen lebenden Soldaten zu Gesicht bekommen und wie viele waren es, die das Plateau verteidigt haben? Die den Gegenangriff geführt haben? 75? Aber auf keinen Fall mehr als hundert. Das steht mal fest.«

Steffen blickte in die Runde und als angesichts dieser Ausführung niemand einen Einwand erhob, fuhr er fort.

»Diese Schweine konnten uns nicht zurückschlagen, weil sie mehr waren, sondern weil wir spätestens nach dem Artilleriebeschuss völlig im Arsch waren. Hätten sie uns da nicht gehabt, wären wir unter Garantie durchgebrochen.«

»Und du glaubst nicht, dass die noch irgendetwas auf der Basis in der Hinterhand gehabt hätten?«, fragte Blake zweifelnd. »Ich meine, von irgendwoher muss die Artillerie ja gefeuert haben. Mich wundert es nebenbei, dass sie uns damit nicht schon auf der Steppe eingedeckt haben.«

»Ich glaube, dass sie genau das vorhatten«, sagte Steffen und ließ die Hände wieder sinken. Offensichtlich bereitete ihm selbst der Luftwiderstand beim Gestikulieren Schmerzen auf der Haut. »Ich glaube, dass die, spätestens als wir auf 10 km herangekommen waren, vorhatten, uns mit gezieltem Feuer in unsere Einzelteile zu zerlegen.«

»Aber warum haben sie es dann nicht gemacht?«, polterte Finley, dem nun die Geduld auszugehen schien.

»Aus demselben Grund, aus dem sie uns nicht weiterverfolgt haben«, entgegnete Steffen ruhig und deutete zum Höhlenausgang. »Weil sie nichts mehr gesehen haben.«

Draußen hatte sich am helllichten Tag der Himmel verdunkelt

und man konnte inzwischen keine zehn Meter mehr weit sehen.

»Die Buschbrände«, sagte Sergeant Coldblood anerkennend. »Natürlich. Wahrscheinlich wären wir ohne die erst gar nicht so weit gekommen.«

Jochen erinnerte sich vage. Während des Gefechts hatte er kaum darauf geachtet, weil er mehr damit beschäftigt war, sich und seine Kameraden am Leben zu halten, aber jetzt wo er darüber nachdachte, war es mehr als nur offensichtlich.

»Wir hatten die ganze Zeit den Wind im Rücken, was uns zwar die Brände auf die Fersen gesetzt hat, aber eben auch verhindert hat, dass die Mistkerle weiter mit Raketen oder der Artillerie schießen konnten, ohne die Verschrottung ihres eigenen Maschinenparks zu riskieren«, überlegte er laut.

»Und die Roboter, die sie schon lange vorher in Patrouillen in der Steppe positioniert haben mussten, konnten sich nicht geordnet zurückziehen, weil wir mit unserem Vormarsch zu viel Druck gemacht haben«, folgerte Coldblood. »Sie haben tatsächlich recht. Wer immer die Verteidigung des Munitionsdepots organisiert hat, war kein Idiot, aber er hat einen schweren Fehler gemacht. Einen, ohne den wir nie auch nur auf fünf Kilometer an die Basis herangekommen wären.«

»Und mit den Maschinen, die sie hatten, scheinen wir ganz gut aufgeräumt zu haben«, überlegte Blake mit vor Schmerz zuckender Miene, während ihm der Sanitäter den Verband anlegte. »Ich meine, am Ende waren sie ja nicht nur gezwungen, uns alles, was sie an Soldaten hatten, entgegenzuwerfen, sondern auch unmittelbar vor einem Gelände, das mit Kilotonnen starker Raumschiffmunition vollgestopft ist, einen Artillerieangriff zu starten.«

Coldblood lächelte gequält.

»Und trotz allem ist die Lage, wie ich fürchte, wenig aussichtsreich.«

Mittlerweile hatten sich alle Überlebenden ihres Trupps, gerade einmal 26 Männer und Frauen (sofern man jene, denen Körperteile fehlten, noch als vollwertig einbezog), um Coldblood und Steffen versammelt.

Coldblood legte eine Projektionsdisk auf den Boden und ein Geländemodell des Areals um das Plateau erschien.

»Das hier sind die Positionen der verbliebenen Squads«, erläuterte er und markierte einige Punkte auf der Karte. »Wie Sie an sich selbst sehen können, sind die 174 Mann, die wir noch zur Verfügung haben, nichts weiter als eine theoretische Zahl, die unser Gesundheitszustand Lügen straft. Aber selbst, wenn wir alle noch einsatzfähig wären, kann der Feind inzwischen leicht die Hälfte seiner Verschanzungen an den Plateauaufgängen wieder in Stand gesetzt haben. Genug, um uns endgültig den Garaus zu machen.«

Allgemeines Aufstöhnen machte die Runde.

»Naja und selbst wenn sie nicht die Mannstärke haben, um uns im Feld zu begegnen«, meinte Jochen frustriert. »Irgendwann wird sich der Rauch legen und so nah, wie wir gerade sind, können wir es dann nicht mehr wagen, aus unseren Löchern herauszukriechen.«

»Aber was dann?«, fragte einer der Söldner, den Jochen überrascht als den Vogel erkannte, dessen Mundwerk ihn einen großen Teil seines Soldes gekostet hatte. Offensichtlich traf der Tod wohl wirklich mit Vorliebe immer zuerst die Falschen. »Sollen wir uns ihnen ergeben?« Bei diesen Worten schien ein gewisses Quantum an Hoffnung in seiner Stimme mitzuschwingen. Jochen konnte es ihm nicht einmal verübeln, auch wenn er die Antwort darauf schon kannte.

Coldblood schüttelte den Kopf.

»Die meisten von uns sind nationslose Söldner, die nicht als Geisel taugen und für die kannte das Konzil schon immer nur eine Verwendung. Ich habe im Gegensatz zu Ihnen nicht vor, mein Leben in einer Minenkolonie dieses Abschaums zu beschließen.«

»Und wenn wir den Rauch nutzen, um uns von dem Plateau weiter in die Steppe zurückzuziehen?« Diese Frage kam von der Kameradin des Plappermauls. Jochen kam mit den Jahren immer mehr zu dem Schluss, dass der Tod nicht nur immer die Falschen erwischte, sondern irgendwer auch noch eine schützende Hand über Vollidioten und Junkies hielt. Allerdings beschwerte er sich nicht darüber. Schließlich war das der Hauptgrund, dass er selbst noch am Leben war.

»Schwachsinn«, schnaubte Blake. »Hast du dir die Karte überhaupt mal angesehen? Da haben wir auf hunderte Kilometer keine Deckung und sind genauso am Arsch wie hier, wenn die Raketen wieder fliegen.«

Steffen runzelte die Stirn.

»Naja, so schlimm ist die Lage vielleicht gar nicht«, überlegte der Manipulator. »Wenn weder Flucht noch Angriff etwas bringen, dann müssen wir nur von hier aus durch die gegnerische Front durchschlüpfen.«

»Nur!«, stöhnte Finley, der mittlerweile damit begonnen hatte, an seinem Geschützarm herumzufummeln. »Dieser Unglücksmensch sagt das, als ob es die einfachste Sache der Welt wäre.«

»Der Unglücksmensch«, sagte Coldblood erwartungsvoll, »klingt so, als hätte er einen Plan.«

Steffen lächelte matt.

»Nennen wir es lieber ein Himmelfahrtskommando, bei dem die Chance zu sterben geringfügig niedriger ist, als wenn wir hierbleiben.«

Coldblood musterte die Reihen seiner Söldner. Er brauchte nicht lange zu überlegen und sprach dann das aus, was alle dachten.

»Wir hören.«

»Leute, ich halte das immer noch für eine Scheißidee!«
Der Atem des Cyborgs rasselte und er sah schlicht und ergreifend elend aus. Trotz der verstärkenden Tubatoren in seinen Lungen hatten der Rauch und die Hitze dem Hünen alles abverlangt. Blake hatte schon vor einer halben Stunde die Vermutung geäußert, dass es für den Hünen weniger anstrengend wäre, hätte dieser nicht darauf bestanden, den gesamten Munitionsvorrat mitzunehmen. Naturgemäß hatte Finley den Kommentar mit einer verächtlichen Bemerkung über seine maschinelle Überlegenheit abgetan.

Jochen für seinen Teil war schon mehr als froh, dass sein Exoskelett den größten Teil des Gepäckgewichts beim Laufen in den Boden ableitete, aber auch so war jeder Schritt eine Tortur. Er schätzte, dass die Anziehungskraft von Lost Heaven mindestens anderthalb, wenn nicht sogar zwei Erdgravitationen entsprach. Er wollte gar nicht wissen, wie es Finley gerade ging, der aus Stolz komplett darauf verzichtet hatte und sich nur auf seine Maschinisierungen verließ.

Blake rollte angesichts der zigsten Erwähnung dieses Teilaspekts ihres Planes mit den Augen.

»Finley, zum letzten Mal. Wir sind uns alle darüber einig, dass das nicht einfach nur eine Scheißidee ist, sondern vermutlich auch das Letzte, was wir in unserem erbärmlichen Leben tun werden. Wenn du jetzt bitte einfach die Klappe halten würdest, könnten wir noch mal die Einzelheiten durchgehen.«

»Ich meine ja nur ...«, murmelte der Cyborg halblaut vor sich hin, tat aber ansonsten genau das, wozu er gerade aufgefordert worden war.

Der Marsch durch das verbrannte Ödland, das einmal die

grasbewachsene Steppe gewesen war, hatte sich nicht als so schlimm erwiesen, wie es sich die Kameraden vorgestellt hatten. Er war noch wesentlich schlimmer gewesen. Dicke schwarze Rauchwolken krochen, von immer heftiger werdenden Winden getrieben, unmittelbar über den Erdboden und schlugen ihnen von Zeit zu Zeit frontal entgegen. Die Hitze, der Gestank und die Asche, die sie mit sich brachten, machten jeden Schritt und jeden Atemzug zur reinen Qual. Jochen hatte keine Ahnung aus was dieses verdammte Gras, das auf diesem Planeten wuchs, bestand, aber schon nach kürzester Zeit waren sie alle von einem öligen Film aus bestialisch stinkenden Verbrennungsrückständen bedeckt, der die sowieso schon miserablen Sichtverhältnisse noch weiter schmälerte, da sie die Gläser ihrer Masken immer wieder verdunkelten. Natürlich glaubte kaum einer der Söldner an die Existenz des Himmels, aber bald war jeder von ihnen überzeugt, dass, sollte es eine Hölle geben, das hier doch recht gut an sie herankam. Nicht lange und sie hatten jedes Zeitgefühl eingebüßt. Nicht dass das von Bedeutung gewesen wäre. In diesem Niemandsland der Verheerung gab es ohnehin nicht viel, was von Bedeutung war, und Zeit gehörte ganz sicher nicht zu jenen privilegierten Dingen. Tatsächlich schrumpfte die Welt jedes Einzelnen nur auf den Rücken seines Vordermannes, die Hand an dessen Gürtel und die Pein jedes weiteren Hebens und Senkens des eigenen Brustkorbs zusammen. Umgeben von dem dumpfen Wummern des Windes, der über das flache Land strich und dem knackenden Rauschen, das von einigen wenigen noch schwelenden Bränden rührte, unterbrach die Gruppe ihre Reise nur dann, wenn einer von ihnen auf der rutschigen Asche ausglitt und sich wieder aufrichten musste oder wenn Blake sie anhalten ließ, um auf dem Rubrizierer ihren Kurs zu überprüfen. Sie wussten, dass, wenn sie für längere Zeit anhalten oder sich verlieren würden, alles verloren wäre. Irgendwann, vielleicht nach ein paar Stunden, es konnten aber auch ein paar Jahre gewesen sein, gab Blake endlich das Signal zum Stillstand.

Jochen rieb sich angestrengt die Gläser der Maske und versuchte an Blakes Kreuz vorbei durch die Rauchschwaden zu spähen. Natürlich ohne Erfolg. Noch immer war die schwarze Wand, die sie kontinuierlich umgab, undurchdringlich. Auch wenn sich der Söldner einbildete, dass der Rauch nun weniger dicht war. Aber das war ja auch irgendwie ihre einzige Hoffnung.

Während er Blake zusah, wie er einige letzte Handgriffe an seinem Rubrizierer vornahm, sammelte sich der Rest der Truppe um sie herum. Es waren dreißig Männer und Frauen.

»Also okay, Jungs und Mädels, noch mal zum Mitschreiben«, begann Blake schließlich damit, alles ein letztes Mal durchzugehen. »Wie von Steffens Plan vorgesehen, haben wir mitten durch die verbrannte Erde einen Bogen geschlagen und sind jetzt hier.« Er hielt seinen Rubrizierer hoch und deutete auf einen Punkt der Geländekarte, die das östliche Ende des Plateaus markierte. »Der Wind hat sich inzwischen, wie ihr selbst gemerkt habt, noch mehr gedreht, was uns einen noch kleineren Streifen übrig lässt, als wir ursprünglich dachten.«

Kurz ließ ihr Anführer den Blick durch die Runde kreisen, ehe er fortfuhr.

»Ich will, dass alle Zweiergruppen so nah beieinanderbleiben, wie nur irgend möglich. Also packt euch am besten gegenseitig am Gürtel. Das wird, wie ihr euch wahrscheinlich schon denken könnt, wegen diversen Kletterpassagen nicht überall möglich sein. Ich gehe voraus, zusammen mit Jochen. Finley und Steffen kommen danach. Lydia, du gehst mit ...«

Es folgte nochmals die genaue Gruppierung der Söldner. »Fächert so breit wie möglich auf, ohne den Rauch zu verlassen, um so viel Areal wie möglich zu übersehen. Der Symbiont«, und dabei blickte er zu einem der Zwillinge, der sie begleitete, »bildet das Schlusslicht. Wenn ihm was passiert, sind wir alle am Arsch.« Es folgte ein kurzes Räuspern, was Blake ein Knurren entlockte. »Na schön, wenn IHR etwas passiert, sind wir alle am Arsch. Zufrieden?«

Aber niemand war zufrieden. Nicht mal im Mindesten. Doch es nutzte nichts.

»Wenn es zum Äußersten kommt«, und wieder fixierte sie Blake mit entschlossenem Blick, »dann endet die Befehlskette. Verkauft eure Haut einfach so teuer wie möglich.«

Einhelliges Nicken war die Antwort.

»Gut, also weiter im Text. Unser Plan beruht, wie ihr wisst, auf der Annahme, dass die Artillerie des Feindes und vielleicht sogar seine beweglichen Raketenabschussstationen irgendwo an diesem Hang platziert sein müssen. Wie Steffen und Coldblood beide bemerkt haben, gibt es eigentlich auch keinen anderen Ort, wo sie die platziert haben können, ohne direkt oder indirekt das Depot zu gefährden. Da eigentlich aber eigentlich Scheiße ist, denke ich nicht, dass ich euch sagen muss, dass hierbei der größte Knackpunkt liegt, oder?«

Keiner von ihnen sagte etwas. Jochen wäre auch nicht eingefallen, was man hätte sagen können. Fanden sie die Geschütze nicht, egal ob aus eigener Unfähigkeit oder weil sie einfach nicht da waren, war alles vorbei.

»Sobald wir sie gefunden haben«, fuhr Blake fort, »gibt unser Symbiont seinem Gegenstück Bescheid und Coldblood startet den Angriff. Wir sehen, dass wir so nah wie möglich an die Schweine herankommen und heizen ihnen ein.«

Blake klappte seinen Rubrizierer zu.

»Ich sage es an dieser Stelle noch mal. Wenn es dem Konzil gelingt, noch eine weitere Salve auf unsere Leute abzufeuern, ist es vorbei. Selbst wenn es uns dann gelingt, die Artillerie in die Finger zu bekommen, ist an einen Sieg nicht mehr zu denken. Noch Fragen?«

Es gab keine. Jedem von ihnen war klar, was auf dem Spiel stand. Es schien eine Ewigkeit zu dauern, aber schließlich saugte Blake geräuschvoll Luft durch den Filter und ergriff das Wort.

»Wenn keiner mehr von euch was hat, dann möchte ich euch wenigstens noch mal gesagt haben, dass es mir eine Ehre war mit euch zu kämpfen. Man hat uns wie die Ratten, die wir nun mal sind, in die Schlangengrube geworfen und damit auf den schnellsten Weg in die Hölle geschickt. Es gibt aber niemanden, mit dem ich diese Reise lieber antrete als mit euch. In diesem Sinne: Macht euch marschbereit!«

In solchen Situationen fragte sich Jochen nicht mehr, warum Blake so absurd viele Kommandopunkte hatte. Selbst wenn er taktisch nichts auf der Pfanne gehabt hätte, so war doch die Fähigkeit solche Floskeln mit tiefer Ehrlichkeit vorzubringen und seine Leute, selbst wenn alles zum Schlimmsten stand, zu motivieren, mehr wert als jeder Sachverstand. Jeder Plan, egal ob gut oder schlecht, brauchte Leute, die ihn ausführten. Und Blake sorgte dafür, dass dies mit Hingabe geschah.

Sie machten sich auf den Weg, genau wie Blake es ihnen gesagt hatte.

Natürlich wussten sie alle, dass ihre Chancen das zu überleben extrem beschissen standen, aber noch waren sie nicht unter der Erde. Keiner von ihnen plante, sein Leben unter Wert zu verkaufen.

»Zumindest keiner mehr, der am Leben ist«, dachte Jochen nüchtern, während ihm gleichzeitig der Gedanke kam, dass er bei dem Wert seines eigenen Lebens den Konzilssoldaten eigentlich noch Geld geben müsste, dafür dass sie ihn von seinem

Leid erlösen.

Steffens Plan war bei einigen Söldnern nicht eben auf Gegenliebe gestoßen. Vielleicht war es der Teil gewesen, bei dem der größte Teil der Truppe, der nicht zu ihrem Kommandounternehmen gehörte, einen massierten Angriff auf die zumindest wieder teilweise befestigten Stellungen starten sollten. Jedenfalls hatte, wie hätte es auch anders sein können, Mister Plappermaul den Aufstand geprobt. Wer laut anfing herumzuschreien, dass das alles reiner Selbstmord sei und er lieber in einer verdammten Minenkolonie arbeitete, musste sich nicht wundern, wenn sich ein glühend heißer Klumpen Plasma, den Hochenergiemunition nun einmal erzeugte, plötzlich seinen Weg durch seinen Brustkorb bahnte und dabei ein Loch so groß wie Jochens Kopf hinterließ. Als dann auch noch seine Kameradin angefangen hatte, wie am Spieß zu schreien und ihre Waffe auf Coldblood zu richten, hatte sich ihr Kopf schlagartig in einer Welle aus Energie in eine dampfende Masse stinkenden Nichts verwandelt. Als Coldblood danach höflich und mit bedrohlicher Ruhe gefragt hatte, ob es noch jemand vorzöge, sich zu ergeben, hatte das allgemeine Meinungsbild deutlich dagegengestanden.

Jochen hatte einen sauren Geschmack im Mund, als er daran dachte, während er ein letztes Mal seine Ausrüstung checkte.

Er zog das Schloss seiner MP zurück, sah nach, ob eine Kugel im Lauf war und überprüfte das Magazin. Er hatte keine Zeit gehabt, die marode Waffe vor ihrem Marsch durch die Steppe noch einmal zu zerlegen und zu reinigen. Trotzdem, wenn ausgerechnet jetzt Ladehemmungen auftreten, so sagte er sich, musste schon der Teufel seine Hand im Spiel haben. Schnell tastete er auch noch seine Koppel ab, ob alles Wichtige griffbereit war. Im Grunde hatte er neben dem kläglichen Rest seiner Munition nur noch den Autoinjektor dabei, den er, wie es schien vor einer Ewigkeit, einem der toten Sklavenhändler abgenommen hatte. Er hoffte, dass er die Kapseln Saevita darin nicht brauchen würde. Dann war er bereit und nickte Blake zu, der ihn erwartungsvoll anblickte und das Signal zum Abmarsch gab.

»Das kann ja heiter werden«, dachte er düster, während er Blakes Gürtel ergriff. Alles was vor ihnen lag, war im Grunde reine Glückssache. Und Jochen hasste es, sich auf sein Glück verlassen zu müssen.

Jochen hasste solche Situationen. Wobei man natürlich sagen musste, dass er auch schon unter wesentlich schlechteren Bedingungen hatte arbeiten müssen. Und vor allem mit wesentlich schlechteren Leuten. Aber trotzdem sah es alles andere als gut aus. Er hasste Kämpfe, bei denen sein Überleben keine beschlossene Sache war, und das was ihnen bevorstand, schien genau ein solcher Kampf werden zu wollen.

»Die Sonne scheint, die Vöglein singen, ein toller Tag wen umzubringen«, gingen Jochen die Worte seines alten Truppenausbilders durch den Kopf. Wie lange war es eigentlich inzwischen her, dass er an seinem ersten Feuerüberfall teilgenommen hatte? Jochen wiegte sachte den Kopf, um diese Gedanken zu vertreiben. Ein erbärmlicher Ersatz zum Schütteln, aber jetzt konnte er sich nichts mehr leisten, was zu seiner Entdeckung führen würde.

Etwa fünf Meter von ihm entfernt kauerte Steffen hinter einem Felsen und wiederum fünf Meter neben Steffen hatte Blake Position bezogen. Es hatte sie fast fünf Stunden quälenden Aufstiegs und Suche gekostet, die Position des Konzils zu finden und sich unbemerkt an ihre Stellungen anzuschleichen, wobei sie Finley selbstverständlich etwas weiter entfernt zu rückgelassen hatten. Bei dem Gedanken daran, wie der Cyborg versucht hatte lautlos den Hügel zu erklimmen, musste er ein Lachen unterdrücken. Allerdings verging ihm das sofort wieder, als er daran dachte, dass Finley nun mehr als eine Minute brauchen würde, um in das Kampfgeschehen einzugreifen, sobald es losging. Näher hatte Blake es nicht gewagt ihn herankommen zu lassen. Eine Minute. Jochen spürte, wie ihm der Schweiß zu rinnen begann und das, obwohl der sich nun langsam lichtende Rauch immer noch einen großen Teil des Sonnenlichts blockierte. Im Gefecht konnte genau diese Minute über Leben und Tod entscheiden. Genau wie der Umstand, nicht vom Feind entdeckt zu werden. Nervös warf Jochen einen weiteren Blick auf Steffen. Wenn ihm der Schweiß schon rann, so konnte man sagen, dass Steffen förmlich in seinem eigenen Sud badete. Die Verbrennungen machten ihm immer noch schwer zu schaffen.

Sie waren noch etwa fünfzig Meter entfernt.

Vor ihnen standen aufgereiht fünfzehn schwere Panzerhaubitzen und noch einmal genauso viele fahrbare Raketenlafetten. Der Aufschrift auf den Lafetten zufolge, schwere 300er Explosivsprengköpfe. Jede für sich eine Knochenerntemaschine. Keine Frage, das waren die Geschütze, die ihre Kameraden das Leben gekostet hatten. Die Aufgabe, vor der sie standen, war gewaltig.

Aus den Augenwinkeln nahm er eine Bewegung hinter Steffen wahr. Blake hatte das Handzeichen zum Anlegen gegeben. Ein lohnendes Opfer war schnell gefunden. Sobald Blakes erster Schuss fiel, würden alle anderen in schneller Folge das Feuer eröffnen. Danach blieben ihnen nach Jochens Schätzung weniger als drei Minuten, um die Bedienermannschaf-ten und die erfreulich wenigen Schutzmänner zu überwältigen. Alles, was länger dauerte, würde ihnen die Möglichkeit geben, sich in den Fahrzeugen zu verschanzen und einen Notruf abzusetzen. Dann war es so weit. Der Zwilling, der sie begleitete, gab Blake das Signal, dass ihr Bruder ihre Nachricht erhalten hatte und Coldblood seinen Angriff beginnen würde. Kurz darauf hörte man von der anderen Seite des Plateaus aus, vereinzelte Explosionen, woraufhin zwischen den Bedienermannschaften der Artillerie Unruhe ausbrach. Eine Unruhe, der keine Taten mehr folgen sollten. Das Donnern von Blakes Gewehr war geräuschmäßig gesehen nicht viel mehr als die Fortsetzung der fernen Explosionen und kam für Jochens zum Zerreißen gespannte Nerven so überraschend, dass er im Schuss verriss und den Geschützsoldaten, auf den er angelegt hatte, um mindestens einen halben Meter verfehlte. Der Bulle von einem Mann, der an einer der Bedienungskonsolen der Lafetten stand, hatte gerade noch die Zeit herumzuwirbeln, ehe Jochens zweiter Schuss in seine Brust einschlug und ihn mit banaler Endgültigkeit nach hinten umwarf. Aber darauf achtete Jochen schon gar nicht mehr. Nun, wo es losging, hatte er andere Probleme, als zu denken oder sich mit solchen Kleinigkeiten zu befassen. Salve um Salve todbringender Geschosse prasselten auf die völlig desorientierte Geschützmannschaft und forderten zwei Dutzend Leben, ehe das erste Gegenfeuer einsetzte. Die Übrigen nutzten die herumstehenden Fahrzeuge als Deckung und bestrichen das Gelände mit ungezieltem Sperrfeuer, sodass Jochen mit einem Aufschrei in Deckung gehen musste als eines der Geschosse in das Geröll direkt neben seinem Kopf einschlug. Gerade wollte er Blake anbrüllen, wo in aller Welt der verdammte Cyborg blieb, als er schon das hohe Sirren vernahm. Jenes sich zuerst langsam, dann immer schneller steigernde Geräusch, jene Symphonie des Todes, die in jedem Gefecht von beherrschbarer Größe, an dem der Cyborg teilnahm, das Ende der Kampfhandlungen einläutete. Jenes Geräusch, mit dem sich das Rotationsgeschütz an seinem Arm in Bewegung setzte und im nächsten Moment die Hölle über ihre Widersacher hereinbrechen ließ. Eine Hölle, die gleich einem Sturm mit sechstausend Schuss Kadenz in der Minute über den Geschützstand des Feindes hinweg brandete. Wie der Maschine gewordene Gott des Todes persönlich stand Finley, die Beine tief in den Erdboden unter sich gedrückt, plötzlich auf dem Kamm des Hügels, hinter dem sie sich versteckten. Seinen Geschützarm mit dem anderen umklammernd, sandte er seinen Feinden zusammen mit einem bellenden Lachen das Verderben entgegen. Blake gab das Signal, zum Angriff überzugehen. Jochens Herz raste und sein ganzes Sein schrumpfte auf das, was vor ihm lag. Wild brüllend sprang er aus seiner Deckung am Rand des Plateaus hervor und stürmte auf die Fahrzeuge zu. Einer der Mechaniker lehnte sich mit angelegter Waffe hinter der schräg stehenden Lafette hervor und versuchte sie aufzuhalten. Vergeblich. Jochen schickte ihm aus vollem Lauf eine Salve von Kugeln entgegen, die den Mann zwar nur straucheln ließen, da er offensichtlich daran gedacht hatte, trotz der Hitze, unter seiner Mechanikerkleidung noch einen Gefechtsanzug anzuziehen, aber schon war Jochen so dicht heran, dass kein Gefechtsanzug der Galaxie seine Kugeln mehr aufhalten konnte. Sich über die Leiche hinwegsetzend, umrundete Jochen die Lafette und fiel so den beiden Mechanikern, die sich an deren anderer Ecke positioniert hatten, in den Rücken. Noch ehe sie sich auch nur umdrehen konnten, ließ Jochen seine MP sprechen, bis ihr Magazin leer und die Rücken der beiden Männer mit roten Flecken übersät waren, aus denen sich ihr Lebenssaft ergoss und den feinen Kies unter ihren Leibern klumpen ließ. Sich nicht weiter um die beiden scherend, wechselte er das Magazin aus, rannte an ihnen vorbei und hatte freie Sicht auf die geöffnete Tür eines Panzers, aus dessen Inneren die geschrienen Versuche eines Mannes zu hören waren, der sich um Funkverbindung bemühte. Im Türrahmen stand der Geschützoffizier, den Blick in das Innere des Panzers gerichtet, seinerseits Befehle rufend und nicht auf seine Umgebung achtend. Jochens Mund war trocken, seine Beine zitterten wegen der immer noch schmerzenden Verbrennung und der Bewegung in der ungewohnten Schwerkraft. Er hörte ein Klingeln in den Ohren. Eine bessere Gelegenheit würde er nicht mehr bekommen. Mit einem Aufschrei, der den Offizier herumfahren ließ, eröffnete er das Feuer. Nutzlos prallten seine Kugeln an dem mit Sicherheit teuren Gefechtspanzer ab. Dennoch ließ der Mann mit einem schmerzerfüllten Brüllen seine Waffe fallen, als sich einer von Jochens Schüssen durch seinen ungeschützten Arm bohrte. Als er seiner Waffe hinterherhechtete, legte Jochen innerlich triumphierend für den finalen Fangschuss an, nur um im nächsten Moment das trockene und äußerst ungesund klingende Krachen der Mechanik zu vernehmen, mit der sich die Waffe verklemmte.

Ungläubig starrte Jochen auf das Schloss der MP.

»Das ist jetzt nicht euer verdammter Ernst«, hatte Jochen noch Zeit zu denken, bevor der Offizier aus dem Knien heraus das Feuer erwiderte und Jochens Schulter in einer Welle glühenden Schmerzes explodierte. Schreiend stolperte er zurück und fiel über die Leichen der gerade getöteten Mechaniker. Der ungebremste Aufschlag auf die Erde schickte erneut Übelkeit erregende Wogen der Pein durch seine Wunden und Jochen spürte, wie ihm schwarz vor Augen wurde. Schnell rollte er sich zur Seite hinter den Lafettenwagen und das keine Sekunde zu früh, denn schon ließ das Feuer des Offiziers den Kies an der Stelle aufwirbeln, an der er eben noch gelegen hatte.

»Scheiße, scheiße, scheiße«, brüllte Jochen, vor Schmerz und Wut bebend, während er sich mit dem Rücken an einem der massiven Räder hochschob. Überall um ihn herum schlugen nun Geschosse ein. Die Luft war geschwängert vom kontinuierlichen Pfeifen von Finleys Salvenfeuer, dem Donnern von Blakes Kampfflinte und dem Schreien kämpfender und sterbender Menschen. Jochen hatte endlose Scharmützel miterlebt und wusste, dass jedes von ihnen einen eigenen Klang hatte. Und wenn noch auf ein paar Kugeln, die sich in diesem Konzert auf die Reise begaben, sein Name stand, würde es zu seinem Totenlied werden. Mit einem zornigen Stöhnen warf Jochen seine MP von sich und griff in sein Koppel, um sich mit einer fließenden Bewegung den Autoinjektor ins Bein zu jagen. Wobei er wie im Wahn Blicke um sich warf. Wenn der Offizier sich entschied, seine Stellung nicht zu verteidigen, sondern ihn holen zu kommen, war es um ihn geschehen. Dann blinzelte er.

»Habe ich eigentlich dran gedacht, überprüfen zu lassen, wie stark dieses Saevita wirklich ist?«, fragte sich der Söldner, die Antwort aber bereits kennend, da sich sein Blickfeld rot färbte. Wie um alles auf der Welt war er auf einmal auf die Beine gekommen und wie hatte sein Messer den Weg in seine Hand gefunden? Das waren die Fragen, die ihn umtrieben, während sein Umfeld in rasender Geschwindigkeit an ihm vorbeiglitt. Ein Herzschlag, er hatte die Lafette wieder umrundet. Zwei Herzschläge der Offizier feuerte aus der Tür des Panzers heraus wieder auf ihn. Drei Herzschläge …

Verwundert betrachtete Jochen seine geballte Faust um den Griff seines Messers, dessen Klinge in der Kehle des Offiziers steckte. Auf und nieder senkte sich seine Faust, auf und nieder glitt das Messer durch weiches Fleisch. So lange, bis es keinen Hals mehr zwischen Kopf und Rumpf gab und sein Messer vom

Boden des Panzers abprallte. Wann war der Mann zu Boden gegangen? Wann war er auf ihn draufgestiegen? Plötzlich spürte er, wie ihn etwas traf, und die Knochen seines linken Armes brachen. Mit mildem Interesse betrachtete er den Mann mit der Stahlstange, die er erneut zum Schlag über den Kopf hob.

Ein Herzschlag und er hatte dem Mann aus dem Sprung heraus sein Messer von unten durch den Kiefer getrieben. Zwei Herzschläge, er hatte das Messer gedreht und seitlich aus dem Gesicht des Mannes gerissen. Drei Herzschläge, der Mann lag unter ihm, während Jochen seine Faust betrachtete, die auf ihn einschlug. Wenn nur dieses Messer nicht an ihr dranhängen würde, dann müsste er ihn auch nicht ausbeinen.

Als seine Kameraden ihn schließlich fanden, kniete er förmlich im Inneren der Brust des Mannes, behängt mit den sterblichen Überresten seines Gedärms und mit jedem Hieb die Sauerei an Wänden und Decken des Panzers vergrößernd. Und als ihn die stählerne Faust Blakes an der Schläfe traf, war dies für ihn kaum mehr als der Beginn der Tiefschlafphase nach einem langen Traum.

Der Narrator liest vor

Zur Taktik II

Auszug aus dem praktischen Ratgeber für Offiziere im Feld. Kapitel: ›Gezücht taktisch einsetzen leicht gemacht‹.

Symbiont Mensch-Pflanze:
Zu den praktischsten, aber auch leider seltensten Symbionten gehören zweifellos jene Individuen, die ihre Symbiose mit einer pflanzlichen Lebensform eingegangen sind. Derzeit wird durch verschiedene Konzerne an Möglichkeiten geforscht, wie diese Art der Symbionten industriell unter Laborbedingungen zu reproduzieren und die derzeitige Sterblichkeit der Probanden (i.d.R. 95%) zu senken ist. Je nach Fall ist es möglich (um nicht zu sagen sicher), dass der Vorgang der Symbiosebildung nicht auf freiwilliger Basis von Seiten des Menschen vonstatten ging, sondern ungewollt durch den versehentlichen Kontakt mit der entsprechenden pflanzlichen Lebensform zu Stande gekommen ist. Lange Zeit wurden die signifikanten äußeren Erscheinungen der Symbiose, wie die Veränderung von Hautform und Farbe sowie der einsetzende Bewuchs als Krankheit behandelt, bis man schließlich die Ursache der Veränderungen erkannte – und damit deren taktischen Nutzen. Die betroffenen Individuen sind je nach Art der Pflanze extrem widerstandsfähig gegenüber Hitze und Kälte und äußerst genügsam. In den meisten Fällen benötigen sie nichts außer dem Zugang zu Wasser und Sonnenlicht, um ihren Metabolismus aufrechtzuerhalten, was sich je nach Klima des Planeten meist bedeutend auf die Verpflegungskosten auswirkt. Zudem ist von einigen Fällen

bekannt, dass sie sogar unter Wasser atmen können. Den größten taktischen Nutzen entfalten diese Symbionten definitiv für Einsätze, in denen sie durch ihre offensichtliche Autarkie auch im Feindgebiet überleben können. Sprich, für jede Art von Sabotageakten und Überfällen hinter den feindlichen Linien. Hier können sie, da sie in den meisten Fällen nichts weiter als Wasser und Licht zum Überleben benötigen, monatelang sehr mobil und unabhängig agieren und so den Versorgungslinien der Feinde empfindlichen Schaden zufügen. Aber auch hierbei muss man sich die außerordentlichen Nachteile und Besonderheiten dieser Personen klar machen. Der gute Taktiker muss sich im Voraus informieren, ob unter den einzusetzenden Truppen auch solche sind, welche beispielsweise in ihrem Körper Gifte, Antibiotika, Haluzinogene etc. produzieren können oder für ihr Überleben auf Fleisch angewiesen sind und dieses (egal ob menschlich oder tierisch) im lebendigen Zustand durch Lockstoffe beeinflussen können. Die Verwendungszwecke sind dementsprechend anzupassen. Der offensichtlichste Nachteil dieser Truppengattung besteht jedoch zweifelsfrei darin, dass sie in den meisten Fällen des Nachts in einen fast schon apathischen Ruhezustand verfallen, in dem sie leichte Beute für feindliche Aufklärer werden. Zudem entfällt jede Form von Nutzen, wenn es sich bei dem Symbionten um eine Gattung handelt, die für ihr Überleben stark auf Flüssigkeit angewiesen ist und diese durch das Gefechtsumfeld nicht ausreichend gewährleistet werden kann. Von einer Rekrutierung ist in diesem Fall dringend abzuraten, da gerade in Wüstengebieten die Herbeiführung von überproportionaler Menge an Wasser einen zu intensiven Kostenfaktor bedeutet. […]

23

Der Narrator erzählt

Von Verletzungen und Abhängigkeiten

Unter ihm brannte der Boden und über ihm die Decke. Türe und Tore schlossen sich, donnerten, im Versuch das Feuer einzudämmen, mit brachialer Gewalt in ihre Fassungen. Zu spät, viel zu spät. Mit letzter Kraft zog er sich durch die Luke und es wurde finster. Er sah die Silbermünze rotieren. Kopf! Und alles um ihn herum ging in Flammen auf.

Jochen schrie. Es half nichts zu wissen, dass diese Schmerzen nicht echt waren. Er wollte sich winden, aufspringen, um sich schlagen, seinem Schmerz sonst wie Ausdruck verleihen oder besser noch vor ihm davonrennen, bis ihm die Beine versagten, aber er konnte nicht. Stramme Riemen um seinen Körper hielten ihn an Ort und Stelle und machten jede Bewegung unmöglich. Also schrie er. Schrie, bis ihm die Lunge versagte und sein Leib sich in Krämpfen aufbäumte. Bis er schließlich zitternd und schwitzend zu liegen kam.

»Geht es wieder?«

Die Frage allein schien derart dämlich und überflüssig, dass Jochen sie nicht einmal einer Antwort gewürdigt hätte, wenn er dazu in der Lage gewesen wäre. So gab er einfach nur ein unartikuliertes Röcheln von sich, das eigentlich eine derbe Beleidigung hätte sein sollen. Wenn nur nicht sein Hals so geschmerzt hätte.

Aber vielleicht war es gut, dass sein Gegenüber ihn nicht verstanden hatte, denn im nächsten Moment spürte er, wie sich geschickte Finger an dem Verband zu schaffen machten, der bisher über seinen Augen gelegen hatte, und ihn langsam abrollten.

»Ganz ehrlich, ich hatte ja schon viele Patienten mit PTBS hier liegen, aber noch keinen, der sich im Schlaf fast die Augen ausgekratzt hat. Und nichts für ungut, aber wenn Sie noch einmal mit dem Rumgebrülle anfangen, verpasse ich Ihnen 'ne Kiefersperre. Da kann ja keine Sau vernünftig Mittagsschlaf halten.«

Allmählich hatte Jochen das Gefühl, dass ihm das Geplapper vage bekannt vorkam. So, als hätte er es schon einmal gehört, und als wären die Umstände, unter denen er damit in Kontakt gekommen war, ähnlich gelagert wie die jetzigen. Als der letzte Zipfel des Verbandes sich schließlich von seinem Gesicht löste, musste er einige Male heftig blinzeln, bis sich seine Augen an die ungewohnte Helligkeit gewöhnt hatten. Dann entwand sich seiner Kehle ein Stöhnen.

»Dr. Frankenstein?!«

»Immer schön, wenn man bei seinen Patienten einen bleibenden Eindruck hinterlässt«, sagte der Angesprochene in einem gekränkten Tonfall.

Der Söldner vermutete, dass der Mann während des Angriffes wohl zu einem der anderen Trupps gehört hatte. Anders konnte er sich nicht erklären, wie er bis jetzt nicht bemerkt hatte, dass er an der Operation beteiligt gewesen war. Doktor Frank Stein hatte sich, zumindest soweit Jochen es beurteilen konnte, kaum verändert, seit sie sich das letzte Mal gesehen hatten. Sicher, sein Haar war etwas grauer, seine Hängebacken hingen vielleicht eine Spur weiter unten und seine Augen saßen unbestritten noch etwas tiefer in den Höhlen, als es das letzte

Mal der Fall gewesen war. Dennoch bewegte sich der kleine, deutlich zur Dickleibigkeit neigende Mann, trotz seines Alters von inzwischen annähernd 70 Jahren, immer noch mit einer Energie durch den Behandlungsraum, die man nur bewundern konnte. Getrübt wurde dieser Eindruck nur durch das ständige Gebrabbel, das teils an eine bestimmte Person, teils an alle Personen im Raum und teils an sich selbst gerichtet war. Als Jochen sich kurz umblickte, musste er feststellen, dass er sehr zu seinem Leidwesen die einzige Person im Raum und damit Hauptziel für die Redeattacken des Doktors war.

»Ich habe ja kurz darüber nachgedacht, Ihnen einfach die Stimmbänder zu entnehmen und Ihnen einen Kehlkopfsprecher zu verpassen. Auf die Weise wäre mir zumindest ein Teil des Lärms, den Sie veranstaltet haben, erspart geblieben«, setzte der Doktor ungehemmt das Gequassel fort, während er nun anfing die Gurte und Riemen, die Jochen in Stasis hielten, zu lösen, »allerdings hätte es wohl kaum meinem Berufsethos entsprochen, an einem der wenigen Körperteile zu operieren, die von den Einschüssen unversehrt geblieben sind.« Wie von seinem eigenen Humor begeistert, setzte er diesen Worten ein amüsiertes Glucksen nach.

Jochen verdrehte die Augen. Der Spitzname des Arztes kam nicht von ungefähr. Natürlich bot er sich bei einem Mediziner, der von Geburt an Frank Stein hieß, auf geradezu magische Weise an, aber tatsächlich war das nicht der Hauptgrund dafür gewesen, dass er ihn bekommen hatte.

Der Doktor hatte damals kurz nach Steffen und Jochen bei den Untamed Blades angeheuert und danach war die Anzahl von Operationen, die an den Verwundeten durchgeführt wurden, sprunghaft angestiegen. Während die einen behaupteten, man hätte lediglich endlich einen Arzt gefunden, der nicht zu faul war seinen Job zu machen, munkelten die anderen, hinter mehr oder weniger vorgehaltener Hand, von Menschenversuchen und Versicherungsbetrug durch vollkommen unnötige Eingriffe, Amputationen und medizinische Sonderbehandlungen. Jochen hatte sich damals nur einmal einen halben Tag über in der Obhut des Doktors befunden und war heilfroh, als er die Behandlungsstation in halbwegs zumutbarem Zustand wieder hatte verlassen dürfen. Wenn man mal ganz von seinen gebeutelten Ohren absah, die auch damals dem Redeschwall des Mediziners schutzlos ausgeliefert waren.

»Sie waren zwar beileibe nicht der schlimmste Fall, der mir jemals untergekommen ist, aber meine Güte, es hat auch nach der dritten Spritze Narkotikum noch zwei Ihrer Kameraden gebraucht, um Sie nach der Operation an dieses Bett zu fesseln, und das kann man schon als Rekord sehen«, setzte Dr. Stein fröhlich fort, indem er die letzten Fesseln löste. »So, versuchen Sie doch jetzt einmal vorsichtig sich aufzurichten.«

Jochen tat wie geheißen, nur um eine Sekunde später unter schmerzerfülltem Keuchen wieder zurückzusinken.

»Tut weh, oder?«, fragte der Arzt mit genau dem vergnügten Unterton, den er angesichts des Leids seiner Patienten offensichtlich immer noch an den Tag legte. »Ja, ja, es stand ganz schön schlimm um Sie. Mal aus reinem Interesse, haben Sie es in Ihrem Rausch überhaupt bemerkt, dass man Sie förmlich durchsiebt hat? Kleiner Tipp. Gute Gefechtsanzüge sind definitiv die falsche Ecke zum Sparen, aber über so was mit Leuten wie Ihnen zu reden ist, als würde man sich mit einer Wand unterhalten. Nur dass es Wänden nichts ausmachte, wenn man auf sie schießt.«

Er lachte meckernd.

»Sehr witzig«, presste Jochen zwischen zusammengebissenen Zähnen hervor. »Ist Ihnen während der OP das Schmerzmittel ausgegangen, oder was?«

Sein Kopf schmerzte höllisch. Genau wie der ganze Rest seines Körpers. Er hatte nicht im Mindesten Lust, dem Geschwafel von Dr. Stein länger zuzuhören als unbedingt notwendig.

»Tut mir leid, junger Freund, aber ich habe strikte Anweisung, Ihnen nicht mehr als das absolute medizinische Minimum zu verabreichen.«

Jochen starrte den Mann an, als sei er verrückt geworden.

»Von wem haben Sie diese Anweisung?«

Noch ehe der Doktor den Mund aufmachen konnte, bekam Jochen schon seine Antwort.

»Von mir, wenn's recht ist.«

Jochen atmete erst einmal tief ein und verzog das Gesicht, während er Steffen betrachtete, der ganz lässig im Türrahmen lehnte.

»Und wie zur Hölle komme ich zu der Ehre, dass mich mein bester Freund gerne in Todesqualen liegen sehen will?«

»Mal überlegen«, begann Steffen mit in gespielter Nachdenklichkeit gefurchter Stirn, »gibt es einen bestimmten Grund dafür einen notorisch drogenabhängigen, psychisch labilen Mann, der regelmäßigen Umgang mit Schusswaffen pflegt und unter Einfluss bestimmter Substanzen ganz offensichtlich zu Gewaltausbrüchen neigt, auf Entzug zu setzen?« Dann zuckte er mit den Schultern. »Du hast natürlich recht. Ich Monster will dich einfach nur leiden sehen.«

Jochen schnaubte.

»Jetzt lass das Kontor mal auf dem Planeten. Als würdest du irgendjemanden kennen, der sich nicht 24/7 Medikamente einschmeißt.«

»Streite ich auch gar nicht ab«, sagte Steffen gelassen, während er sich einen Stuhl heranzog und sich neben Jochens Krankenbett setzte, »aber von denen kenne ich auch keine Untersuchungsergebnisse.«

»Ach, wie schlimm kann´s schon sein«, brummte Jochen und startete einen weiteren Versuch, seinen Körper in eine senkrechte oder wenigstens weniger waagerechte Position zu bringen. Ohne Erfolg.

»Doc, wenn ich bitten darf?«

Schon im nächsten Moment hatte Doktor Stein seine Krankendaten auf seinem Rubrizierer geladen.

»Mal sehen. Im Organismus von Herrn Grünfeld, Jochen fanden wir Aufputschmittel, Antidepressiva, Stressblocker, Steroide, Kreatine, Konzentrationspotentoren, Reste von THC 12, Ecgonylbenzoat und neben ungezählten anderen mehr oder minder legalen Substanzen auch noch winzige Reste von«, hierbei verzog sich der Mundwinkel des Arztes vor Ekel, »von menschlichem Urin.«

»Aha, und was soll an Letzterem so schlimm sein?«, fragte Jochen, dem angesichts dieser Masse an Substanzen nun doch die Ohren zu brennen begannen.

»Fangen wir einfach mal mit der Tatsache an, dass es eine Blut- und keine Urinprobe war, die wir Ihnen für die Durchführung der Tests entnommen haben.«

Jochen öffnete und schloss mehrfach den Mund, schwieg dann aber betreten. Kopfschüttelnd ging der Arzt die weiteren Unterlagen durch.

»Die Jugend von heute. Wo sind nur die Zeiten hin, als die Menschen noch verantwortungsbewusst mit den Mitteln der Medizin umgegangen sind? Ich sage Ihnen, dass es das vor 40 Jahren noch nicht gegeben hätte. Uns wäre es ja niemals eingefallen, unsere Probleme mit Medikamenten zu lösen. Das kommt alles von der Verrohung der Moral. Generell sind die Generationen nach mir …«

»Jaja, schon gut, wir haben verstanden«, unterbrach Steffen den Redeschwall des Doktors und hob beschwichtigend die

Hände. »Sagen Sie Jochen einfach, wie es jetzt weitergehen soll.«

Doktor Stein verrenkte seine tief im Schädel liegenden Augen zu kleinen schwarzen Schlitzen, offensichtlich ärgerlich darüber, dass man ihn in seiner grenzenlosen Weisheit unterbrochen hatte.

»Ich mache jetzt noch die letzten Tests fertig. Wenn ich nichts mehr feststellen kann, gebe ich Ihnen ein paar Rezepte und dann können Sie gehen.«

Mit diesen Worten rauschte er aus dem Raum.

Jochen atmete auf.

»Ein paar Dinge ändern sich wohl nie.«

»Andere Dinge werden sich dafür wohl in nächster Zeit drastisch ändern«, sagte Steffen mit bedeutungsschwerer Stimme, was Jochen einen leisen Seufzer entlockte.

»War es denn in letzter Zeit wirklich so schlimm«, murmelte der Söldner schuldbewusst.

»Kannst du dich denn an gar nichts von dem Gefecht erinnern?«

Angestrengt dachte Jochen nach. Und dann kamen die Bilder. Seltsamerweise kamen sie immer, egal wie sehr er sich das Gehirn auch chemisch zerpflückte.

»Ach du Scheiße«, hauchte Jochen zuerst. Dann richtete er sich mit einem Ruck aus dem Liegen auf, den Schmerz mit einem Mal ignorierend und rief laut: »Ach du Scheiße.«

Steffen nickte anerkennend.

»Wie ich sehe, ist immerhin noch nicht alles verloren.«

Jochen erfasste mit einem Mal eine Welle von Schwindel und Übelkeit. Doch Steffens Hilfe, als er sich die Hand vor die Stirn legte, wies er harsch zurück. Er konnte spüren, wie es hinter seiner Stirn zu brennen begann. Scham? Trauer? Schuld? Eigentlich war es egal. Was er getan hatte, würde sich ohnehin weder erklären noch rechtfertigen lassen.

»Oh Mann«, stöhnte er resignierend und beugte sich vornüber.

»Das trifft es so ziemlich. Viel mehr haben die anderen auch nicht gesagt.«

Jochen hob den Kopf wieder und starrte dem Manipulator direkt ins Gesicht.

»Will ich denn wirklich wissen, was sie gesagt haben?«

Steffen rutschte unbehaglich auf seinem Stuhl herum.

»Falls du dir Sorgen machst, dass sie dich bei Coldblood angeschwärzt haben, was das angeht, kannst du ganz beruhigt sein.«

Jochen atmete erleichtert auf. Wenigstens etwas.

»Was aber hauptsächlich damit zu tun hat, dass er tot ist.«

Der Söldner starrte ihn an und sackte in sich zusammen.

»Scheiße«, fluchte er halblaut. »Friendly Fire?« Halb erwartete er zu hören, dass am Ende doch noch jemand das Chaos der Schlacht genutzt hatte, um gegen den autoritären Führungsstil des Mannes aufzubegehren.

»Mehr oder weniger«, antwortete Steffen und verzog gequält das Gesicht. »Nachdem wir die Artillerie übernommen hatten, mussten wir die ersten paar Schüsse mehr oder minder blind abgeben, bis wir eine der verbliebenen Drohnen hacken konnten.«

Jochen nickte verstehend.

»Wie viele von unseren Jungs und Mädels habt ihr auf dem Gewissen?«

»Einen«, gab der Manipulator schlicht zurück.

»Oh.«

Ein kurzes Schweigen entspann sich. Dann stellte Jochen die alles entscheidende Frage.

»Wer hat den Befehl übernommen?«

Steffen räusperte sich unbehaglich.

»Steffen?« Jochens Stimme war fordernd. Er ahnte Schlimmes.

»Pass auf, Mann«, begann Steffen. »Ich glaube wirklich nicht, dass du das gerade hören ...«

»Jetzt rück endlich raus damit«, fauchte der Söldner entnervt und spürte dabei einen weiteren Stich in seinen Schädel.

»Blake.«

Jochen fühlte, wie ihm das Herz sank.

»Scheiße!«, sagte er leise.

»Ja«, antwortete Steffen nüchtern.

»Scheiße! Scheiße! Scheiße!« Jedes Wort war lauter als das vorherige und Jochen hieb bei jedem von ihnen mit der Faust in verzweifelter Wut gegen den Bettrahmen, bis beim letzten Schlag eine Welle glühenden Schmerzes in seinem Oberarm explodierte. Genau da, wo ihm der Funker den Arm gebrochen hatte.

Er zog scharf die Luft ein, packte sein Kissen und presste es sich ins Gesicht, um seinen Schrei zu ersticken.

»Du stehst doch echt drauf, dich selbst zu foltern, oder?«, fragte sein Gegenüber mit fast schon mitleidiger Stimme.

Jochen ließ schwer atmend das Kissen sinken und betrachtete seinen Arm. Die Ränder der Narbe, die er dort vorfand, hatten zu bluten begonnen. Er vermutete, dass Frankenstein einfach die Knochensplitter gerichtet, und das Ganze unzeremoniell mit Knochenkleber versiegelt hatte. Effektiv, aber schmerzhaft. Und in der ersten Zeit nach der OP alles andere als belastbar. Er bewegte den Am. Es schmerzte immer noch, aber scheinbar hatte sich nichts gelöst.

»Na, wenigstens etwas«, dachte er missmutig, während er einige Sekunden ins Leere starrte. Man konnte es sich mit den Kameraden verscherzen. Mit den Vorgesetzten. Im Zweifelsfall sogar mit dem Oberkommando. Das kostete einen im schlimmsten Fall das Leben. Aber es war unumstößlicher Fakt, dass wer die Ärzte, das Küchenpersonal oder die Ausrüster anpisste einen Pfad gewählt hatte, der ihn direkt durch die Hölle führte. So gesehen war seine Lage gar nicht so schlimm. Aber dennoch ...

»Also, was jetzt?«, hakte Jochen nach, nachdem er sich wieder einigermaßen beruhigt hatte.

Steffen seufzte.

»Alter, dein Auftritt hätte kaum verheerender sein können. Blake hat mir offen gesagt, dass er beantragen will, dass du in eine andere Einheit kommst, weil du mit deiner Aktion die Mission gefährdet hast. Und Finley nimmt es dir ziemlich übel, dass du auf halbem Weg hierher aus deiner Ohnmacht aufgewacht bist und versucht hast, ihn mit deinen bloßen Fingernägeln zu skalpieren. Das dürfte aber wenigstens nichts sein, was sich mit ein paar Runden hart Gebranntem, auf deine Kosten versteht sich, nicht wieder korrigieren lassen würde. Schließlich hat der, soviel ich weiß, selbst eine kleine Vorgeschichte, was Leute um Verzeihung bitten fürs Scheiße bauen angeht.«

»Aha. Und die anderen?«, fragte Jochen gepresst, während er verspannt und unter Schmerzen versuchte, sich seiner Krankenhauswäsche zu entledigen und die Sachen anzuziehen, die sauber gefaltet auf seinem Nachttisch lagen. Nicht seine eigenen Sachen, wie ihm auffiel.

»Naja«, begann Steffen herumzudrucksen und suchte offenbar nach den richtigen Worten, »ganz offensichtlich hat dein Amoklauf und die Tatsache, dass du ihn trotz allem überlebt hast für so etwas wie Respekt gesorgt. Angst wäre aber der treffendere Begriff.«

Jochen blickte, die frische Unterhose gerade einmal zur Hälfte über die Knie gezogen, auf.

»Meinst du damit, dass ich, solange wir hier sind, über meine Schultern schauen sollte.«

Steffen legte ein säuerliches Grinsen auf.

»Ich wünschte es wäre so. Mach dich lieber drauf gefasst im Gefecht plötzlich alleine zu stehen, weil die Leute nicht in der Nähe sein wollen, falls das noch mal losgeht.«

»Scheiße«, wiederholte Jochen.

»Das sagtest du bereits«, merkte Steffen an.

Jochen schnaubte und zog sich die Unterhose fertig an. Als er nach dem nächsten Kleidungsstück griff, einem grauen Einteiler, fragte er sich, ob er sich geschmeichelt fühlen sollte oder ob das hier einen weiteren Tiefpunkt seines Lebens darstellte.

»Wie lange sind wir eigentlich schon hier?«, fragte er, nur damit Steffen nicht beginnen konnte, die Stille mit weiteren Interventionsversuchen zu füllen. »Und wo wir schon dabei sind. Wo ist ‚hier' und wie sind wir hierhergekommen?«

»‚Hier' ist das ehemalige Munitionsdepot des Konzils. Und angekommen sind wir oder besser gesagt, du, hier vor vier Tagen. Wenige Stunden, nachdem unsere Jungs, gestützt auf unser Artilleriefeuer, den Laden überrannt und mit den überlebenden Konzilmitarbeitern kurzen Prozess gemacht haben.«

»Aber mich als blutrünstigen Verrückten hinstellen«, knurrte Jochen als er seine steifen und schmerzenden Glieder nach und nach in den Overall hineinzwang und dabei vor Schmerzen stöhnte. Die Sache mit den Schmerzmitteln würde er dem Manipulator bestimmt nicht so schnell verzeihen.

»Brauchst du Hilfe?«, fragte dieser angesichts der Grimassen, die der Söldner beim Versuch sich anzukleiden schnitt.

»Wage es nicht«, fauchte dieser ungehalten.

»Ist ja gut«, seufzte Steffen beschwichtigend. »Und es könnte dich vielleicht interessieren, wie die anderen Kämpfe verlaufen sind.«

Jochen starrte seinen Freund kurz an und nickte ermunternd. Er hatte gerade nicht übel Lust, auf irgendwas oder irgendwen einzuschlagen.

»Es lief wohl besser als gedacht«, begann Steffen zu erzählen. »Die Jungs haben von hier aus einfach mal probeweise ein paar Funksprüche abgesetzt und geschaut, wer antwortet. Wir konnten zwei der Raketenbasen einnehmen. Zwei haben sich erfolgreich verteidigt und eine haben wir, naja, verloren.«

»Verloren?«

Steffen zuckte die Achseln.

»Details scheint keiner so richtig zu wissen. Eine der beiden Basen, die wir erobert haben, hat gemeldet, dass sie einen riesigen Feuerball am Horizont gesehen habe. Die Druckwelle war wohl selbst auf die Entfernung, die dazwischengelegen haben muss, noch so, dass jede Schraube in der Wand vibriert hat. Ich persönlich glaube, dass denen entweder ein unglücklicher Schuss ins Raketensilo geraten ist oder das Konzil aus dem Orbit draufgehauen hat, weil die die Abschussrampe nicht an den Feind verlieren wollten. Jedenfalls sind deren Leute, unsere Leute und vermutlich auch ein guter Teil der Solarparks drumherum futsch.«

»Hm«, brummte Jochen, heilfroh endlich beim Reißverschluss vor seiner Brust angekommen zu sein. Die Meldung, dass hunderte, ja vielleicht tausende, seiner Kameraden tot waren, interessierte ihn lange nicht so sehr, wie die Tatsache, dass sie eine weitere Raketenabschuss-Station mitgenommen hatten. Drei ausgeschaltete Basen reichten der Raumflotte hoffentlich, um das Blatt endlich zu wenden. Als Steffen ihm anbot, ihm bei den Schuhen zu helfen, lehnte er diesmal nicht ab. Bei dem Gedanken, sich bis zu seinen Füßen hinabzubeugen, wurde ihm schlecht. Nicht gerade beruhigend.

»Stand es denn wirklich so schlecht um mich?«, fragte er,

nachdem die Schnürsenkel fertig gebunden waren und er eine der noch schmerzenden Schusswunden unter dem Stoff mit den Fingern massierte.

Steffen nickte.

»Frag mich nicht, wie viele Schüsse du abbekommen hast, aber eigentlich grenzt es an ein Wunder, dass du so lange durchgehalten hast. Wären wir anderen nicht so glimpflich davongekommen und hätten unsere Jungs auf der anderen Seite nicht so schnell durchbrechen können, wärst du wahrscheinlich hinüber. Als Blake bemerkte, dass du trotz dem Silikon, das wir dir in die Wunden gespritzt hatten, immer blasser wurdest, hat er uns gehetzt, als wären föderative Geldeintreiber hinter uns her. Als die Jungs dich hier auf die Station gebracht hatten und Frankenstein dich in die Finger bekommen hatte, war seine erste Frage, wer dazu berechtigt wäre, auf deiner Sterbeurkunde zu unterschreiben.«

Jochen nickte stumm. Es sprach für sich, dass die beiden Freunde diese Frage schon vor sehr langer Zeit geklärt hatten.

Nachdem Steffen seine Schuhe gebunden hatte, streckte Jochen seinen Arm aus, um sich aufhelfen zu lassen.

»Du hast recht. Es wird sich drastisch was ändern müssen.«

Zu seiner großen Verwunderung ergriff der Manipulator seine ausgestreckte Rechte nicht, sondern warf schnell einen Blick über die Schulter. Jegliche Gelassenheit war aus seinem Gesicht gewichen.

»Andere Dinge werden sich dagegen schnellstens wiederholen müssen«, flüsterte er eindringlich.

Jochen starrte ihn einige Sekunden verständnislos an, bis ihm ein Licht aufging.

»Es ist schon wieder so weit?«, fragte er mit einem Mal erschrocken. »Seit wann?«

»Es fing kurz nach dem Ausschalten der Artillerie an.«

Jochen fluchte derb, zögerte aber keinen Moment.

»Mach die Tür dicht und schmeiß dich neben mich.«

Steffen fuhr sich nervös über Lippen.

»Bist du dir sicher? Hör mal, wenn du noch nicht stark genug bist ...«

»Ja doch, verdammt, und jetzt beeil dich. Und ich wundere mich schon die ganze Zeit, warum du mir ein Einzelzimmer verschafft hast.«

Gesagt, getan. Schnell war die Tür verschlossen und Steffen in unangenehme Nähe auf seiner Bettstatt gerückt.

»Bereit?«, fragte Steffen bebend.

Jochen nickte nur mit zusammengebissenen Zähnen.

Mit zitternden Fingern griff der Manipulator in seine Hose ... und förderte ein längliches Metallkabel hervor, in dessen Mitte eine Kanüle steckte.

Während er das eine Ende des Kabels an dem oberen Ende der Metallkonstruktion, die seinen Rücken entlanglief, befestigte, griff sich Jochen hinter sein Ohr. Das widerliche Schmatzen, mit dem sich die Synthesehaut löste, unter der er den Anschluss für das andere Ende des Kabels verbarg, jagte ihm wie immer einen unangenehmen Schauer über den Rücken.

Inzwischen hatte Steffen, nach Jahren der Routine, in Rekordzeit eine kleine Kugel auf die Kanüle geschraubt, die augenscheinlich aus Glas war, deren Inneres von einem elektrischen Glühen erfüllt schien.

»Fertig?«, hakte Steffen nach, dessen Hand mit dem Kabel nur Zentimeter von dem Anschluss an Jochens Schädel schwebte.

»Nein!«, zischte Jochen resigniert, wie schon hunderte Male zuvor als sich der kalte Kontakt des Kabels auch schon tief in ihn hineinbohrte und sein Körper erschlaffte. Das Einzige, was er jetzt noch vermochte, war stöhnen, während sich alles hinter seinen Augen in ein grelles Blitzgewitter verwandelte.

Der ganze Vorgang war lang, hart, brutal, schmutzig und verdammt anstrengend. Als die beiden Söldner eine knappe halbe Stunde später, durch und durch nass geschwitzt und völlig verausgabt, aus dem Behandlungszimmer stolperten, mussten sie sich auch noch flachsende Kommentare von Dr. Stein anhören. Dass er so viel Wiedersehensfreude bei Patienten und ihren »Angehörigen« eigentlich nicht zuließe, aber für sie selbstverständlich eine Ausnahme machte. Jochen sah ihn dabei säuerlich an. Er wusste schon, warum es ihm nie gelang in den Einheiten, in denen sie gerade dienten, bei Frauen zu landen.

Der Narrator liest vor

Zur Taktik III

Auszug aus dem praktischen Ratgeber für Offiziere im Feld, Kapitel ›Gezücht taktisch einsetzen leicht gemacht‹.

Symbiont Mensch – Tier
An dieser Stelle soll gesagt sein, dass diese Gruppe nicht nur die am häufigsten vertretene ist, sondern auch mit der größten Artenvielfalt aufwartet. Die taktischen Möglichkeiten, die sie bietet, sind enorm und können über Wohl und Wehe eines Feldzuges entscheiden. Mittels der Symbiose zwischen Mensch und Tier können äußerst nützliche Fähigkeiten von an sich nicht intelligenzbegabten Tieren auf taktisch verwertbare Soldaten übertragen werden. Man stelle sich Soldaten mit den Nachtsichtfähigkeiten von Quartanischen Schattenkatzen oder der Körperkraft von Riesenwombats von Loki VII vor. Die Einsatzgebiete dieser Symbionten schwanken stark, je nach Eigenschaft, die sie durch die Symbiose erlangt haben, und müssen individuell von den jeweiligen Unterbefehlshabern bestimmt werden. Bei allen jedoch gilt, dass im Vorfeld Untersuchungen durch den Truppenpsychiater (so vorhanden) erfolgen müssen, um festzustellen, in welchem Maß die Persönlichkeit der jeweiligen Person von der Symbiose mit dem Tier beeinflusst wurde. Schon oft wurden Fälle bekannt, in denen erhöhtes Aggressionspotential, ein abnormes Verlangen nach dem Verspeisen von rohem Fleisch oder der unbändige Drang, Kameraden zu Tode zu hetzen oder sie zu begatten, dem eigentlichen Ziel einer Mission abträglich wurden. Für den praktischen Einsatz

sind folgende Faustregeln zu beachten. Alle Veränderungen, die das Wachstum, die körperliche Kraft oder die Hautbeschaffenheit eines Individuums beeinflussen, prädestinieren es für den direkten Fronteinsatz oder den Transport/Einsatz von Waffensystemen, die für normale Menschen kaum praktikabel wären. Veränderungen, die die Sinnesschärfe eines Individuums beeinflussen, wie die Fähigkeit zu riechen, zu hören, zu fühlen, zu sehen oder die Erzeugung des sogenannten »sechsten Sinnes«, sind am besten bei Aufklärungsmissionen hinter den feindlichen Linien oder Kundschafteraufträgen aufgehoben. Veränderungen, wie die Fähigkeit im eigenen Körper Gifte oder Antibiotika zu synthetisieren, Flügel für den Lufteinsatz zu nutzen, die Hautfarbe farblich der Umgebung anzupassen, schwerste Wunden zu regenerieren etc. sind jeweils dem Kampfeinsatz und dem Umstand entsprechend zu nutzen. Erst in der vollen Ausschöpfung der Potentiale von solch kaum zuordnungsbaren Fällen, zeigt sich meiner unmaßgeblichen Meinung nach die wahre Genialität und taktische Begabung eines Befehlshabenden.

Die Gruppe jener Symbionten, die aus irgendwelchen unerfindlichen Gründen eine Symbiose mit Alienspezies eingegangen sind, soll hier nicht näher beleuchtet werden. Hierfür sind je nach politischer Situation vorher Informationen einzuholen und im Truppenmagazin immer verschiedene Arten von Munition für jeweils artgerechte Exekution aufzubewahren.

Im nächsten Kapitel wenden wir uns der Gruppe der Manipulatoren zu, die als das Nonplusultra der Möglichkeiten für Sabotage, Aufklärung und [...].

24

Der Narrator erzählt

Vom Lernen

Die Stunden vergingen und wurden erneut zu Tagen. Scarlett lernte schnell.

Und doch hatte sie lange gebraucht, um zu verstehen, dass sie die Einzige in der Stadt war, die die Finsternis nicht zu fürchten brauchte. Andere Dinge hatte sie schneller begriffen. Meist kam sie ohnehin erst in der Nacht hinaus, um auf Nahrungssuche zu gehen. Leise wie ein Schatten glitt sie dann aus ihrem Versteck hervor und kroch durch die Trümmer von Chesterfield. Leichenberge hatten sich bewährt, um ihr Haupt darunter zur Ruhe zu betten, wobei auch die klaffenden Wunden der Stadt, die die Eingänge zu dem Moloch darstellten, der sich einst Kanalisation genannt hatte, nicht zu verachten waren. Zwar stank beides selbst durch ihre Maske hindurch derart bestialisch, dass es ihr, zumindest bis sie sich daran gewöhnt hatte, die Tränen in die Augen trieb, aber es brachte sie nicht um und hielt die neuen Herren der Stadt von ihr fern. Das musste genügen.

»Kleine Dinge«, flüsterte sie immer wieder röchelnd, wenn sie einer Leiche den Bauch öffnete, damit der Odem ihrer sich bereits zu einer matschigen Substanz verflüssigenden Organe frei heraustreten konnte, um auch den letzten Schaulustigen zu verschrecken.

Bei der Kanalisation kam noch der Vorteil von unmittelbarer

Lebensgefahr hinzu, der die Besatzer fernhielt. Die zweifellos gesundheitsgefährdende Brühe, die sie noch vor etwas mehr als einer Woche durchwatet hatte, hatte sich, nun da genug Eingänge vorhanden waren, in ein brodelndes Bad aus chemischen Kampfstoffen verwandelt. Was immer es auch gewesen war, das die Stadt und fast alle ihre Einwohner in den Tod gestürzt hatte, war durch den unerbittlichen Regen, der in den letzten Tagen niedergegangen war, aus der Luft und von den Oberflächen gewaschen und in die einstigen Eingeweide der Stadt gespült worden.

Dort schienen sie erneut ihre verätzende Wirkung entfaltet und Löcher in die maroden Wände der Kanalisation gebrannt zu haben, durch die ein Großteil der Brühe in das Planeteninnere versickern konnte und die Kanalisation nicht überflutete. Scarlett zweifelte nicht im Geringsten daran, dass Chesterfield und alles Land, das es umgab, auf Jahrhunderte, wenn nicht auf Jahrtausende, unfruchtbar war. Doch als sie gesehen hatte, dass sich trotz der vernichtenden Wirkung, die die Chemikalien auf fast jedes Material hatten, Unmengen von Ratten an den Laufrändern der Kanäle tummelten, wusste sie, dass zumindest die Ausdünstungen der Brühe keine Gefahr mehr darstellten.

Die neuen Herren der Stadt hatten dies noch nicht erkannt. Wenn sie kamen, dann immer zu mehreren, und wenn sie die Schwärme der Ratten sahen und ihr schmerzerfülltes Fiepen hörten, wenn eine von ihnen doch einmal ausglitt und zischend im ›Wasser‹ landete, kehrten sie meist sofort um.

Anfangs hatte Scarlett noch befürchtet, in der ausgebombten Stadt nicht genug Nahrung zu finden und hatte deshalb gleich in der ersten Nacht nachdem sie ihr altes Wohnhaus verlassen hatte ernsthaft erwogen, einen ›der Besatzer‹, wie sie die namenlosen Uniformierten mit den Kreuzemblemen inzwischen nannte, hinterrücks zu erstechen, als er in der Nähe ihres Leichenhaufens seine Notdurft verrichtete und sich dafür offenbar zu weit von seiner Gruppe entfernt hatte. Sie war froh, dass sie es nicht getan hatte. Er hätte vermutlich nicht viel zu essen dabeigehabt und nur wenige Minuten später war sie über die vollen Konservenregale eines kleinen Supermarktes gestolpert. Das Ironische war, dass es keinen Unterschied gemacht hatte, denn lediglich eine Stunde später war der Mann tot. Sie sah aus der Ferne, wie er ausglitt und durch eine klaffende Wunde in der Straße in einen der Kanäle rutschte, als er und seine Kameraden ihre Patrouille fortgesetzt hatten. Man hörte aus der Ferne seine Schreie, allerdings nicht für lange. Im Gegensatz zu seinen Kameraden, die ihn wohl schnell für verloren gaben, hatte sich Scarlett auf die Suche nach ihm gemacht. Als sie ihn fand, war er bereits nichts weiter als etwa 70 Kilo Frischfleisch für die Ratten geworden. Fast unbehelligt von den kleinen Nagetieren hatte sie sich neben sie gesetzt, während sie ihr schauriges Mahl hielten und sich selbst über einen Eintopf in der Dose hergemacht. Als die Ratten fertig waren, war auch Scarlett aufgestanden und zu dem gegangen, was von dem Mann noch übrig gewesen war und hatte sich herabgebeugt. Auch wenn sie ihm keine Nahrung mehr hatte abnehmen können, so hatte er doch seinen Zweck für sie erfüllt, und zwar in Form des Sturmgewehrs und der Munition, die sie der Leiche abnahm. Danach hatte sie sich umgedreht und war in den Untiefen der Kanalisation verschwunden, wo sie deren Vorzüge zu schätzen lernte.

Und es gab doch so viel zu lernen. Als wichtig hatte sich die Erkenntnis herausgestellt, dass die Kampfstoffe nicht allen Materialien gleich zugesetzt hatten. Es war durchaus interessant gewesen zu sehen, dass sich ganze Brocken Gestein aus Gebäuden, die nicht mit Stahlbeton, sondern mit schnell härtender Sprühschaummasse erbaut worden waren, einfach so lösen konnten, als Scarlett versehentlich stolperte und gegen eine

Wand stieß und diese kollabierte. Als es ihr das nächste Mal passierte, begruben herabfallende Trümmerstücke ein paar Nachzügler einer Gruppe von Besatzern unter sich. Genau wie das Mal darauf und das Mal darauf. Eigentlich wusste sie nicht einmal genau, warum sie das tat. Es waren Morde ohne Sinn und Verstand. Für ihr Überleben völlig unnötig und ihm sogar abträglich. Aber jedes Mal, wenn sie sich bewusst wurde, dass sie gerade ein paar Zahnräder des Uhrwerks ausgeschaltet hatte, das ihr all das angetan hatte, spürte sie einen kleinen Funken von etwas in sich hochzüngeln, das sie vage daran erinnerte, wie sich Freude oder vielleicht sogar Glück einmal angefühlt haben mochten.

Die Besatzer schienen das aber ganz anders zu sehen. Einer von ihnen fing immer an zu schreien, woraufhin die anderen losrannten, um sie zu suchen, ganz so als erwarteten sie, dass Scarlett vor ihnen wegrannte, was sie aber gar nicht einsah. Schließlich war sie immer noch hager, was für ihre dürre Gestalt wohl noch als Kompliment durchgehen musste, und es gab reichlich Ritzen, in denen sie sich verstecken, und Trümmer, zwischen die sie sich verkriechen konnte. Einmal hatte sie ihr Versteck sogar verlassen, während die Besatzer sie noch suchten, und einen Mann, den sie durch ihren Steinschlag nur hatte verletzen können und der nun zum Gotterbarmen schrie, mit einem gut gezielten Backstein aus dem dritten Stock getötet.

Aber die Besatzer schienen generell gerne zu rennen. Eine weitere Sache, die Scarlett für ihr Überleben schnell hatte lernen müssen. Bei Tag und bei Nacht kamen sie die Straßen entlang. Anfangs noch mit schweren Fahrzeugen, aber als diese zunehmend begannen auf dem immer brüchiger werdenden Asphalt in der Erde zu versinken, bald nur noch mit Lastwagen. Manchmal beobachtete Scarlett sie aus der Finsternis ihrer Verstecke heraus dabei, wie sie versuchten, Straßen freizuräumen oder aus herumliegenden Trümmern oder Autowracks Barrikaden zu errichten. Schließlich begaben sie sich sogar in Teile der Kanalisation, die jedoch weit von den Molochen entfernt lagen, in denen sie sich herumtrieb. An anderen Stellen schütteten sie Tonne um Tonne Schutt in die Löcher, die sich unter ihnen auftaten. Einmal sah sie, wie sie eine Person, wahrscheinlich einen anderen Überlebenden, aus einem der Gebäude trieben und ihn unter Schlägen immer wieder fragten, ob er ein gewisser „Plague" war und wie er es wagen konnte, immer wieder ihre Leute anzugreifen. Als Scarlett verstand, dass die Kugel, die sie ihm in den Kopf jagten, wohl ganz offensichtlich ihr gelten sollte, verweste seine Leiche schon in der Sonne.

Dies mit anzusehen, hatte sie noch in einer anderen Sache bestärkt, die ihr im Grunde schon davor klar geworden war, nämlich dass es besser für sie war, alleine zu bleiben. Im Nachhinein wusste sie gar nicht, was es ursprünglich gewesen war, dass sie daran gehindert hatte, Kontakt zu anderen Überlebenden zu suchen. Vor allem wenn man bedachte, wie überrascht und zugleich erleichtert sie zuerst gewesen war, als sie herausfand, dass sie nicht die einzige überlebende Zivilistin war, die durch die Ruinen der verheerten Stadt streifte. Viele waren es zugegebenermaßen nicht, aber das hatte Scarlett schon nach kurzem Nachdenken nicht mehr wirklich gewundert. Zwar hatte sie noch immer keine plausible Erklärung für ihr eigenes Überleben gefunden, aber solange sie der Sache nicht auf den Grund gegangen war, war es schlicht einfacher, zunächst von einem völligen Zufall auszugehen. Und auch wenn Chesterfield zum Zeitpunkt seiner Zerstörung über eine beträchtliche Einwohnerzahl verfügt hatte, so ließen die Umstände seiner Zerstörung es gar nicht anders zu, als dass es von diesen Zufällen nur allzu wenige hatte geben können. Dennoch gab es sie. Und als Scarlett, einige Tage, nachdem sie ihr Wohnhaus verlassen hatte, das erste Mal auf eine kleine Gruppe von Überlebenden aufmerksam geworden war, die sich in etwas versammelt hatte, was früher einmal ein kleines Bürohaus hätte sein können, war sie schon drauf und dran gewesen, sich ihnen zu zeigen, nur, um im letzten Moment zu zögern.

Wie bereits erwähnt, hatte sie nicht den Hauch einer Ahnung, was sie genau in diesem Moment zurückgehalten und dazu bewogen hatte, die Lage erst einmal zu beobachten, aber was es auch gewesen war, es rettete ihr mal wieder das Leben. Keine drei Stunden, nachdem sie sich in der Nähe des Gebäudes versteckt auf die Lauer gelegt hatte, wurde sie Zeugin, wie der gesamte Komplex von einem Zug der Besatzer umstellt wurde, der wohl auf das Feuer aufmerksam geworden war, das die Gruppe zum Kochen entzündet hatte. Im Verlauf der nächsten Viertelstunde musste Scarlett mit ansehen, wie die Männer und Frauen aus dem Gebäude geholt, nacheinander kurz befragt und abschließend mit dem Gesicht zur nächstbesten Wand unzeremoniell erschossen wurden. So viel dazu.

Offensichtlich hatten die Besatzer nicht im Mindesten Interesse daran, Gefangene zu nehmen, die man hätte bewachen und versorgen müssen.

Vielleicht hätte sich Scarlett dennoch dazu überreden lassen, sich einer anderen Gruppe anzuschließen, die sich klüger verhielt und weniger Aufmerksamkeit auf sich zog. Auch eine solche Gruppe hatte Scarlett eher zufällig ausfindig machen können. Gut verschanzt in der Lebensmittelabteilung im Untergeschoss eines großen Supermarktes, hatte Scarlett sie nur deshalb entdeckt, weil sie den Ratten zu einer potentiellen Nahrungsquelle gefolgt war.

Ja, diese Gruppe war weitaus vorsichtiger gewesen, hatte keinen Hinweis auf ihre Existenz nach draußen dringen lassen und ihr Versteck, wenn überhaupt, nur im Schutz der Dunkelheit verlassen.

Darum war es Scarlett auch ein Rätsel, wie sie von einer weiteren Gruppe Überlebender hatte gefunden werden können. Von jener Gruppe, die sie überfallen und aufs brutalste abgeschlachtet hatte. Im Nachhinein fragte Scarlett sich, wie es auch sonst hätte kommen können. Vor allem vor dem Hintergrund, dass die Gruppe in den Überresten einer zerstörten Stadt, die scheinbar von jeder Art von Lieferungen abgeschnitten war, über ein perfektes Versteck und einen Berg Lebensmittel verfügt hatte, für den man sich nicht weiter zur gefahrvollen Suche in die Stadt wagen musste. Und beides hätte man sich bei einer friedlichen Einigung teilen müssen.

Scarlett hatte genug gesehen und daraus gelernt. Lebensmittel und Versteckmöglichkeiten gab es reichlich, solange man nicht närrisch genug war, an einem Ort zu bleiben und man nicht auf eine andere Klugheit als die eigene vertrauen musste, um eine Entdeckung zu vermeiden. Ganz abgesehen davon, dass es bedeutend einfacher zu sein schien, eine Gruppe von Menschen aufzuspüren als eine Einzelperson. Zumal man alleine auch die Gefahr umging, irgendwann mit offener Kehle aufzuwachen, wenn sich der Nutzen der Gruppe für eines ihrer Mitglieder überlebt hatte oder die Gruppe etwas besaß, das zu wertvoll war, als dass andere Überlebende darauf verzichten konnten.

Mit alledem im Hinterkopf stand für Scarlett bald unumstößlich fest, dass sie alleine besser dran war. Ungesehen, ungehört und unentdeckt. Ein einsamer Geist, der den verrottenden Kadaver von Chesterfield heimsuchte. Und auch nur diesen Kadaver. Denn auch das hatte sie gelernt, indem sie Gespräche der Besatzer belauscht hatte. Dass der Weg aus der Stadt hinaus einem Todesurteil gleichgekommen wäre.

Scarlett hatte aus den Erzählungen der Besatzer vom

Schicksal der armen Seelen erfahren, die ihre Verstecke und den Sichtschutz der Stadt verlassen und sich in die Steppe und auf die offenen Felder vor der Stadt durchgeschlagen hatten. Dorthin, wo es ein Leichtes war, sie durch Patrouillen oder Drohnen ausfindig zu machen. Dorthin, wo sie keine Deckung mehr vor den Projektilen ihrer Häscher hatten.

Keine Frage, einige hatten es geschafft zu fliehen, ohne entdeckt zu werden. Ihre Leichen wurden jedoch meist nur wenige Tage später gefunden. New Heaven war, bedingt durch seine Umlaufbahn und die Gesetzmäßigkeiten des Dreifachsonnensystems, in dem sich der Planet bewegte, ein Ort der Extreme. Wer nicht wusste, wie man sich in den überproportional langen Tagphasen die Sonne vom Leib halten konnte, keine Ahnung hatte, wie man dort draußen an Nahrung und Wasser kam, und keinen Schutz vor der schneidenden Kälte der Nachtphasen fand, war bald genauso totes Fleisch wie jene, die es erst gar nicht so weit geschafft hatten.

Und so blieb Scarlett nur, hier in der Stadt auszuharren und zu warten. Warten, dass dieser Krieg oder was auch immer hier gerade im Gange war, zu Ende ging und wieder Normalität einkehrte. Oder alternativ von einer weiteren Abnormalität abgelöst wurde, die ihr zu Gute kam. Denn dass irgendetwas im Begriff war sich zu verändern, stand für sie fest.

Je mehr Tage vergingen, desto gehetzter schienen die Besatzer ihrem Tun an der Oberfläche und in der Kanalisation nachzugehen. Dabei schienen sie von einer gewissen Anspannung erfüllt, die selbst für einen Außenstehenden bald greifbare Ausmaße annahm. Scarlett wusste, dass sie sich ganz offensichtlich auf etwas vorbereiteten, das bald über sie hereinbrechen würde.

Während sie in der Finsternis der Kanäle saß, umgaben sie die Ratten, an die sie Streifen für Streifen Leichenteile verfütterte, die sie mit einem Messer, das sie vage an irgendetwas erinnerte, von einem unvorsichtigen Soldaten abschnitt. Wann immer sich eine Ratte zu nah an den Kadaver selbst wagte, stach sie zu. Auch die Ratten lernten schnell. Sanft streichelte sie die Revolver in dem Halfter um ihre Schultern und das Gewehr, dass sie in der Nacht dem Besatzer abgenommen hatte. Ihr Gewehr. Sie hatte nicht die leiseste Ahnung, wie man richtig damit umging, aber sie wusste, dass sie es lernen würde.

Es gab doch noch so viel zu lernen.

Der Narrator liest vor

Von der Taktik IV

Auszug aus dem praktischen Ratgeber für Offiziere im Feld. Kapitel: ›Umgang mit fremden Lebensformen und Schädlingsbekämpfung‹.

Gerade für Befehlshabende in privaten Sicherheitsunternehmen lohnt es sich besonders, in jeder Situation zu einer klaren Klassifikation der Lebensformen auf kolonisierten oder neu zu kolonisierenden Welten im Stande zu sein. Wie aus dem Kapitel ›Fernaufklärung – wer versagt zu planen, plant zu versagen‹ bereits hervorgegangen ist, werden Sie im Laufe Ihrer Karriere oft mit dem Problem zu kämpfen haben, dass besonders über Fauna und Flora neu zu erschließender Planeten wenig bis nichts bekannt ist, da gerade Firmen häufig mehr Gewicht auf die Untersuchung der Ressourcen einer Welt legen. Um den Interessen Ihres Dienstherrn, sei es nun ein privates Unternehmen oder eine Regierung, am besten nachkommen zu können, erfolgt nun hier eine vollständige Klassifikationstabelle (entsprechend der jüngsten Klassifikation des Internationalen Gerichtshofes vom 23.09.2131) sowie die dazugehörigen Maßnahmenkataloge.

Nicht intelligentes Leben
 Zum nicht intelligenten Leben ist samt und sonders alles pflanzliche und zu weiten Teilen auch insektoide Leben zu zählen, von dem auszugehen ist, dass es, wenn überhaupt, nur zu

rein instinktivem Handeln fähig ist. Generell gilt, dass jedwedes Vorgehen gegen solches Leben nicht mit dem Vorgesetzten oder dem Dienstherrn abgesprochen werden muss. Es sei denn, die Mittel zur adäquaten Bekämpfung übersteigen das zur Verfügung stehende Budget. Allgemein wird auf den meisten Planeten davon ausgegangen, dass Vertreter dieses Lebens in solcher Masse vorhanden sind und über so kurze Reproduktionszyklen verfügen, dass eine Ausrottung schwierig bis unmöglich ist. Daher ist es ohne Weiteres vertretbar und vielfach unumgänglich, mit brutalster Härte gegen dieses vorzugehen. Das Mittel der Wahl sind hierbei chemische Kampfmittel, die auf breite Gebiete angewendet werden können und dabei durch eine Ätz-, Brand- oder Giftwirkung entweder unmittelbar letal sind oder langfristig zur Unfruchtbarkeit des Gebietes und der darauf befindlichen Feindobjekte führen.

Minder intelligentes Leben

Unter das minder intelligente Leben fällt jede Art von tierischer Lebensform, deren Handeln immer noch zu weiten Teilen von Instinkt bestimmt ist. Auch hierbei gilt, dass weder Vorgesetzte noch Dienstherr bei einem Vorgehen konsultiert werden müssen. Dass dies dennoch häufiger vorkommt, liegt daran, dass zur effektiven Sicherung von Standorten gegen diese Gefahrenquellen höchst fallabhängige Maßnahmen nötig sind, die von normalen Projektil-Waffen bis hin zu schwerer und überschwerer Artillerie reichen. Selbstredend schließt das auch die bereits erwähnten chemischen Mittel mit Ätz-, Brand- oder Giftwirkung nicht aus, allerdings sind diese erfahrungsgemäß in vielen Fällen, gerade gegen in vereinzelten Rudeln auftretende Gefahrenquellen, deutlich zu kostenintensiv in der Anwendung.

Intelligentes Leben

Von intelligentem Leben ist die Rede, sobald sich die vorgefundene Lebensform zumindest in Ansätzen zu kulturschaffenden Maßnahmen wie Gesellschaftsbildung, Siedlungen, Sprache und Schrift (ob kodifiziert oder nicht) oder Religion fähig gezeigt hat. Im Gegensatz zu den ersten beiden Kategorien ist hierbei nun eine Rücksprache mit dem jeweiligen Vorgesetzten und dem Auftraggeber von Nöten. Neben dem offensichtlichen Erstellen einer möglichst kostengünstigen taktischen Expertise als Erstmaßnahme muss immer noch geklärt werden, ob der Dienstherr nicht als letzte Maßnahme auf den Einsatz von Gewalt verzichten möchte, um schlechte Publicity oder die Klage von Lebewesenrechtsorganisationen zu verhindern. In jedem Fall sind bei der Erstellung der taktischen Expertise sämtliche Aufklärungsberichte, die über die Ressourcennutzung der Lebensform in ihrem Umfeld Aufschluss geben, meldepflichtige Informationen, da sie Aufschluss über lohnenswerte Rohstoffvorkommen enthalten können. In den Katalog der bisher erwähnten Maßnahmen sind hier nun schwere Artillerie und sonstige Sprengmittel aufzunehmen, die es erlauben, größere Feindansammlungen oder Siedlungen zu zerschlagen. Der Einsatz von Luft- und Panzerwaffe empfiehlt sich unbedingt, sofern dies im Rahmen des Budgets liegt.

Hochintelligentes Leben

Da, wie Ihnen sicherlich bekannt sein dürfte, der Mensch selbst in diese Kategorie fällt, ist sie stark verkürzt als Lebewesen definiert, das zu komplexesten Denk- und Kulturleistungen fähig ist, bis hin zu dem Punkt, an dem es selbst die Raumfahrt betreibt. Sollten Sie als Befehlshabender je unerwartet auf Wesenheiten dieser Intelligenzstufe treffen (was selten geschieht, aber schon vorgekommen ist), sind Sie neben Ihrem Vorgesetzten und Ihrem Auftraggeber unbedingt auch gegenüber der Regierung der Vereinten Nationen meldepflichtig. Es liegt im Normalfall gänzlich außerhalb Ihrer Kompetenz, ob das Gefahrenpotential einer solchen Kultur zu vernachlässigen oder zur Koexistenz zu beiderseitigem Vorteil zu raten ist. Ihnen stehen in keinem Fall Informationen und Erfahrungen von Regierungen oder den für die Entscheidungsfindung unerlässlichen Firmen mit deren Profitinteressen zur Verfügung. Sollte in dieser Situation die Entscheidung fallen, zur terrestrischen Interessenssicherung mit massiver Härte in Form eines Kriegseinsatzes zu reagieren, sind Sie bedingungslos verpflichtet, diese mit allen Ihnen zur Verfügung stehenden Mitteln zu unterstützen. Sie werden in diesem Fall befehlstechnisch dem ranghöchsten UN-Vertreter unterstellt, der für Ihre Bezahlung aufkommen wird und alle aufkommenden Kosten der Versorgung, von Verpflegung über Munition bis hin zu den unerlässlichen Massenvernichtungswaffen, übernimmt. Diese Befehlsstruktur endet, sobald die Bedrohung in Teilen oder vollständig beseitigt ist, was zu bewerten im Ermessen des befehlshabenden Offiziers liegt.

Überlegenes intelligentes Leben

Bei Wesenheiten, welche höhere kulturschaffende Leistungen, weitere Verbreitung und fortschrittlichere Technologie als die menschliche Zivilisation aufweisen, endet sofort jede Kompetenz von Ihrer Seite. Es greift die Verfügungsgewalt der Vereinten Nationen. Da taktische Expertisen gegen diese Zivilisationen, mit denen wir bisher nur sporadisch in Kontakt getreten sind, durch ihre für uns oft kaum fassbare technische Überlegenheit äußerst ungünstig aussehen, waren die Regierungen bisher zur Konfliktvermeidung gezwungen und konnten Vereinbarungen nur auf Basis beiderseitigen Vorteils aushandeln.

Taktiken sowie technische Mittel zur effektiven Interessenssicherung der menschlichen Zivilisation befinden sich derzeit in Planung und werden mit Hochdruck vorangetrieben. Für Projekte zur Aneignung von Zivilisationsgütern der betreffenden Wesenheiten gilt das Gleiche.

25

Der Narrator erzählt

Von nötigen Maßnahmen

»Ich verstehe nicht, warum wir das hier jetzt unbedingt machen müssen«, knurrte Jochen, während er sich seine Augen rieb. Trotz der Zeit, die er bereits auf dem Planeten verbracht hatte, war der Jetlag immer noch brutal und nach den ›Bettaktivitäten‹ mit Steffen vor ein paar Tagen, fühlte er sich immer noch gerädert und hätte nichts dagegen gehabt, sich einfach wieder hinzulegen.

Steffen schnaubte entnervt.

»Weil dein ganzes Equipment dermaßen alt, im Arsch, zerschossen oder alles drei ist, dass der Einzige, den du damit noch umbringst, du selbst bist«, sagte er mit gedämpfter Stimme. Nicht dass das unbedingt nötig gewesen wäre, da sich um 4 Uhr planetarer Ortszeit wirklich noch niemand außer ihnen in der Truppenkantine aufhielt. Es war erst ein paar Tage her, dass sie von dem Munitionsdepot in das provisorisch errichtete Feldlager der Untamed Blades hatten umziehen können. Es war beruhigend zu sehen, dass das Konzil, jetzt wo drei Fünftel ihrer planetaren Verteidigungsstrategie gefallen waren, es nicht mehr verhindern konnte, dass Nachschub und Verstärkungstruppen auf dem Planeten landeten.

Energisch hielt der Manipulator Jochen das Katalog-Tablet unter die Nase.

»Hier! Ich habe schon mal ein paar Sachen rausgesucht. Such

dir aus, was dir davon gefällt, und wir packen es mit meinen Sachen zusammen in eine große Sammelbestellung, die die Jungs aus Block Charlie sowieso in ein paar Stunden abschicken.«

Jochen seufzte und griff wortlos nach dem Tablet. Er wusste, wann er den Bogen überspannt hatte. Zumal er diesmal selbst zugeben musste, es kolossal übertrieben zu haben. Kaum hatte er den Startknopf des Gerätes bedient, leuchtete ihm blau und gelb das Logo eines nur allzu bekannten Kriegsausstatters entgegen.

»Kämpfst du noch oder siegst du schon«, las Jochen im Kopf belustigt den Evergreen von einem Werbespruch. »Schon klar. Dann wollen wir doch mal sehen, was der Kerl für mich ‚rausgesucht' hat.«

Als Jochen die Liste sah, blieb ihm für einen Moment die Spucke weg. Dieser Schweinehund, der sich selbst Freund schimpfte, hatte ihm nicht einfach »ein paar Sachen« herausgesucht, sondern gleich eine komplette Gefechtsausrüstung zusammengestellt. Er holte zwei Mal tief Luft und hob seinen Kopf von dem Bildschirm, um einen entsprechenden Kommentar zu machen, besann sich jedoch eines Besseren, als er in die Augen des Manipulators blickte, die noch ein wenig röter als sonst entzündet schienen, und förmlich spürte, wie die Luft zwischen ihnen elektrisch zu pulsieren begann. Rasch wandte er sich wieder der Liste zu.

Insgesamt musste er feststellen, dass es durchaus hätte schlimmer kommen können.

Langsam ging er die Liste durch. Einen Gefechtsanzug von Dragonskin zu kaufen, hatte er schon lange vorgehabt, und hätte er nicht gleichzeitig immer Unmengen von Medikamenten in jeder Bestellung gekauft, hätte er diesen Traum schon lange wahr gemacht. Auch die neuen Einsatzstiefel quittierte er mit einem wohlwollenden Nicken. Die alten Treter, die er der Leiche irgendeines Unbekannten abgenommen hatte, stanken mittlerweile sowieso schon so sehr wie ihr vormaliger Besitzer. Bei der Halbkörper-Gefechtspanzerung musste er gleich zweifach stutzen, hauptsächlich weil er noch nie eine getragen hatte. Dann erinnerte er sich jedoch daran, dass auch das in der Vergangenheit eher daran gelegen hatte, dass der Rest seines Lohns immer für harte Antidepressiva draufgegangen war, und beseitigte rasch den zweiten Grund seines Stutzens, indem er den vorgewählten Aufdruck »Aim for the brain«, der mit einem Pfeil vom Brustpanzer zu seinem Gemächt versehen war, in etwas neutraleres umwandelte. Ebenfalls durchgewinkt wurden neue Messer, eine Pistole und einige Alltagsgegenstände, wie ein neuer Autoinjektor, von dem er befürchtete, ihn nicht mehr in dem Maß zu brauchen wie bisher. Ein Gedanke, bei dem ihm eher flau im Magen wurde.

Alles in allem war er der Ansicht, dass er sehr zufrieden sein konnte. Allerdings nur so lange, bis er am Ende der Liste ankam und entsetzt die Augen aufriss.

»Ernsthaft jetzt?«, fuhr er Steffen entgeistert an.

»Jep«, antwortete der Manipulator gelassen, während er sich eine weitere Kippe in den Mund steckte.

»7500 Mark«, wiederholte Jochen ungläubig. »Du willst, dass ich mir für 7500 Mark eine gottverdammte Magnetschienenkanone kaufe?«

»So sieht's mal aus«, bekräftigte Steffen mit einem nachdrücklichen Nicken.

»Vergiss es«, sagte Jochen schlicht und stieß den Katalog von sich weg. »Die knapp 8000 Mark für den ganzen anderen Plunder, ok, das bekomme ich in ein paar Wochen abbezahlt. Aber 15500 Mark? Ich hab das Geld nicht zum Scheißen, Mann.«

Alles, was Steffen tat, war sich ein wenig vorzubeugen, ehe

er darauf antwortete.

»Schau mal auf dein Konto.«

Stirnrunzelnd hob Jochen seinen Arm und ging auf die Kontodatenbank seines Rubrizierers. Er ahnte schon, dass ihn eine Überraschung erwarten würde, aber auf das, was dann kam, hatte ihn keiner vorbereitet.

»30000 Mark«, las Jochen mit hoher Stimme seinen Kontostand ab und konnte dabei spüren, wie ihm zugleich heiß und kalt wurde. Seine typische Reaktion, wenn er sich lächerlich gemacht hatte oder unvergleichliches Unheil auf sich zukommen sah. Wie etwa kurz vor einer Kneipenschlägerei, wenn er das Mädchen von einem anderen angemacht hatte ...

»Woher zum Geier habe ich 30000 Mark?«

... oder wenn er im Gefecht den scheinbar leichteren Weg genommen hatte, um sich dann unvermittelt doch im Getümmel zu befinden ...

»Woher schon?«, grinste ihn der Manipulator mit einem Gesichtsausdruck an, der ihm nicht so recht gefallen wollte.

... oder einmal auch als er sich in einem Stripschuppen vollkommen zugedröhnt einen Labdance bestellt hatte, nur um festzustellen, dass das »Mädel« deutlich mehr Masse südlich der Gürtellinie hatte als nördlich ...

»10000 als übliches Einstiegshonorar bei den Untamed Blades, 5000 Sonderbonus für eine vollkommen selbstmörderische, aber von der Führung mit Wohlwollen betrachtete und als ‚beispielhaft kameradschaftlich' bezeichnete Kommandomission gegen die feindliche Artillerie und 15000 ...«, und bei diesen Worten beugte sich Steffen leicht vor.

... oder eben, wenn er wusste, dass ihm gleich jemand die Pistole auf die Brust drücken und ihm ein Angebot machen würde, dass er nicht ablehnen konnte. »... von meinem Privatkonto als kleinen Ansporn, um dich trocken zu halten. Betrachte es als Investition in unsere gemeinsame Zukunft. Genauer gesagt als Investition in meinen Lieblingshirnstammzellenspender.«

Jochen lachte freudlos.

»Ich bin dein einziger Hirnstammzellenspender. Und in dem Zusammenhang ist deine Spende auch eher der Versuch, deinen eigenen Arsch über meinen zu retten.«

Steffen schmunzelte.

»Das ist dann doch etwas böse ausgedrückt und wüsste ich nicht, dass so langsam die ersten Entzugserscheinungen bei dir auftreten, wäre ich ernsthaft verletzt.«

Jochen hasste solche Situationen. Situationen, in denen seine Handlungsmöglichkeiten immer mehr zusammenschrumpften, bis er nur noch das tun konnte, was ihm gesagt wurde. Situationen, in denen ihm nichts mehr anderes blieb, als entweder murrend klein beizugeben oder vollkommen auszurasten. Da ihm diesmal nicht wirklich eine Waffe vor der Nase schwebte, schien die zweite Möglichkeit wirklich überraschend verlockend. Wenn da nicht die Tatsache wäre, dass Steffen ihm alles andere als etwas Schlechtes antun wollte. Ganz im Gegenteil.

Er legte den Kopf in den Nacken und atmete erneut einige Male tief durch, wobei sein Blick an einer der Lampen hängen blieb. Sie schien vor seinem Sichtfeld leicht hin und her zu wippen.

»Sag mal, sind wir hier in einem erdbebengefährdeten Gebiet?«, fragte Jochen.

Steffen blickte ihn verdutzt an.

»Nicht, dass ich wüsste. Warum?«

Jochen sah der Lampe noch etwas zu und spürte nun deutlich, wie der kalte Schweiß langsam anfing zu rinnen.

»Dann liegst du mit den Entzugserscheinungen womöglich doch nicht ganz so falsch.« Langsam nahm er den Kopf wieder herunter und blickte seinen Freund resigniert an.

»Weißt du eigentlich, dass man das Zeug, das wir eben gelabert haben, auch ganz gut hätte falsch verstehen können?«

Steffen schien kurz darüber nachzudenken, ehe er nickte. Der Witz war mittlerweile derart ausgelutscht, dass nicht mal mehr ein müdes Lächeln blieb.

»Dann also eine Magnetschienenkanone«, sagte Jochen müde und bestätigte die Bestellung. Jedoch nicht, ohne ihr vorher noch ein Tausender-Pack der allerfeinsten Zigarillos anzufügen. Wer weiß, vielleicht würde sich der Manipulator im Gefecht ja doch noch ein wenig bestechen lassen. Jetzt, wo er darüber nachdachte, war der Gedanke, mal etwas anderes als eine schlecht gewartete Beutewaffe in der Schlacht dabeizuhaben, doch etwas überraschend Beruhigendes.

Kurz schwiegen sich die beiden an, während Steffen in kurzen Zügen an dem Mist sog, den er Zigarette schimpfte. Schließlich ergriff er wieder das Wort.

»Du warst also, bevor wir uns kennen lernten, im Blutschwingen Corps?«

»Ernsthaft? Jetzt?«, fragte Jochen, dessen Gedanken sich in der unangenehm ruhigen Stimmung gerade auf den Weg in Gefilde gemacht hatten, in denen er sich die nächste Spritze, die er sah, in den Arm rammen würde, um vielleicht noch ein paar Stunden zu schlafen, bevor ihn wieder der Ernst seines Lebens einholte.

»Gerade jetzt«, bekräftigte Steffen. »Ich meine, sieh dich doch mal um. Bis hier der erste auftaucht, der uns stören könnte, geht noch mindestens eine Stunde ins Land und außerdem hängen wir die nächsten Tage sowieso erst einmal zusammen, bis du das Gröbste hinter dir hast. Ach, da fällt mir gerade ein.« Hastig griff er in seine Tasche und zauberte einen Einmal-Autoinjektor daraus hervor, den er Jochen reichte.

»Was ist das?«, fragte dieser, ohne sich Hoffnung zu machen, dass ihm die Antwort sonderlich gefallen würde.

»Das dürfte die Entgiftung etwas beschleunigen. Was auch nötig ist, weil wir nur noch fünf Tage bis zu deiner Nachuntersuchung haben. Da soll Frankenstein deine Einsatztauglichkeit bewerten.«

Jochen hob eine Braue, als er den Namen des Medikaments las. Er kannte das Zeug in der Spritze.

»Weiß ich zu schätzen, Mann, aber hast du so was schon mal gemacht?«

»Was, einen Entzug?« Der Manipulator verzog belustigt das Gesicht. »Blöde Frage. Wenn ich auch nur eine der kleinen Wunderpillen, die ich nehme, absetze, dauert es keine drei Tage und ich beiße ins Gras.«

Der Söldner atmete resigniert ein und aus.

»Du stellst dir das gerade viel zu einfach vor. Sagen wir einfach, es wird unschön.«

»Hör mal, dass so ein Entzug keine einfache Sache ist, ist klar, aber da musst du jetzt einfach durch. Selbst wenn Frankenstein deine jetzigen Blutwerte beschönigt, bedeutet das immer noch ...«

»Für dich wird das unschön, du Knallkopf«, unterbrach ihn Jochen ungeduldig, was den Manipulator verdutzt schweigen ließ.

»Hä?«

»Ja, genau. Hä?«, antwortete Jochen und begann den Injektor lustlos zwischen seinen beiden Händen auf dem Tisch hin- und herrollen zu lassen. Was Steffen gar nicht gern sah.

»Lass den Quatsch. Der Mist war teuer«, fauchte er den zukünftigen Entzugspatienten an.

»Und das nicht ohne Grund«, sagte Jochen bedächtig, ließ den Injektor über die Tischkante rollen, was Steffen mit einem laut geschrienen »Alter« quittierte, und fing ihn mit seiner anderen Hand unter dem Tisch auf. Dann hielt er Steffen, der ihn leicht säuerlich anguckte, die Ampulle vor die Nase.

»Steffen, dieses Zeug kommt aus der Hölle«, begann der Söldner seine Ausführung. »Ich musste den Scheiß schon mal nehmen, als ich auf Epsilon VII wegen Raubmordes vor Gericht stand und nicht verhandlungsfähig war, weil ich mir ein paar dreckige Dosen gespritzt hatte. Dieses Zeug. Fickt! Dein! Leben!« Bei jedem Wort schwenkte er den Injektor etwas näher an die Stirn des Manipulators, bis dieser beim letzten Wort zurückzuckte, um nicht versehentlich eine Nadel in den Schädel zu bekommen.

Er starrte den Söldner an.

»So schlimm, ja?«, fragte er verunsichert und schien sich dabei zu fragen, ab welchem Punkt es für ihn unangenehm werden würde.

»Du hast ja keine Vorstellung«, seufzte Jochen und verzog bei der Erinnerung schmerzhaft das Gesicht. »Die Nanotechnologie in dem Mist sorgt zwar dafür, dass dein Körper mit Mach 10 entgiftet, sorgt aber nicht dafür, dass sich das körperliche Unwohlsein irgendwie verzögert oder auf den gleichen Zeitraum, der sonst üblich ist, verteilt. Verstehst du, was das heißt?«

Steffen blickte seinen Freund erwartungsvoll an.

»Wenn ich nicht betreut werde, sobald ich mir das Zeug hier gegeben habe, gehe ich mit an Sicherheit grenzender Wahrscheinlichkeit drauf.«

Nun erbleichte der Manipulator sichtlich.

»Mensch, Alter, ... tut mir leid, das wusste ich echt nicht«, stammelte er und blickte verschämt zu Boden. Allerdings nicht lange. Entschlossen musterte er den Söldner.

»Was brauchen wir?«

Jochen dachte kurz nach.

»Kochsalz- und Nahrungsinfusionen, Unmengen Wasser, Handtücher und eine Toilette oder einen ausreichend großen Eimer in ständiger Reichweite. Und vor allem brauche ich danach ein paar Tage Zeit, um überhaupt wieder aufrecht gehen zu können.«

Steffen nickte.

»Wann sollen wir also anfangen?«

Jochen stöhnte.

Plötzlich schien die Aussicht über seine verkommene Vergangenheit zu reden gar nicht mehr so schlecht.

Zwei Stunden später saßen sie in einem der leeren Orbitalcontainer, in denen noch am gestrigen Tag einige Lieferungen eingetroffen waren.

Jochen hasste solche Situationen.

Es war zwar kein Problem gewesen, die benötigten Sachen zu besorgen, da sich Frankenstein überraschend kooperativ dabei gezeigt hatte, ihnen den ganzen Plunder für einen Spottpreis (gerade mal das Dreifache, dass sie bei jedem anderen dafür bezahlt hätten) zu überlassen, aber jetzt, wo es so weit war, ging Jochens Motivation die Sache durchzuziehen gegen Null.

»Wie einfach wäre es jetzt doch Steffen zu sagen, dass er sich ficken soll, mir in einer stillen Ecke die Überdosis des Jahres zu geben und einfach zu vergessen«, dachte Jochen sehnsüchtig, während er verbissen den kleinen Haufen medizinischen Materials musterte, von dem in den nächsten Stunden sein Leben abhängen würde.

»Jetzt mach schon«, drängte Steffen, der dem Söldner schon eine gute Viertelstunde dabei zusah, wie er Maulaffenfeil hielt, ohne Anstalten zu machen, sich die Spritze zu setzen. Kurz überlegte er, ob es nicht ratsam war, seinen Impulsen zu vertrauen, erinnerte sich dann jedoch daran, was er dem Manipulator alles schuldete und dass es enorm selbstsüchtig wäre, ihn willentlich mit in den Tod zu reißen.

Jochen wischte sich den kalten Schweiß von der Stirn. Er hatte keine Ahnung, ob dies bereits die ersten Vorboten des kalten Entzugs waren, auf dem er technisch gesehen schon war, oder die Angst vor dem, was nun kommen musste.

Kurz wiegte er den Injektor etwas in seiner Faust, bis er die Zähne zusammenbiss und sich das Ding mit etwas zu viel Wucht in den Oberschenkel rammte. Am liebsten hätte er schon jetzt geschrien. Die körperliche Überempfindlichkeit eines Entzugs war einfach nur die Hölle.

»Großer Junge«, witzelte Steffen, als er den leeren Injektor zurücknahm und wieder verschwinden ließ.

»Halt die Klappe«, knurrte der Söldner ungehalten, »und ja, ich war im Blutschwingen Corps.«

»Also jetzt doch reden?«, hakte Steffen nach.

»Fresse halten, habe ich gesagt«, schnauzte Jochen seinen Freund an. Das Einzige, was momentan schlimmer war als reden, war, ohne Ablenkung auf das Unvermeidliche zu warten. Er hatte erst einmal einen kompletten Entzug über sich ergehen lassen und wusste, dass das, was jetzt auf ihn zukam, ihn wie ein Dampfhammer treffen würde. Schon spürte er die Übelkeit in sich aufwallen.

Also begann er zu erzählen.

»Wie schon gesagt, waren die Leichen meines Vaters und meiner Brüder noch nicht ganz kalt, als Melissa und ich den Vertrag bei der BMCC unterschrieben. Von da ab lief es eigentlich relativ reibungslos«.

Jochen lachte leise.

»Ich hab bis heute nicht rausgefunden, wie es die Penner geschafft haben, der Sache auch nur den Anstrich von Legalität zu geben. Immerhin waren wir noch weit davon entfernt, auch nur so was Ähnliches wie im vertragsfähigen Alter zu sein. Uns hat man später nur gesagt, dass das über irgendeine Lücke im Stiftungsrecht gelöst worden ist.«

Jochen stieß mit einem Mal geräuschvoll auf und erschauderte. Ging es etwa schon los? Hatte sich der Geruch seines Atems schon verändert?

»Ich glaube, um so was zu kapieren, musst du internationales Raumrecht studieren«, sagte Steffen und wiegte dabei den Kopf hin und her.

Der Söldner schnaubte.

»Vermutlich. Da ich das allerdings nicht mit meinem Gewissen vereinbaren kann, werden wir es wohl nie herausfinden. Jedenfalls ...«

»Warte mal«, wurde er jäh von Steffen unterbrochen. »Da ziehst du die Grenze? Massenmord ist in Ordnung, aber bei einem Jurastudium hört es auf?«

»Frag dich einfach mal kurz, für was von beidem du tiefer in die Hölle kommst, falls es denn eine gibt«, konterte Jochen.

Steffen zog verblüfft eine Braue hoch und schien kurz nachdenken zu müssen.

»Okay, hast recht. Ich ziehe die Frage zurück.«

»Ist ja auch im Grunde nicht wichtig«, fuhr Jochen fort und wischte sich über die Stirn. Der Schweiß fühlte sich eiskalt an. Es ging definitiv los. »Jedenfalls verschwanden Melissa und ich quasi über Nacht, ohne auch nur irgendjemandem Bescheid zu sagen und tauchten ein paar Monate später – und jetzt wird es für dich interessant – auf Enkephalos III wieder auf. Als eingetragene Versuchspersonen einer Unterabteilung der BMCC. Ich möchte wetten, am gleichen Ort, an dem man dich zum Manipulator gemacht hat.«

Steffen sah ihn wie vom Donner gerührt an.

»Alter«, hauchte er. »Dann warst du da ja Jahre vor mir.« Jochen nickte grimmig.

»Und ich blieb auch wesentlich länger. Der Prozess, den sie durchführten, um uns für das Iron-Wing-Projekt vorzubereiten, war ..., war ...«, Jochen erschauderte, »... einfach widerwärtig. Ich glaube, ich muss dir dazu eigentlich nichts erzählen. Über die Nanokanülen und mikrochirurgischen Geräte, mit denen sie an Augen und Trommelfell vorbei in unsere Schädel sind und unsere Gehirne neu verdrahtet haben, biologische Chips verpflanzten, gezüchtete Anhangdrüsen oder Areale anschlossen und was weiß ich noch alles taten. Deshalb war es denen auch so wichtig, dass die Gehirne das pubertäre Stadium noch nicht vollständig durchlaufen oder am besten noch gar nicht begonnen hätten. Schließlich wollten die, dass das alles vernünftig zusammenwächst.«

Jochens Augen waren stierend geworden und passten damit hervorragend zu Steffen, der sein Gegenüber mit wachsendem Entsetzen beobachtete, während vor seinem eigenen inneren Auge Bilder von ekelerregend weißen Operationssälen zu flimmern begannen und das gequälte Schreien unzähliger gepeinigter Seelen in seinen Ohren klirrte. Nein, sein Freund musste ihm wirklich nicht darüber erzählen. Jochen redete jetzt wie eine Maschine. Ein Automat, der nichts weiter tat als ein Programm abzuspulen.

»Fünf Jahre. Fünf gottverdammte Jahre hat es gedauert«, schnarrte er heiser. Viele der anderen Kinder haben es nicht geschafft. Klar waren die meisten von denen Kriegswaisen und hart im Nehmen, aber man hatte uns mit nichts auf das vorbereitet, was wir dort ertragen mussten.«

Steffen schien etwas sagen zu wollen, aber Jochen gebot ihm mit einer Handbewegung stillzuschweigen.

»Ich weiß, was du sagen willst, und nein, das kann man nicht vergleichen. Allein deshalb nicht, weil wir noch Kinder waren und ihr verflucht noch mal erwachsen. Aber auch so war es bei uns anders. Wir hatten nie die hohen Sterberaten, die bei euch aufgetreten sind. Wenn ich sage, dass es viele nicht geschafft haben, meine ich, dass die das psychisch nicht durchgestanden haben. Was nicht heißen soll, dass nicht genug an den Operationen oder ihren Folgen verreckt sind, wenn danach was nicht richtig verwachsen ist.«

Jochen erschauderte. Es war ihm deutlich anzusehen, wie ihm die Erinnerungen an das Geschehene zu schaffen machten. Dass ihm inzwischen übelriechender Schweiß das Gesicht herabrann und er sich leicht vornüberbeugte, während er seine ganz offensichtlich krampfende Magengegend umschlang, machte es nicht unbedingt besser.

»Ich weiß nicht, wie es bei euch war, aber wir wünschten uns nach einiger Zeit für die meisten dieser Kinder, dass sie einfach sterben würden. Wir konnten ihnen tagtäglich dabei zusehen, wie sie schwachsinnig wurden. Das waren Mädchen und Jungen, mit denen man einen Tag vorher noch normal geredet hatte, die plötzlich krampfend am Boden lagen oder, was fast noch schlimmer war, einfach ins Nichts starrten und selbst dann auf nichts mehr reagierten, als sie weggebracht wurden«.

Jochen stöhnte mit einem Mal laut auf. Mit einer Geschwindigkeit, die ihm Steffen noch eine Sekunde zuvor nicht zugetraut hatte, schnappte er sich den Eimer. Der Söldner schaffte es gerade noch so, seine Hose herunterzuziehen, bevor sich eine einzige lange Welle von Flüssigkeit aus seinem Körper in das Metallgefäß ergoss.

Steffen würgte und schlug sich die Hand vor den Mund. Erst jetzt begriff er, dass er wirklich keine Ahnung gehabt hatte, was sich Jochen da in die Venen gerammt hatte. Nichts, aber auch wirklich gar nichts, was einen menschlichen Körper verließ, sollte so bestialisch stinken. Zumindest nicht, solange dieser Körper noch am Leben war.

Jochens Atem begann zu pfeifen.

»Natürlich versuchten die uns irgendwie psychologisch zu betreuen. War doch alles nichts weiter als ein großes, gemeinsames Spiel, eine tolle Erfahrung, die wir gemeinsam als Gruppe durchstehen würden.«

Der Söldner sah mittlerweile aus, als wüsste er nicht, ob er lachen oder heulen sollte. Was zusammen mit allem anderen seinen Anblick noch erbarmungswürdiger machte.

»Fakt war aber, dass für alle, die nach zwei Jahren mit ihren Gehirnen nicht mindestens zwei dieser Robotertentakel unabhängig voneinander bewegen konnten, das Spiel endete.«

Jochen wischte sich über den Mund, wobei ihm scheinbar etwas von der Brühe, die er inzwischen in Strömen absonderte, in den Mund geriet. Er spie angewidert aus.

»Steffen, wenn ich das hier überlebe, bring ich dich verdammten Schwanzlutscher um! Gib mir 'ne verdammte Infusion, ich trockne hier aus!«

Wie, um seine Worte zu unterstreichen, rumorten seine Gedärme erneut und im Eimer klatschte es. Steffen graute es davor, das Ding bald leeren zu müssen. Es kostete ihn schon jetzt gewaltige Überwindung, sich seinem Freund zu nähern und sich an seinem triefnassen Arm zu schaffen zu machen.

»Du packst das schon«, versuchte der Manipulator ihm Mut zu machen, wechselte aber angesichts des vernichtenden Blickes, mit dem Jochen ihn bedachte, schnell das Thema. »Und was passierte mit den Kindern, die das nach zwei Jahren noch nicht konnten?«

»Frag mich nicht!«, knurrte Jochen durch zusammengebissene Zähne, während er die Nadelspitze der Kochsalzinfusion in seinem Arm verschwinden sah. Er musste jetzt schon seine gesamte Willenskraft aufbieten, um nicht am ganzen Körper zu verkrampfen. Er fragte sich ernsthaft, ob die Wichser das Rezept verbessert hatten oder er mit den Jahren einfach weicher geworden war. »Was immer mit denen passiert ist, uns hat man es nicht gesagt.«

Er schluckte. Diesmal aber vor Grauen.

»Nach allem, was wir bis dahin durchgemacht hatten, hoffe ich, dass es schnell und schmerzlos war. Alles andere wäre weiterer Stoff für meine Alpträume. Für uns andere ging es jedenfalls weiter.«

»Heißt?«, hakte Steffen nach, als sein Freund dabei kurz ins Leere blickte. Es war mehr als nur offensichtlich, dass Jochen allmählich die Kraft und die Muße zum Reden ausgingen.

»Heißt, dass wir, vorerst, weiterleben durften. Die Operationen und die Laborversuche endeten. Dafür begann das Einsatztraining. Nach weiteren drei Jahren gingen unsere Verträge als Probanden dann in reguläre Arbeitsverträge über und wir wurden auf das Universum losgelassen.«

Es folgte ein kurzes Schweigen. Der Körper des Söldners schien sich ein wenig zu beruhigen, und so hörte man nun nur das stete Tropfen, mit dem der Schweiß von seinen Fingerspitzen und seinem Kinn zu Boden troff. Schließlich ergriff er erneut das Wort.

»Ich brauche dir, glaube ich, nicht zu erzählen, was wir alles angerichtet haben. Du kennst die Geschichten. Alles, was du darüber wissen musst, ist, dass sie wahr sind, und zwar alle!«

Jochen lachte. Es war ein Lachen, das tief aus seinem Inneren kam und das nichts Fröhliches an sich hatte.

»Wir hielten uns damals für ziemlich harte Ficker.«

Kurz dachte er darüber nach.

»Gut, waren wir wohl auch wirklich. Die BMCC hatte schließlich nicht wenig Geld dafür ausgegeben, uns zu welchen zu machen. Dabei war unser Vorgehen immer das Gleiche. Kampfrüstungen und Rucksäcke mit Tentakeln unter normaler Kleidung verstecken, mitten unter die Gruppe mit den Zielobjekten gehen und dann ging es los. Weißt du noch, wie ich dich vor ein paar Wochen gefragt habe, wie es ist, ein Manipulator zu sein?«

Steffen nickte und starrte seinen Freund entgeistert an. Das Grinsen, das nun sein Gesicht malte, war eine Fratze des Wahnsinns.

»Ich wollte nur wissen, wie es sich anfühlt, mit Gehirnströmen Elektroschaltkreise zu manipulieren. Ich wollte wissen, ob du dabei genauso viel Freude hattest, wie wir daran, Leichen wie Feuerholz zu stapeln.«

Jochen begann wie ein Verrückter zu lachen. Das Echo seines Gelächters wurde von den Wänden des Containers zurückgeworfen und ließ es wie Donner erschallen.

»Ach, was sage ich Freude. Geil gemacht hat es uns! Die Hurensöhne in den Laboren hatten unsere Gehirne so verdrahtet, dass sobald unsere Tentakel zu schießen begannen, unser Lustzentrum stimuliert wurde. Versuch dir das einfach mal vorzustellen! Du stehst in einer Menschenmenge wie der verschissene Gott des Todes, in einer so teuren Kampfrüstung, dass selbst Schüsse aus nächster Nähe dir nichts anhaben können, prügelst mit Armen und Beinen die Scheiße aus allem raus, das dir nah genug steht, während die Tentakel auf deinem Rücken autonom alles zersieben, was dein Gehirn unterbewusst als Bedrohung wahrnimmt. Und bei all dem geht dir im wahrsten Sinne des Wortes einer ab.«

Jochen kippte vornüber und schaffte es gerade noch, sich mit einer Hand aufzufangen, während er mit der anderen weiterhin seinen Bauch umschlungen hielt. Der fast volle Eimer unter seinem Allerwertesten kippte um ein Haar um. Steffen kam ihm nicht zu Hilfe. Er war zutiefst entsetzt. Von allem. Selbst, als das Lachen langsam in ein hohles Kichern überging und sich Jochen wieder in eine sitzende Position brachte, sagte Steffen nichts. Was hätte er denn auch sagen sollen? Schließlich wurde es still und Jochen schien mit einem Mal wie ein Luftballon in sich zusammenzufallen, als die Kraft seinen Körper verließ.

Das Schweigen, das nun folgte, war bleiern und hielt lange. Schließlich fand der Manipulator seine Stimme aber wieder.

»Ihr habt euch in dieser Zeit eine Menge Feinde gemacht.«

Jochen lachte freudlos und stieß dabei wieder auf. Nun hatte er deutlich jenen widerwärtigen Geschmack im Mund, von dem er gehofft hatte, ihn nie wieder ertragen zu müssen. Seine Innereien begannen auch schon wieder zu rumoren.

»Meinst du, ja? Ich dachte, dass Deserteure, Demonstranten, Journalisten, Regimekritiker oder unliebsame Banden auszuschalten einen beliebt macht.«

»Bei den Konzernen kann ich mir das vorstellen«, erwiderte Steffen ernst. »Aber bei den Söldnern ist euer Ruf vorerst hin.«

Jochen atmete hörbar aus.

»Der Hauptgrund, warum man bis heute so wenige Wings in den Söldnerarmeen findet, aber das geht mich nichts mehr an«, sagte er schließlich. »Ich bin fertig mit denen.«

»Ich wusste gar nicht, dass man bei den Iron-Wing-Kommandos so leicht aussteigen kann.« Steffens Stimme triefte vor Ironie. »Das solltest du unbedingt dem ganzen Rest der armen Schweine sagen, die aus der Vertragsfalle nicht mehr rauskommen.«

Dann wechselte sein Tonfall wieder.

»Nein, aber mal im Ernst. Wie bist du da rausgekommen?«

Kaum hatte er zu Ende gesprochen, wusste Steffen, dass er jetzt ernsthaft auf etwas gestoßen war. Er wusste nicht, was es war, aber er nahm an, dass es eine ganze Menge mit dem seit

Jahren andauernden Versuch seines Freundes zu tun hatte, sich das Gehirn Trip um Trip zu Brei zu verarbeiten. Es war kein Schmerz, der sein Gesicht malte und auch keine Wut. Er hätte es spontan als Trauer beschrieben, nur war dieses Wort viel zu schwach, um jenen tiefen Kummer zu beschreiben, der plötzlich aus Jochens Augen zu fließen begann, als sich eine einzelne Träne den Weg sein Gesicht hinabbahnte.

Er begann zu drucksen, brachte aber keinen Laut hervor. Das Merkwürdige war, dass Steffen den Eindruck bekam, dass er es erzählen wollte. Jochen wollte sich den nächsten Teil seines Leidensweges von der Seele reden. Und er hatte recht damit. Aber das Problem war, dass dieser Teil schwer wog. So schwer, dass er Jochen in seine Träume verfolgte, sobald er nicht mehr genug Kraft hatte sich gegen den Schlaf zu wehren und die Augen schloss.

Die Silbermünze wirbelte durch die Luft und schlug auf dem Boden auf.

Kopf.

Er sollte sterben.

Jochen versuchte zu reden, doch kaum hatte er den Mund geöffnet, geschah es. Seine glasigen Augen weiteten sich und er brüllte Steffen an, aus dem Weg zu gehen. Diesem gelang es gerade noch, zur Seite zu springen, als ein explosionsartiger Strahl von Erbrochenem Jochens Körper verließ. Als die Brühe die gegenüberliegende Wand des Containers traf, schlug der Körper des Söldners auf dem Boden auf und aus dem scheppernden Eimer verteilte sich der Schiss.

Steffen begann zu rufen, was seinem Freund nur ein Stöhnen entlockte.

»Du dachtest nicht wirklich, dass es schon vorbei war, oder?«

Dann verkrampfte sich sein Körper erneut.

Der Narrator liest vor

Von aussichtslosen Fällen

Der nachfolgende Artikel beinhaltet ein Interview, welches durch den freien Reporter Edward Blackwell mit James Howard William Sherlington, dem siebten Duke of New Scotland V, in seiner Eigenschaft als Anwalt und Experte für internationales Raumrecht geführt wurde.

Es war wohl eines der bizarrsten Gespräche meines bisherigen Lebens. Gleich nachdem ich dem Duke das Anliegen des Verlags mitgeteilt hatte, runzelte er die Stirn, schwieg einige Sekunden und fragte anschließend, ob das ein Scherz sein solle. Nachdem ich dies heftig dementiert und nochmals die Ernsthaftigkeit der Angelegenheit unterstrichen hatte, lehnte sich der ältere Herr in seinem ledernen Bürostuhl zurück und fuhr sich einige Male nachdenklich durch das, was von seinem schütteren, vor langer Zeit ergrauten Haupthaar noch übrig war. Wenngleich erst 76 Jahre alt, machte er dabei den müden Eindruck eines Mannes, dem selbst nicht gefiel, was er zu sagen hatte.

»Sie wollen also die Föderation verklagen?«, fragte er mich nochmals, wie um sicherzugehen, dass er mich auch wirklich richtig verstanden hatte. Ich bejahte natürlich, stellte aber wiederum klar, dass nicht ich selbst das zu tun gedachte, sondern dass es darum ging, den interessierten Lesern der zeitgenössischen juristischen Zeitschrift, für die ich zum Zeitpunkt des Gesprächs tätig war, Tipps für ein solches Vorhaben zu geben. Das schien den untersetzten und dennoch seltsam würdevoll wirkenden älteren Herrn etwas zu beruhigen. Nach einigen weiteren Augenblicken, in denen er sich, nun scheinbar nachdenklich, über seine Halbglatze strich, begann er schließlich mit seinen Ausführungen.

»Das größte Problem«, so erklärte er mir, »ist, dass wir juristisch nicht einmal genau wissen, was die Föderation ist.«

Mit diesen Worten schaltete der Duke den großen, wandausfüllenden Bildschirm an der Längsseite seines Büros ein. Ein Relikt aus den Tagen, bevor begehbare Hologramme den Markt erobert hatten. Während er an seinem Rechner (natürlich ebenfalls ein älteres Modell, ohne Anschluss für eine Kopfverbindung) einige Dateien auswählte, sprach er weiter.

»Die rechtliche und, um das klarzustellen, auch die wirtschaftliche Position der Föderation ist in dieser Form einzigartig. So einzigartig, dass man sagen kann, sie hat sie sich über die letzten 70 bis 80 Jahre selbst geschaffen. Und alles begann mit einer simplen Frage.«

Hierbei hielt er kurz inne und wandte sich wieder mir zu.

»Was ist das Kerngeschäft des interplanetaren Handels?«

Ich muss zugeben, dass mich die Frage vor allem deshalb überraschte, weil ich sie mir selbst noch nie gestellt hatte. Ich äußerte gegenüber Sherlington einige Vermutungen, wobei ich einfach die gewinnträchtigsten Industrien und landwirtschaftlichen Sektoren durchging, die mir in den Sinn kamen. Der Duke lächelte dabei milde.

»Das ist alles nicht falsch, was Sie sagen, aber von der Wahrheit trotzdem so weit entfernt, wie es nur sein kann. Das Kerngeschäft des interplanetaren Handels ist das, was die einzelnen Branchen, die Sie gerade genannt haben, im wahrsten Sinne des Wortes miteinander verbindet. Der Transport.«

Bei dieser Antwort musste ich wohl sehr ratlos ausgesehen haben, denn während der Duke weiter an dem arbeitete, was wie ich in wenigen Minuten herausfinden sollte, eine kleine Präsentation war, erläuterte er diese Behauptung.

»Denken Sie doch einmal darüber nach. Angenommen, Sie selbst wären ein Unternehmer. Ganz gleich, was für einer. Was auch immer Sie vorhaben, Sie müssen etwas transportieren. Sie wollen einen Planeten erschließen? Jeder Arbeiter, jede Wohnbaracke, jedes Gramm Verpflegung, ja jede einzelne Schraube muss am Anfang dorthin gebracht werden. Und dann? Das, was Sie da anbauen, abbauen oder produzieren, muss ja auch irgendwie den Planeten wieder verlassen. Ob zu weiteren Standorten, wo es weiterverarbeitet werden kann, oder zu Märkten, wo es konsumiert wird. Und jetzt sagen Sie mir: womit kommt es dahin?«

Ich antwortete ihm mit dem ersten und offensichtlichsten, was mir in dieser Situation einfiel.

»Richtig«, antwortete der Staranwalt, der sich nun zunehmend in seinem Element zu befinden schien. »Mit Schiffen. Und jetzt schätzen Sie einmal, wie viele dieser Schiffe sich in den Händen der Unternehmen oder sonstiger Vereinigungen befinden, die sie nutzen.«

Anfangs war ich beleidigt, dass der Duke angesichts meiner Schätzung laut losprustete. Allerdings auch nur, bis er mir die tatsächliche Zahl nannte. Ich konnte zu diesem Zeitpunkt nicht fassen, dass es gerade einmal 5,8% sein sollten. Hierauf öffnete Sherlington jedoch sein erstes Schaubild. Eine Darstellung der von Menschen besiedelten Galaxie, auf der einige Dutzend Planetensysteme markiert waren.

»Das hier sind die umsatzstärksten Planetensysteme, bei denen die beteiligten Planeten weniger als 500 Millionen Kilometer voneinander entfernt liegen. Gleichzeitig gehören den Unternehmen, die in diesen Systemen tätig sind, weit über 80% der Schiffe, die sich in privater Hand befinden. Können Sie sich denken, warum?«

Natürlich konnte ich das nicht.

»Weil es sich dabei fast ausschließlich um Schiffe der Kategorie 1, also verhältnismäßig billige Schiffe ohne Phasenantrieb handelt. Bei derart kurzen Entfernungen würde alles andere als die Verwendung eines einfachen Raketenantriebes auch völlig idiotisch anmuten. Das ändert sich aber sofort«, und bei diesen Worten wurden die markierten Systeme mit einem Mausklick um zahllose rote Linien ergänzt, von denen viele, sehr viele, über gelb markierte Punkte, die ich als HUB-Welten erkannte, führten, »sobald Sie mit anderen Systemen Handel treiben wollen.« Ein weiterer Klick und es kamen mehr Linien und HUBs hinzu, die zu einzelnen Punkten führten. »Oder mit speziellen Planeten.« Ein weiterer Klick. Mehr Linien, mehr HUBs und ganze Regionen begannen sich einzufärben. »Oder mit noch nicht völlig erschlossenen Bereichen der Galaxie.« Mit einem weiteren Klick begannen leuchtende Punkte an den Linien auf und ab zu wandern, was der ganzen Darstellung den Anschein verlieh, es handele sich um eine gewaltige Darstellung des menschlichen Nervensystems. »Das Ergebnis sind zigtausend Schiffsbewegungen, jedes Jahr.« Mir wurde ob der Größe des Bildschirms und der Helligkeit der flimmernden Lichter leicht unwohl, weshalb ich den Duke bat, die Darstellung abzuschalten, was Sherlington auch sofort tat. Dann seufzte er.

»Ich denke aber, Sie haben verstanden. Sobald sich der Maßstab erhöht, kommt man um den Einsatz von Kategorie-2-Schiffen mit Phasenantrieb nicht mehr herum. Aber während Kategorie-1-Schiffe schon alles andere als billig sind, gibt es nur eine Hand voll Unternehmen, wie Amabaylando, die die Kosten einer eigenen Flotte von Kategorie-2-Schiffen schultern können und auch bereit sind, das zu tun. Was ist aber mit der ganzen Infrastruktur, die für diese Schiffe unterhalten werden muss, frage ich Sie. Den HUBs zum Beispiel?«

Sherlington atmete tief durch, nachdem er sich zunehmend in Rage geredet hatte, und wischte sich mit einem seidenen Taschentuch, auf dem sein Monogramm und das Wappen seiner Familie eingestickt waren, über das Gesicht und den kahlen Schädel.

»Mehr als 70% der Kategorie-2-Schiffe und deutlich über 40% der HUBs befinden sich direkt oder indirekt in Föderationsbesitz. Meist werden die HUBs von Privatleuten oder Syndikaten gegründet, später dann von der Föderation aufgekauft und als Tochterunternehmen oder Mantelgesellschaft weiterbetrieben. Derzeit verfügt die Menschheit, soweit uns bekannt ist, nur über etwas mehr als 120 Schiffe der Kategorie 3 mit eigenen Reaktoren und theoretisch unbegrenzter Reichweite. Die meisten, wie Sie sich denken können, in staatlicher Hand. Aber raten Sie mal, wie viel Prozent der übrigen in föderativem Besitz sind.«

Auch wenn auch diesmal meine Schätzung die Realität um ein Vielfaches verfehlte, war die Reaktion diesmal kein Ausbruch der Heiterkeit, sondern nur wieder jener müde Gesichtsausdruck, in den sich nun auch eine Spur Traurigkeit mischte.

»100%«, sagte er schließlich. »Im Kern handelt es sich bei der Föderation um das größte Infrastrukturunternehmen in der von Menschen besiedelten Galaxie. Mit hauseigenem Speditions- und Leasingservice.«

Ich war, nun ja, nicht unbedingt geschockt, aber doch sehr erstaunt über diese Verhältnisse. Gleichzeitig kam ich jedoch nicht umhin, mein Unverständnis darüber zum Ausdruck zu bringen, warum sich eine etwaige Klage gegen die Föderation denn als so schwierig gestaltete, wenn die Verhältnisse doch scheinbar so offen lagen. Auch die Antwort hierauf überraschte mich in einem nicht unerheblichen Maße.

»Weil wir im Regelfall schlicht und ergreifend überhaupt nicht wissen, gegen wen wir klagen sollen.«

Auf meine Frage hin, wie das gemeint war, führte mich Sherlington in einen gesonderten Bereich seines Kanzleiarchives, wo sich in langen Regalen ein ziegelsteinförmiger Petabyte-Datenträger an den nächsten reihte. Er sagte, er müsse mir etwas zeigen, was für seinen Standpunkt essentiell sei. Auf dem Weg dahin erzählte er mir Ungeheuerliches. Er berichtete, dass die Föderation damals als loser Zusammenschluss von Speditionsunternehmen begonnen hatte, die sich erst vor verhältnismäßig kurzer Zeit zu einem börsennotierten Unternehmen zusammengeschlossen hatten. Das Absurde daran war, dass es bis heute niemandem außerhalb des Vorstandes der Föderation gelungen ist, den Gründungsvertrag, die Satzung oder irgendein anderes Dokument einzusehen, das die rechtlichen Rahmenbedingungen der Organisation absteckt.

»Die Föderation bedient sich hierzu eines Systems, bei dem sich ihr Hauptgeschäftssitz stets auf Welten befindet, die sich unterhalb der staatlichen Integrationsgrenze befinden und somit einen Sonderverwaltungsstatus haben. Verstehen Sie? Sie nutzen die Bestimmungen zur Extraterritorialität der Firmen bei der Erschließung von Planeten, um jedem nationalen oder internationalen Rechtsapparat die rechtliche Verbindlichkeit ihrer Organisation zu entziehen, die sie überhaupt erst juristisch angreifbar machen würde. Wenn wir eine Klage gegen die Föderation bemühen, verweisen deren Anwälte dann in der Regel auf die Einzelverantwortung des jeweiligen Sub-, Subsub-, Subsubsub- oder weiß der Himmel des wievielten Subunternehmens, das einen Rechtsbruch begangen hat. Aber hier beginnen die Probleme dann in der Regel erst wirklich.«

Nachdem wir den eigentlichen Kanzleiteil des Gebäudes nun verlassen und von einem jungen Archivar in das gut erleuchtete, mit Sitz- und Leseecken bestückte Archiv geführt wurden, wo dutzende Juristen der Kanzlei über vergangenen Fällen brüteten, fragte ich, wie dies gemeint sei.

»Speziell in den letzten drei Jahrzehnten hat die Föderation begonnen, noch andere Unternehmen aufzukaufen, die speziell für die Erschließung der äußeren Randbereiche der Galaxie unerlässlich sind. Namentlich von Banken und Versicherungen.«

An dieser Stelle muss ich dem verehrten Leser versichern, dass ich mich selbst nie als Mensch verstanden habe, der schwer von Begriff ist. Doch die Erkenntnisse, in die ich nun Einblick gewann, stellten meinen Verstand auf eine harte Probe. Es waren schlicht und ergreifend Sachverhalte, um die man sich in der Regel keine Gedanken machte. Ich musste also erneut nachhaken, wie dies denn zu noch mehr Problemen führen konnte. An dieser Stelle lachte der Duke Sherlington freudlos auf und selbst der Archivar, der unser Gespräch unumgänglicherweise mitanhörte, warf mir einen wissenden und, wie ich meinte, etwas mitleidigen Blick zu.

»Weil es an den äußeren Rändern der Galaxie zu einer völlig wahnwitzigen Situation geführt hat«, erklärte mir Sherlington, während wir das eben erwähnte Sonderarchiv betraten und in einer Sitzecke Platz nahmen. Er musste hier aus Rücksicht auf seine fleißigen Mitarbeiter etwas leiser sprechen. »Sie wollen irgendwo an den Rändern der Galaxie eine Kolonie gründen und brauchen dafür Kredit? Der ist von den meisten Banken und Staaten schwer zu bekommen, immerhin ist es ein Risikounterfangen. Zum Glück hilft Ihnen die Föderation gerne weiter. Aber darauf, dass Sie danach bis in die dritte Nachgründergeneration der Kolonie Raten bezahlen müssen, können Sie Gift nehmen. Und während Sie das tun, ist jedes Schiff, das Sie benutzen wollen, mit hoher Wahrscheinlichkeit entweder bei der Föderation geleast oder gemietet. Wenn Sie dabei keine eigene Mannschaft stellen können, nehmen Sie doch einfach die von der freundlichen Pilotenschule, die im Bordkatalog geführt wird. Selbstverständlich in Föderationsbesitz. Das Raumschiff wurde im Betrieb beschädigt? Da müssen Sie es wohl bei der nächsten Landung auf der einzigen HUB-Welt des Sektors in der föderativen Vertragswerkstatt reparieren lassen, weil die private Firma, die das Ding für den Verkauf an die Föderation gebaut hat, mit Vertragsabschluss jedes Recht abgegeben hat, auch nur eine Schweißnaht zu überprüfen. Und als wäre das alles noch nicht genug, besteht in diesen Regionen Ihre einzige Möglichkeit, sich gegen Unwägbarkeiten abzusichern, im örtlichen föderationsgeführten Versicherungsbüro.«

Bei den letzten Worten war Sherlington wieder deutlich lauter geworden, was ihm vorwurfsvolle Blicke seiner Angestellten einbrachte. Er lächelte mich schuldbewusst an und musste wieder zu seinem Taschentuch greifen. Erst dann fuhr er fort.

»Wissen Sie, vor 48 Jahren, als ich das Staatsexamen beendet habe, hätte man das, was die Föderation damals war, als ‚international systemtragend' bezeichnet. Für das, was sie heute ist, haben wir keinen Begriff. Staatliche und internationale Rechtsapparate, ja nicht einmal die Anwälte der größten Firmen wagen es, die föderativen Strukturen anzutasten. Brechen auch nur Teile ihrer Strukturen weg, kommt von heute auf morgen ein Großteil der Handelsbewegungen in der Galaxie zum Erliegen. Mit nicht absehbaren Folgen. Wir befinden uns gerade im Sonderarchiv, in dem ausschließlich die Fallakten über zurückliegende Prozesse gegen föderative Unternehmen gelagert werden. Es ist für Sie vielleicht von Interesse zu wissen, dass in meiner Kanzlei fallengelassene Prozesse mit einem gelben Aufkleber versehen werden. Solche, auf die eine Gegenklage erfolgte, mit teils verheerenden Folgen für den ursprünglichen Kläger, bekommen zusätzlich noch einen roten Aufkleber. Erfolgreich verlaufene Prozesse erhalten dagegen einen grünen Aufkleber.«

Ich blickte mich um. Lange und gründlich. Dann sagte einige Zeit keiner von uns beiden mehr etwas. Als ich mich später von Duke Sherlington verabschiedete und ihn nach dem Honorar fragte, dass ich ihm für seine Zeit schuldete, schüttelte er nur sanft den Kopf. Er erklärte mir, dass es noch nie die Gewohnheit seiner Familie gewesen sei, aus hoffnungslosen Anliegen Geld schlagen zu wollen.

26

Der Narrator erzählt

Von Erfolgsfaktoren

Kapitän Salvador Pamaroy, der echte, wusste, dass ihnen die Zeit davonlief. Er ruhte in seinem mit einer hohen Lehne ausgestatteten Kommandosessel und nutzte seine eingesteckte Kopfverbindung, um das Geschehen zu überwachen, und zwar das ganze Geschehen. Sobald er auf diesem Sessel platznahm, wurde die ›Faust der Richter‹ zu einer gewaltigen, mit Tod und Vernichtung drohenden Erweiterung seines Körpers. Als sie den Hyperraum verlassen hatten, hatte es nicht gut ausgesehen. Die ›Faust der Richter‹ hatte in einer denkbar ungünstigen Feuerposition zum Feind gestanden. Im freien Raum musste es für ihre Gegner so ausgesehen haben, als würden sie schräg links seitlich verdreht auf dem Kopf stehen. Vielleicht hatten sie sogar, trotz ihrer völligen Unterlegenheit, kurz darauf gehofft, es mit einem der Flaggschiffe des Konzils aufnehmen zu können, während sich ihnen dessen Antriebsdüsen wie zum Abschuss präsentierten. Das war vor einer Stunde gewesen und in nur wenigen Augenblicken würde alles vorbei sein. Sieben Schiffe waren es gewesen. Davon ein schwerer Kreuzer. Sie hatten nie eine Chance gehabt. Pamaroy betrachtete sich gerne selbst als Puppenspieler, der die Fäden in seinen Händen mit tödlicher Eleganz zu führen verstand. Jeder seiner mentalen Befehle fand seinen Weg die Kommandokette hinab zu jenem Glied, für das er bestimmt war. In fliegender Eile und mit unerbittlicher Präzision lenkten die Steuerleute das Schiff, die Offiziere gaben die notwendigen Anweisungen, um Pamaroys Befehle auszuführen, die Anweisungen jagten hinab zur Nachrichtenverbindung und erreichten keinen Herzschlag später die Bedienermannschaften. Das ganze Schiff arbeitete mit äußerster Effizienz. Und all jene kleinen Schritte, die Pamaroys Marionetten ausführten, ergänzten sich zu einem Totentanz, unter dem die Schiffe der Föderation nach und nach zermalmt wurden. Doch Pamaroy wusste auch, dass dieses Gefecht, so wie alle anderen, welche gerade im Taurus-System ausgetragen wurden, im Licht der aktuellen Entwicklungen im Grunde nichts weiter als eine Farce war. Dementsprechend verspürte er keine Freude, als die Meldung von der Zerstörung des letzten Feindobjekts eintraf. In Wahrheit war es ja nicht einfach nur so, dass sie niemals eine Chance gehabt hatten. Ihnen hatte schlicht jede Perspektive gefehlt. Die Schiffe, die in das System geschickt wurden, hatten keine eigenen Generatoren und ihre Möglichkeiten, um zu ihren Heimathäfen zurückzukehren, waren in der Regel nach kurzer Zeit erschöpft. Das Konzil hatte die letzten drei Monate genutzt, um auf jedem einzelnen der Planeten, die es erobert hatte, alle Möglichkeiten der Energiegewinnung zu zerstören. Somit blieben den Schiffen nur zwei Möglichkeiten. Entweder Hilfe bei jenen wenigen Planeten zu suchen, die sich von Beginn der Operation an oberhalb der Integrationsgrenze befunden hatten, was jedoch ein sinnloses Unterfangen war, da sich die UN, wie zu erwarten, zur völligen Neutralität bekannt hatten. Oder aber sie mussten das tun, wofür die Föderation sie hierhergeschickt hatte. Die vom Konzil besetzten Planeten zurückerobern und dort ausharren, bis der Entsatz kam oder der Konflikt vorbei war. Und all das nur, damit die Föderation die Versicherungssummen, mit denen die Planeten belegt waren, vorerst nicht auszahlen musste. An sich war dies ein guter Plan, der es dem Konzil abverlangte, seine Truppen und Schiffe weit im Sektor verteilt zu halten. Er hatte für die Föderation nur einen kleinen Schönheitsfehler. Es war genau das, worauf das Konzil fest vertraut hatte. Jeder getötete Söldner, der ersetzt werden musste, jedes zerstörte Schiff, was auf die Schnelle nicht zu ersetzen war, und jeder Planet, dessen Zurückeroberung scheiterte, trieb die Kostenrechnung der Föderation auf das Ende des Konflikts zu. Pamaroy betrachtete die Nahaufnahmen der Trümmerstücke der zerstörten Schiffe. Aufgenommen von einer pilotengesteuerten Drohnenrakete. Verbände wie diese waren eine tragende Säule ihrer Strategie. Verbände, die eine Zeit lang von Bodentruppen oder kleinen Schiffen hingehalten wurden und plötzlich, ohne Vorwarnung und Möglichkeit zur Flucht, einer vernichtenden Übermacht gegenüberstanden. Die Unmöglichkeit der Verbände, ihr Vorgehen zu koordinieren oder zeitig genug Kontakt zueinander aufzunehmen, während das Konzil durch versteckte Satellitenstationen alle Mittel zur Verfügung hatte, erwies sich als verheerender Nachteil für die Söldner. Doch leider gab es einen weiteren tragenden Pfeiler ihres Planes und dieser war jäh ins Wanken geraten. Pamaroy gab den Befehl, den Gefechtszustand aufzuheben, und ordnete die Vorbereitung eines baldigen Phasensprunges an. Das Ziel jenes Sprunges versetzte seinen Offiziersstab in Unruhe. Er würde sie in Kürze über die Nachricht in Kenntnis setzen müssen, die er soeben, während der letzten Züge des Gefechts, erhalten hatte. Die Dinge auf Lost Heaven entwickelten sich durchaus nicht so wie geplant. Offensichtlich war es anlandenden Söldnertruppen irgendwie gelungen, das planetare Munitionsdepot sowie zwei der Raketenbasen zu erobern. Eine weitere war im Laufe der Kampfhandlungen wohl zerstört worden. Pamaroy ballte seine Hände zu Fäusten und bildete sich ein, wie das Schiff unter seinem Zorn leicht erbebte. Im Bericht hieß es nur, dass Fehleinschätzungen der örtlichen Kommandeure einen vitalen Faktor bei der Entwicklung der Ereignisse gespielt hatten, aber Pamaroy hatte genug Formulierungen dieser Art gehört, um zu verstehen, wann jemand den Begriff ›Inkompetenz‹ zu kaschieren versuchte. Er würde herausfinden, wer dafür verantwortlich war! So viel stand fest. Er bezweifelte, dass die Verantwortlichen noch lebten, aber er würde persönlich dafür Sorge tragen, dass sie post mortem zu einem ewigen Andenken dafür werden würden, welche Konsequenzen Unfähigkeit hatte. Nun, ohne Möglichkeit die Orbitalflotte zu munitionieren und mit zwei Raketenstationen, die ihre eigenen Schiffe unter Beschuss nehmen konnten, standen diese Konsequenzen bereits kurz bevor. Offensichtlich hatten bereits große Teile der Orbitalverteidigung aufgegeben werden müssen und weiteren Söldnerverbänden, samt Logistik, war es gelungen zu landen. Nur noch die Stadt Chesterfield mit ihrem großen Raumhafen und einer der großen Solarparks im Süden verfügten über Abschussstationen. Sollte Chesterfield innerhalb der nächsten Tage fallen, war alles vorbei und ihr Plan gescheitert. Das Konzil musste seine Strategie dann entweder völlig neu aufstellen oder Verhandlungen aufnehmen. Pamaroy erhob sich und schritt auf jene Transportröhre zu, die ihn direkt in das Konferenzzimmer mit seinen wartenden Klonen bringen würde. Das Gebot der Stunde lautete nun Effizienz in jeder erdenklichen Hinsicht. Und die musste durchgesetzt werden.

Der Narrator liest vor

Vom Normalzustand

Videomitschnitt aus der Sonntagsfolge der amerikanischen Talkshow ›Let's talk business!‹ vom 27.08.2185 unter Leitung des Moderators Henry Easter.

Moderator: »[...] und darum freuen wir uns, passend zur derzeitigen Sicherheitsdebatte, Space Inspector Alex Norman hier bei uns begrüßen zu können. Guten Abend, Inspector Norman.«

Inspector Norman: »Guten Abend.«

Moderator: »Wie Sie ja sicherlich mitbekommen haben, herrscht angesichts von immer häufiger werdenden Berichten über Piraterie und Gewaltexzesse an den äußeren Rändern der terrestrischen Siedlungsgebiete zunehmend Unsicherheit darüber, wie gefährlich es für den Einzelnen ist, Reisen, ob beruflich oder privat, in diese Gefilde zu unternehmen. Wie beurteilen Sie nun als einer der Einsatzleiter vor Ort die Sicherheitssituation?«

Inspector Norman: »Katastrophal.«
  verhaltenes Raunen im Zuschauerraum

Moderator: »Gut, das war eine eindeutige Antwort, aber könnten Sie dies für die Zuschauer noch ein wenig ausführen.«
  Inspector Norman seufzt vernehmlich

Inspector Norman: »Sehen Sie, Mr. Easter, das größte Problem, mit dem staatliche Institutionen zu kämpfen haben, sobald Planeten oder ganze Planquadranten die Integrationsgrenze überschritten haben, ist, dass sie quasi rechtsfreie Räume betreten, in denen sich diese Rechtslosigkeit durch verheerende Strukturen verwurzelt hat.«

Moderator: »Aha. Wie ist das Ihrer Meinung nach zu erklären?

Inspector Norman: »Durch das derzeitige System der Besiedlung. Die Unternehmen, welche die Planeten mit wirtschaftlichen Hintergründen erschließen, sind aus den unterschiedlichsten Gründen, sei es nun Schutz vor der lebensfeindlichen Umwelt des Planeten für ihre Arbeiter oder auch Abwehr von konkurrierenden Unternehmen, auf die Dienste von Sicherheitsunternehmen angewiesen ...«

Moderator: »Das ist allgemein bekannt, aber inwiefern ...«

Inspector Norman: »Das Problem ist, dass eine Vielzahl von kleinen, aber durchaus auch größeren Unternehmen dafür aus Kostengründen nicht auf die im großen militärischen Maßstab organisierten und durchaus renommierten Sicherheitsunternehmen zugreift, sondern sich faktisch eigene Privatarmeen aushebt.«
    Erstaunte Zwischenrufe aus dem Publikum

Moderator: »Mr. Norman, ich bitte Sie! Das klingt ungeheuerlich! Wie soll denn so etwas möglich sein? Für die Privatunternehmen wäre so etwas hochgradig illegal.«
    Space Inspector Norman breitet mit einem gequälten Lächeln die Arme aus

Inspector Norman: »Was soll ich Ihnen dazu sagen? Die Unternehmen bedienen sich einer Gesetzeslücke im Internationalen Raumrecht, die wegen schwerwiegender Verfahrensfehler bei entsprechenden Anträgen noch immer nicht behoben werden konnte. Stellen Sie sich vor, Sie als Unternehmen mit nur begrenzten Mitteln stehen vor einem eklatanten Sicherheitsproblem, gleich welcher Art, verfügen aber nur über begrenztes Kapital. In diesem Fall werben Sie, wie ich eben schon gesagt habe, keines der großen Sicherheitsunternehmen, sondern ein verhältnismäßig kleines an. Sieht sich dieses nicht in der Lage das Problem zu lösen, was meistens der Fall ist, wirbt es mittels sogenannter ‚Short termed operation contracts' zusätzliche Kräfte an. Und genau hier liegt der Hase im Pfeffer. Um einen solchen Vertrag abschließen zu können, muss sich eine Person lediglich im internationalen Rubrizierersystem befinden und über einen eigenen Rubrizierer verfügen, damit sie angeheuert werden kann. Sie gehört somit nicht zur regulären Stammbesetzung des Sicherheitsunternehmens, womit das Unternehmen weiterhin in einer geringeren Klasse gehandelt wird.«

Moderator: »Aber inwiefern kommt dies das Unternehmen, das den Sicherheitsdienst in Anspruch nimmt, billiger? Freie Söldner im Rubrizierersystem sind nach meiner Information, je nach Anzahl ihres Punktwertes, um ein Vielfaches teurer anzuwerben als der einzelne Söldner in einem der renommierten Sicherheitsunternehmen.«

Inspector Norman: »So dürfen Sie das nicht berechnen. Wenn Sie als Unternehmen einen Sicherheitsdienst in Anspruch nehmen, bezahlen Sie ja nicht nur das Gehalt des Personals, sondern auch die gesamte Logistik, die daran geknüpft ist. Truppenverlegungen, Transport von Gütern wie Waffen, Fahrzeugen, Unterkünften, Reparatur und Ersatz für im Einsatz beschädigtes Material und so weiter und so fort. Die Liste könnte man noch lange fortsetzen. Durch die »Stocs«, wie wir die Verträge kurz nennen, entfallen auf jeden Fall große Posten wie die Transportkosten weiter Truppenteile, sowie deren Bewaffnung und die Pflege weiter Teile des Materials. Dafür sind die angeworbenen Söldner in aller Regel selbst verantwortlich, was sich dramatisch auf den Gesamtpreis auswirkt.«

Moderator: »Ich beginne zu verstehen. Was ich nicht verstanden habe ist, wie das nun zu der Etablierung von kriminellen Strukturen beiträgt.«
Inspector Norman runzelt ungeduldig die Stirn

Inspector Norman: »Ganz einfach. Sobald die betreffenden Regionen unter die Verantwortung von Regierungen fallen, hat sich der Dienst der Söldner erübrigt. Die Verträge enden und sie werden entlassen. So weit, so gut. Das Problem ist, dass viele von diesen Söldnern nicht gleich den nächsten Auftrag in anderen Gegenden in Aussicht haben und weil sie freischaffend sind, es sich auch nicht lohnt aufs Geratewohl in andere noch nicht befriedete Quadranten zu reisen und danach anzufragen.«

Moderator: »Sie wollen doch nicht andeuten, dass ...«

Inspector Norman: »Aber ganz genau das! Viele der Söldner bleiben und siedeln sich in den neu entstandenen Städten an, um ihre wenig friedfertigen Dienste der dortigen Bevölkerung anzubieten, was das Gewaltpotential von Gemeinden ungemein steigert. Aber das ist noch die harmloseste Variante. Durch ihre Arbeit, welche die Aufbauphasen von örtlichen Wirtschaftsstrukturen häufig von Beginn an begleitet, sind die Söldner meist bestens im Bilde über Standorte von Produktionsstätten, Abbaustandorten und den Verlauf von Infrastruktur. Und das nicht nur auf einzelne Planeten beschränkt, sondern erstreckt sich auch auf Handelswege mit nahen Planeten, für die keine Reisen durch den Hyperraum in Anspruch genommen werden.«

Moderator: »Großer Gott!«

Inspector Norman: »Ganz genau! Der zweite Eskalationsgrad, den wir kennen, ist, dass die Söldner von Institutionen des Organisierten Verbrechens angeheuert werden, die sie entweder als Privatarmeen nutzen oder ihr Wissen aufkaufen, um das oder die Unternehmen, für das die Söldner gestern noch gearbeitet haben, heute zu erpressen. Wenn die Söldner nicht sogar anfangen, auf eigene Faust von diesem Wissen Gebrauch zu machen. Aber das führt mich bereits zum dritten und größten Problem.«

Moderator: »Was kann an dieser Stelle denn noch schlimmer sein?«

Inspector Norman: »Eben genau das, was Sie ganz zu Anfang angesprochen haben. Was Sie ganz lapidar als ‚Piraterie' bezeichnet haben, geht viel tiefer. Häufig bilden die Söldnerheere nach Ende ihres Dienstes eigene Parallelgesellschaften aus. Entweder in den Städten oder sonstigen Standorten der Planeten, auf denen sie Dienst geleistet haben, oder, was noch verheerender ist, auf selbst den Firmen unbekannten planetaren Standorten auf anderen nahe gelegenen Planeten. Das ist eines der vielen Mankos, unter denen die Einsatzkräfte immer zu leiden haben, nämlich, dass unsere Kontrahenten über eine vielfach bessere Ortskenntnis der planetaren Systeme verfügen, die sie im Rahmen ihrer Einsätze erhalten haben.«

Moderator: »Das sind mehr als nur beunruhigende Informationen. Sie haben gerade gesagt, die mangelnde Ortskenntnis ist nur ein Manko. Aber das erschwert doch eigentlich nur die konkrete Lokalisierung der organisierten Söldnerverbände. Wieso können sich die Einsatzkräfte auch sonst kaum gegen die Söldner durchsetzen?«
Der Gesichtsausdruck des Space Chief Inspectors wird noch eine Spur verbitterter

Inspector Norman: »Mein lieber Mr. Easter. Wir tragen Kämpfe gegen Gegner aus, die aus dem Nichts auftauchen, um ihre schmutzigen Geschäfte zu verüben, und dann genauso schnell wieder verschwinden. Zwar gelingt es dank der immer besser werdenden Arbeit der Geheimdienste inzwischen, rund 30% der Überfälle zu vereiteln, aber das ändert nichts an der Tatsache, dass die regulären Einsatzkräfte außerhalb der Spezialkommandos den Söldnern meist hoffnungslos unterlegen sind.«
Eine Welle des Raunens durchwogt den ganzen Zuschauerraum und Moderator Easter sitzt wie vom Donner gerührt auf seinem Stuhl

Moderator: »Bitte was?«

Inspector Norman: »Darüber brauchen Sie gar nicht so entsetzt zu sein. Einmal ist es natürlich drastische Unterfinanzierung, die für zu wenig Personal auf unserer Seite und standardisierte, oft veraltete Ausrüstung verantwortlich ist, während die Söldner häufig auf privat erworbene und topmoderne Ausrüstung

setzen. Aber auf der anderen Seite stehen Sicherheitskräfte, die vielleicht ein paar Jahre echte Einsatzerfahrung haben, Männern und Frauen gegenüber, die häufig ihr ganzes Leben nichts anderes getan haben als zu kämpfen. Die Schlachten, die in diesem Zusammenhang geschlagen wurden, sind so furchtbar, dass ich hier gar nicht davon anfangen will. Ich kann natürlich nicht für alle Quadranten und auch nicht für die Planeten aller Regierungen sprechen, aber wir persönlich stehen einer vielköpfigen Bestie gegenüber, die nur unter unverhältnismäßigen Opfern gerade so in Schach gehalten werden kann und uns oft genug beweist, wie wenig wir sie doch im Griff haben.«
[...]

27

Der Narrator erzählt

Vom Preis der Diensttauglichkeit

Wie sich herausgestellt hatte, war Jochens Beschreibung von dem Medikament keinesfalls übertrieben gewesen. Eher im Gegenteil. Im Nachhinein überkam Steffen ein Schaudern, während er sich fragte, was wohl das Schlimmste gewesen war.

Sicher, das stundenlange Erbrechen war nicht schön anzuhören und noch viel weniger schön anzusehen gewesen. Vor allem gegen Ende, als es so aussah, als hätte Jochen viel mehr hochgewürgt, als er jemals im Leben zu sich genommen hatte, und nur noch schwarze Galle über seine Lippen kam, während sich sein ganzer Körper immer wieder verkrampfte, um den nächsten Schwall undefinierter Masse über seine Lippen zu bringen. Als dann der Ausfluss aus seinem Darm begann, war Jochen bereits so schwach gewesen, dass er es ohne Steffens Hilfe nicht einmal mehr auf den Eimer schaffte. Einerseits hatte es Steffen jedes Mal all seine Überwindung gekostet, die schleimige, mannigfaltig farbige Brühe, die vom Körper des Söldners abgestoßen wurde, vor dem Container auszukippen, andererseits war die frische Luft jedes Mal ein Gottesgeschenk, verglichen mit dem Pesthauch, der sich in kürzester Zeit im Inneren der Stahlwände ausbreitete. Steffen hatte noch nie einen Mann in so kurzer Zeit derart abbauen sehen. Das Schlimmste an all dem war wohl die Dehydrierung. Obwohl er Jochen eine

Ampulle nach der anderen mit Nährflüssigkeit und Kochsalzlösung in den Arm rammte, trocknete er förmlich vor seinen Augen aus, während er Rinnsale sauren Schweißes absonderte.

Irgendwann hatte Steffen aufgehört, die Stunden zu zählen und konnte nur noch in ohnmächtiger Verzweiflung zusehen, wie der Mann, den er nun seit so vielen Jahren kannte, vor seinen Augen in sich zusammenfiel. Jahre des ungehemmten Drogenkonsums forderten ihren Tribut, und als es schließlich vorbei war und die Nanopartikel ihre Arbeit getan hatten, war alles, was geblieben war, eine kleine verkrümmte Gestalt, deren Muskeln unter einer vertrockneten, rissigen Haut, aus der stellenweise Blut tropfte, unkontrolliert zuckten und sich wanden, als würden Schlangen durch sie hindurchkriechen. Als der Körper des Söldners endlich zur Ruhe kam, glaubte der Manipulator einige grauenhafte Momente lang, seinen Freund auf bestialischste und sadistischste Weise in den Tod geschickt zu haben, ehe er erleichtert feststellte, dass sich sein Brustkorb noch hob und senkte. Gleichwohl dies ihn offenbar so viel Kraft kostete, dass es kaum sichtbar war und jederzeit wieder zum Erliegen kommen konnte.

Trotz der richtigen Medikamente und künstlicher Ernährung dauerte es noch bis zum Nachmittag des darauffolgenden Tages, bis der Söldner erstmals wieder Anzeichen gab, dass er etwas von der Welt um sich herum wahrnahm. Sobald er erst einmal stabilisiert war, brachte Steffen ihn mehr schlecht als recht in einen anderen Container, um dem schrecklichen Gestank zu entfliehen. Dort reinigte er ihn so gut es ging und entsorgte seine vollgeschwitzten Kleider später in der mobilen Müllverbrennungsanlage des Lagers. Dass sich diese als hochentzündlich erwiesen und in einem fauchend grünen Flammenmeer ihr Dasein beendeten, hatte Steffen nicht im Mindesten verwundert.

Was ihn erheblich verwunderte, war, wie Jochen bei seiner Rückkehr überhaupt schon wieder stehen konnte. Wobei stehen irgendwie das falsche Wort war. Er kauerte in die Ecke des Containers gelehnt, die Arme vor seinem gebückten Oberkörper verschränkt und starrte angestrengt vor sich hin, während er sich leicht vor und zurück wiegte.

Für den Manipulator war es unergründlich, was hinter Jochens Stirn nun vor sich gehen mochte, zumal er, seit er das Wimmern und Stöhnen eingestellt hatte, keinen Laut mehr von sich gegeben hatte. Umso überraschender war es, als er auf einmal abrupt den Kopf hob und Steffens Blick direkt erwiderte.

»Was schaust du mich so an?«, fragte der Söldner. Seine Stimme war kaum mehr als ein raues Krächzen. Man konnte förmlich hören, welchen Schaden die Magensäure seinem Hals angetan hatte und wie sehr seine Stimmbänder gelitten hatten.

»Du siehst scheiße aus, Mann«, antwortete Steffen frei heraus.

Und das war noch sehr nett ausgedrückt. Der Söldner sah aus, als hätte er mindestens 10 Kilo Gewicht verloren und als wäre er um Jahre gealtert. Noch immer spannte sich seine Haut straff wie der Bezug einer Trommel über deutlich sichtbare Muskeln und Knochengerüste. Außerdem bildete sich Steffen ein, dass sein ehemals dunkles Haar an den Ansätzen deutlich ergraut war.

Jochen brummte.

»Keine Sorge«, versuchte er den Manipulator zu beschwichtigen. »Das war beim letzten Mal nicht anders. Gib mir ein paar Wochen und ich bin wieder ganz der Alte.«

Steffen nickte, behielt aber seine Meinung für sich.

»Erzähl mir was!«

»Hä?«

Die Aufforderung hatte den Manipulator völlig unvorbereitet

erwischt.

»Egal was!«, versetzte der Söldner mit Nachdruck. »Ich will irgendwas hören. Irgendwas, das nicht in meinem Kopf ist.«

Steffen begann zu drucksen. Was sollte er jetzt sagen?

»Dein ... dein Zeug müsste heute Morgen angekommen sein«, versuchte er es mit dem ersten, was ihm in den Sinn kam. Was von allen Dingen, die er hätte sagen können, genau das Falsche war.

Kaum hatte der Manipulator den Mund geschlossen, kam so etwas ähnliches wie Bewegung in den Söldner. Steffen konnte mehr als nur deutlich erkennen, wie viel Kraft es Jochen kostete, als er den ersten wackeligen Schritt aus seiner Ecke heraus lenkte. Auch ließ sich nicht verbergen, dass er deutliche Mühe hatte, geradeaus zu laufen.

»Ich will schießen. Jetzt!«

Steffen starrte seinen Freund vollkommen entgeistert an. Offensichtlich kam Jochen auch ohne die Hilfe der Drogen auf beschissene Ideen. Entweder das oder die Medizin hatte ihn den letzten Rest seines Verstandes gekostet.

Jochen konnte seinen eigenen Körper kaum fühlen. Er wusste, dass das eine der Maßnahmen war, die das Nanomedikament getroffen hatte, damit ihn zumindest das körperliche Unwohlsein nach dem Entzug nicht so sehr berührte. Darüber hinaus fühlte er sich aber, als hätte sich seine Existenz in Watte aufgelöst. Er lief auf ihr, war in ihr eingewickelt, konnte spüren, wie sie durch seine Adern kroch und die Innenseite seines Kopfes ausfüllte. Seine neue Ausrüstung anzuziehen, kostete ihn fast seine gesamte Kraft und Konzentration, weil er weder die Objekte spürte, die er anfasste, noch die Spannung seiner verbliebenen Muskeln, als er sie bewegte. Während er einen seiner Kampfstiefel überstülpte, rutschte seine Hand ab und klatschte ungebremst in sein Gesicht und alles, was er spürte, war so etwas wie eine kurze Druckveränderung seiner Haut. Blut begann aus seiner Nase zu tropfen. Irgendwo war ihm bewusst, dass er vermutlich aussah wie ein besoffener Idiot, aber das berührte ihn nicht sonderlich. Viel besorgniserregender fand er, dass die ganze Welt bei jedem seiner Herzschläge zu erbeben schien und ihm sein Sichtfeld immer mal wieder vor den Augen wegrutschte, wenn er sich nicht gerade auf das Geradeausschauen konzentrierte.

»Bist du sicher, dass du dir das jetzt geben willst, Alter?«, riss ihn Steffen (zumindest ein wenig) aus seinem Tran. »Ich meine, der Kram läuft dir doch jetzt nicht mehr weg. Schlaf dich doch erst mal aus!«

Jochen musste sich auf jedes seiner Worte konzentrieren und war zumindest froh, dass er nicht auch noch lallte.

»Stimmt, aber ich muss mich beschäftigt halten, damit das hier«, wobei er seinen Zeigefinger gegen die Stirn schob und dabei nur erahnen konnte, ob er auch wirklich auf Widerstand traf, »jetzt nicht auf dumme Gedanken kommt.«

Als wäre das in Wirklichkeit auch nur annähernd ein Problem gewesen, das man hätte vermeiden können.

Innerlich fühlte sich Jochen tot.

Seinen letzten Entzug hatte er nicht derart schlimm in Erinnerung behalten. Die Taubheit seiner Sinne hatte nichts mit der einlullenden Umnebelung zu tun, die ihm die Drogen immer gewährt hatten. Dieses hier war ein aufdringlicher Kontrollverlust, von dem er wusste, dass er bald verschwinden und eine Leere hinterlassen würde, die mit nichts zu füllen war. Nicht solange der Manipulator verhinderte, dass er wieder sein Leben von Dröhnung zu Dröhnung aufnahm.

Schon jetzt konnte er durch all den Nebel, der ihn umgab, die Stimme hören, die ihm einflüsterte, dass es bald wieder Zeit für seinen Schuss war, um all die Schmerzen zu töten, von denen er längst vergessen hatte, welcher der Grund für seine Sucht geworden war, und von denen er wusste, dass sie nicht länger zu betäuben waren.

Als seine tauben Finger zum sechsten Mal an dem Verschluss des Waffenkoffers scheiterten und Steffen schließlich den Deckel der Verpackung des Todesinstrumentes öffnete, kam ihm der Gedanke, wie bequem einer der statistisch häufigen »Haushaltsunfälle unter Schusswaffenbeteiligung« doch jetzt für ihn wäre.

Ja, Jochen konnte fühlen, dass er über den berühmten toten Punkt hinaus war. Der Punkt, an dem den Süchtigen die Erkenntnis traf, dass die Drogen nichts mehr dazu beitragen konnten, die Agonie des Lebens irgendwie erträglich zu machen.

Er brauchte mehrere Sekunden, um zu bemerken, dass das Gebrabbel, das er gerade hörte, nicht zu den Stimmen in seinem Kopf, sondern zu Steffen gehörte, der ihm gerade die Gebrauchsanweisung der Magnetschienenkanone vorlas.

»Entschuldigung, wiederholst du das bitte noch mal? Ich war in Gedanken.«

Der Blick, den ihm der Manipulator zuwarf, sprach Bände. Dennoch wiederholte er das eben Vorgelesene.

»Vor der Benutzung schließen Sie bitte den Individualisierungsvorgang des Gerätes ab. Bringen Sie hierfür bitte sämtliche Griffstücke sowie das Kolbenstück an der Waffe an«, las der Manipulator langsam vor, während Jochen mit ungelenken Griffen die einzelnen Stücke aus den formschönen Fächern des Koffers fischte und an der Waffe anbrachte. Diese erinnerte ihn in ihrer Form irgendwie an einen Riegel Blockschokolade in Silberpapier. Perfekt rechteckig und aufgestellt etwas höher als seine Hüfte lag sie vor ihm, während er sie um die Anbauteile erweiterte, die sie einfach nur noch lächerlich aussehen ließen.

Wenn sich Jochen jetzt bloß noch daran hätte erinnern können, wie das mit dem Lachen funktionierte.

»Legen Sie anschließend die mitgelieferte Antimateriebatterie in das dafür vorgesehene Fach, siehe Abbildung 15, und achten Sie darauf, keinesfalls direkt in die elektrische Spannungsentladung zu sehen.«

Auch dieser Schritt war schnell getan, auch wenn es Jochen so oder so nicht gelungen wäre, in die Entladung zu sehen, die entstand, als sich die Kontakte der Batterie und des Gerätes berührten, da ihm erneut sein Gesichtsfeld wegsackte. Auch von dem ansehnlichen Schauspiel als sämtliche feinen Drahteinlagen auf der Außenseite der Waffe weiß erglühten und der Waffe das Aussehen eines raffiniert tätowierten Körpers gaben, bekam er nicht wirklich etwas mit.

»Entfernen Sie nun zügig die Ummantelungen der Anbauteile und bringen Sie die Waffe innerhalb von 30 Sekunden nach Abziehen der letzten Hülle in den Anschlag. Achten Sie dabei darauf, keine Handschuhe oder sonstige hautverdeckende Kleidung an den Händen zu tragen. Die Individualisierung wird durch das Gerät automatisch abgeschlossen.«

Unter den Überzügen der Griffstücke und des Kolbens verbarg sich eine Gelee-artige und doch feste schwarze Masse. Nachdem Jochen die Waffe in den Anschlag gehoben hatte, erkannte er, selbst durch die Nebel, die seinen Verstand umfangen hielten, dass sie sich unter seinem, alles andere als festen Griff, an die Form seiner Hände, seiner Schulter und der Gesamtheit seiner Körperhaltung anpasste. Niemand würde diese Waffe so perfekt handhaben können wie er. Doch nicht nur das. Selbst in seinem jetzigen Zustand konnte er spüren, wie sich die Griffstücke in seiner Hand deutlich erwärmten und fragte sich kurzzeitig, wie andere Leute bei der DNA-Kodierung die Waffe überhaupt in der Hand halten konnten. Diese Waffe, so wusste Jochen, würde künftig außer ihm jedenfalls niemand mehr mit Nutzen bedienen können.

»So, fertig«, hörte Jochen Steffens Stimme wie aus weiter Ferne. Er wusste, dass er sich dringend hinlegen sollte.

»Alles klar, dann bleibt ja nur noch das Einschießen«, hörte er sich sagen, wobei er sich noch nicht ganz sicher war, auf was er die Waffe dabei richten würde.

Irgendwie hatte Jochen das deutliche Gefühl, dass sein Freund ihn zumindest heute noch vom Schießstand fernhalten wollte. Zumindest ließen sein rasches Aufspringen und sein Versuch, die Tür zu versperren, diesen Schluss auch nach mehrmaligem Überlegen noch zu.

Rasch hievte Jochen sich die Waffe auf die Schulter, schnappte sich einen Munitionsclip und war mit einer knappen Schwungbewegung, die den Manipulator zurückweichen ließ, schon zur Tür hinaus. Erst in der sengenden Hitze des planetaren Nachmittags merkte Jochen, wie fiebrig er sich eigentlich fühlte. Aber das machte es immerhin einfacher, Steffens Gefasel von »zur Vernunft kommen« auszublenden, während er zum Übungsgelände trottete.

Glücklicherweise gehörte es zur Firmenpolitik der Untamed Blades, dass Söldner generell und sowieso nie ihre Waffen abzulegen hatten, ansonsten wäre der Anblick des bewaffneten Söldners, der, begleitet von einem zeternden Kameraden, durch das Lager marschierte, unter Umständen auffällig gewesen.

Der »Schießstand« an sich war nichts weiter als eine freie Fläche Steppe an der Ostseite des Lagers, auf das ein paar der Jungs ein paar Ziele gestellt hatten, die schon arg zerschossen die Landschaft verunstalteten. Es entsprach ganz dem Humor der Söldner, dass die kleinsten Ziele hierbei Flaschen waren, die bei der nächtlichen Zecherei noch heil geblieben waren und die größten Ziele Leichen von gefallenen Konzilsmitgliedern aller Waffengattungen. Nun auf Pflöcken aufgespießt, dienten sie sowohl für Zielübungen als auch zur Aggressionsbewältigung, wobei einige der Öffnungen, die die Leichen zierten, erahnen ließen, dass einige Kameraden wohl noch einen weiteren Weg gefunden hatten, um angestaute Emotionen der etwas anderen Art an ihnen abzubauen.

Jochen suchte sich eine der »Puppen« heraus, die besonders schwer gepanzert war, und brachte die Waffe in den Anschlag. Anschließend holte er den Munitionsclip hervor und führte ihn zu der Klappe, die sich hierfür nun auftat, da die Waffe registriert hatte, dass sie ungeladen in Feuerposition gerückt worden war. Circa eine halbe Handlänge von der Klappe entfernt, entglitt der Clip Jochens Fingern und wurde von einem magnetischen Impuls der Waffe durch die Luft in die Magazinklappe gezogen, die sich nun prompt schloss, so als könnte sie es selbst kaum erwarten, die tödliche Ladung auf den Weg zu bringen. Langsam führte Jochen seinen Finger an den Abzug.

»Alter, du musst das nicht tun«, flüsterte Steffen, der nun schräg hinter ihm stand und dessen Worte nun auf einmal mit aller Klarheit in Jochens Verstand sickerten.

»Nein«, stimmte Jochen zu, während er den Finger zum Abzug führte, »ich will aber.«

Er konnte nicht einmal genau sagen, was er von der Waffe eigentlich erwartet hatte. Nie zuvor hatte er ein solches Meisterwerk der Ingenieurskunst bedienen dürfen und als sich der erste Schuss, der nicht lauter war als ein Peitschenknall, unter einem gewaltigen plasmatischen Mündungsfeuer löste und die Kugel den geschändeten Körper des Konzilssoldaten mit mehr als 40 Km/s durchbohrte und in einem Sprühnebel von geronnenem Blut und Gedärmen zerriss, bemerkte er endlich, wie die Watte langsam aus seinem Schädel verschwand.

Ein Schuss, zwei Schuss, drei Schuss. Jeder zerberstende

Körper war ein Stückchen Leben, das er sich zurück in seinen zerschundenen Leib holte, und als die Waffe schließlich zornig vibrierte, als Jochen seinen letzten Schuss abgab und die Munitionsklappe erneut aufglitt, ließ er sie schließlich sinken. Langsam drehte er sich um und schaute Steffen ins Gesicht.
»Besser?«, fragte dieser vorsichtig.
Jochen hob die Hand und führte sie vors Gesicht. Als er bemerkte, dass sich das Kribbeln in seinen Fingern über seinen ganzen Arm ausbreitete und langsam seinen Torso hinabkroch, konnte er nicht anders und verzog die Mundwinkel zu einem Lächeln.
»Ja.«
Bereits eine Sekunde später schlug sein ohnmächtiger Leib auf dem Boden auf.

»Es tut mir leid, Ihnen das sagen zu müssen, aber Sie haben Krebs.«
Jochen stöhnte entnervt auf.
»Schon wieder?«
Als ob es nicht schon reichte, dass er seit dem Ende seines Entzugs ein wandelndes Nervenbündel war und es ihm ohnehin schon verdammt auf den Sack ging, seit nunmehr fast einer halben Stunde irgendwelche hirnfickenden, grenzdebilen Tests über sich ergehen zu lassen, von denen er die Hälfte ohnehin nur dank der chemischen Komplettreinigung seines Körpers bestand.
»Ja, schon wieder!«, erwiderte Frankenstein gereizt und wedelte dabei mit den Teststreifen vor seiner Nase herum. »Und das schon das dritte Mal in diesem Jahr. Mal ganz im Vertrauen, was treiben Sie eigentlich?«
Kopfschüttelnd ging der Doktor zu einem der großen, unförmigen Geräte, die einen nicht unwesentlichen Teil des Unter-

suchungsraums einnahmen, den er sein eigenes kleines Reich nannte. Es war bezeichnend, dass Frankenstein den Raum, je nachdem, was er gerade sonst darin trieb, auch mit Behandlungsraum oder medizinischem Labor titulierte, während sich seine Patienten mittlerweile auf den Begriff Folterkammer geeinigt hatten. Im Gehen warf er Steffen, der lässig in der Ecke lehnte, missbilligende Blicke zu, da er ihn offenbar für Jochens bessere Hälfte hielt. Was, so dachte Jochen, gar nicht so weit hergeholt war.

»Aber mal im Ernst«, erscholl es von der Frontseite der Maschine, während Frankenstein scheinbar willkürlich irgendwelche Informationen einspeiste, »entweder Sie hören endlich auf, in Frittierfett zu baden oder Plutoniumbrocken mit Kaubonbons zu verwechseln. Noch drei, vielleicht vier Mal und ..., naja, Sie wissen, wie so was abläuft.«

Nun zog Jochen doch besorgt die Stirn kraus.

»Sie meinen doch nicht etwa ...?«

»Oh doch, genau das meine ich«, sagte der Arzt grimmig, während er eine Reihe von Jochens Gewebeproben begutachtete und schließlich eine in den kleinen Schlitz, direkt neben der Annahmeöffnung für Blutproben, hineingleiten ließ. »Und ich sage Ihnen, es ist die Hölle auf Erden. Wenn man einmal in der Risikoversicherungsstufe ist, kann man sich vor den Beitragszahlungen nicht mehr retten. Als wenn die bei Sturmtruppen wie Ihnen nicht ohnehin schon astronomisch wären.«

Jochen konnte spüren, wie ihm ein kalter Schauer über den Rücken lief. Er konnte förmlich sehen, wie sich sein (zugegebenermaßen meist ohnehin bescheidenes) Barvermögen in Luft auflöste.

»Sie wollen aber nicht, dass ich mit dem Rauchen aufhöre, oder?«

Frankenstein schnaubte.

»Schwachsinn! Und bringen Sie endlich mal wieder welche von den guten Zigarillos mit, die Sie früher immer dabeihatten.«

Jochen überlegte.

»Das Trinken?«

»Sonst geht es Ihnen aber gut, oder? Blöde Frage, natürlich nicht. Wenn man in unserem Gewerbe damit aufhört, ist man bald reif für die Klapse oder den Strick. Kein Alkohol ist keine Lösung, junger Freund.«

Jochen sah ihn verständnislos an.

»Dann weiß ich auch nicht ...«

»Für den Anfang«, unterbrach ihn Frankenstein, während er auf den grünen Knopf drückte, der die Maschine schließlich zum Leben erweckte, was durch ein leises Brummen von dieser bezeugt wurde, »würde es schon völlig genügen, wenn Sie auf Planeten, die das verdammte Fünfundzwanzigfache des Standardwertes der Hintergrundstrahlung aufweisen, zumindest in Erwägung ziehen würden Strahlungsblocker zu nehmen.«

Mit diesen Worten griff er in einen nahe stehenden Medikamentenschrank und bewarf den Söldner mit einer kleinen blauen Pillendose, die Jochen geistesgegenwärtig aus der Luft fing. Er las die Aufschrift des bekannten Medikaments und verzog das Gesicht.

»Die letzten kleinen, blauen Pillen, die ich genommen habe, haben mir aber deutlich mehr Freude bereitet«, beschwerte er sich murrend.

»Nun stell dich mal lieber nicht so an und schluck einfach ein paar von denen«, kam es entnervt aus Steffens Ecke.

»Recht hat er«, bestätigte der Arzt. »Nur weil er so was Ähnliches vermutlich jeden Abend zu Ihnen sagt, verliert es deshalb nicht an Wahrheitsgehalt.«

Noch ehe einer der beiden protestieren konnte, setzte der Arzt sein Lamento aber schon fort.

»Kommen Sie in zwei Stunden wieder. Bis dahin sollte das Gerät fertig mit der Virenmanipulation sein und die kleinen, zellkernlosen Scheißdinger besorgen dann den Rest.«

»Kein Problem, Doc«, sagte Jochen erleichtert darüber, seine Klamotten endlich wieder anziehen zu dürfen. Wenigstens hatte Frankenstein ihm noch seine Unterhose gelassen und auf Gadgets wie den »armlangen Gummihandschuh« bei seiner Untersuchung verzichtet. Jochen versuchte, die unangenehme Stille während des Anziehens mit etwas Smalltalk zu überwinden.

»Warum dauert das eigentlich so lange? Auf Boltou hat mir ein Arzt mal in weniger als fünfzehn Minuten die Tumore aus dem Leib geprügelt?«

Jochen bereute fast sofort, es nicht bei der peinlichen Stille belassen zu haben.

»Lange? Meine Güte, die Jugend von heute ist aber auch wirklich verwöhnt«, brauste Frankenstein auf. »Noch vor 30 Jahren mussten wir das alles von Hand machen. Da gab es keine Maschinen, so wie unsere gute alte »Bessie 4« hier, in die man einfach Blut und Gewebe einwerfen konnte und die dann die ganze Arbeit macht. Wissen Sie eigentlich, wie viel Arbeit es ist, einen Virus manuell zu verändern? Damals mussten Patienten noch zwischen einer und vier Wochen auf ihre Behandlung warten. Und von denen hätte es keiner gewagt, sich darüber zu beschweren, dass es »so lange« dauert, bis die rettende Spritze fertig ist. Also wirklich, die Frechheit der Jugend heutzutage ist wirklich ...«

»Jaja, wir haben verstanden«, schnitt ihm Steffen hastig das Wort ab. »Wir sind dann in zwei Stunden wieder hier. Bis dahin noch viel Erfolg.«

»Schon klar«, fauchte der Doktor. »Und schicken Sie gleich

den Nächsten rein.«

Während die beiden Söldner hinauseilten, flog ihnen noch ein ungläubiges »so lange« hinterher.

»Alles, was Recht ist, aber langsam dreht der alte Mann am Rad«, seufzte Jochen genervt, während sie den Gang mit den wartenden Patienten entlanggingen. Eine bunte Mischung aus Drogensüchtigen, Kranken, Verletzten und jeder Art menschlich manipulierter Abartigkeiten, die Medikamente brauchten, um sich die Existenz zu erleichtern oder um sie fortsetzen zu können. Außerdem noch jene, die wie Jochen eine Tauglichkeitsbescheinigung brauchten, um sich weiterhin als mehr oder minder menschliche Zielscheibe missbrauchen zu lassen.

»Kannst du es ihm verdenken?«, gab Steffen zurück, als die beiden ins grelle Sonnenlicht traten. »Ich glaube, der hat hier bei den Blades schon so viel Scheiße durch, damit kommt der locker an unsere Felderfahrungen ran. Abgesehen davon, solltest gerade du, was das angeht, die Fresse halten. Schließlich kannte er deine Ergebnisse von vor paar Tagen. Jeder andere Arzt hätte dich da schon gesperrt, statt zu ‚vergessen' wie dein Blutbild und deine Organe aussahen und ‚aus Versehen' ein Medikament ‚liegen zu lassen', mit dem man das beheben kann.«

Jochen knurrte etwas Unverständliches.

»Will ich eigentlich wissen, wie viel du ‚aus Versehen' an Stelle des Medikaments hast liegen lassen?«

Der Manipulator warf seinem Freund einen langen Seitenblick zu.

»Eher nicht.«

Jochen seufzte.

»Sag mal, habe ich mich eigentlich schon bei dir bedankt?«

»Allgemein gesprochen nein, aber was meinst du jetzt im Speziellen?«

Sie waren inzwischen wieder bei der Truppenkantine angelangt. Groß was anderes als essen war in zwei Stunden einfach nicht drin, sah man mal ganz davon ab, dass sie auch hätten trainieren können. Also reihten sie sich in die Schlange vor der Essensausgabe ein.

»Naja«, es war dem Söldner deutlich anzusehen, dass er sich nicht wohl in seiner Haut fühlte. »Eigentlich für ziemlich alles. Gerade für den ganzen Mist, seitdem wir letztes Jahr auf Boltou gestrandet sind. Du weißt schon ...«

Kurz geriet er ins Stottern, ehe er sich wieder gefasst hatte.

»Ach Scheiße, du weißt doch, dass ich in so was nicht gut bin.«

»Stimmt«, bestätigte der Manipulator mit einem nachdrücklichen Nicken. »Aber mach einfach mal weiter, ich bin gespannt, was dabei herauskommt.«

Es brauchte etwa zehn Minuten, in denen Steffen mit milder Belustigung Jochens kaum artikuliertem Gestammel, das man entfernt als Dankesbekundungen interpretieren konnte, lauschte, bis der Manipulator der Sache überdrüssig wurde und abwinkte. Inzwischen hatten sie sich einen Tisch abseits des Getümmels gesucht und schaufelten das Essen in sich hinein. Steffen blickte sich kurz um und versicherte sich, dass ihnen keiner zuhören konnte.

»Und? Wie war es, Teil der meistgehassten und gefürchteten Kettenhund-Kompanie zu sein, die die Randwelten je gesehen haben?«, fragte Steffen. Seine Stimme war ironisch, enthielt aber echte Neugierde.

Jochen klappte die Kinnlade herunter. Auch er blickte sich kurz um, jedoch deutlich gehetzter als der Manipulator.

»Sag mal, hast du den Arsch offen, jetzt darüber zu reden?«, zischte er seinen Freund wütend an. »Da kann ich mir auch gleich selbst ein Messer zwischen die Rippen pflanzen.«

Steffen fischte sich gelassen ein weiteres Stück von der Gabel.

»Mach dich locker. Wir sitzen hier alleine, keiner interessiert sich einen Scheiß dafür, was wir sagen und«, bei diesen Worten tippte er sich an die Schläfe, »dass uns keiner abhören kann, gebe ich dir, wenn du willst, schriftlich.«

Der Söldner blickte ihn resigniert an und seufzte. Welches Fass hatte er nur damit aufgemacht, als er zugestimmt hatte, seinem Freund von seiner Vergangenheit zu erzählen. Andererseits bildete er sich ein, dass seine Alpträume in den letzten paar Tagen um einen Tick weniger verstörend geworden waren. Und wie er so in den Gesprächsbrei der anderen Söldner hineinhörte, musste er zugeben, dass es wirklich unwahrscheinlich war, dass sie hier einer belauschte.

Jochen überlegte kurz, so als wisse er nicht, wie er seine Gedanken am besten formulieren sollte. Er schien überhaupt viel vorsichtiger geworden zu sein, wie er Dinge gegenüber dem Manipulator ausdrückte.

»Eigentlich überraschend unspektakulär«, sagte er schließlich. »Nachdem wir erst mal aus der Entwicklungsphase draußen waren, mussten wir zumindest nicht mehr ständig fürchten, dass die uns irgendwann einfach kalt machen.«

Er war inzwischen bei seinem Nachtisch angelangt und trank einen Schluck Synthesekaffee. Überrascht hob er eine Braue. Das Zeug, das die Untamed Blades ihren Leuten auftischten, beeindruckte ihn immer wieder.

»Was für eine Erleichterung«, frotzelte Steffen und kaute auf seinem ersten Stück Kuchen. »Ich meine, mehr als diese Gewissheit kann man sich echt nicht von einem Arbeitgeber wünschen.«

»Als wäre unsere jetzige Anstellung viel besser«, erwiderte Jochen mit einem milden Lächeln. »Und es war wirklich nicht so schlecht. Klar, wir mussten weiter auf dem Versuchsgelände wohnen, alles, was wir taten, vor allem unsere Einsätze, wurde zu Testzwecken für die Produktentwicklung protokolliert und wir wurden auch weiterhin gedrillt und trainiert wie die Hunde. Vor allem im Nahkampf. Ansonsten hatten wir es aber relativ gut.«

»Ja, was das angeht«, fiel ihm Steffen ins Wort. »Was genau hatte es damit eigentlich auf sich? Ich meine, warum hat man euch eigentlich zu solchen Nahkampfassen gemacht, wenn eure Tentakel doch die ganze Arbeit gemacht haben? Ich bin jetzt kein Experte, aber ich glaube, dass die Wings der neueren Generation in keiner Martial-Art-Show mehr auftreten können.«

Jochen wedelte missbilligend mit der Gabel.

»Diese Pappnasen haben ja auch keine Ahnung. Die bezahlen einen Arsch voll Geld für die Umwandlung zu Iron Wings und sparen sich dann die Kosten für die erweiterte Ausbildung. Obwohl ich zugebe, dass fünf Jahre für alles 'ne verdammt lange Zeit sind.«

»Vergiss nicht, dass das Verfahren inzwischen nicht mehr an firmeneigenen Kindern, sondern an Erwachsenen durchgeführt wird, die das meistens auf Kredit machen müssen, wenn sie es nicht irgendwie von ihrem Unternehmen bezahlt kriegen«, merkte der Manipulator an. »Wenn man danach direkt in 'nen Kriegseinsatz geht, macht es schon was aus, dass du lieber weniger Jahre mit dem Abzahlen beschäftigt bist, bevor du was auf die hohe Kante legen kannst.«

Jochen tippte mit den Fingerspitzen auf den Tisch.

»Ok, ich gebe zu, daran habe ich nicht gedacht«, räumte er schließlich ein. »Fakt ist aber, dass ich bezweifle, dass die neueren Wings an unsere Leistungen rankommen. Du musst bedenken, dass wir in Gruppen zu zweit oder dritt ohne Not fünfzig, sechzig Leute ausgeschaltet haben. In Einzelfällen sogar deutlich mehr. So was geht aber nur, wenn du mitten unter deinen Zielen bist und von einer Sekunde auf die nächste das völlige Chaos entfesselst. Wenn es dann erst mal losgeht, ist der Schlüssel zum Erfolg, in Bewegung zu bleiben. Zielerkennung, Zielerfassung und Zielbekämpfung, das machen die Tentakel alles automatisch und benutzen nur die Rechenleistung deines Hirns. Alles, was du dabei noch machst«, und hierbei beschrieb der Söldner Zickzacklinien in der Luft, »ist wie ein Derwisch von A nach B zu springen. Immer schön so, dass keiner vernünftig das Feuer eröffnen kann.«

Er zuckte mit den Schultern.

»Ich schätze, wer auch immer das Konzept ausgearbeitet hat, hat sich gedacht, dass es sich dabei mehr anbietet, die Leute zu vertrimmen, anstatt sie zu erschießen. Und das ging ja auch gut auf.«

Er nahm einen weiteren Bissen, ehe er fortfuhr.

»Abgesehen davon hatten wir eigentlich immer irgendwelche Primärziele, die wir zuerst ausschalten sollten. Und nichts ist so sicher, wie ein um 180 Grad gedrehtes Genick oder ein Messer zwischen den Rippen.«

Steffen ließ nachdenklich den Kaffee in seiner Tasse im Kreis schwappen.

»Und du sagst, dass wenn ihr gerade nicht im Einsatz wart, es sich bei den Wings leben ließ?«

Jochen brummte bestätigend.

Wir bekamen anständiges Gehalt und durften außerhalb des Trainings und der Einsätze, die ja auch nicht für jeden ständig anfielen, treiben, was wir wollten. Sogar in die Stadt gehen war kein Problem.«

Ein eigenartiger Ausdruck legte sich auf das Gesicht des Söldners und Steffen musste mehrfach verblüfft blinzeln, bis sein Verstand die Tatsache erfasst hatte, dass er seinen Freund, angesichts seiner Erinnerung verträumt ins Leere starrend, das erste Mal glücklich erlebte.

»Weißt du, das war das erste Mal im Leben, dass Melissa und ich erlebten, was eigentlich Normalität ist«, erklärte Jochen. »Das war auch die Zeit, als wir endlich zusammenkamen.«

»Warte mal, das wart ihr vorher noch nicht?«, fragte Steffen mit echtem Erstaunen.

»Lass dir einfach noch mal durch den Kopf gehen, wie jung wir damals eigentlich noch waren«, erwiderte Jochen und biss in ein Stück Kuchen. Er hatte keine Ahnung, ob die Beeren auf dem Ding von der Erde oder sonst woher stammten, aber verdammt, waren die süß. Er nahm einen weiteren Schluck Kaffee. »Abgesehen davon, dass wir gelegentlich den Planeten verlassen mussten, um Tod und Vernichtung über mal mehr und mal weniger unschuldige Menschen zu bringen, hatten wir da die Zeit unseres Lebens. Du kannst dir ja gar nicht vorstellen, was es für uns bedeutete, einfach nur gemeinsam in einem Café zu sitzen oder uns einen Film anzusehen. Ich ließ mich von Melissa sogar ein paar Mal in irgendwelche Kleiderläden schleppen.«

Etwas Wehmütiges mischte sich in seinen Blick.

»Wir waren glücklich, verstehst du? Wirklich glücklich – und schwer verliebt. Die BMCC ließ uns damals sogar in einer Baracke wohnen. Auch wenn ich glaube, dass die das nur machten, weil die sehen wollten, ob sich der Hormonspiegel in unseren Körpern irgendwie auf unsere Einsatzfähigkeit auswirkte. Nächstenliebe traue ich denen jedenfalls nicht zu.«

Steffen nickte zustimmend, während Jochen erneut seufzte.

Beide aßen einige Minuten und schlürften ihre Getränke.

»Also, was ist schiefgegangen?«, fragte Steffen schließlich, als sie ihre Teller endgültig geleert hatten. »Ich meine, es wird doch einen Grund haben, dass du nicht mehr bei den Wings bist und ich bis vor kurzem nie etwas von Melissa von dir gehört habe«.

Jochen setzte die Tasse klirrend auf. Mit einem Mal war da wieder der alte Jochen, den Steffen so gut kannte.

Aus seinem Gesicht sprach nun tiefe Trauer und Jochen spürte, wie ihm ein Kloß den Hals zuschnürte und ihn am Reden hinderte. Und Steffen verstand. Natürlich verstand er.

»Sie ist tot, oder?«

Jochen nickte nur und musste sich sammeln. Seine Stimme krächzte.

»Wir dachten, dass wir irgendwann bei den Wings rauskommen und mit dem Geld, das wir inzwischen angespart hatten, zusammen noch mal irgendwo neu beginnen könnten. Bis wir dann eines Tages ...« Er räusperte sich und musste unter dem mitfühlenden Blick Steffens einen weiteren Schluck Synthesekaffee trinken, um den Hals wieder freizubekommen.

»Bis wir dann eines Tages zum Einsatz auf den Leviathan beordert wurden.«

Der Manipulator riss die Augen auf.

»Du warst auf dem Leviathan?« Steffens Stimme starrte plötzlich geradezu vor Ehrfurcht.

»Ich war auf dem Leviathan!«, bestätigte Jochen und schob Essenstablett und Tasse von sich. »Und zwar genau zu dem Zeitpunkt, als es anfing, mit dem Ding bergab zu gehen.«

Die Ehrfurcht im Gesicht des Manipulators wich nun einer gehörigen Portion Skepsis.

»Verarschst du mich gerade?«, fragte er misstrauisch, was Jochen mit einem Kopfschütteln verneinte. Das schien Steffen fürs Erste zu genügen.

»Wie war es, auf dem Leviathan zu sein? War das Teil wirklich so groß? Und ...« Plötzlich verengten sich seine Augen zu

Schlitzen. »Sag mal, ihr hattet aber nichts mit der ganzen Scheiße, die da abging, zu tun, oder?«

Jochen prustete los. Er war dankbar, dass er seinen Kaffee schon geleert hatte, ansonsten hätte er ihn seinem Gegenüber vermutlich durch die Nasenlöcher ins Gesicht gesprüht. Was die Sache im Grund eigentlich schon wieder wert gewesen wäre.

»Glaub es oder nicht, aber nein«, erwiderte er, was Steffen einen verständnislosen Blick entlockte. »Hey Mann, es tut mir leid, aber die Wings können auch nicht an allem schuld sein, was im Universum schiefgeht. Nö, du, den Laden haben die schon ganz gut alleine zerlegt.«

»Was hattet ihr dann da zu schaffen?«

Jochen holte tief Luft, aber noch ehe er den Mund aufmachen konnte, schrillten die Alarmglocken los.

»Das ist jetzt nicht wahr, oder?«, stieß Steffen ungläubig aus und beide lauschten der dröhnenden Stimme, die sie aufforderte, sich sofort zu ihren Kommandoeinheiten zu begeben.

Eine Aufforderung, die sie so wie alle anderen dazu veranlasste, alles stehen und liegen zu lassen.

Jochen hatte sich noch nicht die Mühe gemacht, die neue Zusammensetzung der Einheiten zu begutachten, die sich aus der Neuaufstellung nach dem Eintreffen der Verstärkung ergeben hatte. Und als einfacher Teil der Sturminfanterie verbot es sich für ihn ohnehin grundsätzlich, dass er es sich aussuchen konnte, mit welchen Spezialeinheiten er zusammen diente. Darum war es für Jochen umso erfreulicher, als er beim Durchschreiten der Tür in einer Höhe von knapp zweimeterdreißig ein bekanntes Gesicht erblickte.

»Scheiße, Jochen, tut gut dich zu sehen!«, stieß Finley aus und gab seinem Kameraden einen Klaps auf die Schulter, der ihn fast in die Knie zwang.

»Hallo Finley, du alte Blechbüchse«, erwiderte Steffen den Gruß in Jochens Namen, während der sich mit übertrieben schmerzverzerrtem Gesicht die Schulter rieb und versuchte, wieder zu Atem zu kommen. »Hat man dich zu unserem Mech gemacht, oder was?«

»Sieht wohl so aus«, bestätigte der Cyborg und klopfte sich selbst auf die Schulter.

»Na, prost Mahlzeit«, stöhnte Jochen in gespielter Verzweiflung. »Warum bekomme ich immer die Auslaufmodelle?«

Finley legte den Kopf in den Nacken und lachte schallend.

»Das sagt gerade der Richtige. Wenn es mir schlecht geht, gehe ich einfach in die Werkstatt und lass mich ausbeulen. Du dagegen siehst aus, als wärst du vom Totenbett direkt unter die Räder gekommen.«

»Na, wenigstens habe ich eine gute Entschuldigung für meine Hackfresse«, flachste der Söldner und wurde jäh ernst. »Aber mal Schluss mit den Nettigkeiten, hast du eine Ahnung was hier abgeht? Ich meine mich zu erinnern, dass es hieß, dass wir erst mal drei Wochen Pause haben, bevor es wieder an die Front geht.«

»Dito. Ich hab auch keinen Schimmer, was hier läuft.«

Jochen nickte.

»Ich schulde dir übrigens noch circa 10 Liter hochprozentigen Treibstoffs für die ganze Aktion bei den Geschützpanzern.«

»Ach komm, geschenkt«, sagte der Cyborg und machte eine wegwerfende Handbewegung. »Ich gehör nicht zur nachtragenden Sorte. Versprich mir einfach in die Hand, dass du es beim nächsten Einsatz nicht wieder drauf ankommen lässt. Entweder das, oder dass du dich an was anderem als meinen Haaren vergreifst.«

Mit diesen Worten streckte er selbige aus. Jochen überlegte erst gar nicht, ehe er einschlug. Er konnte förmlich hören, wie die Gelenke nachgaben, als sich die Hydraulik der Roboterhand seines Gegenübers um sie schloss. Ein fairer Preis dafür, dass er im Grunde die gesamte Mission mit seiner Fahrlässigkeit aufs Spiel gesetzt hatte.

»Keine Sorge, Mann. Ich werde dafür Sorge tragen, dass es beim nächsten Mal kein nächstes Mal gibt.«

Finley nickte mit einem halben Lächeln. Das Dumme an ihrem Geschäft war, dass man nie wusste, ob es ein nächstes Mal gab und wie es dann aussah.

In diesem Moment öffnete sich die Tür ein weiteres Mal und der Türrahmen füllte sich in ganzer Breite mit der Gestalt, die nun den Raum betrat und sich an dem kleinen Pult vor der 50 Mann starken Gruppe, die den Raum inzwischen gefüllt hatte, aufbaute.

»Ich dachte, Blake hätte beantragt, in eine andere Einheit als ich zu kommen«, flüsterte Jochen Finley besorgt zu, der sich neben ihm auf den Boden gesetzt hatte. Stühle und das übermenschliche Gewicht des Cyborgs hatten sich wohl in der Vergangenheit als schlechte Kombination herausgestellt. Der Söldner bildete sich ein, dass die Augen ihres Truppführers auf ihm einen Augenblick länger geruht hatten als auf den anderen.

»Und wann hätten Anträge an die Führungsebene jemals was bewirkt?«, antwortete der Cyborg kurz angebunden, um die Stille, die nun entstanden war, nicht zu stören. »Abgesehen davon hat es am Ende ja auch nur gereicht, um Zugführer zu werden, nachdem er Coldbloods Position wieder abgeben musste.«

»Also gut, Leute, willkommen in meiner Einheit«, hob Blake mit seiner Rede an. »Mein Name ist Blake Schwarzenegger und ein paar von euch kennen mich vielleicht schon.«

Mit diesen Worten ließ er seinen Blick nun eindeutig zu Finley, Steffen und Jochen schweifen.

»So oder so bin ich den Punkten nach auf jeden Fall der Kommandoberechtigte und sollte unter euch einer sein, der das in Frage stellen will, so soll er jetzt vortreten.«

Keiner der Anwesenden rührte sich. Zu erdrückend war die Präsenz des Bergs aus Testosteron und Muskelmasse, der neben dem zierlichen Pult eigenartig fehlplatziert wirkte.

»Gut. Nachdem das geklärt wäre hier ein paar einleitende Worte. Es gibt weiß Gott nicht viel, was ich von meinen Leuten verlange, aber ich will hier und jetzt eine einzige Regel aufstellen, die ihr alle zu befolgen habt. Erwische ich auch nur einen von euch dabei, wie ihr diese Regel nicht befolgt, werde ich ohne Rücksicht von meinem Exekutivrecht Gebrauch machen. Habt ihr Maden das verstanden?«

Die letzten Worte hatte Blake laut ausgerufen und Jochen erwischte sich dabei, wie er in das einhellige »Sir, ja, Sir« der Truppe mit einstimmte. Führung bestand eben doch noch aus etwas anderem als Befehl und Gehorsam.

Blake beugte sich auf dem Pult, das seinem Gewicht wacker standhielt, vor.

»Schaut jetzt zu eurer Rechten und dann zu eurer Linken. Diese fiesen Arschgesichter, die jeder von euch erblickt, werden in den nächsten Wochen das Beste sein, was jedem Einzelnen als Lebensversicherung zur Verfügung steht. Und glaubt mir, wenn ich euch sage, dass ihr diese Lebensversicherung bitter nötig haben werdet. Und so lautet meine einzige Regel: Haltet euch verdammt noch mal gegenseitig den Rücken frei!«

Kurz ließ er seine Worte unter den Söldnern wirken.

»Vor allem bei dieser unbeschreiblich kranken Scheiße, die uns jetzt bevorsteht.«

Mit diesen Worten drückte er einen Knopf auf seinem Rubrizierer und von irgendwoher erzeugte ein 3D-Scanner in der

Mitte des Raumes, so dass alle es sehen konnten, eine exakte Karte der Steppenlandschaft.

»Wie ihr sehen könnt«, begann Blake seine Ausführung, »sind wir hier.« Damit zoomte das Bild fast auf den äußersten südöstlichen Punkt der Karte, wo sich eine Miniaturdarstellung des Lazarettlagers befand. Man konnte sogar die Fahrzeuge erkennen, die davor geparkt waren.

»Vor ein paar Stunden ist die Meldung gekommen, dass das Oberkommando die letzten größeren Standorte der Separatisten«, wobei das Bild nacheinander auf einzelne verschanzte Lager im Mittelbereich der Karte zoomte, die sich während er sprach in Flammen auflösten, »ausheben konnte. Damit steht dem Abschluss des Militäreinsatzes auf diesem gottverlassenen Klumpen Erde nur noch eine Sache im Weg.« Nun raste der Fokus der Karte zu ihrem nördlichsten Punkt und erfasste das, was Jochen mit viel Phantasie als die Überreste einer Stadt identifizierte.

»Chesterfield. Lost Heavens Hauptstadt und Standort des Orbitalhafens.«

Blake ließ die Söldner das Bild einige Augenblicke betrachten.

»Alles klar, Jungs und Mädels, das sind die Fakten: Der Feind hat alles, was er noch an Mann und Material hat, in dieser Stadt zusammengezogen und seine Orbitalflotte oder das, was noch davon übrig ist, darüber verlegt. Wir haben einen Erfassungsradius von etwa 150 Kilometern vor der Stadtgrenze, die für Orbitalschläge in Frage kämen. Die Bilder, die wir von der Stadt haben, sind fast vier Wochen alt, weil wir auch keine Aufklärung bekommen haben, die irgendetwas taugt. Kurz und gut, wir haben nicht den leisesten Schimmer, was uns erwartet.«

Ein aufgeregtes Raunen ging durch die Menge der Söldner. Jeder ahnte, was ihr Kommandant gleich sagen würde, und doch hoffte jeder, dass er es nicht tun würde.

»Jeder normale Mensch würde jetzt seine Strategie darauf ausrichten, zuerst die Orbitalhoheit des Gegners zu brechen oder zumindest eine relative Lufthoheit herzustellen. Das ist es, was ein normaler Mensch tun würde. Wir dagegen werden schon in fünf Tagen zum Sturmangriff übergehen.«

Zwar behielt Jochen in dem Tumult, der nun losbrach, äußerlich die Ruhe, innerlich konnte er förmlich spüren, wie sich seine Innereien glühend heiß verflüssigten und sich ihren Weg in Richtung Enddarm bahnten.

Langsam beugte sich Finley zu ihm herüber.

»Du, ich hab es mir anders überlegt. Ein paar Liter Hochprozentiger wären wahrscheinlich doch nicht schlecht.«

Jochen nickte, blieb wegen dem Kloß in seinem Hals aber stumm. So wie es aussah, standen die Chancen gar nicht schlecht, dass sich schon bald entscheiden würde, wie weit es mit seiner neugewonnenen Abstinenz her war.

»Also noch mal zum Mitschreiben für die ganz Dummen.« Inzwischen waren die anderen Söldner weggeschickt worden und nur Jochen und 3 andere waren geblieben. Es hatte den Söldner mehr als nur ein wenig gewundert, dass ihn Blake zum Truppführer berufen hatte. Genau genommen, hatte er aktiv angefangen, an Blakes gesundem Menschenverstand zu zweifeln. Nun stand er da und versuchte, zusammen mit den anderen »Berufenen«, zu verstehen, was genau eigentlich der Plan war.

»Unser Auftraggeber versucht uns also auf brutalste Art zu verheizen.«

Blake seufzte.

»Ich glaube, das kann man ganz genau so zusammenfassen, auch wenn der Befehl ein anderer ist.«

Der kleine Chinese, den Jochen insgeheim Chen getauft hatte, weil sein richtiger Name wesentlich zu lang war, um ihn sich zu merken, brummte ungehalten.

»Wie lautet der nun eigentlich?«

Blake lachte freudlos.

»Unser Auftrag ist es, binnen maximal zwei Tagen zum Orbitalhafen vorzustoßen und die Anlagen im bestmöglichen Erhaltungszustand sicherzustellen.«

Betretenes Schweigen machte die Runde.

»Zwei Tage?«, meldete sich schließlich der hochgewachsene Russe zu Wort, dessen Namen Jochen quasi sofort, nachdem er genannt worden war, wieder vergessen hatte. Er hoffte inständig, dass sein mieses Namensgedächtnis nicht auf seinen Drogenkonsum zurückzuführen war. »Das ist vollkommen unmöglich. Seht euch doch die Stadtanlage an. Die können uns da wochenlang in Rückzugsgefechte verwickeln und an jedem Straßenzug Festungen errichten. Und dann noch die Sache mit der Lufthoheit. Alles, was wir haben, sind unsere Panzer. Und wenn die Separatisten die Stadt vermint haben, nützen uns selbst die nichts.«

»Das tun sie sowieso nicht«, sagte Blake mit säuerlichem Gesichtsausdruck, »auf die dürfen wir nämlich nicht allzu sehr bauen.«

»Wie meinst du das?«, fragte Chen mit scharfem Unterton.

Blake zoomte ein wenig auf der Karte herum und zog um den Hafen einen Kreis von etwa zehn Häuserblocks in roter Farbe.

»Wie gesagt, wir sollen den Hafen in bestmöglichem Zustand sichern. Deshalb hat das Oberkommando verfügt, dass, um die Rampen und Servicegebäude nicht zu gefährden, in diesem Radius nicht mehr mit Artillerie jedweder Art, ausgenommen unserer Mechs und Cyborgs, operiert werden darf.«

»Jetzt ist's aber mal gut«, brüllte der Rotgesichtige mit dem robotischen Auge und hieb mit der Faust auf den Tisch. Jochen erkannte einen Novo-Texaner, wenn er den Akzent hörte und in diesem Fall war es mehr als nur eindeutig. Es gab nur einen Planeten, dessen Akzent während eines Redeversuches nach Speck und Bohnen zwischen den Zähnen klang. »Das ist eine Frechheit, ein Skandal, ein gottverfluchtes Himmelfahrtskommando«, ereiferte sich der Südplanetarier. »Welcher Affe auf Rädern hat diesen Plan ausgearbeitet? Das genügt, ich gehe.«

»Das wirst du nicht«, sagte Blake mit gefährlich ruhiger Stimme. »Du wirst dich setzen und mir zuhören.«

»So? Und wer sollte mich dazu zwingen?«, höhnte Rotgesicht, während er sich schon auf dem Weg zur Tür befand.

»Jochen, würdest du bitte?«

Es war immer eine dumme Idee, Leuten ihres Schlages den Rücken zuzuwenden. Insbesondere, wenn Menschen wie Jochen darunter waren. Der Texaner hatte sich erst halb umgedreht und die Arme erhoben, als Jochens Handgelenk seitlich seinen Hals traf und der Mann wie ein nasser Sack zu Boden glitt. Wortlos trat auch noch der Russe hinzu und gemeinsam zogen sie Rotgesicht auf einen der Stühle in der vorderen Reihe. Eine saftige Ohrfeige später, schaute er Blake mit zornverzerrtem Gesicht an. Der blieb weiterhin gelassen.

»Ich könnte das als Versuch der Desertation melden. Ich könnte es auch als Akt des militärischen Ungehorsams werten und dich direkt hier erschießen. Ich glaube nicht, dass mich jemand der hier Anwesenden daran hindern würde. Vielleicht würden sie mir sogar helfen, deine Leiche in der Suppenküche verschwinden zu lassen. Selbstverständlich erst nachdem wir uns deine Identität ausgeliehen haben, um dein Konto leerzuräumen.«

Er ließ seine Worte kurz wirken, worauf die Gesichtszüge des Texaners tatsächlich zu zucken begannen.

»Ich werde allerdings nichts davon tun«, fuhr Blake fort.

»Stattdessen werde ich hier jetzt erklären, was Sache ist, und du wirst zuhören. Haben wir uns verstanden? Wenn nicht, können Jochen und Kuzmina hier es dir sicher noch einmal erklären.«

»Stimmt, Kuzmina«, dachte Jochen zufrieden, während Rotgesicht verdrossen nickte. »Nikolai Kuzmina, ehemaliges russisches Orbitaljägerregiment.«

Er erinnerte sich, schon einmal auf Baba Jaga mit dem Russen gedient zu haben, bevor dieser wegen irgendetwas unehrenhaft aus dem Armeedienst entlassen worden war. Er hoffte inständig, dass es nicht Feigheit vor dem Feind war.

»Schlechtnacht kann man alles Mögliche und das meiste Unmögliche nachsagen, aber er ist sicher nicht blöd«, begann Blake seine Ausführung und zoomte nun maximal hinaus. Im Orbitalbild konnte man nun deutlich erkennen, was sie schon bei ihrer Ankunft mit ihrem Raumfloh von Schiff gesehen hatten. »Der Feind besitzt nur noch einen schweren Linienkreuzer und ansonsten nur kleinere Fregatten mit mittlerer Bewaffnung. Bisher hat der Generalleutnant einen Großangriff vermieden, weil es vor allem erst einmal galt, die Nachschubwege über die Steppe wieder zu öffnen. Tatsächlich stehen die Chancen unserer eigenen Raumflotte auf Sieg inzwischen gar nicht so schlecht und aus persönlicher Erfahrung würde ich sagen, dass unsere Jungs das schon schaukeln.« Mit diesen Worten zoomte er wieder herunter, sodass nun wieder die Stadt mit Umland zu sehen war. »In jedem Fall wird es aber dafür genügen, dass das Konzil weder die Möglichkeit haben wird, mit Orbitalschlägen in die Luftschlacht noch in die Bodenoffensive einzugreifen. Denn parallel zu unserer Bodenoffensive ist auch die endgültige Rückeroberung des Orbitalraums geplant, was die Flotte des Konzils genug auf Trab halten sollte, damit sie uns nicht auf den Sack gehen. Für uns gibt es nur einen echten

Haken, den wir beachten müssen. Was unsere Luftstreitkräfte angeht, sind wir mit den Separatisten etwa gleichauf oder sogar noch schlechter dran. Alles, was wir haben, ist eine Hand voll Drohnen und die meisten davon so vorsintflutlich, dass sie noch aus der Ferne durch Menschen gesteuert werden müssen.«

Blake blickte in die Runde und sah Gesichter, die bis zu diesem Punkt mit seinen Ausführungen mehr oder minder zufrieden waren.

»Allerdings arbeitet Schlechtnacht persönlich mit seinem Beraterstab gerade daran, dafür eine Lösung zu finden. Ihr seht also, die Sache ist nicht ganz so aussichtslos«, fuhr Blake fort. »Ist die Orbital- und Lufthoheit erst einmal relativiert, auch wenn wir jetzt noch nicht wissen, wie das geschehen wird, sind wir eindeutig im Vorteil. Aktuellen Schätzungen zufolge können sich die Separatisten maximal noch auf 30 000 Mann, ein paar dutzend Panzer und begrenzte Möglichkeiten für Artillerie stützen, für die sie seit Wochen keine Munitionslieferungen bekommen haben. Wir treten mit nahezu 70 000 Mann an sowie frischer Artillerie und einem verdammten Fuhrpark von Panzerarten quer durch die Bank. Die stehen uns zwar nur eingeschränkt zur Verfügung, aber schließlich haben wir ja auch noch unsere Kampfroboter für den Häuserkampf.«

Nun zeichnete sich deutliche Erleichterung auf den Gesichtern ab und selbst der Südplanetarier schien sichtlich entspannter.

»Der Plan für uns sieht bisher vor, dass wir im Schutz der Panzer und mit der Luftwaffe über uns, hoffentlich ohne größere Probleme, vorrücken, während die Artillerie die Befestigungen des Gegners am Stadtrand«, hierbei zeigte er energisch auf die betreffenden Häuserlinien, »sturmreif schießt. Solange wir noch die Panzer nutzen dürfen, werden wir das so was von hart tun und drei Hauptbreschen schlagen, hier, hier und hier.«

Nun gestikulierte Blake wild durch die Luft und ging die betreffenden Stellen im Akkord durch. »Unsere Aufgabe wird es dabei sein, diesen Abschnitt hier, zusammen mit einem anderen Zug, zu säubern. Die Kommunikation mit denen überlasst einfach mir, ich kenne den Zugführer von den Kerlen noch von früher. Mit etwas Glück können wir diese separatistischen Bastarde so gründlich überraschen, dass wir noch in derselben Nacht den Raumhafen erreichen.«

Damit beendete er seine Ausführungen.
»Fragen? Anmerkungen?«
Jochen hob die Hand.
»Gibt es irgendetwas, auf das wir besonders achten müssen?«
Blake nickte.
»Wir sind bei unserem Vormarsch angehalten, mit besonderer Präferenz alles an Panzerwaffe und mobiler Artillerie zu zerstören, damit sich die Schweinepriester nicht um den Hafen verschanzen können, falls sie bemerken, dass sie uns nicht aufhalten können.«

Hiernach meldete sich Chen.
»Mir ist aufgefallen, dass die Gebäude auf den Bildern in ziemlich üblem Zustand sind. Was hat es damit auf sich?«
»Gut, dass du fragst. Die Separatisten haben bei ihren Chemieangriffen irgend so ein neuartiges Zeug benutzt. Warte mal«, mit diesen Worten schaute er kurz auf seinen Rubrizierer. »Broken Titan nennt sich das Teufelszeug. Sorgt dafür, dass selbst Maximalbeton Blasen wirft und brüchig wird wie Styropor. Vor allem greift es aber auch die Stahlträger im Inneren an, weshalb die Gebäude allmählich in sich zusammenfallen. Für Menschen absolut letal. Wenn einen nicht die schweren chemischen Verbrennungen bis in die tiefen Hautschichten umbringen, dann die Vergiftungswirkung auf so gut wie alle Organe, die durch virale Inhaltsstoffe beschleunigt wird. Es wird

von einer Überlebensrate von weniger als 2% der Stadtbevölkerung ausgegangen und von denen dürften sich die Schweine inzwischen auch genug geschnappt haben. Also, ihr seht, auf Kollateralschaden bräuchtet ihr nicht mal Rücksicht zu nehmen, wenn das unseren Auftraggeber interessieren würde.«

Es dauerte noch eine ganze Weile, auch die letzten Zweifel zu zerstreuen und die konkreten Operationspläne für die fünf Trupps zu erläutern, bis ein reichlich angestrengter Blake die Runde auflösen konnte.

»Alles klar Jungs, ich weiß, dass das keine leichte Aktion wird und es noch mehr als genug Unwägbarkeiten gibt, aber es hilft ja doch nichts. Befehl ist Befehl und die Meinung des Oberkommandos steht fest. Die wollen nicht mehr mit Tatsachen belästigt werden. Seht zu, dass ihr noch genug Schlaf bekommt. Morgen kriegt ihr eure Trupps zugewiesen und könnt sie auf das Manöver vorbereiten. Bis dahin: Haut rein. Wegtreten!«

Kaum hatte sich Jochen abgewandt, fühlte er plötzlich eine schwere Hand auf der Schulter.

»Jochen, mit dir habe ich noch ein Hühnchen zu rupfen.«

Der Söldner spürte innerlich, wie er um zwanzig Zentimeter schrumpfte. Das konnte wirklich heiter werden.

Kaum waren die anderen gegangen, seufzte Blake und lehnte sich entnervt an sein Pult.

»Ich denke, du weißt, warum du hier bist.«

Jochen nickte. Er konnte spüren, wie ihm der Schweiß den Rücken hinablief. Er rechnete fest damit, den Abrieb seines Lebens zu bekommen.

»Gut. Aber zuerst einmal danke, dass du mir eben bei Wildrow geholfen hast. Der Kerl hat nicht mehr alle Latten am Zaun.«

Jochen zog verblüfft eine Augenbraue hoch.

»Ähm, gern geschehen. Aber mal ernsthaft, warum hast du ihn dann zum Truppführer gemacht?«

Blake verzog gequält das Gesicht.

»Weißt du eigentlich, was für Deppen wir in der Truppe haben, seit die Verstärkung eingetroffen ist? Das hat nicht mehr viel mit der Qualität zu tun, die wir hier für die Landung versammelt hatten. Die meisten von denen bringen es kaum auf zwei Dienstjahre und was ihre Rubrizierer an Feldberichten hergeben, lässt mich zweifeln, ob die sich überhaupt sinnvoll als Schießbudenfiguren einsetzen lassen. Wildrow ist noch einer der weniger Inkompetenten, aber im Grunde rechne ich nicht damit, dass sein Trupp überlebt. Ich habe die Sache so gedreht, dass er wirklich nur die bekommt, deren Verlust unseren Vormarsch mehr beschleunigt als verlangsamt.«

Jochen nickte. Er konnte sich noch lebhaft daran erinnern, wie es war, selbst in diese Art von Gruppen eingeteilt zu werden.

»Jetzt aber zum Wesentlichen«, mit einem Mal war Blakes Blick eisern und fixierte Jochen direkt, der sich dadurch merklich unwohl fühlte. »Ich denke mal, du weißt, dass ich eigentlich nicht mehr mit dir in einer Einheit dienen wollte. Du hast mehr als deutlich gezeigt, dass du ein Risikofaktor bist.«

Jochen schwieg. Was hätte er auch dazu sagen können?

»Dann allerdings habe ich mir deinen Rubrizierer vorgenommen. Natürlich war ich beeindruckt über das, was da alles drinstand.«

Plötzlich beugte er sich ruckartig vor.

»Was meinst du, wie beeindruckt ich erst war, als ich zuletzt die Dateien freigeschaltet hatte, die du versucht hast unkenntlich zu machen?«

Jochen hatte das Gefühl, als hätte sich unter ihm eine Falltür aufgetan und im nächsten Moment bildete er sich ein, seine

Eingeweide würden siedend heiß schmelzen, während ihm seine Gesichtszüge entglitten.

»Was? Wie?«, fragte der Söldner entgeistert. Das war vollkommen unmöglich!

Blake legte ein selbstgefälliges Grinsen auf.

»Ich weiß nicht, warum die Leute viel Muskelmasse immer mit wenig Gehirn gleichsetzen. Weißt du, was ich gemacht habe, bevor ich angefangen habe, Wände mit fremden Gehirnen zu streichen?«

Jochen schüttelte stumm den Kopf.

»Ich war Informatiker in New New New New York, bevor der Laden zum dritten Mal abgefackelt ist. Und kein schlechter, wie ich behaupten möchte.«

»Dann ..., dann weißt du es?«, fragte Jochen immer noch entgeistert.

»Allerdings«, bekräftigte der Zugführer. »Mal im Ernst, wir haben alle unsere Leichen im Keller. Aber Veteran eines Blutschwingen-Corps? Nichts gegen dich Mann, aber das hätte ich dir nie im Leben zugetraut. Wären da nicht alle offiziellen Siegel drin gewesen, ich hätte es nicht geglaubt.«

Jochen biss die Zähne zusammen. Er musste dringend mit Steffen reden. Wenn dieser Gorilla das erst einmal herumerzählte, musste es zwangsläufig zu Problemen kommen. Sofern man Messer zwischen den Lungenflügeln und Blei im Schädel noch als Probleme bezeichnen konnte.

»Keine Sorge, von mir erfährt es keiner.«

Jochen hob den Kopf.

»Hä?«

»Du hast mich schon verstanden«, sagte Blake und fuhr den Rechner herunter. »Ich kann zwar nicht leugnen, dass ich immer noch sauer auf dich bin, aber ich wäre verrückt, dich den anderen auszuliefern, wenn ich dich stattdessen in der Schlacht einsetzen kann, um vielleicht selbst lebend da rauszukommen. Und außerdem«, kurz musterte er sein Gegenüber, »siehst du schon viel weniger abgeranzt aus als noch vor ein paar Tagen. Sieh zu, dass du meinen Eindruck von dir korrigieren kannst. Tust du das nicht«, und an dieser Stelle mischte sich ein deutlich drohender Unterton in seine Stimme, »sorge ich danach dafür, dass jeder von hier bis zur Erde von deinem kleinen Geheimnis erfährt.«

Mit diesen Worten machte sich Blake auf den Weg zum Ausgang, aber Jochen hielt ihn noch kurz auf.

»Meinst du wirklich, dass es ein ‚danach' geben wird?«

Blake hielt inne und schien kurz nachdenken zu müssen. Er drehte sich um.

»Wie meinst du das?« In seiner Stimme schwang so etwas wie milde Neugier mit.

Jochen schnaubte.

»Wenn du nicht willst, dass dich die Leute für dämlich halten, nur weil du 150 Kilo an Bullenhormonen auf die Waage bringst, dann solltest du mit Fixern nicht anders verfahren. Glaubst du vielleicht, ich hätte es nicht gesehen, als du zwischen den älteren und den neueren Bildern in deiner kleinen Präsentation gewechselt hast?«

Blake schaute ihn erwartungsvoll an, was Jochen ermutigte.

»Keine Befestigungsanlagen außerhalb der Stadtgrenzen«, sagte Jochen, immer noch ungläubig über das, was er gesehen hatte. »Keine Gräben, keine Artilleriestationen, keine Bunker, kein gar nichts. Das Konzil hat Chesterfield samt Hafen eingenommen und danach eine Ewigkeit nichts getan, um es zu verteidigen!«

Blake nickte. Es war offensichtlich, dass er es auch bemerkt hatte.

»Zwischen unseren ersten Aufnahmen, denen nach dem Chemieangriff und unseren letzten Aufnahmen ist mehr als ein Monat vergangen. Die haben diesen Scheißplaneten genau wegen einer verdammten Sache eingenommen. Weil er eine HUB-Welt mit einem riesigen interplanetaren Hafen ist. Und dann tun sie genau nichts«, und dieses Wort betonte er mit besonderer Inbrunst, »um seine Hauptstadt gegen den Versuch einer Rückeroberung abzusichern?«

»Genau«, sagte Blake, wobei er das Wort eigenartig in die Länge zog. »Damit haben sie laut unserer Fernaufklärung erst angefangen, als deutlich wurde, dass Schlechtnachts Vormarsch auf Chesterfield nicht aufzuhalten war. Das Einzige, was sie getan haben, war überall in der Stadt Straßensperren anzulegen. Ziemlich dämlich oder nicht?«

Jochen schüttelte den Kopf und ereiferte sich weiter.

»Selbst wenn die Befehlshaber der Separatisten angenommen hätten, dass wir niemals an deren planetarer Verteidigung vorbeikommen, wäre das weit mehr als einfach nur dämlich. Ich weiß jetzt nicht, wie es mit dir steht, aber ich habe schon das eine oder andere Mal gegen das Konzil gekämpft. Wenn du die beschreiben willst, ist »dämlich« nicht das Wort der Wahl.«

Blake nickte und begann sich nachdenklich mit einer Hand die Schläfen zu reiben, gab aber durch ein Knurren so etwas wie Zustimmung kund.

»Die planen etwas, Mann«, bellte Jochen, den nun die Wut über die scheinbare Gleichgültigkeit seines Befehlshabers packte. »Du weißt es, ich weiß es und, wenn wir Glück haben, weiß es das Oberkommando auch. Der Texaner hatte recht, auch wenn ich ernsthaft bezweifle, dass er versteht, warum. Dieser Angriff ist Selbstmord!«

»Und was genau«, antworte Blake, nachdem er die Hand wieder gesenkt hatte, »sollen wir jetzt deiner Meinung nach tun?«

Jochen war von der Frage sichtlich überrascht.

»Also, wir ...«, doch Blake schnitt ihm das Wort ab.

»Hör zu! Du hast recht. Du hast mit jeder verfluchten Silbe recht«, sagte Blake, in dessen Stimme sich eine merkwürdige Müdigkeit geschlichen hatte. »Und soll ich dir was sagen? Meine Vorgesetzten wissen das. Kleine Vorwarnung: Es ist ihnen völlig egal.« Er seufzte erneut. »Natürlich könnten wir noch warten, bis wir genug Luftwaffe haben, um unseren Angriff vernünftig zu decken und natürlich könnten wir die Stadt belagern und kontrolliert Viertel für Viertel einnehmen. Aber du weißt genauso wie ich, dass das dauert und jeder verdammte Tag, den wir in Sicherheit verbringen, kostet die Föderation Geld. Es ist schlicht und ergreifend billiger, uns in einem einzigen Kraftakt, der sie ans Ziel bringt, zu verheizen.«

Er lachte freudlos.

»Steffen kannst du das von mir aus erzählen. Der weiß, was man anderen erzählen sollte und was nicht. Jeden anderen, der von alleine dahinterkommt und meint, das weitererzählen zu müssen, legst du wegen ‚Preisgabe von strategisch wichtigen Informationen' sofort um.«

Er blickte Jochen einen Moment lang an, als müsste er sich überlegen, ob er weitersprach.

»Bevor du fragst, das war ein Befehl. Einen, den ich seit gestern auch schon habe und den ich hiermit willentlich ignoriere.«

Dann verließ er den Raum und ließ seinen Truppführer sprachlos zurück.

Jochen musste zugeben, dass er Blake auf ganzer Linie unterschätzt hatte. Offensichtlich hatte der Söldner seine Kommandopunkte nicht zu Unrecht. Während er nun selbst hinausging und hinter sich das Licht ausmachte, dachte er noch einmal über Blakes letzte Worte nach.

Woher zum Geier wollte er wissen, dass Steffen wusste, was man anderen erzählen konnte?

Der Narrator liest vor

Von innovativen Geschäftspraktiken

Das folgende Statement wurde irgendwann zwischen 23 und 3 Uhr früh im zweiten Nachtzeitzyklus des Planeten Goblin VII aufgenommen und stammt von Henry Morgenstern, einem der leitenden Feldingenieure der ›Autofactured Future & Co.‹.

Also, im Prinzip kann man es nicht erklären, wenn man nicht wenigstens einmal dabei gewesen ist. Ich sage Ihnen, allein der Anblick, wenn tausende Hektoliter Napalm ganze Landstriche, mit allem was drauf und drin ist, dem Erdboden gleichmachen, ist völlig überwältigend. Selbst vom Weltraum aus gesehen. Und die Autofakturen dann selbst. Ich meine, natürlich kennt man, wenn man in meiner Position arbeitet, viele der technischen Daten, aber in der Orbitalstation vor so einem Baby zu stehen, ist noch einmal ganz etwas anderes. Gegen diese Giganten nehmen sich selbst die Fertigungswerke der Nova Hyperspace Foundation wie ein Witz aus. Wenn sie erst einmal abgedockt sind und auf die Oberfläche des Planeten zurasen, bekommt man fast den Eindruck einem Meteor zuzusehen, nur dass er butterweich in dem verheerten Areal landet, statt einen Krater zu schlagen. Und dann ..., dann beginnt sie sich im Boden zu verankern und all ihre Funktionen auszufahren. Das habe ich tatsächlich leider nie persönlich gesehen. Sie müssen verstehen, die Schockwellen, die die Maschinerie danach in den Boden schickt, werden von Nuklearzündungen im Inneren der Anlage angetrieben und verursachen im Umkreis von zumindest hundert Kilometern Erdbeben, die mindestens einer sieben auf der Richterskala entsprechen würden. Sie sind so heftig, dass man die Erschütterung und ihre kreisförmige Ausbreitung ebenfalls von der Orbitalstation sehen kann. Die Bodenanalysen, die die eingebauten Rechner anhand dieser seismographischen Schnellanalyse dann vornehmen, sind nach den letzten Updates zu 98, ja sage und schreibe 98 Prozent, genau. Und das betrifft nicht nur die Zusammensetzung des Bodens, sondern auch die Lage der Rohstoffe. Und noch bevor die letzten Nachbeben abgeklungen sind, beginnen die Maschinen auch schon mit deren Abbau.

Die Standardausführungen der Autofakturen sind mit zwölf vollständigen Batterien von großen Arbeitsrobotern und fünf Batterien Sicherheitsrobotern ausgestattet. Natürlich sind entsprechende Produktionsketten verbaut, die diese in unendlicher Menge nachproduzieren können, wenn es zu Ausfällen kommt, solange nur die Rohstoffzufuhr gewährleistet ist.

Und Sie können mir glauben, das ist sie!

Die kleinste Arbeitsmaschine, die wir im Sortiment haben, kann in unter einer Stunde fast 60 Tonnen Erdreich bewegen. Von Bohrern über Schaufeln bis hin zu Sprengstoffen verfügen die Maschinen über alle Werkzeuge, die nötig sind, um die Rohstoffe in kürzester Zeit im Tagebau abzutragen. Der Abraum wird dann sofort zur Autofaktur gebracht, wo er automatisch sortiert und für die Produktion eingesetzt wird. Die Dauer, bis eine Autofaktur die gewünschten Produkte herstellt, variiert zwischen ein paar Monaten und maximal einem Jahr, je nachdem wie viel Probleme das Areal sowie Flora und Fauna machen. Vor einem dreiviertel Jahr wurde ich auf einen Planeten irgendwo im Vega-System geschickt, der nach anderthalb Jahren noch nicht lieferbereit war. Die dortige Autofaktur verbrauchte alle ihre Ressourcen für die Bereitstellung von neuen Arbeits- und Sicherheitsrobotern, weil die dortigen halbintelligenzbegabten indigenen Bewohner diese laufend zerstörten, weil sie sich weigerten, von ihren bewohnten Gebieten auszuweichen. Natürlich habe ich mich sofort der Sache in der einzig vertretbaren Weise angenommen und den Dialog gesucht. Sowohl unser Management wie auch der Besitzer der Autofaktur waren einverstanden, das Höchstlimit der Sicherheitsroboter anzuheben und die Arbeitsroboter vorerst in den Hangars zu belassen. Kaum einen Monat später war die Anzahl der Störenfriede auf ein zufriedenstellendes Maß reduziert, sodass die Abbauarbeiten fortgesetzt werden konnten, und bereits einen Monat später räumten die verbliebenen Aliens die zu erschließenden Gebiete.

Glauben Sie mir, wenn ich Ihnen sage, dass unsere Autofakturen die Zukunft der extraterrestrischen Produktion sind. Weder fallen für die Unternehmen Erschließungs- oder Sicherheitskosten im großen Maßstab an, noch muss für Ansiedlung und Unterhalt von Arbeitern aufgekommen werden. Die Quoten für die Beschäftigung von menschlichem Personal werden über das Verpackungs- und Versandpersonal auf den Orbitalstationen gedeckt, die natürlich mit dem Mindestlohn von 60 Lanthan-Pfennig fast schon fürstlich für ihr Arbeitsmaß bezahlt werden. Und das Beste ist, dass die Autofakturen ihre Produkte per Kapseln automatisch an die Orbitalstationen schicken, sodass sich niemals mehr als ein paar Mann Wartungsteam auf dem Planeten selbst befinden werden. Auf die Weise muss kein Konzern diese mehr als Protokolonien deklarieren, sodass sie nicht mehr in öffentlichen Verzeichnissen auftauchen, was ihre Position, ja ihre ganze Existenz zum rechtlich geschützten Firmengeheimnis macht. Endlich entfallen die lästigen Rechtfertigungen oder Gerichtsprozesse gegenüber irgendwelchen Lebewesens- oder Umweltschutzorganisationen. Diese kann man nun, allein für ihr Wissen um die Produktionsstätten, wegen

Wirtschaftsspionage belangen. Nie wieder wird man an Regierungen Vergütungen für den mangelhaften Zustand eines in Regierungsgewalt überführten Planeten zahlen müssen. All diese Ersparnisse können im Verkauf direkt an den Kunden weitergegeben werden. Es ist ein Spiel ohne Verlierer. Unsere Lobby muss nur auf der Hut sein, dass die für unser Verfahren notwendigen Gesetzeslücken in so vielen Staaten wie möglich erhalten bleiben. Wirklich eine Schande, dass es selbst in unserer aufgeklärten Zeit noch Menschen gibt, die anderen einen günstig zu haltenden Lebensstandard missgönnen.

Anmerkung:
Während des Statements war von Mr. Morgensterns Seite deutlich dessen Überzeugung und das Engagement für seine Firma wie auch die offenkundige Begeisterung für seinen Beruf herauszuhören.

28

Der Narrator erzählt

Vom Anrücken eines Sturmes

Mittlerweile konnte Scarlett ihre Angst riechen.

Es hatte nicht einmal lange gedauert, bis sie herausgefunden hatte, wie sie ihr Sturmgewehr zu bedienen hatte. Nicht, dass sie es gebraucht hätte.

Eine ihrer Ratten, ein prächtiges Exemplar, fast so groß wie ein Hund, hatte einen der Besatzer angefallen und sie hatte dabei zugesehen, welche Handgriffe nötig waren, um das Sturmgewehr zu benutzen und nachzuladen, während er verzweifelt versucht hatte, sich seines Angreifers zu erwehren.

Seitdem hatte sie sich vierzehn neue Magazine für ihr eigenes Gewehr besorgt. Sie nahm stets nur ein Magazin pro Soldat mit, denn auf die Weise blieb sie bei der Sache. Langzeitmotivation war doch so wichtig in diesen Tagen.

Sie selbst hatte noch keine einzige Kugel abgefeuert. Dafür hörte sie die Besatzer viel zu gerne kreischen, kurz bevor sich der Schatten einer herabstürzenden Häuserwand über sie senkte. Viel zu gerne lauschte sie dem Gurgeln, wenn sich ihr Messer durch ihre Hälse fraß, auch wenn dabei stets jene merkwürdige Erinnerung an den Toten in ihrer Wohnung in ihr auflöderte, die aber sofort wieder verging.

Ihre Ratten folgten ihr inzwischen auf Schritt und Tritt. Sie hatten, nun da die meisten Leichen endgültig zu einer undefinierten schleimigen Masse zerlaufen waren, verstanden, dass, wo sie sich befand, frisches Fleisch nicht lange auf sich warten ließ. Und sie griffen in ihrem Hunger immer öfter die Besatzer an, wenn diese kamen, um ihre toten Kameraden zu bergen.

Doch heute nicht.

Scarlett stand auf dem Dach eines schwankenden Hochhauses, das sich kaum mehr aufrecht zu halten vermochte. Sie hatte sich jeden Winkel des verfallenen Gemäuers angesehen und nun verrieten ihre Sinne ihr genau, was sich wo bewegte. Sie konnte fühlen, wie sich ein Stockwerk unter ihr einige der Ratten in der Küche um eine Dose Fleisch stritten, die sie selbst dort ausgeleert hatte, um die Aufmerksamkeit eines Scharfschützen der Besatzer auf sich zu ziehen, der sich nun langsam die Treppe hoch bewegte.

Aber das hatte Zeit. Momentan gab es etwas anderes, was ihre Aufmerksamkeit erregte.

Während zwei der größeren Ratten eine dritte tot bissen, die sich den Rest des Fleisches einverleibt hatte, und begannen, sie zu zerreißen, betrachtete Scarlett frustriert den Laptop-Bildschirm vor sich. Sie hatte länger, viel länger als gedacht, gebraucht, um einen Rechner zu finden, auf dem die geeignete Software installiert war, um den Datenstick aus dem Krankenhaus vernünftig einlesen zu können. Noch immer machte sie der Gedanke wahnsinnig, nicht zu wissen, was zum Teufel die Operationsrechner und Nanobots in ihrem Kopf angestellt hatten. Sie knurrte ungehalten. Um den vermaledeiten Rechner vor sich zu finden, war sie in das Kellergeschoss eines Kaufhauses gestiegen, nur Stunden, bevor das Gebäude endgültig kollabiert war. Auch hier hatten sich ihre Ratten als nützlich erwiesen. Sie spürten, lange bevor Scarlett es tat, wann die Baustrukturen um sie herum dem Gewicht, das auf ihnen ruhte, nicht mehr standhielten. Und all dieser Aufwand für nichts und wieder nichts. Resignierend warf sie das Gerät von sich und legte versonnen den Kopf schief, während sie die große Staubwolke, die sich im Osten der Stadt erhoben hatte, beobachtete. Jene Himmelsrichtung, in die die Straßensperren gerichtet waren und in die alle Geschütze zielten, die Scarlett gezählt hatte. Jene Richtung, in die die Panzer der Besatzer gerade rollten.

Das Problem war, dass sie in ihrem erschöpften Zustand im Krankenhaus nicht darauf geachtet hatte, in welchem Format sie die Daten abgespeichert hatte. So hatte sie zwar jetzt alle Daten, die sie benötigte, aber diese würden ihr nur etwas helfen, wenn sie einen Transistor finden würde, mit dem sie die Daten durch ihre Kopfverbindung in die wenigen biologischen Teile einspielen konnte, die von ihrem Gehirn übrig waren. Erneut betrachtete sie die Wolke und erhob sich. Sie hatte das dumpfe Gefühl, dass es schon bald nicht mehr sicher genug war, sich auf die Suche nach einem solchen Gerät zu machen. Außerdem, so verriet es ihr ihr merkwürdiger neuer Sinn, war ein anderes Problem inzwischen dringlich genug geworden, um zu handeln.

In aller Ruhe legte Scarlett das erste Mal in ihrem Leben ein Magazin in ihr Sturmgewehr und lud mit knallender Mechanik eine Kugel in den Lauf. Sie konnte spüren, wie der Scharfschütze im Treppenhaus erstarrte. Ohne jede Hast ging Scarlett zur Tür, die aufs Dach führte und stellte sich auf deren linke Seite. Sechszehn Mal hatte der Mann beim Betreten eines Raumes mit dem Gewehr zuerst nach rechts geschwenkt als er sich darin umsah und diesmal würde es kaum anders sein. Langsam hob Scarlett das Gewehr. Sie hatte ihn schon vor einer Stunde das Gebäude betreten sehen. Sie wusste, wie er aussah und vor allem wie groß er war, und ihr Gehirn steuerte ihre Arme auf genau die richtige Höhe. Als der Mann das Dach betrat und mechanisch nach rechts schwenkte, um das Areal zu sichern, war das Einzige was Scarlett wirklich überraschte, wie heftig der Rückstoß der Waffe war, als sie sich schmerzhaft in ihre Schulter grub.

»Aber genau darum geht es ja beim Lernen«, dachte Scarlett mit einem düsteren Grinsen, als die Leiche des Besatzers auf die Erde aufschlug. »Um zu verhindern, dass man überrascht wird, wenn es beim nächsten Mal darauf ankommt.«

Und ein Blick auf die Staubwolke im Osten verriet ihr, dass es sehr bald viele nächste Male geben würde.

Der Narrator verweist auf die Zeit

Woche sechs und sieben nach Kriegsbeginn

29

Der Narrator erzählt

Von dem, was alle erwartet haben

Die letzten Tage waren einfach zu schnell vergangen. Zumindest war das Jochens Eindruck gewesen. Andererseits gewann er diesen Eindruck jedes Mal, wenn ein Kampfeinsatz näherrückte. Er hatte von anderen Söldnern und auch von Soldaten schon öfter gehört, dass das Warten kurz vor dem Beginn der Schlacht für sie das Schlimmste war. Zumindest das konnte Jochen nicht behaupten. Sobald er einmal im Transportwagen saß, war für ihn die Anspannung vorbei. Nachdenklich zog er noch einmal an allen Halterungen des Gurtgestells, das sein Magnetschienengewehr an Ort und Stelle hielt. Die Tage vorher, wenn man sich noch einmal die Freuden des Lebens gönnte, die zugegebenermaßen für ihn ein wenig zusammengeschrumpft waren, waren für ihn schlimmer. Die Zeit verging dann immer wie im Flug und zumindest er fragte sich, ob er jemals wieder in der Lage sein würde, sich so etwas zu gönnen. Immerhin konnte schon am Anfang des Einsatzes eine Artilleriegranate das Fahrzeug treffen und das wäre es dann im Wesentlichen gewesen. Eigenartig, dass er sich genau in diesem Moment, während der Wagen auf die Stadtgrenze zuraste, vor der bereits die ersten Befestigungslinien des Konzils auf sie warteten, noch am sichersten fühlte.

Schon rasten die ersten Artillerieschläge des Feindes heran. Schwere Raketen, vermutlich von den gleichen Lafetten abgeschossen, die sie bereits bei der Schlacht um die Raketensilos gesehen hatten, und Granaten, abgeschossen aus verdammt wuchtigen, gezogenen Rohren. Jedes einzelne Geschoss mächtig genug, um einen Kampfpanzer zu stoppen. Aber zumindest gegen Ersteres war ein Kraut gewachsen. Jochen hörte das vertraute Brüllen der Triebwerke lange, bevor er die Drohnen sah, die über sie hinweg schossen und die Raketen aufs Korn nahmen, die bald im Sekundentakt über ihren Köpfen explodierten und Wellen aus Hitze und Rauch, getrieben vom Druck der Explosionen, auf sie hinabschickten. Schlimmer waren die Granaten, die zu klein und zu zahlreich waren, um von den Drohnen vollständig erfasst zu werden. Eine schlug direkt vor ihnen ein und hob den Hovercraft-Laster für einige Sekunden vorne an und ließ ihn nach links ausbrechen.

»Scheiße«, brüllte Finley hinten von der Ladeklappe, durch die er dabei fast geschleudert worden wäre. Drei Kameraden waren nötig, um ihn daran zu hindern. Dem Cyborg stand der kalte Schweiß auf der Stirn. Kein Wunder, wenn man bedachte, dass die Stromzufuhr für all seine mechanischen Extremitäten abgeschaltet war und er damit den Gleichgewichtssinn eines Neugeborenen hatte. »Verdammt, was soll der Mist, die Artillerie soll endlich abriegeln, sonst gehen wir hier alle drauf.«

Wie auf Kommando blinkte die Innenseite ihrer Helme plötzlich in grellem Purpur. Blake sprach.

»Achtung Leute! Absturz steht unmittelbar bevor! Ich wiederhole: Absturz steht unmittelbar bevor!«

In wilder Panik griff Jochen nach den Haltegriffen, überprüfte noch einmal, ob seine Magnetschienenkanone wirklich ausgeschaltet war und blickte angstvoll durch die Ladeöffnung nach hinten. Schon sah er sie. Wolken aus Raketen verschiedenster Stärke, abgeschossen aus über 100 in die Tiefe gestaffelten Lafetten rasten aus ihrem Rücken heran und ließen mit ihren Kondensstreifen den Himmel über ihnen verschwimmen.

Operation ›total crash‹ war schon am Tag seiner Austüftelung, will sagen am Vortag, zum Paradebeispiel von Schlechtnachts militärischem Wagemut ernannt worden. Er beinhaltete binnen weniger Minuten alle Ladungen taktischer Sprengköpfe, die ihnen zur Verfügung standen, auf einmal zu verschießen, was dazu führte, dass den Truppen frühestens eine halbe Stunde später wieder Raketenunterstützung zur Verfügung stand. Eine Aktion, die von Seiten der Gegner nur eine Aktion provozieren sollte. Das Purpur leuchtete erneut auf.

»Der Feind schickt die Drohnen voraus. Scheiße, ich hoffe, das sind alle. Bereit machen!«

Der Interkom erstarb und Jochen hielt die Luft an. Dann brach die Hölle über sie herein.

Von jetzt auf gleich kamen sämtliche Hovercrafts, Halbkettenfahrzeuge und Panzer der Untamed Blades zum völligen Stillstand. Es vergingen nur Sekunden, bevor donnernde Explosionen, gefolgt von glühenden Wrackteilen und kochender Schlammmasse mitten unter die Sturmpanzer und Truppentransporter fuhren, als sämtliche Drohnen, die sich bis eben nicht aus dem unmittelbaren Vorfeld der Stadt herausgewagt hatten, direkt vor und unter ihnen abstürzten.

Dreihundert Meter rechts von ihnen, krachte eine Drohne direkt in einen Panzer und verwandelte ihn und zwei Fahrzeuge hinter ihm binnen eines Lidschlages in eiserne Särge.

Doch davon sah Jochen nichts, während sein Fahrzeug von der Gewalt der Explosionen durchgerüttelt wurde. Ein herumfliegender Splitter schlitzte eines der Luftkissen auf, sodass das Hovercraft die Bodenhaftung fast verlor, und einer der Seitenpropeller wurde von der Wucht der Explosion fast augenblicklich abgesprengt. Er verwandelte sich in ein weiteres Wuchtgeschoss, das sieben Söldner in dem Transportfahrzeug neben ihnen das Leben kostete.

Dann war es vorbei.

Für einen außenstehenden Betrachter hatte es so ausgesehen, als wären die Drohnen kollektiv über ein gewaltiges Magnetfeld geflogen, das sie nach unten gerissen hatte. Und er hätte damit zumindest in Teilen richtig gelegen. Zumindest, was den Teil mit dem Magnetfeld betraf. Man konnte über Generalleutnant Schlechtnacht sagen, was man wollte, und hätte mit einem erschreckenden Teil richtig gelegen, aber jeder, der ihn während seiner langen Karriere als dumm oder verrückt bezeichnet hatte, lebte nun nicht mehr, um davon zu berichten. Ein Blick auf die Strategiepapiere und Karten hatte ihn zu genau der gleichen Erkenntnis geführt wie Jochen. Was immer das Konzil plante, sie hatten nicht vor, die Invasion noch vor der Stadtgrenze aufzuhalten. Doch, selbst wenn dem nicht so war, so war das Erstürmen der Stadtränder dennoch der kritischste Moment, denn hier bestand am ehesten die Möglichkeit, die Reihen der Söldner auszudünnen. Und Schlechtnacht brauchte jeden Mann und jede Frau als potentiellen Kugelfang, um noch am selben Tag bis zum Raumhafen vorzustoßen. Egal, was sie innerhalb der Stadtgrenzen planten, es würde spätestens dann scheitern, wenn ihnen die Kugeln ausgingen, um seine Soldaten niederzustrecken. Aber dafür mussten diese bis dahin überleben. So war dann die Entscheidung gefallen, weit über den Köpfen der anrückenden Soldaten eine EMP-Rakete detonieren zu lassen, sobald man das Konzil gezwungen hatte, all seine Raketen und Drohnen zur Abwehr eines massiven Bombardements einzusetzen. Egal wie schlimm die abstürzenden Mengen an Maschinen und Sprengstoff waren, egal wie teuer es werden würde, die eigenen Panzer und Hovercrafts wieder in Gang zu bringen, nachdem sie beim größten Täuschungsmanöver der jüngeren Militärgeschichte selbst abgeraucht waren, es war nichts, rein gar nichts gegen die Apokalypse, der sich das

Konzil jetzt gegenübersah.

Unbehindert durch jedes andere Raketenabwehrsystem, senkten sich hunderte und aberhunderte der todbringenden Geschosse auf die Ränder von Chesterfield nieder. Da das EMP auch vor den Steuerungseinheiten der Raketen nicht Halt gemacht hatte, konnte von einem gezielten Angriff keine Rede mehr sein. Aber auch so entfaltete das Bombardement eine verheerende Wirkung. Während die Raketen, die wenigstens halbwegs auf Kurs geblieben waren, ordentlich in die halbherzig befestigten Linien und Artilleriestellungen des Konzils einschlugen und diese binnen Wimpernschlägen in Flammenstürmen verschwinden ließen, sausten die übrigen Marschflugkörper weiter in die Reihen der ersten Hochhäuser und vollendeten am gesamten östlichen Teil der Stadt das, was die giftige Säure in den letzten Wochen noch nicht geschafft hatte. Noch bevor sich die zerschlagenen Verteidigungslinien auch nur ansatzweise reorganisieren konnten, wurden sie von den Fußtruppen der Untamed Blades überwältigt, die zu Tausenden den Fahrzeugen entstiegen waren, ihre Waffensysteme sowie das Interkom reaktiviert hatten und nun wie Heuschrecken über sie herfielen. Und so wurde das Rückgrat der äußersten Verteidigungslinie des Konzils in Rekordzeit gebrochen. Kurz darauf bahnten sich die Sturmtrupps ihren Weg durch die mit Schutthaufen bedeckte Landschaft und stießen in Richtung des Raumhafens vor, der das Ende ihres Weges markierte. Die Schlacht um Lost Heaven hatte begonnen.

»Deckung«, brüllte Jochen in das Mikrofon seines Kommandohelms. Doch zu spät. Ein kurzes Blitzen, ein dumpfer Schlag und Dankov stürzte mit blutendem Oberschenkel zu Boden. Das schmerzerfüllte Schreien, das sowohl im Teamfunk als auch wenige Schritte neben ihm gellte, war fast schon unmenschlich. Jochen fluchte und gab zweien seiner Leute Befehl, den Verwundeten aus der Schusslinie zu ziehen, während er und die übrigen Feuerschutz gaben. Für einen kurzen Moment lehnte er sich bis zum Anschlag aus der Deckung einer ehemaligen Straßensperre und drückte ab. Zu seiner tiefsten Zufriedenheit sah er noch, wie der Sprühnebel an Blut, der sich hinter der feindlichen Deckung in alle Richtungen ausbreitete, seine Zielgenauigkeit belohnte, ehe er sich wieder auf die Knie fallen ließ. Nur um im nächsten Moment von der Wucht eines einschlagenden Geschosses in seinen Brustkorb umgerissen zu werden. Anscheinend wusste nicht nur er aus dem Blitzen eines Mündungsfeuers seine Schlüsse zu ziehen. Ein wütendes Knurren entrang sich seiner Kehle, aber glücklicherweise hatten ihn die Jahre gelehrt, es dabei zu belassen und nicht gleich wieder aufzustehen. Stattdessen aktivierte er erneut den Interkom.

»Glarris, Hanson, macht Dankovs Bein mit Klebstoff dicht! Xi, wir brauchen eine 40er, ich markier dir die Stelle.«

Rasch drehte sich Jochen auf den Bauch und robbte mit zusammengebissenen Zähnen an den Rand der Absperrung, fixierte durch die Brille seines Helmes die betreffende Stelle und blinzelte das Signal für Granatfeuer, nur um sich sofort wieder zurückzurollen. Sekunden vergingen, in denen sich Jochens Sichtfeld auf den violetten Himmel über ihm beschränkte, der zwischen den Überresten der verwüsteten Häuser noch zu sehen war. Ein schöner Anblick, eingefasst von der Melodie der Schlacht. Dann kam der Einschlag. Jochens Kalkül ging voll auf. Die schwere Sprenggranate sauste durch das Fenster des Gebäudes und explodierte, Laserzielmessung sei Dank, in der Luft schwebend, direkt im ersten Stock des Hauses. Dessen geschwächte Wände wölbten sich daraufhin sogleich nach außen und begruben die Straßensperre darunter unter ohrenbetäubendem Krachen, was das Feuer zum Verstummen brachte.

»Los jetzt! Vor! Vor! Vor! Und keine Gefangenen!«, donnerte Jochen und rappelte sich hoch. Schweiß rann ihm über den ganzen Leib. Heißer und kalter. Er hatte wie immer das Gefühl, sich gleich übergeben zu müssen. Dennoch setzte er als Erster über die Barrikaden hinweg und verpasste einem der Schweinepriester, der sich gerade wimmernd aus den Haustrümmern zu schälen versuchte, einen Schuss zwischen die Augen. Selbstverständlich mit der Pistole. Jochen hatte schon längst bemerkt, dass seine Kanone auf kurze Distanz nicht nur für seine Feinde gefährlich war. Das war ein Nachteil. Das und die extrem niedrige Schusskadenz. Offensichtlich hatte Steffen bewusst versucht, für ihn eine Waffe zu finden, die es ihm zukünftig unmöglich machte, mit Dauerfeuer unter dem Arm direkt in den Gegner hineinzupreschen. Nur hatte er dabei vergessen, dass es durchaus auch Pistolen mit hohen Schusszahlen gab. Nachdem die Stellung genommen und Xi dem letzten Verteidiger mit seiner Handaxt den Schädel gespalten und dessen Inhalt über die halbe Stellung verteilt hatte, pulte er sich kurz im Brustpanzer herum, während er versuchte eine sichere Leitung zu Blake zu bekommen. Kurz zuckte er zusammen, als der Boden erneut zu vibrieren begann und kurz darauf das Geräusch nicht allzu entfernter Explosionen in seine Ohren drang. Wie lange dauerte das Gefecht schon? Jochen konnte spüren, wie seine Hand, in der er das Projektil hielt, welches ihn gerade noch getroffen hatte, zu zittern begann. Stunden? Oder vielleicht doch nur ein paar Minuten?

»Blake, verdammt, geh ran«, knurrte er in das Rauschen des Äthers und schnippte die Kugel weg.

Ein Treffer, wie der gerade, hätte seinen alten, gammligen Gefechtsanzug zwar nicht durchschlagen, aber ihm zumindest ein paar der Rippen darunter gebrochen. Der Gedanke daran ließ seine Stirn heiß werden, als sich sein Puls erneut beschleunigte.

»German, wie lautet der Befehl.«

Jochen schloss kurz die Augen und versuchte das stärker werdende Pochen hinter seiner Stirn zu ignorieren. Er war sich relativ sicher, dass er Hanson noch vor Ende dieser Schlacht einen Schuss zwischen die Schulterblätter verpassen oder wegen angeblicher Befehlsverweigerung hinrichten würde, wenn er nicht bald aufhörte, ihn nur German zu nennen.

»Verschanzen!«, knurrte er den Dänen an und wiederholte den Befehl rasch in den Interkom. Dann versuchte er weiter eine Leitung zu Blake zu bekommen, während er seinen Leuten ein gutes Vorbild bot und hinter einem Haufen Geröll, der eben noch eine Wand gewesen war, in Deckung sprang.

Der Plan, die Stadt im Sturm zu erobern, hatte genau so lange funktioniert, bis sie die Kraterlandschaft der Vorstadt hinter sich gelassen hatten. Danach war, wie Blake es ihnen als Worst-Case-Szenario beim letzten Briefing, knapp eine Stunde vor dem Angriff, vorhergesagt hatte, alles schiefgegangen. Langsam wurde klar, worauf die Strategie der Separatisten hinauslief. Offensichtlich hatte die erste Linie der Schweinepriester fast nur aus robotisierten Einheiten und ebensolcher Artillerie bestanden. Ihr Verlust hatte das Konzil nichts gekostet. Die Technik der Geräte war so veraltet gewesen, dass sie es damit im Häuserkampf nicht geschafft hätten, Freund und Feind zu unterscheiden. Das Konzil musste wohl in dem Moment beschlossen haben, seine Ortskenntnis gegen die Angreifer einzusetzen, als sie das erste Mal einen Fuß in die Stadt gesetzt hatten. Die Schweine waren überall und nirgends. Jochen hatte noch vor ein paar Minuten keine Ahnung gehabt, wie sie das anstellten, dass ihm und seinen Leuten immer wieder Truppen in die Seite oder in den Rücken gefallen waren, obwohl die Bereiche, aus denen sie kamen, manchmal nur Sekunden zuvor als

»gesichert« gemeldet wurden. Dann waren die Berichte über Trupps eingegangen, unter denen der morsche Boden nachgegeben und sie in die Kanalisation gerissen hatte. Mitten hinein in ganze Kontingente von Separatisten, die sich durch die Kanäle mühelos von einem Ende des Schlachtfelds zum nächsten bewegten. Spätestens da wurde klar, dass sie mitten in die Falle des Konzils getappt waren. Jetzt waren sie die Gejagten. Nach dem Letzten, was er mitbekommen hatte, war etwa die Hälfte der Trupps um sie herum von den eigenen Linien abgeschnitten worden. Und die Zahl der aufgeriebenen Einheiten, die in Feuergefechte verwickelt worden waren, stieg von Minute zu Minute. Das Schlimmste daran war, dass Jochen den Befehl bekommen hatte, sich mit seinen Leuten einzugraben, bis der Entsatz da war. Nur, dass der nicht kam.

»Und dass diese Arschgeigen in den letzten Wochen die Hälfte aller Gebäude in der Stadt in Schützennester verwandelt haben, merke ich schon selbst«, murmelte der Söldner wütend vor sich hin, nur um festzustellen, dass er sein Mikrofon nicht ausgestellt hatte. Während seine Stirn schon wieder heiß wurde, diesmal aber vor Scham, setzte er gleich eine derbe Beleidigung nach, um die Moral seiner Leute zu stärken und dann den Interkom abzuschalten.

»Verdammt, Blake, du arschgefickter Hurensohn, jetzt geh endlich ...«

»Sprich ruhig aus, ich war gerade sowieso dabei, einen Luftschlag zu befehlen«, tönte es mit einem Mal aus seinen Kopfhörern.

»Dann mach was Sinnvolles damit und leg diese verdammten Häuser in Schutt und Asche«, brüllte Jochen ins Mikro. »Verdammt, Blake, was ist hier los? Ich hab schon drei Leute verloren und hinter jeder Straßenecke ist ne weitere Schanze. Und was treibt die elende Artillerie? Die müssten doch schon längst wieder feuerbereit sein. So weit sind wir doch noch gar nicht vorgerückt, dass die nicht mehr schießen dürften.«

»Die wird nicht mehr schießen.«

Es folgten einige Momente des Schweigens. Jochen hatte es buchstäblich die Sprache verschlagen und ehe er antwortete, checkte er, ob auch wirklich keiner seiner Leute zuhören konnte.

»Bitte was?«, krächzte er ins Mikrofon. Er konnte förmlich spüren, wie ihm der Boden unter dem Körper entglitt.

»Hör zu, der Vormarsch an der gesamten Front ist zum Erliegen gekommen.« Jochen hatte Schwierigkeiten, alles durch das Geräusch der Schüsse, die durch die Übertragung hallten, zu verstehen, aber was er verstand war, wie eindringlich Blake sprach: »Die meisten unserer Leute von der Vorhut sind eingekesselt und die Hauptarmee kommt nicht zu ihnen durch. Die Separatisten kennen jede Straßenecke und unsere Leute finden keine Deckung. Die verdammte Säure hat hier alles so aufgeweicht, dass ein ganz normales Projektil die Hälfte der Gebäude der Stadt durchschlägt, bevor es irgendwo stecken bleibt.«

Jochen zuckte zusammen, als wie zur Bestätigung direkt neben ihm ein Wandbrocken zerbrach, weil sich erneut Feindfeuer seinen Weg hindurchbahnte. Schnell glitt er noch ein wenig tiefer in seine Deckung und wechselte die Position. Wie vom Donner gerührt beobachtete er, wie das Gegenfeuer seiner Leute die umliegenden Häuser zersiebte und dabei riesige Brocken Beton hinabregneten.

»Hinzu kommt noch, dass das Oberkommando den Schutzradius um das Zielobjekt verfünffacht hat, als es gesehen hat, welchen Schaden unsere Artillerie am Anfang angerichtet hat. Die fürchten, dass Projektile, die auch nur in die Nähe des Hafens kommen, ihn unbrauchbar machen können.«

»Alter ...«, wimmerte Jochen leise. Wie in aller Welt sollten er und seine Leute hier heil rauskommen?

»Wenn ihr könnt, macht, dass ihr hier rauskommt!«, zischte Blake eindringlich. »Wir tun, was wir können, um zu euch durzukommen, aber wie schon gesagt, wir sind genauso verloren wie ihr.«

Jochen schluckte hart.

»Blake. Das härteste, was wir noch haben, sind Granaten. Remington ist mitsamt seinem Raketenwerfer vor drei Blocks in die Luft gegangen und wir haben null Überblick. Wir brauchen Hilfe!«

Kurz hörte man hastiges Tippen auf einem Rubrizierer.

»Pass auf. Außer der Vorhut sind alle Einheiten angehalten, sich neu aufzustellen. Bis ihr von hinten was nachbekommt, geht noch ne Stunde ins Land. Wenn nicht mehr. Versucht, euch vier Blocks nach Süden zu Finleys Trupp durchzuschlagen. Ich geb entsprechende Befehle raus. Gemeinsam habt ihr bessere Chancen. Viel Glück! Blake over and out.«

Statisches Rauschen füllte den Funk.

»Vier Blocks und keine Verstärkung«, wisperte Jochen leise vor sich hin. »Vier Blocks und keine ..., vier ...«

Schnell klappte er den Mundschutz seines Helms hoch und übergab sich. Da er vor dem Gefecht nichts anderes als Nährlösung zu sich genommen hatte, kam nur bittere Galle. Nachdem er fertig war, schaltete er den Interkom wieder ein und gab die notwendigen Anweisungen für einen Kampf ohne absehbares Ende und mit mehr als nur ungewissem Ausgang. Scheiße, wie er solche Situationen hasste. Sein Herz raste.

Der Narrator liest vor

Von menschlichen Abgründen

Die folgenden Auszüge stammen aus einem unregelmäßig geführten Tagebuch eines der Richter der Kolonie Mao IV der technokratischen Volksrepublik China und beschreiben die Vorgänge eines der berühmtesten Prozesse in der Geschichte des Mondes, der in den Jahren 2201-2202 ausgetragen wurde.

31. März 2201
    Ich starte nun den dritten Versuch, meine Gedanken schriftlich festzuhalten. Schon zwei Seiten musste ich dir ausreißen, du mir hochverehrtes Gedankenlager, da meine Hände vor lauter Zittern den Pinsel kaum zu halten vermochten. Ich bin erschüttert. Bis in das tiefste Innere meiner Seele bin ich erschüttert von dem Fall, der mir und dem hohen Gericht heute angetragen wurde. In all den Jahren, die ich unserer glorreichen technokratischen Republik nun geehrt bin zu dienen, ist mir niemals so eine Bosheit, ja so eine Infamie, untergekommen. Wieder muss ich den Pinsel niederlegen, um mich zu beruhigen. Ich denke, ich werde dir den Fall von Anbegin vorlegen. Derzeit kann ich über das Geschehene noch nicht direkt sprechen.
    Alles begann damit, dass eine Lehrerin der Unterstufe der Jackie Chan Highschool für angewandte Wissenschaften vor einigen Wochen eine auffällige Schülerin den zuständigen Behörden meldete. Es hat sich wohl so zugetragen, dass die Schule gerade in mehreren Fächern die Evolution unterrichtete, als die Schülerin im Wirtschafts- und Gesellschaftsunterricht

während einer Lektion über praktisch angewandten Sozialdarwinismus fragte, wie diese Theorien ...

An dieser Stelle muss ich den Pinsel erneut aus der Hand legen. Allein der Gedanke, die genialen Fakten, die der hochheilige Darwin zu Tage förderte, könnten als Theorien tituliert werden, erscheinen mir so ... falsch, ... so undenkbar. Und das auch noch von einem 11-jährigen Kind.

Aber sei es, wie es sei, jedenfalls fragte dieses Mädchen, wie diese ›Theorien‹ denn zutreffen könnten, wo doch alles Leben und die Gesellschaften von Gott geschaffen wären. Offensichtlich musste sie durch derartige Bemerkungen auch schon in anderen Fächern auffällig geworden sein. Aber wurden ihre Fragen von den anderen Lehrkräften bisher noch als aufs Äußerste makabrer Scherz interpretiert, schlug die junge und sehr engagierte Lehrerin (Frau Xi) zum Glück sofort Alarm und schickte das Kind zur Krankenstation der Schule.

Nachdem die wahrscheinlichsten und häufigsten Diagnosen für solche Behauptungen (Burnout, Schizophrenie, Infektionskrankheiten mit Fiebersymptomen über 40° Celsius etc.) ausgeschlossen wurden und der behandelnde Arzt schon erwog, sie vorläufig in eine psychiatrische Klinik einzuweisen, erbrachten der Bluttest sowie die anderen Untersuchungen des Kindes ungeheuerliche Erkenntnisse.

Nicht nur war das Mädchen für ihr Alter um nahezu 4 Kilogramm unterernährt. Hinzu kam, dass in ihrem Blut keine der staatlich vorgeschriebenen Impfstoffe und sonstigen Chemikalien gefunden wurden. Die Krankenstation verständigte sofort die Polizei, die vorerst Ermittlungen wegen schweren Versagens gegen die staatlichen Gesundheitsbehörden aufnahm. Es ist wohl dem vagen Verdacht eines erfahrenen Strafermittlers des Amts für Informationsbeschaffung zum Schutz der Bevölkerung zu verdanken (mögen seine Ahnen wohlwollend auf diese allerruhmreichste Tat ihres Kindes schauen), dass auch der kleinere Bruder des Mädchens überprüft werden sollte. Zum allgemeinen Schock aller Ermittlungsbeamten war dieser jedoch nicht an seiner vorgesehenen Stelle, dem staatlichen Kindergarten »Rosenmond«, zu finden, sondern befand sich in seinem Elternhaus, das er wohl noch nie in Richtung der Erziehungseinrichtung verlassen hatte. Einen Schnelltest des Blutes später wurde Haftbefehl gegen beide Elternteile erlassen.

Oh, du mir heiliger Tempel meiner Gedanken, du Hort an Trost und Verwahrer meiner Geheimnisse, warum muss so etwas geschehen? Mörder und Vergewaltiger habe ich gerecht und ohne einen Groll gegen die Gefangenen selbst gerichtet. Niemals habe ich eine Strafe ohne die entsprechende Rechtsgrundlage verhängt.

Doch wie soll ich in einem solchen Fall von Kindesmisshandlung, nein Kinderschändung, gegen die Täter gerecht bleiben?

Heute wurde dem hohen Gericht zum ersten Mal der Fall vorgelegt und ich habe die großen Seelen, mit denen ich so viele Jahre für Recht und Ordnung gesorgt habe, noch nie so aufgebracht gesehen. Hochrichter Wu war sogar den Tränen nahe.

Schon viel Unmenschlichkeit mussten diese alten Augen sehen, doch niemals mit einer solchen Ruchlosigkeit begangen. Die folgenden Tage der Verhandlung müssen nun zeigen, ob wir es uns anmaßen können, zu einem gerechten Urteil zu kommen.

30

Der Narrator erzählt

Von einem Moment der Freude

Scarletts Herz raste. Ihr Körper bebte. Und ihre Sinne waren scharf wie ein Rasiermesser.

Mechanisch hob sie ihr Gewehr an die Schulter, wie sie es bei den Soldaten der Besatzer gesehen hatte und trat an den Türrahmen. Mit unheimlicher Bestimmtheit wusste sie, dass der Mann, der gleich den Raum betreten würde, sich zunächst nach rechts und ihr damit den Rücken zuwenden würde. Als er dies keine Sekunde später tat, schoss sie ihm ins Genick. Es wunderte sie nicht im Mindesten, dass ihr Körper gleich darauf nach links wirbelte und seinem Kameraden durch die Wand hindurch in die kleine offene Stelle in seiner Panzerung schoss, die sie gesehen hatte, als die beiden eben das Haus betreten hatten.

Sie konnte schon gar nicht mehr sagen, wann sie sich das letzte Mal so lebendig gefühlt hatte. Sie war noch immer entschlossen herauszufinden, welche zerebralen Veränderungen ihre Behandlung hervorgerufen hatte, bezweifelte inzwischen aber, dass sie irgendetwas tun würde, um diese zu verändern.

Von draußen drangen die verzweifelten und schmerzerfüllten Schreie der Besatzer herein, während sie sich gleichgültig herunterbeugte, um den Leichen die Magazine in ihren Waffen zu entwenden. Gemessenen Schrittes ging sie zum Fenster und verband in aller Ruhe ihre blutende Hand. Ungeübt, wie sie in der Waffenbenutzung nun einmal war, hatte sie sich ein Stück Fleisch in der Mechanik ihres Gewehres eingeklemmt. Zum Glück schien das Adrenalin, das ihr Herz Sekundenbruchteil für Sekundenbruchteil durch ihren Körper jagte, auch jedes Schmerzempfinden zu betäuben.

Der Anblick, der sich ihr bot, zauberte ein dämonisches Lächeln auf ihr Gesicht.

Nicht nur sie war es, die ihren Feinden zusetzte. In der Erwartung sicheren Futters waren ihr die ausgehungerten Heerscharen an Ratten aus der Kanalisation gefolgt und hielten unter den Besatzern blutige Ernte. Aus jedem Winkel, aus jedem Riss in der Straße und aus jedem Gebäude drangen sie auf die Männer und Frauen unter ihr ein, die sich mit dem Knattern ihrer Maschinengewehre und dem Dröhnen ihrer Kanonen zur Wehr setzten. Hunderte aus Scarletts Gefolge fielen und machten damit den Tausenden Platz, die von ihrer Gier nach Blut und Beute getrieben hinter ihnen nachdrängten. Der Tod ihrer eigenen Brüder und Schwestern kümmerte sie nicht. Ganz im Gegenteil.

»Denn mehr tote Körper«, dachte Scarlett, während sie erneut anlegte, »bedeuten für sie immer nur noch mehr Futter.« Und dann drückte sie ab.

Sie dachte nicht darüber nach, was sie tat. Ein Blick genügte und alle Handlungen unter ihr wurden langsamer und langsamer. Sie konnte sehen, wie sich die Körper bewegten und welche Schwachstellen sie ihr scheinbar mit Absicht preisgaben. Sie wusste, wer, wann und wo stehen würde. Sie wusste, wo eine Kugel treffen musste, um ein Leben zu nehmen. Und sie konnte nichts von diesem Wissen erklären. Sie dachte nicht. Und alles, was sie fühlte, war tiefe Befriedigung, wenn sich der Schaft ihres Gewehres mit jedem Schuss in ihre Schulter bohrte und eine weitere Person zu Boden ging, um im nächsten Moment unter Strömen von dreckigem, schleimigem und mit Blut getränktem Fell begraben zu werden.

Plötzlich hatte sie eine Eingebung, die ihr Körper sofort umsetzte. Eine Sekunde später bohrte sich Scarletts Kugel in das Kniegelenk einer jungen Frau und sie konnte genießerisch beobachten, wie sie sich mit panischem Kreischen und wilden Salven dem vielköpfigen Tod zu erwehren versuchte, vor dem sie nun nicht mehr fliehen konnte. Ein vage Erinnerung aus ihrem Medizinstudium teilte ihr mit, dass ihr jetziges Verhalten einem Anfall von wahnhaftem Sadismus entsprach. Sie hoffte, dass dieser Moment nie vorbeigehen würde.

Der Narrator liest vor

Von menschlichen Abgründen II

Die folgenden Auszüge stammen aus einem unregelmäßig geführten Tagebuch eines der Richter der Kolonie Mao IV der technokratischen Volksrepublik China und beschreiben die Vorgänge eines der berühmtesten Prozesse in der Geschichte des Mondes, der in den Jahren 2201-2202 ausgetragen wurde.

16. April 2201
[...] (Eine längere unleserliche und schließlich durchgestrichene Passage)
Wieder sitze ich mit bebenden Händen in meiner Stube und kann keinen Schlaf finden. Und wieder droht der Pinsel meinen unsicheren Fingern zu entgleiten. Die zurückliegenden Prozesstage ..., ich kann sie kaum in Worte fassen. Doch muss ich hier Zeugnis ablegen über all das Maß schier unaussprechlicher Bosheit, das sich im zurückliegenden Monat vor meinen Augen entfaltet hat, da es mich von innen zu zerreißen droht, wenn ich es noch länger für mich behalten muss.
Allein die polizeilichen Untersuchungen förderten Entsetzliches zu Tage. Für die Beamten galt vorrangig zu klären, wie es dem angeklagten Ehepaar gelingen konnte, seinen Kindern mit Erfolg sämtliche vorgeschriebenen Impfungen, Chemikaliendosen und die umfassende ärztliche Kontrolle vorzuenthalten, was sie in diese bedenkliche gesundheitliche Lage gebracht hatte. Auch schafften es die Kinder, die man inzwischen in eine spezielle psychiatrische Klinik für die Opfer von Kindesverge-

hen gebracht hatte, zum größten Entsetzen des dortigen Pflegepersonals, keines der standardisierten psychischen Profilmodule zu bestehen. Sie zeigten im höchsten Maße abnorme Verhaltensmuster, wie messbares Mitfühlen mit eigentlich für den Verzehr bestimmten Nutztieren oder das in Frage stellen von ihnen hierarchisch Vorgesetzen, ohne vorher überhaupt zertifizierte Kenntnisse erworben zu haben, die sie zur Teilnahme an Diskussionen in diesen Themenfeldern berechtigt hätten.

Die unermüdlichen Wächter unserer von allen Seiten wohlkontrollierten Sicherheit richteten daher ihre Aufmerksamkeit sofort auf den Hausarzt des Ehepaares. Dies jedoch ohne Erfolg, da die Beamten sowohl seine Praxis als auch seine Privatwohnung verwaist vorfanden. Wieder einmal kam uns unerhörtes Glück zu Hilfe. Ohne die Diffamierung durch einen seiner Nachbarn (den wir dafür mit dem großen Orden der Volkstapferkeit und 20% Steuernachlässen für die nächsten sechs Jahre ausgestattet haben) wäre es nie gelungen, des flüchtig gewordenen Arztes habhaft zu werden.

Die digitalisierten Unterlagen, die bei diesem, und ich entschuldige mich hierbei für diese Titulierung, oh du Hüter meiner Geheimnisse, doch du wirst sehen, dass es kein Besseres gibt, diesem Monster gefunden wurden, förderten den vielleicht größten Skandal in der Geschichte der technokratischen Volksrepublik zu Tage. Nach ihrer Lesung musste die Sitzung unterbrochen werden und als der unantastbare Hochrichter den Raum wieder betrat, musste er sich noch immer die Reste seines Erbrochenen aus den Mundwinkeln wischen.

Wie sich herausstellte war dieser »Arzt« Komplize bei einem Verbrechen geworden, wie es an Unmenschlichkeit kaum zu übertreffen ist. Er hatte den Eltern dabei geholfen, sämtliche Formulare, die für die Empfängnis eines Kindes qualifizieren, zu fälschen. Niemals hatten sie den dreijährigen Vorberei-

tungskurs zum Erwerb von Grundkompetenzen zur Führung eines Hausstandes mit Kindern besucht oder bewiesen, dass sie diesen wirtschaftlich unterhalten können. Auch hatten sie niemals ihre Befähigung zur würdigen Erziehung von Kindern und deren frühzeitiger Indoktrinierung erworben oder sich zertifizieren lassen, dass sie diese auf natürlichem Wege besitzen.
Doch damit nicht genug!
Bei der weiteren Nachforschung stellte sich zum Entsetzen aller Beteiligten heraus, dass die Eltern auch niemals auf natürlichem Wege hätten ein Kind empfangen dürfen. Von väterlicher Seite bestand ein um nicht weniger als 7% erhöhtes Risiko zur Weitergabe einer Erbkrankheit im Sinne unwerten Lebens. Die Zeugung von Kindern hätte ausschließlich durch die Betreuung eines Familiengenetikers der Qualifikationsstufe 9 stattfinden dürfen.
[…] Es folgt ein unleserlicher Abschnitt in Form eines gewaltigen Tintenflecks, als wäre der Pinsel mehrfach unter zu hohem Druck aufgesetzt worden, die folgende Schrift ist zittrig und nur schwer zu entziffern. […]
Wie sich der Fall bisher aufrollt, hat der Arzt in dem Wissen, dass die Eltern weder genetisch noch durch ihre Qualifikation zur natürlichen Fortpflanzung und Erziehung berechtigt sind, die Medikamente zur Aufhebung ihrer durch ihre Geburtsimpfungen verliehenen Unfruchtbarkeit gegeben.
Diese Wahnsinnigen sind mit vollem Bewusstsein das Risiko eingegangen, Kinder mit furchtbaren Erbkrankheiten zu strafen und haben sich danach durch ihren mit Sicherheit fatalen Erziehungsstil in einem Ausmaß an den Kindern vergangen, das noch festzustellen ist.
Diese Akten wurden dem hohen Gericht und meiner unwürdigen Nichtigkeit vor drei Tagen vorgelegt und ich segle bereits an den Grenzen eines Nervenzusammenbruches. Weitere Un-

tersuchungen zum geistigen und körperlichen Zustand der Kinder sollen erfolgen, doch ich ahne das Schlimmste. Morgen soll der Prozess beginnen und ich bitte meine Ahnen auf Knien, damit sie mir die Stärke verleihen mögen, dies durchzustehen. Doch was soll ein Mensch angesichts solcher Bosheit tun?

31

Der Narrator erzählt

Von den Leidtragenden taktischer Fehleinschätzungen

Der Hechtsprung nach vorn bewahrte Jochen vor dem Schlimmsten. Das traf stattdessen Xi mit etlichen hundert Schuss Kadenz einmal quer über den Brustkorb und schleuderte den jungen Chinesen zurück in den Krater, aus dem sie gerade gekrochen waren. Diesmal jedoch klatschte er ungebremst in die faulig riechende Brühe, auf deren Oberfläche sich die öligen Schlieren verdorbener Chemikalien zogen, die sie eben noch großzügig umrundet hatten. Noch zwei, drei Mal tauchte sein um sich schlagender Körper im Aufbegehren gegen das Unausweichliche aus der Flüssigkeit auf, ehe sich die Wellen wieder legten. Doch davon bekam Jochen nichts mehr mit. Insgeheim hatte er darauf spekuliert, dass das MG-Nest auf dem Dach die Seitenränder der Straße bestreichen und das Loch der eingestürzten Kanalisation nicht beachten würde. Seinen Leuten hatte er verkauft, dass er das Gegenteil annahm und er das größere Risiko auf sich nehmen würde, indem er mit Xi durch den Krater kroch. Leider hatte sich herausgestellt, dass wer auch immer hinter dem MG saß, dem Krater wirklich größere Wichtigkeit einräumte als der Straße. Nun waren sie nicht nur ihren letzten Granatschützen los, sondern saßen mitten im Feuer. Schwer atmend rettete sich Jochen mit einem weiteren

Satz nach vorn hinter die Säule eines Gebäudeüberhanges vor einem ehemaligen Restaurant. Das schwere 45er-Geschütz riss zwar große Brocken aus der porösen Säule, aber wenigstens hatte er zumindest für die nächsten Sekunden Sichtschutz. Sein Körper bebte und mittlerweile konnte er in jeder Sekunde spüren, wie sich seine Innereien in eine saure, kochende Brühe verwandelten. Er konnte sich schon gar nicht mehr erinnern, dass seine Spucke mal nach etwas anderem als Magensäure geschmeckt hatte. Ein kurzer Blick hinter die Säule verriet ihm, dass es seinen Kameraden kaum besser erging. Jochen hasste solche Situationen. Eigentlich sollte der Vorteil von Kameraden doch darin liegen, dass der Feind mehr als nur einen selbst als Ziel hatte, auf den er schießen konnte. Nur bedachte dieser Gedankengang irgendwie eher Situationen, in denen davon mehr als nur noch drei Stück übrig waren. Jochen biss die Zähne zusammen und schaute auf die digitale Anzeige des Magazins, nur um erneut zusammenzuzucken, als eine weitere Salve über die Säulenreihen hinwegfegte. Das Letzte, was er aus dem Funk gehört hatte, war, dass sich die hinteren Reihen wieder in Bewegung gesetzt hatten und bald auf Nachschub zu hoffen war. Aber wann war das gewesen? Vor ein paar Minuten? Stunden? Tagen? Jedenfalls hatte er da noch gehofft, demnächst Finleys hässliche Kackvisage zu erblicken und sich auch noch darüber zu freuen. Doch ehe er sich noch weitere Gedanken über die offensichtliche Verheizung von Menschenleben durch das Oberkommando machen konnte, verstärkte sich auf einmal die Vibration, die vom Boden ausging.

»Nein ... Nein! Nein! Nein!«, murmelte Jochen zuerst nur. Aber da bog das Unheil bereits mit donnerndem Lärm, der sogar das Rattern des MGs übertönte, um die Ecke. Dann begann Jochen zu schreien. Ein Geschützpanzer der Separatisten hatte sich dazu entschlossen, den Ausbruchsversuch von Jochens

Sturmtrupp endgültig zum Erliegen zu bringen. Die Mistkerle mussten seit Wochen ausgetestet haben, welche Straßen für Fahrzeuge noch gangbar waren und welche unter der Last der stählernen Ungetüme einbrachen. Ausgerechnet der Straßenabschnitt vor ihnen schien die Probe mit Bravour bestanden zu haben. Zwei befestigte Schwenk-MGs und ein ebensolcher Granatwerfer auf Ketten. Jochen wusste, dass dies das Ende war. Verzweifelt brüllte er noch einmal ins Mikro.

»Xi hat´s erwischt! Seht zu, dass ihr die Geschütze ausschaltet, sonst ist gleich Feierabend!«

Dann sprang er selbst, die Gefahr durch das MG-Nest ignorierend, hervor und legte an. Eine Mündungsflamme aus Plasma, ein dumpfes Krachen, das er wie durch Watte wahrnahm und ein scharfes Knallen, als seine Kugel nicht mehr als eine leichte Beule im Metall des Panzers hinterließ. Schon im nächsten Moment brachen Jochens Beine unter seinem Gewicht ein, als die schweren MG-Kugeln in einer einzigen Salve seine Gefechtspanzerung mühelos durchschlugen, in seinen linken Oberschenkel eindrangen, das Bein auf der anderen Seite wieder verließen und sein rechtes Kniegelenk zerschmetterten. Mit einem markerschütternden Schrei ging er zu Boden und sein Gesichtsfeld verengte sich. Wie in Trance glitt seine Hand an seine Beine, mitten hinein in die Sturzbäche von Blut, die sich im Rhythmus seines trommelnden Herzens ihren Weg aus den Wunden suchten. Etwas ungläubig drehte er seinen Kopf und sah zu, wie Dankov auf der gegenüberliegenden Straßenseite versuchte, in das verbarrikadierte Gebäude hineinzukommen und, so vermutete Jochen, zum zweiten und letzten Mal für diesen Tag von Schüssen durchbohrt wurde. An sich hätte Jochen ja gerne weggesehen, aber er fühlte sich auf einmal so müde. So unendlich müde.

Doch gerade, als er sich mit dem Gedanken, dass dies für ihn wohl endlich einen Schlussstrich unter einem wirklich miesen und schon viel zu lange währenden Kapitel seines Lebens setzen würde, explodierte hinter ihm die Wand und bedeckte ihn mit kleinen und größeren Brocken Bauschutts. Finley musste wohl im wahrsten Sinne des Wortes einfach mit dem Kopf durch die Wand gerannt sein, um seinen Gegnern möglichst spektakulär in die Flanke zu fallen. Jedenfalls stand er nun über Jochen und schirmte ihn mithilfe des gewaltigen Schildes, das an seinem rechten Arm befestigt war, gegen das feindliche Feuer ab, während er seinen linken Arm vorstreckte und mit dem Miniraketenwerfer, der daran steckte, auf den Panzer zielte. Benommen hob Jochen den Kopf und sah gerade noch das Kennzeichen für eine Antimunitionsladung, als sich die kleine Rakete schon auf den Weg machte.

»Scheiße«, hauchte Jochen leise, bevor sich Finleys Silhouette malerisch gegen einen Lichtblitz abzeichnete, der in etwa viermal so hell war, wie das Strahlen der Sonne. Dann bahnte sich die sengend heiße Druckwelle auch schon den Weg unter dem Schild des Cyborgs hindurch und katapultierte Jochen durch das Loch, welches Finley zuvor in die Hauswand gerissen hatte. Seinem üblichen Glück entsprechend, krachte er direkt in einen Bartresen hinein. Deutlich konnte er spüren, wie irgendetwas in seinem Körper zerriss und noch während ihm die Sinne schwanden, versuchte sich Jochen daran zu erinnern, wie sehr er solche Situationen nun eigentlich hasste.

Der Narrator liest vor

Von menschlichen Abgründen III

Die folgenden Auszüge stammen aus einem unregelmäßig geführten Tagebuch eines der Richter der Kolonie Mao IV der technokratischen Volksrepublik China und beschreiben die Vorgänge eines der berühmtesten Prozesse in der Geschichte des Mondes, der in den Jahren 2201-2202 ausgetragen wurde.

[...] (Eine ganze Reihe ausgerissener Seiten fehlen, sodass sich die zittrigen Notizen auf den letzten Seiten des Buches befinden)

Oh, du letzte Bastion meines Geistes, es ist vorbei. Endlich vorbei. Mit diesem letzten Eintrag will ich dir von dem heutigen, dem letzten Tag des Prozesses erzählen. Die letzten Monate waren für alle Beteiligten eine Tortur sondergleichen, wie sie kein Mensch in einem aufgeklärten Staat ertragen sollte.

Im Nachhinein kann ich nicht sagen, was das Schlimmste war, doch es waren definitiv die Verhöre, die das hohe Gericht und meine Nichtigkeit immer wieder an den Rand der Tränen brachten. Das Gezeter und Geschrei des offensichtlich schwachsinnigen (wenn auch laut den Tests mit zufriedenstellender Intelligenz begabten) Vaters der Kinder, dessen wirre und oft geschrien vorgetragenen Aussagen, wonach der Verzehr von tierischen Produkten Mord und Tierquälerei sei sowie die staatliche Geburtenkontrolle dem göttlichen Auftrag (fruchtbar zu sein und sich zu mehren) zuwiderlaufe, verfolgen mich immer noch in meinen Träumen. Er wurde schon nach der ersten Vernehmung durch den gerichtlichen Psychiater als »unbehandelbar geisteskrank im gemeingefährlichen Sinne« eingestuft und aus dem Gerichtssaal entfernt.

Noch weniger Verständnis und Mitleid konnte das hohe Gericht nur für die sogenannte Mutter der Kinder aufbringen, die zwar immer wieder betonte, dass es im ganzen Universum nichts gebe, das ihr mehr am Herzen liege als das Wohl ihrer Kinder und sie durch ihren schon seit Jugendzeiten starken Kinderwunsch keine Minute ohne sie verbringen könnte. Ich selbst ließ ihre verlogenen Behauptungen zusammenbrechen, indem ich die Gutachten vortrug, die die Unterernährung der Kinder in Folge eklatanter Mangelernährung durch falsche oder unzureichende Nahrungsmittel belegten. Auch belegte ich ihre Verwahrlosung, die durch die wirtschaftliche Unfähigkeit des Haushaltes bedingt wurde, den Kindern in regelmäßigen Abständen die für den sozialen Integrationsprozess mit Gleichaltrigen notwendigen Konsumartikel zu finanzieren. Als es dann noch dem hohen Richter Wang gelang, durch ein Gutachten nachzuweisen, dass die Kinder neben Unterernährung auch noch die zahlreichen Nachwirkungen von vermeidbaren Krankheitserscheinungen in sich trugen und sich die Wahrscheinlichkeit für die Weitergabe der Erbkrankheit (die allen guten Geistern sei Dank bei keinem der Kinder zu tragen kommt) auf über 8% erhöht hatte, war der Fall auch hier klar. Da das Gutachten das edle Werk eines Amtsarztes der unantastbaren Qualifikationsstufe 20 war, entfiel auch hier jeder weitere Verhandlungsbedarf.

[...] (Zwischen diesem und dem letzten Eintrag schien einige Zeit vergangen zu sein, ohne dass jedoch ein neues Datum eingetragen wurde, was für die geistige Aufwühlung des Richters spricht.)

Verzeih mir, dass ich in meinen Eintragungen pausiert habe,

jedoch konnte ich es mir nicht mehr leisten, dir noch weitere Seiten vor diesem, meinem letzten Eintrag zu entreißen und musste seelisch zumindest noch etwas zur Ruhe finden. Auch wenn ich dir in den letzten Jahren viel Leid und Traurigkeit, in Form der Tinte, die deine Seiten bedeckt, zugeführt habe, muss ich das, was von dir noch übrig ist, mit der größten Bosheit, ja dem niedersten menschlichen Verbrechen füllen, dessen ein Mensch (auch wenn er diese Bezeichnung nicht mehr verdient) in unserer technokratischen Volksrepublik je schuldig gesprochen wurde.

Als der Mann, der das Zustandekommen des Verbrechens überhaupt erst verschuldet hatte, hereingeführt wurde, wurde es totenstill im Saal. Wie auch nicht anders zu erwarten bei einem Subjekt, das seinen überlegenen Intellekt, seine überragende Bildung und seine Stellung als Arzt der Qualifikationsstufe 8 missbraucht hatte (schändlich und zum Schaden von ungeborenem/zu diesem Zeitpunkt noch nicht gezeugtem Leben). Die Zuschauer, die staatliche Presse, die Gerichtsdiener und die hohen Richter (unter ihnen meine kaum erwähnenswerte Person). Jeder starrte nur dieses Subjekt an, von dem sich selbst die Sicherheitsmänner, die ihn hereinführten, fernhielten. Alle warteten darauf, mit welchen Ausreden er sein Tun rechtfertigen würde. Doch das tat er nicht. Stattdessen klagte er den technokratischen Staat an. Inmitten des Stillschweigens dieser riesigen Menge dozierte er, dass es ein Verbrechen gegen die Freiheit der Menschen sei, Bedingungen an die Zeugung von Kindern zu knüpfen, auch wenn sie dazu dienen würden, deren Wohlfahrt, Glück und positive Entwicklung sicherzustellen und deren Durchsetzung medikamentös zu erzwingen. Er verdammte die Erziehung von Kindern nach wissenschaftlichen Parametern und die weitgehende Eliminierung der Eltern als Störfaktor in der Unterweisung und Erziehung. Und ganz zum

Schluss ging er in seinem nicht enden wollenden Wahn auf das grundlegende staatstragende Prinzip los, Bildung und Wissenschaft als höchste Leitlinien des Staates zu stellen und im Staat nur die Stimmen jener anzuhören, die sich durch ihre angeborene Intelligenz und ihren Ehrgeiz ihn zu nutzen eine Stimme verdient hatten. Er versuchte sogar, andere Regime als positive Beispiele anzuführen, in denen, im Gegensatz zu unserer verehrten, heiligen und ewigen technokratischen Republik, weder Bildung noch Gesundheitsversorgung als kostenloses Grundrecht gehandhabt werden. Er meinte immer wieder, dass ein derart radikales Umdenken nötig sei, wie es seit der Annexion der alten Chinesischen Republik durch die Sonderverwaltungszone Hongkong nicht mehr geschehen sei.

Ich kann und werde nicht ein weiteres Wort einer solchen menschenverachtenden Ideologie zitieren, die es den hohen Richtern fast unmöglich machte, ihre Abscheu zu verbergen. Als diese …, diese …, diese Inkarnation unzurechnungsfähiger Grenzdebilität aufgehört hatte zu sprechen, blieb es noch eine Weile still. Dann griff Hochrichter Wu zu seinem Hammer und schritt unter vollständiger Umgehung jeder weiteren Verhandlung direkt zur Urteilsverkündung.

Niemals hat sich der Sieg der Gerechtigkeit so bitter, so niederschmetternd angefühlt.

Die Mutter der Kinder erhielt, da sie nur als bedingt zurechnungsfähig eingestuft wurde, eine lebenslange Haftstrafe in einem Arbeitsgefängnis, wo sie, wie inzwischen bekannt wurde, von Mitinsassen (welche den Prozess wohl medial verfolgen konnten) in der Dusche ermordet wurde, da sie sich weigerten mit einer solchen Person die Räumlichkeiten der Strafvollzugsanstalt zu teilen. Die darauffolgenden Untersuchungen endeten damit, dass es zu einer Verdoppelung der Nahrungsmittelrationen für die Verantwortlichen kam.

Der Vater der Kinder wurde noch am Tag des Prozessendes durch Genickschuss exekutiert und seine Organe gemäß der allgemeinen und gleichen Organspende-Pflicht dem örtlichen Krankenhaus und wissenschaftlichen Laboren zugeteilt. Meines Wissens haben nicht weniger als sieben neurologische Fakultäten Anspruch auf das Gehirn des Mannes zur Erforschung seines Wahnsinns erhoben.

Der Grund, warum ich ausgerechnet heute diese letzten Einträge mache, ist, dass der ehemalige, von allen Menschenrechten enthobene Arzt vor wenigen Stunden nach 317 Stunden Folter auf dem Platz des Volkes und umgeben von Menschen, die ihm ihre Verachtung bezeugten, endlich gestorben ist. An seinem Todesplatz soll ein Mahnmal gegen die Verachtung der Wissenschaft errichtet werden und sein Körper wurde, bar jeder weiteren medizinischen Verwendung, inzwischen wohl verbrannt.

Es ist endlich vorbei. Doch sein unheiliges Erbe wird noch Jahrzehnte auf dieser Welt weilen.

Während ich diese letzten Zeilen schreibe, lade ich meinen Revolver. Niemals hätte ich geglaubt, ihn jemals gegen mich selbst zu richten. Zwar war das Urteil des Gerichts in jeder Hinsicht gerecht, doch allein der Gedanke, dass just in diesem Moment die geschädigten Kinder der Verurteilten sowie jeder noch lebende Zweig ihrer Familie mit permanenter Sterilisation belegt werden und ihnen bis zu ihrem Tod sämtliche Berufswege verschlossen bleiben, die ihnen sonst eine Fortpflanzung ermöglichen, erfüllt mein Herz mit Bitterkeit.

Hochrichter Wu hat verkündet, dass er sich persönlich vor der unfehlbaren technokratischen Regierung in Hongkong für Maßnahmen einsetzen wird, die eine Tragödie solchen Ausmaßes auf alle Ewigkeit verhindern soll. Ich wünsche ihm allen Erfolg des Universums dabei, jedoch besitze ich nicht mehr die

Kraft, den Schrecken des Erlebten noch länger zu ertragen. Möge die Technokratie siegreich sein.

Das vorliegende Schriftmaterial wurde so wie der gesamte Besitz des Richters nach seinem Tod durch Regierungsbeamte sichergestellt. Es gilt heute als Pflichtmaterial für den Unterricht an Schulen und Hochschulen diverser Fächer (u. a. Medizin, Rechtswissenschaften, Erziehungswissenschaften, Genetik, Ethik etc.). Anhand dieses Materials soll Kindern, Heranwachsenden und Studenten die immense Verantwortung von Wissenschaft und Bildung zur Verhinderung von Verbrechen gegen die Menschlichkeit vor Augen geführt werden. Zudem dient es als Plädoyer für den technokratischen Primat des Staates. Der Tag der Urteilsverkündung ist auf dem Heimatplaneten des Prozesses ein nationaler Gedenk- und Feiertag.

32

Der Narrator erzählt

Von dem Moment der Ernüchterung

Scarlett sah Rot. Dieses Mal war dies aber leider nicht ihrem sich fortentwickelnden psychotischen Blutrausch, sondern dem sehr realen Blut geschuldet, das aus ihrer Stirn und der Seite ihres Schädels über ihr Gesicht floss. Inzwischen hatte sie feststellen müssen, dass ihre Reflexe und das »räumliche Fühlen« sie ihren Gegnern zwar derart überlegen machte, dass diese ihr fast schon wie Behinderte vorkamen, Scarlett aber keinesfalls unverwundbar gegen ihre Angriffe war. Die Wunden an ihrem Kopf waren einem Streifschuss geschuldet, der noch ihr halbes Ohr mitgenommen und ein widerliches Pochen zurückgelassen hatte. Die Stirnverletzung rührte von einer Handgranate, vor deren Schrapnellen sie sich zwar hatte retten können, die aber leider auch die halbe Decke auf sie hatte herabstürzen lassen. Die Freude des Mannes, der die Granate geworfen hatte, hatte eher kurz gewährt. Genauer gesagt nur so lange, bis sich Scarletts Kugel in seinen Schädel gebohrt hatte. Sein Gesichtsausdruck hatte ihr wieder ein kleines bisschen Befriedigung verschafft.

»Es sind die kleinen Dinge im Leben, auf die es ankommt«, dachte sie versonnen, als sie instinktiv auf drei Stellen im Boden schoss und genauso viele Körper fallen hörte. Gut, dass sie sich entschieden hatte, einen kurzen Blick ins Untergeschoss des Gebäudes zu werfen, bevor sie die Treppe nach oben genommen hatte. Auch hier oben hörte sie aus den Nebenräumen und der Wand zum angrenzenden Gebäude Stimmen und Schritte, jedoch wusste ihr Hirn offensichtlich nichts damit anzufangen, da sie weder die Räume noch die Personen gesehen hatte. Wäre dem so gewesen, wäre die Reaktion sofort erfolgt, ohne, dass sie es hätte kontrollieren können. Schnell wandte sie sich zurück zum Treppenhaus. Am Rande ihres Verstandes wunderte sie sich darüber, dass so viele Soldaten in den Häusern und nur so wenige auf den Straßen waren. Selbst hinter den Barrikaden und Straßensperren standen lange nicht so viele Verteidiger, wie es die Lage erfordert hätte. Aber sie hatte andere Dinge, um die sie sich Gedanken machte. Sie musste in Bewegung bleiben. So wie an ihrem Kopf trug sie noch an rund einem Dutzend anderer Stellen ihres Körpers weitere, wenn auch kleinere Wunden, die allmählich doch immer deutlicher nach Behandlung verlangten. Die größte Gefahr für sie waren Kugeln, abgeschossen aus den Winkeln ihres Blickfeldes, wo ihr sechster Sinn nicht hinreichte, und Explosionen, die alle anderen Geräusche zu ersticken und ihre Fähigkeiten damit außer Kraft zu setzen schienen.

Gerade als sie die drei Leichen in einem Raum, der einmal ein mittelprächtiges Wohnzimmer gewesen sein mochte, je eines Magazins beraubte, geschah es. Zuerst konnte sie es nur fühlen und dann sah sie, wie plötzlich an die hundert Ratten, aus deren Kehlen sich in einer schaurigen Kakophonie aus Fauchen und Fiepen eine Symphonie des Grauens entwand, in das Untergeschoss des Hauses und dann zielstrebig in den Keller wuselten. Kurz hörte man laute und angsterfüllte Schmerzensschreie, als die Ratten die Soldaten töteten, die sich noch dort unten befunden hatten. Scarletts Augen verrenkten sich und sie warf einen Blick aus dem Fenster. Genau wie sie befürchtet hatte, zogen sich die Ratten überall, gepackt von einer unbegreiflichen Panik, von den Straßen zurück in die Untiefen der Kanalisation, aus der sie gekommen waren. Mit einem Mal wusste sie, dass auch sie keine Zeit zu verlieren hatte.

So schnell es ihr Körper zuließ, setzte sie den Tieren in den Keller nach, wo sie neben den Leichen einiger Besatzer auch einen Wanddurchbruch zur Kanalisation fand. Alarmiert registrierte sie, dass die Ratten die Menschen nicht gefressen, sondern lediglich in blinder Panik getötet hatten. Sie konnte spüren, wie kalte Finger nach ihrem Herz griffen, als sie ihren Schritt beschleunigte und durch das Loch hetzte. Wenn sie eines in den letzten Wochen gelernt hatte, dann, dass es einen guten Grund gab, dass es die Ratten waren, die nach den Angriffen nun über die Stadt herrschten. Sie hatten die Katastrophe gespürt, lange bevor die ersten Bomben fielen, und gewusst, wo sie sich nach ihrem Eintreten noch ohne Gefahr aufhalten konnten. Und mehr noch.

Als könnten sie es mit ihren kleinen, feuchtschleimigen Schnauzen wittern, zogen sie sich aus Gängen zurück, die erst Stunden später einstürzten oder verließen Orte, die bald darauf von plötzlich steigenden Wasserspiegeln (sofern man die Brühe, die hier aus der Erde quoll, noch Wasser nennen konnte) verschlungen wurden. Auch waren sie immer ein guter Hinweis auf Gift, vor dem nicht mal Scarletts Gasmaske zu schützen vermochte.

So schnell es ging, setzte sie dem Ungeziefer nach und ignorierte die toten Körper von Soldaten, die sie in diesem offenbar noch sehr stabilen Teil der Kanalisation hatten liegen lassen. Die Ratten hatten bisher immer Recht behalten und sollten es auch jetzt tun.

Die erste Erschütterung holte Scarlett von den Beinen und ließ sie fast in den Wasserlauf neben sich fliegen. Ein Bad, das sie angesichts der aufsteigenden Blasen und der Auflösungserscheinungen an den steinernen Seitenwänden des Wasserlaufes wohl kaum überstanden hätte. Als Boden und Wände zum zweiten, dritten, vierten Mal zu zittern begannen, hatte sie sich endlich wieder aufgerappelt und setzte ihre Flucht fort und stellte mit Horror in den Augen fest, wie sich mit irrsinniger Geschwindigkeit Risse durch die Decke fraßen. Als das erste Trümmerstück ihre Schulter traf, erinnerte sie ein scharfes Knacken, gefolgt von brennendem Schmerz daran, dass sie nicht nur nicht unverwundbar, sondern auch alles andere als unsterblich war.

Der Narrator liest vor

Von Fortschrittsgedanken

Tonbandaufnahme einer Geschichtsvorlesung an der Mozart-Universität in Neuinnsbruck auf der österreichischen Kolonie Neuböhmen, gehalten von dem angesehenen Professor Doktor Adalbert Wuchner im Fachbereich Militär- und Technikgeschichte am 28.06.2169 im Rahmen eines mehrwöchigen Symposiums über Gesellschaftsgeschichte.

[...] So etwas muss man sich erst einmal vorstellen. Versuchen Sie es ruhig, meine Damen und Herren, aber es ist nur allzu verständlich, dass Ihnen das schwerfallen dürfte. Allein der Gedanke eines von Menschen geführten militärischen Aktes zwischen zwei Staaten scheint völlig absurd. Heute fragen wir uns natürlich, wie es den damaligen Regierungen gelingen konnte, überhaupt irgendeine Art funktionierender Sicherheitspolitik vor ihren Bevölkerungen zu rechtfertigen, wenn für eine kaum zu kalkulierende Anzahl von Soldaten Gefahr für Leib und Leben bestand. Die Antwort liegt natürlich zu weiten Teilen in der Technikgeschichte. Lange Zeit bestand schlicht und ergreifend keine andere Möglichkeit als Menschen vor Ort agieren zu lassen, da es zum Teil noch Jahrhunderte dauern sollte, bis die notwendige Forschung weit genug gediehen war. Selbstredend sind auch die Kriege unserer Zeit streng genommen noch von Menschen geführt, da nur etwa ein Achtel der auf heutigen Schlachtfeldern vertretenen Robotik vollkommen autonom agiert und man nicht auf die Vorteile von menschlicher Steuerung von Kampfdrohnen zu Lande, zu Wasser, in der Luft, im

Orbit und im All verzichten will. Und ich denke, ich spreche für alle, wenn ich die Erfindung autonomer Orbitalstationen und Raumschiffe vorerst noch in die Zukunft verschiebe.

verhaltenes Lachen angesichts der offensichtlichen Unvorstellbarkeit dieser Idee

Aber weiter im Text. Uns sollen in den nächsten Wochen folgende Fragestellungen beschäftigen. Wie also sahen diese Kriege aus? Kriege, in denen neben wirtschaftlichem Durchhaltevermögen und taktischem Können auch die Anzahl der zur Verfügung stehenden Männer über den Verlauf eines Krieges entschied. Tja, meine Damen, Frauen waren in diesen barbarischen Zeiten im Militär tatsächlich noch eine Seltenheit.

vereinzelte Lacher und ein wenig gespielte Empörung im Publikum

Aber noch viel interessanter, welche Wirkung hatten diese Kriege auf die Geschädigten? Wir sprechen von einer Zeit, in der Soldaten traumatisiert oder verkrüppelt vom Schlachtfeld zurückkehrten und für die auf dem Schlachtfeld angewandten, notwendigen Praktiken von der Bevölkerung nicht selten verurteilt, anstatt respektiert wurden.

eine Welle des Raunens von echter Empörung geht durch den Saal

Dies führt uns zu der Frage, wie sich das Berufsbild des Soldaten verändert hat. Wir werden die Entwicklung vom wenig geschulten Infanteristen aus grauer Vorzeit hin zum hochspezialisierten promovierten IT-Fachmann und Taktikspezialisten der Gegenwart verfolgen. Parallel zu all dem werden meine Kollegen und ich versuchen, Ihnen, meine Damen und Herren, ein korrektes Bild der Gesellschaft zu vermitteln, in der sich dies zutrug.

33

Der Narrator erzählt

Vom üblichen Ende eines Arbeitstages

»Machst du Witze? Mich wundert es, dass der Kerl überhaupt noch atmet.«

Da war dieser Punkt, inmitten all der Dunkelheit, die Jochen umgab. Anfangs nur so groß wie ein Nadelstich. Zuerst hatte er angenommen, dass es sich dabei um das Licht am Ende des Tunnels handelte, aber wie sich herausstellte, wurde der Punkt größer und größer, war irgendwann mit sich bewegenden Gestalten und sonstigen Motiven gefüllt und stellte sich letztendlich als Jochens Sichtfeld heraus.

»Seine Augen! Er hat seine Augen geöffnet!«

»Und genau darauf darfst du nichts geben, Junge. Gib mir mal die Taschenlampe. Jetzt leuchten wir ihm mal in die Augen und wie du siehst ...« Ein kurzes, überraschtes Schweigen trat ein, als ein erneuter Lichtblitz Jochens Bewusstsein flutete, »... hat dieser verfluchte Penner tatsächlich noch Hirnaktivitäten. Schnell, die Trage!«

Jochen nahm an, dass die Personen, wer auch immer sie waren, über ihn redeten. Er nahm auch an, dass sie ihn forttrugen. Aber das war nicht seine Angelegenheit. Auch als er spürte, wie sich scharfe Gegenstände in seinen Körper fraßen, war das nicht seine Angelegenheit.

Er war längst wieder auf dem Leviathan. Melissa war bei ihm und dann auch wieder nicht. Die Gänge brannten. Dann brannte

Melissas Gesicht. Ihre Haut schmolz einfach von ihrer Schädeldecke, während sich die Münze in der Luft drehte und niederfiel. Kopf!

Jochen holte schnappend Luft und bäumte sich auf. Vergebens, man hatte ihn auf einer Liege fixiert. Stimmen sprachen mit ihm, redeten auf ihn ein. Verdammt, er wollte so gerne um sich schlagen. Sein Hirn brannte. Dann traf ihn eine schallende Ohrfeige.

»Verdammt, Jochen, beruhige dich endlich.«

Der Söldner atmete einmal tief durch die Nase.

»Finley?«

»Allerdings!«, nickte der Cyborg, scheinbar erleichtert, dass Jochen ihn erkannt hatte. »Und wenn du nicht gleich aufhörst, stellt dich der Kollege hier noch ruhig. Er sieht etwas überfordert aus.«

Jochen drehte den Kopf zu dem jungen Sanitäter. Sein Sichtfeld erbebte immer noch unter jedem seiner Herzschläge, aber auch er konnte erkennen, dass er krampfhaft einen Autoinjektor umklammert hielt, an dem schon die Kappe fehlte.

»Jetzt, wo du es sagst ...«, presste Jochen zwischen den Zähnen hindurch. »Andererseits ist es auch nicht die feine englische Art, mich hier an eine Trage zu fesseln.«

»Stimmt. Und genau deshalb wird dich der junge Mann bestimmt gleich freilassen.«

Der Sanitäter starrte den Cyborg entgeistert an.

»Ich sagte«, wiederholte Finley, »der junge Mann wird ihn gleich freilassen.«

»Der junge Mann wird gar nichts«, erklang die scharfe Stimme von Dr. Frank Stein, der sich durch die winzige Tür in die Sanitätskabine wuchtete. »Außer seine vier Buchstaben in Kabine 5 befördern, wo gerade ein gewisser Jason Glarris aufgewacht ist, der mit Herrn Grünfeld hier dachte, es wäre eine gute Idee, gegen ein Panzerfahrzeug anzutreten.«

»Befehl ist Befehl, Frankenstein, das wissen Sie doch«, sagte Jochen mit einem gequälten Lächeln auf den Lippen, während sich der Arzt an den Gerätschaften, die an dem Söldner hingen, zu schaffen machte. Dabei half es wenig, dass eine wandelnde Maschine fast die gesamte Höhe und Breite neben Jochens Trage in Anspruch nahm. Immerhin hatte Finley inzwischen seine Waffenarme abmontiert, sonst hätte er es vermutlich nicht mal hineingeschafft.

»Befehl ist Befehl, wenn ich das schon höre. Das ist die eine Sache. Sie, junger Freund, haben ganz offensichtlich Todessehnsucht«, schimpfte Dr. Stein, während er in schneller Reihenfolge Werte von den Geräten ablas, um sie im nächsten Moment von Jochen zu trennen. »Ich mache es jetzt kurz, weil Sie gerade mein geringstes Problem sind und die Kabine gebraucht wird. Das meiste an Ihrem Bein waren Durchschüsse, um die man sich nicht weiter zu sorgen braucht, nur Ihre Kniescheibe war nicht mehr zu retten. Ich habe stattdessen eine künstliche eingesetzt und, ach, jetzt stellen Sie sich mal nicht so an«, unterbrach er sich, als Jochen bei einem besonders großen Kabel, das tief in seinem Bauch gesteckt hatte, beim Herausziehen aufschrie. »Jedenfalls habe ich das Bein vorerst mit einer Exostütze geschient. Das sollte es tun, bis alles verheilt ist. Die Nanoroboter, die gerade Ihren Milzriss und den offenen Darm flicken, sollten Sie die nächsten Tage über den Urin ausscheiden. Und jetzt«, dabei wand er sich an Finley, »tragen Sie dieses Wrack hier raus und machen Sie sich darauf gefasst, auch morgen, entgegen meinen entschiedenen Protest bei Leutnant Schlechtnacht, wieder eingesetzt zu werden.«

Mit diesen Worten verschwand er durch die Tür.

Jochen stöhnte, als er sich von der Trage hievte und dabei von Finley gestützt wurde, der seinerseits auch nicht sonderlich begeistert schien, sich bewegen zu müssen.

»Ich schwöre dir, der alte Mann spricht von Mal zu Mal, das ich ihm begegne, schneller«, wimmerte Jochen, als er sein Bein belastete, um dessen Knie so etwas wie ein schwarzer Metallwürfel gezogen war, aus dem man das knirschende Geräusch von reibenden Knochen hörte. So, wie es aussah, hatte ihm Frankenstein, in Hinblick auf seine medikamentöse Vorgeschichte, keine richtigen Schmerzmittel gegeben.

»Begegnest du ihm denn so oft?«, fragte Finley, als sie sich aus der Kabine zwängten.

Jochen blickte sich um. Seine Sanitätskabine war eine von fünf, die in einem langgezogenen Versorgungspanzer verbaut waren. Aus allen hörte man mehr oder minder laut bekundete Schmerzenslaute. Jochen wusste schon gar nicht mehr, wie oft er schon in so einem Krankenwagen für Arme gelegen hatte. Wobei die Wagen der Untamed Blades sogar noch gut ausgestattet waren, im Vergleich zu dem, was man sonst so vorgesetzt bekam.

»Öfter, als mir lieb ist. So viel steht mal fest.«

Inzwischen war es dunkel geworden, und Jochen musste feststellen, dass er die Gegend, in der sie sich befanden, kannte. Es war ein Straßenzug, etwa drei Blocks vor der Kreuzung, an der sie aufgehalten worden waren. Aus der Ferne, aber für Jochens Geschmack immer noch viel zu nah, waren Schüsse und Explosionen unterschiedlichster Lautstärke zu hören. Am Himmel kreiste eine einzelne Drohne. Immerhin etwas.

»Ich dachte, von denen sollen keine eingesetzt werden«, sagte Jochen müde, während er immer noch gestützt auf Finley zu einem der Zelte humpelte, auf dem die Nummer ihrer Einheit stand. »Selbst wenn man sie wieder zum Funktionieren bringt.«

»Raketenabwehr. Anscheinend hatten die Separatisten noch

ein bisschen was in der Hinterhand, womit sie aber erst vor ein paar Stunden rausgerückt haben, als du noch weggetreten warst.«

Jochen nickte und stutzte dann.

»Ist einer der Trupps denn so weit vorgestoßen, dass sie am ersten Gefechtstag schon an ihre Reserven mussten?«

Finley schwieg kurz.

»Ich erzähl's dir gleich, wenn wir ein wenig Luft haben. Aber erst mal«, und mit diesen Worten setzte er ihn auf einem der Feldbetten ab, »besorge ich uns was zu essen. Warte kurz.«

Und Jochen wartete. Währenddessen inspizierte er Stück für Stück seine Panzerung. Der Helm, den ihm irgendwer an das Koppel gebunden hatte, war hinüber, keine Frage. Das Ding hatte ihn zwar zuverlässig vor Schüssen bewahrt und sogar verhindert, dass sein Genick bei seinem kleinen Flugstunt brach, aber dementsprechend sah er eben auch aus. Jochen seufzte und warf ihn zur Seite. Der Brustpanzer hatte das meiste gut überstanden. Er würde die Kugeln, die überall in ihm steckten, vorerst drin lassen. Immerhin bot das Ding so mehr Schutz, als wenn es plötzlich einfach nur noch Löcher hatte. Auch die Armschienen waren noch vergleichsweise gut zu gebrauchen. Was die Beinschienen anging, so blinzelte er nur kurz und warf sie zu seinem Helm.

Dann kam auch schon Finley zurück.

»Sag mal, du weißt nicht zufällig, wo meine Knarre ist, oder?«

»Die Railgun? Doch, die habe ich hinten an den Waffenständer gestellt«, antwortete der Cyborg und deutete mit seinem Roboterarm an das hintere Zeltende.

Jochen nahm den Teller entgegen, der bis oben hin beladen war mit deftigster Feldküche. Immerhin wusste die Söldnerarmee, wie sie ihr Kanonenfutter bei Laune hielt.

»Oder zumindest, wie man sie von einer offenen Meuterei abhält«, dachte Jochen, als sich Finley auf eine Metallkiste in der Nähe setzte. Ein Feldbett hätte sein Gewicht kaum getragen.

»Du weißt aber schon, wie viel so ein Teil wert ist und wie viele hier auf so was scharf sind?«, fragte er Finley, während sie aßen.

»Und du weißt aber, dass deine Waffe praktisch keinen Wiederverkaufswert hat, weil das Teil an deine DNS-Signatur gebunden ist?«

Jochen brummte.

»Ich schon, aber was glaubst du, bei wie vielen von den Flitzpiepen, die sowas entweder gerne einstecken oder aus ominösen Quellen billig kaufen das der Fall ist? Nebenbei, warum weißt du das eigentlich?«

Der Cyborg rollte entnervt mit den Augen.

»Bin ich eigentlich der Einzige, der sich noch Gebrauchsanleitungen durchliest?«

»Wann liest du dir denn mal Gebrauchsanleitungen von Waffen durch?«, konterte Jochen.

»Auch meine Anbauteile werden mit Broschüren geliefert«, erwiderte Finley und schüttelte den Kopf.

»Wo wir gerade dabei sind«, sagte Jochen und eine volle Gabel verharrte vor seinem Mund. »Ne Antimaterie-Rakete? Echt jetzt?«

Finley grinste, wobei sich seine weißen Zähne gut gegen die schwarze Haut abhoben.

»Am Anfang hatte ich sogar mal drei«, feixte er, während er weiter das Essen schaufelte. »Jede für sich so teuer wie deine ganze Ausstattung und, das kann ich dir sagen, jede Mark davon wert.« Dann verdüsterte sich sein Gesicht. »Nicht, dass es mir viel gebracht hätte.«

Jochen dachte daran, wie er und seine Leute an dem von Blake vereinbarten Treffpunkt vergeblich gewartet hatten, bis Jochen den verhängnisvollen Befehl zum Weitermarsch gegeben hatte, weil sie dort wie auf dem Präsentierteller gesessen hatten.

»Schlimmer geht immer«, wiederholte Jochen im Kopf sein Mantra. Wenn sich jemals irgendetwas als wahr erwiesen hatte, dann das.

»Ihr wurdet aufgerieben?«, fragte er Finley, der nun lustlos in seinem Essen stocherte.

»Bis auf den letzten Mann«, erklärte dieser und begann dann doch wieder zu essen, wohl hauptsächlich, um beschäftigt zu bleiben. »Und der letzte Mann war dann halt ich. Ihr hattet ja noch vergleichsweise Glück mit euren verschanzten Separatisten. Bei uns saßen sie alle naselang mit diesen verfluchten Geschützpanzern. Die konnten sie richtig gut in Seitenstraßen oder sogar in den unteren Stockwerken von Gebäuden parken und dann zack«, Finley schnipste, »standen sie auf einmal vor einem und es ging los. Irgendwann war keiner mehr übrig, der sich hinter meinem Schild verkriechen konnte und es waren immer noch drei von denen vor mir und haben mich eingedeckt. Mir war klar, dass ich so nie zu euch durchkommen würde. Da bin ich dann einfach in ein Gebäude gerannt und habe mit dem Rennen auch dann nicht aufgehört, als mir Wände in den Weg kamen. Den Rest kennst du.«

Jochen stöhnte und legte den leeren Teller weg. Schnell kramte er einen Packen seiner Zigarillos hervor und reichte dem Riesen eine. So saßen sie eine Weile beisammen und rauchten. Schließlich, als ihm die Stille unerträglich wurde, ergriff Jochen wieder das Wort.

»Wo kamen die Dinger überhaupt her«, fragte er zwischen zwei Zügen, während er seine Lungen mit wohltuendem Rauch

füllte. »Ich dachte, die Separatisten hätten gar keine mehr.«
Finley dachte kurz darüber nach.

»Ich glaube, eigentlich waren es auch gar nicht so viele. Die waren nur strategisch so gut platziert, dass sie schnell zwischen den wichtigsten Straßenzügen hin- und herkommen konnten. Wie schnell, haben wir ja selbst mitbekommen.«

Jochen nickte. Der Schmerz in seinem Knie gab Finleys Worten recht.

»Aber wahrscheinlich ging es uns beiden damit noch besser als den armen Schweinen, die wider Erwarten doch noch in den Genuss der Raketen gekommen sind.«

»Ja, was das angeht ...«, begann Finley und nahm einen tiefen Zug, »die haben, so wie es aussieht, keinen von unseren Leuten erwischt und sollten es auch nicht.«

Jochen starrte sein Gegenüber erstaunt an.

»Hä?«

»Das lass dir mal lieber von Blake erzählen. Der ist gerade bei der Kommandobesprechung und naja ... Alles, was ich über die Sache gehört habe, klingt geringfügig unglaubwürdig.«

Sie mussten noch zwanzig Minuten beieinandersitzen, bis ihr Zugführer auftauchte. Eine Zeit, die sie mit ungesunden Mengen Nikotins und belanglosem Geschwätz überbrückten. Jochen fand den Teil von Finleys Erzählung interessant, in der dieser ihn angeblich über sieben Häuserblocks zum Sanitäter getragen hatte, nachdem er ihn aus den Trümmern des Restaurants hatte bergen müssen. Als sich inmitten der Geschichte zum fünften Mal die Zahl der von Finley mit bloßen Händen erschlagenen Gegner änderte, nachdem er sie in den Minuten davor immerhin noch mit seiner Arm-Gatling bekämpft hatte, kam bei dem Söldner der leise Verdacht auf, dass Finley das ganze womöglich etwas überspitzt darstellte, um an mehr Zigarillos zu kommen. Der Cyborg seinerseits machte, nachdem Jochen ihm von der Zeit bis zu seinem Eintreffen erzählt hatte, dahingehend Mut, dass morgen auch noch ein Tag war und es kaum jemanden geben würde, der hinsichtlich eines plötzlichen Todes von Hanson nicht zu einer Falschaussage bereit wäre.

Als Blake endlich die Zeltöffnung beiseite schlug, sah er nicht gut aus. Er zitterte und schwitzte, während er in der einen Hand ein Tablett mit Essen und in der anderen eine Plastiktüte hielt. Wortlos ließ er sich auf das Bett neben Jochens sinken und fing an, in einer ekelerregenden Geschwindigkeit das Essen in sich hineinzustopfen, noch ehe Jochen oder Finley auch nur den Mund aufmachen konnten. Nicht, dass sie das angesichts des Aussehens und des Auftrittes ihres Kameraden vorgehabt hätten. Blakes schweißnasses Haar klebte ihm im Gesicht, und es war ihm anzusehen, dass ihm mehr als nur eine Wunde zusetzte. So starrten die beiden Söldner ihn etwas mehr als die Minute an, die es dauerte, bis das Tablett leergeräumt war und Blake anfing, sich leicht vor und zurück zu wiegen. Dann landete die Essensunterlage plötzlich rappelnd auf dem Zeltboden, als Blake neben sich griff und sich geräuschvoll in die Tüte erbrach.

Jochen und Finley starrten sich entgeistert an.

»Ich mach das nicht mehr mit«, murmelte Blake verbissen aus der Tütenöffnung heraus. »Ich mach diesen Scheiß nicht mehr mit.« Dann spuckte er mit angeekeltem Gesichtsausdruck aus. Jochen war ihm relativ dankbar, dass er dies ebenfalls in die Tüte tat.

»Jochen. Wie viele von deinen Leuten haben es rausgeschafft.«

Der Angesprochene überlegte kurz.

»Nach allem, was ich von Finley gehört habe, wohl nur ich selbst, Glarris und Hanson. Garris wurde angeschossen, aber Hanson hat das Ganze wohl ohne Kratzer überstanden.«

»Was sich morgen hoffentlich noch ändert«, setzte er im Geist hinzu.

Blake nickte und wandte seinen Blick auf Finley.

»Und bei dir, Blechbüchse?«

»Ich bin der Einzige.«

Was folgte war ein schmerzvolles Stöhnen.

»Gut, Jungs, dann wird es hier nicht mehr viel voller, denke ich. Steffen ist noch im Lazarett, aber sonst ...« Blake schüttelte fassungslos den Kopf. »So was hab ich noch nicht erlebt, sag ich euch. Ihr hättet mal mitkriegen sollen, was ich mir heute im Funk antun musste. Praktisch jede verdammte Einheit hat nach Unterstützung gerufen, während dem Kommandostab nichts anderes eingefallen ist, als die Sturmtruppen ohne jede Deckung vorstürmen zu lassen und gleichzeitig alles andere auf Eis zu legen.« Blake atmete tief und bebend ein. »Schlechtnacht ist völlig am Ausrasten und ganz ehrlich, ich kann's verstehen. Er hat gerade vor versammelter Mannschaft acht Offiziere der Untamed Blades erschossen und den Verantwortlichen für die ganze Aktion auf einen Marschflugkörper nageln lassen. Der wird morgen früh, um die allgemeine Moral zu heben, übrigens direkt in das nahe liegende Bergmassiv geschossen. Kann ich euch nur empfehlen.«

»Den Verantwortlichen? Ich denke Schlechtnacht hat den Plan für den Angriff gemacht.«

Blake nickte und massierte sich die Stirn. »Hat er auch, aber er hat den Angriff nicht geführt, sonst wäre es wohl kaum so weit gekommen. Oder klingt die ganze Aktion für dich nach einer Schlechtnacht-Taktik? Wenn der Leute verheizt, dann kommt da wenigstens was bei raus. Er war nicht mal in der Nähe, weil er damit beschäftigt war, die Orbitalschlacht, ein paar hundert Kilometer über uns, zu koordinieren, weil er wohl keinem aus seinem Stab das Kommandieren im dreidimensionalen Raum zugetraut hat. Und was soll ich euch sagen«, mit diesen Worten drückte er ein paar Knöpfe auf seinem Rubrizierer, »das Thema ist buchstäblich gegessen. Die Raumflotte der Separatisten musste sich endgültig zurückziehen. Nicht, dass uns hier unten das was genutzt hätte.«

»Kannst du laut sagen«, knurrte Jochen. »Uns hat es heute das Rückgrat gebrochen, oder?«

»So sieht's mal aus«, bestätigte Blake mit düsterer Miene. »Die Verwaltung jongliert zwar gerade noch Zahlen, aber nach der ersten Schätzung sind von 30 000 Mann von den Sturmtruppen gerade noch 8 000 einsatzfähig. 17 000 sind tot und der Rest verwundet. Davon 3000 so schwer, dass an Weitermarsch vorerst nicht zu denken ist.« Blake vergrub das Gesicht in den Händen und rieb sich mit den Daumenspitzen die Augen. »Ich kann einfach nicht mehr. Wie konnte es nur so weit kommen?«

Finley zog nachdenklich an seiner Zigarette: Nachdem er alleine eine halbe Packung von Jochens Zigarillos vernichtet hatte, war dieser irgendwann doch geizig geworden.

»Ich glaube, Schlechtnacht hatte einfach nicht damit gerechnet, dass man einen so gut ausgearbeiteten Plan bei dem Verhältnis der Zahlen hätte scheitern lassen können.«

»Scheiße war's«, stimmte Jochen ein. »Der Kerl auf der Rakete hat's mehr als verdient. Finley hat mir eben erzählt, dass es wohl in den letzten Stunden am schlimmsten war. Stimmt's wirklich, dass die Nullen es nicht mal geschafft haben, den Munitionsnachschub geregelt zu kriegen?«

Blake grinste schief.

»Das auch, aber das war nur für die Südfront ein Problem.«

Als ihn die beiden daraufhin wieder fragend anstarrten, begann Blake zu berichten.

»Passt auf. Finleys und deinen Trupp haben sie ja schon ganz früh aufgerieben, aber ...« Jochen öffnete empört den Mund

und Finley räusperte sich vernehmlich. »Hey, das sollte keine Kritik sein, OK? Ich hab das Videomaterial gesehen und ihr wart beide am Arsch. Bei Finley frag ich mich, wie er überhaupt rausgekommen ist, und Jochen, dafür, dass ihr gar keine Unterstützung hattet, seid ihr echt weit gekommen. Das haben andere Trupps, die sogar noch einen oder zwei Cyborgs hatten, nicht geschafft.«

Als ersichtlich wurde, dass die beiden sich wieder beruhigten, fuhr Blake fort.

»Jedenfalls ging es am Anfang sogar noch. Klar haben wir viele Leute verloren, aber es ging voran. Scheinbar jedenfalls und das, obwohl den Jungs da unten die Hurensöhne selbst aus Häuserblocks, die vor Stunden scheinbar erobert waren, ständig in den Rücken und die Seiten gefallen sind. Aber weil die Idioten sich trotzdem an den Befehl hielten, ihre Stellung zu halten, bis die ‚strategische Reserve' eintreffen sollte, wurden sie am Ende doch noch eingekesselt.« Blake machte eine kurze Pause und ließ seine Worte wirken. »Die haben uns da unten wohl übel in den Arsch gefickt. Wildrows und Kuzminas Trupp hat es vollständig zerlegt. Ironisch, wenn man bedenkt, dass der Russe die Situation genau so vorausgesehen hat, wie sie gekommen ist. Aber Fakt ist, von denen ist da keiner lebend rausgekommen.« Dann lächelte Blake. »Ich habe noch das beste Bild gemacht. Ich konnte mich da mit drei anderen raushauen, während Chen es nur mit noch einem weiteren geschafft hat.«

»Ach, du nennst ihn auch nur Chen?«, warf Jochen ein.

»Klar doch. Hast du dir den vollständigen Namen von dem Reisgesicht mal angesehen? Das sind bestimmt 40 Zeichen.«

»Aber wie geht es jetzt weiter?«, warf Finley ungeduldig ein. »Ich meine, die Sache mit dem Sturmangriff bis zum Sieg ist wohl gestorben, oder?«

»Jep, und zwar auf ganzer Linie.« Blake zuckte hilflos mit

den Schultern. »Schlechtnacht hatte gehofft, dass sich die Schweinepriester auf Straßenschlachten einlassen, weil auf den alten Satellitenbildern ja zu sehen war, wie sie Straßensperren errichten. Offenbar haben sie sich zwischendrin entschieden, es lieber mit Häuserkämpfen zu probieren. Wie sich gezeigt hat, ne gute Idee.«

»Und jetzt?«, fragte Jochen beklommen. Er ahnte schon, worauf das hinauslief.

»Na, wir spielen das Spiel mit«, polterte Finley und hieb mit seiner Maschinenfaust auf sein Maschinenbein. »Und wenn es sein muss, holen wir sie aus jedem Haus einzeln raus. Ist es nicht so?«

»Stimmt.« Blakes Stimme war kalt wie Eis. »Morgen geht noch der offizielle Befehl raus, aber euch sag ich es jetzt schon. Vergesst das mit den zwei Tagen und dem Sturmangriff. Schlechtnacht hat zur Kopfgeldjagd geblasen und der Kurs ist gut. 200 Mark für jeden Schädel, den wir ihm morgen Abend für seine Schießbude bringen können.«

Jochen seufzte. Manche Dinge änderten sich einfach nicht.

Sie unterhielten sich noch eine ganze Weile. Irgendwann stand Jochen auf und löste mit einem kurzen Gang zur Kantine sein Versprechen für den Hochprozentigen ein, das er Finley gegeben hatte. Die Stunden vergingen und später gesellte sich auch der Rest aus ihrer Einheit dazu. Alle außer Hanson, der, wie Chen zu erzählen wusste, lieber in der Messe saß und alle über Jochens vollkommen inkompetenten Führungsstil aufklärte und darüber, dass er die Tatsache, dass er die Gefechte des Tages ohne Verwundung überstanden hatte, als Zeichen seines Vorrechtes sah, die ganze Einheit zu befehligen. Drei Runden Schnaps später war sein Tod am nächsten Tag beschlossene Sache. Es wurde gespielt, getrunken und gelacht. Leute, die die Gefallenen kannten, erzählten Geschichten über sie, manche davon lustig, andere traurig oder sogar sehr bewegend, wenn die Bekanntschaften engerer Natur waren. Man gedachte der Toten und dann vergaß man sie, denn anders ging es gar nicht.

Als die Stimmung dann den Höhepunkt überschritten hatte und sich die ersten ins Bett begaben, fiel Jochen noch etwas ein.

»Sach ma, Blake, einsch muschd de mir noch verrade«, brachte Jochen lallend hervor und ließ den Würfelbecher auf den Tisch knallen.

»Wo ich mein Würfelglück pachte?«, erwiderte der Berg aus Fleisch, dessen Bewegungen auch schon deutlich fahriger waren als zu Beginn des Abends, der aber trotzdem eine doppelt so hohe Anzahl von Augen würfelte.

»Dasch auch«, lachte Jochen, entledigte sich eines zwölf Sekunden langen Rülpsers, der die Tonart drei Mal änderte und Finley nötigte, ihm anerkennend zuzuprosten und zusammen mit ihm einen weiteren Kurzen zu kippen. »Tschuldigung, der muschte sssein. Ne, ich wolld eichendlich jetzt ma wissse, was es da mit der ... der Südfront auf sich hadde. Weischt scho. Wo se die Rakeden abgeschosse ham.« Dann misslang ihm ein weiterer Würfelwurf.

»Ja, weißt du, Jochen«, antwortete Blake, während ihm ein Würfel über die Kante rollte, sodass er und Chen sich gleichzeitig danach bückten. »Es sieht so aus, dass ... Aua, Scheiße verdammt.« Ein kurzes Stöhnen später, nachdem sich ihre Köpfe getroffen hatten und Chen auf dem Boden zusammengesackt war, war Blakes Kopf, an dem er seine Hand rieb, wieder oberhalb des Tisches. »Es sieht so aus, als hätten wir unerwartet Hilfe bekommen. Aber nicht unbedingt welche, die wir haben wollten. Was sich da unten abgespielt hat, passt eher in einen Horrorfilm als auf einen anständigen Kriegsschauplatz.«

Was dann folgte, war eine Geschichte, an die sich Jochen selbst dann noch erinnerte, als er zehn Stunden später mit dröhnendem Schädel wieder aufwachte.

Der Narrator liest vor

Von Fortschrittserrungenschaften

Tonbandaufnahme einer Geschichtsvorlesung an der Mozart-Universität in Neuinnsbruck auf der österreichischen Kolonie Neuböhmen, gehalten von dem angesehenen Professor Doktor Adalbert Wuchner im Fachbereich Militär- und Technikgeschichte am 30.06.2169 im Rahmen eines mehrwöchigen Symposiums über Gesellschaftsgeschichte.

[…] Nun aber mal, einfach um das zu klären, wie viele der hier Anwesenden besitzen eine Schusswaffe?
 Etwa fünf Sechstel der etwa 300 Anwesenden melden sich
 Aha, gut. Und wie viele von Ihnen sind jetzt gerade bewaffnet?
 Von denen, die sich gemeldet haben, heben rund neun Zehntel die Hand
 Sehr schön. Das spiegelt auch in etwa den Armierungszustand der generellen Bevölkerung wider. Wie Sie sicher schon in anderen Lektionen über Gesellschaftsgeschichte gehört haben, waren noch vor wenigen Jahrhunderten die Menschen in den meisten Ländern gezwungen, unter dem unhaltbaren Zustand zu leben, keine Schusswaffen besitzen zu können. In nicht wenigen Staaten war der Besitz von Waffen entweder streng reglementiert und an unmenschlich schwierige Bedingungen, wie den Erwerb sogenannter »Waffenscheine«, gebunden, die Sie dann meist nur zum Besitz leichter Kaliber oder

ineffizienter Repetierwaffen berechtigten. Andere radikale Regime neigten sogar dazu, ihren Bürgern das Grundrecht auf Waffenbesitz ganz zu verweigern.

Betroffenes Murmeln erklingt im Saal

Dieses heute für freie Bürger in freien Ländern kaum noch vorstellbare Unrecht konnte erst durch die Initiativen vieler Bürgerrechtsbewegungen und die Freihandelsanstrengungen zahlreicher bekannter Firmen gebrochen werden, zu der unter anderem auch ...

Im Hintergrund wird das bekannte gelb-blaue Logo eines allseits bekannten und geachteten Rüstkonzerns an die Wand projiziert

... der illustre Hauptgeldgeber dieser Universität gehört.

Verhaltenes Lachen und vereinzeltes Jubeln ist zu hören

Ich denke, jedem hier ist die Bürgerinitiative »Freie Menschen tragen Waffen, Sklaven nicht« ein Begriff. Doch was den wenigsten heute noch bekannt ist, ist die wirtschaftliche Dimension der staatlichen Tyrannei, unter der die Menschen in den meisten Staaten damals ausharren mussten. Nicht nur an der oft lächerlichen Gesetzeslage scheiterte das edle Ansinnen, sich selbst, seine Familie und die Freiheit zu jedem Zeitpunkt würdig verteidigen zu können, sondern noch häufiger an der Kostenfrage. Eine normale Repetierwaffe, die schon damals veraltet war und die mit pulvergetriebener Munition geladen wurde, kostete damals im Normalfall zwischen mehreren hundert und mehreren tausend Geldeinheiten, je nachdem wo man sich befand und in welcher Währung man rechnete.

Aufgeregtes, empörtes Raunen geht durch den Saal, unter dem ein entsetzter »Was?«-Ausruf genau zu vernehmen ist

Doch es geht sogar noch weiter. Selbst in den viel gefeierten Hochburgen des Fortschrittes und der Vernunft, in denen der Handel und die Gesetzeslage von Waffen zu erträglichen Bedingungen vonstatten gingen, war der Vertrieb an die Bevölkerung häufig nur speziell lizenzierten Händlern gestattet. Heutzutage undenkbar. Ich meine, man muss sich nur einmal den Worst Case vorstellen. Ihr 11-jähriges Kind hat seine Handfeuerwaffe in aller Eile auf dem Weg zur Schule zu Hause vergessen und es gibt keine Automaten am Straßenrand, an denen sich das Kind schnell von seinem Taschengeld Waffe und Munition beschaffen könnte. Dazu kommt noch, dass dieses Taschengeld bei weitem nicht ausreicht, um sich auch nur mit dem kleinsten Schutzutensil auszustatten, und ein lizensierter Händler sich aus altersdiskriminierenden Gründen wahrscheinlich auch weigern würde, das Kind zu bedienen.

Der Dozent lässt diese Worte in die betretene Stille im Saal wirken

Und wie nun soll dieses Kind, wahrscheinlich noch durch die Wildnis des Planeten oder die Wirren einer Stadt, sicher und ohne Furcht zur Schule kommen? Eine Frage, die wir uns in unserer aufgeklärten Zeit glücklicherweise nicht mehr stellen müssen. Damit möchte ich die heutige Sitzung gerne beschließen, fordere Sie aber dazu auf, sich das Gesagte noch einmal gut durch den Kopf gehen zu lassen. Es ist wichtig, die Privilegien, die man als Selbstverständlichkeit betrachtet, immer zu schätzen.

Anmerkung:

Nach dieser Sitzung der Vorlesung verzeichneten der campuseigene Waffenladen sowie die auf dem Campus befindlichen Automaten eine kurzzeitige Verdreifachung ihrer Umsätze.

34

Der Narrator erzählt

Von notwendigen taktischen Maßnahmen

»Ratten?«, fragte Steffen mit einem ungläubigen Unterton.

»Ratten«, bestätigte Jochen und warf sich eine weitere Entgiftungstablette ein. Sein Schädel fühlte sich immer noch an, als wäre er in eine Dampframme geraten.

»Du willst mir also allen Ernstes weismachen, dass die Separatisten einen ihrer letzten Marschflugkörper dafür verwendet haben, um gegen eine Rattenplage vorzugehen?«, hakte Steffen nach, dem die Skepsis deutlich ins Gesicht geschrieben stand.

Jochen seufzte und massierte sich die Schläfe, was Steffen auf der anderen Seite des Krankenbettes mit einem entnervten Kopfschütteln quittierte. Die Nachtzyklen auf Lost Heaven waren gerade einmal einen halben Standardtag lang und jetzt schon brannte eine der Sonnen wieder über der ausgebombten Stadt. Die Luft in der kleinen, abgeschirmten Sanitätszelle stand und die Wärme, die von den elektrischen Geräten abgegeben wurde, machte es nicht besser.

»Das will nicht ich dir weismachen, das wollte mir Blake gestern Abend weismachen, der wiederum steif und fest behauptet, dass ihm das ein Kommunikationsoffizier der südlichen Front weismachen wollte, der es wiederum von einem Soldaten erfahren haben will, der dabei war«, erwiderte Jochen genervt. Wie konnte man nur so schwer von Begriff sein?

»Alter, wie knülle bist du gerade?«, fragte Steffen und hätte vermutlich die Arme vor der Brust verschränkt, wenn diese nicht deutlich sichtbar auf der Sitzliege fixiert gewesen wären. Jochen gab diese Frage einen Vorwand, um, wenn auch nur kurz, seinen Blick von dem Manipulator abzuwenden. Aus irgendeinem Grund jagte ihm der Anblick seines Freundes, dem Kabel über Kabel aus Kopf, Rücken und Armen sprossen, Schauer über den Rücken.

»0,9 Promille«, brummte er mit Blick auf seinen Rubrizierer. »Das Zeug wirkt tatsächlich erstaunlich schnell.« Als er die Zelle betreten hatte, waren es noch mindestens 1,1 Promille gewesen, aber das verschwieg er lieber. Aus irgendwelchen Gründen hielt Steffen es nicht für allzu höflich ein Gespräch anzufangen, wenn man zu besoffen war, um gerade zu laufen.

Dieser schien kurz nachzudenken, um dann wohl zu dem Schluss zu kommen, dass das ein, für Jochens Verhältnisse, durchaus als zurechnungsfähig zählender Promillebereich war.

»Dir ist aber schon klar, dass diese Dinger eigentlich dafür sind, um Vergiftungen durch pflanzliche oder tierische Gifte und Gase zu neutralisieren, die man sich auf fremden Planeten zugezogen hat?«, sagte der Manipulator halb im Scherz. Sie hatten sich noch nicht auf Jochens zukünftigen Umgang mit Substanzen geeinigt, die zwar keine berauschende Wirkung hatten, aber offensichtlich auch nicht sonderlich natürlich für den Körper waren. Jochen rollte mit den Augen.

»Na, passt doch. Ich bin auf einem fremden Planeten und habe mich mit etwas vergiftet, das vielleicht irgendwann einmal eine Pflanze war. Und wenn dir das noch nicht reicht, dann aber die Gaswolke von dem Bierschiss, den Finley eben nach dem Aufstehen hatte.«

Steffen lachte abgehackt, beruhigte sich aber offensichtlich schnell wieder, da die Kabel ihm wohl irgendwie dabei wehtaten. Ein grotesker Anblick, der Jochen förmlich spüren ließ, wie sein Nacken zu kribbeln begann.

»Ich lasse das einfach mal so stehen«, sagte Steffen schmerzhaft grinsend. »Aber zurück zu der Rattensache. Sagen wir einfach mal, dass ich dir glaube. Warum sollten die Separatisten so was tun? Ich meine, die haben nicht mehr alle Latten am Zaun, klar, aber strategisch waren sie uns bis jetzt haushoch überlegen. Und so, wie ich das verstanden habe, hat ihnen der Angriff ja taktisch gar nichts gebracht.«

Jochen kratzte sich am Kopf, während er angestrengt versuchte, sich an Blakes genauen Wortlaut zu erinnern, und wischte sich dabei auch gleich den Schweiß von der Stirn.

»Wenn ich mich recht erinnere, müssen das wohl wirklich tausende von den Biestern gewesen sein. Und nicht einfach nur normal große, sondern viele so groß wie Hunde und einige sogar noch fetter.«

Steffen überlegte.

»Ja, ich glaube, davon habe ich schon mal gehört. Manche Chemikalien rufen wohl, über mehrere Generationen betrachtet, Wachstumserscheinungen bei manchen Tieren hervor. Sag mal, du hast doch auch die großen Schlote am Rande der Industriegebiete gesehen, oder?«

Jochen nickte.

»Ich weiß, worauf du hinauswillst. Die haben mich gleich an die Brühewerke auf Boltou erinnert. Wenn die ihre Abwässer genauso in die Kanalisation gepumpt haben, passt das ja. Ich meine, die Kolonie ist bestimmt schon 50 Jahre alt.«

»Und es würde erklären, warum die Viecher das Einzige sind, was nach dem Giftgas noch am Leben ist«, gab Steffen zu bedenken und versuchte es sich, sichtlich ohne Erfolg, etwas bequemer zu machen. »Bleibt nur immer noch die Frage, warum die Idioten eine gottverdammte Rakete zur Schädlingsbekämpfung genutzt haben.«

Inzwischen waren Jochen die etwas verstörenderen Fakten wieder eingefallen. Er fand es ein wenig erschreckend, wie ihm so etwas entfallen konnte. Vielleicht hatte er es auch schlicht und ergreifend verdrängt.

»Das muss zugegangen sein wie bei einer Raubtierfütterung. Die Biester sind wohl aus der Kanalisation und unter den Häusern hervorgeströmt und haben sofort angefangen, sich auf die Soldaten zu stürzen. Haben sie wohl regelrecht in Stücke gerissen und sich um jeden einzelnen Bissen gestritten. Die Straße schwamm angeblich in Blut und Gedärmen.«

Den letzten Teil hatte Jochen der Dramatik wegen hinzugefügt und seine Wirkung damit nicht verfehlt. Der Manipulator wirkte deutlich schockiert.

»Heilige Scheiße«, murmelte er, schien allerdings gleich wieder etwas zu überlegen und als er fortfuhr, war seine Stimme wieder gefasst. »Dann macht das mit der Rakete aber erst recht keinen Sinn.«

Jochen zog eine Augenbraue hoch.

»Hä?«

»Na, überleg doch mal«, setzte Steffen an. »Wenn diese Ratten wirklich so aggressiv waren, wie du sagst, was Blake erzählt hat, was ihm der Verbindungsoffizier gesagt hat, was er von dem Söldner gehört hat, hätten die einfach nichts zu machen brauchen.«

Jochen fühlte sich genötigt, darauf mit einer schlagkräftigen Frage zu kontern.

»Hä?«

Allein die Reaktion von Steffen war es wert.

»Boah, Alter, geh mir nicht auf den Sack«, regte dieser sich auf, besaß aber wegen seiner Fixierung nicht die Möglichkeit, dem körperlich Ausdruck zu verleihen. »Sobald die Ratten die Männer des Konzils abgemurkst hätten, hätten unsere Jungs es mit ihnen zu tun bekommen. Die Jungs, die sich schon seit Stunden im Gefecht befanden und keine Munitionszufuhr bekommen hatten.«

Jochen blinzelte überrumpelt, als bei ihm der Groschen endlich fiel.

»Scheiße, du hast recht! Theoretisch hatten die da den besten Wachhund sitzen, den man sich vorstellen kann. Wir hätten tausende, wenn nicht Millionen Schuss Munition verschwenden müssen, um da vorbeizukommen, wenn die Berichte auch nur halbwegs akkurat sind. Was haben die da für einen Mist gebaut?«

In diesem Moment stöhnte Steffen gepeinigt auf und Jochen sprang fast aus dem Sitz.

»Alter, geht's dir gut?«, fragte Jochen mit echter Besorgnis in der Stimme.

»Passt schon«, antwortete der Manipulator, wobei das Winden seiner Arme eindeutig verriet, wie gerne er sich den Kopf halten würde. »Nach der verdammten EMP und sechs Stunden Dauermanipulation von gegnerischen Waffensystemen haben mir zwar beide Ohren geblutet, aber das ging noch relativ schnell wieder. Was gerade wirklich wehtut, ist, dass ein paar Sicherungen an meinem Rücken durch sind.«

»Da wird sich aber doch gerade drum gekümmert, oder?«, hakte Jochen mit Blick auf die Kabel nach.

»Ja, und es tut weh wie Scheiße«, ächzte Steffen und kurz begann eines seiner Augenlider zu flattern. »Frankenstein meint, dass noch vier Stunden ins Land gehen, bis die Nanoroboter fertig sind. Und die Hirnmassage gerade macht es nicht unbedingt besser.«

Jetzt war es an Jochen, dass er sich unwohl im Schädel fühlte und er strich sich mit den Fingern über den Anschluss hinter seinem Ohr, von dem ein weiteres Kabel zum Kopf des Manipulators führte. Bildete er sich das nur ein, oder begann es immer zu jucken, wenn Steffen anfing, von irgendwas zu reden, was mit seiner Hirnstammzellenspende in Verbindung stand?

»Was meinst du, wie lange du das noch aushältst?«, fragte Jochen und rutsche auf seinem Stuhl hin und her. Er fühlte sich auf einmal richtig unbehaglich. Schwindel griff nach ihm und seine Kopfschmerzen vom Kater intensivierten sich. Ihm wurde schon wieder übel. »Das Manipulieren meine ich. Ich werde nicht immer da sein, wenn du eine Spende brauchst«, erklärte er und packte sich an die Stirn. Dafür, dass er in ein paar Stunden schon wieder raus sollte, fühlte er sich gar nicht gut.

»Mach dir um mich mal keine Sorgen«, versuchte Steffen ihn zu beschwichtigen. »Wenn es so weitergeht wie jetzt, läuft das schon. Was macht das Bein?«

Es war mehr als nur offensichtlich, dass Steffen versuchte vom Thema abzulenken, und der Söldner ließ ihn gewähren. Wenn er nicht reden wollte, würde er nichts tun, um ihn zu zwingen. Stattdessen klopfte sich Jochen gegen den Würfel um sein Gelenk und grinste schief.

»Hat vor ein paar Stunden aufgehört zu knirschen. Wir sollen in fünf oder sechs Stunden wieder raus. Man hat das, was von unserem Zug übrig ist, zu einem einzigen Trupp unter Blakes Leitung zusammengeschlossen. Bis Schlechtnacht eine neue Taktik ausbaldowert hat, lautet der Befehl erst mal Kopfgeldjagd. Uns haben sie ein Areal etwas östlich von hier zugewiesen. Im Grunde sollen wir einfach rein und alles töten, was nicht aussieht wie wir.«

»Klingt spaßig«, sagte der Manipulator mit gespielter Sehnsucht, wurde dann aber wieder ernst. »Ich hoffe, der Scheiß hier ist bald zu Ende. Ich habe langsam keinen Bock mehr, mich als lebenden Störsender für militärische Geräte missbrauchen zu lassen.«

»Auf den Einsatz hier bezogen oder so generell«, fragte Jochen und schaute auf die Uhr. Ihre Zeit war fast abgelaufen.

»Generell«, murrte Steffen und schloss erneut die Augen, als der Schmerz ihn scheinbar zu übermannen drohte. Als er weitersprach, hatte seine Stimme einen deutlich gequälten Unterton. »Aber darüber unterhalten wir uns ein anderes Mal. Jetzt muss ich erst mal sehen, dass ich auf die Beine komme.« Er atmete einmal tief ein und ein weiteres Zittern unterdrückten Schmerzes durchlief ihn. Jochen spürte, wie ihn dabei stumme Verzweiflung ergriff. »Nichts für ungut, aber das geht besser ohne dich.«

Jochen nickte, beugte sich vor und zog seinem Freund das Kabel hinter dem Ohr heraus. Ein Vorgang, bei dem beide zusammenzuckten.

Gerade als Jochen aus der Zelle heraustreten wollte, meldete sich Steffen noch mal zu Wort.

»Jochen.«

»Ja?«

Der Söldner drehte sich um und sah, wie Steffens Kiefer mahlte, als würde er mit sich selbst ringen.

»Sieh zu, dass du dich nicht abknallen lässt, Mann.«

Jochen starrte ihn kurz an und nickte.

»Bis dann. Pass auf dich auf.«

Jochen trat hinaus in die Hitze. Versonnen blieb er kurz vor der schwarzgrauen, schon von Rost angefressenen Sanitätszelle stehen. Zwar ließ sich auch hier draußen die Luft kaum atmen, aber wenigstens war sie nicht so verbraucht wie im Inneren. Rasch konnte er spüren, wie es seinem Kopf besser ging und das obwohl um ihn herum der alltägliche Lagerwahnsinn tobte. Männer wie Frauen kamen und gingen, scheinbar ohne festes

Ziel. Doch das täuschte. Jeder wusste, was er zu tun hatte. Der stetige Strom von Verletzten, die zu den Sanitätscontainern getragen wurden, und der Strom derer, die von dort weghumpelten, -rollten oder -krochen, kam nun nicht mehr zum Stillstand. Waffen wurden auseinandergeschraubt, repariert und wieder zusammengebaut. Essen wurde zu sich genommen und auf dem ein oder anderen Weg wieder von sich gegeben. Manchmal glaubte Jochen, dass all dies nur dazu diente, um das statische, allgegenwärtige Hintergrundrauschen des Krieges zu überlagern. Jenes Auf- und Abschwellen der Explosionen, Schüsse und Schreie. Manche nur fern, andere viel zu nah. Doch dies gelang nie. Stand man, so wie er gerade, still, so ergänzten sich beide Geräuschkulissen zu einer einzigen gewaltigen Kakophonie der Verdammnis, gehalten von zwei Konzerten, zwischen denen die Musiker gelegentlich die Plätze tauschten. Zurück in seinem Zelt ging er zum Waffenständer und strich behutsam über sein Magnetschienengewehr. Schon bald musste auch er wieder eine andere Melodie spielen. Die einzige, die er noch zu spielen im Stande war.

Jochen seufzte. Das Traurige war, dass er es wirklich versucht hatte. Immer und immer wieder. Aber es hatte sich gezeigt, dass er in der sogenannten normalen Welt einfach nicht mehr klarkam. Nach all den Jahren des Krieges hatte er zurückblicken und feststellen müssen, dass er nie etwas anderes kennen gelernt hatte und es wohl auch nicht mehr tun würde. Schließlich waren Gefechte die letzten Situationen, in denen er sein Leben noch im Griff hatte. Klar verbrachte er wegen ihnen einen guten Teil seines Lebens kotzend und blutend und sich einscheißend. Aber wann immer er versucht hatte, sich ein Leben aufzubauen, das etwas außerhalb der Armlänge von Gevatter Tod lag, war er daran kaputtgegangen. Nur wenn die Welt auf den Gedanken des Überlebens zusammenschrumpfte und er echte Gewalt aufbringen musste, um seine Gedärme im Zaum zu halten, hatte sein drogendurchsiebtes Gehirn keine Zeit, ihn mit den Schrecken seiner Vergangenheit zu quälen.

Jochen hob die Waffe an seine Schulter und spürte das Surren der Schaltkreise. Er stellte sich vor, was ihn in ein paar Stunden erwartete, und sein Magen begann zu rumoren. Der Söldner nickte zufrieden. Alles war, wie es sein sollte.

Die Sache mit dem Krieg war, dass er sich völlig anders anfühlte, je nachdem, von wo und als was man ihn gerade miterlebte. Das war auch der entscheidende Faktor dabei, dass die Erfahrungen des Krieges von jedem anders beschrieben wurden. Worüber große Einigkeit bestand, war, dass es mitten im Gefecht für alle Beteiligten am schlimmsten war. Interessant wurde es jedoch, wenn man zu klären versuchte, ob die Hölle eines Gefechtseinsatzes für Zivilisten oder Soldaten heißer brannte. Sicher, Zivilisten waren dem Wahnsinn, der um sie herum tobte, häufig schutzlos ausgeliefert. Dafür wurden sie seltener bewusst zu Zielen erklärt. Die Kämpfer sahen sich seltener mit dem Gefühl völliger Hilflosigkeit konfrontiert. Ein fragwürdiges Privileg, das sehr schnell dadurch relativiert wurde, dass sie jederzeit damit rechnen mussten ein Ziel zu sein. Jederzeit und aus jeder Richtung.

»Hallo, ... Hallo! Hört mich einer von euch Flachwichsern? Blake, kommen!«

Die Art und Weise, wie sich Hansons Stimme im Funk überschlug, hatte fast schon etwas Amüsantes an sich. Für Jochen klang es jedenfalls wie Musik.

»Verdammt, wo seid ihr Schmalspurschützen alle?«

Gemächlich legte der Söldner aus der Deckung heraus an und ließ seine Hand zum Energieregler seiner Waffe gleiten. Drei Klicks später, zeigte der Schalter auf ›Max‹ und die Waffe gab ein leises Surren von sich, als sich der Schuss auflud.

Hanson indes fluchte wie von Sinnen, während er die Mündung seiner Waffe mal hierhin und mal dorthin schwenken ließ. Jochen bezweifelte, dass er irgendetwas in seinem Blickfeld wirklich erfasste. Ihn beispielsweise, wie er seit etwa zwanzig Sekunden auf ihn anlegte, hatte er nicht bemerkt. Ganz ruhig stellte er sein eigenes Headset wieder auf Hansons Frequenz und brüllte los.

»Hanson, hinter dir! Heckenschütze in dem verfallenen Restaurant!«

Erschrocken wirbelte der Söldner herum und präsentierte Jochen seine breite Rückseite. Die Wucht des großkalibrigen Geschosses ließ Hansons Körpermitte förmlich explodieren und verteilte seine Eingeweide weiträumig über den kleinen Platz. Keine Sekunde später klatschte er ungebremst mit dem Gesicht nach vorne in das, was einmal seine Gedärme waren. Gemächlich ging Jochen zu ihm herüber und drehte das, was von ihm übrig war, auf den Rücken. Das Gegenstück zu dem ohnehin riesigen Eintrittsloch in seiner Rückenpanzerung war eine praktisch nicht mehr vorhandene Frontseite. Sein Gesicht malte ein Ausdruck ungläubigen Entsetzens. Jochen gefiel der Gedanke, dass Hanson vielleicht noch bei vollem Bewusstsein mitbekommen hatte, auf welche Weise ihm die Stunde schlug.

Während er dem Toten den Chip aus seinem Rubrizierer abnahm, schaltete er sein Helmcom wieder auf die normale Truppfrequenz.

»Jochen hier. Blake, kommen! Man down! Ich wiederhole Man down!«

»Blake hier! Jochen, kommen! Habe verstanden. Sofort zurückziehen und neu gruppieren, over!«

»Jochen hier. Blake, kommen! Habe verstanden. Over and out.«

Einen halben Häuserblock entfernt stieß er wieder auf die Gruppe, die sich in einem ehemaligen Automatencafé eingenistet hatte. Nachdem er die Parole durchgegeben hatte, wurde er rasch hineingewinkt. Die Männer hatten sich im Keller versammelt, deren Aufgang Finley hinter vorgehaltenem Kampfschild mit aufgesetztem Geschützarm verteidigte. Während er den Essensraum auf dem Weg zur Treppe durchquerte, sah Jochen all die Durchschüsse an den Wänden und fluchte. Das Tückische an diesem Schlachtfeld war wirklich die Instabilität der Gebäude infolge des Chemieangriffs. Er zweifelte nicht daran, dass sein Geschoss von eben vermutlich die halbe Stadt durchquert und sich hoffentlich nicht in noch jemanden aus ihren eigenen Reihen gebohrt hatte. Im Keller saßen die Söldner um Blake versammelt, der ihnen etwas auf einer Holokarte zeigte, woraufhin die Männer ausschwärmten und sich an den Wänden zu schaffen machten.

»Jochen, gut, dass du wieder da bist. Schnell, wie viele Granaten hast du noch dabei?«, begrüßte ihn Blake kurz angebunden, was den Söldner veranlasste, seine Koppel schnell abzuklopfen.

»Vier. Aber wieso ist das wichtig?«

»Neue Befehle«, brummte Blake und zeigte auf ein paar von zig markierten Punkten auf der Karte.

»Siehst du das da? Das Oberkommando hat mittlerweile auch mal gecheckt, wie die Separatisten es geschafft haben, uns gestern in den Rücken zu fallen. Kunststück, nachdem ihnen schon jede kämpfende Einheit mehrfach mitgeteilt hat, dass die Mistkerle sich die Kanalisation zunutze gemacht haben.«

Jochen blinzelte.

»Das haben die jetzt erst kapiert? Wollen die uns eigentlich verarschen? Das ist der älteste Trick der Welt! Und mal ganz nebenbei gesagt, wie konnte Schlechtnacht das nicht voraussehen?«

»Meine Rede«, rief Glarris über seine Schulter, während er eine Granate mit einem Stück Klebestreifen an die Wand pappte. Jochen meinte ein leises Kichern aus Finleys Richtung zu hören.

Blake rollte mit den Augen und bedeutete Jochen seinerseits zwei der Wände mit je einer Granate zu präparieren.

»Leute, das hatten wir doch schon. Ihr habt die Bilder alle gesehen. Von den normalen Straßenzügen ist so viel eingesackt, dass niemand gedacht hat, dass überhaupt noch ein zusammenhängendes Netz vorhanden sein könnte.«

»Tja, da haben sich die Herren Taktiker ja wohl gründlich geirrt«, knurrte Glarris ungehalten und riss einen Streifen Klebeband mit sehr viel mehr Gewalt von der Rolle, als nötig gewesen wäre. Jochen konnte ihn verstehen. Es war schon schlimm genug, wenn man im Einsatz sein Leben riskierte. Aber das Gleiche in einem schlecht geplanten Einsatz zu tun, war noch mal etwas völlig anderes.

Mittlerweile hatten die Männer ihre Installationen abgeschlossen und standen wieder um Blake herum, der nun ihre eigene, mit einer Markierung versehene Position auf der Karte antippte und ein aufpoppendes Textfeld bestätigte.

»Was die ‚Herren Taktiker' nicht wussten«, setzte Blake nach, ehe sich seine Leute in weitere Beschwerden ergehen konnten, »ist, dass in Chesterfield auch die Kanäle unter den normalen Wohnblocks locker groß genug sind, dass Menschen darin aufrecht stehen können.«

Allgemeines Erstaunen machte sich breit.

Chen runzelte die Stirn.

»Das macht keinen Sinn. Warum sollte man so etwas tun?«

Blake zuckte mit den Schultern.

»Offensichtlich haben alle Kanäle ihren Anfang im städtischen Industriegebiet. Die ganze Stadt war nichts weiter als ein einziger Abwasserkanal für die Fertigungsanlagen des Planeten.«

»Na, prost Mahlzeit«, hörte man von Finley, der noch immer seinen Arm vom Kaliber .50 auf die Treppe gerichtet hielt. »Die Leute, die hier gelebt haben, müssen höhere Krankenversicherungskosten gehabt haben als ich, wenn die den Rotz immer eingeatmet haben.«

»Nicht unser Problem, Blechdose«, erwiderte Blake und fuhr dann an alle gerichtet fort. »Unser Problem ist, dass wir den Befehl bekommen haben, relativ zeitgleich die Fundamente von den Häusern hochzujagen, die über wichtigen Knotenpunkten der Kanalisation stehen. Mit etwas Glück erwischen wir sogar ein paar von den Pennern, die sich noch da unten befinden.«

Immer mehr der Markierungen auf Blakes Karte verschwanden und schließlich setzte ein dreiminütiger Countdown ein. Rasch wurde ein ordentlicher Aufbruch befohlen und die Männer setzten sich, mit Finley als lebendem Schild voran, in Marsch. Ehe sie das Gebäude verließen, fragte Glarris noch, ob sie die Tunnel nicht selbst für einen Gegenangriff nutzen konnten.

»Genau, weil wir uns da unten auch so gut auskennen«, sagte Chen daraufhin genervt. »Du kannst gerne vorausgehen. Nur hinterher komme ich nicht.«

Außerhalb des Gebäudes verfielen sie schnell in Laufschritt, jede sich bietende Deckung nutzend. Als sie weit genug entfernt waren, befahl Blake anzuhalten und sie warteten, bis der Countdown abgelaufen war. Schließlich gab der Truppführer den Befehl, die Fernzünder der Granaten zu betätigen. Fast im selben Moment begann ein schwaches, aus allen Richtungen kommendes Dröhnen, als sich dutzende Häuser unter dem

Druck der Explosionen ihrer versagenden Statik ergaben und völlig in sich zusammenbrachen.

»So viel dazu«, sagte Blake im Interkom, während sich die Straßen, so weit das Auge reichte, mit einem Nebel aus Betonstaub füllten. »Etwa einen Kilometer von hier haben mir die Zwillinge ein Schützennest gemeldet, dass sich über einem weiteren Knotenpunkt befindet. Wir helfen denen noch das auszuräuchern und danach ist Schluss für heute.«

Das »Schützennest« stellte sich mehr als eine Stunde später, in denen sie Gasse für Gasse, Haus für Haus vorgerückt waren, als vollbefestigte Stellung heraus. Offensichtlich war das oberste Stockwerk des dreistöckigen Gebäudes, dessen ehemaligen Zweck man nicht einmal mehr erahnen konnte, entweder von alleine eingestürzt oder die Konzilssoldaten hatten es selbst abgetragen. Während die noch stehenden Wände zumindest einer schweren MG-Stellung Sichtschutz boten, hatten die Separatisten aus den Trümmerstücken eine Straßensperre errichtet. Die Krater auf der Straße davor ließen darauf schließen, dass sich irgendwo hinter der Barrikade ein oder mehrere kleine Mörser verbergen mussten.

Jochen spürte schon wieder, wie ihm der Schweiß den Rücken hinabrann, und er begann zu schlucken. Wie er diesen bitteren Geschmack im Hals satt hatte. Sein Interkom knackte.

»Blake hier. Jochen, kommen. Denkst du, dass deine Wumme genug Wucht hat, um durch die Straßensperre zu schießen? Over.«

Jochen lugte aus seiner Deckung hervor und ließ seinen Blick zum rechten Ende der Barrikade schwenken, wo man in etwa sehen konnte, wie dick sie geschichtet war.

»Jochen hier. Blake, kommen. Mit Sicherheit, aber das nützt uns nicht viel, wenn ich nicht sehe, auf was ich eigentlich schieße. Over.«

Kurzes Schweigen füllte die Leitung.

»Blake hier. Jochen, kommen. Siehst du die Reste von dem Fensterrahmen mit dem Rüschenvorhang? Kannst du auf Bodenhöhe direkt darunter schießen? Over.«

Jochen warf einen weiteren Blick auf die Barrikade und bestätigte.

Einige Sekunden später stand der Plan fest. Jochen hatte keine Ahnung, auf was er da eigentlich schießen sollte, aber sobald die Zwillinge von Gott weiß woher das Feuer eröffnet und die MGs außer Gefecht gesetzt hatten, sollte er es tun. Bis dahin hieß es warten. Solche Momente hasste Jochen ganz ausgesprochen. Erneut diese Ungewissheit. Er verstand ja, dass man dem einzelnen Soldaten im Funk keine übergenauen Anweisungen geben konnte, weil man nie wusste, ob die individualisierten Frequenzen nicht doch irgendwie abgehört wurden, aber zumindest für seine Nerven war es absolutes Gift, dass er keinen Schimmer hatte, was als Nächstes passieren würde. Und die Zeit zog sich. Wieder konnte er spüren, wie ein Zittern seine Hände erfasste. Würde er überhaupt treffen? Und was, wenn nicht? Was wenn er derjenige war, der …? In diesem Moment jagten in völliger Synchronität aus zwei Himmelsrichtungen grell leuchtende Geschosse auf das Dach des Hauses zu, gefolgt von deutlich hörbaren Schmerzensschreien. Sein Gehirn brauchte eine Sekunde, um zu registrieren, dass das das vereinbarte Signal war, und dann schoss auch er, ohne auch nur darüber nachzudenken. Sein Schuss bohrte sich durch die völlig morschen Gesteinsaufschüt-tungen, die im nächsten Moment von einer gewaltigen Explosion zerrissen wurden. Jochen fuhr erschrocken zurück, während einzelne Brocken wie Geschosse durch die Luft geschleudert wurden, in umliegende Häuser einschlugen und offensichtlich auf der Gegenseite beträchtliches Chaos verursacht hatten. Fassungslos starrte er die Waffe in seinen Händen an, bis ihm aufging, dass er unter Blakes Anleitung, der wiederum auf die Auskundschaftung der Zwillinge zurückgreifen konnte, direkt in die gestapelten Munitionsvorräte eines der Mörser geschossen hatte. Dann knackte wieder sein Headset.

»Los! Los! Los! Durch die Bresche und gebt ihnen keine Zeit, sich wieder zu sammeln!«

Das ließ Jochen sich nicht zweimal sagen. Sämtliche Durchfallgefühle seines Körpers ignorierend, sprang er aus seiner Deckung und hetzte auf die Barrikade zu. Schüsse flogen ihm entgegen, doch sie waren zu vereinzelt und ungezielt, um ihn wirklich auszubremsen. Eine Kugel bohrte sich in die Panzerung seiner Schulter, jedoch ohne irgendwelchen Schaden anzurichten. Dann sah er Finley, wie er von der Seite gerannt kam, sich vor ihn setzte und als Erster durch die Bresche schwang. Dahinter stand ein einzelner Soldat, der es noch schaffte, eine einzelne Salve abzugeben, bevor ihn der stählerne Hüne mit seinem Schild regelrecht beiseite wischte, sich nach links wendete und aus seinem anderen Arm das Feuer eröffnete. Pflichtschuldig schwenkte Jochen mit vorgehaltener Waffe sofort nach rechts, wo ein weiterer Soldat verzweifelt im Schutt wühlte, vermutlich auf der Suche nach seiner Waffe. Jochen schoss ihm in den Schädel und erschrak als sich dieser in einem knallroten Sprühnebel auflöste. Allein schon seiner Batterie zuliebe schaltete er die Energieleistung seiner Waffe herunter und sprintete weiter zum Haus. Jetzt tönten von überall her Schüsse. Aus den Augenwinkeln heraus sah er, wie Blake und Glarris sich ebenfalls auf das Haus zubewegten, während Chen nirgends zu sehen war. Aber darauf achtete er nicht, er hatte andere Sorgen. Aus purem Reflex riss er die Waffe hoch und schoss auf das zweite Geschoss des Gebäudes, genauer gesagt auf die Mauer, direkt unter einem der zugenagelten Fenster. Ohne sich zu vergewissern, ob er irgendetwas getroffen hatte, kam er vor der Hauswand zu stehen, lugte um die Ecke, in die Gasse und machte sich auf den Weg.

»Ich gehe hinten rein«, japste er in den Interkom. Sein Herz trommelte wie ein Dampfhammer. »Sagt, sobald ihr fertig seid.«

Er hatte es noch nicht mal zur Rückseite geschafft, als er die Antwort erhielt.

»Wir sind schon drin, du Arsch. Schneller!«

Jochen fluchte, umrundete das Gebäude, um die dort vorhandene Feuertür verschlossen vorzufinden. Wütend trat er dagegen und stellte verdutzt fest, dass sie sofort in ihre Einzelteile zerbrach, bis ihm einfiel, dass das in dieser Stadt verdammte Normalität war. Leider wurde er schon erwartet. Der Konzilssoldat war jung und enorm dämlich. Und das rettete Jochen das Leben. Mit etwas wie »Ergib dich« auf den Lippen sprang er Jochen in dem engen Flur hinter der Tür mit ausgestreckter Schrotflinte entgegen. Der Söldner brauchte nur nach vorne zu hechten, um den Lauf der Waffe zu packen zu bekommen und die Mündung nach oben zu reißen. Der darauffolgende Hörsturz, als sich der Schuss löste, war für Jochen nicht so schmerzhaft, wie die Salve magnetbeschleunigter Geschosse, die den Soldaten traf, als Jochen ihm seine Waffe in den Bauch rammte und abdrückte. Kaum hatte der Körper des Soldaten den Boden berührt, sprang der Söldner auch schon über ihn hinweg. Er stürmte weiter den Gang entlang und fand sich zu seiner eigenen Verblüffung auf so etwas wie einer Bühne wieder, auf der lange Metallstangen bis zur Decke reichten. Damit befand er sich direkt im Rücken einiger Separatisten, die umgeworfene Tische vor der Bühne als Deckung benutzten und ein Loch im Boden direkt am Fuß der Bühne gegen Blake und

Glarris zu verteidigen schienen, die sich bei einem Bartresen in der gegenüberliegenden Ecke des Raumes verschanzt hatten. Reflexartig stellte er seine Waffe auf Dauerfeuer und keine zehn Sekunden später war das Gefecht beendet. Nur von draußen hörte man noch vereinzelte Schüsse, die sich aber samt und sonders nach dem langsamen Dröhnen von Finleys Großkaliberarm anhörten.

Argwöhnisch legte Jochen auf das Loch im Boden an, halb in der Erwartung, dass im nächsten Moment weitere Soldaten anrücken könnten. Eine Befürchtung, die offensichtlich auch Blake teilte.

»Schnell, werft alles, was ihr noch an Sprengstoff habt, in das Loch und dann raus hier.« Kritisch blickte er sich um. »Verdammt, für den Schuppen bräuchten wir eigentlich nen Luftschlag. Wie kommt es, dass wir von allen Stripclubs der Stadt ausgerechnet den erwischen, der keinen Keller hat?«

Jochen verbiss sich den Kommentar, wie viele Stripclubs mit Keller er denn kannte, und tat stattdessen wie geheißen. Sie deckten das Loch noch mit einigen Tischplatten ab, damit sich die Druckwelle besser entfalten konnte und verließen dann das Gebäude durch den Fronteingang. Inzwischen hatte sich der Gesteinsnebel gelichtet und enthüllte die Folgen des Massakers. Insgesamt mussten es wohl dreizehn oder vierzehn Mann gewesen sein, die diesen Posten gehalten hatten und von denen keiner überlebt hatte. Nicht, dass sie Gefangene genommen hätten, wenn das anders gewesen wäre. Wie sich herausstellte, war Chen von einem der herumfliegenden Gesteinsbrocken erwischt worden, der ihm glatt die Schulter gebrochen hatte. Er war als Letzter durch die Bresche gesprungen, hatte aber hinter Finley versteckt wohl selbst dann noch zwei von den Kerlen erledigen können. Es dauerte lange, bis das Gebäude in sich zusammenstürzte, nachdem sie die Zünder betätigt hatten. Die

Explosion selbst war weder zu überhören noch zu übersehen und sandte eine weitere Staubwelle durch alle Stockwerke des Gebäudes und auf die Straße. Nach zehn Minuten wollte Blake schon Glarris und Finley noch einmal hineinschicken und ihre Sprengladungen nachlegen lassen, als sich der ehemalige Tempel des Vergnügens seinem Schicksal beugte und einfach in sich zusammenfiel. Die Männer salutierten still einem Ort, an dem sie viele herrliche Stunden hätten verbringen können, wenn sie ihn zu besseren Zeiten betreten hätten. In Momenten wie diesen musste ihnen unweigerlich klar werden, wie schrecklich Krieg doch eigentlich war.

Der Narrator liest vor

Von Fortschrittsgewinnern

Tonbandaufnahme einer Geschichtsvorlesung an der Mozart-Universität in Neuinnsbruck auf der österreichischen Kolonie Neuböhmen, gehalten von dem angesehenen Professor Doktor Adalbert Wuchner im Fachbereich Militär- und Technikgeschichte am 05.07.2169 im Rahmen eines mehrwöchigen Symposiums über Gesellschaftsgeschichte.

[...] Was aber ist nun dieses viel beschriebene »Gewaltmonopol des Staates«? Und wie hat es sich entwickelt? Nun, wie Sie bereits alle wissen, zumindest all jene unter Ihnen, die in ihren Grundkursen nicht geschlafen haben, ging man noch in den archaischen Zeiten des vorletzten Jahrhunderts in weiten Teilen der Erde von dem absurden Gedanken aus, dass die Legitimität und die Legitimierung physischer Gewalt einzig und allein staatlichen Organen vorbehalten sein kann.
Vereinzelte Zwischenrufe
Auch wenn dieser Gedanke heute, zu Recht, als unhaltbar erscheinen muss, so hat sich, wie in der Geschichte schon so oft vorher, unser modernes Verständnis von diesem Begriff evolutionär aus jenem veralteten und der Menschheit in keiner Weise zuträglichen Gedankengut entwickelt. Genauer gesagt aus den Imperativen, die sich für die Staaten aus dem Sieg der Vernunft und der Mündigwerdung, sprich Armierung, von Menschen und Konzernen im Zuge der Ausbreitung über das Universum ergaben. Staaten mussten sich mit der Frage auseinandersetzen,

wie sie ihre Autorität effektiv gegen Parteien durchsetzen konnten, die in der Lage waren, ihre Interessen mit Waffengewalt zu vertreten, ohne dabei jedoch auf Augenhöhe mit ihnen zu stehen.

Für uns heute, die wir auf die Ereignisse mit der Arroganz der Nachgeborenen blicken, liegt die Lösung selbstverständlich auf der Hand. Doch im frühen zweiundzwanzigsten Jahrhundert standen die Staaten angesichts von Kolonien, die plötzlich in terroristischer Weise ihre Souveränität forderten, statt sich nach dem Erreichen des entsprechenden Bevölkerungslimits brav zu integrieren, und übermächtigen Konzernen, die ganze Söldnerarmeen hinter sich hatten, vor ungeahnten Problemen. Zum Glück machten die Staaten damals nicht die gleichen Fehler, so wie in den Jahrhunderten und Jahrtausenden davor. Stattdessen lernte man aus den Fehlern der Vergangenheit und betrachtete sich die großen Konflikte des einundzwanzigsten Jahrhunderts. Die großen Fehler der Staaten in dieser barbarischen Zeit waren, dass sie es zuließen, dass der Widerstand der eigenen Bevölkerung gegen Konflikte immer größer wurde. Das war nur natürlich, da sie neben den explodierenden Kosten dieser Kriege auch die schrecklichen menschlichen Verluste tragen mussten. Und da man schon damals beobachten konnte, dass Menschen umso weniger bereit waren, gegen Kriege aufzustehen, je weniger Eltern ihre gefallenen Kinder betrauern mussten, und sich sogar eine gewisse Gleichgültigkeit gegen die Grausamkeiten des Krieges einstellte, solange diese nur weit genug weg waren, taten die Staaten den einzig richtigen Schritt.

Die Robotisierung und damit völlige Entmenschlichung der Kriegsführung.

Was uns heute so natürlich erscheint, war für die Staaten damals eine Revolution, ja eine Offenbarung, wenn ich das so nennen darf, auch wenn ich ihnen davon abrate, diesen Begriff in einer Klausur zu verwenden.

Verhaltenes Lachen

Erstmals konnte man den niederträchtigen Feinden des Staates, egal ob vertragsbrüchigen Unternehmen oder größenwahnsinnigen Separatisten, einen Gegner gegenüberstellen, gegen den sie nicht nur langfristig unmöglich bestehen konnten, sondern gegen den auch kurzfristige Siege völlig bedeutungslos waren.

Staaten besaßen schon damals faktisch uneingeschränkte Mittel zur Kreditgewinnung zu Kriegszwecken. Sie können daran nicht einfach pleitegehen, wie ein Unternehmen. Und schon damals waren ihre Produktionskapazitäten groß genug, dass sie ihre Widersacher in asymmetrischen Kriegen materiell theoretisch zermalmen konnten.

War dies jedoch in den Jahrhunderten davor an verschiedenen Faktoren gescheitert, konnte man sich nun auf ein militärisches Mittel stützen, dass neben seiner »eingebauten« Überlegenheit gegenüber Menschen auch noch einen anderen Vorteil mit sich brachte.

Noch heute besteht gerade bei kritischen Befehlen, vor allem bei unvermeidbaren Einsätzen gegen die Zivilbevölkerung, das Risiko, dass die Hand eines menschlichen Soldaten ins Zucken gerät. Dem musste man in der Vergangenheit mit Kriegstaktiken Rechnung tragen, die die Bevölkerung in unverantwortlicher Weise schonten und sich nur auf das Brechen des militärischen Potentials eines Gegners konzentrierten. Dies, zusammen mit Guerilla-Taktiken des Gegners, führte zu dem unhaltbaren Zustand, dass sich Kriege zum Leid aller Beteiligten oft viel zu sehr in die Länge zogen.

Sie sehen also die unfassbaren humanitären Errungenschaften, die die faktische Ummünzung des Gewaltmonopol des Staates zum Monopol auf robotisierte Kriegsführung mit sich bringt, liegen auf der Hand.

Kriegstaktiken, deren Primat die rasche Dezimierung des Feindes sind, notfalls bis zu dessen völliger Auslöschung, führen viel schneller zu lebensrettenden bedingungslosen Kapitulationen und Friedensbedingungen im Staatsinteresse.

Militärische Roboter haben nicht nur Atombomben als ultimatives Drohmittel abgelöst, sondern auch zu einer nie gekannten Kooperation der Staaten bei deren Einsatz und zu deren Regulierung geführt. Was nur logisch ist, wenn man bedenkt, wie erschreckend der Gedanke eines finanziell katastrophalen, niemals enden wollenden und eine galaxieweite Wirtschaftskrise verursachenden Materialkriegs im Verhältnis zur relativ lokalen Verseuchung durch Atomwaffen wäre.

Und wie effektiv dieses Monopol durch die Staaten durchgesetzt wird, ist allein daran ersichtlich, dass es heute niemand mehr wagt, auch nur den Versuch zu unternehmen es anzukratzen. Keine aufmüpfigen Firmen, keine rebellierenden Kolonien und erst recht nicht das sogenannte Konzil der separatistischen Weltengemeinde.

Kein Wunder, schreiben doch die Regulierungsverträge ein gemeinsames Entsenden von robotischen Truppen gegen jede Partei vor, die versuchen sollte, dieses Werkzeug des internationalen Friedens zu brechen.

35

Der Narrator erzählt

Von der Hilfe, die niemand sieht

Die Frau wimmerte. Zu mehr war sie nicht mehr imstande. Hätte sie mehr Kraft übriggehabt, hätte sie vielleicht um Hilfe gerufen. Hilfe von ihren Kameraden oder ihrem Gott. Vielleicht hätte sie auch nach ihrer Mutter gerufen. Doch selbst wenn sie noch hätte schreien können, niemand von den Letztgenannten hätte sie gehört. Und selbst wenn sie es gehört hätten, sie wären nicht gekommen. Wer ihre schwachen Lebenszeichen vernahm und sich die Mühe machte, ihnen zu folgen, war Scarlett. Der Körper der Frau war mehr als zur Hälfte unter den Trümmern der eingestürzten Kanalisation bedeckt, ihr Gesicht völlig blutüberströmt. Ihre gebrochenen Schultern erlaubten ihr nicht einmal den Versuch, sich aus ihrer Lage zu befreien. Es ging dem Ende entgegen.

Und Scarlett gedachte diesen Prozess noch um einiges zu beschleunigen.

Behutsam ging sie vor der Frau in die Knie, die Schmerzen in ihrer eigenen, provisorisch geschienten Schulter ignorierend, und packte die Konzilssoldatin unter dem Kinn. Langsam zwang sie ihr Gesicht nach oben, damit sich ihre Blicke trafen. Scarlett wusste nicht, warum sie keine Gasmaske trug und es war ihr auch völlig gleichgültig. Hauptsache, sie konnte der Frau direkt in die Augen blicken. Ihr Blick war unfokussiert und scheinbar bereits in weite Fernen gerichtet. Erneut entrang sich ein leises Wimmern ihrer Kehle.

»Bitte ...«, hauchte sie leise, wobei ihre rot verschmierten Zähne sichtbar wurden. »Bitte ...«

»Schau mich an«, flüsterte Scarlett. Mittlerweile hatte sie sich an den furchterregenden Klang ihrer zerstörten Stimmbänder und des völlig zerfressenen Kehlkopfes gewöhnt. Wie unnatürlich das rasselnde Schnarren ihrer Stimme für andere klingen musste, zeigte ihr die Reaktion der Frau unter ihr, deren Augen scheinbar nun doch das Bild vor sich erfassten. Scarlett hoffte inständig, dass der Ausdruck äußersten Entsetzens, den ihr Gesicht malte, als sie ihren Kopf fallen ließ und ihr das Messer in den Hinterkopf rammte, sie noch bis in die nächste Welt begleiten würde. So es denn eine gab.

Beim Anblick des Messers in ihrer Hand überkamen sie sofort wieder rasende Kopfschmerzen, als Bilder einer gesichtslosen Leiche, an die sie ohne das Messer in der Hand einfach nicht denken konnte, ihren Verstand strömten. Langsam wich sie von der toten Frau zurück und ließ sich auf einen der größeren Gesteinsbrocken sinken, während sie ihrem Gefolge dabei zusah, wie es sich an der Soldatin gütlich tat. Die Ratten fielen in solcher Masse über sie her, dass ihre schleimigen, dreckigen, stinkenden Leiber ihren Körper einhüllten. Wo sich ihre Reihen kurz lichteten, gaben sie den Anblick ihres Werkes preis. Sie rissen die Haut mit ihren spitzen Zähnen auf, bis Fleisch und Knochen zutage traten. Sie wühlten sich förmlich in den Kadaver, fraßen Löcher und Tunnel, sodass nicht einmal die Teile, die sich unter dem Schutt befanden, sicher waren. Eine von ihnen, ein ungewöhnlich kleines Exemplar, fraß sich durch die Wange in den Schädel und kurz darauf kroch sie aus der ausgedrückten Augenhöhle wieder heraus.

Scarlett wog das Messer in ihrer Hand. Von allen Rätseln und Unbilden, mit denen sie zu kämpfen hatte, störte sie die Leiche in ihrer Wohnung aus irgendwelchen Gründen am meisten. Soweit sie es feststellen konnte, waren die Erinnerungen ihres ganzen Lebens lückenlos, mit Ausnahme der Zeit ein paar Wochen vor dem Militärangriff. Wozu eben auch diese Leiche gehörte. Sie hoffte ernsthaft, dass ihr Gehirn oder eben das, was davon übrig war, sie nur vor irgendeinem Trauma beschützen wollte. Die Alternative war so schrecklich, dass sie es sich gar nicht ausmalen konnte. Was, wenn ihr Hirn in irgendeiner Weise weiter degenerierte? In diesem Fall waren alle sonstigen Überlegungen über ihre Lebenserwartung hinfällig. Der Griff um das Messer verkrampfte sich. Sie würde sich eher die Kugel geben, als ihr Leben als sabbernder Idiot zu beenden. Von denen hatte sie auch definitiv genug zur Hand. Mittlerweile waren ihre Taschen gefüllt mit den Magazinen der getöteten Invasoren. Sie schätzte, dass nun etwa acht Standardtage vergangen waren, seitdem die Angreifer der Stadt angefangen hatten, die Hauptkreuzungen der Kanalisation zum Einsturz zu bringen. Anfangs hatten die Invasoren noch versucht die verschütteten Gebiete wieder freizuräumen. Scarlett hatte sie gelehrt, dass das keine gute Idee war. Hatten die Invasoren sie schon an der Oberwelt gefürchtet, wenn sie bei Nacht, gefolgt von den Ratten, die Kanalisation verlassen hatte, so war Scarlett für sie hier unten in der ewigen Schwärze zum lebendig gewordenen Alptraum geworden. Die Soldaten konnten sich in der Finsternis kaum orientieren, während Scarlett sich darin bewegte, wie am helllichten Tag. Ihr genügte es, einen Gang nur einmal kurz erleuchtet gesehen zu haben und sie umging auch ohne Licht jedes Hindernis. Manchmal bekam sie Probleme, wenn sich neue Abschnitte der Decke hinabgesenkt oder die Soldaten einige Schutthaufen verschoben hatten, aber das war zu verschmerzen. Die Soldaten indes wussten nicht, ob sie das Dunkel oder das Licht mehr fürchten sollten. Hatten sie die Lampen eingeschaltet, lockte Scarlett die Ratten an und die Invasoren mussten sich mit Hilfe ihrer Schusswaffen verteidigen. In diesem Fall erschoss Scarlett sie inmitten des Chaos aus dem Hinterhalt. Ließen sie die Lampen aus, reichte ein Stoß aus der Finsternis und einer der Soldaten verschwand in der chemischen Brühe der Kanäle. So oder so kamen die Invasoren dann angerannt, um einen Feind zu stellen, der sich schon lange nicht mehr dort befand. Scarlett war noch immer dürr. Zwar bedeckten mittlerweile straffe Sehnen und kleine, verhärtete Muskelstränge ihren ganzen Körper, aber das hinderte sie nicht daran, es den Ratten gleichzutun und durch die kleineren Schächte und Risse der Kanalisation zu entkommen. Vorher war die Kanalisation zu groß gewesen, um hier unten auf die Invasoren Jagd zu machen, aber mit jeder Stunde wurde sie für die Invasoren kleiner. Die Orte, zu denen sie gehen konnten, wurden weniger, während sich ihr Handlungsspielraum im Rhythmus der Explosionen verringerte, die die Schächte der Kanalisation einstürzen ließen.

Scarlett verzog das Gesicht und fummelte ihre Medikamente aus der Tasche. Sie konnte von Glück reden, dass sie es geschafft hatte, kurz nach ihrer Verletzung einen Sanitäter der Invasoren zu finden. Die Waffe mit einer Hand zu bedienen hatte sich als ungewohnt herausgestellt, und so hatte sie viele Schüsse gebraucht, bis er endlich tot war. Scarlett war sich absolut sicher, dass sie sich keinen Gefallen mit dem Zeug getan hatte, dass sie dem Kerl abgenommen hatte und sich selbst verabreichte, aber auch das war ihr egal. Ihr eigenes Wohlergehen interessierte sie, wenn überhaupt, nur noch am Rande. Nach allem, was sie sagen konnte, war ihre linke Schulter zumindest angebrochen und verursachte ihr trotz der Schienung teuflische Schmerzen. Zumindest das ließ sich relativ leicht abstellen. Wofür waren Opiate schließlich da? Das Problem war der stetige Strom Amphetaminpräparate, die sie sich mittlerweile wie Kaubonbons einwarf. Das Herzrasen und die Paranoia waren ihr mittlerweile so vertraut, dass sie sich jedes Mal eine neue Dosis verabreichte, wenn eines von beidem abzuflachen drohte.

Inzwischen war es hier unten stiller geworden. Entweder hatten die Invasoren verstanden, dass es keinen Zweck hatte, die Kanalisation zurückzuerobern oder die Angst von einem nicht greifbaren Schatten gerichtet zu werden, hatte gesiegt. Vielleicht auch beides.

Scarlett steckte das Messer weg. Jeder Gedanke an die Leiche verschwand aus ihrem Bewusstsein, ohne dass sie davon auch nur Notiz nahm. Sie seufzte.

Irgendetwas sagte ihr, dass sie bald wieder an die Oberfläche musste, um Futter für ihre Ratten zu beschaffen.

Der Narrator liest vor

Von geschäftsrelevanten Informationen

Das folgende Statement stammt von Pedro Garcia Alvarez, dem ehemaligen Leiter der Abteilung für Forschung, Entwicklung und Produktoptimierung bei Energizing Defence, dem derzeitigen Marktführer für Elektromagnetik- und Energiewaffensysteme. Aufgenommen am 29.05.2198.

[…] Nein, nein, von Problemen bei der Beschaffung kann man nun wirklich nicht reden. Eigentlich gehörte nicht einmal wirklich Arbeit dazu. Ich selbst war dabei, als die Industrievertretergruppe, angeführt von einer äußerst resoluten jungen Frau, das erste Mal auf dem Werksgelände erschien. Das war gar nicht so wie in diesen altmodischen Detektiv- oder Agentenfilmen. Da wurde nicht hinter verschlossenen Türen im Halbdunkeln irgendetwas Unlauteres ausbaldowert, wie es immer gerne gezeigt wird. Vielmehr beorderte unser damaliger Manager, Charles Winston, noch ein Industrieller vom alten Schlag, den gesamten Forschungsstab zu sich ins Büro und ließ uns auf dem Weg noch Kaffee und Kuchen aus der Cafeteria holen. Man saß dann eben nett zusammen und plauderte. Das waren keine ausgebufften Verbrecher, die uns die Leiter des Rubrizierunternehmens da geschickt hatten, das waren Leute wie Sie und ich hier. Die fragten ganz höflich an, ob unsere Firma Interesse an dem von ihnen gesammelten Filmmaterial habe und oh Junge, das hatten wir. Wissen Sie, für einen Waffenhersteller gibt es fast nichts kostbareres als Erfahrungsberichte aus erster Hand über die Effizienz seiner Ware und von daher kamen uns Videoaufnahmen der Augenkameras von Söldnern, die sich Rubrizierer hatten implantieren lassen, gerade recht. Noch am selben Tag wurde man sich über den Preis handelseinig und einen Tag später hatte die Vertragsabteilung alles unter Dach und Fach gebracht. So einfach war das.

[...]

Oh ja, ich war auch an der Auswertung des Filmmaterials beteiligt. Ging ja gar nicht anders, bei dieser Menge, die immer hereinkam. Sie müssen wissen, dass wir vertragsmäßig immer ganze Datensätze von 10 Exabyte Größe kauften und die wollten bearbeitet werden. Da wurde eben jedes helfende Auge und Hirn gebraucht. Bevor es die automatischen Kennungssysteme gab, durch die man das Videomaterial durchjagen konnte und die dann unsere firmeneigenen Produkte erkannten und die Videos entsprechend zuschnitten, war das eine Menge Schauerei auf Verdacht. Das Unternehmen hatte vorher nur ganz grob vorsortiert, sodass wir wenigstens auch nur Gefechtsaufnahmen zu sehen bekamen. Wäre da alles andere noch dabei gewesen, was diese Männer und Frauen alles vors Gesicht bekommen hatten, wäre das eine für uns kaum lösbare Aufgabe gewesen.

[...]

Aber nein. Selbstverständlich waren wir nicht die einzigen Käufer. Und ich muss es wissen. Wissen Sie, damals war es durchaus nicht unüblich, dass man Leute aus Firmen, mit denen man zusammenarbeitete, gelegentlich zu sich einlud. Sie wissen schon, Weihnachtsfeiern, Geburtstage des Managements, Gründungsfeiern von Firma oder des Planeten. Es gab genug Gelegenheiten. Bei einer dieser Veranstaltungen freundete ich mich irgendwann mit einem der Vertriebsangestellten des Rubriziererunternehmens an, Michael Springer. Der hat mir immer einiges erzählt.

[...]

Ob man dem, was er mir erzählt hat, glauben konnte? Sagen wir einfach, dass unsere Freundschaft irgendwann so tief ging, dass wir ein paar Jahre später auf einer gemeinsamen Urlaubsreise geheiratet haben (lacht). Leider ist Michael schon vor einigen Jahren gestorben, sonst könnte er Ihnen selbst sagen, was er mir damals erzählt hat. Mit 102 Jahren noch viel zu jung, aber was soll man machen? Jedenfalls erzählte er mir immer gerne, wer noch alles zum Kundenstamm der Firma gehörte. Und dieser Kundenstamm war ein wahrer Mammutbaum, wenn man seinen Worten glaubt, was ich, wie gesagt, tue. Alle Arten von privaten Forschungsinstituten für Xenologie, Planetenkunde, Geographie, Biologie, Chemie, interplanetare Physik, Virologie und weiß der Teufel was noch alles. Das war und ist einfach viel bequemer und vor allem billiger, als eigene Forschungsexpeditionen irgendwohin zu schicken, wenn Sie verstehen, was ich meine. Das war aber nicht alles. Zig Firmen und Vertriebsunternehmen für Medikamente, Drogen, andere Waffenkonzerne, Kleidungsgeschäfte, Outdoor-Ausstatter, ABC-Schutz-Spezialgeschäfte. Ich könnte diese Liste noch lange fortführen. Im Grunde wollte jeder, wenn er Waren an die Söldner selbst verhökern wollte, dieses Material für die Marktforschung. So konnte man auch leicht herausfinden, welche Marktlücken auf welchen Planeten herrschten, weil die Söldner ja auch viel reisten. Ein paar Mal zeigte er mir auch stolz Porno-Webseiten, an die sie einige der privateren Abenteuer der Söldner verkauften. Sehr sehenswert, wie ich Ihnen versichere. Das Witzigste war aber, dass auch die großen Sicherheitsunternehmen mit schöner Regelmäßigkeit aus diesem Fundus schöpften, in der Hoffnung taktische Vorteile gegen andere Söldnergruppen zu gewinnen. Wie da die Erfolgsquote

war, kann ich Ihnen leider nicht sagen. Hach, wie ich Michael vermisse, er hätte das bestimmt gewusst. Jedenfalls war das Material, sobald man es bekam, immer schon mehrere Wochen alt, also glaube ich nicht an so großen taktischen Nutzen, wenn es nicht gerade größere Schauplätze waren, aber verlassen Sie sich da bitte nicht auf mein Wort.
[...]
Klar kannte das Unternehmen auch Grenzen. Niemals verkauften sie an Regierungen, deren Organe oder Unternehmen. Gar nicht auszudenken, wenn die das Material gegen die Söldner eingesetzt und diese dann das Vertrauen in das Rubrizierersystem verloren hätten. Oder, Gott bewahre, was passiert wäre, wenn die Regierungen angefangen hätten, deren Privatsphäre zu schützen. [...]

36

Der Narrator erzählt

Von einer traurigen Erklärung

Die Schlinge zog sich zu. Jeden Tag ein wenig mehr.

Zwei Mal hatte das Konzil versucht, ihr provisorisch angelegtes Feldlager zu stürmen. Versuche, die im blutigen Rasseln der Maschinengewehre und erbarmungslosen Donnern der Geschütztürme zu Boden gegangen waren. So tödlich die Separatisten auch aus der Verschanzung heraus agiert hatten, so wenig besaßen sie noch die Mannstärke und die Ausrüstung, auf die die Blades zurückgreifen konnten. Bald schon hatte das Oberkommando auf Schlechtnachts Anraten hin wieder die Verwendung schweren Geräts bewilligt und Räumpanzer hatten begonnen, ganze Abschnitte eingestürzter Gebäude freizuschaufeln. Areale, auf denen kurz danach Panzerhaubitzen standen und ihre Arbeit aufnahmen. Straßenzug um Straßenzug schlugen Granaten in alles ein, was den Soldaten des Konzils als Deckung hätte dienen können. Nun rächte sich die rücksichtslose Kriegsführung, die die Separatisten in den letzten Wochen an den Tag gelegt hatten. Ein einzelnes Geschoss an die richtige Ecke gerichtet und selbst Hochhäuser, welche unter normalen Umständen ganze Geschossbatterien hätten einstecken können, neigten sich unter Getöse und Wolken von Schutt dem Erdboden entgegen. Und die richtige Ecke war stets die, die den Fall zur entgegengesetzten Richtung der großen Hauptstraße lenkte.

Stunde um Stunde, Explosion um Explosion, Einsturz um Einsturz entstand so ein Keil, dessen Stoßrichtung genau auf die Basis des Konzils, den Raumhafen von Lost Heaven, zeigte.

Bald wurde die Atmosphäre auf beiden Seiten so dick, dass man das Gefühl hatte, sie mit dem Messer schneiden zu können. Auf beiden Seiten war es die Untätigkeit, die die Nerven bald blankliegen ließ. Des Vorteils beraubt, seine Truppen schnell und vor allem ungesehen verschieben zu können, waren die Truppen des Konzils bald gezwungen, ihre Einsatzzüge durch die Straßen zu schicken. Ein müßiges Unterfangen. Die wenigen Drohnen, die die Untamed Blades noch hatten, sausten im Licht der vom Staub der einstürzenden Gebäude eingetrübten Sonne über die Stadt und machten jeden Versuch zunichte, die Operationen der Söldner zu flankieren. Die Anstrengung des Konzils hielt genau einen Tag, an dem seine Männer im Verhältnis 1:26 von den nicht eben zur Nachsicht, sondern eher auf Rache gestimmten Söldnern abgeschlachtet wurden.

Seitdem hieß es warten. Warten auf einen Angriff, von dem beide Seiten wussten, dass er kommen musste, und von dem im Grunde niemand einen Zweifel hatte, wie er ausgehen würde.

Kriegsidylle. Jochen sog einen tiefen Zug aus seinem Zigarillo hoch und ließ sich das Wort auf der Zunge zergehen. Er wusste nicht, was merkwürdiger war. Das Wort selbst oder die Tatsache, dass es erstaunlich oft zutraf. Momente vollkommener Entspannung und Genusses inmitten eines Feldzuges, die vielleicht erst dadurch so idyllisch wurden, weil man ahnte, was nach ihnen kam. Erneut begann der Boden zu vibrieren, als ein Komplex, der vielleicht einmal ein Bankenzentrum war, wegsackte und dabei eine ganze Reihe anderer Gebäude unter sich begrub. Jochen zählte sie im Kopf mit.

»Fünf«, sagte er schließlich feststellend. »Du hast verloren.«

Steffen brummte und wischte mit dem Finger über seinen Rubrizierer. Jochen wusste nicht, ob sein Freund absichtlich verlor oder es einfach gut für ihn lief. Bei fünf Mark pro Wette, hatte er es inzwischen allein seit dem Mittag auf fünfundvierzig Mark gebracht. Er streckte sich genüsslich und nippte an seinem Bier. Sie lagen beide ausgestreckt auf Feldbetten in ihrem Betonzelt, das sie dank massivem Personalschwund der Untamed Blades gerade einmal für sich hatten. Die verbliebenen Mitglieder ihrer Einheit waren entweder im Lazarett oder hatten es sich in der Messe bequem gemacht. Jochen war sich ziemlich sicher, dass es einigermaßen illegal war, ihre Augen auf den Bildschirm zu richten, den Steffen kraft seiner Gedanken auf die Frequenz einer Überwachungsdrohne kalibriert hatte. Einer Drohne, die er, ebenfalls mithilfe seines Manipulatorhirns, nun gelegentlich zwang, einen Blick auf die einstürzenden Gebäude zu richten. Aber auf was, so fragte er sich, sollte ein Mann sonst wetten, wenn nicht auf die Anzahl von Gebäuden, die bei Panzerangriffen von anderen Gebäuden begraben wurden?

»Lange kann es nicht mehr so weitergehen«, murmelte Steffen plötzlich unvermittelt.

»Stimmt«, erwiderte Jochen nickend. »Vielleicht noch zwei Tage, wenn sie das Tempo halten.«

Der Manipulator sah ihn irritiert an.

»Was?«

»Meintest du nicht das Bombardement?«, fragte Jochen und stand auf, um sich eine weitere Dose Bier zu holen.

Steffen seufzte, wie es schien, leicht entnervt auf.

»Nein, nein, das meinte ich definitiv nicht.«

»Was dann?«, erkundigte sich Jochen und riss die Bierdose mit einem satten Zischen auf. Er hatte bereits eine Ahnung, was Steffen gleich sagen würde.

Dieser stierte einige Sekunden in die Leere, bevor er erneut seufzte.

»Gib mir bitte noch einen von den Zigarillos, ja?«

Jochen tat wie geheißen und wartete geduldig, bis Steffen ihn angezündet und einige tiefe Züge genommen hatte.

»Ich dachte wirklich, dass ich draufgehen würde, weißt du?«

Jochen schluckte heftig.

»Glaub ich dir aufs Wort, Mann.«

Das tat er wirklich. Und wenn es eines gab, dass er niemals anzweifeln würde, dann war es die Tatsache, dass er damit verdammt nah an der Wahrheit gelegen haben musste.

Es war nun vier Tage her, dass Steffen, eingebettet in einem Psi-Panzer, in die neue Basis verlegt worden war. Als Steffen aber auch eine Stunde nach dessen Ankunft nicht daraus hervorgekommen war, hatte Jochen die schwere Metalltür des Panzers eigenhändig aufgewuchtet. Zum Glück hatten Finley und Blake die aufgebrachte Bedienermannschaft zurückgehalten und immer wieder darauf verwiesen, dass Jochen als Lebenspartner des Manipulators dazu berechtigt sei, sich um das Wohl seines Liebsten zu sorgen. In diesem Moment war Jochen froh gewesen, dass er und Steffen nicht wirklich ein Paar waren. Ansonsten, auch da war er sich im Nachhinein sicher, hätte er die Bedienermannschaft stehenden Fußes erschossen. Im Panzer hatte ihn ein Anblick erwartet, den er so bald nicht vergessen würde. Mit Schaum vorm Mund, Blut aus Nase und Ohren tropfend und von ständigen Krämpfen geschüttelt, hatte Steffen dagelegen. Es war Blake, dessen Informatikeraugen sofort gesehen hatten, dass es dem Manipulator offensichtlich noch gelungen war, die Sequenz zur Trennung vom Bordsystem einzuleiten und brachte diese mit einigen geübten Befehlen auf dem Bildschirm neben Steffen zum Abschluss. Danach hatten sie Steffen gemeinsam zu einer Sanitätskapsel gebracht, wo

Jochen, sobald Finley und Blake weg waren, dem überraschten Sanitätspersonal samt Frankenstein die Tür vor der Nase zugeschlagen und von innen verriegelt hatte. Er wusste nicht genau, wie lange der Synchronisationsprozess gedauert hatte. Lange, so viel stand mal fest. Als beide ihre Augen wieder aufschlugen, versuchten die Sanitäter gerade die Kabine mit einem Brecheisen zu öffnen. Gut nur, dass die Dinger zur Not auch als Bunker verwendet wurden.

Jochen wusste nicht einmal, was das Schlimmste war. Dass Frankenstein definitiv Verdacht geschöpft hatte, dass sie eine Geldstrafe wegen »unsittlicher Zweckentfremdung von Militärequipment« zahlen mussten oder die brütende Art, die Steffen nach dem ganzen Vorfall angenommen hatte. Zumindest Letzteres hatte Jochen, der anfangs davon ausging, dass Steffen wohl permanente Schäden an seinem Denkapparat davongetragen hatte, am meisten besorgt. Allerdings zeigte sich schnell, dass sein Freund wohl nur sehr an dem Geschehen zu knabbern hatte. Verständlicherweise.

»Was wäre gewesen, wenn du gerade im Einsatz gewesen wärst oder noch länger gewartet hättest?«, fuhr Steffen fort.

»Tot«, antwortete Jochen grimmig. »Mit an Sicherheit grenzender Wahrscheinlichkeit.«

»Eben!« Während er dies sagte, fiel das nächste Gebäude auf dem Bildschirm zusammen. Die Erschütterung spürten sie hier kaum, dazu war es zu klein gewesen. Wieder war es an Steffen zu überweisen. Sie hatten Wetten über die Gebäude bis zum Ende des Blockes am Laufen, der gerade unter Feuer stand. Wenn das so weiterging, stand die Finanzierung für das abendliche Besäufnis fest. »Dank dir noch mal für die Rettung.«

Jochen schnaubte.

»Lass stecken. Wenn ich eines gelernt habe, dann, dass wir uns nichts schuldig bleiben.« Kaum hatte er dies gesagt, als ihm der Gedanke kam, dass es von dem Winkel betrachtet auch keinen Unterschied machte, wer bei ihrer Wetterei gewann, schob den Gedanken aber beiseite. Sie hatten Wichtigeres zu bereden. Steffen war wieder in grüblerisches Schweigen versunken, was Jochen nutzte, um den Bildschirm auszuschalten.

»Aber was willst du jetzt tun? Aussteigen?«

»Wenn das mal so einfach wäre«, sagte Steffen und lachte dabei freudlos. »Und das weißt du doch genauso gut wie ich.«

»Ich meine ja nicht jetzt.« Jochen hatte den Zigarillo aus dem Mund genommen und wedelte ungeduldig in der Luft. »Aber nach der Schlappe hier, wird sich Schlechtnachts Abteilung sowieso erst mal neu aufstellen müssen. Bis wir wieder kampfbereit sind, können Wochen vergehen.«

»Bleibt nur noch der Rest des halben Jahres, für das wir unterschrieben haben,« sagte Steffen düster. »Fun-Fucking-Tastisch.«

»Wenn wir Glück haben, geraten wir bis dahin nicht mehr in so ne Scheiße. Wer weiß, vielleicht ist der Krieg bis dahin sogar vorbei.«

»Und das glaubst du?«, fragte der Manipulator mit zweifelndem Blick.

»Nein«, gab Jochen zu. »Aber irgendwas muss ich dir schließlich einreden.«

Diesmal lächelte Steffen schwach.

»Also, gesetzt den Fall, dass ich …«, er hielt kurz inne, »… dass wir bis dahin überleben. Ja, ich denke in der Tat daran, endlich auszusteigen.«

Jochen nickte. Es war wirklich zu merkwürdig. Sollte er noch heute durch eine Granate sterben, von irgend so einem Drecksack zersiebt oder von einem Panzer überrollt werden, kurz seinen redlich verdienten und im Grunde schon zu lange aufgeschobenen Tod sterben, so sollte es ihm recht sein. Aber er wollte verdammt sein, wenn es Steffen vor ihm traf.

»Und danach?«, fragte er mehr, um den Manipulator davon abzuhalten, sofort wieder in seinen Gedanken zu versinken. »Wie sehen deine Pläne aus.«

»Was das angeht«, begann Steffen auszuführen, »habe ich schon vor einiger Zeit ein paar Gespräche mit Blake geführt.« Kurz versank er wieder in Schweigen, ehe er fortfuhr. »Du sagtest, dass er weiß, dass du bei den Iron Wings warst?«

Mit einem Mal fühlte Jochen, wie sich ein siedend heißer Kloß in seinem Hals bildete, der seine Speiseröhre hinabwanderte, seine Brust durchquerte und sich bleischwer auf seinen Darm legte. Er nickte.

»Er denkt, dass er mich mit dieser Information zur Disziplin erpresst und will es geheim halten, solange mir nicht wieder so eine Scheiße wie auf den Steppenhügeln passiert.«

»Gut«, sagte Steffen nur.

»Was soll daran denn gut sein«, fragte Jochen und konnte fühlen, wie ohnmächtige Wut in ihm hochkochte. Dann stutzte er. »Und über was genau hast du dich mit Blake unterhalten?« Er musste wieder daran denken, wie Blake ihm gegenüber erwähnt hatte, dass Steffen wüsste, was man anderen erzählen kann.

»Das sage ich dir gleich, aber vorher muss ich dich um was bitten.« Mit einem Mal wurde sein Blick schneidend und Jochen spürte, wie sich jene Synapsen in seinem Hirn regten, die darauf programmiert waren, auf bevorstehende Gefahren zu reagieren. »Sag mir, wie du es geschafft hast, bei den Iron Wings auszutreten!«

Es war keine Bitte. Nicht mal ansatzweise. Jochen hatte es erfolgreich geschafft, ihn seit jenem Tag im Container hinzuhalten und im Chaos des Lagerlebens hatte Steffen es wohl selbst wieder aus den Augen verloren. Aber Jochen wusste, dass das nun vorbei war, dass sein Vorschuss an Nachsicht aufgebraucht war.

Er holte tief Luft und begann zu erzählen.

»Also, ich habe dir ja schon erzählt, dass es bei den Wings so lange gut lief, bis Melissa und ich auf den Leviathan geschickt wurden.«

»Und ich hatte dich gefragt, wie es war, auf dem Ding zu sein«, unterbrach ihn Steffen. »Was du mir auch noch nicht erzählt hast.«

Jochen dachte kurz nach und ließ dabei einen Schluck Gerstensaft von einer Backe in die andere schwappen. Schließlich schluckte er hinunter.

»Also, drauf zu sein, war erstaunlich unspektakulär und gerade deshalb völlig umwerfend.«

»Okay, das musst du jetzt erklären«, sagte Steffen, der mit dieser Antwort absolut nichts anzufangen wusste.

»Stell dir die größte Stadt vor, die du kennst, und dann mach sie noch anderthalb Mal größer. Denn nichts anderes war das Teil. Eine monströs große Stadt im Weltraum. Du musst dir einfach nur vor Augen führen, dass man fast ein Jahrhundert lang nichts anderes gemacht hat, als immer neue Teile an das Ding dranzupappen, während es sich langsam seinen Weg in den Weltraum bahnte.«

Steffen sah Jochen dabei zu, wie dieser nach weiteren Worten zur Beschreibung rang.

»Es war einfach nur faszinierend, wie schnell man vergaß, dass man sich nicht auf einem Planeten befand und genau das machte die ganze Erfahrung aus. Besser kann ich das nicht beschreiben.«

»Wahnsinn«, hauchte Steffen, den der Gedanke an die größte, je von Menschenhand gebaute Raumstation richtiggehend zu begeistern schien. »Ich habe mal gehört, dass die ältesten Teile, die da verbaut waren, noch von der ersten Internationalen Raumstation der Erde stammten.«

Jochen überlegte, während er nun wieder an seinem Zigarillo zog.

»Ich hab so keinen Grund, das anzuzweifeln.«

Es folgte ein kurzes Schweigen, in dem beide ihren Gedanken nachhingen.

»Und du sagst weiterhin, dass die Wings nichts mit seiner Zerstörung zu tun gehabt hatten?«, fragte Steffen schließlich, dessen Misstrauen scheinbar immer noch nicht versiegt war.

Jochen bejahte nachdrücklich.

»Hm«, brummte der Manipulator, während er noch einen Schluck trank. »Trotzdem, komischer Zufall, dass du genau dann dagewesen bist,« meinte Steffen, der nach all dem, was er von Jochen erfahren hatte, nicht gänzlich von seiner Unschuld überzeugt zu sein schien. Allerdings nur solange, bis er sah wie sich der Gesichtsausdruck seines Freundes veränderte.

»Zufall?«, flüsterte Jochen und kaute auf der Innenseite seiner Backe. Bier und Zigarillo schienen mit einem Mal völlig vergessen. »Nein, Zufall war das wohl kaum.«

Abrupt blickte er Steffen in die Augen. »Sag mal, kennst du eigentlich die Theorie vom lachenden Gott?«

»Hä?«

Die Frage traf Steffen völlig unvermittelt. Kurz fragte er sich, was das mit Jochen war, dass er es von einer Sekunde zur nächsten schaffte, ihm so verdammt unheimlich zu werden.

»Was ...? Nein ... Vielleicht ...? Wie zum Henker kommst du jetzt darauf?«, antwortete der Manipulator perplex.

Jochen wippte ein wenig auf seinem Feldbett und drehte die Bierdose in seiner Hand. Er sog an seinem Zigarillo und behielt den Rauch so lange drin, dass nichts als dünner Qualm austrat, als er wieder ausatmete.

»Die Theorie vom lachenden Gott«, begann er langsam, »räumt im Wesentlichen mit der Frage auf, was eigentlich Gottes Plan bei der Erschaffung der Welt war.«

»Alter, hab ich was verpasst?«, fuhr Steffen dazwischen. »Seit wann zum Fick bist ausgerechnet du religiös?«

»Bin ich nicht«, antwortete Jochen. »Es ist nur so, dass ich diese Theorie Jahre nach der Geschichte, die gleich kommt, gehört habe und sie, nun ja, für mich bis heute einfach perfekt Sinn ergibt.«

Steffen seufzte resigniert.

»Gut, dann erleuchte mich eben.«

Jochen nahm einen großen Schluck und starrte danach auf den Glimmstängel, den er nun so in Kreisen zu drehen begann, dass der Rauch kleine Spiralen bildete.

»Stell dir einfach mal vor, es gäbe wirklich und wahrhaftig einen Gott oder vielleicht auch mehrere Götter. Jedenfalls irgendeine allmächtige Scheiße, die alles, was existiert, geschaffen hat. Bist du bis dahin bei mir?«

Steffen nickte. Er hatte keine Ahnung, wohin dieser Blödsinn führte, war sich aber einigermaßen sicher, dass diesen Punkt jede Religion irgendwo auf der Agenda hatte.

»Und jetzt stell dir mal weiter vor, dass der Gott oder die Götter alles gesehen haben, was seit Anbeginn der Schöpfung geschehen ist, und es weiter mit ansehen. Stell dir all das Leid und die Qual vor, die Kriege, die Seuchen, die unsäglichen Verbrechen, die diese allmächtige Instanz seit dem Anbeginn des Seins gesehen haben muss. Stell dir vor, wie sie all das hat tatenlos geschehen lassen – und dabei schallend gelacht hat.«

Jetzt hatte Steffen endgültig keinen Schimmer mehr, was er sagen sollte. Er ließ seinen Kiefer mehrmals aufeinander schnappen und wartete, bis es weiterging. Jochen stellte das Bier weg. Wie es schien, war ihm der Durst einstweilen vergangen.

»Steffen, wenn man nach der Theorie vom lachenden Gott geht, dann gibt es kein höheres Ziel. Dann haben all unsere Leben keinen anderen Zweck, als zur perversen Belustigung einer höheren Macht herzuhalten, die sich unsere Pein ansieht, wie andere Leute irgendwelche Reality- oder Asozialen-Programme im Freitag-Nachmittag-Programm. Dann ist all das hier«, und dabei breitete er demonstrativ die Arme aus, »nichts weiter als ein einziger zynischer, morbider, niemals enden wollender Scherz und jede Tragödie eine weitere Pointe für unsere Zuschauer.«

Steffen blinzelte.

»Jochen?«

»Ja?«

»Das ist«, hob der Manipulator an, »der mit ganz weitem Abstand größte Schwachsinn, den ich in meinem ganzen verdammten Leben je gehört habe!«

»Ich weiß«, erwiderte Jochen und schnippte den ausgebrannten Zigarillo zur Seite.

»Und du sagst, dass der Mist für dich Sinn ergibt? Ich meine, das ist nicht einfach alltäglicher, sondern schon fortgeschrittener Bullshit.«

»Du sagst es«, bekräftigte der Söldner, mit den Zähnen bereits den nächsten Zigarillo kauend. »Und ja, der Mist macht perfekt Sinn für mich.«

Steffen warf die Arme über den Kopf.

»Was zum Geier ist dir und Melissa auf dem Leviathan passiert?«, brauste er auf. »Und wie hat es dazu geführt, dass du bei den Wings aussteigen konntest?«

Unvermittelt musste Steffen nach seiner Bierdose schnappen, als die Erde heftig zu beben begann. Offensichtlich war das Bombardement bis zu den Hochhäusern vorangeschritten, die das Ende des Blockes markierten.

Plötzlich sprang Jochen von seinem Bett auf. Er wirkte erschrocken.

»Hast du gerade auch was gehört?«, fragte Jochen alarmiert und schaute sich hektisch um.

»Jetzt lenk nicht ab«, sagte Steffen offensichtlich etwas energischer, als er es gewollt hatte. »Es wäre erstaunlich genug, wenn ich das nicht gehört hätte.«

»Das doch nicht«, sagte Jochen misstrauisch, ging in zwei Schritten zur Zelttür und riss sie auf. Davor war niemand zu sehen und das Einzige, was ihm entgegenschlug, war eine Wolke Baustaub geschwängerter, heißer Luft. Jochen war verwirrt. Vielleicht war es doch nicht so gut für seine Psyche, über all diese Dinge zu reden.

Langsam ging er zu seinem Feldbett zurück und weil er gerade einmal stand, holte er sich noch ein Bier.

Steffen sah irgendetwas zwischen ungeduldig und nervös aus.

»Also, wie ging es weiter?«, drängte er. »Anfixen und dann nicht liefern, ist nicht. Jetzt erzähl schon!«

Jochen sah seinen Freund einige Sekunden misstrauisch an, verwarf den Gedanken, der ihm gerade gekommen war, dann aber wieder.

»Die Sache war, dass wir von Anfang an wussten, dass mit der ganzen Angelegenheit irgendwas nicht ganz koscher war.«

»Aha«, sagte Steffen und nutzte den Umstand, dass Jochen ein paar Meter von ihm entfernt stand, um sich einen von den Zigarillos zu klauen, die weiterhin auf dessen Feldtruhe lagen.

Jochen begann indes an den Fingern abzuzählen.

»Erstens, waren die ganzen Rahmenbedingungen komisch. Nur ein paar Wochen vorher war die Mantelgesellschaft, unter der die BMCC unsere Tätigkeiten versteckte, aufgelöst und unter anderem Namen in das Firmenportfolio integriert worden. Seitdem ging so ziemlich alles drunter und drüber.«

Während er sprach, beugte sich der Söldner zum Kühlschrank herunter. Während er mit einer Hand nach dem Bier griff, zählte er mit der anderen einen zweiten Finger über die Schultern.

»Zweitens wurden wir seit ein paar Wochen, genauer gesagt, seit die Mantelgesellschaft aufgelöst worden war, fast nur noch auf Einzelziele angesetzt. Vorher war das so selten, dass wer auch immer den Auftrag bekam, danach nen Kasten Bier stellen musste, um die anderen an seinem oder ihrem ‚Kurzurlaub' teilhaben zu lassen.«

»Klingt, als wenn die was vertuschen wollten«, meinte Steffen nachdenklich.

»Ich bin mir sogar sicher, dass die da was vertuschen wollten«, sagte Jochen und öffnete die Dose in seiner Hand. »Das führt mich nämlich zum dritten Punkt.« Hierbei hob er beide Hände gleichzeitig, wobei er mit der einen Hand das Getränk zum Mund führte und mit der anderen drei Finger zeigte. Einen kräftigen Rülpser später fuhr er fort.

»Dieser und alle Einzelzielaufträge der Wochen zuvor waren von der BMCC selbst in Auftrag gegeben worden. Auch das war in den Jahren zuvor faktisch nicht passiert.«

Er kramte nach einem Feuerzeug, während er sich wieder zu seinem Feldbett aufmachte.

»Du hättest mir ruhig eins mitbringen können«, meinte Steffen vorwurfsvoll und drehte seine Dose um, aus der nur noch ein paar traurige Tropfen herauskamen.

»Hättest halt was sagen müssen«, sagte Jochen und streckte sich demonstrativ aus, während er dem murrenden Manipulator dabei zusah, wie er sich nun selbst auf den Weg machte. »Jedenfalls war, last but not least, viertens an der ganzen Sache faul, dass wir kein vernünftiges Briefing für den Einsatz bekommen hatten.«

»Waren eure sonstigen Amokläufe denn so gut geplant, dass das ungewöhnlich war?«, hakte Steffen nach und öffnete nun seinerseits eine Dose.

»Diese ‚Amokläufe', wie du sie nennst«, begann Jochen, »waren normalerweise bis ins kleinste Detail getaktet. Mussten sie auch sein, bei der Art und Weise, wie wir unsere Ziele ausschalteten.«

»Und das war damals dann nicht der Fall?«

»Nope«, sagte Jochen. »Man hat mich und Melissa nur mit fünf anderen losgeschickt und uns klipp und klar gesagt, dass die Zielperson den Leviathan auf keinen Fall lebend verlassen dürfe. All ihr Besitz sei im Idealfall sicherzustellen oder, falls das nicht möglich sei, zu zerstören.«

Der Manipulator biss sich auf die Unterlippe.

»Mann, ich wüsste zu gerne, um was es den Schweinen da gegangen ist.« Er blickte Jochen an. »Ihr habt das nicht zufällig in Erfahrung gebracht, oder?«

Der Söldner schüttelte den Kopf.

»Nein, Alter. Das hat uns damals auch echt nur ganz am Rande interessiert.«

Er klopfte eine beachtliche Menge Asche ab.

»Von Anfang an hatten wir das Gefühl, dass auf der ganzen Mission ein Fluch lag. Schon zu dem Zeitpunkt, als wir auf dem Leviathan ankamen, waren die Dinge dabei, im ganz großen Maßstab aus dem Ruder zu laufen.«

Wie, um seine Worte zu unterstützen, brach draußen ein weiteres Gebäude zusammen.

»Die internationalen Verträge, die dem Ding neben der Extraterritorialität auch noch die politische Unabhängigkeit von der Firmenkolonisation zugesprochen haben, waren im Begriff auszulaufen. Jeder, absolut jeder, jede einzelne Person auf dem Leviathan wusste, dass das in einer völligen Katastrophe enden musste.«

Steffen stöhnte.

»Ich nehme also mal an, dass die offizielle Version über die letzten Tage des Leviathans nicht ganz akkurat ist, oder?«

Jochen starrte seinen Freund mit mildem Unglauben an.

»Jetzt sag mir nicht, dass du diesen Mist von einem Überfallkommando bolschewistisch-kommunistischer Antikapitalisten geschluckt hast?«

»Hey, das klang doch richtig wahrscheinlich«, antwortete Steffen in einem Tonfall, der klar machte, dass er Jochen auf die Schippe nahm.

»Jaja«, brummte dieser und blies einen Rauchring in Richtung des Manipulators. »Vor allem der Teil, in dem erklärt wurde, dass ihr Ziel die Zerstörung eines weiteren leuchtenden Symbols der unfehlbaren Kosteneffizienz durch Privatisierung gewesen ist.«

Steffen hob einen Arm, sodass der Rauchring in seine Handfläche flog und zerquetschte ihn. Rauch stieg zwischen den Gliedern seiner geschlossenen Faust auf.

»Einhundert Prozent glaubwürdig! Also, was ist wirklich passiert?«

»Was wohl?«, ächzte Jochen, während er seinen Körper in eine bequemere Position schob. »Etwa ein Dutzend Firmen hatte schon Monate vor dem Stichtag damit angefangen, Söldnerverbände auf den Leviathan zu verlegen. Die wollten im richtigen Moment den demokratisch gewählten Rat der Raumstation in ihre Gewalt bringen.«

»Igitt, demokratisch gewählt«, sagte Steffen mit gespieltem Ekel. »Ist ja widerlich!«

»Ja, nicht wahr«, bekräftigte Jochen mit ebenso gespielter

Empörung. »Da kommen ja am Ende noch Entscheidungen zu Stande, die gar nicht ausschließlich in Firmeninteresse sind.«

Steffen schüttelte sich so heftig, dass sich etwas Bier über seine Brust ergoss.

»Furchtbar so was.«

Der Manipulator wischte sich über den Bierfleck und leckte an seinen Fingern.

»Und das hat dann, wie ich annehme, zu Gefechten mit der Stationsmiliz geführt?«

»Das, mein Freund«, sagte Jochen bedeutungsschwanger, »hat zu Gefechten zwischen den Söldnern geführt. Die unterschiedlichen Firmen hatten das nämlich alle unabhängig voneinander gemacht und sich nicht im Mindesten miteinander abgesprochen.«

»Oh«, sagte Steffen betreten und es dauerte ein paar Sekunden, bis diese Information endgültig gesackt war. »Ohhh!«

»Jep, jetzt hast du es verstanden«, stellte Jochen befriedigt fest. »Wir hatten noch nicht richtig mit der Suche angefangen, als sich die ganze Raumstation in ein einziges Tollhaus verwandelte.«

Jochen zündete sich einen neuen Zigarillo an der Spitze des alten an.

»Überall wurde gekämpft. Keine Sau wusste, wer gerade mit oder wer gegen wen. Zivile Verluste waren wie immer egal. Und in all dem Chaos mussten wir unsere Zielperson finden.«

»Und?«, erkundigte sich der Manipulator, als Jochen kurz innehielt. Inzwischen hatte das Bombardement der Gebäude scheinbar aufgehört.

»Naja, am Ende haben wir ihn natürlich gefunden«, meinte Jochen. »Genauer gesagt, Melissa hat ihn gefunden.« Jochen leerte seine Dose, warf sie unter sein Bett und machte keine Anstalten mehr, sich eine neue zu holen. »Sie meinte, dass er irgendwas davon gefaselt habe, dass die Wings ihrer gerechten Strafe nicht entkommen würden und blah, blah, blah.«

Der Söldner machte eine wegwerfende Handbewegung. »Melissa hat ihm drei Dutzend neue Arschlöcher gebrannt und seine Aktentasche an sich genommen. Damit war die Sache dann gegessen.«

Wieder Schweigen. Von außen hörte man die üblichen Geräusche des Lagerlebens hineinschwappen.

»Was dann?«, bohrte Steffen weiter. »Jetzt lass dir doch nicht alles aus der Nase ziehen!«

»Tja, was dann? Das war genau die Frage«, sinnierte der Söldner. »Angesichts dessen, dass es jeden Tag schlimmer wurde und die Kämpfe allmählich völlig zu eskalieren drohten, wollten wir da natürlich so schnell es ging weg. Aber wie?«

Jochen zog lustlos an seinem Zigarillo. Er wollte gerade nicht mehr schmecken.

»Die Hangars waren relativ früh von den Jungs von der Red Crosshair erobert worden und die ließen keinen mehr rein oder raus. Also setzten wir uns mit der Einsatzleitung in Verbindung. Und die ließen die Bombe des Jahrzehnts platzen.«

»Wie meinst du das?«, fragte Steffen vorsichtig.

Jochen schnaubte.

»Die sagten uns unumwunden, dass wir auf uns selbst gestellt waren. Und anschließend«, und dabei mischte sich eine Spur Belustigung in Jochens Stimme, »eröffneten die uns, so ganz nebenbei, dass wir, sobald der Auftrag erfüllt sei, von unserem Dienst entbunden seien. Die Iron Wings seien endgültig aufgelöst und es stünde uns frei, bei dem neuen, offiziellen Unternehmen der BMCC zu unterschreiben.«

Steffens Kiefer klappte herunter.

»Alter, … mitten während einer Mission? Viel asozialer ging das aber echt nicht, oder?«

Der Söldner zuckte mit den Schultern.

»Es klingt unglaublich, aber zumindest Melissa und ich haben uns gefreut wie die Schnitzel. Noch diese miese Scheiße irgendwie zu Ende bringen und danach frei sein? Besser ging es doch gar nicht, oder?« Jochen lachte freudlos.

»Ich frage mich oft, wie es gelaufen wäre, wenn wir es irgendwie früher geschafft hätten, abzuhauen. So aber mussten wir mitansehen, wie eine Woche nach unserem letzten Kontakt mit der BMCC überall um die Station Schiffe der verschiedenen Söldnerverbände aus dem Hyperraum auftauchten und Raumgefechte ausbrachen.«

Er hielt seinen erst zu drei Viertel aufgerauchten Zigarillo Steffen hin, der ihn dankend annahm.

»Letztendlich brauchte es bei all den Gefechten nur einen einzigen direkten Treffer, um den Leviathan zu zerstören.«

»Ach komm, du übertreibst«, erwiderte Steffen. »Das kannst du von mir aus Leuten in einem sechstklassigen Film verkaufen, aber selbst, wenn der Leviathan keine militärische Station war, kannst du mir nicht erzählen, dass er so schwach befestigt war.«

Jochen starrte ein paar Sekunden ins Nichts.

»Weißt du eigentlich, was das grundlegende System für Energietransfers war, als man vor knapp einem Jahrhundert angefangen hat, den Leviathan zur Stadt auszubauen?«

Steffen stöhnte völlig entnervt auf.

»Mensch, Jochen! Kann man von dir nicht einmal eine klare Antwort bekommen? Sag mir doch einfach, wie ein einziger Treffer ...«

»Weißt du es oder weißt du es nicht?«, unterbrach ihn Jochen scharf.

»Nein, ich weiß es natürlich nicht«, raunzte der Manipulator.

»Flüssiggas.«

»Flüssiggas?«
»Ja, Flüssiggas. Genauer gesagt, Wasserstoff.«
Steffen blinzelte.
»Du willst mir jetzt aber nicht weismachen, …?«
»Und wie ich das will!« Jochens Stimme war nicht traurig oder wütend. Nur sehr, sehr müde.
»Auf dem Leviathan wurde aus sechs großen Fusionsreaktoren Energie erzeugt, die in Form von hochentzündlichem Wasserstoff gespeichert und zur Verwendung durch das Schiff gepumpt wurde.«
Jochen hob eine seiner Hände zur Faust geballt und ließ dann seine andere Hand, mit ausgestrecktem Zeigefinger, darauf zufliegen.
»Und als eine Rakete, ich habe nie rausgefunden, ob aus Absicht oder Versehen, die große Kuppel des Leviathans durchschlug und einen der Verteilerpunkte traf, …«
Er tippte mit dem Finger gegen die Faust und öffnete diese schlagartig.
»Peng«, flüsterte der Manipulator betroffen und drückte beide Zigarillos aus.
»Peng«, antwortete Jochen bestätigend.
Die beiden schwiegen sich einen Moment lang an. Keiner von ihnen hatte mehr Lust auf Bier oder Zigarillos.
»Wie seid ihr da noch rausgekommen?«, fragte Steffen schließlich.
Jochen schaute zur Zeltdecke. Nun musste er sich auf einmal sichtlich bemühen, um ruhig zu bleiben.
»Der Witz, der das Ganze so schwer zu ertragen macht, war, dass wir im Grunde schon draußen waren.«
Er sprang auf und begann vor Steffen auf und ab zu laufen, scheinbar unfähig, bei dem Teil der Geschichte liegen zu bleiben.

»Wir hatten wahre Unsummen dafür ausgegeben, um herauszukriegen, dass der Rat der Station von einem geheimen Hangar aus evakuiert werden sollte. Und gerade, als wir das Ding zu siebt stürmten und begannen, Rat samt Leibgarde zu Klump zu schießen, begannen überall die Rohrleitungen zu explodieren.«

Der Söldner ballte die Hände zu Fäusten. Steffen sah, wie seine Knöchel weiß hervortraten.

»Zehn verdammte Minuten früher und wir hätten abhauen können. Aber als sich so der Staub ein wenig legte, waren von uns noch vier übrig und von den Rettungskapseln nur noch zwei intakt.«

Der Griff seiner Hände verstärkte sich und Blut quoll aus seinen Fäusten hervor.

»Zwei Einpersonenkapseln.«

»Nein!«, stieß der Manipulator entsetzt aus.

»Doch«, sagte Jochen unendlich bitter. »Wir wussten, dass, egal was wir nun tun würden, zwei von uns den Leviathan nicht mehr lebend verlassen konnten.«

»Ja aber, ... wie habt ihr ...?«

Jochen griff sich in den Ausschnitt und holte den letzten seiner Anhänger hervor. Die Münze.

»Vincent und Hunter haben sie geworfen«, sagte der Söldner mit leiser, brechender Stimme, »und Melissa und ich.«

Steffen blickte seinen Freund fassungslos an, doch der sah ihn nicht mehr. Sein Blick war in der Zeit entrückt. Hin zu Gängen, die sich mit dem Feuer glühend heißer Explosionen füllten, und zu Sicherheitstüren, die sich knallend schlossen. Hin zu Vincent, der sich angesichts dessen, dass der siegreiche Hunter vor seinen Augen wegflog, selbst die Kugel gab. Und hin zu Melissa und sich selbst, wie sie sich gegenseitig anschrien, bis sie die Münze schließlich doch warfen. Die verfluchte Münze, die er nun in seiner zitternden Hand hielt, aus der Blut auf sie hinabtropfte. Vor seinen Augen wirbelte sie durch die Luft. Das nächste klare Bild, an das er sich erinnern konnte, war Melissas entsetztes Gesicht, als es von Feuer verzehrt wurde.

Aus der Ferne hörte er Steffens Stimme zu sich durchdringen, ohne auch nur ein Wort zu verstehen. Vielleicht fragte er ihn, wie er es hatte zulassen können, dass Melissa starb. Vielleicht versuchte er auch, ihm einzureden, dass sie gewollt hätte, dass er lebte. Es machte keinen Unterschied. Er wollte es nicht hören. Konnte es nicht ertragen.

»Halt die Fresse«, herrschte er seinen Freund an und ließ sich schwer auf sein Feldbett fallen. Er vergrub das Gesicht in den blutigen Händen, um die Tränen zu verbergen.

»Ich will einfach nur noch vergessen Steffen, verstehst du?«

Jochen konnte durch die Hände nicht sehen, was der Manipulator tat, aber da er schwieg, redete er weiter.

»Aber alles, was die verdammten Drogen gemacht haben, war mir kurze Pausen zu gönnen, nach denen mich die Realität jedes Mal wie eine verdammte Dampframme getroffen hat. Und dabei haben die so viel von meinem Hirn zerstört, dass ich schon Jahre bevor wir uns trafen, die Tentakeln nicht mehr benutzen konnte.«

Er schniefte und wischte sich Rotz aus dem von seinen Händen blutig gewordenen Gesicht.

»Vielleicht das einzig wirklich Gute, was die mir gebracht haben. Jetzt weißt du alles.«

»Oder zumindest fast«, dachte er im Stillen. Aber dafür fehlte ihm jetzt endgültig die Kraft.

Steffen hatte sich nun auch aufgesetzt und hob einen Arm. Als er diesen jedoch auf Jochens Schulter legen wollte, zuckte der Söldner zurück. Lange sagte keiner von ihnen mehr etwas.

»Blake hat mir erzählt, dass er sich nach dem Ende seines Vertrages auch zur Ruhe setzen will.«

Er sah Jochen tief in die tränenverquollenen Augen, die nun so blutrot waren, wie seine eigenen. Er griff unter sein Bett, tränkte einen Fetzen Stoff mit einer Wasserflasche und gab sie Jochen, damit er sich das Gesicht abwischen konnte.

»Er will irgendwo mit einer kleinen Truppe eine eigene Sicherheitsagentur aufmachen. Er meint es ernst, Jochen, und er hat mich gefragt, ob ich mit ihm kommen will.«

Noch immer sagte der Söldner nichts, während er sich den blutigen Schmodder aus dem Gesicht entfernte.

»Ich habe ihm gesagt, dass ich mitkomme«, fuhr der Manipulator schließlich fort und setzte dann nach. »Aber ich habe ihm auch gesagt, dass ich dich dabeihaben will.«

Jochen ließ das Tuch sinken. Diesmal machte er keine Anstalten, um seine Tränen zu verbergen.

»Ein neuer Anfang, irgendwo näher an den Kernwelten. Weg von … weg von …, naja, weg von allem hier. Wäre das nicht eine Überlegung wert?«

Jochen blickte auf das blutige Tuch in seinen Händen und knüllte es zusammen, sodass es von außen fast wieder sauber aussah.

»Ja.« Er hob den Kopf und lächelte. »Ja, das wäre schon eine Überlegung wert.«

Keine Viertelstunde, nachdem Jochen gegangen war, öffnete sich die Tür und Blake kam herein.

»Bist du sicher, dass er weg ist?«, fragte Steffen und warf ihm ein Bier zu, das Blake geschickt auffing.

»Ja. Habe ihn zum Schießplatz gehen sehn. Ich glaube, der wird jetzt erst mal ein paar Leichen sprengen.«

Steffen brummte einigermaßen befriedigt.

»Du hast alles gehört?«, fragte er dann.
Blake nickte bestätigend.
»Wie kommt's, dass er mich an der einen Stelle gehört hat?«
»Meine Schuld«, erklärte Steffen knapp. »Bin an den Schalter für die Gegensprechfunktion gekommen, als er zu dem Teil mit dem lachenden Gott gekommen ist.«
Blake tippelte mit den Fingern an seinem Bein, während er in der Gangmitte vor Steffens Feldbett stehend sein Bier kippte.
»Ganz ehrlich«, sagte er kopfschüttelnd, »das ist alles verdammt zäher Tobak.« Er schüttelte den Kopf. »Steffen, er ist nicht stabil!«
Steffen zuckte mit den Schultern.
»Das ist keiner von den Jungs, die du dabeihaben willst.«
»Wahrscheinlich«, sagte Blake und leerte seine Dose in einem Zug. Danach knüllte er sie zusammen und warf sie unter ein Feldbett.
»Und? Was sagst du?« Steffens Blick war forschend und hatte etwas Erwartungsvolles, ja fast schon Ängstliches an sich.
Blake seufzte und machte ein Gesicht, als müsste er mit sich selbst ringen.
»Er kann mitkommen«, sagte er schließlich. »Sorg du nur dafür, dass er von den Drogen wegbleibt. Und«, dabei drehte er sich wieder zur Tür um und schickte sich an zu gehen, »bring die Sache mit euch beiden so bald es geht ins Reine. Glaub mir, du tust dir keinen Gefallen damit, noch länger die Klappe zu halten.«
Als die Tür zufiel, fasste sich Steffen nachdenklich hinter sein Ohr.
Die letzten Monate hatten Steffen viel gelehrt. Er wusste jetzt, warum ihre Gehirne so gleich waren, dass die Nanobots eine regenerative Synchronisierung betreiben konnten, ohne dass er danach ein sabbernder Idiot oder eine völlig andere Per-

son als vorher war.

Die BMCC musste nahezu die gleichen Konfigurationen an der ersten Generation der Iron Wings durchgeführt haben, die sie später für die erste Versuchsreihe der Manipulatoren verwendet hatte.

Im Grunde grenzte es an ein Wunder, dass er und Jochen sich damals getroffen hatten. Je länger er darüber nachdachte, desto geringer schien ihm die Wahrscheinlichkeit und ein beklommenes Gefühl breitete sich in ihm aus.

Es gab nur wenige Manipulatoren der ersten Generation, die so alt waren wie er und von denen war keiner mehr einsatzfähig.

Er spielte mit dem Finger an der Kappe des Cerebralanschlusses. Er machte sich keine Illusionen. Jochen musste glauben, dass ein großer Teil ihrer Freundschaft darauf beruhte, dass Steffen den ehemaligen Iron-Wings-Soldaten brauchte, um zu überleben.

Steffen blickte betrübt zur Tür.

Überleben hin oder her. Jeder andere hätte diesen weinerlichen, instabilen und gemeingefährlichen Drecksack wohl schon vor Jahren seinem eigenen Selbstzerstörungsdrang überlassen und sich nach irgendeiner Alternative umgesehen.

Jeder andere, der ihn nicht so abgöttisch liebte wie Steffen.

Der Narrator liest vor

Von den Iron Wings und ihren frühen Anfängen

Der folgende Videomitschnitt stammt von Akoko Kobayashi, einer Privatdetektivin von dem Planeten Kurai Tsuki, die sich in unbekanntem Auftrag lange mit dem Phänomen der sogenannten ›Iron-Wings‹-Kommandos beschäftigte. Er ist auf das Jahr 2203 datiert.

Leider muss ich Ihnen mitteilen, dass meine Forschungen auch nach drei Monaten bisher nur wenig zu Tage gefördert haben. Dennoch halte ich es für geboten, Sie über meinen jetzigen Kenntnisstand zu informieren. Immerhin ist es mir gelungen, die Aktivitäten der Organisation, über die Sie Auskunft wünschen, bis zu ihrem wahrscheinlichsten Ursprung zurückzuverfolgen.

Das erste Mal tauchten die Iron Wings vor etwa zehn Jahren auf und das mit absolut verheerender Wirkung. Es steht für mich völlig außer Frage, dass die Firma, die die Einheiten ausbildet und vermittelt, irgendwie die internationalen Regulierungen zur Registrierung neuer Sicherheitsunternehmen umgangen haben muss. Anders ist es nicht zu erklären, dass sie weder im Rubriziersystem noch im interstellaren Firmenkatalog geführt wird. Ich kann Ihnen also nicht einmal sagen, nach welcher Art von Unternehmen Sie suchen müssen, geschweige denn dessen Namen. Auch ist es mir völlig schleierhaft, wie so viele namhafte Firmen die Dienste der Wings in Anspruch nehmen konnten, ohne dass sich das in den Geschäftsbüchern der

Buchhaltung niederschlägt. Zumindest nicht bei Transdimensional Antimaterial Powers, Sie wissen schon, dieser Energieerzeuger, der sich momentan überall im Beta-Epsilon-Distrikt breitmacht. Meine Recherchen haben ergeben, was mir mein Kontakt in der Buchhaltung der Firma auch inzwischen bestätigt hat, dass sie einer der ersten, wenn nicht sogar die erste Firma waren, die die Dienste der Wings nutzten.

Offensichtlich hatte die Firma damals mit schweren Aufständen unter der Belegschaft ihrer Antimaterieanlage auf Tesla IX zu kämpfen. Im Wesentlichen ging es wohl darum, dass nicht genug strahlungsneutralisierende Medikamente zur Verfügung standen, weil die Firma dort mit unerwarteten Kosten bei dem Bau der Nuklearkraftwerke konfrontiert wurde, deren Energie sie, als Antimaterie gespeichert, weiterverkaufte und versuchte, Geld durch Einsparungen der Gesundheitsversorgung wieder reinzuholen. Es muss den Angestellten gelungen sein, durch einen gut organisierten Generalstreik das Werk effektiv lahm zu legen. Zwar kam es zu Verhandlungen, die sich aber immer mehr in die Länge zogen, weil die Arbeiter für die finanziellen Bedürfnisse der Firma verständlicherweise nur wenig Sympathie aufbrachten.

Als die finanziellen Verluste dann immer größer wurden, entschied sich die Firmenspitze wohl zum Handeln. Nachgeben kam für sie nicht in Frage, da das die Mitarbeiter auf anderen Planeten ebenfalls zur Hinterfragung ihrer Arbeitsbedingungen hätte bewegen können. Wie gesagt, ich habe nicht den geringsten Hinweis finden können, woher sie die Dienste der Wings hatten, aber von der Nacht des achten auf den neunten Mai 2193 brach der Aufstand als Ganzes zusammen. Der Grund war ganz einfach der, dass alle 643 Arbeiter, von den leitenden Ingenieuren und Managern bis hin zu den kleinsten Lichtern der Hierarchie, innerhalb von einer Nacht ermordet wurden. Weder ist nachzuweisen, dass große Söldnerkontingente auf dem Planeten eingetroffen waren, noch sah es nach der Arbeit von robotisierten Einheiten aus. Tesla IX war damals noch eine überschaubare Kolonie und in Reichweite mehrerer größerer Welten, die auf ihre Energie angewiesen waren. Die Überführung größerer Truppenkontingente oder Robotertechnik hätte innerhalb der Infrastruktur dieser Planeten auffallen müssen und hätte Absprachen mit den Regierungen der umliegenden Welten bedurft. Wenn schon nicht den Beamten, dann aber hätte doch den Überwachungssatelliten etwas auffallen müssen. Außerdem hätte sowohl gegen Söldner als auch gegen Roboter eine adäquate Verteidigung stattfinden können, da sich an dem Streik auch die Mitarbeiter des Sicherheitspersonals beteiligten.

Das nächste Kontingent Arbeiter, das von Transdimensional Antimaterial Powers einige Tage später geschickt wurde, fand nichts weiter als Leichen, die über das gesamte Wohn- und Betriebsgelände verteilt lagen. Ein Augenzeuge, den ich noch auftreiben konnte, berichtete, dass die Körper mit furchtbaren Verbrennungswunden, wie sie durch Laser- oder Plasmawaffen zustande kommen, übersät waren. Einzige Überlebende waren Kinder der Angestellten, aber auch nur, wenn sie vier Jahre oder jünger waren. Aus denen, die schon etwas sprechen konnten, bekamen die neuen Arbeiter lediglich heraus, dass Wesen mit Metallflügeln aufgetaucht waren, die alle Erwachsenen und die meisten Kinder mit gleißenden Lichtern getötet hätten. Die einzige Nachricht, die sie hinterlassen hatten, bestand darin, dass sie den Rädelsführer des Aufstandes an die Wand des Kraftwerks genagelt hatten. Der hatte noch wenige Tage zuvor in einer Rede verkündet hatte, dass sie den Streik aufrechterhalten würden, bis die Firma nachgebe, da sie nichts zu verlieren hätten, weil es ihnen ohnehin nicht schlimmer gehen könne.

Über ihm stand in seinem eigenen Blut geschrieben ›Schlimmer geht immer!‹, was danach das inoffizielle Motto der Iron Wings wurde.

Ich glaube, ich muss Ihnen nicht erzählen, dass die neue Belegschaft nicht einmal daran dachte zu streiken und die Arbeit unverzüglich aufnahm. Auch wagte es niemand mehr, sich über das hohe Strahlungslevel zu beschweren, wogegen die Firma erst dann etwas unternahm, als die fortschreitenden Erkrankungen die Effektivität der Anlagen ernsthaft beeinträchtigten. Der gesamte Vorfall wurde als Neuansiedlung in Folge eines niederträchtigen Überfalls durch Piraten deklariert und das Truppenkontingent auf dem Planeten verstärkt. Allerdings waren das wohl eher weitere Disziplinierungsmaßen für die neue Belegschaft.

Dies war nur der erste von vielen Fällen, die ich bisher erarbeiten konnte. Mir fehlt allerdings deutlich die Zeit, um alle zu analysieren. Wenn Sie bereit wären, mein Budget aufzustocken, könnte ich einige mir gut bekannte und sehr verschwiegene Kollegen hinzuziehen, die die Recherche und Verfolgung neuer Spuren deutlich erleichtern würden.

Ich hoffe auf eine baldige Antwort Ihrerseits.

37

Der Narrator erzählt

Von der letzten Schlacht um Chesterfield

Zu Beginn jenes schicksalsentscheidenden Tages des Krieges schien die Nacht nur langsam dem Leuchten der ersten der drei Sonnen des Planeten weichen zu wollen, als sie sich, unendlich träge wie es schien, über den Horizont erhob. Doch als die ersten Strahlen gleißenden Lichts endlich ihren Weg in das Tal von Chesterfield fanden, enthüllten sie das, was die Streitkräfte der Föderation zum Untergang des Konzils bestimmt hatten. Tief eingegrabene Reihen von Artilleriebatterien und nachgelagerte Haubitzen-Panzer standen bereit und kaum, dass die Richtschützen genug Licht zum Sehen hatten, wurde auch schon der Feuerbefehl erteilt. Das Bombardement, das nun folgte, war nicht heftiger als der Beschuss in den Tagen zuvor. Es war kein Hagel von Granaten, der dazu gedacht war, die feindlichen Verteidigungslinien zu durchbrechen oder bis an die Basis des Konzils heranzureichen. Nein, der Beschuss hörte, so wie alle Maßnahmen seit Beginn der Operation, mehrere Blocks vor den besetzten Hafenanlagen schlagartig auf. Und doch hätte er vernichtender nicht sein können. Als sich der Morgen dem Vormittag neigte, mussten die separatistischen Befehlshaber bereits begriffen haben, was die Stunde geschlagen hatte, und sie setzten ihre letzten Reserven von Flugdrohnen ein. In der Hoffnung, vielleicht noch ein paar der föderativen Geschützstellungen auszuheben und so das Unvermeidliche hinauszuzögern. Wohl wissend, dass es keinen Sinn hatte. Wie erwartet, fiel Drohne um Drohne unter dem erbarmungslosen Abwehrfeuer und dem verderblichen Einfluss einiger weniger Manipulatoren bald vom Himmel, um auf dem ungnädigen Erdboden zu zerschellen. Die feindliche Artillerie schwieg. Zumindest fürs Erste. Doch als es Mittag wurde, verstummten auch die Kanonen der Untamed Blades und eine unheimliche Stille hielt in Chesterfields Ruinen Einzug. Einzig unterbrochen von dem Krachen einstürzender Baustrukturen. Während sich der Staub der Explosionen nach und nach legte, erhob sich ein leiser Wind von Westen, der den Qualm der Brände von den Ruinen wegwehte, sodass der Plan der Untamed Blades nun offen zu Tage lag. Da wurde die ungewohnte Stille des Schlachtfeldes jäh wieder durchbrochen, diesmal vom Donnern und Brüllen anlaufender Panzermotoren. Da war allen klar, dass das Ende kurz bevorstand. Hinter der Vorhut dutzender rasselnder und kreischender Kettenpaare machten sich tausende Beinpaare auf den Weg, um in die vier Kilometer lange Schneise vorzustoßen, die die Artillerie bis unmittelbar vor die letzte wirksame Verteidigungslinie des Konzils gerissen hatte. Die finale Schlacht um Lost Heaven hatte begonnen.

Jochen hätte es niemals gewagt zu behaupten, dass er solche Momente liebte. Denn dieses Gefühl war einfach viel zu schwach, um die unbändige, allumfassende und jede Pore seines Körpers durchdringende Freude zu beschreiben, die er in solchen Situationen empfand. Das lag vor allem daran, dass er sehr gut nachempfinden konnte, was gerade in den Truppen des Konzils vorgehen musste. Scheiße noch eins, wie oft hatte er sich mit diesem Gefühl schon konfrontiert gesehen? Es musste für sie schon vor geraumer Zeit begonnen haben.

Das Gefühl völliger Hilflosigkeit, angesichts eines langsamen Erstickungstodes. Die Unfähigkeit, den Feind daran zu hindern, den eigenen Handlungsspielraum Schritt für Schritt einzuschränken. Jochen hatte zu Anfang nicht verstanden, welchen Sinn es hatte, das Kanalsystem in zwei kerzengeraden Schneisen in Richtung der Raumhäfen zum Einsturz zu bringen. Dass er solche Dinge lange nicht durchschaute, war aber auch gleichzeitig der Grund, warum er nie weit in der Kommandokette aufgestiegen war und es auch nie tun würde. Schlechtnacht hatte mal wieder bewiesen, warum er das Werkzeug war, mit dem die Untamed Blades ihren Willen durchsetzten. Jochen verstand jetzt, dass der Generalleutnant nie auch nur eine Sekunde gezweifelt hatte, dass die verschachtelten Gänge der Kanalisation seine Truppen früher oder später zum Raumhafen geführt hätten, hätte er sich dafür entschieden, sie dort hinabzuschicken. Aber damit hätte er genau das getan, auf was das Konzil gehofft hatte. Gott allein wusste, wie lange sie dort unten in Scharmützel verwickelt worden wären und wie viele Söldner in Hinterhalten ums Leben gekommen wären. Verluste, die für Schlechtnacht mehr als nur hinnehmbar gewesen wären. Im Gegensatz zu den Wochen oder Monaten an Zeit, über die sich die Prozedur hätte hinziehen können. Nun rahmten stattdessen zwei Schneisen blockierter Kanalisationsgänge jene Bresche der Verwüstung, auf der sich die Untamed Blades ihren zermalmenden Vormarsch bahnten. Spätestens jetzt, so wusste Jochen, musste das Gefühl der Machtlosigkeit auf der gegnerischen Seite in blanke Verzweiflung umschlagen. Wie eine Speerspitze, die sich langsam in den Leib des Gegners grub, stießen die Panzer in die Trümmerwüste vor und planierten das Feld unter sich. Es waren überschwere Maschinen mit breiten Ketten, unter denen sich die morschen Trümmer der Stadt absenkten und jeden Riss im Untergrund füllten, sofern sie nicht gleich zermahlen wurden. Drei breite Reihen dieser rasselnden, nach Öl und heißem Stahl stinkenden Ungetüme fuhren hintereinander und in ihrem Rücken war nichts mehr übrig, was dem Vorrücken der Infanterie hätte Einhalt gebieten können. Nicht, dass es das Konzil nicht trotzdem versuchte. Doch die Truppen, die aus den Tunneln außerhalb der von Trümmern blockierten Zone stießen, brauchten lange, um sich zu ihnen durchzuarbeiten und die Blades hatten Sorge dafür getragen, dass sich die Schneisen um die Bresche für jeden, der sie betrat, in eine Todeszone verwandelte. Dort bot sich den Truppen des Konzils keinerlei Deckung mehr vor den darüber kreisenden Abfangdrohnen, so wenige es auch waren. Jene, die es dennoch bis in die Bresche schafften, waren durch die Luftaufklärung lange vorher angekündigt worden und wurden von mitleidlosem Begrüßungsfeuer niedergemäht. Als das Konzil einsah, dass dies nichts brachte, schickte es einige wenige Panzer und Grenadiereinheiten ins Feld, um die Speerspitze der Blades zu stoppen. Doch das erwies sich als genauso fruchtloses Unterfangen. Abgesehen davon, dass die Panzer des Konzils einfach nicht zahlreich genug waren, erwiesen sie sich schlicht und ergreifend nicht als schwer genug, um sich selbst einen Weg durch die Bresche zu bahnen. Also versuchten sie sich an den Schneisen, was sich als tödlicher Fehler herausstellte. Mit derselben Lieferung, die die Räumpanzer gebracht hatte, war auch eine sechsköpfige Gruppe von Mech-Piloten eingetroffen. Hochversierte Söldner, deren Short termed operation contract eigens für diesen Einsatz geschlossen worden war. Denn sie brachten nicht einfach irgendwelche Mechs mit. Die Tank Hugger waren eine eigentümliche Erfindung. Wer auch immer das Getöse dieser Maschinen vernahm, kannte in der Regel nur zwei Reaktionen. Siegesgewisse Freude oder maßlose Panik. Die agilen Sturm-Mechs der Firma »Mobile Iron« verdankten ihren Namen der merkwürdigen, wenn auch unbestritten effektiven Art und Weise, mit der sie feindliche

Panzer ausschalteten. Streng geheime Hydraulik-Federsysteme ließen diese Maschinen mit jedem ihrer Siebenmeilenschritte mit einer solchen Wendigkeit derart schnell herannahen, dass weder Panzermannschaften noch computergesteuerte Maschinen ihre, in der Regel viel zu trägen, Untersätze schnell genug bewegen konnten, um sie vor dem Unvermeidlichen zu retten. Waren sie erst einmal flankiert, hörte man nur ein Zischen, mit dem der Mech in die Knie ging, ein Knallen, mit dem er in die Luft katapultiert wurde und plötzlich umarmte eine riesige, annährend humanoide Maschine den Panzer. Ein Anblick, der durchaus etwas Komisches für sich hatte, allerdings nur so lange, bis er durch Rammsporne an seinen Extremitäten etliche Sprühnebel aus glühend heißem, flüssigem Kupfer in den Innenraum der Maschine jagte. Die glücklicheren Mannschaften hatten lediglich den Verlust ihrer Antriebssysteme zu beklagen. Die weniger glücklichen brauchten sich darüber, genau wie um alles andere, keine Gedanken mehr zu machen. Nachdem auch die letzten Grenadiere von den Scharfschützen der Blades aufs Korn genommen worden waren, blieb dem Konzil nur noch die direkte Verteidigung des Raumhafens. In absoluter Unterlegenheit, mit ausgehenden Munitionsvorräten und ohne jede Hoffnung auf Hilfe von außen.

Ja, Jochen konnte sich sehr gut in die Lage des Konzils hineinversetzen und spürte, wie die schiere Freude in seiner Brust zu platzen drohte, als Blake ihren Trupp an die Front führte. Es gibt in gewisser Weise nur zwei Sorten von Menschen. Jene, denen schreckliche Dinge passieren und die zu der Auffassung kommen, dass niemals wieder jemand so leiden soll, wie sie gelitten haben, und jene Menschen, die die Meinung vertreten, dass jeder so leiden sollte wie sie. Jochen gehörte definitiv nicht zur ersten Sorte. In ein paar Stunden, so wusste er, würde die Schlacht um Lost Heaven vorbei sein. Er wusste gar nicht, wie sehr er damit recht hatte.

Einige Kilometer vor dem Hafen kamen die Panzer zum Stillstand und die Söldner strömten zwischen ihnen hervor. Sie hatten das Ende der Bresche erreicht. Schlechtnacht hatte im Sinne ihres Kunden Wort gehalten. Nicht ein einziges Artilleriegeschoss war näher an den Raumhafen herangekommen und nicht eine einzige Panzergranate würde von hier aus in diese Richtung abgefeuert werden. Doch für dieses letzte Gefecht brauchten die Untamed Blades weder Panzer noch Artillerie. Blake führte ihre Truppe auf die Ostseite des Hafengeländes zu. Schon von hier aus konnte er sehen, dass die Linie des Feindes tief eingegraben, aber viel zu dünn besetzt war. Erst als sie auf dreihundert Meter heran waren, schlug ihnen das erste Feuer entgegen. Zeitgleich schoss eine Reihe von Haubitzen-Panzern hinter der Front und nur Sekunden später explodierten über ihren Köpfen die Splittergranaten. Wie ein stählerner Regen gingen überall um sie herum scharfkantige Schrapnelle nieder. Die meisten von ihnen wurden durch gut reparierte oder gleich neu gekaufte Gefechtspanzerungen aufgehalten. Doch hier und da gellten die ersten Schreie durchs Interkom, wo ein unglücklicher Treffer seinen Weg ins Fleisch gefunden hatte oder sich irgendein Geizkragen vor dem Gefecht eingeredet hatte, dass es ihn schon nicht treffen würde. Scheußliche Wunden klafften unter der Wucht der Geschosse auf, Männer und Frauen gingen zu Boden, doch der Angriff ging weiter. Es dauerte fast eine halbe Minute, bis die Artillerie erneut feuerte. Sie war dabei, ihre letzte Munition zu verschießen. Die Blades waren bis dahin längst auf zweihundert Meter heran. Maschinengewehre und Impulslaser nahmen ihre Arbeit auf. Die gut gezielten Salven brachten die Blades tatsächlich für einen kritischen Moment ins Stocken, als stellenweise ganze Züge niedergemäht wurden, doch es hätte anhaltendes Dauerfeuer dieser Art gebraucht, um sie aufzuhalten. Blake bellte einen Befehl und nach einer furchtbar langen Sekunde eines schrillen, sich rasch nach oben schraubenden Summens hielt ein vernichtender Hagel aus Kugeln, abgefeuert aus Finleys Gatling-Arm, die Impulskanone am Boden, die ihren Trupp gerade noch drei Leute gekostet hatte. Hundert Meter. Spätestens jetzt konnte die Artillerie nicht mehr agieren, ohne Gefahr zu laufen, die eigenen Truppen zu gefährden. Fünfzig Meter. Jochen feuerte aus vollem Lauf einen Schuss ab, der einem mutigen Soldaten, der sich im Graben aufgerichtet hatte, um besser zielen zu können, seinen Hals zur Hälfte abriss und ihn zu Boden beförderte. Zehn Meter!

Und die Welt begann aus den Fugen zu geraten.

Von einer Sekunde auf die nächste rollte ein Donner durch den Boden. Ein Beben, dass sich in immer heftiger werdenden Wellen ausbreitete und jeden, Freund wie Feind, zu Boden beförderte. Es brachte selbst die Tank Huggers ins Wanken. Ungläubig mussten die anrückenden Söldnerverbände tatenlos dabei zusehen, wie über den gesamten Raumhafen verteilt Explosionen die Hangars und Servicegebäude zerrissen und brennende Säulen sich ihren Weg in die Lüfte bahnten, aus denen sich nur Augenblicke später Raketen schälten. Panik machte sich breit. Schreie erklangen, die von dem ohrenbetäubenden Lärm der Triebwerke verschluckt wurden. Zunächst glaubte keiner etwas anderes, als dass sich die Raketen gleich absenken und jeden Einzelnen von ihnen in feurigen Explosionswalzen atomisieren würden. Manch einer versuchte sich wiederaufzurichten und zu fliehen. Möglich wurde dies aber erst, als sich die Raketen bereits etliche Kilometer über der Erde befanden. Gerade als sich die Ersten wieder hochgerappelt hatten, passierte erneut das Undenkbare. Vom Boden aus konnten die Kämpfenden sehen, wie die Triebwerke der Raketen eines nach dem anderen erloschen, nur um unmittelbar danach weiß leuchtende Impulsexplosionen auszusenden, die die Raketen mit einem Mal derart beschleunigten, dass sie sich in graue Schleier verwandelten. Sie waren zu schnell für das menschliche Auge geworden, während sie dem Orbit entgegenschossen. Das Geschenk, welches sie zurückließen, waren Druckwellen von solcher Heftigkeit, dass sie die Brände, die sie bei ihrem Start verursacht hatten, sofort erstickten und die Gebäude, in denen sie gesteckt hatten, sowie die meisten anderen Flughafenanlagen zum Einsturz brachten. Nun muss an dieser Stelle gesagt sein, dass sich der Raumhafen von Chesterfield, so wie jeder andere Raumhafen, über ein riesiges Areal erstreckte. Wäre dies anders gewesen, wäre Jochens Geschichte bereits an dieser Stelle zu Ende gegangen. Denn obwohl zwischen den Hafenanlagen, welche die Raketen verborgen hatten und der Verteidigungslinie des Konzils noch etliche Kilometer lagen, war Jochens Überleben, wie so viele Male zuvor, purer Zufall. Und, so wie in noch weitaus mehr Fällen zuvor, nicht sein eigenes Verdienst. Blake war einer der wenigen Befehlshaber, die die Geistesgegenwart bewiesen, ihren Trupp in die Gräben springen zu lassen, bevor die Druckwellen herangerollt waren. Immerhin bewies Jochen trotz allem von alleine die Geistesgegenwart, zuvor seinen Mund zu öffnen. Einem seiner Kameraden zerriss das Ausbleiben dieser Maßnahme einen Herzschlag später glatt das Trommelfell. Aber Vorfälle wie dieser waren ihr geringstes Problem. Wahre Hurricanes aus Schutt und Stahl und geschmolzenem Glas gingen über sie hinweg und auf sie nieder. Keiner von ihnen wusste, wie lange es dauerte. Nicht so lange, wie es ihnen vorkam, das stand mal fest. Doch das war lange genug für den Tod, um sowohl unter den Blades als auch unter den Separatisten reiche Ernte zu halten, und mit jeder Sekunde, die verging, waren alle Kämpfenden darin vereint, dass sie fürchten mussten, der oder die Nächste zu sein. Schließlich erbarmte sich Gevatter Tod und ließ den unerbittlichen Hagel an Geschossen zu Ende gehen. Als Jochen benommen die Augen aufschlug, dachte er zunächst, er müsse erblindet sein. Doch es war nur der Staub. Er war überall. Er verdeckte Himmel und Erde und es würde Tage dauern, bis er sich völlig gelegt hatte. Für Jochen hätten es genauso gut Jahrzehnte sein können. Er hustete. Der Staub war sogar in ihm. Er glaubte zu sehen, wie sich wankende Gestalten um ihn herum bewegten. Orientierungslos wie er selbst. Schon wollte die Angst mit eiskalter Hand von ihm Besitz ergreifen, als ihn jemand am Arm packte. Er wirbelte herum und blickte in all dem Chaos in Steffens Gesicht. Der Manipulator schien irgendetwas zu sagen und erst da merkte Jochen, wie sehr seine Ohren klingelten. Plötzlich ertönte ganz in seiner Nähe ein Geräusch, das er trotz allem vernahm, vielleicht, weil es ihm so viel vertrauter war als jede menschliche Stimme. Ein einzelner Schuss. Es war, als wäre ein Bann gebrochen. Jochen blickte an sich herunter und musste feststellen, dass er seine Waffe noch immer fest umklammert hielt. Und das traf sich sehr gut. Seine Angst kippte jäh um, und zwar in rasende Wut. Er blickt auf und wieder war es Steffens Gesicht, das er erblickte. Da war etwas in den Augen des Manipulators, das er nicht zuordnen konnte, aber auch er hielt seine Waffe umklammert. Ein Gefühl von völligem Verständnis überkam sie und sie nickten einander zu. Jochen schaltete das Interkom an und schrie los. Es interessierte ihn nicht im Mindesten, ob oder wer ihn noch hörte, denn er hatte kaum ausgesprochen, da stürmten die Freunde Seite an Seite los. Die meisten der Söldner waren tot, keine Frage. Wer sich beim Eintreffen der Druckwellen nicht im Graben befunden oder in Servorüstungen gesteckt hatte, hatte nicht den Hauch einer Chance gehabt. Aber das machte keinen Unterschied, denn das Konzil hatte es nicht minder schwer erwischt. Sofern ihnen noch Feuer entgegenschlug, wäre selbst eine Beschreibung als ›vereinzelt und ungezielt‹ noch sehr geschmeichelt gewesen. Wo sie sich auch hinwandten, blickten ihnen verstörte und verängstigte Augenpaare entgegen, die mit der Situation mindestens genauso überfordert waren wie sie selbst. Jochen konnte sehr gut nachempfinden, was hinter diesen verlorenen, dem Tod ins Antlitz blickenden Gesichtern vorging. Er stellte seine Magnetschienenkanone auf vollautomatisches Feuer und drückte ab. Es dauerte eine Viertelstunde, bis die Befehlshaber der Blades, die noch am Leben waren, wieder eine funktionierende Kommandokette errichtet hatten. Eine halbe Stunde, bis sie aus der hirnlosen Meute ihrer marodierenden Truppen wieder eine zielgerichtet angreifende Armee gemacht hatten. Sofern man angesichts der Tatsache, dass nur noch ein paar hundert von ihnen am Leben waren, noch von einer Armee sprechen konnte. Eine weitere Stunde später hatten die letzten Stellungen des Konzils kapituliert, sodass insgesamt zwei Stunden ins Land gingen, bis die Söldnerarmee einen guten Teil ihrer Gefangenen, unter völliger Ignoranz des Kriegsrechts, gelyncht hatte. In den Stunden darauf besetzten sie den Raumhafen und verschafften sich einen Überblick über dessen Zustand. Das für jedermann offensichtliche Ergebnis war, dass dort auf Jahre kein Schiff mehr starten oder landen würde. Sämtliche Opfer der letzten paar Wochen waren völlig umsonst gewesen. Es hätte den Überlebenden nicht egaler sein können. Die Untamed Blades hatten ihre Vertragsbestimmungen erfüllt. Chesterfield war gefallen, Lost Heaven zurückerobert und sie alle würden endlich bezahlt werden. Inzwischen stand die zweite Sonne des Planeten im Zenit und schaute auf das, was niemand mehr als einen Sieg betrachten konnte. Zumindest niemand, der nicht zum Konzil der separatistischen Weltengemeinde gehörte.

Der Narrator liest vor

Von den Iron Wings und ihrer Entwicklung

Der folgende Videomitschnitt stammt von Akoko Kobayashi, einer Privatdetektivin von dem Planeten Kurai Tsuki, die sich in unbekanntem Auftrag lange mit dem Phänomen der sogenannten ›Iron-Wings‹-Kommandos beschäftigte. Er ist auf das Jahr 2204 datiert.

Wie versprochen hier nun der Bericht über die aktuellsten Nachforschungsergebnisse. Ich muss jedoch vorausschicken, dass, was immer Sie mit dem Material vorhaben, welches ich für Sie zusammengestellt habe, höchste Vorsicht geboten ist. Gerade die neusten Erkenntnisse werfen ein mehr als nur beunruhigendes Licht auf das Untersuchungsobjekt.

Dank Ihrer großzügigen Finanzierung konnte ich mit drei mit mir gut befreundeten Privatermittlern mittlerweile mehr als 87 Fälle erarbeiten, die dem Tesla-IX-Vorfall zu ähnlich sind, als dass man noch von Zufall sprechen könnte. Wie viele weitere es gibt, lässt sich nur schwer sagen, da die schiere Materialmenge noch viel erschlagender ist, als es zunächst den Anschein hatte. Allein die Beweise, die wir jetzt haben, würden reichen, um die Verantwortlichen bis ans Ende ihres Lebens in ein dunkles Loch zu werfen und dort verrotten zu lassen. Wer auch immer das sein mag. Noch immer ist es uns nicht gelungen zu eruieren, hinter welcher Firma sich die Iron Wings verstecken, aber wir haben nun zum ersten Mal handfeste Spuren.

Durch die Analyse der vorliegenden Fälle sind wir dazu gekommen, uns die Todesfälle und Fälle von Zerstörung von Eigentum noch etwas genauer anzusehen. Dabei ist uns aufgefallen, dass es sich bei den bevorzugten Waffen der Wings unmöglich um Laser- oder Plasmawaffen handeln kann. Beide Waffenarten richten mitunter tiefe Brandwunden bei ihren Opfern an und die Todesursache ist normalerweise Verbluten, sobald die Brandränder bei zu viel Bewegung aufreißen, oder dass Organe zu Schaden kommen. Die Wunden, die die Waffen der Wings hinterlassen, ziehen sich in den meisten Fällen schnurgerade durch die Körper ihrer Opfer, und diejenigen, die keine Austrittslöcher aufweisen, haben relativ kleine Einschusswunden und großflächige Verbrennungen im Körperinneren. Durch die Konsultation einiger Waffenexperten ist es uns gelungen herauszufinden, dass diese Art der Wunde nur durch eine spezielle von den Vereinten Nationen geächtete Hochenergiemunition hervorgerufen wird. Dies erklärt nicht nur die Art der Wunden an menschlichen Objekten, sondern auch, wie die Wings mit den gleichen Waffen effektiv Fahrzeuge, Gebäude und Roboter bekämpfen können. Gleichzeitig schränkt es das weite Feld unserer Suche erheblich ein, da das Metall, aus dem diese Kugeln bestehen, äußerst selten ist und nur an einer Hand von Standorten überhaupt gefördert wird. Die Liste der verarbeitenden und liefernden Konzerne ist sogar noch geringer. Bringen wir auch nur einen von denen zum Reden, ist uns der Erfolg sicher.

Allerdings muss ich Ihnen leider mitteilen, dass unsere Nachforschungen noch weitere Einzelheiten ergeben haben, die die Angelegenheit komplizierter und auch wesentlich gefährlicher machen.

Es scheint, dass die Wings, nachdem sie einige Jahre vor allem zur Durchsetzung von firmeninterner Disziplin bei Aufständen oder Streiks genutzt wurden, ihren Kundenstamm erheblich erweitern konnten. Ab dem Jahr 2196 finden sich Vorfälle wie der auf Tesla IX und anderen Welten nicht mehr nur unter Zivilpersonen und Arbeitern auf firmeneigenen Kolonien, sondern auch innerhalb von militärischen Strukturen. Zwar war es unmöglich zu ermitteln, ob das auch für staatliche oder föderative Streitkräfte gilt, aber es scheint, dass zumindest für Söldner, die eigenständig oder für private Sicherheitsunternehmen arbeiten, die Wings ab diesem Jahr zur akuten Gefahr wurden.

Festzumachen ist dies eindeutig an dem Bericht eines Augenzeugen, den wir unter einigen Schwierigkeiten auftreiben und unter eine Art improvisierten Zeugenschutzes stellen konnten. Es handelt sich um einen Ex-Söldner namens Antonio Gustavo, der sich zu dem Zeitpunkt des Geschehens auf der Asteroidenbasis Omikron 2K am Rande des chinesischen Siedlungsbereiches der Grenzwelten befand. Es muss gesagt sein, dass Herr Gustavo an dem betreffenden Abend alles andere als zurechnungsfähig war und auch sein Sehvermögen stark gelitten hatte. Offensichtlich hatten seine Freunde es nach einigen ausgiebigen Drogenexzessen für lustig befunden, ihn mit einer dieser nicht tödlichen Netzkanonen, die auf synthetische Spinnenseide setzen, auf das Dach der billigen Kaschemme zu kleben, in der sie zechten. Gustavo sagt, dass vermutlich erst einige Stunden später von unten Tumult und Schüsse zu hören gewesen seien, in deren Verlauf sich eine Kugel nur knapp neben seinem Kopf durch das Dach gebohrt hatte. Dieses Loch ermöglichte es ihm, einen Blick nach unten zu werfen. Ähnlich wie die kleinen Kinder von Tesla IX erzählte er von Gestalten, hinter deren Rücken sich metallene Glieder sehr schnell bewegten, sodass es aussah, als könnten sie diese zum Fliegen benutzen. Jedoch beteuerte er, dass diese Gestalten eindeutig humanoid waren. Außerdem ergänzte er, dass von den »Flügeln« in unfassbar kurzen Abständen glühende Bälle aus Licht in alle Richtungen geflogen wären. Als er sich in den frühen Morgenstunden endlich befreien konnte, waren die Gestalten längst verschwunden und der Raum war gefüllt mit den Leichen seiner Kameraden. Wir haben alles versucht, um genaue Angaben darüber zu erhalten, wie viele Angreifer es gewesen sein könnten, aber müssen davon ausgehen, dass es höchstens zwei Personen waren, die 38 bewaffnete und zum Teil gerüstete Söldner, wenngleich auch von niedrigerer Rubrizierklassifikation, binnen weniger Minuten erledigt haben. Zurückgelassen hatten sie nur eine Notiz mit dem Hinweis, dass es sich nicht lohnen würde, seine Finger nach fremdem Eigentum auszustrecken, egal wie schlimm es einem gehe. Denn schlimmer gehe immer. Gustavo fand später heraus, dass eine der Gruppen, die in dieser Nacht in der Kaschemme saßen, mehr als drei Tonnen waffenfähigen Urans von einem föderativen Großunternehmen gestohlen hatte.

Sie sehen also, mit was Sie sich da eingelassen haben. Ich rate Ihnen mit Entschiedenheit davon ab, irgendeine Aktion zu ergreifen, bevor wir genauer wissen, woran wir eigentlich sind. Momentan werden unsere Nachforschungen durch die breite räumliche Streuung der Informationsquellen und die Verschwiegenheit von Söldnern und Firmenangehörigen erschwert. Ich halte es für angeraten, weitere Mitarbeiter hinzuzuziehen, um den Nachforschungsprozess zu beschleunigen. Dafür sind jedoch weitere Gelder vonnöten. Ich hoffe auf eine baldige Antwort.

38

Der Narrator erzählt

Vom Leid des einen und der Freud des anderen

Es gibt nur eine relativ kleine Anzahl von Geschossen, für die die konventionellen Regeln der Kriegsführung keine Bedeutung haben. Lanzenstoßgeschosse sind eins davon. Ihre Entwicklung begann mit der im Grunde einfachen Erkenntnis, dass es auf absehbare Zeit unmöglich sein würde, Geschosse für Raumschlachten zu bauen, die schneller als die Laser aus Abwehrgeschützen von Schiffen waren. Auch schien es völlig illusorisch Gefechtsköpfe zu bauen, die diesen Lasern standhielten, wurden sie doch von gigawattstarken Generatoren gespeist. Was daraus folgte, war interessanterweise die Erkenntnis, dass dies aber auch überhaupt nicht nötig war. Man brauchte lediglich Geschosse, die schnell genug waren, dass die Erfassungssensoren der Geschützstationen sie nicht präzise fokussieren konnten. Und dies war die Geburtsstunde einer Baureihe von Raketen, deren Antriebsmechanik im Grunde darauf beruhte, dass man den Rückstoß von Nuklear- oder, wie im Fall von Chesterfield, Antimateriebomben benutzte, die im hinteren Teil der Rakete gezündet wurden. Wie schon so oft vorher in der Geschichte glaubte man, die Regeln der Kriegsführung neu geschrieben zu haben, nur um anschließend verbittert feststellen zu müssen, dass dem nun einmal nicht so war. Die Gründe hierfür lagen, bei nüchternem Tageslicht betrachtet, auf der Hand. Da waren zum einen die horrenden Produktionskosten der Waffe. Atom- oder Antimateriebomben waren auch so schon extrem teuer, auch wenn man sie nicht als Antrieb missbrauchen wollte. Sah man jetzt einmal ganz davon ab, dass jede einzelne Rakete vollständig mit einer speziellen Wolframlegierung ummantelt werden musste, wenn man vorhatte, sie ohne zu verglühen an einer Atmosphäre vorbeizubringen, war da noch die Bauweise der Raketen selbst. Die Konstruktion der Triebwerke war ohne jeden Zweifel eine ingenieurstechnische Meisterleistung. Auf der anderen Seite verursachten sie für jede einzelne Rakete aber auch abartige Patentkosten, da für deren Entwicklung ein externes Unternehmen beauftragt worden war. Manch einer hätte an dieser Stelle noch gesagt, dass es die Sache dennoch wert war. Immerhin waren die Triebwerke zuverlässig in der Lage, gewaltige Explosionen auf sichere Art und Weise in Antriebsenergie umzuwandeln, ohne, dass es die Rakete einfach zerriss und alles, was sich in einem mehrere Kilometer umfassenden Radius um sie herum befand, in seine einzelnen Atome zerlegte. Aber wo wir gerade bei dem Thema sind, so hatten die Untamed Blades an jenem Tag einen weiteren Nachteil der Waffe kennenlernen müssen. Nämlich den, dass es nahezu unmöglich war, sie aus einem normalen Raketensilo, geschweige denn von der Abschussstation eines Schiffes heraus, abzufeuern. Zu groß waren Druck- und Hitzeentwicklung und zu verheerend die Folgen, wenn doch einmal etwas schief ging. Hätte auch nur eine der Raketen, die von Chesterfield aus gestartet waren, eine Fehlzündung erlitten, so hätte es das gesamte Tal von Chesterfield schlicht und ergreifend nicht mehr gegeben. Und dennoch. Dies alles wäre vielleicht noch zu verkraften gewesen, wäre da nicht noch eine weitere Kleinigkeit. Lanzenstoßraketen waren völlig ineffektiv. Wäre eine von diesen absurd teuren Gerätschaften tatsächlich in der Lage gewesen, den von ihnen anvisierten Zielen auch wirklich vernichtende Schäden beizubringen, so hätte sich jede Diskussion über ihren Einsatz schon vor langer Zeit erübrigt. Nur war eben genau das nicht der Fall. Hierzu muss noch gesagt werden, dass ihr Einsatz im Grunde auch nur für eine Hand voll von Zielen überhaupt in Frage kam. Allein der Gedanke, damit Schiffe ins Visier zu nehmen, die unterhalb der Titanen-Klasse rangierten, war völlig absurd. Doch genau diese Schiffe konnten sich auf fast drei Meter dicke Stahlwände an den Außenseiten stützen. Und genau an dieser Stelle hatte der noble Erfinder jener »Lösung für die Pattfrage in Raumschlachten« feststellen müssen, dass es nur sehr wenige Kunden gab, die bereit waren, nachdem sie schon Millionen für eine Hochleistungsbombe als Antrieb ausgegeben hatten, noch einmal die gleiche Summe für einen ebensolchen Sprengkopf zu investieren. Nur wäre aber genau das nötig gewesen, um einen Körper, der sich mit fast 70.000 km/h bewegte, zu einer attraktiven Waffe zu machen. Zwar gelang es den Raketen in der Regel mit Leichtigkeit die Außenhülle dieser Schiffe zu durchstoßen, nur trafen sie dahinter nichts von Interesse. Zu dem Zeitpunkt, als die erste Lanzenstoßrakete vom Fertigungsband lief, gab es bereits niemanden mehr, der wahnsinnig genug war Großkampfschiffe zu bauen, hinter deren äußerer Hülle sich etwas anderes befand als die mit Vakuum »befüllten« Gefechtsstationen. Die Bedienermannschaften, die dort in Umgebungsanzügen oder Mechs, sofern sie nicht längst durch Roboter wegrationalisiert worden waren, die Silos bestückten und Geschütze bedienten, wären zwar in der Theorie ein lohnendes Ziel gewesen, wären da nicht die simplen Gesetze der Physik, die der Sache einen Strich durch die Rechnung machten. Was de facto geschah, sobald eine Lanzenstoßrakete ihr Ziel fand, war, dass sich eine ungeheure Masse potentieller Energie schlagartig in eine ungeheure Masse kinetischer Energie verwandelte. Während die Rakete selbst beim Aufprall mehr oder minder pulverisiert wurde, riss sie in einem spektakulären Feuerball, der in Luftleere des Alls auch sonst nichts weiter bewirkte, ein für diesen Aufwand unverhältnismäßig kleines Loch in die Außenwand des Schiffes. Und mit unverhältnismäßig klein ist an dieser Stelle gemeint, dass es sich nicht einmal als Ziel für konventionelle Geschosse eignete. Oder, um die Wirkung einmal im größeren Maßstab zu beschreiben: Auf der einen Seite erhielt das Ziel einen Stoß, der so heftig war, dass er das Schiff aus seiner Flugbahn werfen und seine Einsatzfähigkeit für einige kritische Minuten einschränken konnte, bis die Mannschaft wieder auf die Beine gekommen war und die Posten neu bemannt hatte. Auf der anderen Seite gelangte ein Teil der Explosionsenergie durch das Einschlagsloch in das Schiff, wo sie im luftleeren Raum der Gefechtsstationen, ohne Medium, um eine Druckwelle zu formen, in aller Regel wirkungslos verging. Kurz und gut verkam die Lanzenstoßrakete binnen kurzer Zeit zu einem Treppenwitz der Militärgeschichte. Zwar reichte der Erfinder, in dem verzweifelten Versuch seiner Schöpfung doch noch zu Ruhm zu verhelfen, noch ein weiteres Patent nach, jedoch ohne größeren Erfolg. Zugegebenermaßen war die Idee eines in die Rakete eingebetteten Rammsporns, der mit der Explosion durch das Einschlagsloch katapultiert wurde und der durch die weiter innen liegenden Wände dringen konnte, gar nicht mal so schlecht. Immerhin wäre ein Sprengsatz hier in der Lage gewesen, deutlich mehr Schaden anzurichten. Jedoch verschärften die Imperative zur Änderung in der Bauweise der Rakete und die Notwendigkeit einen entsprechend großen Sprengsatz im Rammsporn zu verbauen, um dessen Erfolg zu garantieren, das Kostenproblem noch weiter. Da die Waffe zu diesem Zeitpunkt schon ihren geringen Wirkungsgrad unter Beweis gestellt hatte, fanden sich faktisch keine Interessenten, und der Erfinder blieb auf den Kosten für die Entwicklung sitzen, sodass er bald Insolvenz anmelden und die Tore seiner Waffenschmiede für immer schließen musste. Ein geneigter Zuhörer wird nun vielleicht über das Schicksal jener tragischen Gestalt besorgt sein, die in ihrem Visionärsgeist doch nichts anderes wollte, als kriegsführenden Parteien in der gesamten von Menschen besiedelten Galaxie zu helfen. Dieser Zuhörer kann ganz beruhigt sein, denn auch wenn der Erfinder gezwungen war, seine Patente für viele Jahre in den Schubladen verschwinden zu lassen, so konnte er sie später doch wieder herausholen und seinen Lebensabend in wohlverdientem Luxus beschließen. Schließlich war es ihm doch noch gelungen, einen dankbaren Käufer zu finden: das Konzil der separatistischen Weltengemeinde.

Der Narrator liest vor

Von den Iron Wings und ihrer Kommerzialisierung

Der folgende Videomitschnitt stammt von Akoko Kobayashi, einer Privatdetektivin von dem Planeten Kurai Tsuki, die sich in unbekanntem Auftrag lange mit dem Phänomen der sogenannten ›Iron-Wings‹-Kommandos beschäftigte. Er ist auf das Jahr 2205 datiert.

Ich weiß, dass es eigentlich noch viel zu früh für den diesjährigen Bericht ist, allerdings nötigen mich die neusten Erkenntnisse dazu, Sie zu einem schnellen und entschlossenen Handeln zu bewegen. Wenn Sie das hier hören, mag es sein, dass keiner von uns hier mehr am Leben ist und ich bitte Sie, nein, ich flehe Sie an, unverzüglich Maßnahmen zu Ihrer eigenen Sicherheit zu ergreifen.

Wie Sie wissen, haben wir seit unserem letzten Bericht angefangen, mit insgesamt 15 Personen an dem Fall zu arbeiten, für deren Vertrauenswürdigkeit ich mit meinem Leben einstehen würde. Zu zweien dieser Kollegen haben wir vor einigen Tagen den Kontakt verloren, und es ist uns erst vor wenigen Minuten gelungen, das Material, das sie uns kurz vor ihrem Verschwinden geschickt haben, zu entschlüsseln. Es sieht nicht gut aus.

Nach unserem letzten Bericht ist es uns tatsächlich gelungen, an die Lieferlisten von Penetrating Defence, einem der wenigen Hersteller für Hochenergiemunition, heranzukommen. Wir staunten nicht schlecht, als diese uns nach einigen Sackgassen zur Aquamarine Society führten. Sollten Sie diese nicht kennen, ist das kein Wunder, denn das hat bisher fast keiner und man wird auch nicht mehr von ihr hören. Es handelte sich um so etwas wie die firmeneigene Seelsorgegesellschaft der Beryll Mind Creating Corporation, einer Tochtergesellschaft der japanischen Akui no aru kokoro Enterprise, die sich hauptsächlich mit privater und gewerblicher Gehirnmanipulation beschäftigt. Sie könnten die Firma wegen der Entwicklung der sogenannten »Manipulator«-Einheiten kennen, um die vor einigen Jahren ein großes Aufheben in der Presse gemacht wurde. Vor allem wegen dem damit zusammenhängenden Skandal und der tragischen Tötung des gesamten Forschungsstabes durch antipazifistische Terroristen. Aber egal, uns läuft die Zeit davon!

Dadurch, dass sie sich als religiöse und seelsorgerische Gesellschaft getarnt hatten, haben sie es vermieden, in den Gewerbelisten aufzutauchen und sogar noch Steuervergünstigungen bekommen. Wir wissen nicht, inwiefern Bestechungsgelder an wen geflossen sind, aber ich halte es für absurd, dass es niemand auch nur im Geringsten merkwürdig fand, dass nahezu alle »Seelsorger« Doktortitel in Robotik, Bioengineering, Informatik und, und, und hatten. Auch ist es scheinbar keinem aufgefallen, dass die Dienste der Seelsorger an nahezu allen Standorten, mehrheitlich nicht von BMCC-Mitarbeitern in Anspruch genommen wurden, sondern von Moeller, Nielsen & Poulsen, einem dänischen Sicherheitsunternehmen, mit dem die BMCC eine Partnerschaft zur Sicherung ihrer Standorte unterhält.

Letzten Monat ist es uns endlich gelungen, durch massive Bestechung eines der Buchhaltungsmitarbeiter der BMCC an die entscheidenden Informationen zu kommen. Die Sache liest sich wie ein Kriminalroman. Offensichtlich war die BMCC vor etwa 13 Jahren massiv in finanzielle Schieflage geraten, weil ihre frühen Forschungen an den Manipulatoren kein Geld abwarfen und die Mutterfirma ihnen auch sonst keine Gelder zukommen ließ. Daraufhin haben sie anscheinend ihre bis dahin erworbenen Forschungsergebnisse genutzt, um ohne das Wissen des Mutterkonzerns so etwas wie einen zerebral modifizierten Supersoldaten zu schaffen. Einen Supersoldaten, an dessen Körperrüstung zwischen zwei und acht metallene Tentakel befestigt sind, welche die Rechenleistung des modifizierten Hirns seines Trägers zur eigenständigen Zielerfassung und Feindbekämpfung nutzen, wobei sie sich mit einer Geschwindigkeit bewegen, die vom menschlichen Auge kaum zu erfassen ist. Einen Supersoldaten, der durch diese Technologie vor allem in der Lage sein soll, eine Vielzahl von Zielen gleichzeitig zu bekämpfen, der aber auch hocheffektiv gegen schwer gepanzerte Ziele ist. Die Entwicklung und der Bau fanden in der als seelsorgerische Institution getarnten Aquamarine Society statt, während der Vertrieb des »Services« der modifizierten Soldaten von dem eingeweihten Sicherheitsunternehmen übernommen wurde. Die haben auf die Kundenregister der Akui no aru kokoro Enterprise zurückgegriffen, um mit etwaigen Interessenten Kontakt aufzunehmen, die sie nach erfolgreicher Auftragsausführung wiederum an andere Firmen weiterempfohlen haben. Alles schön außerhalb der regulären Geschäftsbücher. Die Gewinne wurden fast ohne Versteuerung als Spenden für die Aquamarine Society verbucht. Ich kann Ihnen nicht einmal sagen, wo die schiere Illegalität jedes einzelnen Prozessteils endet und in offene Vergewaltigung des Gesetzes übergeht.

Der Grund, dass ich Ihnen all dies schon jetzt, statt erst in drei Monaten, zukommen lasse, ist der, dass sich die Ereignisse in den letzten Tagen überschlagen haben und wir davon ausgehen müssen, dass man uns auf die Schliche gekommen ist. Wie schon gesagt, sind zwei unserer Mitarbeiter verschwunden. Das allein wäre schon beunruhigend genug, aber wie wir aus ihrer Nachricht erfahren haben, wurde auch der Buchhalter der

BMCC, von dem wir die essentiellen Hinweise bekommen haben und den wir als Kronzeugen in einem eventuellen Prozess vorgeschlagen hätten, vor etwa einer Woche brutal ermordet. Um der Sache aber die Krone aufzusetzen, ist die Aquamarine Society vor nicht einmal einer Stunde aufgelöst worden. Während ich diese Aufnahme mache, läuft gerade im planetaren Intranet eine Pressemitteilung des Managers der soeben neu gegründeten Tochterfirma der Akui no aru kokoro Enterprise. Die hat, und jetzt halten Sie sich fest, den klangvollen Namen Aquamarine Tactics.

Ich mach das jetzt kurz. Meine Kollegen haben das aktuelle Beweismaterial, verteilt auf 13 Festplatten, in den letzten dreißig Minuten an verschiedene Lieferservices weitergegeben. Ich hoffe, dass Sie eine von denen erreicht. Ich schicke Ihnen diese Aufnahme als letzten Nachtrag zu dem Material, das Sie bereits haben und noch bekommen sollten. Danach werde ich unsere Bestände hier vernichten und untertauchen. Ich rate Ihnen, auf unbestimmte Zeit das Gleiche zu tun oder sofort mit der Anklage zu beginnen. Offensichtlich hat Akui no aru kokoro Enterprise die illegalen Geschäfte der BMCC auch weitergeführt, nachdem sie, nach dem Manipulator-Skandal, direkt die Geschäftsführung des Tochterkonzerns übernommen hatte. Unsere Nachforschung haben sie jetzt zum Handeln gezwungen und zur Veröffentlichung ihrer ›neuen‹ Kampfeinheit, die wie wir wissen schon seit 13 Jahren agiert. Das ist auf der einen Seite gut, weil sie nun nicht mehr im Geheimen gegen Zivilpersonen und Arbeiter eingesetzt werden kann, aber furchtbar, weil ihr Service nun auch Privatpersonen zur Verfügung stehen wird. Auf jeden Fall kann der Konzern nicht zulassen, das Mitwissende über die kriminellen Aktivitäten von mehr als einem Jahrzehnt am Leben blei...

An dieser Stelle ist das laute Krachen einer aufgebrochenen Tür zu vernehmen. Die Augen von Frau Kobayashi weiten sich in einem Moment äußersten Entsetzens, bevor zwei sich überlagernde, gleichzeitig abgefeuerte Schüsse zu hören sind. Eine Art Leuchtspurgeschoss trifft Frau Kobayashi im Brustraum, während die aufnehmende Kamera im selben Moment schwer erschüttert wird. Allem Anschein nach hielt der Angreifer die Frau für tot und die Kamera für zerstört, denn er oder sie betritt das Blickfeld der offensichtlich umgestürzten, aber weiterhin funktionstüchtigen Kamera nicht. Diese zeichnet noch auf, wie sich binnen kurzer Zeit Feuer im Büroraum von Frau Kobayashi ausbreitet und sich diese nach einigen Minuten keuchend und mit von Schmerzen gezeichnetem Gesicht an ihrem Tisch hochzieht und die Aufnahme beendet. Es scheint ihr in den letzten Momenten ihres Lebens noch gelungen zu sein, das vorliegende Video per interplanetarem Netzwerk an ihren unbekannten Auftraggeber zu schicken. Da es niemals zu einer Anklage kam, scheint dies bei dem von ihr erwähnten Beweismaterial jedoch nicht der Fall gewesen zu sein. Es ist wahrscheinlich, dass es dem unbekannten Mörder gelang, die Pakete mit den Datensätzen abzufangen.

39

Der Narrator erzählt

Von einem Plan, der sich endlich entfaltet

Die Bestie wusste nicht, wie lange sie geschlafen hatte. Es spielte auch keine Rolle. Im Zustand ihrer Stasis, in dem sie, eingelegt in Nährflüssigkeit und angeschlossen an Schläuche und Kabel, schwebte, spielte so wenig eine Rolle. Lediglich ihre Träume waren von Bedeutung. Es waren eigentümliche Träume. Sie handelten von Gängen und Türen, von Schächten und Röhren. Und von Blut. Strömen von Blut, begleitet von heiß glühender Pein. Doch es war weder das Blut noch die Pein der Bestie. Der Gedanke daran ließ ihr Herz höherschlagen und ihre Krallen selbst im Schlaf voller Vorfreude zucken. Und dann war da noch die Stimme ihres Herrn. Eindringlich flüsternd und immer präsent. Die Bestie brauchte lange, um alles, was sie sah und hörte, zu verstehen. Doch als die Zeit gekommen war, wusste sie, dass sie bereit war, ihrer Bestimmung entgegenzutreten. Alles begann mit einem entsetzlichen Lärm und Anzugskräften, von denen die Bestie, geschützt in ihrem flüssigen Kokon, nur ahnen konnte, wie groß sie wirklich waren. Danach folgten Augenblicke der Ruhe, bald abgelöst von einer Reihe Erschütterungen, so gewaltig, dass sie jedes Lebewesen, das weniger robust war als die Bestie, ob in einem Schutztank oder nicht, ohne jeden Zweifel sofort umgebracht hätten. Doch als die Schläuche und Kabel von ihrem Körper abfielen und die Bestie in einem Schwall von Nährflüssigkeit aus dem Rammsporn gespült wurde, der gerade nicht weniger als vier Schutzwände des föderalen Großkampfschiffes ›Everlasting Victory‹, das im Orbit über Lost Heaven schwebte, durchschlagen hatte, lebte sie. Und sie betrat ein Szenario aus völligem Chaos. Sirenen dröhnten. Alles war in scharlachrotes, flackerndes Warnlicht getaucht. Menschen schrien. Sie schrien vor Schmerz, während sie ihren mannigfaltigen Verletzungen erlagen. Sie schrien vor Angst, während sie versuchten, sich durch die Sicherheitsschleusen vor dem eindringenden Vakuum des Alls zu retten. Dann sahen sie die Bestie und schrien vor Entsetzen. Nicht, dass es ihnen etwas nutzte. Die Bestie kannte keinen Schmerz oder Angst mehr und auch die Luftleere des Weltraums vermochte ihr kaum etwas anzuhaben. Sie verachtete diese schwachen Geschöpfe, zwischen die sie nun getreten war. Sie wusste genau, wie sie mit ihnen verfahren musste. Mit Zähnen und Klauen fuhr die Bestie zwischen sie, um sie von ihrem unvollkommenen Dasein zu erlösen. Blut spritzte in Kaskaden, als weiche Haut und schwaches Fleisch unter ihren Hieben und Bissen aufklaffte. Eines der Geschöpfe brachte es immerhin so weit, eine jener erbärmlichen Waffen zu ziehen, deren Geschosse wirkungslos an ihrem adamantenen Schuppenkleid abprallten. Die Bestie trieb dem Geschöpf ihre Pranke mit solcher Wucht durch die Brust, dass ihre Krallen rot glänzend durch seinen Rücken stachen, um es eine Sekunde später quer durch den Raum gegen die Wand zu schleudern, von wo es wie eine zerbrochene Puppe zu Boden fiel. Schließlich wurde es still um die Bestie. Ihr Blut kochte, während ihr Körper über und über mit dem Lebenssaft jener erbarmungswürdigen Existenzen bedeckt war. Jede Faser ihres Leibes bebte und ihre niederen Instinkte brüllten nach mehr. Doch da erklang, tief aus ihrem Inneren erwachend, die Stimme ihres Herrn und erinnerte sie an den eigentlichen Zweck ihres Aufenthalts auf der ›Everlasting

Victory‹. Den ganzen Grund ihres Seins. Und die Bestie machte sich auf den Weg.

Im Herzen der ›Everlasting Victory‹ war auf der Kommandobrücke des Schiffes jede Form der Ordnung für den Moment zusammengebrochen. Kapitän Ivan Sergey Michael Wladimir Nikolai Romanov hatte so etwas in den ganzen zwölf Jahren seines Dienstes auf verschiedenen Großkampfschiffen der Handelsföderation noch nicht erlebt. Noch weniger konnte er sich auf das Geschehene einen Reim machen. Schon Augenblicke nach dem Einschlag hatte für ihn kein Zweifel darüber bestanden, was sie da gerade getroffen hatte, auch wenn es etliche Jahre her war, dass er von einem Einsatz dieser Waffe gehört hatte. Aber mit welchem Zweck war sie abgefeuert worden? Die Truppen des Konzils standen in Chesterfield mit dem Rücken zur Wand. Wenn sie die ganze Zeit über Lanzenstoßraketen verfügt hatten, warum hatten sie diese nicht eingesetzt, als die Raumschlacht um Lost Heaven noch nicht entschieden gewesen war? Es sei denn … Romanovs Puls beschleunigte sich und er trieb seine Offiziere zur Eile an. Er brauchte einen Schadensbericht und das Schiff musste in sofortige Gefechtsbereitschaft versetzt werden! Er befahl, alle Sensoren den Raum im Umkreis von 20.000 Kilometern um Lost Heaven nach ankommenden Schiffen absuchen zu lassen, während er Kontakt zu den anderen Schiffen aufnahm. Zunächst schien es so, als hätten sie Glück im Unglück gehabt. Zwar waren fast alle größeren Schiffe im Orbit von den Raketen erfasst worden, aber der Schaden an sich schien insgesamt nur sehr gering zu sein. Bald schon kam die Nachricht, dass die ›Everlasting Victory‹ noch 94% ihrer maximalen Gefechtsfähigkeit übrigbehalten hatte und nur einige wenige Segmente hinter der Einschlagsstelle hatten evakuiert werden müssen. Aber dann …

»Kapitän! Das müssen Sie sich ansehen!«

Etwas in der Stimme des Offiziers ließ bei Romanov alle Alarmglocken angehen. Er legte die Strecke zu der betreffenden Stelle des Kommandopults rennend zurück. Das, was er dort auf dem Bildschirm zu sehen bekam, ließ ihm das Blut in den Adern gefrieren. Als die Kameraaufzeichnung an jener Stelle ankam, an der dieses, dieses Etwas, das nur Sekunden vorher sechsunddreißig seiner Leute massakriert hatte, die Wand erklomm und die Abdeckung einer Wartungsröhre abriss, taumelte er von Grauen gepackt zurück.

»Gebt Alarm! Feind auf dem Schiff. Ich wiederhole, Feind auf dem Schiff. Die ganze Besatzung hat sich zu bewaffnen. Und schickt Truppen in die Wartungsschächte. Wir müssen dieses Vieh unschädlich machen, koste es, was es wolle.« Seine Gedanken schweiften zu einer bestimmten Stelle des Videos. Er fügte hinzu: »Stattet die Suchtrupps mit Hochenergiewaffen aus!« Dann setzte er sich erneut mit den Kapitänen der anderen Schiffe in Verbindung und was er dort erfuhr, ließ ihn erneut das Schlimmste ahnen. Er hatte zwar noch immer keine Ahnung, was genau eigentlich vor sich ging, aber es sollte nur noch Minuten dauern, bis er erfuhr, dass er mit seiner Ahnung richtig gelegen hatte.

Die Bestie hätte nicht sagen können, ob sie erneut träumte oder nicht. Zu ähnlich waren sich die Visionen, die sie in ihrer Stasis erblickt hatte und jene Pfade, die sie nun beschritt. Die Visionen waren ihr jedenfalls ein guter Lehrer gewesen. Sie wusste ganz genau, wo sie lang musste und dass jede Windung, die sie zurücklegte, sie näher an ihre Erfüllung brachte. Doch das erste Mal in ihrem so kurzen Leben spürte sie auch Beklemmung und den überwältigenden Drang, sich beeilen zu müssen. Den Grund dafür erfuhr sie, als sich die Gänge um sie herum mit dem Donnern von Schritten und dem Brüllen der schwachen Geschöpfe füllten. Dann kamen die Lichtblitze. Die Bestie wusste nun, dass alles, wofür sie geschaffen worden war, auf dem Spiel stand. Alles andere ausblendend, hetzte sie auf ihrem Weg die Gänge entlang, ihre Umwelt nur noch als wagen Schleier wahrnehmend. Vor ihr tauchte eine Gruppe der Geschöpfe auf und bevor die Bestie sie erlösen konnte, fand einer ihrer Lichtblitze ihr Ziel. Der linke Arm der Bestie, eben noch stark und unnachgiebig, fiel an einem Ende qualmend und einen ekelerregenden Gestank verströmend zu Boden. Während er dort noch einige Sekunden zuckend um sich schlug, machte die Bestie kurzen Prozess mit den Geschöpfen. Sie hatte jedoch keine Zeit mehr, sich an ihrem Leid zu laben. Etliche Gänge später, fiel sie fast vornüber, als einer der Blitze sie von hinten traf und plötzlich auf Höhe ihrer Hüfte ein Loch in ihrer linken Seite klaffte. Zu ihrem Entsetzen musste die Bestie feststellen, dass sie das Loch behinderte und langsamer werden ließ. Zum ersten Mal musste die Bestie wieder an die Kreatur, in all ihrer Unvollkommenheit, denken. Sie brüllte in ihrem Zorn und Hass auf, während sie, ihre aufwallende Schwäche überwindend, das Letzte aus sich herausholte, bis ihr ihre Instinkte geboten stehenzubleiben. Einen kurzen Moment wusste sie nicht, was nun geschehen sollte. Sowohl von vorn als auch von hinten hörte sie die Geschöpfe nahen und alles, dessen sie gewahr wurde, war die Kälte, die aus einem Gitter unter ihr herausströmte.

Das Gitter unter ihr …

Keine Sekunde zu früh rissen die Krallen ihres gesunden Arms das Gitter heraus und die Bestie sprang herab, während über ihr die Blitze dort hinwegfegten, wo sie eben noch gestanden hatte. Der Raum, in den sie nun hinabstürzte, war riesig und menschenleer. Kein Wunder, denn hier herrschte eine

Kälte, die selbst für die Bestie nicht zu ertragen war. Zwischen riesigen Maschinen waberte undurchsichtiger, perlweißer Nebel, der den kathedralenhohen Raum bis zur Hälfte ausfüllte. Noch während die Bestie durch ihn hindurchfiel, spürte sie, wie die Feuchtigkeit auf ihrer Haut gefror. Nur Augenblicke, nachdem sie auf dem Boden aufgekommen und ihre Beine unter der Wucht des Aufpralls wie Streichhölzer gebrochen waren, fraß die Kälte rasch nekrotisch werdende Erfrierungsverbrennungen in ihren auf dem Boden liegenden Leib, die selbst sie in ein paar Minuten das Leben gekostet hätten. Aber das spielte keine Rolle mehr. Die Bestie wand sich in Spasmen von unfassbarem Glück, ja unbeschreiblicher Wonne, als ihr Körper unter den Wellen von Hormonen erbebte, die ihr Hirn in dem Wissen ausströmte, dass der Sinn ihres Lebens erreicht war. Das Konzil der separatistischen Weltengemeinde pflegte stets seine Helfer und Verbündeten für ihre Dienste zu entlohnen. Und sei es nur mit dem Gefühl einer alles verdrängenden Glückseligkeit, Sekunden bevor sie einen Antimateriesprengsatz detonieren ließen, den sie vor Wochen in deren Brustkorb verpflanzt hatten.

Der Narrator liest vor

Von Menschenrechtssituationen

Der folgende Artikelausschnitt ist dem namhaften Magazin einer Stiftung für Menschenrechte entnommen, welches vor allem auf den Kernwelten Verbreitung findet. Der Artikel ist auf den 16.02.2204 datiert und setzt sich mit den eklatanten, geschlechterspezifischen Verletzungen der Menschenrechte auf den zu den Randwelten gehörenden Planeten des Vereinigten Arabischen Matriarchats auseinander.

[...] Und sobald wir erst einmal in Jadid Adschman gelandet waren, gestaltete sich die Lage nach Menschenrechtsstandpunkten als unhaltbar. Niemals im Leben waren mein Team und ich so froh, nicht als Männer auf die Welt gekommen zu sein. Die wenigen Männer, die überhaupt in der Öffentlichkeit des Stadtbildes auszumachen sind, sind als solche kaum zu erkennen. Nur Eunuchen ist es im Matriarchat gestattet, sich unverhüllt auf die Straßen zu begeben. Und in der Tat sind die hohen Fistelstimmen der ›Männer‹, die für ihre Hausherrinnen Besorgungen machen, von den Marktplätzen kaum wegzudenken. Schlimmer anzuschauen und wesentlich schwerer auszublenden sind dagegen jene Geschöpfe, die in langen Gewändern durch die Straßen humpeln. Wie bucklige Krüppel bewegen sie sich, die Blutzufuhr in die Beine durch die enganliegenden, aus chirurgischem Stahl bestehenden Lendengurte fast völlig abgeschnürt. Gerades Stehen wird durch die mit dem Gurt verbundenen viel zu kurzen Ketten um den Hals völlig unmöglich gemacht. Wir haben versucht, mit einigen von ihnen zu sprechen. Vergebens. Die Angst vor offener Rede, vor allem mit Frauen, wurde ihnen von frühestem Kleinkindalter mit Rohrstock und Elektroschockhalsband eingepflanzt. Sie haben keine Stimme. Weder im Privaten noch in der Politik. Das Matriarchat duldet es nicht und ist mit seinem Plädoyer dafür allgegenwärtig. An nahezu jeder Häuserecke lesen die Predigerinnen die Heiligen Schriften und erläutern daraus, Sure für Sure, was passiert, wenn man dem männlichen Geschlecht auch nur eine Fingerspitze Macht überlässt. Und das ist nur der öffentlich einsehbare Raum. Gerüchte gehen um, von furchtbaren Experimenten, die in regierungseigenen Laboren an Männern durchgeführt werden. Doch auch die Experimente, die offen durchgeführt werden, verbreiten bei mir und meinen Kolleginnen Entsetzen. Die Begründung für Medikamententests an Männern zum Beispiel ist, dass man so dem Tierschutz gerecht wird und die Medikamente bis zur Verträglichkeit entwickeln kann, bevor man sie Menschen verabreicht. Regierungsintern gilt es nur noch als eine Frage der Zeit, bis die neusten Reformen der jungen absolutistischen Herrscherin Ajdina Barzin, die derzeit noch im Geschlossenen Rat der Regierung genau ausformuliert werden, in Kraft gesetzt werden. Hiernach soll Fortpflanzung nur noch durch künstliche Empfängnis möglich sein, die eine Entstehung männlicher Nachkommen ausschließt. Was mit der jetzt noch bestehenden männlichen Bevölkerung geschehen wird, spricht niemand laut aus. Wenn sie Glück haben, wird man sie bis zu ihrem Tod durch Altersschwäche leben lassen. Wenn nicht …, nun ja. […]

40

Der Narrator erzählt

Von einem Plan, der schließlich aufgeht

Es war kaum eine Stunde vergangen, nachdem die ›Everlasting Victory‹, zusammen mit elf anderen Großkampfschiffen im Orbit über Lost Heaven, auf denen man die wandelnden Alpträume nicht hatte rechtzeitig stoppen können, von einer verheerenden Explosion erschüttert worden war, als die Ereignisse weiter voranschritten. Nämlich damit, dass sich rund 120.000 km von Lost Heaven entfernt die ›Faust der Richter‹ aus dem Hyperraum schälte. Und sie war nicht allein. Es entbehrte nicht einer gewissen Ironie, dass sich die Szenen, welche sich auf beiden Schiffen abspielten, durchaus ähnlich waren, obwohl sie unterschiedlicher nicht hätten sein können. Während sich auf der ›Everlasting Victory‹ Kapitän Romanovs Augen von Grauen erfüllt weiteten, als er mit ansehen musste, wie auf dem Bildschirm vor ihm mehr und mehr feindliche Schiffe auftauchten, ruhten Kapitän Pamaroys Augen auf einem sehr ähnlichen Monitor. Doch auch wenn seine Züge wie immer beherrscht blieben, blitzte in seinen Augen ein Funken tiefster Befriedigung, als der Bildschirm ihm 900 km von ihnen die Ankunft der Fregatte ›Späte Rache‹ verriet. Anschließend das Erscheinen der ›Klinge der Gerechtigkeit‹, 1800 km schräg rechts über ihnen. Und nur Minuten später waren es zu viele Kreuzer, Linienschiffe, Großkampfschiffe und alle Arten an Begleitschiffen, um sie in der kurzen Zeit zählen zu können. Dann wurden beide Radarsysteme, Pamaroys noch wesentlich stärker als Romanovs, da sein Schiff bedeutend näher am Geschehen war, mit einem Mal erschüttert. Unter dem Ausstoß gigantischer Mengen an Energie, erschienen zwei gewaltige Raumschiffe, die auf den ersten Blick wenig Militärisches an sich hatten. Sie sahen aus wie die übergroßen Transportschiffe, die für die lange Handelsroute zwischen den Systemen von Vulpis und Lupus zur Erde hin eingesetzt wurden, auf denen nicht weniger als von einhundertzwölf Planeten Waren und Reisende an Bord genommen wurden. Romanov hätte beim besten Willen nicht zu sagen vermocht, was zivile Transportschiffe auf einem Schlachtfeld verloren hatten, vor allem nicht welche in dieser Gewichtsklasse. Natürlich waren die gegnerischen Schiffe viel zu weit entfernt, um eine Videoaufnahme des Geschehens auf die Bildschirme zu bekommen. Doch als er sah, dass sich die ankommenden Schiffe auf dem Radar um die Transporter formierten, um dann in zwei Gruppen in zwei verschiedene Richtungen zu fliegen, beschloss er, dass er es auch gar nicht wissen wollte. Während er eine Verbindung zum Oberkommando der Entsatz-Flotte und den anderen Schiffen herstellen ließ, trat ihm eine Schweißperle auf die Stirn. Er fluchte. Warum zum Henker hatten diese Dinger, die das Konzil auf sie losgelassen hatte, bloß die Hauptkühlsysteme der Schiffe gesprengt? Klar, der Schaden war gewaltig und die Tatsache, dass nun sämtliche dezentralen Kühlsysteme hatten umgeleitet werden müssen, um die Reaktoren des Schiffes zu kühlen, lästig. Aber nichts davon war dazu geeignet, das Schiff zu zerstören oder auch nur kampfunfähig zu machen. Eine Sekunde später kam der Befehl des Oberkommandos. Feuer aus allen Rohren! Man war zu dem Schluss gekommen, dass, was immer das Konzil da plante, es seine Chance auf eine Rückeroberung von Lost Heaven schon vor Wochen verpasst hatte. Der Planet gehörte der Föderation!

Während auf den Schiffen der Föderation nun das übliche Chaos eines hereinbrechenden Gefechtes ausbrach, herrschte auf der »Faust der Richter« eigentümliche Ruhe. Sicher, auch hier wurden eilig Informationsströme von einem Ende des Schiffes zum nächsten geschickt und auch hier wurden sie von routinierten Bedienermannschaften sofort nach ihrem Eintreffen in fliegender Eile ausgeführt. Doch anders als auf den Föderationsschiffen, denen der Schock von Raketeneinschlägen, Explosionen und dem Eintreffen der Konzilsflotte noch tief in den Knochen steckte, griffen hier alle Räder ineinander. Der Ton der Befehlskette blieb ruhig und die Männer und Frauen hatten keine Mühe, mit den gegebenen Anweisungen Schritt zu halten. Pamaroy wusste, dass neben der ›Faust der Richter‹ noch auf drei anderen Schiffen des Konzils Klonprogramme zur Optimierung der Kommandoeffizienz betrieben wurden. Egal wie das Unternehmen ›Ragnarök‹ nun ausgehen würde, er war milde gespannt darauf, die Operationsberichte der anderen Schiffe zu lesen. Doch das sollte jetzt nicht seine Sorge sein. Seine Klone und er hatten alles in ihrer Macht Stehende getan, um die ›Faust der Richter‹ zu einem Musterbeispiel tödlicher Effizienz zu machen. Es gab nicht ein Mitglied der Besatzung, das nicht auf die eine oder andere Weise davon überzeugt war, Pamaroys Blick auf sich ruhen zu spüren. Keines, das nicht mit Feuereifer bestrebt war, sich dem Vertrauen und den Erwartungen, die er oder sie in sich gesetzt glaubte, als würdig zu erweisen. Und keines, das nicht die furchtbaren Konsequenzen eines Versagens fürchtete. Jetzt musste sich nur noch zeigen, wie weit sie damit kommen würden. Mehrere Berichte gingen über Pamaroys Kopfverbindung ein, die von den Raketensalven handelten, die ihnen der Feind entgegenschickte. Eine kurze Abstimmung mit den Flaggschiffen der Armada später, getroffen in nur einer Zehntelsekunde, gaben Pamaroy und zwei andere Schiffskapitäne den Befehl, mit halber Breitseite das Feuer zu erwidern. Es würde noch Stunden dauern, bis die ersten Raketen in der Leere des Alls zwischen den Flotten aufeinandertrafen. Pamaroy fragte sich, wie lange es wohl dauern mochte, bis den Befehlshabern der Föderation auffiel, dass das Konzil nicht einmal versuchte, auf ihre bereits angeschlagenen Schiffe zu schießen. Zumindest vorerst nicht.

Zwei Stunden später erhielten sie von Gruppe zwei die Meldung, dass sie mit dem Trägerschiff in Position war. Mittlerweile waren die ersten Abfangraketen mit den Salven der Föderation zusammengestoßen. Pamaroy gab die Anweisung, das Geschehen außerhalb des Schiffes auf den großen Übertragungsbildschirm der Kommandobrücke zu stellen und für kurze Zeit kam das geschäftige Treiben seines Stabes zum Erliegen. Der Kapitän ließ sie für den Augenblick gewähren, denn auch er hatte in all den Dekaden seines Dienstes kaum je etwas Imposanteres erblickt. Wie ein drohender Schatten zeichnete sich das überproportional große Trägerschiff mit dem treffenden Namen ›Gleißende Verdammnis‹ dunkel vor der von Eruptionen befleckten zweiten Sonne des Dreifachsonnensystems ab, in dem sich Lost Heaven befand. Aus dem Trägerschiff ergossen sich hunderte und aberhunderte von Satelliten, die nur im Verhältnis zu dem riesigen Schiff, welches sie ausspie, klein zu nennen waren. Pamaroy konnte sich den Umfang des Organisationsaufwandes gut vorstellen, dessen es bedurfte, jedes einzelne dieser Wunderwerke separatistischen Erfindergeistes in Position zu bringen, während sie ihre Sonnensegel ausfuhren. Ein jedes über hundert Meter lang, fünf pro Satellit, kreisförmig angeordnet, sodass die Satelliten aussahen wie gewaltige Blütenköpfe. Dann war es so weit. Der erste Laser, auf dem Bildschirm nicht dicker als eine Nadelspitze, stach aus einer der Maschinen und fand sein Ziel. Es folgten ihrer bald so viele, dass sie den Bildschirm auszufüllen begannen. Und das waren nur jene, die von ihrer Seite abgefeuert wurden. Pamaroy ließ den Bildschirm abschalten und wies seine Offiziere an, sich auf die Ausführung des vollumfänglichen Feuerbefehls vorzubereiten. Dieser ließ nicht lange auf sich warten.

Romanov verstand die Welt nicht mehr. Und damit stand er nicht alleine da. Auf manchen Schiffen war man zu dem Schluss gekommen, dass der hohe Rat des Konzils der Separatisten schlicht und ergreifend den Verstand verloren hatte. Romanov und alle restlichen Kapitäne, die diese Ansicht nicht vertraten, ließen derweil ihre strategischen Stäbe auf Hochdruck arbeiten, um herauszufinden, was der Feind vorhatte. Erst die Zerstörung der Kühlaggregate und jetzt diese Laser. Jeder, der mit seinem Wissen über Kriegsführung im Weltraum nicht irgendwo im 20. oder 21. Jahrhundert stecken geblieben war, musste doch wissen, was für ein Schwachsinn das war. Laser dieser Größenordnung waren selbst in dieser Masse nicht einmal im Ansatz stark genug, um der meterdicken Außenhülle eines Kampfschiffes ernsthaften Schaden zuzufügen. Sie waren nicht energiereich genug, um das Metall zum Schmelzen zu bringen und erst recht nicht, um es zu vaporisieren. Abgesehen davon, dass die Strahlen schon durch die Eigenbewegung des Schiffes gar nicht lange genug auf einem Punkt verharrten. Sie waren auch nicht stark genug, um die Raketen, die sie Salve um Salve in Richtung der Flotte des Konzils abfeuerten, zu beschädigen. Nein, es machte keinen Sinn. Was in aller Welt bezweckte das Konzil damit, Ströme gebündelten Lichts auf sie abzufeuern? Romanov wischte sich die immer dicker werdenden Schweißperlen von der Stirn und erstarrte, während sein Blick auf seinem feucht glänzenden Handrücken festfror. Licht ... Energie ... Hitze! In dem Moment, als ihn die Erkenntnis traf, stieß er einen erstickten Schrei aus, der die Hälfte seines Kommandostabes herumfahren ließ. Rasch gab er den Befehl, sofort eine Generalerfassung der Temperaturwerte sämtlicher Schiffsbereiche vorzunehmen. Der Befehl, der in jeder anderen Gefechtssituation für Unverständnis gesorgt hätte, wurde sofort ausgeführt. Kaum lagen die Ergebnisse vor, ließ sich Romanov eine Direktverbindung zur Admiralität herstellen. Er sah keine Veranlassung, seine Erkenntnisse mit den anderen Schiffskapitänen abzustimmen. Wenn sie jetzt noch nicht wussten, was Sache war, so würden sie es nur zu bald wissen. Ganz abgesehen davon, hätte ihn das Zeit gekostet. Zeit, die sie vielleicht nicht mehr hatten.

Keine fünf Minuten später, hatte er die Lage Raumadmiral Mirjab Barzin dargelegt.

»Verstehen Sie? Die Separatisten hatten niemals vor, Lost Heaven zurückzuerobern«, erklärte er der Frau eindringlich. »Sie hatten nicht einmal vor, den Planeten gegen uns zu halten! Das alles hier«, hierbei machte er eine ausladende Bewegung seiner Arme, »dieser ganze Feldzug war nichts weiter als eine Farce, um so viele Großkampfschiffe der Föderation wie möglich an einem Ort zu versammeln!«

»Kapitän Romanov, halten Sie auf der Stelle an sich«, fuhr ihn die Frau Admiral an. »Sie reden ja wirr.«

Romanov atmete tief durch, im verzweifelten Versuch, sich zu beherrschen.

»Frau Admiral, die ersten meiner Raketensilos haben bereits darum ersucht, die Schusskadenz zu senken. Ohne die zentralen Kühlanlagen droht die Elektrik zu versagen, weil die Schaltkreise überhitzen. Alles, was nicht aus Gold ist, verliert bei diesen Temperaturen seine elektrische Leitfähigkeit!«

Schweiß troff vom Gesicht der Frau Admiral, während sie Romanov anstarrte.

Auch auf dem Flaggschiff der Flotte hatte man die Monstrosität nicht aufhalten können, bevor es ihr gelungen war, ihr Werk zu vollenden.

»Kapitän, wenn Sie andeuten wollen, sich gegenüber dem Feind zurückziehen zu wollen ...«, begann sie drohend, doch Romanov schnitt ihr das Wort ab.

»Wir müssen! Wenn es dafür nicht schon längst zu spät ist!«

Die Frau Admiral verstummte kurz.

»Wie meinen Sie das?«

»Unsere Schiffe werden durch jedes Watt Energie, das unsere Reaktoren produzieren, mehr und mehr aufgeheizt«, begann Romanov in fließender Eile zu erklären. »Dazu kommt noch die Energie von außen, die den Schiffen durch Geschosse und durch die niedrigschwelligen Laser zugeführt wird. Alles zusätzliche Hitze. Und jeder Laser und jede Rakete, die wir abfeuern, macht es durch die Spannungsspitzen der Reaktoren und die Antriebsfeuer der Raketen nur schlimmer. Jetzt gerade«, bei diesen Worten beugte er sich nach vorn und stützte sich auf dem Pult ab, während sein sonst zurückgekämmtes schwarzes Haar in feuchten Strähnen in sein Gesicht hing, »müsste ein Drittel der Reaktorkapazität der Schiffe normalerweise in unsere Kühlanlagen gehen, um das alles zu kompensieren. Aber unsere Schiffe ...«

»... haben keine Kühlanlagen mehr«, vollendete Frau Admiral Barzin seinen Satz und Romanov konnte aus dem Hintergrund hören, wie der Kommandostab der Frau Admiral in Tumult ausbrach, aber dann setzte er noch einen drauf.

»Und jetzt stellen Sie sich vor, was der Energieausstoß, den ein Phasensprung benötigt, mit uns und unseren Schiffen anstellt.«

Und um seinen Worten endgültig Nachdruck zu verleihen, übermittelte er der Admiralität die Temperaturwerte der ›Everlasting Victory‹. Romanov hatte seinen Stab bereits angewiesen, die ersten zwei Schiffssektoren in den äußeren Bereichen evakuieren zu lassen, weil das Thermometer dort die 60-Grad-Grenze überschritten hatte. Während im Stab von Frau Admiral Barzin alles durcheinanderredete, vergrub Romanov sein heiß glühendes Gesicht in den Handflächen. Er hatte seit Jahren unter diesen Leuten gedient und glaubte ziemlich genau zu wissen, was jetzt kommen musste. Zumindest war er sich sicher, ihre Bereitschaft einschätzen zu können, für die Föderation einen aussichtslosen Kampf zu führen. Stillschweigend um Fassung ringend, wartete er auf den Befehl zur Kapitulation. Wie hatte es nur so schnell so weit kommen können?

Als die Meldung über die Kapitulation der föderalen Großkampfschiffe die ›Faust der Richter‹ erreichte, drohte für einen kurzen Moment ein Jubel auszubrechen, den Pamaroy sofort unterband. Nicht, dass er nicht gespürt hätte, wie sein altes Herz in Freude erbebte und ihm unter seinem Bart die Gesichtszüge beinahe entglitten. Doch ihnen blieb keine Zeit, sich dem stürmischen Siegestaumel hinzugeben, der sie zu übermannen drohte. Sie hatten noch Arbeit vor sich. Arbeit die nötig war, damit ihr Plan nicht doch noch auf der Zielgeraden scheiterte. Was ein Jammer gewesen wäre, angesichts der Tatsache, wie wenige doch an seinen Erfolg geglaubt hatten. Pamaroy miteingeschlossen. Sicher, es war schon seit den frühen Tagen der Raumfahrt ein wohlbekanntes Phänomen, dass es Körpern im Weltall, trotz der dort herrschenden Temperaturen, fast unmöglich war, Wärme abzugeben. Es fehlte das Medium. Solange man sich nicht gerade in einer Gaswolke befand, hatte das luftleere All keine andere Möglichkeit ein Objekt seiner Wärme zu berauben, als durch die radioaktive Infrarotstrahlung, die es selbst abgab. Man hatte schon Astronauten, die bereits tagelang von ihren Schiffen getrennt worden waren, bergen können, deren Körpertemperatur in ihren Anzügen noch deutlich über 30 Grad gelegen hatte. Und doch war es nie jemandem eingefallen, dieses Prinzip militärisch zu nutzen. Bis heute.

Auch wenn Pamaroy nicht selbst dabei gewesen war, so vermutete er doch richtig, dass vor Jahren, als die Planungen für das Unternehmen Ragnarök begonnen hatten, die militärischen Strategen des Konzils genau gewusst hatten, was sie da entwickelten. Sie hatten gewusst, dass der Schlüssel zu einer erfolgreichen Eroberung des Taurus-Systems darin lag, den einzigen wirtschaftlichen Zugang, also Chesterfield, zu blockieren. Sie hatten gewusst, dass egal wie stark sich das Konzil dort vergraben würde, die Chance dennoch der materiellen Überlegenheit der Föderation zu erliegen, exorbitant hoch blieb. Und sie hatten nach einem Weg gesucht, dieses Verhältnis zu kippen. Also hatten sie jene zwei Aspekte in die Waagschale geworfen, die die separatistische Weltengemeinde ausgezeichnet hatte. Kompromisslose Risikobereitschaft und Verachtung aller herrschenden Konventionen. Und das Unternehmen Ragnarök war in der Tat ein gewaltiges Risiko. Darüber machte sich keiner der Befehlshaber des Konzils, und Pamaroy schon gar nicht, irgendwelche Illusionen. Eine militärische Aktion wie diese, konnte nur ein einziges Mal von Erfolg gekrönt sein, eben weil es sie so noch nie zuvor gegeben hatte. Also mussten sie sicherstellen, dass der mit ihr angerichtete Schaden maximal ausfiel. Auch wenn jetzt alle Großkampfschiffe, einschließlich des föderalen Flaggschiffes, kapituliert hatten, so musste der letzte Befehl der Admiralität an sämtliche kleineren Schiffe, die noch manövrierfähig waren, gelautet haben, umgehend in den Hyperraum zu entkommen. Dementsprechend befanden sich die letzten abgefeuerten Raketen der Föderation auch noch auf Abfangkurs, statt, wie sonst bei der Kapitulation üblich, dem

Selbstzerstörungsbefehl anheimgefallen zu sein. Man wollte allen kleineren Schiffen die Zeit erkaufen, die für die Flucht nötig war. Doch das Konzil war nicht gewillt, ihnen diese Flucht zu gewähren. Heute wurde nur denen Gnade gewährt, die sich freiwillig ergaben. Und vielen, so dachte Pamaroy grimmig, würde nicht einmal das helfen. Schließlich hatte er von dem Oberkommando, so wie jeder andere Kapitän, zwei Befehle bekommen, die an die Pilotenmannschaften der Raketen weitergegeben werden sollten, sobald die Föderation kapituliert hatte. Der eine betraf die Piloten, deren Raketen geeignet waren, so viele sich im Orbit befindliche Schiffe wie möglich zu zerstören oder, besser noch, manövrierunfähig zu schießen. Der andere betraf die Piloten, deren Raketen in der Lage waren, einen Eintritt in die Atmosphäre zu überstehen. Schließlich gab es da noch die Reste einer Söldnerarmee zu dezimieren und eine Stadt mit ihrem Raumhafen zu vernichten. Und das diesmal endgültig.

Jochen wusste, dass dies das Ende war. Er hatte keine Ahnung, was in den letzten Stunden geschehen war. Alles um ihn herum brannte. Schleier aus Stahl und Feuer, so schnell, dass das bloße Auge sie kaum zu erfassen vermochte, gingen vom Himmel auf die Stadt nieder. Sie fuhren in die versprengten Gruppen von Soldaten und radierten den Rest davon aus, was die letzten Wochen von Gebäuden und Straßenzügen noch gelassen hatten. Und sie ließen nichts übrig außer glühenden Trümmerresten, verkohlten Leichenteilen und Strömen von dampfendem, in der Hitze brodelndem Blut.

Jochen kannte diese Art von Bombardement nur zu gut. Orbitalbeschuss. Er wusste nicht, wie das möglich war. Das Interkom war seit Stunden tot und die letzten Meldungen hatten wenig Aufschluss gegeben. Aber das war nebensächlich.

Seine ganze Welt schien nur noch aus dem Donnern der sich überlagernden Explosionen zu bestehen. Dem Fauchen der Flammen. Dem Beben der Erde. Und dem Dröhnen in seinem Schädel. Jochen geriet ins Straucheln. Er wusste nicht wohin. Gab es überhaupt noch irgendetwas, wohin er rennen konnte? Er war orientierungslos in dieser Hölle verloren.

Kurz bevor der Funk endgültig zusammengebrochen war, hatte Blake ihnen im Interkom nur noch ein Wort zugeschrien.

»Flieht!«

Nicht Rückzug.

»Flieht!«

Jochen war oft geflohen in seinem Leben. Er war besser darin als die meisten. Was der einzige Grund war, dass er es auch jetzt noch konnte. So dachte er zumindest, bis sich die Erde erneut unter ihm aufbäumte und er mit brachialer Gewalt zu Boden gerissen wurde. Benommen schaute er auf. Es hatte eine Weile gedauert, bis er bemerkt hatte, dass er die anderen verloren hatte. Seine Gedanken wanderten zu Blake und Finley. Es wäre gut, einen der beiden jetzt dabeizuhaben, sie könnten ihn stützen oder gegen die Flammen abschirmen. Mühsam richtete er sich auf und humpelte weiter. Dann dachte er an Steffen. Bei ihm war er froh, dass er gerade nicht bei ihm war. Er hoffte so sehr, dass er irgendwo war, wo es sicher war. Er hoffte …

Er bog um die Ecke eines Häuserblocks, gerade in dem Moment, als sich unmittelbar vor ihm einer von jenen metallenen Schleiern in die Erde grub. Die Wucht der Explosion hob ihn wie eine Puppe in die Luft und schleuderte ihn gegen die Trümmer eines verwüsteten Hauses. Scharfer Schmerz explodierte an gleich mehreren Stellen in seinem Rücken und seiner Brust. Jochen schrie. Er konnte nichts mehr sehen. Das Sichtvisier seines Helms war gebrochen. Er konnte sich auch nicht bewegen, hatte keinen Boden unter den Füßen. Benommen griff er nach seinem Helm und streifte ihn ab.

Ungläubig starrte er an sich herab. Er hing etwa einen halben Meter über dem Boden. Gehalten von drei dicken Stahlstreben, die aus seinem Brustkorb, Magen und Unterleib hervorschauten. Er konnte seinen Kopf nicht weit genug nach unten wenden, aber als er mit seinen Händen nach unten tastete, war da überall nur noch Blut. Jochen hustete gurgelnd. Er hatte keine Luft mehr. Alles um ihn herum begann sich einzutrüben. Selbst die Explosionen waren nicht mehr so laut. Genau wie damals auf dem Leviathan, als das Feuer den Hangar erreicht hatte und er in Panik verfallen war. Jochen wimmerte erbärmlich.

Plötzlich war das Einzige, das er noch klar sah, Melissas Gesicht, das ihn voller Unglaube und Entsetzen anstarrte. Da wusste er, dass er gerade starb. So, wie er schon vor Jahren auf dem Leviathan hätte sterben müssen, als er Melissa nach seinem verlorenen Münzwurf in schierer Todesangst an der Schulter gepackt und zur Seite geworfen hatte, während sie versucht hatte, in die letzte Rettungskapsel zu steigen.

Und so galt Jochens letzter Gedanke der Liebe seines Lebens, die er in seiner Feigheit ermordet hatte. Ihr ... und Jochens ungeborenem Kind, von dem er wusste, dass sie es unter dem Herzen getragen hatte.

Als Scarlett dem Abflussrohr entstieg, war sie über und über mit Schleim bedeckt. In einem früheren Leben hätte sie sich vielleicht gefragt, aus was genau das Zeug bestand, das da an ihr heruntertropfte. Hätte sich vielleicht auch, zu Recht, Sorgen darüber gemacht. Aber dieses Leben lag nun einmal lange zurück und das war auch gut so. So sehr sie dem Leben der alten Scarlett auch nachtrauerte, so wenig konnte die Frau, die sich nun am Ende des Rohres hinsetzte und ihre Beine nach unten baumeln ließ, bestreiten, dass die alte Scarlett in dieser Welt schon lange das Zeitliche gesegnet hätte.

»In gewisser Weise«, so dachte sie versonnen, »hat sie das ja auch.«

Selbst hier, auf der anderen Seite des Bergmassivs konnte sie die Explosionen, die Chesterfield erschütterten, hören und fühlen. Um sie herum strömten die Ratten zu tausenden aus den meterweiten Rohren, aus denen sich zum Teil immer noch Abwasser in das pestilente Sumpfland ergoss, dass sich zu Scarletts Füßen ausbreitete. Sie hatte die ganze Zeit schon vermutet, dass die Kanalisation irgendwo einen Ausgang haben musste. Anders war es nicht zu erklären gewesen, dass sie mit der Zeit nicht völlig überflutete, egal wie viele Tunnel einbrachen. Dass dieser Ausgang sie und die Ratten genau dorthin geführt hatte, wohin die Chemiefabrik augenscheinlich schon seit Jahrzenten ihre Abfälle entsorgt hatte, machte da durchaus Sinn. Eine der hundegroßen, ebenfalls über und über mit Schleim bedeckten Nagetiere stieg seitlich neben ihr auf die Hinterbeine und schnüffelte in ihrem Ohr. Scarlett ließ sie gewähren und kraulte ihren Unterbauch.

Es waren wieder einmal die Ratten gewesen, die ihr das Leben gerettet hatten. Einerseits konnte sie es sich kaum vorstellen, dass sie das, was nun über die Stadt hereingebrochen war, vorhergeahnt hatten, als sie am gestrigen Tag zu zehntausenden den Exodus angetreten waren. Auf der anderen Seite hatte sie längst aufgehört, irgendetwas in Frage zu stellen, was den sechsten Sinn ihrer Begleiter betraf.

Mit einem Ruck sprang sie vom Rand des Rohres und versank knietief in dem morastigen Boden darunter. Während sie sich ihren Weg zu festerem Grund bahnte, beobachtete sie, wie die Ratten begannen sich im Sumpf zu zerstreuen. Zumindest die meisten. Eine riesige Meute der Tiere tummelte sich um sie herum und begann mit ihr schließlich den Anstieg eines kleinen Hügels. Es waren jene Ratten, die ihr seit Wochen auf Schritt und Tritt folgten.

»Mein Rudel«, dachte Scarlett stolz. Sie würden auch hier gut aufeinander achtgeben. Schließlich bedeuteten sie füreinander Schutz und Futter. Als sie auf halbem Weg den Hügel hinauf bewältigt hatten, wurden sie von einer Meute größerer Ratten angefallen. Sie mussten aus einem weiter entfernten Stadtteil stammen und noch nie etwas von Scarlett gesehen haben. Sie erschoss kurzumwunden die drei größten Exemplare und der Rest wurde von ihrem Rudel zerfleischt.

Scarlett bezweifelte, dass die Tiere schlau genug waren, um zu verstehen, dass sie den Menschen unter sich gar nicht brauchten, um als Gruppe zusammenzuhalten. Ihr konnte das nur recht sein.

»Und auf gewisse Weise«, so dachte Scarlett, »brauchen sie mich eben doch, eben weil sie es nicht verstehen können.«

Es war irgendwie lustig, wie sich die Dinge immer zu fügen schienen, seit sich ihr Leben in einen blutigen Strudel infernalischen Wahnsinns verwandelt hatte.

Als sie den Kamm des Hügels erreicht hatte, blickte sich Scarlett um. Vor ihr erhob sich das Bergmassiv, auf dessen anderer Seite sich das Tal von Chesterfield befand. Jenseits der Berge türmten sich, höher, viel höher als das kleine Gebirge selbst, Wolken aus Staub und Asche auf, die von innen heraus vom Schein eines gewaltigen Feuers erglühten. Aus den Weiten des Himmels senkten sich im Sekundentakt Raketen dort hinein und ließen die Wolken in Explosionen pulsieren. Nein, dorthin gab es kein Zurück mehr. Die Ratten hatten es gewusst.

Dann ließ Scarlett den Blick über das Meer aus Fennen schweifen, das hier die Landschaft von Horizont zu Horizont bedeckte. Nebel waberte in unnatürlichen Formen und nekrotischen Farben mal hierhin und mal dorthin. Pflanzen und Sträucher, die sich als hart genug erwiesen hatten, um die Chemikalien aus den Fabriken zu überstehen, reckten sich schrecklich mutiert und ineinander verdreht gen Himmel und bedeckten das Land wie Tumore.

Und auch hier gab es Feuer. Gespeist von ungesehenen Gasverschlüssen im Boden, begann es mal hier und mal dort plötzlich zu brodeln, bevor, manchmal für Sekunden, manchmal für Minuten, Flammen aus der bracken Flüssigkeit hervorleckten. Überall um Scarlett herum bildeten die widerlichen Gewässer Pfützen, Lachen, Tümpel, Seen und außerhalb ihres Gesichtsfeldes vielleicht auch Ozeane. Wer wusste das schon?

Scarlett spürte, wie sich ihr Griff um die Waffe verstärkte. Sie würde es bald wissen. Genau wie in der Stadt würde sie auch hier lernen zu überleben. Mit festem Schritt machte sie sich auf den Weg. Ihre Ratten im Gefolge. Scarlett lächelte.

Der Narrator liest vor

Von Menschenrechtssituationen II

Der folgende Artikelausschnitt ist dem namhaften Magazin einer Stiftung für Menschenrechte entnommen, welches vor allem auf den Kernwelten Verbreitung findet. Der Artikel ist auf den 16.02.2204 datiert und setzt sich mit den eklatanten, geschlechterspezifischen Verletzungen der Menschenrechte auf den zu den Randwelten gehörenden Planeten des Vereinigten Arabischen Matriarchats auseinander.

[…] Doch auch als Frau lebt es sich nicht unbedingt leicht unter dem Matriarchat. Eine junge Frau, die uns im Teehaus bediente, ihren eigenen Angaben nach gerade einmal 16 Jahre alt, erzählte uns, dass der gesellschaftliche Druck enorm sei. Überall, egal ob zu Hause, in der Schule oder in der Moschee, würde immer die gleiche Lehre gepredigt. Besser zu sein. Besser zu sein als die Generation vor ihnen. Dass erbrachte Leistungen nichts weiter seien als die Messlatte, die es zu überspringen gelte. Dass es für sie als einzige Gesellschaft in der Galaxis, in der die Frau ihren rechtmäßigen Platz erobert habe, die oberste Pflicht sei zu zeigen, wie schwach das männliche Geschlecht, das Geschwür, das sich überall auf den bewohnten Welten ausbreite, wirklich sei. Irgendwann werde auch auf den anderen Welten die Revolution kommen und dann müssten sie in der Lage sein, ihren Schwestern zur Seite zu stehen. Reden, bei denen man Angst bekommen kann. Ihren Namen wollte sie uns nicht sagen, da unser Magazin auch von Männern gelesen werde, deren Augen es nicht wert seien, ihren Namen zu lesen.

Dass Männern überhaupt das Lesen beigebracht werde, halte sie für ein Unding. Als einer ihrer Hausdiener einmal versucht habe, es sich selbst beizubringen, habe ihre Mutter ihn sofort einschläfern lassen.

An diesem Punkt dachten wir schon, dass uns nichts mehr schocken könnte. Bis wir den Tumult vor dem Teehaus vernahmen und die Gäste begannen herauszurennen. Wir folgten ihnen und wurden Zeuge einer Abscheulichkeit, wie es sie heute eigentlich nicht mehr geben darf. Wir sahen mit eigenen Augen eine Steinigung.

Eine junge Frau hatte es gewagt, heimlich einen Ausländer zu heiraten und die aus der Ehe hervorgehende Tochter in unbequemen rosa Kleidern und hochhackigen Schuhen unnatürlich geschminkt in die Schule zu schicken. Alles Dinge, die sie wohl auch selbst zu Hause praktiziert hatte, während sie es zuließ, dass ihr Mann, ein hochrangiger Diplomat, den Lebensunterhalt verdiente und sie sich um den Haushalt kümmerte. Anscheinend war jeder Einzelne der Anklagepunkte bis dahin schon ein todeswürdiges Verbrechen gewesen, aber als dann noch herausgekommen war, dass sie auch ihrer Tochter durch die Auswahl von illegal importierten Spielzeugen, die Haushaltsartikeln nachempfunden waren, für die Zukunft das gleiche erbarmungswürdige Schicksal zudachte, war ihr Schicksal besiegelt gewesen. Den Vater hatte man, zusammen mit dem kaum sechsjährigen Mädchen, ziehen lassen und ihnen bis in alle Ewigkeit die Wiedereinreise verboten, doch die Frau konnte nichts mehr retten. Nach der Anklageverlesung wandten wir uns ab, was man uns auch nur durchgehen ließ, weil wir Ausländerinnen waren. Jeder Einheimischen, die so gehandelt hätte, hätte die Untersuchungshaft gedroht. Wo bewegt sich diese Nation nur hin? [...]

41

Der Narrator beschließt die Erzählung

Mit einem glücklichen Ende

Salvador Pamaroy, der einzig wahre, lehnte sich in seinem hohen Kommandostuhl zurück, während ein seltenes Lächeln seinen Mundwinkel umspielte. Für einige kurze Momente gab er sich dem Gefühl der absoluten Zufriedenheit hin, das ihn erfüllte. Langsam wanderte sein Blick an seinen Klonen entlang, an einem nach dem anderen. Das Bild, wie sie allesamt tot in ihren Stühlen zusammengesunken waren, trug dazu bei, seine Hochstimmung ein weiteres Mal zu beflügeln. Wie auch schon die letzten paar Male, als sich ihm dieses Szenario geboten hatte. Doch dieses Mal war es wirklich etwas Besonderes. Erneut las er sich den Bericht des Geheimdienstes durch, der ihm von Seiten seiner Klone stehenden Beifall eingebracht hatte, als diese vor einigen Minuten noch gelebt hatten. Der Sieg des Konzils der Separatisten war mehr oder weniger komplett. Sicher, sie hatten mehr Schiffe verloren als ursprünglich geplant und auf vielen der von ihnen eroberten Planeten waren die Anlagen in Folge der Guerilla-Taktik der Föderation schwer beschädigt worden. Von der völligen Verheerung von Chesterfield auf Lost Heaven ganz zu schweigen. Aber davon abgesehen, war die Operation ein Erfolg auf ganzer Linie. Die Föderation hatte angesichts des völligen Verlusts ihrer Entsatz-Flotte und unter dem wachsenden Druck ihrer Aktionäre sämtliche Versicherungsparteien der eroberten Planeten im Taurus-

System ausbezahlen müssen. In voller Höhe. Laut den Berichterstattungen war das Vertrauen in die föderalen Strukturen in der ganzen von Menschen besiedelten Galaxie erschüttert. Aktionäre und Versicherte hatten angefangen abzuspringen. An den Börsenplätzen herrschte völliges Chaos und die föderalen Aktien befanden sich im freien Fall. Nach dem Ende der Kampfhandlungen war das Taurus-System faktisch abgeriegelt und jede Form des Handels würde auf Jahrzehnte ausschließlich unter der Kontrolle des Konzils stattfinden. Schon jetzt hatten die Konzerne, denen die wenigen von den Kampfhandlungen verschonten Planeten im System gehörten, angefangen, Kapital von diesen abzuziehen. Kein Wunder, wenn man bedachte, dass sie neben allem anderen auch noch immer mit den Wellen an Kriegsflüchtlingen zu kämpfen hatten, von denen noch keiner wusste, was jetzt mit ihnen geschehen sollte, und die sie weiter destabilisierten.

Destabilisierung.

Pamaroy lächelte weiterhin. Ein herrliches Wort. Bald schon würde es niemanden in der UN mehr interessieren, wenn auch auf diesen Welten die Flagge des Konzils gehisst wurde. Danach würden mehr als hundert Planeten hinter und unter dem Konzil stehen, womit es endgültig unmöglich werden würde, das Konzil nicht als souveränen Staat anzuerkennen und ihm eine eigene UN-Vertretung zu gewähren.

Destabilisierung.

Pamaroy ließ sich das Wort aufs Neue im Stillen auf der Zunge zergehen. Die Separatisten hatten eindrucksvoll bewiesen, dass keine der großen Parteien der Galaxie unangreifbar oder gar unbesiegbar war. Schon jetzt waren auf etlichen anderen Kolonien Proteste losgebrochen. Menschen von einem Ende der menschlichen Siedlungsgebiete zum anderen schrien nach Generationen der Fremdherrschaft nach Freiheit und

Selbstbestimmung. Entweder danach oder gleich nach der Zugehörigkeit zu dem Staatenbund, dem es im Taurus-System gelungen war, die mächtigste Einzelorganisation der Galaxie in die Knie zu zwingen. Pamaory legte die Datentafel weg und setzte eine Nachricht über seinen Rubrizierer ab. Während er wartete, ließ er seine Gedanken schweifen. Es würde zweifellos Jahre dauern, bis der politische und wirtschaftliche Flächenbrand, den ihr Feldzug losgetreten hatte, auch nur halbwegs eingedämmt war. Jahre, in denen das Konzil mit jedem Herzschlag stärker wurde, während es seine Position im Taurus-System festigte. Wenn in Handel und Politik endlich wieder so etwas wie Normalität eingekehrt war, würden die Separatisten bereit sein. Bereit, auch die nächste Stufe auf dem Weg zu ihrer Dominanz in der Galaxie zu nehmen. Der Kapitän seufzte. Das würde er selbst wohl aber nicht mehr erleben müssen. Die Tür, durch die er selbst für gewöhnlich die Taktikzentrale betrat, glitt mit einem Zischen auf. Wie bei den Malen zuvor auch schon, glitten Gestalten in weißen Overalls in den Raum und begannen damit, die Leichen seiner Klone auf Karren zu hieven. Als sie damit fertig waren, desinfizierten sie die Sitze und Kopfstecker der Klone, während einer der Männer, dessen Kittel ein hohes militärisches Rangabzeichen zierte, zu ihm trat. Kapitän Pamaroy hatte den leitenden Wissenschaftsoffizier des Schiffes immer gemocht und wäre dem nicht so gewesen, hätte er sich dazu gezwungen. Schließlich war er die einzige Person auf der »Faust der Richter«, die keiner seiner Klone je zu Gesicht bekommen hatte. Die einzige Person, die es sofort bemerken würde, wenn einer seiner Klone oder gar alle zusammen sich eines Tages entscheiden sollten, sich gegen ihn zu wenden.

»Gab es dieses Mal Komplikationen, Herr Kapitän?«, fragte ihn der Offizier, wie auch schon all die Male zuvor, was Pamaroy mit einem Kopfschütteln quittierte.

»Nein. Sie waren wie immer völlig arglos, als ich ihnen befohlen habe, für eine weitere Synchronisation ihre Kopfverbindungen einzustecken.« Kurz sah er vor sich das Bild, wie sie daraufhin zusammengebrochen waren, als er ihnen durch einen Wink auf seinem Rubrizierer den tödlichen Stromstoß direkt ins Gehirn versetzt hatte.

Der Offizier nickte und machte sich eine Notiz. Für einen Mann der Wissenschaft fand Pamaroy es sehr altmodisch, dass er dafür noch auf Stift und Papier zurückgriff. Er hatte aber schon vor langer Zeit beschlossen, daran keinen Anstoß zu nehmen.

»Gut. Sehr, sehr gut«, sagte der Mann bedächtig. »Ich hatte mir schon Sorgen gemacht. Schließlich war diese Charge Klone wegen des Kriegseinsatzes fast drei Monate länger in Verwendung, als es das Protokoll eigentlich zulässt.«

Pamaroy runzelte die Stirn.

»Dennoch scheinen sie, trotz ihrer längeren Verwendungsdauer, nicht viel weiter mit ihren Überlegungen eines perfekten Staates von Klonen gekommen zu sein, wenn ich Ihre Berichte richtig verstanden habe.«

Der Offizier tippte mit seinem Stift ungeduldig auf sein Klemmbrett und fiel damit ungewollt in das Klackern der Rollen ein, als sich die Wissenschaftsassistenten mit den Leichenkarren aus dem Raum entfernten und sie allein zurückließen.

»Das spielt keine Rolle«, beteuerte der Wissenschaftler energisch. »Allein die Tatsache, dass sie mit jedem Klongang aufs Neue auf diese Idee verfallen, obwohl wir diesen Teil immer wieder aus den Erinnerungskarteien entfernen, spricht Bände.«

Pamaroy erhob sich und begann sich zu strecken. Seine alten Gelenke knackten und er verzog schmerzvoll das Gesicht.

»Dann werden Sie auch in diesem Bericht an das Oberkommando die Expertise abgeben, das Programm einzustellen?

Wie immer?«

»Wie immer!«, bestätigte der Mann und sie machten sich gemeinsam auf den Weg zum Aufzug, der sie in die Klonlabore führte. Dieser Teil gehörte nicht zum Protokoll und doch war er für sie zur festen Gewohnheit geworden. Auf ihrem Weg nach unten fragte Pamaroy, wie lange es wohl diesmal noch dauern würde, bis er mit seinen neuen Klonen sprechen konnte.

»Schwer zu sagen«, erwiderte der Mann. »Immerhin müssen wir die Erinnerungen von fast drei zusätzlichen Monaten modifizieren und zensieren, um die Persönlichkeiten der Klone entsprechend anzupassen. Warten Sie kurz.« Er blätterte in den Unterlagen auf seinem Brett, bis sein Blick an etwas hängen blieb und er verblüfft innehielt.

»Ja, mein Gott, wie konnte ich das nur vergessen? Das wird ja jetzt Ihre allerletzte Charge.«

Der Kapitän lächelte nur, als sich die Fahrstuhltür öffnete und sie das Labor betraten.

»Ja, meinen Glückwunsch«, sagte der Mann und legte das Klemmbrett auf den erstbesten Tisch. »Ich kann nicht sagen, dass ich mich darauf freue, einen neuen Kapitän in das Klonprotokoll einzuweisen, aber ich kenne auch niemanden, der sich seinen Abschied von der Armee so verdient hat wie Sie.«

Pamaroy dankte ihm herzlich. Er mochte den Mann wirklich. Während am anderen Ende des Raumes die Leichen der alten Klone in Verbrennungsöfen geladen wurden, traten die beiden an die mehr als zwanzig mit Nährflüssigkeit gefüllten Röhren heran, in denen deren Nachfolger schwebten.

»Wissen Sie schon, was Sie mit Ihrem Ruhestand anfangen werden?«, fragte der Wissenschaftsoffizier höflich. Vermutlich konnte er sich seinen Kapitän nicht einmal als Pensionär vorstellen. Pamaroy nahm ihm das, falls es denn so war, keinesfalls übel. Schließlich erging es ihm ganz ähnlich. Ein paar

Dinge allerdings wusste er jetzt schon.

»Zunächst einmal«, begann er, »werde ich mir auf Eden Prime ein Haus irgendwo bei den östlichen Hemisphärenwäldern kaufen. Und das so weit südlich, dass es warm genug für eigene Obstbäume und einen Gemüsegarten ist. Und wissen Sie, was ich dann, abgesehen von Gartenbau, tun oder besser gesagt, nicht tun werde?«

Der Offizier starrte ihn nur fragend an, während Kapitän Salvador Pamaroy seinen Blick von einer Röhre zur nächsten gleiten ließ. Aus jeder Einzelnen starrte ihm aus noch geschlossenen Augen sein eigenes Antlitz entgegen. Er konnte es schon jetzt kaum erwarten, ihre toten Gestalten vor sich zu sehen.

»Dann schaue ich nie wieder in einen Spiegel.«

42

Der Narrator beschließt die Erzählung

Mit dem Ende aller Kräfte

Blakes Beine strauchelten. Dann gaben sie nach. Beine, einst stark genug, um ein verdammtes Haus hochzuheben. Doch das war vorbei. Die übermenschliche Kraft des Mannes, den sie nun nicht mehr tragen wollten, war gebrochen. Er fiel. Aus altem Reflex riss er das hoch, was ihm von seinen Armen geblieben war. Ein dummer Fehler. Und alles, was er damit bewirkte, war, dass er mit seinem ganzen Körpergewicht auf zwei eiternden, vor Wundbrand glühenden Stümpfen aufschlug, aus denen die weißen, splittrigen Knochenenden hervorragten. Zwei grelle Explosionen aus brennendem Schmerz durchfuhren seinen Körper und der Schrei, der sich seiner Kehle entrang, hatte nur noch wenig Menschliches. Er glich dem eines verwundeten Tieres, das seinem unvermeidbaren Ende entgegenblickte. Er wand und krümmte sich auf dem kalten Metall der Laderampe, die er gerade noch mit wackligen Schritten zu ersteigen versucht hatte. Aber aufstehen? Ebenso gut hätte er versuchen können, die Arme auszubreiten und davonzufliegen. Dann spürte er, wie sich der Lauf eines Gewehres in seinen Rücken bohrte und er schloss die Augen. Er hörte die Stimme nicht, die ihn anschrie, dass er seinen verdammten Arsch hochkriegen sollte und musste es auch gar nicht. Wie oft hatte er selbst diese Worte ausgestoßen? Daher wusste er auch jetzt schon, was der Mann am anderen Ende der Waffe in ein paar Sekunden tun würde, sobald er bemerkte, dass Blake seiner Bitte nicht nachkommen würde. Auch das hatte Blake oft genug getan. Ein weiterer Kadaver für die Haufen, die sich in achtlos von Baggern ausgehobenen Gruben vor der Stadt stapelten. Ein würdiges Ende, wie er selbst fand. Seine Gedanken wanderten zurück zu der Zeit, in der er sich zuletzt so hilflos gefühlt hatte. Zu jenen Tagen, als die Bandenmitglieder, die seine Nachbarschaft terrorisiert hatten, ihn fast jeden Tag zusammenschlugen und ihm große Teile des Geldes abnahmen, das er für Miete, Essen, Kleidung und für die Medikamente seines Vaters verdiente. Zu jenen Tagen, die er damit beendet glaubte, als sein Vater seine Augen schließlich für immer schloss und so nicht mehr ansehen musste, wie sein einziges Kind nur wenige Stunden nach seinem Ableben zum sechzehnfachen Mörder wurde. Und in den Jahren danach noch zu wesentlich Schlimmerem. Damals hatte er sich geschworen, dass er bis zum Ende seines Lebens nie wieder so hilflos sein würde. Das Ende seines Lebens war gekommen, von daher hatte er seinen Schwur auf eine sehr makabre Art gehalten. Ihm wäre es lieber gewesen, wenn es nicht auf diese Weise hätte zu Ende gehen müssen. Eine einzelne Träne lief über Blakes Gesicht, während er auf den erlösenden Schuss wartete. Eine gewaltige Erschütterung durchlief seinen Körper und ein Mann begann zu schreien. Erneut durchfuhr ihn der Schmerz, aber zu seiner Verwunderung, kam dieser wieder aus seinen Armen, deren Enden erneut unter der Erschütterung aufbrüllten. Blake bemerkte, dass er die Stimme, die da schrie, kannte.

»..., dass der Mann nicht mehr laufen kann? Ich werde ihn stützen!«

Blake stöhnte. Es gab bei den Untamed Blades wirklich nur einen, der so dämlich war, sich mit seinem eigenen Körper auf einen Gefangenen zu werfen, der gleich exekutiert werden sollte.

»Geh aus dem Weg, Arschloch!« Es folgte das trockene Klicken, mit dem eine Waffe entsichert wurde.

»Nein!«

Erstaunlich starke Finger umschlungen seinen Oberarm bei seiner Achsel, während eine andere, nicht minder kräftige Hand ihn beim Gürtel ergriff. Schon eine Sekunde später stand Blake aufrecht. Schwer gestützt auf Doktor Frank Stein.

Blakes Blick schwamm. Dennoch konnte er den Konzilssoldaten vor sich überdeutlich erkennen. Er hatte seine Waffe auf sie beide gerichtet und sein Zeigefinger zuckte.

»Lassen Sie es gut sein, Doc«, röchelte Blake ihm ins Ohr. »Wenn Sie mich jetzt loslassen, erschießt er vielleicht nur mich.« Er glaubte nicht daran und Stein wohl auch nicht, denn er schüttelte nur den Kopf, während er den Soldaten mit festem Blick fixierte. Die anderen Gefangenen gingen auf Abstand, beeilten sich, die Rampe hochzukommen und von den anderen Wachen fernzubleiben. Angst zeichnete ihre Gesichter. Sie wussten, dass eine Erschießung nur selten allein blieb. Dann geschah das Unfassbare. Der Soldat sicherte seine Waffe und brüllte sie an, sie sollten weitergehen, schließlich hätten sie nicht den ganzen Tag Zeit. Als Blake, weiterhin auf Stein gestützt, loshumpelte, spürte er keine Freude. Er wusste, dass der Tag seines Todes gerade nur verschoben worden war. Und das nicht einmal um eine allzu lange Frist. Die Minenkolonien des Konzils waren furchtbare Orte für die Gefangenen der Separatisten und es gab nur wenige, die den Dienst dort lange genug überlebt hatten, um ihre Entlassung mitzuerleben. Die Flucht war noch nie einem gelungen, der davon hätte erzählen können. Die Gefangenen wurden nun in den Bauch des Transportschiffes getrieben, auf dessen Rampe Blake sein Leben gerade fast beschlossen hätte. Hinein in Zellen, in denen sie auf langen

Bänken mit den Füßen angekettet wurden. Es waren nicht mehr sehr viele von ihnen übrig. Nach der Kapitulation der föderalen Flotte und dem Beschuss der Stadt hatten die Konzilssoldaten sie über eine Woche hinweg aus ihren Verstecken getrieben oder in diesen Löchern gleich ausgeräuchert. Nicht wenige hatten sich den letzten Schuss ihrer Waffen für sich selbst aufgehoben. Blake hatte zu den ersten gehört, die sich der Gnade ihrer Feinde ergeben hatten. Was hätte er ohne seine Unterarme auch sonst tun sollen? Viele waren danach im Gefangenenlager an ihren Wunden zugrunde gegangen. Selbst auf ihrem letzten Marsch auf Lost Heaven, dem Marsch durch das endgültig zerbombte Chesterfield hin zu dem Transportschiff, hatten sie noch einen Verlust ertragen müssen. Ein Verlust, den Blake für den Rest seines Lebens nicht vergessen würde, egal, wie lange oder kurz dieses noch währen würde. Mitten auf dem Weg, war ein Gefangener aus den Reihen ausgebrochen, hatte sich auf eine Leiche gestürzt, die wie zum Hohn aufgespießt auf Metallträgern an einer Wand hing und war schreiend in Tränen ausgebrochen, während er sich den Leichnam an seine Brust drückte. Blake hatte nie an einen Gott geglaubt. Doch in diesem Moment hatte er sich gefragt, welche Macht im Universum so grausam sein konnte, Steffen unter all dem Chaos und inmitten all der Zerstörung der Stadt seinen aufgespießten Geliebten finden zu lassen. Insgeheim hatte er ihn und Jochen immer darum beneidet, dass sie inmitten all der Bitternis, die das Leben als Söldner mit sich brachte, zumindest einander gehabt hatten. Auch wenn Jochen nie um die wahren Gefühle seines Freundes gewusst hatte. Er schämte sich dafür, dass er es als Gnade für den Manipulator empfunden hatte, als ein Soldat ihm, zur Strafe für das unsägliche Verbrechen Jochens toten Körper nicht loslassen zu wollen, eine Kugel durch den Schädel jagte. So war er dann, Jochen immer noch umschlungen haltend, neben ihm zu liegen gekommen. Vereint für die Ewigkeit und gemeinsam zum Fraß für die Ratten und Würmer. Was alles noch schlimmer machte und darüber machte Blake sich keine Illusionen, war, dass das alles seine Schuld war. Schließlich war er es gewesen, der die Söldner davon überzeugt hatte, an diesem verfluchten Omega-Einsatz teilzunehmen. Das Bild der beiden, wie sie tot beieinanderlagen, brannte auf der Rückseite seines Schädels. Er hätte sie genauso gut selbst ermorden können. Das Schiff erwachte donnernd zum Leben und Blake wimmerte unterdrückt, als die Vibrationen seine Armstümpfe in Qualen erbeben ließen. Er warf einen Blick auf Frankenstein, der versuchte ihm Mut zuzusprechen. Schließlich, so sagte er, starb die Hoffnung immer zuletzt. Blake nickte schwach. Er musste dem Doktor recht geben. Die Hoffnung starb tatsächlich zuletzt. Aber sie starb. Immer. Dann schloss er die Augen.

43

Der Narrator beschließt die Erzählung

Mit einer befriedigenden Antwort

»Und damit freuen wir uns, dass wir doch noch so gütlich übereingekommen sind.« Die Worte hatten Herrn Tokoros Mund noch im selben Moment verlassen, als Scarlett den letzten Strich ihrer Unterschrift vollendet hatte. Sie lächelte unverbindlich. Ein Lächeln, das dank der umfangreichen Gesichtsrekonstruktionen, die sie sich von der Anzahlung der BMCC hatte leisten können, absolut hinreißend aussah.

»Ich hoffe, dass Ihnen bewusst ist, welchen großen Beitrag Sie für die zukünftige Sicherheit in der Galaxie geleistet haben«, erhob nun Herr Matsuri das Wort, während Scarlett die lederne Mappe, in welcher der Vertrag ruhte, zuklappte und über den Tisch an die Vertreter der Beryll Mind Creation Corporation zurückschob. Ihr Lächeln wurde eine Spur breiter.

»Ich kann es mir vorstellen.« Ihre Stimme klang voller, melodiöser und um ein Vielfaches angenehmer als ihr alter Tonus. Auch diesen Eingriff hatte sie sich von der Anzahlung geleistet. Von der Anzahlung auf jene neunstellige Summe, für die sie gerade die Scans ihrer Gehirnstrukturen sowie all ihre Analysen und Beobachtungen an den Rüstkonzern verkauft hatte. Tatsächlich konnte sie nur erahnen, was für Soldaten das Unternehmen zukünftig in der Lage sein würde zu kreieren. Sie hatte jedoch nicht den geringsten Zweifel daran, dass diese vermutlich nicht dafür eingesetzt werden würden, das Universum auch nur im Mindesten sicherer zu machen.

»Wenn mir die Frage erlaubt ist«, erklang es nun wieder von Herrn Tokoro in formvollendeter japanischer Höflichkeit. »Was haben Sie nun vor, da Sie sich um Geld wohl nie wieder Gedanken machen müssen?«

Nun verbreitete sich ihr Lächeln, bis sie den Männern ihre strahlend weißen, ebenmäßigen und vor allem ebenfalls neuen Zähne offenbarte. Die Antwort war das Wahrste, was sie je gegenüber einem anderen Menschen von sich gegeben hatte.

»Leben.«

Als sie wieder in ihrem Oberklassenappartement im 76ten Stock eines Nobelhochhauses angekommen war, setzte sie sich an ihren Wohnzimmertisch und atmete tief durch. Vor ihr lagen eine VR-Brille und der Stick, auf dem sich die bis vor kurzem noch sekretierten Erinnerungen an die Zeit unmittelbar vor dem Angriff des Konzils befanden. Daneben stand ein Rechner mit angeschlossenem Übertragungsgerät, um sich die Behandlungsdaten des Operationscomputers per Kopfverbindung anzusehen. Sie hatte die Konzernforscher darum gebeten, die Erinnerungen aus ihrem Gehirn auf einen Stick zu laden, statt sie ihrem Bewusstsein einfach wieder zugänglich zu machen. Aus irgendeinem Grund hatte sie warten wollen, bis der Deal mit der BMCC unter Dach und Fach und sie damit eine der reichsten Frauen in der von Menschen besiedelten Galaxie war, ehe sie sich beides ansehen wollte. Natürlich hatte sie mit dem heutigen Vertragsabschluss jedes Recht abgegeben, mit dem Material je wieder etwas anderes zu tun oder es je jemand anderem zu zeigen, aber das spielte jetzt ohnehin keine Rolle mehr. Neben Stick und Rechner lag ihr altes Küchenmesser, welches sie über all die Zeit dabeigehabt hatte. Jetzt, wo sich die Erinnerungen nicht mehr in ihrem Kopf befanden, war sie nicht mehr in der Lage das Bild der erstochenen Leiche in ihrer Wohnung heraufzubeschwören. Einer der Gründe, warum sie kurzfristig mit sich selbst im Zweifel gelegen hatte, ob sie wirklich erfahren wollte, was anscheinend so schrecklich war, dass die KI des OP-Rechners mit Gewalt versucht hatte, sie davor zu bewahren. Nun wischte sie diesen Zweifel energisch beiseite. War ihr Verlangen nach Antworten nicht der eigentliche Grund gewesen, aus dem sie bis hierhin durchgehalten hatte? Der Grund, aus dem sie nach fast einem halben Jahr in den giftigen, chemieverseuchten Sümpfen außerhalb des vom Krieg zerstörten Chesterfield ausgeharrt hatte, nachdem das Konzil die Stadt endgültig dem Erdboden gleichgemacht hatte. So lange, bis wieder Frieden geherrscht und Schiffe auf Lost Heaven eingekehrt waren. Entschlossen steckte sie den Chip in die Brille und setzte sie sich auf den Kopf, um sich anschließend die Kopfverbindung einzustöpseln. Sie wollte endlich wissen, ob es all das wert gewesen war.

Es dauerte fast vier Stunden, bis sie die Brille wieder abnahm. Einige Minuten vergingen, in denen sie reglos sitzen blieb. Ein Schauer durchlief ihren Körper. Dann ein zweiter. Beim dritten Mal war es bereits ein Beben, das sie von Kopf bis Fuß erfasste. Schließlich konnte sie nicht mehr an sich halten, legte den Kopf in den Nacken und begann das erste Mal seit mehr als einem Jahr schallend und aus vollem Halse zu lachen. Ihre Heiterkeit steigerte sich, bis sie vom Stuhl kippte und sich, mal sich zusammenkrümmend, mal sich ausstreckend, vor Lachen auf dem Boden wand, bis ihr die Tränen übers Gesicht liefen. Als sie sich endlich beruhigt hatte, schüttelte sie den Kopf und trocknete sich das Gesicht. Es war doch alles so, so einfach gewesen. Scarlett hatte nicht eine Sekunde darauf verschwendet zu hinterfragen, ob es auch wirklich das Giftgas gewesen war, das ihrem Gehirn so übel mitgespielt und die KI des OP-Rechners zu solch extremen Maßnahmen gezwungen hatte. Die Aufzeichnungen ihrer Erinnerungen hatten sie nun eines Besseren belehrt. Vor etwa anderthalb Jahren hatte sich ihr bisheriges Leben als medizinischer Workaholic, der sich nicht mal die Zeit für seine eigenen Routineuntersuchungen nahm, gerächt. Die Diagnose, die sie nach Wochen mit rasenden Kopfschmerzen erhielt, hatten ihre ganze Welt zersplittern lassen wie Glas. Unbemerkt hatte sie sich, wohl von einem Fremdweltler, mit einem dieser pflanzlichen Alienparasiten von Ent VI infiziert. Zu dem Zeitpunkt, als ihre Schmerzen sie zu einem ihrer Kollegen zur Untersuchung getrieben hatten, hatte ein Großteil ihres Hirns bereits aus nichts weiter als pulsierenden Wurzeln bestanden. Die meisten von ihnen nur ein Bruchteil so groß wie ein gewöhnlicher medizinischer Nanoroboter, was deren Einsatz ad absurdum führte. Eine Virenbehandlung dagegen hätte nicht nur nichts geholfen, sondern sie mit an Sicherheit grenzender Wahrscheinlichkeit auch noch genauso zuverlässig umgebracht wie ein Kopfschuss. Die einzig erfolgversprechende Behandlung hatte im Einsatz von hochmodernen, mikroskopisch kleinen und wahnwitzig teuren Robotern bestanden. So teuer, dass sich ihre Versicherung weit davon distanziert hatte auch nur ein Prozent der Behandlung zu bezahlen, zumal die Erfolgschancen ja auch alles andere als zum Besten standen. Stattdessen hatte man sich in aller Freundlichkeit »selbstredend« dazu bereiterklärt, ihr bis zu ihrem sicherlich baldigen Ableben sämtliche Antidepressiva und Schmerzmittel zu finanzieren, damit sie bis dahin normal weiterleben und zur Arbeit gehen konnte. Schließlich wollte man sie als Einzahlerin nicht verlieren. Scarlett hatte unzählige Anträge gestellt, gebeten, gebettelt und gefleht. Bei der Versicherung, der Klinik, privaten Stiftungen und öffentlichen Wohlfahrtseinrichtungen. Sie hatte bei nicht weniger als siebenundfünfzig Banken einen Kredit beantragt. Alles vergebens. Ihre geringen Aussichten auf Genesung hatten jeden Versuch, sich selbst zu retten, zunichtegemacht. Also hatte sie weitergearbeitet und auf das Ende gewartet. Was war ihr denn bitte sonst noch geblieben? Als dann aber vor einem dreiviertel Jahr Agenten des Konzils an sie herangetreten waren und ihr ein Angebot gemacht hatten, hatte sie keine Sekunde gebraucht, um zuzustimmen. Man hatte ihr genug Geld angeboten, um die Operation mit Leichtigkeit bezahlen zu können. Alles was sie dafür tun musste, war im Gegenzug bei der jährlichen Gesundheitsinspektion im planetaren Verteidigungszentrum, die sie durchführen sollte, einen Virus auf den Zentralrechner zu laden. Es war mehr als nur offensichtlich, dass es genau dieser Virus war, der es dem Konzil erlaubt hatte, die planetare Verteidigung widerstandslos zu überwinden. Scarlett hatte so etwas geahnt, als sie sich auf den Handel einließ. Es war sogar sehr offensichtlich gewesen, da ihr die Konzilsagenten zur baldigen Flucht von dem Planeten geraten hatten. Aber nach Monaten ständiger Todesangst, wachsender Verzweiflung, nagender Hoffnungslosigkeit und einem nie versiegenden Fluss an Tränen hatte sie es billigend in Kauf genommen. Doch irgendwas musste schief gegangen sein. An jenem verhängnisvollen Tag, als die Bomben fielen, demselben Tag, an dem sie Lost Heaven für immer verlassen wollte, klopfte es auf einmal an ihrer Tür. Der planetare Geheimdienst hatte sie gefunden. Zwei Beamte hatten sie niedergerungen, mit einem Arm an den Küchentisch gefesselt und verhört. Doch als sie, nachdem sie das Geständnis aus ihr herausgeholt hatten, ihren Vorgesetzten hatten Meldung machen wollen, war aus dem planetaren Interkom nur Rauschen gedrungen. Da hatte Scarlett gewusst, dass sie selbst ohne das Eingreifen des Geheimdienstes zu lange gewartet hatte und alles zu spät war. Nur wenige Minuten später hatte sie durch das

Fenster gesehen, wie die ersten Bomben einschlugen. Die beiden Agenten waren zunächst herausgerannt, was ihr die Gelegenheit gegeben hatte, sich mit der freien Hand ein Messer aus dem Block auf ihrer Anrichte zu schnappen und den Kabelbinder, der sie an dem Tisch hielt, zu durchtrennen. Ehe sie die Wohnung verlassen konnte, war einer der Männer, Gott allein wusste warum, zurückgekehrt. Scarlett hatte sich aus vollem Lauf und mit dem Messer voran auf ihn gestürzt. Der Rest war Geschichte. Viele waren durch die unsäglichen Schmerzen, die das Gift verursachte, zu Boden gerungen worden, noch bevor sie jemanden erreichten, der ihnen hätte helfen können. Bei anderen hatte das Gift so schnell gewirkt, dass sie erst gar nicht den Versuch unternehmen konnten, sich auf den Weg zum Krankenhaus zu machen. Nicht so bei Scarlett. Dank ihres von Parasiten verseuchten Gehirns hatte sie seit Monaten schon starke Medikamente bekommen. Schmerzmittel, die den Organschäden ihren Biss nahmen und Aufputschmittel, die aus ihren Muskeln das Letzte herausholten, um sie bis in den Operationssaal zu bringen. Dort hatte die KI ihren Kontostand gecheckt und festgestellt, dass dank der Großzügigkeit des Konzils dort genug Geld vorhanden war, um den Versuch zu unternehmen, ihr Leben zu retten. Als die KI ihre Erinnerungen vor der umfangreichen Hirnoperation zur Sicherheit zwischenspeicherte, hatte sie offensichtlich bemerkt, wie sehr die Folgen des Angriffes, den Scarlett in dieser Form erst möglich gemacht hatte, ihre Patientin entsetzten und wie abträglich dies einer geordneten Genesung sein würde. Scarlett wusste, auch ohne sich bewusst daran erinnern zu können, dass ihr früheres Ich dem Konzil niemals geholfen hätte, hätte sie auch nur geahnt, dass dieses nicht nur die Eroberung des Planeten, sondern auch den Genozid an seiner Bevölkerung im Sinn gehabt hatte. Wie sehr musste diese arme Frau, die sie damals noch gewesen war, unter der Erkenntnis gelitten haben, was sie da angerichtet hatte. Daher hatte die KI kurzerhand sämtliche Erinnerungen, die damit in Verbindung standen, sekretiert, sodass ihr Gehirn, oder das was davon übrig war, die Leiche in ihrer Wohnung später selbst bei direktem Blick darauf aus einem einprogrammierten Selbstschutzreflex heraus verdrängen musste.

Scarlett schüttelte den Kopf und begann von Neuem zu glucksen. Es war einfach zu komisch. Sie hätte sich nach dem endgültigen Ende der Kampfhandlungen überhaupt nicht so lange vor den Konzilssoldaten verstecken müssen, hätte sie nur Zugriff auf diese Erinnerungen gehabt. Vermutlich hätte sie der örtliche Befehlshaber persönlich evakuieren lassen, sobald er von ihrem Verdienst um das Konzil erfahren und sich diesen vom Geheimdienst hätte bestätigen lassen.

Sie zog noch einmal die VR-Brille auf und betrachtete diesmal einen Auszug ihres Kontostandes. Anschließend lud sie die Daten ihres aktuellen Gesundheitszustandes, wie er sich nach all den Operationen darstellte, die ihr die BMCC bezahlt hatte. Erneut rannen Tränen des Glücks ihre Wangen hinab. Sie war am Leben. Sie war reich. Sie war so gesund, dass ihre neu errechnete Lebenserwartung mehr als 20 Jahre über dem lag, was sie ursprünglich erwartet hätte. Und alles, was es sie gekostet hatte, waren anderthalb richtig miese Jahre und ein paar Millionen Menschenleben, die ihr dank den Traumata und den zerebralen Umstrukturierungen, die sie in dieser Zeit erfahren hatte, nicht mehr das Geringste bedeuteten. Für sie hatte sich alles zum Besten gewandt. Das Leben war schön.

Der Narrator verabschiedet den Zuhörer

Langsam lässt du dich in die weiche Lehne des Sessels zurücksinken und blickst dich um. Dein Blick wandert über den kleinen Abstelltisch, den Sessel des Narrators und sogar über den Boden. Überall liegen sie verteilt. All die Bücher und Zeitschriften, die Notizen und Zeitungsausschnitte, mit denen der Narrator seine Erzählung ergänzt hat. Kurz bleibt dein Blick an dem Tonbandgerät haften, in dem immer noch die letzte Aufnahme liegt, bevor sich deine Aufmerksamkeit wieder dem Narrator zuwendet, der gerade dabei ist, die letzte Filmrolle aus dem Projektor zu lösen und zurück in das Regal zu stellen.

»Es freut mich, dass du meiner Geschichte bis zum Ende gelauscht hast.«

Dann breitet er die Arme aus und senkt bedauernd den Kopf.

»Und es tut mir leid, wenn du auf einen anderen Ausgang gehofft hast.«

Als der Narrator daraufhin anfängt, all die kleinen und großen Papierstapel aufzuräumen, machst du Anstalten ihm helfen zu wollen, doch er wehrt ab. Schließlich und endlich ist dies sein Reich und du bist sein Gast. Als er sich endlich wieder dir gegenüber niederlässt, starrst du in das glimmende Kaminfeuer.

Kurzerhand sticht der Narrator mit einem Schürhaken in die Asche und legt einen neuen Scheit nach. Ein Strom aus Funken erhebt sich tanzend empor und verschwindet im Schlot. Kaum hat der Narrator sein Werk beendet, legt er seine Hand an den Lichtschalter.

Die Dunkelheit, die euch nun umfängt, hat etwas Einlullendes und wird nur langsam vom Flackern des Feuers verdrängt, das an dem Holz zu lecken beginnt. Das sanfte Knacken und die Wärme, die nun aus dem Kamin dringen, erfüllen das Zimmer mit genau der Behaglichkeit, die es nach all den Dingen, die du gehört hast, braucht.

Und doch rutschst du unstet in deinem Sessel hin und her.

»Ich kann nur erahnen, was gerade in dir vorgeht«, sagt der Narrator, dem deine Unruhe keinesfalls entgangen ist. »Aber was immer du empfindest, sei dir gewiss, dass ich dich nicht dafür verurteilen werde.«

Die hagere Gestalt des Mannes versinkt noch ein wenig tiefer in seinem Sitz, als er die Beine ausstreckt und seine Hände vor dem Bauch faltet. Ein Ausdruck tiefen Friedens malt sein Gesicht.

»Wie ich dir schon zu Beginn gesagt habe, erzähle ich meine Geschichten um des Erzählens willen. Vielleicht hältst du sie für weit hergeholt, ja sogar für dämlich und mich für einen Idioten, dass ich sie überhaupt erzählt habe.«

Ein leises, amüsiertes Lachen entwindet sich der Kehle deines Gegenübers, während du seinen Ausführungen lauschst.

»Vielleicht denkst du dir ja auch, dass du diese Geschichte ganz anders und viel besser als ich hättest erzählen können. Ein Umstand, den ich keinesfalls ausschließen würde und etwas, zu dem ich dich mit Freuden ermutigen möchte es zu tun, wenn dir der Sinn danach steht.«

Gemeinsam beobachtet ihr eine Weile das Wabern des Feuers im Kamin und das stete Spiel aus Licht und Schatten an den Regalen, in dem noch ungezählte Geschichten darauf warten, erzählt zu werden.

»Doch falls dich die Frage beschäftigt, ob ich selbst glaube, dass die Ereignisse, von denen ich dir erzählt habe, stattfinden werden … nun ja.« Ein nachdenklicher Zug streicht über das Gesicht des Narrators. »Fakt ist, dass wann immer ich mein

Haus verlasse und meinen Blick wandern lasse, ich wenig sehe, das Anlass zur Hoffnung, und viel, das Grund zur Besorgnis gibt.«

Nachdenklich streicht er sich über das Kinn.

»Zu viele haben gelernt, das nicht Hinnehmbare hinzunehmen und lieber ihr eigenes Leben immer schwerer werdenden Umständen anzupassen, anstatt auch nur noch den Versuch zu unternehmen, die Umstände selbst zu verändern.«

Ein leises Seufzen entwindet sich seiner Kehle, während sich sein Blick in den Flammen des Kamins zu verlieren scheint.

»Ich müsste allerdings lügen, wenn ich dir sagen würde, dass es mich wundert. Zu oft müssen die Menschen sehen, wie sich das Handeln jener, die von einer besseren Welt träumen und die sich gegen das Unrecht stemmen, in Schall und Rauch auflöst. Und das, während jene, die die Welt mit jedem Tag schlechter machen, von ihrem Handeln nicht einmal berührt werden und dabei noch so überzeugt sind, zum Wohle aller zu handeln, während die Gewinner nur wenige sind.«

Nachdenklich betrachtest du die Gestalt des Narrators, der sich vorbeugt, um ein weiteres Stück Holz in den Kamin zu befördern.

»Vielleicht sehe ich die Dinge zu negativ«, setzt er schließlich fort. »Vielleicht wird keiner der Menschen, von denen ich dir erzählt habe, je geboren werden. Vielleicht werden sie ihr Leben auch in einer besseren Welt verleben können, als die, die ich begonnen habe, dir zu schildern. Vielleicht werden wir alle zu den nötigen Einsichten kommen, um das Schlimmste abzuwenden. Allerdings ...«, und bei diesen Worten schleicht sich eine große Traurigkeit in seine Stimme, »... sehe ich nicht, dass dies passiert.«

In der Stille, die nun folgt, schluckst du schwer an dem Kloß, der sich in deinem Hals gebildet hat. Was sollst du auch sonst tun?

Schließlich bricht der Narrator das Schweigen.

»Aber genug davon! Mir genügt es vollauf, wenn ich dir mit meinem Gerede für ein paar Stunden die Zeit vertrieben habe«, beginnt der Narrator von Neuem und lächelt dir sanft ins Gesicht. Obwohl sein Kopf im Schein des Feuers mit seinen hohen, scharfen Wangenknochen und den tief im Schädel liegenden Augen, fast wie ein Totenkopf aussieht, liegt so viel Wohlwollen in diesem Lächeln.

»Wenn dich meine Worte zum Nachdenken gebracht haben, dann ist es umso besser. Aber ob es mir gelungen ist, den höchsten Preis zu gewinnen ...«, und bei diesen Worten stützt er seine Ellenbogen auf die Armlehnen des Sessels und beugt sich, immer noch lächelnd, nach vorn, »nämlich den, dich erfreut zu haben – nun, das vermagst nur du selbst zu sagen.«

Behaglich lässt er sich aufrecht gegen die Sessellehne sinken.

Nun bleibt es eine ganze Zeit still zwischen euch, während ihr die angenehme Atmosphäre genießt. Viel von dem Gehörten und Gesehenen geht dir im Kopf herum, genau wie die letzten Worte des Narrators. Schließlich entscheidest du, dass die Zeit für deine Abreise gekommen ist. Du räusperst dich und der Narrator versteht.

»Du hast recht, für heute ist alles gesagt.«

Nachdem du die Kerzen deines Leuchters wieder entzündet hast, geleitet er dich zur Tür.

»Ich hoffe sehr, dich irgendwann erneut als meinen Gast begrüßen zu dürfen«, meint der Narrator, während er dir die Tür aufhält und dich verabschiedet. »Sei versichert, dass dir diese Mauern zu jeder Zeit offenstehen. Und wenn wir uns wiedersehen, werde ich bereit sein, dir eine andere meiner Geschichten zu erzählen. Unsere Reise hat gerade erst begonnen. Natürlich nur, sofern du gewillt bist, sie mit mir anzutreten.«

Und mit diesen Worten im Hinterkopf verlässt du das Haus des Narrators.

Printed in Poland
by Amazon Fulfillment
Poland Sp. z o.o., Wrocław

10531676R00374